偷偷许个愿

怯喜 著

上册

青岛出版集团 | 青岛出版社

图书在版编目（CIP）数据

偷偷许个愿/怯喜著. —青岛:青岛出版社, 2023. 10
ISBN 978-7-5736-1051-5

Ⅰ. ①偷… Ⅱ. ①怯… Ⅲ. ①长篇小说—中国—当代 Ⅳ. ①I247. 5

中国国家版本馆CIP数据核字（2023）第149658号

TOUTOU XU GE YUAN

书　　名　偷偷许个愿
作　　者　怯　喜
出版发行　青岛出版社（青岛市崂山区海尔路182号）
本社网址　http://www.qdpub.com
邮购电话　18613853563
责任编辑　龚雅琴
特约编辑　李文竹
校　　对　李晓晓
装帧设计　蒋　晴
照　　排　梁　霞
印　　刷　三河市良远印务有限公司
出版日期　2023年10月第1版　2023年10月第1次印刷
开　　本　16开（640mm×920mm）
印　　张　36
字　　数　586千
书　　号　ISBN 978-7-5736-1051-5
定　　价　69. 80元（全2册）

编校印装质量、盗版监督服务电话　4006532017　0532-68068050

偷偷许个愿

目录 上册

偷偷许个愿

目录

下册

第一章　重　逢

初春，丝雨如尘，嫣香碎落。

朦胧不散的雨丝让整座初城浸在淡淡的雾气之中，树梢枝叶轻轻颤动，空气里带着严冬过后余下的寒。经过路边的早餐铺子时，扑面而来的热气驱散了人们身上的寒意。

盛青溪低垂着头，将大半张脸埋在柔软的围巾之中，她那纤长浓密的睫毛和一小块雪白的肌肤隐隐可见。

此时还很早，学生在路上零零散散地走着，他们都穿着初城一中的校服，唯有盛青溪穿着纯白色的毛衣走在人群之中。她纤瘦而安静，走得悄无声息。

旁人用校园卡刷卡进校门，盛青溪拿了张转学证明，薄薄的纸从细白的指间垂落下来，在冷风中晃荡着。

旁边路过的男生无意间瞥了一眼盛青溪抬起的脸，忽然怔住——少女素净白皙的小脸上，一双杏眼水汪汪的，又黑又亮，目光温柔，琼鼻下那嫣红的唇色仿佛是这朦胧暗沉的天地里唯一的亮色。她看起来太乖了，像那只经常从学校后门溜进来的雪白的小猫，乖巧又漂亮。

男生怔住了，等再回过神来，眼前哪还有少女的身影？放眼望去，清一色地全是穿着蓝白相间的校服的身影。

他狐疑地挠了挠头，心想：这大清早的，我不会是还没睡醒吧？

行政楼，教导处。

一中的教导主任是一个四十岁左右的女人。她很注重外表，从头发丝儿到脚后跟儿都散发着精致的气息。桌上的花瓶里插着新鲜的花束，窗边挨挨挤挤地摆着几株玲珑饱满的多肉，整个办公室看起来一尘不染。这是个细致的、对生活充满热情的女人。

盛青溪不动声色地收回视线。

她捏了捏手指，告诉自己：这个习惯要改。

赵书月低头看着盛青溪的资料。

半晌后，赵书月抬眸看向盛青溪，妆容精致的脸上没什么表情，语气却很温和："我姓赵，你可以叫我赵老师。你的资料我看了，这个成绩不光在二中，无论在哪个学校都是顶尖的。我知道，校长已经批准了你的转学手续，但我还是想问一下，你为什么想来一中？"

盛青溪安静地注视着赵书月。

盛青溪的声音轻柔而软糯，但说出的话，让对面这个见惯了风雨的中年女人怔住了，盛青溪说："我倾慕的人在一中。"

赵书月还未说话，门口忽然传来一阵古怪的声响，伴随着一声低低的咒骂："哎哟，你压到我了。滚滚滚，离我远点儿！"

赵书月面色微变："你等我一分钟。"说完，赵书月越过盛青溪径直朝门外走去。

盛青溪转头看去，门被打开的瞬间，她的眼睛对上了两双好奇的眼睛，但门立即又被关上了。

门外，赵书月揉了揉眉心，无奈地看着眼前的两个臭小子，不客气地说道："刚开学就来我教导处报到了？说吧，这次又是因为什么事？"

何默和谢真悄悄地对视了一下。

何默用胳膊肘捅了捅身旁的谢真，示意他赶快说。

谢真是个体重接近两百斤的小胖子，被这么一推身上的肉都抖动了两下，随后轻咳一声，试探着问道："赵老师，上学期期末，您不是说让我们一开学就来找您吗？您……这就忘了？"

赵书月被谢真这么一提醒才记起来确实有这么一回事。她被里面的小姑娘给搞蒙了，一时间脑子都不会转了，皱着眉思索片刻，说："你们在这儿等一会儿，我叫你们时你们再进来，要是时间来不及了你们就先去教室，开学第一天可不能迟到。”

谢真和何默连忙点头：“老师您先忙。”

等赵书月进去关了门，他们才凑在一起嘀咕起来。

“默子，你刚才看见没？里面有个仙女！”

“我又不瞎！”

“那你刚才听到仙女说什么没有？”

“我又不聋！”

“仙女可真勇敢啊，你说她倾慕的人会是谁？”

“我怎么知道？！”

在谢真和何默吵吵嚷嚷的时候，赵书月重新回到座位上坐下，被两人这么一打岔，很久才缓过神来，看着眼前这个漂亮的小姑娘问：“那你来一中是为了……？”

盛青溪轻声解释：“我不打算在高中的时候谈恋爱，只是因为某些原因，想离他近一些。我会为我自己的人生负责，不会给学校带来什么困扰的。”

赵书月的眼神变得有些凝重，她看过盛青溪的资料。这个女孩儿有着那样的成长环境，注定会比同龄的孩子成熟许多，想来她肯定仔细思考过转学的事，并不是一时的心血来潮。毕竟，很少有孩子会在老师问他为什么想来这个学校的时候这样回答。

赵书月的心里隐隐生出一种微妙的感觉。不过，既然校长都同意了，她也不想做多余的事，只叮嘱道：“你被分到了高二六班，教室在三楼的最右侧。你的班主任姓蒋，负责教你们数学，你去他的办公室拿你的校服和教材吧，办公室就在楼梯口。”

盛青溪轻声道谢：“谢谢您。”

赵书月点头：“去吧，不用关门了。”

盛青溪缓步向门外走去。她如今的样子稚嫩而青涩，她用了很长一段时间来调整自己的状态，尽量让自己像十七岁时的自己。

十七岁的盛青溪，对她来说太过遥远了。

打开门后，盛青溪目不斜视地从何默和谢真的身旁走过，但她的脑子里已经下意识地涌现出关于他们的成长背景和社会关系的资料，不光有现在的，还有以后的。

盛青溪抿了抿唇，这样做对现在的她来说，并没有什么好处。但有些东西已经深入她的骨髓，成了她的职业习惯，她很难改掉它们。

走远之后，盛青溪悄悄地松了一口气。

不仅盛青溪松了一口气，站在办公室门口的那两人也终于可以正常呼吸了。刚才仙女经过他们时，他们下意识地屏住了呼吸。

何默拍了一下盯着仙女背影不放的谢真："回神了，人都走了，别看了！"

谢真猛然回头总结道："默子，这姑娘比校花还漂亮，看起来好纯洁啊。我一定要去打听一下，她是哪个年级哪个班的转学生。"

何默翻了一个白眼："走了，赵姐在瞪我们了。"

"赵姐"是学生私下里对赵书月的称呼，别看赵书月表现得很凶，其实她最好说话了，学生们都很喜欢她。

谢真和何默一前一后地往办公室走去。赵书月见惯了他们走路时那副没正经的样子，懒得说他们，直接问："上学期林燃是怎么回事？他的状态怎么突然变得那么差？"

一说到林燃，平日里话最多的两个人忽然都闭口不言了。两个人你看看我、我看看你，半天都说不出一个字来。

沉默的氛围在办公室里蔓延开来。

赵书月也不着急，就这么静静地等着他们开口，心想：看谁能耗得过谁。

最后谢真实在是憋不住了，努力用自己肉乎乎的脸做出一个为难的表情："赵老师，燃哥的事，您知道的，我们哪儿敢问？"

何默给赵书月使了个眼色："老师，您懂我们吧？"

赵书月："……"

她懂什么啊懂？！

赵书月叹了一口气，摆摆手："你们今天难得来这么早，都回教室吧。"

谢真和何默赶紧溜了，走之前还特有礼貌地替赵书月关上了门。走出办公室好长一段距离后，两人才敢小声交谈。

"阿真，燃哥整个寒假都泡在你家车行里吗？"

"嗯，他天天守着烟烟那个小丫头。小丫头在楼上写作业，他就在下头捣鼓自己心爱的摩托车，到了晚上就和我哥一起出去兜风。"

"过年时他有没有回家？"

"没有，他在我们家吃的年夜饭，吃完就带着烟烟走了。"

“你说这都是什么事儿，他这是怎么了？”

“不知道，还没放假那会儿他就变成这样了，毫无征兆。”

校门外，“吱——”一阵急速刹车的声音传来，摩托车高速旋转的轮胎骤停，与地面摩擦发出尖锐的响声。从上往下看，宽松的校服包裹着少年修长精瘦的腿，他脚上的球鞋干净得像空中软绵绵的云朵。

少年漫不经心地拿下头盔，轻轻甩了甩头发，额前黑色的碎发随着他的动作往一旁散开，露出冷厉的眉眼。他的眼部轮廓狭长，黢黑的瞳孔里没什么情绪；他的鼻梁高挺、精致，弧度恰到好处，像是被匠人细细雕琢过的艺术品；他的薄唇却抿着，唇线微微向下压。他看起来好像不太高兴的样子。

林燃长臂一伸，像抱小鸡崽儿似的把后座的林烟烟抱了下来。

林烟烟已经习惯了她哥哥这种“粗暴”的举动，落地之后，背着小书包乖乖地和林燃道别：“哥哥，我走了，你快去上课。”

林燃看了小丫头半晌，忽然道：“有什么事你就给哥哥打电话，知道了吗？放学后就在教室里老老实实地等着，我会来接你的。”

少年的声音清朗，语调却很冷漠，只有看向林烟烟的眼神中带着一点点温度。

林烟烟点点头：“知道了，哥哥。”

直到林烟烟的身影完全消失，林燃才骑车离开。

初城一中有两个分部——初中部和高中部，中间只隔了一个操场和一个篮球场。林燃在高中部，林烟烟在初中部，不过三十秒，他迅速横跨半个校园来到了高中部，肆无忌惮地把摩托车停在了赵书月的车旁。

少年的肩头松松垮垮地罩着一件校服，拉链只拉了一半，身上斜挎着一只黑色的包，他双手插兜，表情淡漠，迈着步子朝三楼走去。

盛青溪抱着她的校服和教材走出办公室。

一个迈着大步上楼。

一个慢吞吞地转弯。

走廊将长空划成漫长的云道，斜风夹杂着细雨吹进廊内，微凉的雨丝裹挟着浅粉色的花瓣从浩渺的天地间飘来。

林燃神情淡淡地和盛青溪擦肩而过，风吹起少女乌黑的发，轻浅的香气似有若无地弥漫在湿润的空气中。

在两人擦肩而过的一瞬，盛青溪骤然顿住眸光。

冷漠的少年没有注意到身旁的女孩儿慢慢地停下了脚步。

不远处，何默和谢真愣住了，他们一直趴在栏杆上注意着那边的动静，眼看着仙女停下脚步后转身沉默地看着林燃的背影。

从她的神情能够看出来，她很难过。

那双漂亮的杏眼微微耷拉着，眼角微红，但不多时她便收回视线，转身一步步地往走廊的尽头走去。

他们朝着相反的方向走去。

何默和谢真惊恐地对视了一眼，都联想到了仙女在赵书月的办公室里说的那句话。

所以……仙女倾慕的人是燃哥？

林燃在一中是个特别的存在，说他成绩不好吧，他是凭着实力考上一中的，入学排名还挺靠前，但说他成绩好吧，他似乎不那么热衷于学习，上小学也比同龄人晚一年，现在高二就成年了。

林燃走到一班门口之后，瞥了一眼倚靠在栏杆上没个正经的两个人，只字未发就要往教室里面走，何默见状忙喊道："燃哥！"

何默不敢在早上轻易触碰林燃的身体，只能靠言语将其拦住。

林燃停住脚步，歪着头看何默，目光冷淡，意思很明显：有事就说。

何默一把将旁边的谢真推了出去："燃哥，阿真有话问你。"

谢真一时无语，心想：这就是所谓的好兄弟？

谢真脸上的肉微微抖动了一下，他纠结片刻，最后心一横，问道："燃哥，你认识那个转学生？她刚刚看你时一副要哭出来的模样，你是不是……？"

是不是又拒绝了别人的告白？

当然，最后那句话谢真没敢问出口。

林燃皱起眉，唇线下压，一副不耐烦的样子。

何默和谢真齐齐后退一步。

"不认识。不是。"丢下这么几个没温度的字，林燃头也不回地走进了教室。

走廊另一头的盛青溪忍不住攥紧手，手中装着校服的塑料袋在力的作用下发出有些刺耳的声音，垂着眼继续往前走去。

快走到教室时，她忽然重重地喘了一口气。

在看见林燃的那一瞬间她连呼吸都忘记了，仿佛时间都静止了，只有胸腔内的心脏猛烈地跳动着。

这是盛青溪时隔十年再次见到林燃——活着的林燃。

今天是高二下学期开学第一天，每一间教室里都很热闹，因为这一天学生们不用早读。六班的教室里也很热闹，大家叽叽喳喳地说着自己假期去了哪里，谁谁谁是不是长胖了等，仿佛有说不完的话题。

蒋铭远在盛青溪踏进教室的前一秒喊住了她："盛青溪，老师会带你进去，进去之后记得给同学们做个自我介绍，可以吗？"

蒋铭远与盛青溪以往见到的数学老师不同。他头发茂密，戴着一副黑框眼镜，四十岁左右的模样，脾气温和。

盛青溪点了点头。

进门后，蒋铭远拿起讲台上的巨型三角尺敲了敲黑板，示意大家安静下来。盛青溪安静地跟在他身后，在讲台边上站定。

教室里的所有人都将注意力集中在了盛青溪的身上。

此时的盛青溪还没有换校服，仍旧穿着那件纯白色的毛衣，看起来单薄而纤瘦，下巴没入领口，腿又直又细，白色的球鞋也如主人般干净。

她清丽绝伦的气质吸引了绝大多数人的目光。

教室里诡异地安静了几秒，之后教室后排响起一阵噼里啪啦的声音，似乎是椅子被掀翻的声音，随后又恢复安静。

蒋铭远清了清嗓子："这是新转来我们班的同学，大家以后要多帮助新同学，不光是学习方面，还有生活方面，一定要让她感觉到我们六班是一个温暖的大家庭！"

说完，蒋铭远期待地看着学生们，但并没有人回应，他们都紧紧地盯着盛青溪。

蒋铭远："……"

他此时特别不想承认这群孩子是他的学生。

他正尴尬着，盛青溪用眼扫过底下一张张陌生的脸，轻声道："你们好，我叫盛青溪，未来的日子请多指教。"

她的声音不轻不重，但教室里很安静，每个人都听到了她说的话。

坐在底下的顾明霁神色复杂，打量着眼前的盛青溪，觉得她和小时候比起来似乎变了很多。他在心底想着：自己有多久没见过她了？

从自己被领养至今，他已经将近十一年没见过盛青溪了。盛青溪比他小几个月，小时候一直跟在他后头，叫他明霁哥哥。

顾明霁仍然记得自己要被接走的那天早上，福利院里所有的小朋友都出来送他，那时候他已经换上了崭新的衣服。他们都给他送了礼物，有的是玩具，有的是画，有的是信。只有盛青溪不一样，她送给他的是五颗糖。

越喜欢的东西就越不敢碰，这五颗糖她藏了许久都舍不得吃，却一次性都给了他。这傻女孩儿都不知道那些糖刚拆开就化了。

那时他们都姓盛——被福利院收养的孩子都跟院长妈妈一个姓。盛青溪没有改姓，难道她一直待在福利院？

一时间，顾明霁心情很复杂。

一天的时间眨眼就过去了，还有半个小时就放学了，而教室最后一排的座位上，早已没有了林燃的身影。

何默看了一眼林燃的位置，空空如也，忍不住问："燃哥又去接烟烟放学了，以前不都是让那个小丫头先在教室里写作业，等我们下课后再去接她吗？"

他有些摸不着头脑："是不是从那时起，燃哥就开始不太对劲了？"

谢真神情凝重，回忆片刻，说："好像真是这样。你说是不是烟烟出什么事了，燃哥没告诉我们？"

何默一时无言。

按照林燃的性格，不管出了什么事他都只会自己扛着。

拳馆三楼的私人场地上，沉闷的撞击声不断传来。少年上身赤裸着，手上戴着拳击手套，与穿着校服时的瘦削模样不同，此刻他那肌理分明、线条漂亮的肌肉，以及圆鼓鼓的胸肌和精瘦的腰腹全都露了出来，分外惹眼。

他脸上那光亮的汗珠肆无忌惮地顺着流畅的肌肉线条滑下。

林燃发出粗重的喘息声，那声音不停地敲击着他的耳膜。他紧紧地盯着对手的拳头，突然，那凌厉的拳头划过空气狠狠地朝他的面门砸来。

林燃动作敏捷地侧开身，将下巴微微收起。接着，他一个滑步上前，腰部骤然发力，右肩前移，伸出右直拳向对手的头部砸去。

此时的林燃看不到自己的眼神，但他的对手能看到。少年的眼神狠厉，他如同在黑暗的林间盯紧猎物的猎豹一般，危险而神秘。他平常会刻意收敛起眉眼间的戾气，只是此时没能忍住。

被这一拳打得头脑发昏的男人简直是欲哭无泪，难怪那些人一听到是林燃来了都不愿意出来打。但碍于林燃是老板的朋友，他们又不得不找人出来跟林燃打，于是，这个男人光荣地成了这个倒霉蛋。

距离拳击台不远的地方，林烟烟正乖乖地趴在桌子上写作业。她已经习惯了这样的场面。从某一天开始，林燃便走到哪里就把她带到哪里。

林烟烟悄悄地抬起头看了一眼哥哥，知道他最近心情很差。随后她小声地叹了一口气，收回了视线，继续看着眼前的作业。

两年前，哥哥带着她搬出了林家。

哥哥七岁那年，母亲去世，父亲林佑诚再娶，从那以后哥哥就变了。而且，年龄越大，哥哥和家里的矛盾便越多，两年前发生的事，则让他们兄妹俩与家里的矛盾到达了顶点。

于是，哥哥带着她搬进母亲留下的房子。自那以后，便是哥哥一直在照顾她，哥哥比她大三岁，家里的一切都是他在打理。

这时候的林烟烟想：自己能快一点儿长大就好了，那样哥哥就不用这么辛苦了。

当时针指向六时，拳击台上的撞击声逐渐消失了。

林燃仰躺在地上正闭着双眼喘气，一阵发泄之后心中的火不但未散，反而愈烧愈烈，整个人都很烫。

林燃骤然睁开眼，眼眸漆黑，头顶是耀眼闪烁的灯光，周围很安静，偶尔有人经过，脚步声也是不急不缓的，他的身边不再有灼热滚烫的火光，却有几乎要将他燃尽的大火，仿佛就要将他完全吞噬。

不知想到了什么，林燃的瞳孔微缩，他立即起身，看向林烟烟所在的位置，看到那个瘦弱的小丫头仍好好地坐在那里写作业，才松了一口气。

林烟烟还活着，仍好好地坐在那里。

林燃跳下台子，脱下拳套朝林烟烟走去。他活动了一下手指，站在旁边扫了一眼她的作业，说："哥哥现在去洗澡，洗完带你去吃饭。"

说完，他威胁般地补充道："你老实待着，就在这里等我，要是乱跑就没收你的漫画书。"

林烟烟乖巧地点点头。

林燃走后，林烟烟苦恼地皱起了小脸，这两个月，林燃对她说得最多的两句话就是"不要乱跑"和"在这里等我"。

哥哥究竟是怎么了？

晚上九点五十分，晚自习下课铃打响，盛青溪背着书包，独自往楼梯口走去。三楼有两个楼梯口，一个靠近办公室，另一个靠近一班，在走廊的拐角处。

敏学楼在山脚边，楼下是一片宽阔的空地，可以通往校外的斜坡和建在楼下的车棚。有人抄近道去车棚取车，骑自行车回家；也有人脚步轻快地跑向家长停在斜坡处的私家车，这是大多数走读生回家的方式。

但也有像盛青溪这样的——坐公交车回家。

盛青溪走下斜坡后没有走大道，而是抄小道走了近路，那路在体育馆的后面，路上不仅人少，还没有路灯，除了离公交站台近，没有任何优点。

走入夜色中，盛青溪注意到有人跟在她身后。那人始终跟她隔着不远不近的距离，似乎在犹豫到底要不要上前和她说话。

过了许久，他慢下脚步，拉开了与她的距离。

盛青溪垂眸，脚步不停地往前走去。

夜色深沉，道路两旁的路灯幽幽地亮着，树影在地上慢悠悠地晃动着。她耳旁是细微的风声、女孩儿们欢快的交谈声和自行车上清脆的铃声。

从学校回盛开福利院，盛青溪需要乘坐 113 路公交车。最晚的一班是十二点，她坐十点十分那班。到站下车时，已经是晚上十一点，盛青溪一下车就看见了正在站牌处等自己的盛兰。

盛青溪微微扬起唇角，脸上也难得地出现了这个年纪应该有的活泼的神情，小跑到盛兰面前站定，雀跃地喊了一声："盛妈妈！"

盛兰仔细地看了盛青溪两眼才牵着她往回走，嘴里还不住地念叨着："非要转学，现在离家这么远。新学校怎么样？食堂的饭菜好吃吗？同学们都好相处吗？"

盛青溪乖乖地挨个仔细地回答了盛兰的问题。

幽暗昏黄的路灯照在两人身上，将她们的身影拉得很长很长……

十一点半，盛青溪洗完澡躺在她的小床上，卧室内关了灯，已是黑暗一片。她睁着眼，看了这无边的黑暗许久，而后缓慢地闭上眼睛，不想刚闭上眼，就看见了漫天的火光。

盛青溪审视着梦中的自己，明明是梦，却能清晰地记得梦里的日期。桌上放着台历，上面只有一天被人用红色的笔圈了起来——2020 年 6 月 1 日。

那时已入夏，梦里的盛青溪换上了一条鹅黄色的碎花裙，这应该是盛妈妈送给盛青溪的成人礼礼物。盛妈妈曾说，每个女孩子都需要有一条漂亮的碎花裙。

盛青溪日常都穿校服，很少穿这样的裙子。

盛青溪看向镜子里的自己——少女长发乌亮，巴掌大的脸上浮现出一丝与平日不同的情绪，眼底藏着一丝羞怯。她对镜子里的女孩儿笑了笑，女孩儿也对她笑了一下。

盛青溪走到柜子前，拿出那件被自己珍藏了小半年的黑色风衣，用细白的手指缓缓地抚摸着这上好的布料，上面似乎还留着少年身上的味道。随后，她小心翼翼地将风衣放进干净的纸袋里。

出门前，盛青溪和忙着给小家伙们洗澡的盛兰打了声招呼："盛妈妈，我出门了，晚上十点之前会回来。"

盛兰忙得抽不出手，一把摁住身上滑不溜秋的调皮小子，叮嘱盛青溪道："注意安全！有事给我打电话！"

"知道啦！"少女的尾音里带着一丝欢欣，随后少女脚步轻快地出门。

盛兰侧头，听了一会儿少女轻快的脚步声，笑着摇了摇头，心想：也不知道这丫头要去干什么，很少见她有这么开心的时候。

公交车上，盛青溪坐在靠窗的位置，紧紧地抱着怀里的风衣。车窗外树影斑驳，树梢上挂着一轮弯弯的月亮，银色的光辉淡淡地洒在地面上，夜风里夹杂着夏天燥热的气息。

她此行的目的地是城南花园，那里是林燃的家。

盛青溪曾在一年前去过林燃的家。那天晚上下着雪。林燃从几个流氓的手里救下她，将身上沾了血和污渍的风衣脱掉，随手丢到一边。然后，她骤然被他抱入怀中，他的怀抱温热、有力……再醒来时，她已经在他家里了。

思绪飘忽间，290路公交车上的语音播报器响起："亲爱的乘客，城南花园站到了，请要下车的乘客从后门下车。"盛青溪忙起身往后门走去。

城南花园是两年前新建的花园别墅小区，这里依山傍水，干净又漂亮。这样的小区在大多数时间里是安静的，但今晚的情况似乎有些不一样。

小区门口挤满了人，业主们围着保安室在询问些什么，还时不时地回头，指着某个方向说着什么，大家的脸色看起来都不太好。

盛青溪迟疑地走过去听了几句。

“这么大的火是怎么烧起来的？”

“我们住的地方是不是也存在这样的风险？”

“我听说着火的那户人家只住着一对兄妹，真可怜。”

“消防队已经到了，希望人能没事。”

盛青溪听完忽然怔住，后知后觉地朝黑烟腾起的方向看去。她慌忙地穿过拥挤的人群，疯了一样地朝里面跑去。

被火光笼罩的别墅已看不出原来华贵漂亮的模样，外边站满了人，但他们只是远远地看着，没人想靠近它。

盛青溪气喘吁吁地跑到别墅门口，想径直往里冲，有人一把拦住了她，不断地在她耳边问：“你找谁？你和这户人家是什么关系？这里不能进……”

消防员望着面前泪流满面的女孩儿，见她怔怔地看着眼前炼狱般的场景，丝毫没有听他在说什么，只好提高音量，重复道：“这家的小女孩儿已经被救护车送去医院了，我们正在搜救别墅里其余的人。”

然而最后，盛青溪等来的是被烧得面目全非的林燃的尸体。她只来得及看一眼，很快他那被烧焦的身躯就被盖上了白布。

林燃死了……

不知过了多久，盛青溪缓过神来，此时大火已经熄灭，别墅变成了废墟，围观的人群也早已散去，只剩下她跪坐在地上。

盛青溪脱了力一般朝别墅那边爬去，门口的草坪都被烧焦了，不远处的角落躺着一只小熊，它的一只耳朵被烈火的余温熏成了灰色。她怔怔地看着眼前的一切。

这一天是6月1日，距离高考还有6天。

盛青溪知道，在往后的人生里，她和林燃可能再也不会有交集了。所以这一天，她是带着所有的欢喜，小心翼翼地来见他的。

可是，她连一句话都没能和他说上。

明明眼前的火已经熄灭，可盛青溪觉得她心中的大火仍在蔓延。

“林燃——”

盛青溪倏地惊醒过来，茫然地坐在床上，额头上全是冷汗，目光呆滞，很长时间都没有完全清醒过来。

她又做噩梦了。

这个噩梦曾伴随她整整十年，直到她在一场拘捕行动中意外死亡。那时，她唯一想到的是——自己终于解脱了。

在她即将失去意识的时候，曾有一个声音问她：“你想回去吗？我能让你回去，回到一切还没开始的时候。”

盛青溪是怎么回答的？

她记得自己说：“我不想回去，我只想让他活过来。”

再醒来时，她已回到十年前，回到了林燃还活着、一切还没开始的时候。

早上七点半，初城一中校门口。

盛青溪捧着盛兰塞到自己书包里的牛奶，正小口地喝着。

他们班有规定，学生最晚到教室的时间是七点四十五分，她向来是至少提前半小时到教室。但今天，她没有早早进教室，而是在站牌处坐了二十分钟。

她在等林燃，想看他一眼。

何默和谢真勾肩搭背地往校门口走着，两人一下就注意到了盛青溪，只见她坐在站牌边的横椅上，一直侧头看向马路，视线对准林燃来的方向。

何默瞧着盛青溪，嘀咕道：“阿真，你说仙女坐那儿干啥呢？”

谢真摸了摸自己扁扁的肚子，有气无力地道：“不知道，我只知道我快饿死了。昨天我没有和夜宵约会，我对不起它，对不起我的‘爱人’。”

何默忍不住翻了个白眼：“吃吃吃，你就知道吃！昨天的作业你写了吗？”

谢真茫然：“啊？开学第一天就有作业这玩意儿吗？我昨天早上刚把寒假作业补完，手都要断了。”

何默骂他：“你除了吃还知道什么啊？你什么都不知道！”

两人说话间，摩托车的轰鸣声骤然响起，听到这熟悉的声音，何默和谢真齐刷刷地朝一个方向看去。

林燃骑着那辆漂亮、惹人眼的摩托车，极其嚣张地朝校门口驶来。不少还未离开的家长转过头来看热闹，有的早已见怪不怪，有的头一回见，一脸惊奇。

何默叹了一口气：“唉，燃哥这动静弄得真大。哪天要是没听到它的声音，全校都知道他旷课了。”

谢真忽然惊讶地道：“你看，仙女站起来了。天啊，她是不是朝燃哥走去了？”

何默表情呆滞，谢真一脸惊恐。

校门口。

林燃动作自然地把林烟烟的头盔解开，又一把将她拎了下来，等她站稳之后拍拍她的书包示意她赶紧去上课。

落地后，林烟烟忍不住在原地蹦了两下，由于车速很快，让她总有一种飘在空中的感觉，直到再次感受到了地心引力，才乖乖地朝林燃挥挥手：“哥哥再见！”

林燃神情淡淡地点头，目送着小丫头蹦蹦跳跳地往教学楼里走去。

林烟烟如今还是活蹦乱跳的，可他总忍不住想起后来她哭泣尖叫的模样——就在一个月后，他的妹妹差点儿被魔鬼夺走。

想到这里，林燃不禁闭上眼睛，掩住眼中翻涌的怒气。这一次，他不会再让那几个畜生靠近林烟烟了。

林燃转身刚想上车，忽然感觉自己的衣角被人抓住了。对方力道很轻，就跟林烟烟那小丫头平时拉着他似的，甚至还没那小丫头的力气大。

林燃下意识地皱眉，低头朝下看去。

一只白皙的小手正轻轻地扯着他的校服，手指也很纤细。

不远处，何默和谢真目瞪口呆地看着，看着盛青溪就这么走过去一把拉住了林燃！这画面让周围的人都加快了往学校里走的脚步。

他们可不想看林燃当场揍人。

林燃皱起眉，何默和谢真齐齐后退一步。

何默于心不忍地别开了眼，而谢真浑身颤抖着，正犹豫要不要过去阻止林燃。

林燃那句冷冰冰的“放开”还卡在喉咙里，就听那只小手的主人低声问道：“林燃，能不能抱我一下？”她只是想确认一下他是否还活着。

林燃感到非常疑惑：难道是自己还没睡醒吗？

他不由得看向这个低头看着地面的女孩儿，又怀疑是自己最近压力太大，出现幻听了。然而，不等他看清她的模样，这个雪白的小东西就骤然扑到了他的怀里，动作快到他来不及躲开。

林燃倏地怔住，少女温软的身躯撞进他的怀里，有一股香甜的气息闯入他的鼻腔。她又小又软，像樱桃味的蛋糕。但眨眼间，这个小东西就放开他跑得不见人影了，只剩下林燃愣在原地，神色复杂。

这对林燃来说是一种很奇异的感觉——从来没有人敢这么亲近他。只因他脾气太差了，哪怕是林烟烟那个小丫头，也只敢在坐车的时候抱他。

谢真："天啊！"

何默："天啊！"

盛青溪越跑越快，风吹起她的长发，脸上的神情逐渐放松下来，胸腔内的心脏剧烈地跳动。

林燃的身体是温暖的，他还活着。直到此刻，她才真正相信林燃的确活着。

顿在原地的林燃伸手摸了一下自己胸前的衣服，那个小东西刚才似乎还小幅度地在上面蹭了一下，她抱他腰时用的力道可不像拽衣服时那么轻，而是大得生怕他跑了似的。

林燃神色复杂地看着盛青溪的背影。要是让他知道她是谁，他非得把她抓过来好好教育教育。他林燃可不能就这么让一个小女孩儿占了便宜。

早读铃声响起前，盛青溪小跑着进了高二六班。蒋铭远将她安排在了第四组的第三桌，旁边坐着的是一个有洁癖的女孩儿。昨天盛青溪就看出那女孩儿有洁癖了，发现那女孩儿在捡起地上的笔时，先用纸巾裹住了笔，而且别人和那女孩儿说话或者递给那女孩儿作业本时都小心翼翼的，生怕有肢体接触。那女孩儿应该有很严重的洁癖，也许是因为这个才一直没有同桌，想到这儿，盛青溪也尽量不去触碰那女孩儿，以免冒犯到她。

陈怡能感受到，盛青溪进去的时候努力不碰到自己的椅子。其实，昨天在得知自己即将有一个新同桌的时候，陈怡很不高兴。

在班里，没有人愿意和她做同桌，她也不想和别人坐一起。

她和她以前的同桌，都觉得彼此很麻烦。后来针对这一点，她和班主任蒋铭远达成了一致：她一个人一桌。

但班里突然来了一位转学生，蒋铭远也没了办法，在开学的前一天，甚至打电话到陈怡家，做她的思想工作。

陈怡也知道班主任很为难，便默默地接受了自己即将拥有一个新同桌的事实。她以为自己又会迎来新的"灾难"，但这个新同桌和她想象中的很不一样，非常敏锐地发现了她有严重的洁癖。

盛青溪看陈怡的眼神和看其他人一样，其中没有任何疑惑和不解，仿佛陈怡就是一个普通人。陈怡暂时没有感到任何不适，这让她松了一口气。

陈怡默默地把椅子往前挪了一点儿。

昨天午休时，她听到有人在谈论关于她这个新同桌的事儿——

“听说她是从二中转来的学霸，以前从来没下过年级第一的宝座。”

“和顾神相比呢？”

“我觉得顾神更厉害。话说她真的很好看，我们学校没有一个颜值能比得过她的。”

“二中的学霸转来一中干什么？”

“谁知道呢，人家总有自己的理由。”

想到这里，陈怡不由得悄悄地看了盛青溪一眼，只见盛青溪把昨天的作业拿了出来，整整齐齐地摆在课桌的右上角，方便小组长来收，莹白的手指被深色的作业本衬得犹如上好的玉一般。

陈怡觉得，盛青溪真的很好看。

高二一班。

谢真和何默那一大一小两颗脑袋凑在一起，两人偷偷拿着手机不知道在说些什么。忽然，谢真仿佛在手机上看到了什么可怕的东西，发出一声怪叫后又急急忙忙捂上了嘴。

此时教室里书声琅琅，前排的同学没注意到这里的动静，但后排有不少同学侧头看了谢真他们一眼。

有个男生听到动静后，瞄了一眼正闭着眼、双手抱胸坐在椅子上的林燃，不由得凑到何默的桌旁，压低了声音问：“默哥，校门口的事是真的假的？那是谁啊？宋诗蔓？她胆子也没大到这样吧？”

何默瞪了那男生一眼，没解释，只摆摆手道：“认真读你的书，燃哥的八卦消息你也敢打听？”

男生讪讪地转过头去，不问了。

说完，何默拿着手机，弯腰坐到林燃身边。

淡金色的阳光穿过半透明的窗帘，直直地照在林燃的身上。

此时林燃正闭着眼，阳光一寸一寸地爬过他凌厉的眉峰，在他眼睑下形成一片浓密的阴影，又贪恋地越过他那如高峰一般的鼻梁，最后在他微抿的薄唇处停下了。

上高中以来，林燃一直都是一个人坐。这个大少爷脾气实在是太差了。连林默和谢真平时也得注意着点儿，不敢在林燃心情差的时候惹他——怕挨揍。

何默先是观察了一下林燃的脸色，而后小心翼翼地喊了一声："燃哥。"

林燃慢慢地掀开眼皮瞥了何默一眼，眼神平静无波，表情冷淡，像是丝毫不知道自己在校门口引起了多大的动静。

何默知道，和林燃交流最好的方式就是有话直说，所以直接把手机递了过去，提醒道："燃哥，早上的事被人拍了照片，发在我们学校私人的、专门搜集各种八卦消息的微博账号上了。"

林燃的神情毫无变化，他随手接过手机，用修长的手指轻点了一下屏幕，上面的图片自动放大并跳了出来。

林燃垂眸看着屏幕上的照片，照片的清晰度很一般，似乎是将镜头放大了很多倍偷拍的。

上传照片的人还特地给照片上的人脸做了模糊处理，但即便模糊成这样，一中的学生还是能一眼看出照片中的男生就是林燃，毕竟他的爱车就嚣张地停在一旁。而抱着他的那个女孩儿，上半身几乎完全陷入了他的怀里，脸贴在他的胸前，被遮得严严实实的，任谁都看不出那个女孩儿是谁。

林燃微微挑眉，点开了这条微博，想看看里面的内容。

匿名投稿："啊啊啊啊啊啊我们学校的大佬被人强抱了！今天早上我和往常一样，在校门口那家店里买完盒饭后，慢悠悠地往学校走。大佬的爱车的轰鸣声响起时，我非常自觉地给大佬让路，然后继续往学校里走，但是走着走着就觉得有点儿不对劲，旁边的人不但越走越快，还交头接耳。我便停了下来，好奇地回头看了一眼。这一眼，天啊！！！吓得我魂儿都快没了！我简直不敢相信自己的眼睛，甚至以为是自己没睡醒出现了幻觉。好，看到这里，想必大家都想知道我看到什么了，不知道这条微博能存在多久，大家趁着能看赶快看吧，下面放图。"

这条微博发出不过十几分钟，底下已经有六十多条评论了。

沈旺旺要好好学习："大佬这个码打了等于没打。"

考神附体："盒饭好吃，瓜也好吃。"

吃瓜小号："已存图。"

今天你写错题了吗："如果被宋诗蔓看到，这照片上的姑娘不就完了？"

食堂阿姨做糖醋排骨了吗："你们就没想过宋诗蔓可能就是当事人？"

一尾小锦鲤："宋诗蔓的同班同学告诉你，她已经快气死了。"

林燃没再往下看，微冷的眼神在何默惊疑不定的脸上扫过，漫不经心地问了一句："这女孩儿是哪个年级哪个班的？"

何默："……"

何默认为自己还是有良心的，转学生才来了两天，不能眼睁睁地看着她落入林燃的魔爪。于是他把心一横："不知道，没见过。"

林燃轻声一笑，唇角弯起，这让他冷漠的脸显得生动了一点儿，但明眼人都能看出来，他的心情更差了。林燃也不说话，就这么平静地看着何默。

何默咽了咽口水："燃哥，我回去早读了。"

林燃睨了何默一眼——上高中以来，就没见过何默早读。他没再问，反正早晚能查清她的身份。

每天上午离午休还有五分钟的时候，是学生们最紧张的时候，几乎全校学生都不希望老师拖堂，因为哪怕只晚一分钟，食堂窗口处的队伍都会排得长到让人看了就不想吃饭的程度。

显然，蒋铭远很了解学生们的心思，提前布置完作业后，非常贴心地为他们打开了教室的门。

铃声刚打响，教室里就发出了噼里啪啦的响声。

盛青溪放下笔，合上笔记本，慢吞吞地拿着饭卡往外走。她以前是不挑食的，当了警察之后就不太爱吃肉了，并不是因为有什么心理阴影，只是习惯了。

盛青溪重生后自然也是不太爱吃肉的。盛兰似乎发现盛青溪的饮食习惯改变了，这些日子一直在纠正她。盛青溪虽然对肉不反感，但吃饭的时候还是下意识地不吃荤菜。

与盛青溪隔着几米远的顾明霁，眼看着她端着两个一丁点儿肉末都看不到的菜从窗口走开，便默默地多打了两个荤菜。

此时，食堂里的大部分餐桌边坐满了人，盛青溪找了个无人的角落坐下，拿起筷子准备吃饭，不等她咽下第一口饭，餐桌上便多了一个餐盘。

有人在她对面坐了下来。

顾明霁见盛青溪毫无反应，甚至没有抬头看他一眼，一时有些尴尬，心想：她是不是忘记我了？

他只好出声喊她："小溪。"

那时候，盛开福利院里的小伙伴都喊她小溪或者小溪妹妹，顾明霁也习惯了这样喊她，一出口便很自然地用了小时候对她的称呼。

盛青溪缓缓咽下嘴里的饭，看向她对面的人。

眼前的顾明霁对盛青溪来说很陌生，自从他被领养，她就没再见过他，也是昨天在教室看到他才知道他们这一世成了同学。

小时候的那些记忆，对她来说太遥远了。

盛青溪没法再像小时候那样，喊他明霁哥哥，于是和六班的人一样，喊他："班长。"

顾明霁一怔，下意识地问："你不记得我了？"

盛青溪摇摇头，低声道："记得。"

顾明霁松了一口气，捏紧了手里的筷子，问："你一直都留在盛开吗？那小虎他们呢？盛妈妈怎么样了？"

被顾家领养后，他就再也没有回过盛开福利院。

在他们这些被领养的孩子心里，这似乎是默认的规则。

盛青溪戳着碗里的饭，慢吞吞地回答："嗯，我一直在盛开。小虎他们在你走后一两年也陆续被领养了，已经不在初城了。盛妈妈她很好。"

顾明霁听了，没继续问，对她笑了一下："小溪，以后有什么事你就问我，遇到了麻烦就告诉我，我会照顾你的，就像小时候那样。"

何默和谢真一走进食堂，就跟见了鬼似的。虽然顾明霁和盛青溪坐在了旮旯，但还是被何默和谢真一眼看到了。

在乌泱泱的人群中，盛青溪太显眼了。

不管走到哪里她都是人群中的焦点。

林燃没跟着他们来食堂，去了初中部找林烟烟。

谢真没想那么多，拉着何默就去窗口排队。

何默则不住地往盛青溪和顾明霁那边看，还疑惑地嘀咕道："仙女和年级第一认识吗？年级第一笑得跟花似的。"

谢真拍拍何默的肩："先吃饭，我下午找一班的人打听一下。"

不远处，顾明霁看看自己碗里的肉，又不动声色地扫了一眼盛青溪盘子里的菜，一时不知道怎么开口。他不傻，自然察觉了盛青溪的冷淡。

他在心里叹了一口气：慢慢来吧。

与此同时，一个消息在一中疯狂传开：一中大佬林燃，今天早上在校门口被人"非礼"了。

初中部，东食堂。

坐下之后，林烟烟这小丫头扒几口饭就偷看林燃一眼，但一对上他的视线就慌忙地低下头，恨不得将整张脸都埋到碗里去，那心虚的模样，简直不要太明显。

林燃抬手敲了敲桌面："林烟烟，有事就说，不说就认真吃饭。"

林烟烟眨了眨眼，纠结了半天，还是想满足自己的好奇心，小声问："哥哥，今天早上微博里那张照片上的人是你吧？那个抱着你的姐姐是谁呀？"她都快好奇死了。

林燃微微一怔，没想到连林烟烟都看到了那条微博。他没立刻回答，而是拿出手机发了两条信息。发完信息，林燃看向林烟烟，轻声问："好奇？"

林烟烟老实地点点头。

林燃拿起筷子，瞥了小丫头一眼："什么事都好奇，吃饭。"

林烟烟耷拉下脑袋，蔫巴巴地应了一声，默默地专心吃饭了。她知道，哥哥不想说的事，谁也问不出来。

吃完饭，林燃把林烟烟送到教学楼楼下，看着小丫头上了楼才转身离开。在回高中部的路上，他收到了无数好奇的眼神。

林燃有些不耐烦。

与此同时，林燃收到了何默发来的信息。

无人之海："燃哥，微博已经删了。"

Firegun："嗯。"

经过篮球场时，林燃听到了篮球与地面碰撞的摩擦声，以及凌乱的脚步声。他双手插兜，漫不经心地朝篮球场那边瞥了一眼，随后懒洋洋地收回视线，继续往教学楼那边走。

此时，教学楼里，宋诗蔓满脸不高兴地等在楼梯口。她今天一整天心情都很差。

好友正在劝她："蔓蔓，那个女孩儿没准儿是林燃的妹妹呢。他不是每天送他妹妹上学吗？你先别多想。"

宋诗蔓语气很差："怎么可能是他妹妹？她明明穿着高中部的校服！可惜连张正脸的照片都没有，让我知道她是谁，我……"

"蔓蔓，林燃来了！"

宋诗蔓立即抬眼向前方看去，她等的人正迈着步子朝楼梯口走来，他那副懒散、冷淡的模样非常吸引人。

一中高中部的教学楼一共有四层，教学区和行政区分别设置在大楼的两侧。庞大的白色建筑上挂着三个大字：敏学楼。

敏学楼的大厅里有两个楼梯口，一个靠近行政区，另一个靠近教学区。学生们通常走靠近教学区的那个楼梯。

宋诗蔓咬了咬唇，刚想说话，就见林燃脚步一转，径直往靠近行政区的那个楼梯口走去，显然是想躲开她。

宋诗蔓不由得恼怒地喊了一声："林燃！"

林燃不为所动，就跟没听到似的继续往前走。

宋诗蔓还是没忍住，丢下好友就小跑着追向林燃。

听到身后响起的脚步声时，林燃蹙起了眉，骤然停下脚步回头看去，眸光冷淡，语气一如既往地冷漠："你跟着我干什么？"

宋诗蔓原以为自己早已习惯了林燃的冷漠，可一想到早上他任由一个女孩儿那样抱着他，再听到这样的话，只觉得难受得喘不过气来。

她语气干涩："林燃，还有几个月就高考了，我马上要毕业了，以后可能……你就不能给我一线希望吗？我们年龄也适合，都成年了。"

林燃用仅剩的一点儿耐心回答："你这个成绩，我看毕业悬。"

宋诗蔓："……"

宋诗蔓胸中憋着一口气，差点儿没缓过来，等她缓过来，林燃早就没影了！她简直要气死了，狠狠地跺了跺脚。她就不信自己查不出那个女孩儿的身份。

下午第一节课上课前，宋诗蔓就从别人口中得知了照片上那个女孩儿的身份——高二六班新来的转学生，盛青溪。

早上刚好有六班的人路过校门口，一眼就认出了盛青溪。

世上哪有不透风的墙？

目前的课程在盛青溪看来不算特别简单，她用了整个寒假重新梳理和吸收高中的知识，否则不一定能在一中的入学测试中拿到高分。这对高中毕业已久的盛青溪来说，并不是一件容易的事，她为此花费了很多精力。

她不是特别有天赋的孩子，这件事盛青溪从小就知道。而且，她不擅长和他人相处。以前福利院来了新的叔叔阿姨，盛青溪都会害羞地躲在盛妈妈的身后，而那些叔叔阿姨似乎更喜欢活泼一些的孩子。

那些年倒不是没有人想领养盛青溪，但盛兰始终不能全然放心地把盛青溪交出去。

对盛兰来说，盛青溪与其他孩子不同，其他孩子都是民政部门送过来的。

而盛青溪是被盛兰捡回来的。

那一年春天，初城下面有个县城发了大水，盛兰上山采艾草，在河流下游捡到了盛青溪。

这个孩子看到盛兰时还笑了，丝毫不知世间的苦楚。于是，盛兰抱着这个孩子回了盛开福利院，并给孩子起名儿——盛青溪，又给孩子起了个小名儿——愿愿。盛兰希望这个孩子能平安快乐地长大。

所以，盛兰对盛青溪的感情与对其他孩子的不同。犹豫的时间一久，盛青溪就长大了，盛兰就更不舍得把盛青溪交给别人照顾了。

在盛兰看来，盛青溪就是自己的孩子。

盛青溪从小就比别人努力得多，会为了奖金去参加各种比赛，去二中读书也是因为二中愿意为她减免学费，尽量不给别人添麻烦。

盛青溪曾以为自己的人生会按照自己规划好的方向走，直到遇到林燃。

林燃是她为自己规划好的人生中唯一的意外。

讲台上的蒋铭远开始上课："今天我们要学习的内容是任意角的三角函数。在任意三角形中，各边角有以下函数关系……"

这声音将盛青溪的思绪拉了回来。

午后的第一节课，慵懒的阳光让人昏昏欲睡。教室后排有不少学生撑不住趴在了桌子上；前排的学生大多单手托腮尽量让自己保持清醒，也有挺着腰板全神贯注地看黑板的。

盛青溪低头笑了笑，如今正是青春最好的模样。

明明上课的时候学生大多一副有气无力的模样，但下课铃声打响时，每个人都精神起来了。

盛青溪打开水杯喝了一口水，感觉嘴唇没那么干了，没等她拧紧杯盖，教室后面传来高喊声："盛青溪！有人找你。"

盛青溪和顾明霁齐齐地朝喊话的女生看去。

盛青溪还没记清班级里所有人的名字，经过这个女生的时候说了声"谢谢"。

盛青溪继续往外走，此时身后传来了顾明霁的喊声："小溪！"

盛青溪顿住脚步，不明所以地回头看去。

顾明霁虽然把大部分的心思用在了学习上，但对班级里的某些传闻还是知道的。他几步走到门口，将各种窥探的眼神挡住。

他压低声音说道："她平时接触的人都是些……你最好不要去。"

盛青溪明白顾明霁的意思，低声应道："没事。"

说完，盛青溪径直走了出去，顾明霁拦不住她。

顾明霁再回头时，发现有不少同学在盯着他——他们听到了他喊的那一声"小溪"，然而没一会儿那些视线便移开了，教室里响起窸窸窣窣的议论声。

三月的天还带着寒意，大部分学生还穿着春季的校服，在六班门口等着盛青溪的女孩儿却已经穿上了夏季的校服，蓝白相间的外套和浅蓝色的百褶裙衬得她的腿又细又长，很是好看。

等在门口的女孩儿嚼着口香糖，一副漫不经心的样子，却在看到盛青溪的时候微微愣了一下，随后说道："宋诗蔓找你，她在女厕所等你，就耽误你十分钟，不影响你上课。"

盛青溪一句话都没问，越过这个女孩儿往厕所走去。

女孩儿有些疑惑地揉了揉脑袋："这是怎么回事儿？难道盛青溪没听过宋诗蔓的名号？"

六班在三楼走廊的尽头，而女厕所在走廊的另一头拐角处。

盛青溪从六班到女厕所要经过五班、四班，紧接着是楼梯口、老师办公室，最后是三班、二班和一班。拐过弯就到了三楼的女厕所，所以一班门口有一块几乎是走廊两倍宽的空地。

何默和谢真下课后会在一班门口拍拍篮球过个手瘾，盛青溪朝这边走来的时候，他们一眼就注意到了她。

谢真顿住拍篮球的动作，眯着眼仔细看了一会儿，嘀咕道："默子，走在仙女旁边的那个人是不是宋诗蔓姐妹团的？"

何默搭上谢真厚实的肩膀："还真是，我前几天还在微博上看到了她们寒假出去玩时拍的合照。"

谢真忽然想起什么，转过头惊恐地道："宋诗蔓这么快就找到仙女了？"

何默拧着眉思索了一下，这件事怎么办都不好，他们出面，就等于证实了那张照片上的人是盛青溪，但若不管，又怕盛青溪出事。

何默纠结了半天，说："过五分钟我们叫个女生去看看。"

谢真点头："行。"

女厕所。

盛青溪扫了一眼堵在门口的两个女孩儿。看到盛青溪之后，她们上下打量了她一眼才让她进去。厕所里所有隔间的门都开着，窗边站着一个女孩儿，那女孩儿也穿着漂亮的百褶裙。

盛青溪有些不合时宜地想：一中的夏季校服比二中的要好看许多。

宋诗蔓回头，不动声色地将盛青溪整个人打量了一遍——发质不错，骨相很好，五官精致，没化妆，天然的冷白皮，眉眼间透着安静和乖巧。

宋诗蔓得出结论：若自己是林燃，也会欣赏这样的小女生。于是她想了半天，犹犹豫豫地说："那个，你……以后要不要和我一起玩？"

宋诗蔓深谙对付别人的战术，计划先和盛青溪成为好朋友，再传出盛青溪倾慕林燃的消息……

宋诗蔓心想：完美。

接下来的几天，盛青溪没再看到林燃。

转眼就到了周五，放学后盛青溪刚走出教室后门，就看到了等在外面的宋诗蔓。许是等得久了，宋诗蔓有些不开心，绷着小脸，别人若多看她一眼她还要瞪人家一眼，像只凶巴巴的小野猫。

宋诗蔓见盛青溪出来了，脸上才有了别的表情，忍不住小声抱怨道："人都快走没了。你们班男生是怎么回事，怎么能让女生擦黑板呢？"

宋诗蔓刚刚扒在窗边看了半天，盛青溪费力地踮着脚擦黑板，擦了半天才把黑板擦干净。

宋诗蔓生气的模样竟有些可爱，盛青溪不禁想起了盛开的小家伙们，忍不住摸了摸宋诗蔓的脑袋："一周就一天，每个卫生小组都分好工了，而且我觉得擦黑板比扫地轻松一点儿。"

宋诗蔓别扭地想躲开，但一想到自己是来和盛青溪拉近关系的，只能默默忍住。

这几天，宋诗蔓正在偷偷地进行第二步计划：把盛青溪倾慕林燃的事悄悄传出去。

宋诗蔓知道，林燃最不喜欢这类传言了。他知道了一定会出面拒绝，到那时盛青溪肯定会死心，多么完美的计划！

宋诗蔓的班级就在四楼，于是宋诗蔓最近天天跑下来拉着盛青溪一起去吃饭。

通过这几天的仔细观察，宋诗蔓总算知道盛青溪为什么这么瘦了。盛青溪每天就吃那么点儿菜叶子，能不瘦吗？宋诗蔓看着都觉得可怜，美女果然不好当啊。

今天，为了和盛青溪一起回家，宋诗蔓把自己家的司机赶了回去。

盛青溪的家境似乎不是很好，除了吃饭，宋诗蔓就没见盛青溪在其他方面花过什么钱，盛青溪用的东西也都很普通，都是一些宋诗蔓没见过的小牌子。

宋诗蔓秉持着“知己知彼，百战百胜”的原则，计划着去盛青溪的家里看一眼。

宋诗蔓扯过盛青溪往人少的那个楼梯口走，装作不经意地问起：“小溪，我能去你家坐一会儿吗？今天我爸妈不在家。”

盛青溪犹豫片刻，抿了抿唇，问：“你要留下来吃晚饭吗？我家里可能……可能会有一点儿吵。”

在福利院，大家都是一起吃饭的，小朋友们叽叽喳喳的，热闹的程度不亚于学校食堂。而宋诗蔓不喜欢吵闹的环境，在食堂吃饭的时候也总是皱着眉。

盛青溪也是今天听人说起才知道，宋诗蔓以前从来不在食堂吃饭，午饭和晚饭都是家里的阿姨做好送过来的。

盛青溪怕宋诗蔓不习惯福利院的环境。

宋诗蔓扭头瞅了一眼盛青溪，语气坚定地道：“没事，我不怕吵。”

校门口，何默叼着棒棒糖，和谢真一起倚在墙边等林燃。

林烟烟已经放学了，林燃要回家接她过来。谢真家的车行在学校的另一个方向，他们今晚要参加一场比赛，林燃不放心让林烟烟一个人待在家里，所以要把她接过来，让她乖乖待在车行里。

谢真看到盛青溪和宋诗蔓的时候，眼睛都直了，只见两个女孩儿肩并肩地走着，时不时还会说几句话，便推了一下正在打游戏的何默：“默子，你快看。天啊，难道我的眼睛出问题了？”

何默抬头瞥了一眼，随口应道：“她们俩现在天天在一起吃饭，你不知道？”

谢真：“这……这我哪能知道？”

谢真一脸疑惑：“这是什么情况？仙女和宋诗蔓不是对手吗？怎么变成手牵手的好朋友了？”

何默纠正道：“没有手牵手。”

谢真：“这是重点吗？”

何默斩钉截铁地说：“是。”

谢真：“……”

何默继续打游戏，谢真看了盛青溪和宋诗蔓半天，并给何默实时播报她俩的情况：“宋诗蔓居然也有等公交车的一天。仙女拿出纸巾把椅子擦得干干净净的，天啊，宋诗蔓居然坐下了。”

谢真几乎傻眼：“这是什么桥段？”

听到这里，何默忍不住反驳：“这宋诗蔓不是明摆着在欺负仙女吗？”

谢真：“啊，是这样吗？”他们看到的是同一个画面吗？

在一中门口的公交车站前，盛青溪从零钱包里拿出两块钱递给宋诗蔓，宋诗蔓小声嘟囔着：“公交车上不是可以用手机付钱的吗？这个我还是知道的。”

宋诗蔓嘴上这样说着，身体却很诚实——伸手接过硬币。

宋诗蔓已经有好些年没带过现金出门了，低头看着手心里那两枚银灿灿的硬币，默不作声地握紧了手。

盛青溪轻声解释：“我平时上学不带手机，所以都是用硬币付钱。”

宋诗蔓抬眸看了盛青溪一眼，没应声，心想：没想到这年头还有不带手机上学的人。

这几天相处下来，宋诗蔓觉得盛青溪完全就是传统意义上的好学生，学习成绩好，且严格遵守学校的一切规则。

课间宋诗蔓几乎不会待在教室里，偶尔买杯奶茶去高二六班找盛青溪，却见盛青溪不是在记笔记就是在写作业。在宋诗蔓看来，这样的生活过于枯燥，盛青溪和自己，是全然不同的两个人。

宋诗蔓有些难过地想：林燃钟意的是盛青溪这样的女孩儿吗？宋诗蔓知道自己永远都没办法变成盛青溪那样的人。哪怕是为了林燃，宋诗蔓也做不到，因为她很喜欢如今的自己，很喜欢。

113路公交车是开往郊区方向的，宋诗蔓和盛青溪上车时，车里只零散地坐了几个人，明明站牌下挤满了人，却只有三个人上车，其中就包括她们俩。

上车之后，宋诗蔓没有直接问要坐到哪一站，只拐弯抹角地说：“小溪，我们要坐几站？多久才能到你家呢？”

盛青溪想了想，应道：“十五站，一个小时后吧。”

宋诗蔓：“……”

宋诗蔓掰着手指头数了数，惊疑地问：“你每天几点起床？”

盛青溪语气平静，就好像在说今天天气很好一样：“早上五点，起来后我会先跑半小时的步，洗完澡、吃过早饭大概是六点，然后等公交车，到学校就七点多了。”

宋诗蔓拧着眉算了半天，发现盛青溪每天差不多就睡五个小时。

宋诗蔓本来想问：你住得那么远，为什么不干脆在学校附近租个房子？但看了一下公交车的路线图，她便默默地闭上了嘴——她们一会儿下车的那一站是盛开福利院。

宋诗蔓忍不住开始胡思乱想：盛青溪她……到底住在哪里？

下车前宋诗蔓是被盛青溪叫醒的，刚被叫醒还蒙了一会儿。

她，宋诗蔓，居然不知不觉地在公交车上睡着了。

宋诗蔓下意识地问：“小溪，我睡觉时流口水了吗？”

盛青溪牵住宋诗蔓的手腕往下走：“没有，你还是很好看。”

宋诗蔓一时间心情复杂。

虽然宋诗蔓在车上就多少猜测到了，但盛青溪真的带自己走进盛开福利院的时候，宋诗蔓还是怔住了，磕磕巴巴地问：“小溪，我们……？你……？”

我们来这里做什么？你住在这里吗？

只是她没问出口。

盛青溪扭头看了宋诗蔓一眼：“我是孤儿，在这里长大，这是我的家。这里的小朋友都和院长妈妈一个姓，我们都姓盛。”

宋诗蔓不知道该说些什么，在这一瞬间，甚至有一点儿讨厌自己，心想：自己之前想的都是些什么烂计划？！宋诗蔓觉得自己应该光明正大地告诉盛青溪自己倾慕林燃，而不是像现在这样。

盛兰看到盛青溪带着同学回来，差点儿以为是自己的眼睛出了问题。在盛兰的记忆里，这个孩子从来没有带同学来过福利院。

此时已是饭点，盛兰连忙去给客人拿碗筷。

盛开福利院的食堂和幼儿园的食堂差不多，里面的桌子和椅子都是矮矮的，五颜六色的桌椅上布满了各种涂鸦，小朋友们成排地坐在一起，正拿着小勺子乖乖地吃饭。

盛青溪、宋诗蔓以及盛兰坐在一张桌子旁。三人坐下没多久，有一个小朋友吃饭不小心呛到了，盛青溪放下筷子就往那边走，桌旁就剩下盛兰和宋诗蔓两个人。

宋诗蔓察觉这个中年女人看自己的眼神小心翼翼的。对方想了一会儿才试探着问道："同学，小溪在学校里……开心吗？她吃得好吗？"

宋诗蔓觉得这个问题很奇怪，别的家长通常会问"在学校里上课怎么样？""成绩怎么样？"或是"和同学相处得怎么样？"。

她尽量耐心地回答盛兰的问题："她学习很认真，吃饭基本吃素的，不怎么乱花钱。"

宋诗蔓以为盛妈妈听了会放心一些，但盛妈妈的眼神中流露出了担忧。

盛青溪哄好了小朋友才回来，坐下时发现盛妈妈和宋诗蔓的神情都怪怪的。盛青溪动作微顿："怎么了？"

盛兰勉强笑了笑："吃饭。"

吃完饭，盛青溪带着宋诗蔓去了自己的房间。看不到那些孩子了，宋诗蔓才觉得心里好受了一些。

宋诗蔓悄悄地打量着这个还没自己的半个衣帽间大的房间，同时提出："小溪，我们互相加下微信吧，放假了方便联系。"

盛青溪嗯了一声，从抽屉里拿出一个普通牌子的智能手机。

宋诗蔓和盛青溪加上了好友。

盛青溪的微信头像是一朵长在路边的小黄花，微信昵称是"盛开"，朋友圈的封面是盛开福利院大门的照片。

盛青溪怕宋诗蔓多想，解释道："这就是我的微信号，也是我们福利院的微信号。"

宋诗蔓默默地扫了一眼盛青溪的朋友圈，里面大多是小朋友们的照片，还有一些对慈善捐款者致谢的内容，都是和盛开福利院相关的，没有任何关于盛青溪自己的内容。

与此同时，宋诗蔓的微信开始疯狂弹出消息，她扫了一眼，信息内容都是林燃今晚在车行有比赛，问她去不去。

宋诗蔓可能不去吗？不可能！

但此时宋诗蔓犹豫了——是自己去还是带上盛青溪去呢？

第二章　朋　友

晚上七点，光年车行。

“光年”是谢真家的车行的名字，但真正出名的并不是光年车行（主要卖各种高配的摩托车），而是他家的光年俱乐部（重型机车俱乐部），就开在车行隔壁。

车行里面是典型的重金属装修风格。

此时林燃正懒懒地坐在车行二楼大厅的红色沙发上，有一搭没一搭地玩着摩托车配件，偶尔抬头看向对面的休息室。他能透过休息室的玻璃窗看到室内的情况——林烟烟正在里面写作业。

何默洗完澡下来，发现林燃还没换衣服，怔了一下，踹了踹谢真坐着的沙发，弯腰低声问道：“燃哥怎么还不换衣服？比赛不是马上要开始了吗？”

谢真正戴着耳机听着音乐疯狂甩头，一点儿都没注意到何默下来了。即便何默踢了沙发，也丝毫没有撼动体形庞大的谢真。

何默忍不住摘掉谢真的耳机：“问你话呢！你真该减肥了阿真，现在壮得跟山似的。”

谢真瞪了何默一眼，抢回自己的耳机：“父爱如山你懂吗？”

何默翻白眼：“父爱如山一动不动吗？我没有你这样的爸爸！”

两个人闹了一会儿，开始认真讨论林燃到底会不会去比赛，毕竟今晚来的是初城重机（重型机车）组中最厉害的车队——“上瘾”。

这个车队对林燃很感兴趣，据说，他们今晚是特地来看林燃的。

谢真往林燃那边瞅了一眼，嘀咕：“燃哥坐那儿一个小时，连位置都没挪过，往常这个时候他早就去陪他的宝贝车了，今天他的宝贝车现在还在车库里停着呢。”

何默神情凝重：“燃哥最近实在太古怪了，一定有什么事我们不知道。”

谢真挠挠头：“你要敢问你去问。”

何默：“问就问，瞧不起谁呢？！”

何默直起身子，飞快地扫了林燃一眼，眼神飘忽不定，就是不敢和林燃对视，然后大声咳嗽一声：“燃哥，今晚我们怎么安排？”

林燃动作一停，头也不抬：“你作业写完了吗？”

何默：“啊？”

谢真：“……”

放学后何默和谢真从不会带与学习有关的东西回家，有一段时间他们甚至连书包都找不到，哪会知道有什么作业。

在何默和谢真忍不住刨根问底之前，林燃随手把金属配件一丢，起身往隔壁的光年俱乐部走去，此时林燃还穿着一中的校服。

何默见林燃不准备换衣服，就知道他今晚是不准备上场了。

谢真苦恼地看着林燃的背影，明明年初那会儿林燃还有意加入那个重机组车队呢。

对谢真来说，林燃竟变得有些陌生了，而且林燃这样的改变不是循序渐进的，而是突如其来的。

私家车的后座上，宋诗蔓皱着眉，悄悄地瞥了一眼身边的盛青溪。

车窗外忽明忽暗的光影，将盛青溪的大半个身子笼罩了起来，但宋诗蔓仍能看到盛青溪那双漂亮的眼眸。此时盛青溪侧着脸，无声地看着窗外，整个人看起来沉静又美丽。

宋诗蔓觉得盛青溪就像上好的瓷器，精致又脆弱。

宋诗蔓懊恼地在心里责怪了自己一句：自己怎么就一时心软带盛青溪过来了？！

和对手做朋友还做上瘾了，宋诗蔓觉得自己简直有病。她让司机来的时候顺便给她们带两套衣服，她可不想去俱乐部玩的时候还穿着校服，那样太没面子了。

宋诗蔓想快一点儿长大，长大了就能拥有更多的自由。

豪车在光年俱乐部的门口停下，下车之后，宋诗蔓拿着袋子熟门熟路地拉着盛青溪拐进了女更衣室。

宋诗蔓是这里的会员，也是熟客，这里的工作人员大多认识她，这一路她们都畅通无阻。

袋子里装的是两套衣服，一套蓝色的，一套粉色的。这都是宋诗蔓的珍藏品，她从来都不舍得给别人穿。宋诗蔓眨了眨眼，非常有心机地把那套粉色的衣服给了盛青溪，因为去年有个女生递了一封用粉色信封包着的情书给林燃，被林燃拒绝了，理由是他不喜欢粉色。

盛青溪默默接过宋诗蔓递过来的衣服："其实我可以不换衣服，穿校服也没关系的。"

宋诗蔓："不行，你穿校服的话，我就不和你一起进去了。"

盛青溪："……"

盛青溪第一次穿这样的制服。换好衣服，她发现这套衣服有些不合身：上衣有一部分特别紧，裙子的腰身处却宽宽松松的，裙子还很短。她不太能适应这个长度，低头把裙子往下扯了一点儿。

盛青溪小的时候偶尔会穿裙子，因为盛兰热衷于打扮盛青溪。上学后，盛青溪大部分时间穿校服，因为方便，去哪儿都合适。参加工作以后，因为职业特殊，盛青溪就基本上没再买过裙子。

等在沙发上的宋诗蔓听到动静后，下意识地抬头看了一眼，这一眼让她微微怔住。

宋诗蔓惊疑地瞄了一眼盛青溪的胸部，又低头扫了一眼自己的。

宋诗蔓："……"

她恨！

明明是黑夜，俱乐部的场地上却亮如白昼。

林燃坦然地穿着校服站在看台上，生怕别人不知道他还是个学生。底下的赛场上站了不少人，他们身边的摩托车像是在黑暗中蛰伏的猛兽，随时可能咆哮着冲出去，去撕碎它们的猎物。

林燃垂眸看着其中的一群人。站在最中间的，是一个身材高挑的男人，栗色的短发闪着淡淡的光泽，他戴着一副镶着金边的眼镜，笑的时候会微微眯起眼睛，唇边的弧度很温柔。

这个看起来温文尔雅的男人，却是“上瘾”的队长——宋行愚。

林燃知道，这只不过是宋行愚表面的模样。

前世的今天，林燃在宋行愚的邀请下加入了“上瘾”。一个月后，“上瘾”和初城的另一个重机组“飓风”进行了一场比赛。在那场比赛中，林燃一上场就拿下了大比分，狠狠地把对手甩在了身后。

当时的林燃并没有注意到对手那阴冷如毒蛇的眼神，更准确地说是他当时年少轻狂，看到了却没有在意，毕竟那些人都是他的手下败将。

那一天林烟烟也在现场，他们伤不了林燃，便下作地把主意打到了林烟烟的头上。

林烟烟所遭受的一切都因他而起，林燃不自觉地将垂在身体两侧的手紧紧握成拳，一直握到手指泛白。以前所发生的一切如噩梦一般纠缠着他，他有时候会想：那会不会只是一个梦而已？一切都是他的幻想，那些事其实都没发生过。

林燃不敢赌，害怕那样的事情会再发生一次，所以这一次他不会加入“上瘾”。对现在的林燃来说，最重要的就是林烟烟。

不远处，宋诗蔓躲在看台的柱子后，偷偷地看林燃，目不转睛地看了一会儿，然后转过头没什么底气地对盛青溪说：“小溪，你……你知道我倾慕林燃吧？”

盛青溪神情不变地点点头：“我知道。”

宋诗蔓：“……”

盛青溪怎么会是这个反应？这让她怎么往下接？宋诗蔓将准备了半天的话全都咽回了肚子里。宋诗蔓刚刚还在想象自己和盛青溪的对话会是怎样的，没想到一开头就出现了意外。

盛青溪将视线越过宋诗蔓和柱子，落在林燃的身上。

这样的林燃，与她记忆中的林燃有一些区别。她记忆中的林燃像一柄锋利的剑，危险而抢眼，从未遮掩过自己的光芒。而此时的林燃，似乎回到了剑鞘里。盛青溪想知道他正在看什么。

此刻，宋诗蔓身边围了不少女生，盛青溪和宋诗蔓说了一声，便独自往看台前走去。盛青溪没有注意到看台上大部分观众的视线落在了自己的身上。

盛青溪看向赛场，扫了一圈，看到宋行愚之后，她的眸光倏地顿住。

她忽然想起一件事。上一次她倾慕于林燃之后，曾去一中的贴吧搜索过关于林燃的帖子，那些帖子写的大都是关于林燃的长相和家世的，或者是谁向他告白了这类事情。

只有一条帖子语焉不详地提起林燃在高二下学期差点儿被退学的事，说林燃和校外人士起了激烈的冲突。

那时的盛青溪不明白林燃的身上曾发生过什么。直到很久很久以后，盛青溪才从林烟烟的口中得知，那一年三月林烟烟差点儿被几个混混欺负了。那件事的起因就是林燃加入车队，打那之后他一直责怪自己。

即便林烟烟说得委婉，盛青溪也明白“欺负”两个字的含义。

盛青溪抿了抿唇，她不会再让这样的事情发生了。

此时比赛还未开始，“上瘾”的人知道他们老大今天来光年是为了看林燃，但他们等了半天都没等到林燃下来。其中一个人忽然瞥见看台上穿着校服的林燃，随后弯起唇角，吹了一声响亮的口哨，顿时赛场上的人都朝林燃看去。

林燃脸色微沉，以前发生在林烟烟身上的事，一遍又一遍地凌迟着他的心。一股邪火忽然从心中冒了出来，他转身就走。

看台下的人以为林燃准备上场，都吹起了口哨。就在人群即将陷入狂欢时，亮如白昼的俱乐部忽然陷入了一片黑暗之中，骚乱声渐渐响起，狂欢还未开始就结束了。

不一会儿，工作人员拿着喇叭出来喊：“大家不要惊慌，只是跳闸了，两分钟内就能修好，请大家留在原位不要乱动。”

林燃在黑暗中行走自如，因为停电的事在以前也发生过。

他忽然轻轻地笑了一声。

盛青溪的夜视能力很好，刚才就察觉林燃今晚的状态不太对，犹豫了一下，还是跟上了他。

林燃下了看台之后并没有走远，甚至等不到回车行，就骤然停住脚步，一拳砸到坚硬的墙上。这一拳用了狠劲，他却像感觉不到痛一般，还想接着往上砸。

身后似乎响起一阵小跑的声音，林燃充耳不闻。然而下一秒，他被人从身后扯住了衣袖，女孩儿身上清甜的香气钻入他的鼻腔，将他从混乱不堪的思绪里拉了出来。女孩儿用和那日一样温软的声音喊他的名字：“林燃。”她像是在说“林燃，你别怕”。

光年车行，二楼。林燃用没受伤的右手揉了揉林烟烟的脑袋：“吓到没有？”

林烟烟坐在椅子上，晃了晃小腿，仰着小脸，乖巧地应道：“电很快就来了，我还有手机，害怕的话会给哥哥打电话的。”

林燃弯唇笑了一下：“你这小丫头，胆子大了不少。”

安抚完林烟烟之后，林燃转身下楼。

他垂眸扫了一眼自己血迹斑斑的手，又想起刚刚在黑暗中看到的纤瘦身影，她的衣服似乎有些大，他将人拦住的时候摸到了宽松的衣摆。

黑暗中，她身上的气味特别浓烈，丝丝缕缕地顺着空气钻入林燃的鼻腔。

林燃没想到第二次会来得如此快，不过这一次他没让她轻易逃走。面前的她，身材纤瘦，小小的一只。

林燃嘶哑着嗓子笑了笑：“第二次了。”

这小东西安安静静的，小小地挣扎了一下就想跑，似乎只是想趁机再偷偷抱他一次。

林燃动作极快，把她困在他和墙壁之间，收敛笑意，语气淡淡地说：“还有三十秒就来电了，我倒要看看这次你还能往哪儿跑。”

林燃活了两辈子，就没遇见过这样的人，像猫似的时不时地伸出爪子“挠”他一下，然后又大摇大摆地甩着尾巴跑得不见人影。

虽然她的呼吸很轻，但林燃还是敏锐地发现她有些紧张。他刚想再说话，这小东西忽然屈腿，倏地朝他的腰间撞来，他不得不分出一只手去化解她的攻势，下一秒，她凌厉的拳头破空砸向他的脑袋。

林燃松开她往后躲去，就在他以为她会继续进攻的时候，她却收回了动作，转身跟阵风似的跑了。

林燃：“……”

他心想：这是什么路子？

等俱乐部重新亮起灯的时候，林燃眼前早已没了她的身影，和那天她在校门口抱了他就跑的场景一模一样。

谢真和何默回来的时候，林燃正坐在沙发上给自己上药。他面不改色地拿着酒精往伤口上洒，呼吸都没乱一下。

谢真轻嗞一声，下意识地看了一眼自己的手：“燃哥，你干什么去了？”

何默也嘀咕道：“停了两分钟电的工夫，燃哥就和别人干起来了？还输了？难以置信！”

说话间，谢真的手机响了，他瞅了一眼上面的名字，走到外面去接电话。

何默用脚指头想都知道，肯定是车队的人给谢真打电话，打听林燃的事。他走到林燃身边坐下，直接问：“燃哥，咱还进那个车队吗？”

林燃手上的动作没停：“不进了。”

何默挠了挠头：“那咱们这个暑假玩什么？”

林燃语气平淡，神色从容：“好好学习，天天向上。”

何默：“……”

这话要是别人说的也就算了，但从林燃口中说出未免有些奇怪。林燃是谁？林燃是连月考时在卷子上写个名字都觉得费劲的人，更别说学习了。

他们这些人中，学习最好的就是林烟烟，回回考试都是年级前十。这兄妹俩连脾气都完全不一样，简直不像一个妈生的。

宋诗蔓未料到停个电的工夫林燃就不见了，把几个看台都找了一遍也没找到林燃。她耷拉着脑袋回到第一个看台，正好遇见回来的盛青溪。

宋诗蔓狐疑地扫了盛青溪一眼，发现盛青溪的耳后根至颈间泛着淡淡的粉色，脸上也红了一片，不知道盛青溪刚才是干什么去了。宋诗蔓刚想出口询问，就眼尖地瞥见盛青溪的衣摆上沾着血渍。

宋诗蔓瞬间就把刚才的疑问抛到了脑后，惊恐地道：“小溪，你衣服上怎么有血？是有人欺负你了，还是你来大姨妈了？”

盛青溪平复了一下自己的呼吸，低头朝衣摆看去，上面沾着林燃的血。

她摇摇头：“没事，不是我的血。”

林燃不在，宋诗蔓自然不愿意在这儿多待，和朋友们打了一声招呼，就带着盛青溪走了。

车还停在门口，上车后宋诗蔓报了盛开的地址，打算先把盛青溪送回去。

车里没开灯，车外斑驳的光影在车内微微晃动。宋诗蔓纠结了许久，才重新提起关于林燃的话题，咬了咬唇：“小溪，那天我是因为看到微博上的照片才去找你的。我一直很倾慕林燃，但他一直都在拒绝我。快毕业了，我还不想放弃。因为这样的事接近你，我向你道歉。我知道你也倾慕林燃。我能不能问问，你倾慕林燃多久了？”

宋诗蔓说完之后，车内有一瞬间的安静，就在宋诗蔓以为盛青溪不会回答的时候，听到盛青溪低声说：“十年。”

宋诗蔓以为自己听错了，下意识地问：“什么？”

盛青溪却没再回应，只侧头看向窗外深沉的夜色，轻声说：“诗蔓，比起倾慕林燃，我还有更重要的事要做，所以他欣赏谁都没有关系。”

宋诗蔓听得稀里糊涂的，之后一路上都在思考盛青溪的话。盛青溪到底倾不倾慕林燃？倾慕一个人会不在乎对方欣赏谁吗？反正宋诗蔓现在做不到心平气和地看着林燃和别人在一起，她会气死的。

盛青溪下车之后，宋诗蔓扒着窗口小心翼翼地问：“我那天在厕所里和你说，想和你做朋友的话是真心的，我……我喜欢和好看的人一起玩。以后我还能来找你吗？”

盛青溪弯了弯唇：“可以。你快回家吧，很晚了。”

宋诗蔓朝盛青溪挥了挥手，将脑袋缩回车内，关上了车窗。

她耷拉着脑袋，不停地咬着自己的指甲，心想盛青溪这性格也太乖了。别说不会欺负盛青溪了，宋诗蔓甚至想给盛青溪买漂亮的小裙子。

宋诗蔓敲了敲自己的脑袋：“宋诗蔓，你真没出息！”

看着载着宋诗蔓的车消失在街道尽头，盛青溪才转身缓缓地往福利院里走。福利院里十分明亮，不远处的宿舍里还亮着灯，四周十分安静，那些小家伙应该刚洗完澡准备睡觉了。

温柔的月色在云层上晕染开来，夜色很美。

周一，宋诗蔓早上到学校的时候，隐隐觉得自己似乎忘了什么事情，直到走进教室，听到几个女生肆无忌惮地讨论一件事才想起来。

“你们听说没，高二那个转学生倾慕林燃呢。”

“好像是特地为了林燃转过来的。”

“燃哥真牛啊。”

“你们说这转学生是什么来头？”

宋诗蔓：“……”

她居然把这事忘了，估计此事现在已经到了全校皆知的地步。

她经过这几个女生时，故意碰倒了一把椅子，椅子倒在地上发出的巨响打断了她们的议论。其中一个人脸色微变，正要发脾气，但抬头看到是宋诗蔓就闭上了嘴，这个大小姐她们可惹不起。

楼下，高二六班，盛青溪一踏进教室就注意到同学们看她的眼神与平常不同。不过她不在意这些，自顾自地走到自己的座位坐下。

陈怡看着盛青溪，欲言又止，纠结了半天都不知道该怎么开口。不过，不等她开口，就有人替她解决这个问题了。

顾明霁的脸色不太好，他不知道就这短短几天，盛青溪惹到谁了。她才来一中几天，怎么可能会倾慕林燃？她根本就不认识林燃！少女安静地坐在窗边，他一时看不出她的情绪，便轻声喊道："小溪，你出来一下，我有点儿事和你说。"

走廊上，有几个学生正在打扫卫生，也有学生陆陆续续地往教室里走。顾明霁和盛青溪站在栏杆前倒也不是很显眼。

顾明霁在心中组织了一下语言才开口："小溪，现在全校都在传你是为了林燃转学过来的。要不要我帮你去打听一下是谁散播的谣言？实在不行我们就去找蒋老师帮忙。"

盛青溪没想到是因为这个，大家才那样看她。

听到顾明霁这样说，她像是松了一口气。以前，她藏了十年都没能说出口的话，现在反而这么快就让这么多人知道了。相信这话迟早也会传到林燃的耳朵里，她无奈地想，这样也好。

盛青溪知道顾明霁担心自己，摇摇头："不是谣言，不用去打听，也不用去找蒋老师。我的确是为了林燃，这是事实。"

顾明霁："……"

他没听错吧？顾明霁神色复杂地看着盛青溪走进教室。

所以传言是真的，盛青溪真是为了林燃才转来一中的。

这一早上，林燃被烦得不行。先不说他们班上的人，就连他常去的拳击馆的老板都发信息来问他，是不是有个女孩儿为了他转到一中来上学。

他真是服了，连宋诗蔓都做不出这样的事，也不知道那个转学生是怎么想的。林燃皱着眉想：那个小东西到底是为了什么来的？

早读一结束林燃就出了教室——寻个清净。

何默和谢真照旧拿着篮球，在林燃旁边拍来拍去，而平时对这种事最好奇的两个人，今天居然一个字都没和林燃提，像没听过这个传言似的。

认识林燃的人多，所以对这件事好奇的人也多。他清净了没多久，篮球队里高一的一个学弟就跑上来找他了。

这个学弟向来胆子大，往左右两边看了看，像没看到林燃那冷漠的脸色似的，好奇地问："燃哥，那个天仙似的转学生，真的是因为倾慕你才转学的吗？你们俩以前就认识？"

林燃不耐烦地轻斥了学弟一声。

他懒懒地倚在栏杆上，冷淡的目光扫过恰好从他面前经过的盛青溪，下巴微抬，漫不经心地问："不认识，有她好看吗？"

旁人都循着他指的方向看去。等盛青溪的身影消失在转角之后，有人告诉林燃："燃哥，她就是那个转学生。"

不过，这件事几乎没有影响到盛青溪，她反而比平时更轻松了。

晚上，九点五十分的铃声一响，教室里的寂静被打破，顿时喧闹起来。

盛青溪把作业交给小组长，整理好书包准备回家。

陈怡犹豫片刻，侧过头看了盛青溪一眼，小声问："盛青溪，今天数学课上蒋老师布置的那道题你能给我讲讲吗？我想了很久，一直没想到简单的解法。"

这些天，陈怡算是了解了盛青溪这个二中年级第一的学生的实力，不仅从来没见过盛青溪在上课的时候开小差，还发现盛青溪会认认真真地记好所有笔记，对每门课的知识进行详细的分类，到现在盛青溪的错题本上还是一片空白——没有做错过一道题。

盛青溪会在第一节晚自习开始前，做完当天所有的作业。在陈怡这个已经很自律的人看来，盛青溪这个人简直自律到可怕。

但上晚自习的时候，盛青溪就变成了另一副模样。

晚自习时间似乎是盛青溪的私人时间，她会看课外书，会发呆，会在空白的草稿纸上涂涂画画，偶尔会写一些东西，反正不会再碰任何与学习有关的东西。

这件事只有陈怡知道，算是她们同桌之间的秘密。

盛青溪把自己的数学笔记本抽出来，放在桌上，非常贴心地替陈怡翻到了那一页："你看完放着就好，不用管它。"

陈怡抿抿唇，知道盛青溪这是在照顾自己的洁癖症，小声道："谢谢。"

盛青溪朝陈怡笑了笑，便背着书包离开了。

陈怡转头看向盛青溪的背影，瘦弱又单薄。陈怡不禁想：盛青溪到底是一个怎样的人呢？

盛青溪背着书包，慢吞吞地走下昏暗的楼梯。高三的晚自习比高二晚四十分钟结束，所以宋诗蔓此时还在教室里。对盛青溪来说，拥有亲密的朋友是她以前不曾体验过的事。

以前，起初也有不少人愿意和她做朋友，可知道她是孤儿之后，那些小朋友就会被家长勒令离她远一点儿，这样的情况持续到她上高中。

盛青溪在交友这方面没有特别大的需求，那些年通常是一个人。后来，她把全部的心思都放到了工作，以及找寻那场大火的原因上。

想到这里，盛青溪停住往外走的脚步，转身往另一个方向走去。

十分钟后，盛青溪拎着一杯奶茶，在高三一班的后门处停下。盛青溪透过后门上的玻璃看到了宋诗蔓，许是晚自习的时间太久，宋诗蔓正趴在桌子上发呆，一副百无聊赖的模样。

盛青溪轻声对靠近后门的学生说了句话，之后那个人喊了一声宋诗蔓的名字。

听到有人找她的时候，宋诗蔓根本没想过会是盛青溪，毕竟这些天都是自己巴巴地往楼下跑。所以看到来人是盛青溪时，宋诗蔓简直又惊又喜。

盛青溪把奶茶递给宋诗蔓，弯了弯唇："我记得你爱喝这个。"

宋诗蔓看了一眼时间，接过奶茶就推了推盛青溪，说："都十点多了，你快坐车回家。如果十点十分的那班车走了，你又要多等十五分钟。"

她小声嘟哝："你本来就睡不了多久，奶茶我什么时候不能喝？"话虽这样说，但宋诗蔓心里很高兴。

宋诗蔓把盛青溪送到楼下，看着她走入夜色里的背影。她捧着手里温热的奶茶，心想：男人到底有什么好呢？林燃会等她吗？林燃会给她送奶茶吗？林燃会陪她穿漂亮的小裙子吗？

答案显而易见——林燃不会。

宋诗蔓隐隐觉得哪里不对，原本计划要"征服"盛青溪的，但现在情况怎么反过来了？

她喝了一口奶茶，那香甜的味道让她瞬间忘记了这个问题。

一中一共有三个出口，南门是正门，西门是侧门，北门是专用门，平时只用来运送物资，常年不开，学生通常从南门和西门进出。

由于 113 路公交车的站牌在南门附近，所以盛青溪向来是走南门的。

从教学楼到南门有两条路，大路宽敞而明亮，而小路需要绕过体育馆，路上没有灯，漆黑一片，盛青溪一般走小路，因为这样可以更快地到达南门。

走这条路的人本就少，今天她又耽搁了一些时间，所以路上只有她一个人，她的身影逐渐融入黑暗之中。

不知道从什么时候开始，盛青溪感觉自己的身后出现了另一个人的脚步声。

来人与她隔着不远不近的距离，并且那人没有刻意放低自己的脚步声，反而像是在刻意制造出动静，提醒她有人在她身后。

盛青溪小声地呼了一口气，又仔细听了一会儿身后的脚步声——不是顾明霁，这脚步声和顾明霁的不一样。

盛青溪能感觉到对方落在自己身上的视线，基本可以确定，对方是冲着她来的。

但她又隐隐感觉到，来人没有恶意，这是她以前多年的工作经验带给她的敏锐的直觉。

盛青溪想了片刻，干脆停住脚步。

她就站在路中间，等着后面的人过来。

来人见她停下，忽然低低地笑了一声，一个慵懒微哑的男声骤然在她耳边炸开："你这次不跑了？"

盛青溪僵了一瞬，一种微麻的感觉从耳根处蔓延到全身，不自觉地握紧垂在身侧的手。原本的思绪被打乱，她不知道该做出什么反应。

林燃的声音，她听过一次就再也没办法忘记。

她每次遇见林燃都很紧张，不管是以前，还是现在。

以前，她偷偷来一中门口看他的时候就很紧张，现在，在每天都有可能看到林燃的情况下，她更紧张。

林燃望着面前身体僵住的女孩儿，视线下移，即使在黑暗中他也能看清女孩儿紧紧攥起的手。

他干脆提步走到她身前，轻声道："跟我过来，我有话问你。"

盛青溪想起自己偷偷抱他的事，捏了捏自己的指尖，非常没有骨气地开始道歉："对不起，林燃，我向你道歉。"接着，她又小声保证，"不会有下一次了。”

林燃嗤笑一声，没说话。

两人一前一后地朝校门口走去。

盛青溪跟在林燃身后，他往前走一步她就跟一步。明明只是在单纯地走路，她心里却莫名地生出一些欢喜来。

以前，她偶尔会偷偷跑到一中来看林燃，但通常是在校门口远远地看他一眼就走，从来不敢靠近他。

但此时此刻，她离他这么近，仅一步之遥。

他们走过漆黑的小路，再绕过一条花园里的石子路，便到了南门，越靠近大门灯光越亮，光照在他们身上，在路上投出斜长的影子。

林燃回头瞥了盛青溪一眼，只见这小东西低着头，踩着他的影子正走得开心，步子也迈得大大的。

她好像一点儿都不怕他。

两人快走出校门时，林燃随口问：“你要怎么回家？家里人来接还是自己回去？”

盛青溪老老实实地回答他：“我自己坐公交车回去。”

林燃：“行，那咱们就去站牌那儿说两句。”

说完，林燃直接走出校门，没刷卡，门卫也没拦他。盛青溪从书包外侧的口袋里拿出校园卡，刷了卡才走出来，这时林燃已经离她有一段距离了。

她小跑着跟上去。

林燃听到身后响起的跑步声，微微挑了挑眉，心想这小东西还挺乖巧。

此时，刚过去一趟公交车，站牌那儿一个人都没有。

林燃走到站牌旁边停下，转身看向一直垂着头的盛青溪，朝长椅的方向扬了扬下巴，语气不温不火：“坐。”

盛青溪看了一眼长椅，听话地坐下了。

林燃正在看站牌上的公交车路线图，一边扫视着每条路线一边问：“你坐哪辆车？”

盛青溪低声应道：“113 路公交车。”

林燃抬手看了一眼表：“还有五分钟，问完我就走。”

盛青溪抿抿唇：“你问吧。”

林燃双手抱胸，居高临下地看着坐在椅子上的盛青溪，开门见山：“有传言说，你转来一中是因为我，真的假的？”

若是往常，林燃绝不会问这样的话。他并不是什么极度自恋的人。但想到盛青溪曾两次偷偷地抱他，他完全有理由相信这个传言是真的。

盛青溪仰头看着林燃，他背着光站在她身前，脸部的大半轮廓陷在阴影里，只有一小截凌厉的下巴暴露在亮光中。

只看了他一眼，她就低下了头：“是真的。”

林燃：“……”

果然是真的！

林燃蹙眉，企图教育一下这个小东西：“你现在还小，要把心思用在学习上。你爸妈没告诉过你，在学校要好好学习，不要早恋吗？”

盛青溪沉默了片刻，小声道：“我不会早恋的。”

林燃：“……”

林燃第一次不知道该说什么好，无奈地揉了揉眉心，这小女孩儿怎么比林烟烟还难管教？宋诗蔓都比她好交流！

他瞥她一眼：“不会早恋，那你抱我干什么？还跑去俱乐部找我。你那是非礼你知道吗？”

盛青溪低声道歉：“对不起。”接着她补充道，“我保证不会有第三次，很抱歉。”

林燃抿了抿唇：“走了。还有，这么晚了，以后别一个人走在漆黑的路上。”

她垂着脑袋半天没应声，许是等了一会儿，见他还没走，才抬头和他对视了一眼，说道：“你走吧，我不怕黑。”

林燃也懒得管一个陌生人的闲事，转身就走，心里却不怎么高兴地想：这小东西怎么还没林烟烟懂事，这是怕不怕黑的问题吗？现在的小女孩儿，真是一点儿安全意识都没有。

想到大半个月以后可能会发生的事，林燃更烦了，加快脚步往校门里侧的车棚走去。

林燃骑着车出来的时候，见盛青溪还坐在椅子上，垂着脑袋看着掌心，也不知道她在想些什么。

林燃抬手拉下头盔上的挡风镜，不再看她，骑着摩托车潇洒地向远处奔去。

此时，坐在长椅上的盛青溪摸着自己掌心的汗——她太紧张了。直到摩托车引擎的轰鸣声消失，她才敢抬头看一眼这空荡荡的街道。

不一会儿，113 路公交车缓缓驶来。

十字路口，暗处停着一辆暗黑色的摩托车，摩托车上的人注视着 113 路公交车里那道纤瘦的身影。公交车驶过十字路口后，他才重新发动引擎疾驰而去。

周三，高二六班的教室里，体育委员正站在讲台前，介绍这学期新开的体育课程。除非有体能测试，不然体育课都是分开上的，大家可以自由选择想上的课程。

这学期，高二每周有两节体育课，分别在周一和周三。

每个人需要填写自己喜欢的课程，通常分为第一选择和第二选择，如果报名某门课程第一选择的人数过多，有一部分人就会被自动分到第二选择。

盛青溪扫了这些课程一眼，都是一些中低强度的运动项目，如太极拳、健美操、乒乓球、羽毛球、篮球等。

她拿出笔，写下两个选择：太极拳、跑步。

盛青溪知道，自己大概率会被分到第二选择，毕竟大部分人不喜欢出汗的运动。

中午吃饭时，盛青溪和宋诗蔓聊起这件事，宋诗蔓随口问了一句："小溪，你选了什么课？我们高三几乎没有体育课了。"

盛青溪吃了半碗饭就不再动筷："选了太极拳和跑步，应该会被分去跑步吧。下午第一节就是体育课，我得少吃一点儿。"

宋诗蔓低头看了看自己餐盒里的红烧肉，又扫了一眼盛青溪的餐盘上那几片菜叶子，默默地放下了筷子。

宋诗蔓原先以为盛青溪吃素是因为不舍得花钱，直到有一次看见盛青溪的饭卡里有三千多块钱。难怪那天盛兰听宋诗蔓说完之后会是那个表情。

宋诗蔓喝了一口果汁，试探着问道："小溪，你不吃肉是因为怕胖吗？"

盛青溪垂下头，沉默了许久才应道："不是，我暂时……不想吃肉。"

那件事已经过去整整十年了，过往的记忆早已模糊，但她已经适应了不吃肉的生活，这个习惯也暂时改不掉。

宋诗蔓心想：这是个什么回答？宋诗蔓琢磨了半天都没弄明白盛青溪

的意思。

饭后，宋诗蔓挽着盛青溪，慢悠悠地往教学楼里走，走到一半，宋诗蔓停下脚步，像要再确认一遍似的，问："小溪，你刚刚说，下午第一节就是体育课？是周三下午第一节吗？"

盛青溪缓慢地眨了一下眼："嗯。"

得到肯定的回答之后，宋诗蔓重重地叹了一口气，有气无力地道："小溪，高三开学前一周，我连续七天早起，并虔诚地沐浴、焚香，就盼着开学之后能和林燃上同一节体育课，但是愿望没有实现，太惨了。你刚转来就能和林燃一起上体育课，呜呜呜……他打篮球的时候超帅，啊啊啊！"

说到这里，宋诗蔓立即打起精神，双眼放光地盯着盛青溪："小溪，我把我的手机给你，你帮我拍几张林燃的照片，怎么样？"

不等盛青溪回答，宋诗蔓就自行否决道："算了，上次有人拍林燃，惹得他很不高兴，好几天没去打球。那些人偷拍就偷拍，大晚上的还开闪光灯往人脸上扑，有病！"

盛青溪犹豫着说："不然……我给你画一张？"

宋诗蔓立刻眼巴巴地看着盛青溪："你会画画吗？"

盛青溪点点头："我晚上画一张他的素描像，明天早上就给你。"

宋诗蔓一脸感动地抱住了盛青溪，由衷地感叹："小溪，你是我见过的最好相处的女生。"

盛青溪配合地拍了拍宋诗蔓的脑袋。

高二一班，何默叼着一根冰棍，趴在窗边一脸困惑地看着楼下的情景。何默踹了一下谢真的椅子，含混不清地说道："阿真，快过来看。"

谢真拖着自己庞大的身躯朝窗口走去，探出头问："哪里哪里？看什么？"

何默抬抬下巴，示意谢真朝楼下某个方向看。

谢真扶着窗沿，往下看去，看到她们的时候，宋诗蔓已经放开了盛青溪，并满脸笑容地挽着盛青溪往教学楼这边走。

谢真完全摸不着头脑："宋诗蔓这回是个什么战术？她不去威胁人家了？她想用爱感化对手？感觉这招好像比以前那些靠谱一点儿。"

何默："哪里靠谱了？！"

何默瞥了一眼林燃那空空如也的座位："燃哥呢？今天下午是不是要打球？"

谢真回到自己的座位坐好，掏出一包薯片："和烟烟吃饭去了吧，最近燃哥不是天天跟在那小丫头身后吗？燃哥那架势就跟保护眼珠子似的。"

何默把冰棍杆往垃圾桶里一丢，坐下来，一本正经地说："之前我们不是猜是不是烟烟出什么事了吗？我找人去初中部打听了一下，那小丫头什么事都没发生。"

谢真摆摆手："别管了，燃哥需要我们帮忙的话，一定会开口的。"

何默忧愁地叹了一口气。

下午一点零五分，午休结束的铃声打响了。教室里静悄悄的，一大半学生仍趴在桌子上睡觉，盛青溪放下笔活动了一下手指。她向来没有睡午觉的习惯，反而会用午休的时间来写作业。

盛青溪小的时候，除了她，福利院的小朋友都会睡午觉。由于盛兰不许盛青溪起来玩，盛青溪就只能睁着眼睛躺在床上抱着娃娃玩。

如今，那个娃娃还在她的枕边，仍像小时候那样陪在她身边。

等到陈怡醒了，盛青溪才出去上厕所。她捏着手，慢吞吞地贴着栏杆往前走，这会儿走廊上人还很少，即便低着头不看前面也不怕撞到人。

楼梯口，林燃迈上最后一级台阶，刚转过弯，就看到了正低着头走路的盛青溪。

林燃微微蹙眉，但神色很快恢复如初。

他走到盛青溪必定会经过的拐角，站着等了一会儿，结果这小东西就跟没见到他似的，自顾自地往洗手间里走，仿佛他是空气。

林燃："……"

林燃仔细地思考了一下，在想自己这段时间有没有得罪什么人，是不是人家故意找她来整他的。

林燃烦躁地揉了揉自己的黑发，不再管她，跨步走进教室。

十分钟后，操场上，盛青溪站在陈怡身边，听他们班的体育老师报班级里每个人的课程。盛青溪丝毫不意外地听到了体育老师高声道："盛青溪，跑步！"

陈怡诧异地看了盛青溪一眼，小声说："盛青溪，你怎么选了跑步？现在还好，等天气热起来，你会被晒死的，还是选室内的课程好一点儿。"

盛青溪低声应道："没关系，我喜欢跑步。"

陈怡看着盛青溪那雪白的肌肤，有些心疼，这么白的皮肤，要是晒黑了得多久才能恢复过来？

体育老师报完课程分组后，盛青溪发现选择跑步的女生只有自己一个，其余的都是男生。她默默地跟在男生身后，往老师那里走。凑巧的是，负责这门课的老师刚好是一班的体育老师。

一班的体育老师见到他这学期要带的学生走了过来，便朝自己班的学生摆了摆手："都自己去找老师吧，找不到再来问我！"

何默一眼就看到了走在一群男生中间的盛青溪——仙女在人群中惹眼得很。

何默推了推谢真，谢真踮起脚看了盛青溪一眼，小心翼翼地说："燃哥，看，转学生过来了。"

林燃往左边看去，在走过来的这一群人中，盛青溪就像是误入了野鸭群的天鹅，太显眼了。他已经听到了他们班那些男生的议论声——

"嘿，她是不是那个转学生？"

"长得可真好看。"

"别说了，燃哥还在。"

"……"

林燃双唇紧绷，偏头问："今年老王教什么？"

谢真："这个我知道，老王教他们跑步。"

林燃瞥了一眼盛青溪那看起来弱不禁风的身子骨儿，又想起那一晚在黑暗中，她和他对峙时所使出的力道，那时她似乎对自己的力量有所克制。

他不再多想："去打球。"

林燃一群人走后，老王数了数人头，确认人都到了之后，开口："第一节你们就自由活动吧，跑完一圈就可以去玩了。老师打球去了！"

说完，老王就朝林燃那群人追过去了。

留在原地的学生你看看我、我看看你，有的开始做热身运动，有的直接跑了起来，还有的看老王不管他们了就一溜烟地跑了。

盛青溪开始热身，她现在的体能比起以前差了很多，要花费很长一段时间才能恢复到以前的状态，好在她现在还很年轻。

林燃无意间瞥了盛青溪一眼，发现她正在做拉伸运动，衣服的下摆随着她的动作往上抬起，露出一截纤细的腰，白得晃眼。他下意识地摩挲着指腹，仿佛那晚一滑而过的触感还停留在手上。

林燃觉得自己的喉咙有些发干。

不只是他，那群正做热身运动的人里，有人正不住地往盛青溪身上看。林燃沉下脸，朝谢真的方向伸出手，冷声说道："阿真，把球给我。"

谢真想也不想就把球扔了过去。

林燃单手接住球，狠狠地往那个探头看她的人身上砸去。

篮球凌空而来，人群骚动。

盛青溪也往边上走了两步，而离她不远的一个男生就没那么幸运了，左肩被篮球砸了个正着，那男生吃痛地叫了一声。

林燃迈步向那男生走去，也不管还在地上弹跳的球，径直走向那个男生。林燃俯身凑近那男生，无视众人眼中惊惧的神色。

那男生看到林燃狠厉的眼神后，咽了咽口水："燃……燃哥。"

林燃扯着那男生的衣领，用压低的带着戾气的声音，在那男生耳旁一字一顿地说道："你敢再多看她一眼，下次被砸中的就是你的眼睛。"

男生忙不迭地点头："对不起，我不会再看了。"

林燃定定地扫了他一眼，目光冰冷，似乎是要记住那男生的模样，松开那男生的衣领之后，弯腰捡起篮球，头也不回地朝篮球场走去。

林燃自始至终都没看盛青溪，旁人也不知道林燃和这个男生说了些什么。

红色的跑道上，一道纤瘦的身影遥遥领先，把众人甩在身后。

不远处，篮球场上，正值比赛中场休息时间，谢真满头大汗，看着操场上不知疲倦的盛青溪，气喘吁吁地问："我的天，仙女这是第几圈了？"

何默想了想："这都快二十分钟了，我看仙女一直是匀速跑，至少得有3500米了。她再跑下去不会脱力吧？"

谢真比了个手势："这是个对自己狠得下心的人。"

林燃仰头喝完剩下的半瓶水，颈间的喉结随着他的吞咽上下滚动，细密晶亮的汗珠从脸上滚落下来，眨眼便没入衣领内，瘦削有力的手腕微微用力，把空瓶丢进垃圾桶里，弄出沉闷的响声。

林燃紧盯着盛青溪，此时绿茵场上除了踢足球的那群人，就只有她了——仍在跑步，黑色的马尾随着她的动作左右甩动着，她的呼吸节奏还没有乱。

她的体力很好，看来平日里她就有跑步的习惯，但她的脸色看起来似乎不是很好，眉头也微微皱着。

林燃不再看她，转身往何默和谢真的方向走去，但走到一半又停住了脚步，不知在想些什么。

忽然，林燃低声骂了一句，转身往操场上走。

何默差点儿将嘴里的水喷出来：“燃哥这是干什么去？”

谢真气喘吁吁的，没应声，愣愣地看着林燃拦在盛青溪前面的跑道上。

今天的阳光不是很猛烈，迎面吹来的风很温柔，盛青溪平时最喜欢在这样的天气里跑步，今天却跑得不太舒服，因为没换运动内衣。

今天早上临时报课程，她来不及做准备。

盛青溪打算跑完这一圈就停下来休息，缓缓地吐了一口气，继续往前跑，睫毛上挂了些汗水，让她看不太清站在跑道前的人，只能看到一道高大的虚影。她以为那人会让开，但那人始终一动不动地站在那里。

盛青溪往边上跑去，可经过那人的时候，被他挡了下来。

她微微怔住。微风拂过，她闻到了他身上的味道——香根草的味道中掺杂着淡淡的甜味，仔细闻会发现里面还有一丝熏干的鸢尾根的味道。

盛青溪想，这应该是林燃衣柜里的味道。

她眨了眨眼，试图把眼睫上坠着的水珠甩下去，但还是没看清林燃的脸。她凭着感觉喊他的名字：“林燃。”

林燃盯着她有些苍白的脸，看了片刻，语气有些冷漠：“过来。”说完，林燃径直往篮球场的方向走，盛青溪做了一个深呼吸，拿出口袋里的纸巾给自己擦了擦汗，小跑着跟在林燃后边。

她跑到篮球场时，发现篮球场上那几个高大的男生正在偷偷看她，他们似乎很怕林燃，不敢光明正大地看她，只看了几眼就躲开了。

明明是林燃让她过来，她过来后林燃却没再管她。盛青溪只好站到一边，以免影响他们打球。

林燃走回比赛场地，看了何默一眼，何默非常识趣地拿了一瓶水，往盛青溪身边走去。

何默咧嘴笑了起来，露出一口整齐洁白的牙：“同学，喝口水，坐着休息一会儿。”

盛青溪伸手接过何默手里的水，轻声说：“谢谢。”

何默揉了揉自己的头发，一溜烟跑了。

盛青溪接过水没多久，下半场篮球比赛就开始了。她以为林燃有话要和自己说，便乖乖地坐在球场旁边，等他打完球。

以前，盛青溪是看不懂篮球的，参加工作后，不同部门之间经常会举行篮球比赛，看久了，就多少懂了一些。

林燃在队里是控球后卫（通常是全队进攻的组织者）。他需要把球从后场带到前场，然后把球传给队员。

另一队的人很明显将主要攻势对准了林燃，有两个人试图拦住林燃的路，阻止他进攻，像影子似的贴着他。

盛青溪的注意力有些分散，她正盯着林燃的球鞋。以前，盛青溪从林烟烟那里了解到，林燃最喜欢的就是球鞋和摩托车。

他的脚踝被球鞋包裹住了，仅露出了一截小腿，小腿上的肌肉紧绷着，里面蕴含着很强大的力量，那一晚她就感受到了。

此时林燃被两个人围住，但手上拍打篮球的动作不停。林燃一个假动作，晃身避开左侧的人，跨步上前，但身前仍有人挡着他，且寸步不让，林燃的神情一如既往地冷淡，让人一时看不出他的想法。

对面的何默在高声喊："燃哥，这里！"

忽然，林燃上身微屈，移动双脚，似是要将手里的篮球传到何默那儿。防守他的人下意识地跃起，打算阻拦林燃给何默传球。

可林燃方向一转，退后两步，高高跃起，手臂自然伸展，微微用力，篮球从手中脱离，在空中画出一道漂亮的弧线，精准地落入了篮筐之内——一个完美的空心三分球。

林燃眼中露出些许笑意，跑到何默身边和他击了个掌。

林燃发现，刚才盛青溪的视线一直落在他的身上，篮球场上的其他人也都发现了。

随着林燃完成最后一个投篮动作，比赛结束，下课铃声也随之打响。

林燃随手抹了把汗，朝盛青溪走去。比赛期间，小姑娘一直乖乖地坐在椅子上，见林燃走过来，自然地把何默给她的那瓶水递给了林燃。

她仰头看着他，刺眼的阳光皆被一个身影遮挡住了。

林燃垂眸，看着她白皙的手，她的手很瘦，手背上隐隐透出青色的静脉，她手里的水瓶还没有打开过，看来她一口水都没喝。

他随手接过盛青溪递来的水，指尖无意间滑过她的手背，感觉凉凉的。

这一瞬间，盛青溪和林燃都愣住了，不过很快林燃就弯腰拿起丢在一旁的衣服，轻声道："回去上课吧，上课之前记得喝点儿水。"说完他就走了。

留在原地的盛青溪蒙了，林燃把她叫过来到底是要干什么？

她犹豫了片刻，随后小跑着追上去。

何默和谢真非常配合地走到一边，把空间留给这两个不知道什么时候彼此牵扯上的人。

此时的林燃已经有接近一米八五的身高了，而盛青溪才长到一米六三，她得仰着头和他说话："林燃，你之前叫我过来是要说什么？"

林燃垂眸扫了她一眼，见她原本苍白的脸上已有了一点儿血色，好看了不少。他收回视线，漫不经心地说："你不是要追我吗？不看我打篮球怎么追我呢？"

盛青溪小声地否认："我没有想追你，我说了不会早恋的。"

竖着耳朵偷听的何默和谢真："……"

林燃听了却轻轻笑了一声，这小丫头还挺懂事，记得自己说过的话。

他在拐去洗手间之前，朝盛青溪抬了抬下巴："你上楼吧，我要去男厕所，别跟过来了。"

盛青溪停住脚步，站在原地，看着林燃的身影消失在拐角处。盛青溪走到三楼，一眼就看到了等在楼梯口的宋诗蔓。

宋诗蔓不太高兴地托着腮站在栏杆前。一下课宋诗蔓就跑出去看他们的比赛了，看到林燃主动和盛青溪说话，还接下了盛青溪递过去的水——他以前从来不接受女孩子递过来的水。

宋诗蔓拿着小镜子，左看右看，自己有点儿婴儿肥，眼睛没有盛青溪的明亮，鼻子也没有盛青溪的好看，身材也没有盛青溪好。

宋诗蔓越想越难过。

盛青溪走到宋诗蔓身边，拍了拍宋诗蔓的手臂，看了一眼宋诗蔓有些郁闷的脸色，稍微一想就知道宋诗蔓为什么不开心了。

盛青溪刚想说话，就见宋诗蔓转过头来，凶巴巴地瞪了自己一眼："小溪，离高考还有三个月，这三个月内我们公平竞争。"

盛青溪眨了眨眼，忽然问："你成绩怎么样？"

宋诗蔓一时无语，心想：谁要和你比成绩了？！

她爸妈天天烧香拜佛，就盼望她的成绩能过本科线，过不了就打算把她送出国。可出国的话，她就离林燃更远了。

宋诗蔓一时有些沮丧，抿着嘴说："我成绩一点儿都不好，我什么事都做不好，还没你长得好看。"

盛青溪摸摸宋诗蔓的脑袋，轻声道："我给你补课，我们一起考个好大学，好不好？”

宋诗蔓咬了咬唇：“可是我很笨，教过我的老师都和我爸爸妈妈说，我在学习上没有天赋，还说我不努力，没有耐心，贪玩。”

宋诗蔓垂着头，又低声道：“可我确实听不懂啊。”

见宋诗蔓如此失落，盛青溪小心地试探道：“诗蔓，你想留在国内读大学，还是想出国留学？”

宋诗蔓纠结了半天才说：“我想留在这里，我的朋友都在这里。”

盛青溪笑了笑，说：“以后每天晚自习我给你补课。学校有多余的自习室，我去申请一下，你也和老师好好说一下。下个月就进行第二次模拟考试了，我们先定个目标好吗？”

宋诗蔓刚想点头答应，却立即意识到一个问题，狐疑地道：“小溪，你不是在读高二吗？”

盛青溪怕宋诗蔓担心，安慰道：“别怕，我已经把高中所有的课程都学完了，不难的。”

宋诗蔓：“……”这下她更难过了！

上晚自习之前，盛青溪去了办公室，找蒋铭远说了自己想申请自习室的事。

蒋铭远听到盛青溪的话，还以为自己听错了，为难地挠了挠头后，找出一套江城去年的数学高考试卷。这会儿，英语老师和物理老师都在，他干脆也向他们要了英语和理综的试卷。

他推了推眼镜，说：“你留在这里把这套试卷做完。我需要看看你目前的水平，之后给你答复，没问题吧？”

盛青溪点点头，这的确没问题，毕竟在蒋铭远的眼中，她自己的成绩才是最重要的。

蒋铭远指了指对面的空位：“你就坐在那里写吧，我给你拿草稿纸。”

晚自习七点开始，九点五十结束，现在是六点半，蒋铭远瞅了一眼时间，估摸着盛青溪一晚上答不完这三张试卷。

七点二十分，盛青溪把答完的数学卷子交给了蒋铭远。

蒋铭远：“……”

他怀疑这个孩子是看他每天晚上太闲了，故意来整他的。

蒋铭远接过试卷，又翻找了一会儿，把自己去年做的这张试卷拿了出来。

五分钟后，蒋铭远沉默地看着这张满分试卷，她解最后一题用的方法可比他的简单多了，省去了繁复的导数计算，从解题速度来看，她的心算能力已经很强了。

蒋铭远悄悄抬头，看了一眼盛青溪，她已经开始做理综试卷了，而草稿纸上还是一片空白。

蒋铭远早就听校长说过，这孩子的成绩非常好，可这未免也好得太过分了吧？这孩子的脑子是怎么长的？

江城去年的理综试卷很难，盛青溪用了一个半小时答完。写完之后，她松了一口气——虽然用的时间久了一点儿，但正确率她还是能保证的。

答完理综试卷，盛青溪休息了一会儿，闭眼整理了一下思绪。

九点整，盛青溪开始做英语试卷。

英语试卷对盛青溪来说是最简单的，毕竟这门课的知识比较贴近日常生活。半个小时后，盛青溪把英语试卷交给了英语老师，起身活动了一下身体，随后坐下等结果。

而蒋铭远已经看到盛青溪的理综成绩了，依旧是满分。

英语试卷是她做得最快的，分数也可想而知。蒋铭远耐心地等着英语老师阅卷，英语老师看完试卷，特地问了一句："你是刚转来的那个孩子吗？你叫什么名字？"

盛青溪轻声应道："朱老师，我叫盛青溪。"

朱老师非常友好地对盛青溪笑了笑："你以后要是对英语有了更大的兴趣就来找我，老师可以给你介绍好的学校。"

物理老师不满地插话："这么好的一个苗子……你让人家小姑娘自己做选择，别硬把她往英语上拽。同学你看看我们物理系，你有没有兴趣？"

蒋铭远摆摆手："行了，都快放学了，你们放她回去吧。"

盛青溪转身看向蒋铭远，又说起她前面提到的事。

蒋铭远凝神思考了一下，问："你刚刚说的那个孩子是哪个班的？我去和她班主任商量商量，要是她班主任同意，你们以后就能去自习室补课了。"

见蒋铭远答应了，盛青溪的眼睛里露出了些许欢欣的情绪，和他说完宋诗蔓的情况后，不忘说道："谢谢老师。"

蒋铭远温和地对她笑了一下："回去吧，晚自习快结束了，你回家的时候注意安全。"

盛青溪轻轻应了一声，转身离开办公室，脚步轻盈。

三月的夜晚还很冷，盛青溪一走出办公室就感受到了从外面吹进来的冷风，不自觉地浑身哆嗦了一下，加快脚步往教室走。

想起答应给宋诗蔓画林燃的素描肖像的事，盛青溪觉得自己今晚又不能早睡了。

她揉着脖子走进教室，此时离放学的时间还有五分钟。

陈怡见盛青溪回来，不由得问了一句："盛青溪，你去哪里了？刚刚有人想问你借笔记本来着，我没给她。"

盛青溪悄声应道："我去和蒋老师说，以后晚自习要去自习室的事。"

陈怡诧异地道："整个学期吗？我听说自习室很难申请的，全校好像只有二十个名额，不过学姐学长们毕业之后，应该会空出来几个名额。"

盛青溪摇摇头："我就申请了两个月，只在高考之前去。"

陈怡看了看四周，然后小声告诉盛青溪："虽然自习室里没有监控，老师也很少去检查，但是如果你的月考成绩下降了，老师可能会取消你的自习室名额。"

盛青溪："嗯，这些蒋老师都告诉我了。"

陈怡见盛青溪都了解，便不再多说。

九点五十分，放学铃声打响了。

盛青溪想早点儿回去给宋诗蔓画画，便没在学校多留，整理好书包，和陈怡打了声招呼，就小跑着往人少的那个楼梯口奔去了。

顾明霁刚想问她晚上去哪里了，就见她往楼梯口那边去了，不由得跟了上去。

林燃他们刚走出后门，就看见盛青溪一路小跑，而顾明霁在后面追她。顾明霁似是没想到盛青溪能跑这么快，不由得高声喊了一句："小溪！"

何默和谢真听到这个称呼，默默对视了一眼。之前，他们在食堂看到过盛青溪和顾明霁一起吃饭，这下又听到顾明霁这样叫仙女，不禁开始浮想联翩。

两人你一言我一语，叽叽喳喳地说了起来。

"上次在食堂，年级第一是不是和仙女一起吃饭了？"

"是的，我们都没看错。"

"刚刚年级第一是不是叫仙女'小溪'了？叫得那么亲密！"

"是的，我们都没听错。"

“下午，我们是不是听仙女说不会追求燃哥、不想早恋呀？”

“是的，但那不妨碍别人倾慕仙女啊。”

“那是当然。”

林燃的脸上看不出喜怒，林燃没看顾明霁，只扫了一眼急匆匆往下跑的盛青溪，而后转头看向何默和谢真，语气平静而冷漠：“你俩说相声呢？”

何默和谢真齐齐闭上了嘴。

林燃随手拎起包，不紧不慢地往楼下走，何默和谢真跟在他身后勾肩搭背地走着。

林燃走下楼，瞥见不远处的盛青溪和顾明霁，意识到两人正肩并肩地往那条黑得什么也看不清的小道走去，下意识地皱起眉。

谢真和何默也非常眼尖地看到了这一幕。

谢真：“哇。”

何默：“年级第一下手真快。”

林燃的黑眸里迸出怒火，他停在原地看了半晌，说：“你们先回去。”

说完，他迈开步子朝那条小道走去，步伐有点儿急。

这条漆黑的路上人很少，盛青溪考虑到顾明霁在一旁，便走得不快。

林燃放轻脚步，跟在他们身后，和他们保持着不远不近的距离。此时的情景，其实和那晚他跟在她身后很像，只不过这次多了一个顾明霁。

他单手插兜，听前面那个小子和盛青溪说话。

顾明霁问：“小溪，你整个晚自习都不在，去干什么了？”

林燃心想：这事和你有关系吗？

盛青溪说话的声音很轻：“我一直待在蒋老师的办公室里。”

顾明霁又问：“是在学习上有什么困难，还是在学校里待不习惯？”

林燃这才瞥了一眼顾明霁的身影，心想：这小子管得可真多。

盛青溪摇摇头：“都不是。我是去和蒋老师申请自习室，然后他让我做了一套试卷，所以在办公室里花了点儿时间。”

顾明霁：“你要去自习室吗？开学时蒋老师也问我了，我和他说考虑一下。要不我和你一起去吧，那边环境挺好的。”

林燃听了这话就有点儿不高兴了：人家小姑娘想去干什么关你什么事儿？你怎么屁颠屁颠地跟在人家后头跑，烦不烦人？

盛青溪犹豫地说：“我会和诗蔓一起去，你不用为了我去自习室。”

顾明霁笑了一声：“没关系，我本来就考虑去的。小溪，你和我不用这样见外，我想照顾你，像小时候一样。”

林燃自嘲：原来是我多管闲事。

林燃听到这里已不想听下去了，转身就想离开。

忽然，一阵冷风吹来，前面那道单薄的身影哆嗦了一下。

两个人走到校门口就分开了，顾明霁坐上了自家的车，盛青溪则独自朝公交站牌走去，夜风中，这道身影看起来有些孤独，又有些可怜。

林燃的心里更烦躁了，他一边朝站牌那儿走，一边抬手拽住领口，用力一拉，校服拉链被他拉至底部。

盛青溪坐在椅子上，脑海中浮现出林燃的模样。她用指尖在另一只手的掌心上轻轻勾勒着林燃面部的轮廓，颈部的线条，精瘦的身躯。

不知想到了什么，盛青溪的脸忽然有点儿红，她轻轻拍了拍自己的脸颊，让自己清醒一点儿，不要再胡思乱想。

下一秒，耳畔有细微的风声响起，她眼前忽然一片漆黑。

带着温热感的外套将盛青溪的视线全部遮挡住了，在这漆黑的空间内，盛青溪闻到了林燃身上的味道——香根草和鸢尾根的味道。

头顶传来少年有些冷漠的声音：“穿上。”

盛青溪微微怔住，等再回过神来，拿下脑袋上的衣服时，眼前早已没了林燃的身影。

此刻，她不觉得冷了。

深夜十二点，卧室里只亮着一盏台灯。盛青溪坐在书桌前，穿着浅粉色的睡衣，手里拿着铅笔，缓慢地在素描纸上画着，耳机里是宋诗蔓叽叽喳喳的声音：“小溪，你真的和你们老师说好了吗？他会去和我们班主任说吗？”

盛青溪笑了一下：“嗯，我和蒋老师说好了。他说明天就去和你们班主任说，顺利的话，咱们明天晚上就能去自习室了。”

宋诗蔓兴奋地道：“我从来都没去过自习室，那样的话以后我就能早点儿回家了。啊啊啊啊啊，我好开心！”

盛青溪看了一眼时间，提醒道：“诗蔓，都这个点了，你该去睡觉了。”

宋诗蔓像是在床上滚了几圈，过了好一会儿，盛青溪耳边传来宋诗蔓闷闷的声音，听起来像是宋诗蔓钻进了被子里：“我马上就睡。小溪你什么时候睡？”

盛青溪低声道：“我弄完这些笔记就睡。”

宋诗蔓应了一声就挂了电话。

盛青溪将视线落在窗前，那里挂着林燃的校服。

隔了近十年，她又将他的外套带回了家。

灯光下，盛青溪一笔一画地勾勒出林燃的轮廓：他向上跃起时微扬的眉，眼神中明亮的光芒，微微绷着的嘴唇。

他上身的力量大多集中在了手臂和腰腹间，手臂上的肌肉隐隐鼓起，衣袂飞扬时能看到他精瘦的腰，上面的腹肌线条很漂亮。和未成年人青涩的身体不同，他的身体已经隐隐有成年男人的紧实。

盛青溪就这样画着，几乎忘了时间。等画完，已经是深夜一点了，她默默地画去了当天的晨跑计划，打算晚上再跑。

盛青溪把素描纸放进文件夹里，上学的时候要将它带给宋诗蔓。

盛青溪关了灯，上床躺好，心绪也平静下来了，黑夜总能给她一种特殊的安全感。她侧身抱住枕边的娃娃，蹭了蹭柔软的枕头，很快就睡着了。

早上六点，盛青溪抱着文件夹和外套，咬着一片面包就往站牌那边跑，盛兰的声音在后面响起：“愿愿！书包里的牛奶记得喝，在学校里要好好吃饭！”

盛青溪背对着盛兰挥了挥手，含混不清地应道：“我知道了！”

盛青溪和宋诗蔓约好七点十分在校门口见，此时还早。

113路公交车上和以往一样空，盛青溪吃完嘴里的面包，从书包里拿出牛奶和三明治，今天的牛奶是草莓味的。她和福利院里的其他小朋友一样，每天都能领到牛奶，就像她小时候一样。

盛青溪喝牛奶的时候喜欢咬吸管，这个习惯她自己纠正了很久都没能改掉。

盛青溪垂头看向盛兰做的三明治。许是盛兰最近注意到了盛青溪不怎么爱吃肉，今天三明治里的火腿的量只有往日的一半。

翠绿新鲜的生菜包裹着小巧可爱的蛋黄，鲜嫩的火腿肉在金黄色的煎蛋中若隐若现，香甜诱人的沙拉酱中带着一丝酸味，这是她的课间点心。

盛青溪看了一眼，把三明治放回去，捧着牛奶小口地喝着，早晨的风很清凉，将道路两旁淡淡的花香送到了空荡荡的车内，春天到了。

七点整，盛青溪下车了，随后坐在站牌边的长椅上，安安静静地等着宋诗蔓，可一直等到七点半，也没见到宋诗蔓的身影。

盛青溪也不着急，手里拿着一本背英语单词的小册子，背完几个单词就抬头看一眼。

林燃将车停在校门口，一抬头就看到盛青溪一个人傻傻地坐在站牌边。连他自己都没意识到，他在她身上放了太多的注意力。

林烟烟瞅了一眼不知道在看什么的林燃，自己从车后座上爬了下来。下车后，林烟烟踮起脚，顺着林燃的视线望过去。她那冷漠无情、脾气火暴且单身十八年的哥哥，居然在看一个女孩子，还是一个长得特别好看的女孩子。

林烟烟伸出手指，戳了戳林燃："哥哥，我去教室了。"

林燃这才将视线落到林烟烟的身上，拍了拍林烟烟的脑袋："去吧，中午哥哥去找你吃饭。"

林烟烟点了点头。

林烟烟走后，林燃将车停到车棚里。

他有两件校服外套，一件在教室里，另一件在那个坐在门口的小姑娘的怀里。

他用修长的手指把玩着钥匙圈，重新走出校门。

盛青溪刚来时学校门口的人还很少，在过去的这半个小时里，大部分学生陆续到达学校，过了七点半，人又开始变少。

路过的学生见她坐在这里时，还奇怪地打量了她好几眼。

盛青溪抿抿唇，不知道宋诗蔓是还没来还是已经去教室了。盛青溪没带手机来学校，也不知道宋诗蔓是否给自己发了消息。

她小声叹了一口气，打算等到七点四十分就进校门。

林燃见盛青溪心不在焉地看着手里的小册子，右手抱着他的校服，还时不时地抬头看一眼马路。

他第一次喊她的名字："盛青溪。"

盛青溪微微怔住，随后转头看向身后，冷漠的少年垂眸和她对视，他似乎没有和她交谈的打算，只是看着她怀里的校服。

盛青溪忙收起小册子，下意识地把怀里的东西都递了出去。

林燃接过她手里的校服，除了柔软的校服，还触摸到了别的东西，似乎是文件夹一类的东西。

盛青溪仰起头，礼貌地和他道谢："林燃，谢谢你的衣服。"

女孩儿长得十分白净，阳光轻柔地照在她的侧脸上，给一根根纤长的睫毛染上了一层淡淡的光辉，眼睛显得更漂亮了。

林燃嗯了一声，抬起手腕，腕上的手表也有着他浓郁的个人风格。他随口问道："还有十五分钟铃就响了，你坐在这里干什么？"

盛青溪："我在等诗蔓，我们约好在这里见面的。"

林燃嗤笑一声。上学期，宋诗蔓有一次跑到他面前，信誓旦旦地说要每天给他送爱心早餐，当时林燃没放在心上，之后偶然有一天，他在风纪委员的记录本上看到了迟到学生的名单。

一周五天，宋诗蔓至少有四天是迟到的，什么爱心早餐，他连它的影儿都没见过。

林燃微微抬起下巴："你等她多久了？"

盛青溪："二十五分钟。"

林燃："你打算在这里等到几点？"

盛青溪用乌黑晶亮的眼睛看着他，认真地回答："七点四十分。"

林燃见她心里有数便不再多言，低声说："走了。"

林燃的背影从自己眼前消失后，盛青溪重新拿出小册子，隐隐地觉得自己忘了什么事，直到五分钟后，看到急急忙忙从车里下来的宋诗蔓才想起来。

盛青溪怔怔地看着自己的双手，手里现在只有一本小册子……

她把素描画连着校服一起递给林燃了。

宋诗蔓气喘吁吁地跑到盛青溪面前，脸颊有些泛红，似是有些不好意思："小溪，我昨天太高兴了，高兴得睡不着了。早上……早上我又把闹钟按掉了，对不起啊。"

盛青溪摇摇头，只试探着问道："诗蔓，那张素描画，第二节课下课后我再拿上去给你好吗？"

宋诗蔓怎么会说不好，挽着盛青溪的手就往学校里走，边走边说："小溪，我昨天和我爸妈聊过了，他们说，我能过本科线就让我留在国内！"宋诗蔓又心满意足地补充道，"那样我就不用一个人孤零零地去国外留学了。"

早读课上，何默侧过头瞄了林燃一眼，自早读课铃声响起后，燃哥就一直看着手里的纸，这都过去十分钟了，他还在看，上面到底写了什么？

素描纸上画的人是林燃。

林燃垂眸看着这张画，画上的他充满了力量和活力，眉眼间都是飞扬的神采，那旺盛的生命力似乎要冲出画纸。

这是盛青溪眼里的他——鲜活而生动的他。

这是林燃第一次敢确定，盛青溪真的倾慕他。

她眼里的他太过美好了。

林燃忽然自嘲似的勾了勾唇角——他是死过一次的人，怎么可能会是画上的林燃？盛青溪倾慕的林燃，和他并不是同一个人。

画的右下角还写着一行小字，林燃扫了一眼，原以为是些告白的话，但那行小字又让他开始怀疑：盛青溪真的倾慕他吗？

画的右下角写着“送给诗蔓”。

林燃：“……”

他又想起昨晚，盛青溪和那个男生说，她要和宋诗蔓一起去自习室。

林燃沉着脸把这张画塞回文件夹。

八点半，早读课下课的铃声打响了，谢真和何默打闹了一会儿，刚想趴下睡觉，就眼尖地瞄到了在后门探着脑袋，正往他们教室里看的盛青溪。

谢真下意识地喊：“燃哥，有人找！”

林燃一转头就对上了盛青溪的目光。

他轻哼一声，拿起文件夹就往后门走。

走到后门，他低头盯着盛青溪，眼神阴沉，问出了一个自己都没料到自己会问出口的问题：“盛青溪，你喜欢宋诗蔓？”

盛青溪蒙了：“啊？”

林燃：“……”

他烦躁地蹙起眉，眸光黯淡，嘴角耷拉，好一会儿也不见她回应，干脆把文件夹往她怀里一丢，然后走了。

盛青溪不解地眨了眨眼，林燃好像生气了，但是他为什么生气？

第三章 哄 你

每个周五的中午都是一中学生最兴奋的时候。这一天的中午和平常的中午不同，午休的人数大大减少，多数学生会选择在这个中午完成老师布置的作业，因为他们想度过一个愉快轻松、没有作业的周末。

盛青溪却没有像往常一样埋头写作业，而是在托着腮帮子发呆。

陈怡侧头看了盛青溪一眼，心想：果然，美女做什么都好看，连发呆都这么美。盛青溪的眉浅浅地蹙着，卷翘的眼睫微垂，连眼角都透出一丝忧愁来，更别说那微微抿着的红唇了，看了一会儿，陈怡悄悄地收回视线，继续写作业。

盛青溪已经纠结一上午了，怎么也想不通林燃为什么生气，耳边似乎还回响着林燃的那一句问话。

林燃生气，是因为那张素描吗？

以前，林燃死后，盛青溪便一心扑在学习上，毕业之后则一心扑在工作上，闲暇时间也都用来调查当年的火灾事故了，私人时间极少。

盛青溪有过追求者，也有同事想帮她介绍对象，但她那时候全然没有心思谈恋爱，因为心里放不下林燃，一心想调查清楚那起事故。

她对感情的事一窍不通，哪怕是倾慕林燃，也只敢偷偷地倾慕，这一世的改变让她猝不及防。

她小声叹了一口气，漂亮的水眸里透出些许疑惑，林燃他……他好哄吗？

周五下午他们只有两节课，两点四十五分，铃声准时打响。

盛青溪慢吞吞地收拾着要带回去写的作业，整理书包的时候看到了三明治，这才想起来，早上去拿画忘了吃它。

盛青溪现在还不能走，得等剩下的同学抄完黑板上的笔记才能去擦黑板，擦完黑板才能回家。

宋诗蔓下来找盛青溪，一进门就看到盛青溪拿着三明治发呆。盛青溪现在魂都不知道飘到哪儿去了，哪儿还记得要擦黑板。

宋诗蔓走上讲台，非常嫌弃地看了一眼自己手里的黑板擦，用手捂着鼻子，踮起脚把黑板擦干净了，又跑出去洗了两遍手才回来叫盛青溪。

"小溪，小溪，小溪！你清醒一点儿！"

宋诗蔓此时恨不得上手去捏盛青溪的脸，但理智让她克制住了自己的冲动。

盛青溪回过神时，发现自己已经坐上了宋诗蔓家的车，她们一起回盛开福利院。高考之前的休息日，宋诗蔓都要在盛开补课。

盛青溪忧愁地叹了一口气，然后拿出三明治开始啃。

见盛青溪苦着一张脸，机械地咀嚼着，宋诗蔓抽了抽嘴角，忍不住伸出手弹盛青溪的脑门："小溪，你中午吃饭的时候发呆就算了，放学了还发呆。你在想什么呢？"

盛青溪抬眸看了宋诗蔓一眼，老实回答："我好像惹林燃生气了。"

"啊？真的吗？！"

宋诗蔓语气里的喜悦之情都要溢出来了，但宋诗蔓还记得自己和盛青溪是好朋友的关系，随即收敛了自己开心的神色。

宋诗蔓伸出手指，强行拉下自己上扬的嘴角，严肃又正经地道："你怎么惹林燃生气了？但这是正常的，林燃的脾气本来就不好，他很爱生气。"

说着说着，宋诗蔓开始掰着手指头数林燃的缺点："高一开学还不到一个星期，林燃就因为抢篮球场的事，和高二的人起冲突了，从那时候起，一班的人就心甘情愿地叫他燃哥了。

"还有个小学妹给林燃送情书，他看都不看，说他不识字看不懂中文。于是，小学妹开始拼命学英语，最后沉迷学习忘了林燃。

"去年林燃过生日时，快毕业的学姐和他表白，他说他不喜欢成绩差的，学姐大受刺激，然后考前冲刺考上了一本。

“还有还有，上学期，外校的人特地来校门口堵林燃，林燃说不喜欢打不过他的，然后那个姐妹也不知道去干吗了，突然进了省队。”

宋诗蔓越说越觉得不对劲，寻思着，这样看来林燃怎么很像一个积极向上、充满正能量的好青年呢？

盛青溪听了一会儿，忽然问：“诗蔓，你知道怎么哄林燃吗？”

宋诗蔓一怔：“哄林燃？他脾气那么差，怎么可能哄得好？都快两年了，我都没怎么见他笑过，天天冷着一张脸，也不知道在气什么。”

说到这里，宋诗蔓不禁疑惑，自己到底欣赏林燃什么呢？

林燃脾气差，还不爱学习，只有一张脸长得不错。

但宋诗蔓还是认真想了想：“林燃他……他好像就喜欢玩重机吧。对了，他还喜欢打拳击，其他的我就不知道了。”

说话间，两人到了盛开福利院。

这次来，宋诗蔓比上次自在许多。她背着鼓鼓的书包，里面都是带给这些小朋友的小零食，车后座还放了很多玩具。

宋诗蔓看着这些小朋友开心的模样，也跟着笑了，但没多久就笑不出来了，因为她要开始补课了。

晚上十点，光年车行。

林燃洗完澡出来，何默和谢真坐在电脑前，张牙舞爪地大喊着他们是对方的爸爸，而电脑屏幕黑了一次又一次。

两人差点儿没打起来。

林燃往客厅里瞥了一眼，林烟烟坐在沙发上看电视，怀里还抱着一罐小熊饼干，见他出来，转过头问：“哥哥，同学约我明天中午一起吃饭，然后出去看电影，晚饭前就能结束，我能去吗？”

林燃在沙发上坐下，盯着小丫头问：“你哪个同学？去哪里吃饭？”

林烟烟乖乖回答他：“我同桌，你见过好多次了。我们去星光大厦吃饭，也会在那里看电影，看完我给你打电话。”

林燃见林烟烟这样乖，紧绷的神经微微松弛，揉了揉她的脑袋：“有事就给哥哥打电话，把电影的场次发给我，我提前去等你。”

林烟烟点点头。

今天是周六，隔壁俱乐部很热闹，林燃在车行都听到了隔壁的欢呼声。

这学期开学之后，他就再没上过场。“上瘾”连续来了两个晚上，两次没看到林燃便不再来了，似乎已经放弃了让林燃加入车队的想法。

林燃垂着眸，摩挲着指间的车钥匙，安静地听着隔壁的狂欢。

林烟烟悄悄看了哥哥一眼，能感觉到此时哥哥的心情很差。

这时，隔壁俱乐部的工作人员忽然跑到门口，大口喘着气，喊道："林燃，又有车队来找你，说见不到你今晚就不走了，你快去看看。"

林燃听了这话，眼皮都没掀一下。

沉迷于游戏的谢真也被这动静惊动了，松开鼠标，脸色微沉："哪个车队？怎么这么没有礼貌，这一行的规矩他们不懂吗？"

工作人员为难地道："是'飓风'。"

啪的一声，林燃把玩着的车钥匙忽然掉落，撞到地板，发出清脆的声响。

工作人员这么为难，不是没有理由的。

"飓风"在业内的风评很差，实力却很强。大多数成员比赛就跟不要命似的。除了"上瘾"，很少有车队愿意和这样的车队玩。"飓风"的成员浑身都是刺，尖锐又狠戾。

但在他们看来，林燃也是这样的人。

林燃下意识地看向林烟烟，紧绷的情绪在此刻到达了顶点，不自觉加重了语气："林烟烟，去楼上待着！"

空旷的客厅里回荡着林燃的喊声，他的语气很差，仔细听还能听到里面有一丝惊惧的情绪。

林烟烟怔了一下，也没问为什么，就抱着小熊饼干啪嗒啪嗒地上楼了。似乎是被林燃忽然提高的音量吓到了，小丫头跑得还挺快。

何默忍不住说了一句："燃哥，你吓到烟烟……"

最后一个字卡在了喉咙里，因为何默忽然看到了林燃的眼神。

那双黑眸里，阴暗而不可控的情绪正在不断滋长，眉眼中的戾气几乎要冒出来了，他颈间突起的青筋也表示着他此时情绪不好。

见林烟烟上楼并关上门了，林燃便起身往外走，谢真和何默紧跟在林燃身后。走在前面的人却突然丢下一句："默子，你看着烟烟，别留她一个人在这儿。"

何默脚步一停，应了一声就留了下来。

何默烦躁地揉了揉头发，果然最近林燃的不对劲就是因为林烟烟。

俱乐部。

“飓风”的队长是个叫虎牙的男人，剃着寸头，健硕的肌肉在短袖下紧绷着，胸前挂着一颗陈旧锐利的虎牙。

虎牙叼着烟，听着队员打探来的消息——

“牙哥，林燃似乎没有加入‘上瘾’的打算。但这小子也不好惹，听说他爸是初城的某个富豪，但他和家里的关系不太好，现在和妹妹单独住在外面。”

虎牙笑了一声，忽然凑到女人脸旁，将烟雾吐到女人的脸上，女人笑着亲了他一口，惹得虎牙大笑。

虎牙将烈性的烟吸入喉间，哑着嗓子问：“他有个妹妹？多大了？”

“好像才上初中。”有人回道。

虎牙笑了笑：“小女孩儿好啊。”

不远处，一道身影逆着光朝他们走来。

他的神色和轮廓皆隐在黑暗之中，他脚步不紧不慢，而每走一步就像在他们的心上踏过似的，阴冷焦躁的情绪在黑暗中逐渐蔓延。

商店内。

盛青溪凝神听着老板的介绍：“小姑娘，这款拳套是专业级的，手套内部和外部无缝衔接，衬垫很少，打击力度会更强。这款拳套今天早上才到货，整个初城都找不出这么漂亮的拳套来了。你相信我，那个男孩儿肯定会喜欢的。”

这样漂亮的专业拳套，价格自然也很昂贵。

盛青溪几乎没有动用过手里这张卡，卡里是她这些年存下的奖学金。高中以前，卡一直放在盛兰那儿，但盛青溪上高中之后，盛兰就把这张卡还给盛青溪了，让她自己保管。

里面的钱不多不少，买下拳套后，卡里的钱少了将近一半。

路口，盛青溪抱着手里的拳套，一时不知道该往哪里去。她没哄过人，唯一的经验就是哄福利院里的那些小朋友。

那些小孩子大多只在福利院里待很短一段时间，像盛青溪这样的，院里找不出第二个了。这些年，她在来与去之间徘徊，送走一个个孩子，又迎来更多被人抛弃或父母双亡的孩子。

夜风微凉。

盛青溪犹豫了许久，还是坐上了去光年的公交车。她今天出门没穿校服，进门的时候没人拦她。

盛青溪走到看台，扫了一圈，没看见林燃，只看到谢真站在看台边，身边还围着两个人，正指着赛场在说些什么。

看台上的人大多兴奋又激动。

倏地，摩托车的轰鸣声响彻场馆。

盛青溪看不太明白场内的赛况，只能看向屏幕，屏幕上的数据闪动更新，此时排在第一位的是 Ran。

她走到栏杆前，往下看去。即便场内有无数辆重机，她还是一眼就认出了林燃的那辆。他今天骑了一辆她没见过的车，他的身影却是她熟悉的。

红色的重机十分张扬，线条流畅却又有棱角，漂亮的车身上印着独属于林燃的标志——一团燃烧的火焰。

灯光下，耀眼夺目的红色摩托车如鬼魅一般疾驰着，追着林燃的车手低声骂了一句疯子，没见过比林燃更疯的人，好几次险些翻车都不见林燃减速。

这个人到底把自己的命当成什么？

不光是场内比赛的人，连盛青溪都看出来了，林燃似乎不要命了。

但此时的林燃全然不在乎别人在想什么，如果可以，他完全愿意用自己的命去换林烟烟的幸福，他希望她一辈子都开心快乐地活着。

体内的肾上腺素正在飙升，林燃握着转向车把的手微微转动，手套和车把之间产生细微的摩擦，在越过终点的刹那，林燃仍旧没有减速！

他似是要直直地撞上赛道外的墙壁，人群中已有人发出惊呼声。

谢真也着急地喊着林燃的名字。

赛场内的工作人员开始跑动。

盛青溪心里一紧，她的上半身几乎要探出看台。她喊出林燃的名字时，似乎整个胸腔都在震动，震得她双耳嗡嗡地响。

“林燃——”

少女的喊声似乎是从很远的地方传来的，她的声音透过坚硬的头盔传入他的耳朵，恍惚间，林燃觉得自己不止一次听过这样的喊声，那次也是这样，声嘶力竭。

她不止喊了一声，好像还在哭。

就在即将撞上墙壁的时候，林燃忽然踩下刹车。

看台上的虎牙勾起一抹颇有兴味的笑容，放下手里的烟，嘶哑着嗓子笑着道：“这小子有点儿意思，改日我和他比一场，找人接触过没有？”

队员摇摇头：“还没，改日我去问问。”

虎牙摸了摸胸前的那颗牙，指腹滑过尖锐的牙尖，笑道：“别改日了，就今晚吧。”

林燃下车后，下意识地抬头去找盛青溪的身影，她不在场内。他随手甩下头盔，想出去找她，甚至等不到去换衣服。现在他心里只有一个想法，她是不是哭了？

林燃微喘着往外走，突然有人拦住他，在他耳边问了句什么。

林燃一把推开那人，声音冰冷：“滚开。”

接下来林燃被冲下来的谢真拦住了，谢真结结巴巴地问：“燃……燃哥，你没事吧？”

林燃定定地看了谢真一眼，熟悉的脸庞让林燃眸内疯狂的情绪微微抑制了一点儿。

林燃拉下赛车服的拉链，将衣服往谢真怀里一丢，一心在找他想看到的人。此时，他心里生出一股奇异的感觉，觉得自己曾见过盛青溪。

在哪里？

他的记忆仿佛也被那场大火烧得一团乱，他没能马上想起来。

林燃是在俱乐部的大门口找到盛青溪的，她一个人坐在门前的椅子上，背影孤寂，小小的一团，低垂着头。他一时看不清她的脸色。

她怀里似乎还抱着什么东西。

林燃停顿了片刻，走到她身后，哑声喊她：“盛青溪，你看我一眼。”

听到林燃的声音，盛青溪缓缓抬头，睫毛微微颤动。她感觉自己似乎又回到了那个夜晚，那个林燃被烧成焦炭的夜晚。

盛青溪放下怀里的拳套，看向林燃，此时眼前的少年模样也不好看。

他的上半身似乎被汗水浸透了，黑色的碎发被他随意拨到脑后，他就这样紧紧地盯着她，她轻声问：“林燃，你在干什么？”

林燃望着她通红的眼睛，一时竟答不上来。

他在干什么？他自己都不知道。

他喉间干涩，想和她说“你别哭”，话却卡在喉咙里，一个字都说不出来。

最后他只是说：“你再喊我一声。”

你喊我的名字。

盛青溪此刻很生气，想问他到底在想什么，但看着这双似乎燃烧着不安的黑眸，还是妥协了，没有办法不对他心软。

因为此刻他就活生生地站在她眼前。

她仰起小脸，认真看他，黑眸内映着他的身影。

她喊他："林燃。"

这一瞬，林燃体内躁动的因子忽然都安静了下来，喉结滚了滚，他又像克制不住一般抬手，轻轻地碰了碰她的发顶："我在。"

林燃对自己说，我还活着，我还活在这世间。

过了许久，盛青溪和林燃都平静下来了，不过他们都不知道刚才彼此的内心掀起了一阵风暴。

林燃垂眸看她，低声问："来找我？"

盛青溪迟疑地点点头，拿起一旁包装好的拳套递给他："给你。"

林燃没立即接过来，扫了一眼，看不清她手里拿的是什么。他挑了挑眉，问："为什么突然送我东西？"

盛青溪乖巧地应道："哄你。"

林燃一怔，片刻后失笑："哄我？"

盛青溪的黑眸微微黯淡，她将下巴往里一收，看着他抿了抿唇，小声道："我那天惹你生气了，对不起。"

林燃唇边的弧度缓缓向下，他神色复杂地看了她一眼。

他弯下腰，和盛青溪对视，认真地和她说："盛青溪，你不需要道歉。这不是你的问题，我……我就是单纯地脾气不好。"

此时已经是晚上十一点。

盛青溪给宋诗蔓补完课就已经九点了，又出门去给林燃买了拳套，这一趟折腾下来时间眨眼就过了。

盛青溪正想说什么，兜里的手机忽然响了起来。

她扫了一眼屏幕，而后立即接起电话，小姑娘软声地喊对面的人："盛妈妈，我马上就回家了。有车的，你不用等我。"

林燃蹙眉，这是个什么称呼？

他趁着她打电话的时候，给何默发了条短信。

没一会儿，何默拿着两个头盔出来，看到林燃和盛青溪在一起，心中的八卦之火又开始燃烧，只不过看了没一会儿就被林燃赶了回去。

林燃常骑的那辆摩托车就停在门口，他耐着性子等盛青溪说完挂电话。

盛青溪放好手机，一抬头就看到了林燃递过来的头盔，愣了一下："你要做什么？"

林燃抬了抬下巴："戴上，送你回家。"

盛青溪犹豫了一下，接过头盔，又看着手里的拳套问："那你要不要这个？我很认真选的。你还生气吗？"

林燃指着她手里的不明物体问："这玩意儿能退吗？"

盛青溪急忙摇头。

林燃拧着眉看她："你下次不许买了。"

盛青溪又点点头。

这会儿她看起来好像比林烟烟还乖。林燃勾了勾唇，接过她手里的袋子，回俱乐部放好袋子又出来。

林燃指了指头盔，问："你会戴吗？"

盛青溪自己试着戴上了，正笨拙地扣着卡扣。她这是第一次戴赛车头盔，感觉自己的脑袋好像被什么柔软的东西包裹住了。

林燃哼笑一声，伸手替她扣好卡扣，隔着头盔敲了敲她的脑袋："你一会儿好好抓紧我。"

林燃本来想抱她上去的，却见盛青溪单手撑着后座，微微用力，一个跨步，轻松地坐了上去，坐好之后还睁着大眼睛巴巴地看着他。

犹豫了两秒，盛青溪确认似地问林燃："你成年了对吧？可以骑车。"

"要不要拿身份证给你看？"

"不用。"

林燃定定地看了她几秒，上车发动引擎，下一秒，一双柔软的手揽上他的腰，她紧紧地抱着他，就像第一次抱他时那样用力。

听见引擎声响起，却迟迟不见林燃动，盛青溪不由得动了动脑袋。

这一动，林燃回过神来，将脑子里乱飘的思绪都压下，开口问："你住在哪里？"

盛青溪说了一个地址。

林燃转动握把，脚下一用力，摩托车就风一般地掠了出去。

月色如水，温柔地照在彼此紧贴的两人身上；云朵似乎也跟着他们向前飘动，似是在窥探这两个隐在夜色里的少年。

深夜一点，林燃坐在客厅，看着被拆开的礼物袋，有些错愕。礼物袋里是一副限量款拳套，漂亮且昂贵。

林燃揉了揉眉心，忽然伸手捂住自己的眼，仰头坐在沙发上，脑子里乱糟糟的，一时不知道该拿盛青溪怎么办。

他是从盛开福利院回来的，也是亲眼看着她走进福利院大门的。

他不是傻瓜，联想到之前，盛青溪打电话的时候喊的那一句"盛妈妈"，事情已经很明了了。

林燃满脑子都在想：盛青溪哪来的钱给他买拳套？是攒了很久的钱，还是出去打工赚的钱？她会不会被骂？

林燃忽然又想起那天晚上自己问她的话——

"你爸妈没告诉过你，在学校要好好学习不要早恋吗？"

然而她什么都没和他解释，只是乖顺地应道："我不会早恋的。"

林燃烦躁地揉了揉头发。

即便已是深夜，初城仍未入眠。远处，华灯闪烁，他朝城西的方向望去。在初城，城西算是一处比较偏僻的地方，那边多是老旧的居民区，离一中很远。

盛青溪以前在二中读书，二中就在城西那边。她转到一中以后，每天坐公交车来上学，往返需要花两个小时，还要面对陌生的环境、陌生的人。

为了他，她甘愿付出这样的代价。

林燃从天台上下来，再洗完澡，时间已经很晚了，可躺在床上怎么也睡不着，便睁眼看着眼前的黑暗，满脑子都是盛青溪。

他有很多拳套，定制的、限量的、别人送的，可没有一副拳套让他这样焦躁不安。

"飓风"俱乐部。

虎牙坐在吧台前，瞥了一眼刚才和林燃比赛的几人，拿了一根烟出来："都来说说，和那小子比赛是什么感受。"

几个队员面面相觑，有同样的感受——林燃是一个疯子，比"飓风"更疯。

一个穿着工字背心的肌肉男说："牙哥，我看这小子没有加入俱乐部的意思。那天'上瘾'的人去了，特地去看他的，听说他都没在赛场上露面，今晚也是我们报了名字，他才出来开了几圈。按今晚的情况来看，估计他对我们俱乐部也没兴趣，但就怕他和'上瘾'的人联合起来整我们。"

如今，在初城的摩托车队中，除了“上瘾”，没有能同“飓风”较量的，更重要的是，最近有新的赞助商在考察初城各个车队的前景。

“上瘾”和“飓风”的抢人战已经打了将近一个月。

很显然，林燃是他们争抢的重点对象之一。

虎牙点燃打火机的动作微顿，这样的事情以前不是没发生过。前几年他们被“上瘾”摆了一道，两个车队的矛盾也是从那时候开始的。

片刻后，虎牙又笑起来，温声道：“我听说那小子有个妹妹，你们找人去‘关照’一下。不过要适可而止，别吓坏了人家小女孩儿，只是给林燃一个信号。接下来怎么做全看他自己。”

虎牙明明是很温和地说出这些话，底下的人却不寒而栗。

盛青溪连续一周没见到林燃，仅有的两节体育课上林燃也没有出现。盛青溪有些不安，因为离林烟烟出意外的时间点越来越近了。

初中部的下课时间和高中部不一样，初中部没有晚自习，下午的课程结束之后，除了住校的，大部分孩子会选择回家。

林烟烟每天都由林燃接送。

于是，新的一周一开始，盛青溪就提前说这周暂时不和宋诗蔓一起吃晚饭了。

宋诗蔓虽然有些不开心，但也没有无理取闹，知道盛青溪应该有别的事要忙。而且，宋诗蔓最近把心思都放在盛青溪布置的学习任务上，从来没有那么认真过。

盛青溪太温柔了，一道题目就算重复讲上一百遍都不会不耐烦，宋诗蔓没理由不认真对待。

周三，这一天距离林烟烟出意外的日子还有两天。

盛青溪和前两天一样，一下课就跑去初中部附近，偷偷看林燃接林烟烟放学。林燃每天都提前到，就站在楼梯口等林烟烟。

盛青溪看到林燃接过林烟烟的书包，带着林烟烟往校门口走。

林烟烟仰头和林燃说了句什么，林燃伸手揉了揉她的头发，但他的脸上仍旧没有笑容，带着一丝寒意。

今天与往常不同，林燃没带林烟烟去车棚，而是直接带她往校门口走了。

见他们走出校门，盛青溪慢吞吞地往回走，心里却隐隐有些疑惑：以前的这一周，林燃也是每天提早来等林烟烟的吗？

因为那件事是林烟烟心里的创伤，所以盛青溪没有细问，并不清楚那天具体发生了什么，只知道那件事似乎和林燃的车队有关。

盛青溪抿抿唇，心里想：那一天一定是出了什么意外，否则林燃不会让林烟烟陷入那样的境地。

一中的南门不像西门那样热闹，门口除了几家早餐铺子，再没别的商铺了，马路对面是正在开发的居民区，看上去冷清又荒凉。

林燃和林烟烟出来得早，路边只有停着的车，几乎没什么走动的人。

走出校门不久，林燃就察觉有人在跟着他们。他脸色微沉，随即揽住林烟烟，不动声色地微微偏头，用余光往后看了一眼。

两个人——一个光头男和一个瘦子。

林燃忽然顿住，前面有条偏僻的小巷，巷子里传来金属敲击水泥墙壁的声音，是粗糙、有节奏的响声，一下又一下——巷子里还有人。

如此看来，前面路口那儿大概率也有人在堵他们。

林燃将林烟烟揽得更紧了，并压低声音说："烟烟，一会儿哥哥数到'一'，你就往学校里跑，到保安室去报警，知道了吗？"

骤然听到这么一句话，林烟烟先是蒙了一下，但紧接着就意识到了什么，不安地喊了一声："哥哥。"

林燃不再犹豫，转身径直朝身后那两个人走去，同时开始倒数："三。"

被林燃发现了，那两个人并不觉得奇怪，其中一个人还笑了："牙哥说得没错，这小子真的不简单，这么警觉。"

林燃望着男人嘴角轻佻的笑容，心里的火一下子就蹿了上来。

光头男粗声问林燃："喂，小子，和我们去见见牙哥？"

瘦子表情轻浮，语调暧昧："顺便带上你妹妹。"

林燃的表情已经很冷了，他随手把林烟烟的书包丢到一边。

"二。"

对面的两个人被他的举动弄得一怔，对视一眼。见林燃不像是要和他们好好说话的样子，两人皆是一凛，随即开始喊人："强子！"

这人话音落下还不到一秒，林燃忽然把校服外套往他们脸上一罩，眼神中带着狠戾。

林燃头也不回地喊："一！"

林烟烟不敢再看，拔腿就跑。趁着林燃缠住他们，林烟烟赶忙冲过马路，与那群人拉开距离，她的心跳已经超速，心里又急又怕。

等强子带人冲出来，林烟烟早已跑到了马路对面。强子扭头吐掉烟头，朝林燃走去。

学校内。

盛青溪将脚步放得越来越慢，直觉告诉她，似乎有些不对劲——林燃的车明明就停在车棚，他为什么不骑车带林烟烟回家？

她猛地停住脚步，转身大步朝校门口跑。风扬起沙尘，眯了她的眼睛，但她穿过人群越跑越快。

现在是放学时间，大家正在往外走，所以往里来的人就格外显眼，盛青溪一眼就看到了满脸苍白，正惊慌地往保安室里跑的林烟烟。

盛青溪跑到门口，见林烟烟还急得说不出话来，不由得高声喊道："林烟烟，你哥哥呢？林燃呢？他人在哪里？"

林烟烟的眼睛里写满惊慌，她磕磕巴巴地道："哥哥……哥哥在马路对面，他让我来报警，很多人围着他……"

保安一听就觉得可能出事了，立马拿起电话报警，打算报完警再找人过去帮忙，而门口的盛青溪已经不见了。

盛青溪赶到巷子口时，林燃正被三个人围着，其中一个光头男拿着铁棍，骂道："臭小子。"

林燃浑然不在意身后人的举动，直到耳后响起凌厉的破空之声。林燃微微偏头，想躲过这一棍子，可强子手疾眼快，一个手刃猛地朝林燃颈间砸去。

林燃下意识地躲开了强子的手，可这零点一秒的闪躲让悬在他头顶的棍子有了可乘之机。

林燃躲无可躲，便等待着这一棍子打下来，脸色都没变一下。

就在这时，一只白皙纤细的手从一旁伸出，死死挡住朝林燃后脑打去的铁棍，金属和肉体相撞，发出了一声闷响。

林燃瞳孔微缩，猛然回头看去……

一中的两个保安赶过来时，发现巷子里站着三个拿着武器的混混儿，两个穿校服的学生，那个男学生的校服上还沾了血。

保安连忙打了120。

林燃紧紧地握着盛青溪的手，眼前的少女微蹙着眉，疼也不知道哼一声。

林燃的眸色暗了下来，他忍不住拉近和她之间的距离，盯着她的眼睛，厉声问："你知不知道你是个女孩子，看到这种情况还跑来凑热闹？"

盛青溪整只右手疼得都麻木了，却像没听到林燃的问话似的，反而说了一句让他更加上火的话："林燃，你有没有受伤？"

明明自己疼得连声音都变了，她却紧张兮兮地看着他，一双黑眸里只有他。

林燃咬牙，俯身抱起盛青溪，也不管这乱糟糟的局面，越过巷子口的那两个保安，径直往外走。这两个保安都认识林燃，也都没拦他。

林烟烟跑得没有保安快，跑过来的时候已经急得快哭了。

看到林燃抱着盛青溪，小丫头一下子就憋不住了，眼泪冒出来，抽抽噎噎地问："哥哥，你怎么样了？这个姐姐怎么了？"

林燃想给林烟烟擦眼泪，但怀里还抱着盛青溪。

林燃瞥了一眼怀里脸色苍白的盛青溪，尽量放轻语气："烟烟，去把书包捡回来，给车行的人打个电话，让他们开辆车过来，我们现在去医院。"

林烟烟连忙打电话喊人，打完才去捡回她的书包。

盛青溪用没有受伤的手扯了扯林燃的袖子，低声说："林燃，你放我下来，这是在学校门口，我能自己走的。"

她有经验，应该没伤着骨头。

林燃垂眸和她对视片刻，却不理会她的话。

盛青溪："……"

她不是很习惯和别人这样亲密接触，虽然以前林燃救下她之后，也是这样把她抱起来的，可她当时的感受与现在全然不同。

林燃温热的胸膛就在她的脸旁，她又开始紧张了。

五分钟后，林燃抱着盛青溪上车，林烟烟也跟着坐了上去。

上车后，林烟烟的情绪慢慢缓和些，她这才后知后觉地意识到林燃没有受伤，受伤的是他怀里的人。

林烟烟仔细辨认了一会儿，认出对方是那天林燃在校门口看的那个女孩子。

她顶着一双通红的兔子眼，小声问："姐姐，你疼不疼？"

林燃这时才顾得上看这个小丫头。林烟烟的眼泪就跟不要钱似的，顺着下巴啪嗒啪嗒地往下掉，她哭得可怜极了，但他手上满是灰尘和血迹，没法替林烟烟擦眼泪。

看着哭泣的林烟烟，盛青溪感觉自己有些恍惚。此时的林烟烟，和盛青溪记忆里那个脸色苍白、身体孱弱的女孩儿完全不同。

盛青溪似乎回到了林燃去世的第二天。

那一天，盛青溪抱着那只耳朵被熏黑了的小熊去医院看林烟烟，那时林燃的父亲林佑诚也在。那个中年男人很憔悴，沉默地坐在病床边看着床上的女儿。

他已经失去儿子了，不能再失去女儿了。

当时，见到盛青溪，林烟烟并没有什么反应，只有林佑诚出门问了盛青溪几句话。盛青溪只说自己是林燃的朋友，来看看林烟烟。而林烟烟看到盛青溪手里的小熊后，终于情绪崩溃，抱着小熊号啕大哭。

前一天是儿童节，林烟烟缠着林燃要儿童节礼物，林燃晚上便出去给她买小熊，等他再回来时，别墅已经起了火……

经调查，是使用液化气灶时无人看管，导致液化气泄漏，引发火灾，但林烟烟坚称，那一天她和林燃都没有使用过厨房。

林佑诚只以为她是一时接受不了林燃去世，并没有多想。

这起火灾不管怎么看都像是一场意外，有人对此不在意，但有人很在意。

就因为林烟烟的这句话，盛青溪努力了十年。

“姐姐？”

盛青溪纷乱的思绪被林烟烟的啜泣声拉回来，像那时候一样，盛青溪抬手碰了碰林烟烟湿乎乎的脸颊，低声道：“别哭。”

林烟烟睫毛轻颤，抬头看着盛青溪，对上盛青溪的眼睛后怔住了，这双眼睛里蕴含着林烟烟看不懂的力量——坚定又强大。

盛青溪左手微动，只是她刚一动就被林燃制止了，他用大掌牢牢地握着她那纤瘦脆弱的手腕，不让她挣脱。

盛青溪抬眸看向林燃，小声说：“林燃，我校服口袋里有纸巾，你给烟烟擦擦眼泪。”

林燃却没去拿，怕碰到盛青溪的手。他将视线越过盛青溪，看向哭泣的林烟烟：“烟烟，你自己把眼泪擦干净，然后给这个姐姐也擦一擦脸上的汗，能做到吗？”

林烟烟将眼泪憋回去，点了点头，小心翼翼地对待盛青溪，就和林燃一样。

等他们折腾完，车也开到医院了。

林燃带着盛青溪进了急诊区，因为提前打了电话，所以他们一进门就有人把盛青溪接过去了。

趁着盛青溪做检查，林燃低声哄了哄林烟烟，小丫头今天被吓到了。她上次这样哭，还是他们在林家的时候。

这件事惊动了不少人。不到半小时，林佑诚就赶到了医院。

林烟烟看到林佑诚，忍不住扑过去喊了一声爸爸。她吓坏了，害怕林燃因为保护她出事。哥哥保护她，可谁来保护哥哥呢？

林佑诚似乎是从公司赶过来的，还穿着一身西装，身后跟着两个助理。林佑诚抱了抱林烟烟，低声问了几句话，而后抬眸看向林燃。两年了，这孩子长高了不少。

林佑诚已年过四十，依稀能看出年轻时的俊容，林燃长得像林佑诚，林烟烟则长得像妈妈。

林佑诚的眸里含着担心，他脸色微沉，看向一旁高大的少年，喊道：“小火，到爸爸这里来。”

林燃站在原地没动，神色复杂地看着林烟烟依赖林佑诚的模样，心里一时间五味杂陈。他将林烟烟带离了林家，却导致林烟烟差点儿被人欺负，后来又遭遇火灾，生死未卜。如果林烟烟还好好地待在林家，是不是就不会发生那些事了？

林燃沉默了半晌，忽然转身朝医生办公室走去——他不能就这样把盛青溪一个人丢在那里。他来到医生办公室时，盛青溪的检查报告正好出来了。

一旁的护士正小心翼翼地捧着盛青溪的手，给她消毒、抹药。先前她穿着外套，林燃不知道她的伤势如何，这时才看到她的右臂肿了一大块，高高隆起，紫红色一片，上面还渗出些血来，看着有点儿吓人。

护士还是个实习生，上药的时候，手一直在轻轻颤抖，并不时地抬头问：“力道会不会太重？”

盛青溪本就脸色苍白，现下还要分出心神来安慰别人。她对那小护士弯了弯唇，轻声说：“不重，也不疼。”

医生正在和林燃说盛青溪的伤势："从片子上来看，骨头没有问题，只是一些皮外伤，看着吓人，其实伤口不深，不用缝针。她这几天不能频繁地使用右手，等消了肿，如果还疼就要来复查一次。"

林燃应了一句，朝床边走去。

盛青溪坐在小床上让护士上药，见林燃走过来，侧过头看了他一眼，说话时依旧很温柔："林燃，我没事了，你去陪你妹妹吧。"

林燃没理她，对护士道："我来。"

护士看了一眼医生，见医生没开口阻止便让开了。

林燃从护士手里接过盛青溪的手，那只手软绵绵、冰冰凉。他神色微滞，拿着棉签的手顿了一下，接下来便小心地控制着自己的力道，动作飞快、异常熟练地处理好了她的伤口。

紧接着，护士给盛青溪包好了伤口。

盛青溪松了一口气。对她来说，只有铁棍打下来的那一瞬有点儿疼，缓过来之后就感觉好了很多。她以前当警察的时候受过不少伤，这对她来说只是一些小伤。

她抬眸看他，眨了眨眼："林燃，我明天还你钱好不好？"

林燃一怔，一时间不太确定自己听到了什么，简直要被这小姑娘气笑了。他扫了一眼办公室里的人，声音微冷："你出来，我有话和你说。"

林燃接过盛青溪手里的外套，往她身上一披，抓着她的手腕就往外走。

走廊里的灯光很亮，冷色的灯光打在墙边的座椅上，空气中混合着消毒水的味道，旁边人来人往，却无人在此停留，让这里显得冰冷又孤独。

这一次，林燃特地放慢了脚步，走到休息区才放开她的手。他指了指空着的座椅："你先坐下。"

盛青溪觉得这个场景似曾相识，那天晚上也是这样，他让她在站牌处坐下，还告诉她"要好好学习"。

这次盛青溪学聪明了，不等林燃开口，率先说："林燃，我会好好学习的，你放心吧。"

林燃："……"

这一次，他没再居高临下地看着她，而是蹲在她面前。他们两人的视线高度瞬间对调，她低垂着眸，眼里闪烁着细碎的光芒，安静地看着他。

不知道是不是错觉，他觉得此时盛青溪的心情很好。

林燃喊她的名字："盛青溪。"

盛青溪应道："嗯？"

林燃沉声问："你在高兴什么？"

盛青溪一怔，没想到林燃察觉了她此刻的心情，抿了抿唇，轻声道："你和烟烟都没事，所以我很高兴。"

林燃的喉结滚动着，眸光暗了下来，他第一次用这样冰冷的语气和她说话："盛青溪，不管是我还是林烟烟，都和你一点儿关系也没有。我们是陌生人，你知道吗？"

他们是陌生人吗？盛青溪捏着自己微凉的指尖想。是的，他们是陌生人，一直都是她一个人的倾慕，一个人的坚持。

林燃不知道以后那些还没有发生的事，所以此刻觉得他们就是陌生人，是她自作主张地闯入了他的生活，这让他不高兴了。

盛青溪低声道歉："对不起。"

那些冷漠的话林燃都说不出来了，她什么都不懂，甚至在他说了这样伤人的话之后，也只会道歉，连发脾气都不会。

他微微闭眼，平复下内心汹涌的情绪，企图和她讲道理："我的意思是，我们之间并没有深交，不论在什么样的场合下，你首先要做的都应该是确保自己的安全。"

林燃看着她，一字一顿地说："为了我，不值得。"

盛青溪的性格其实没有看上去那么软，她倔强又固执，从小到大，她做的决定，旁人都难以改变，不论是以前选择报考警校，还是这一世决定转学，而这一切都是为了林燃。因为在她看来，倾慕一个人，就应该是这样的。

如果以前林燃没死，她或许会再倾慕于别人，可对如今的盛青溪来说，倾慕林燃已经成了一种习惯，在一年又一年的漫长岁月里，是林燃让她坚持了下来。

盛青溪盯着他的眼睛，缓缓抬起左手，轻轻抚上林燃的侧脸，他并没有躲，任由她触碰他的脸。

林燃的脸上有伤，还没处理，在办公室里他只给她上了药，没顾得上自己。

盛青溪动作极轻，慢慢地擦去他脸上的血渍，仔细地看着他的眉眼，用手指抚摸着他的眼角。

许久，她低声道："林燃，你对我非常重要。如果你觉得烦，我向你道歉，也可以离你远一点儿，接下来的一年，我都不会再烦你。”

如今林烟烟的事已经过去，盛青溪相信林佑诚会处理好接下来的事。盛青溪接下来要阻止的事，只剩下明年六月的那场大火。她明白，余下的一年林燃会平安地度过。

林燃听到那句“你对我非常重要”的时候，心脏忽然紧缩了一下，只觉得喉间干涩，说不上话来。半晌，他哑声道：“不烦，一点儿都不烦。”

林燃明白，盛青溪与旁人不同，这小姑娘单纯又固执，且固执到了一定的地步。

这会儿已经是晚上六点，林燃抬手揉了揉她的头发，和她一起往外走，边走边问：“我先带你去吃饭，想吃什么？”

盛青溪扭头问道：“你妹妹呢？”

林燃道：“我父亲来了，他会看着烟烟的。那几个人的事，他会处理干净。那些人暂时不会再来，但你要注意安全。”

林燃知道，出了这样大的事情，往后林佑诚肯定会找人接送林烟烟，或者把林烟烟接回去，在家住一段时间。

他嘲讽似的笑了笑，这本就是他惹出的事。

其实，他们兄妹俩和林佑诚之间并没有太大的矛盾，他们是和那个家有矛盾。

母亲因病去世的时候，林燃和林烟烟都还小，那时林燃七岁，林烟烟只有四岁，都是需要人照顾的年纪。林佑诚也是考虑了许久才再婚的，但没想到这两个孩子对继母那么抵触，没办法与继母和睦共处。

此时天色已暗，林燃在医院附近找了一家粥店。

坐下以后，盛青溪不太熟练地用左手拿着勺子喝粥。林燃忽然意识到，她的右手暂时动不了，她用左手喝粥估计还没喝完粥就凉了。

林燃在心里纠结了半天，冷峻的脸上露出些许不自然的神色。他轻咳一声，见盛青溪抬头看来，别扭地问：“你吃饭是不是不方便？”

盛青溪低头看了一眼正散发着香味的鱼片粥，又看了一眼自己拿着勺子的左手，小声应道：“没有不方便。”

林燃：“……”

于是，林燃别扭地看着盛青溪喝了小半碗粥，同时敏锐地发现她几乎没动粥里的鱼肉。

等盛青溪放下勺子，他蹙起眉，语气不太好："你吃好了？"

盛青溪抿抿唇，感觉没什么胃口，而且不喜欢这碗粥的味道，但觉得浪费也不好，于是又拿起勺子。

林燃见状，脸色更差了，起身握住她拿着勺子的手，然后抽出勺子，顶着一张臭脸，不由分说地拉起她就走。

盛青溪有些困惑：她是不是又惹林燃不高兴了？

夜色下，林燃和盛青溪坐在路边。盛青溪神色沉静，无声地注视着如水的夜色，今晚发生的事让她觉得轻松了很多。因为这意味着，以前发生的事是可以被改变的，包括林燃的死。

林燃正在给林烟烟打电话，听着小丫头略带欢欣的声音，他的情绪好了不少。林烟烟叽叽喳喳地说着："哥哥，我和爸爸在外面吃饭。刚刚爸爸让我给你打电话，我说你要陪姐姐，哥哥，我是不是很聪明？"

林燃轻声笑了一下："是，烟烟很聪明。"

林烟烟压低声音，悄悄地说："哥哥，爸爸让我回家住。他说我回家住的话你也会回来，但我没答应，我想和哥哥在一起。"说着，她又有些丧气，"爸爸暂时同意了，但是他说，以后我每天上学、放学，必须由司机和保镖接送。"

这在林燃的意料之中，现在这种情况，他一个人看着林烟烟的确比较吃力。林佑诚这样安排让林燃放心很多，林燃低声说："这样也好。你和陈阿姨说一声，她会看着调整时间的。"

陈阿姨平时负责给他们做晚饭，每周末会来打扫一次卫生。林燃和林烟烟搬到城南花园之后，就只请了这么一个阿姨。

旁边的盛青溪听到他说的话，左手不由得紧握成拳，而后又松开了。此时林燃还在，她不能这样任由情绪外露。

林燃挂了电话，侧过头看向盛青溪，她的侧脸白净，脸只有他半个巴掌那么大，微垂的长睫毛卷翘，鼻梁高挺，鼻尖小小的，很可爱，唇色偏红，下巴上没什么肉。

林燃无法否认，盛青溪真的很漂亮。

他指尖微动，声音低沉："送你回家？"

盛青溪却摇摇头："回学校，诗蔓还在等我。"

林燃一时没应声，皱着眉看了她半晌。这小姑娘好像一根筋，都这种情况了，还想着那个八竿子打不着的宋诗蔓呢。

他给何默发了一条信息，之后用一贯霸道的语气对盛青溪道：“我找人去告诉宋诗蔓了，说你今天晚上请假，让她不用等你。”

他顿了片刻，给了盛青溪一个不容反驳的眼神：“所以你现在就回家去。”

盛青溪垂着眸，他看不清她的眼神。她迟疑了一会儿，小心翼翼地看着他：“我现在回去的话，盛妈妈会发现我受伤的，我不想让她担心。”

平常，盛青溪回去时只要探头和盛兰打一声招呼就好，盛兰那会儿通常在忙着给那些小家伙盖被子。所以，盛青溪晚一点儿回去，再小心一点儿，受伤的事就不会被盛兰发现。

林燃轻啧一声，这小姑娘难搞得很。

十分钟后，林燃叫的车到了。

林燃走到车旁，打开车门，侧过头看了一眼盛青溪，示意她上车。她也不问要去哪里，就乖乖俯身钻了进去。

林燃微微挑眉，她在他面前总是这样乖，让他忍不住想欺负她。

上车之后，坐到柔软的座椅上，盛青溪渐渐放松下来。这些天，她的神经一直紧绷着，直到现在，她才得以喘息。

车内没开灯，后座的光明明灭灭。林燃就在她身边，盛青溪渐渐闭上了眼睛。

林燃正低着头回复群里的信息，没注意身旁的人，他的肩侧忽然贴上了一小团柔软的东西，那东西很轻，像某种柔软的小动物。

林燃的身体一僵，片刻后，他侧头看去——盛青溪靠在他的肩上睡着了，昏暗的光影扫过她的脸。她的眼睫乖乖地垂落下来，她安静地睡着了，这模样显得她更乖了。

林燃不知怎的突然觉得车内有点儿燥热，便将车窗摇下来开了一道小缝儿，不敢多开。方才回复信息的动作也全然停了下来，最后他按灭了手机。

路旁的树影划过，将依偎着的两人笼入暗影之中，月亮也无法窥见车内的景象。

林烟烟到家后，一进门就想喊“哥哥”，但林燃迅速朝她比了一个噤声的手势，林烟烟立即紧张地闭上了嘴。

林烟烟轻手轻脚地走进客厅后，才看见盛青溪躺在沙发上，缩成了小小的一团，像是睡着了。

林烟烟抬头一瞧，客厅里只开了几盏小灯，难怪这么暗。

林烟烟进门时没关门，林燃知道林佑诚还在外面，便起身往门口走，经过林烟烟时，低声道："烟烟，别吵醒姐姐。"

林烟烟忙不迭地点头，她当然不会吵醒姐姐。

林燃出去带上了门，林烟烟悄悄地跑到落地窗前，偷偷往外瞄了一眼，见父子俩好好地站在一起，没打起来，这才放下心来。

庭院内没亮灯，只有别墅里透出一点儿光来，好在足够林佑诚仔细看一眼林燃。林佑诚温和地说道："小火，你又长高了，比起过年那会儿，又高了一些，身体看起来也不错。"

林燃低声喊："爸。"

林佑诚微微叹了一口气："出了这么大的事你也不告诉爸爸。烟烟告诉我，这段时间你一直把她带在身边。你早知道可能会出事，是吗？为什么不和爸爸说呢？"

林佑诚看起来有些伤心："当时，你说和烟烟搬出来住，爸爸怕你们在家里过得不开心，便由着你们。我知道，你们和徐阿姨相处不来，但我仍旧是你们的父亲。两年前……你还不能原谅爸爸吗？那件事是爸爸的错。"

两年前的事，其实只是非常小的一件事，但林燃和林烟烟都被林佑诚伤到了，所以林佑诚这两年一直心怀愧疚，是他没有给两个孩子最基本的信任。

林燃没有回答林佑诚的问题，只是说："烟烟和我说，以后你会安排人接送她，这件事我也赞同。回去住的事情，你暂时不要和她提，至少……至少要等到明年六月。"

此时，林佑诚并没有察觉这个时间点有什么特殊性，只以为是林燃明年高考完去读大学，便没有那么多时间照顾林烟烟了。

林佑诚拍了拍林燃那逐渐厚实起来的肩膀，说："那几个人和那个俱乐部的事情，爸爸会处理好的，以后他们不会再来找你的麻烦。"

林佑诚又笑了一下："过年那会儿，阿真和我说，你喜欢玩摩托车，花了很多时间和心思在这上面。如果你喜欢，爸爸可以给你组建车队，让你拥有自己的俱乐部。"

林燃的眼底闪过一丝嘲讽，他心想：拥有自己的俱乐部？我能不能活过明年还是一个未知数呢。

林燃闭上眼，掩下眸内的情绪：“我暂时不考虑这件事，您早点儿回去休息吧。”

林佑诚听林燃这么说，知道儿子不想再说下去了，只转头向客厅那边看了一眼，轻声道：“小火，你帮爸爸和烟烟说一声晚安。爸爸走了。”

林燃无声地目送着林佑诚一步步走出别墅。

在林燃看来，那场大火是意外。

他不知道这样的意外会不会再次来临，自己没办法就这样把林烟烟送回林家，至少得帮她躲过那场火灾。

林佑诚走后，林燃狼狈地闭上了眼。

此时，他心里想的，和盛青溪先前想的是一样的——未来是可以改变的，就像今天。

客厅里，林烟烟盘腿坐在柔软的地毯上，安静地写着作业。林烟烟很小心，几乎没有发出一点儿声音，每写完几道题，就抬眸偷偷看一眼盛青溪。

不知道为什么，林烟烟对盛青溪总有一种熟悉的感觉，甚至连眼前的场景都觉得眼熟，似乎曾经的某一天盛青溪也是这样躺在他们家的沙发上，可她们先前分明是不认识的。

沙发上的盛青溪睡得很沉。或许是因为睡在林燃的家里，她又梦到了她和林燃第一次遇见的场景。

那一天是平安夜。

十二月已是冬季，盛青溪抱着一堆糖盒走在路上，穿着崭新的红色羊角大衣，那是盛兰给盛青溪买的新衣服。平安夜，福利院里那些小朋友都玩疯了，盛兰备好的零食都被吃光了，于是盛青溪出门给他们买糖吃。

城西很偏僻，在那样的冬夜，大多数店铺关了门。盛青溪找了好几个居民区，才在某个居民区外的小卖部里找到了糖果。

这一夜下了雪，雪花轻轻地往下落，映着黄澄澄的光，像糖霜似的，一落地就不见了踪影。

盛青溪打了个寒战，加快脚步往回走。

路边小巷的两侧墙壁上画着各种美食彩绘，这是城西的特色。她匆匆埋头往前走，听到后头有动静，身后似乎有人加快脚步追了上来。

盛青溪动作一顿，微微扭头用余光瞟了一眼，发现身后跟着三个年轻男人。他们表情迷离，面带红晕，其中一人手里拎着酒瓶，他们在笑。

盛青溪抿抿唇，不安地看向前面。漆黑的夜里，只有街道上的路灯亮着，两边的商铺都关门了，连车都很少。

她心里一慌，干脆加速往前跑。

在她跑起来的瞬间，身后的脚步声变得凌乱，男人带着醉意的调笑声响起："妹妹，你最好快点儿跑，不然一会儿我们可就追上你了。"

有人附和着发出充满恶意的笑声。与此同时，街尾处响起摩托车的轰鸣声。

不过此刻盛青溪顾不上这些，越跑越快，怀里的糖盒散落一地，身后的脚步声却离她越来越近了，她的呼吸声也越来越重。

那时候，她只是一个什么拳脚功夫都不会的女孩儿。

最终，盛青溪被那三个醉酒的男人追上并堵进了巷子里。巷子里更暗，她努力挣扎，不管摸到什么都往他们身上扔，可面前的三人越来越兴奋。

盛青溪忍住没有哭，只是拿起手边的东西狠狠地往他们身上砸，厉声喊："滚开！"

刚上幼儿园的时候，她也被一些小朋友欺负过，那时候盛青溪就像这样，拿起石头丢他们，让他们滚开。

小时候的盛青溪，很乖也很凶。她从小到大都很少哭。

这是一个没有出口的小巷子，很快盛青溪就被逼到了角落。混乱中，她感觉到有人往她脸上摸了一把，忍不住尖叫了一声，男人们却笑得更大声了。

盛青溪从来没有这么绝望过，望着眼前的黑夜和三张扭曲的脸，耳边是自己的喘息声和那些刺耳的笑声。

她手里一直紧紧地握着一截粗糙尖锐的玻璃碎片，显然已经考虑到了所有的可能性。

一只冰凉的手向她的领口伸来，有人死死地按住了她的腿，盛青溪咬唇，举起手里的玻璃碎片，狠狠地往眼前的人的身上扎去。

千钧一发之际，引擎的轰鸣声再次响起，轮胎和地面的摩擦声尖锐刺耳，有人将车停在了巷子口。

所有人的动作都顿了一瞬，醉酒的男人们不悦地回头，想看看是谁打扰了他们的"雅兴"，有人直接把酒瓶往地上一砸，嘴里骂骂咧咧："是哪个不长眼的？"

巷口的人冷冷地站在那儿，往漆黑的巷子里扫了一眼，倚在摩托车旁懒散地道："不想过节就早点儿去看守所里蹲着，出来碍眼可就是你们的不对了。"听这声音，来者似乎还是个少年。

这几个男人似是被激怒了，放开盛青溪朝外走去。

这几个男人走到巷口，灯光将他们轻浮恶心、泛着油光的脸照得透亮，少年眼神微冷，嗤笑一声："你们这几个丑东西，连看人家姑娘一眼都不配。"

"你说的什么玩意儿？"

"臭小子，我看你就是找揍！"

林燃微微转动脖子，伸手活动了一下被手套包裹着的双手，轻蔑地扫视了这几个人一眼，说道："我今天没心情陪你们玩，但是'帮'你们报了个警。"

巷子里的盛青溪怔怔地望着巷口的少年，知道自己此时应该站起来往外跑，但整个人像失了力一般动不了，只能瘫坐在脏乱的地上。

不知过了多久，她听到警笛鸣响的声音。

盛青溪恍惚地看着那个逆光走来的少年。他随手把身上的大衣脱下，丢到一旁，一步一步地朝她走来，最后在她面前蹲下。

"你家住在哪里？我送你回去。"他的声音清朗又干净，像雪一样。

盛青溪感觉自己的意识越来越迷糊，但知道自己此时不能回家，不能让盛兰看到自己这副模样。于是她下意识地摇摇头，再后来就晕了过去。

晕过去之前，她闻到了少年身上好闻的味道——很特别，是她之前从没闻过的味道。最重要的是，他是温热干净的，跟刚才触摸她的那些冰冷肮脏的手的主人全然不同。

沙发上，盛青溪缓缓睁开眼睛，一时分不清这是现实还是梦境。因为那一晚她睁开眼时，看到的也是这样的场景——微暗的客厅和浅色的天花板。

她不自觉地低声喊——

"林燃。

"林燃。

"林燃。"

盛青溪没有意识到自己喊了几声，而客厅里的林燃和林烟烟同时怔住了。林烟烟偷偷地瞥了一眼坐在另一侧的林燃，发现他正紧紧地盯着沙发上的人。

林烟烟在心里数起数来，想知道哥哥能忍多久：“一——”

林烟烟：“……”

这个“一”在她心里连尾音还没落下呢，林燃就忍不住起身朝盛青溪那边走去了。

林烟烟忧愁地叹了一口气，没想到她哥哥也有这么一天。但就她哥哥这个坏脾气，有哪个女孩子能长时间忍受他呢？

林烟烟一度觉得林燃可能会孤独终老。

微暗的灯光被高大的身影挡住，盛青溪涣散的眼神开始聚焦，慢慢地，她看清了俯身看着自己的林燃，觉得少年的目光里带着一丝微不可察的紧张。

林燃见盛青溪终于看向他，心里骤然松了一口气，蹙着眉问：“你是不是哪里疼？还是你哪里不舒服？”

盛青溪望着他朦胧的身影，忍不住又轻轻喊了一声：“林燃。”

林燃应道：“我在。”

面色苍白的盛青溪忽然红了眼眶，一双漂亮的眼眸霎时雾蒙蒙一片。她哽咽着，小声问他：“林燃，你疼不疼？”

林燃没听懂她在问什么，但还是耐着性子回答：“我不疼。你疼吗？”

小姑娘变得不太讲理，倔强地看着他，一字一顿地道：“我不疼，你疼。”

林燃叹了一口气，她这不会是睡傻了吧？

他侧过头，看向眼睛瞪得和铜铃似的、满脸好奇的林烟烟，这小丫头对上他的视线后还心虚地低下了头。

他哼笑一声：“烟烟，你过来叫醒这个姐姐。”

林烟烟当即放下笔跑了过去，不等林燃让开，便俯身蹲到盛青溪面前，挡住了林燃的视线。

林燃退到一边，随即转身去了厨房。盛青溪晚上根本没吃多少东西，他准备煮碗面给她吃，他们家一直都备着丰富的食材。

等林燃端着碗出来，盛青溪已经清醒了，正裹着小毯子，和林烟烟一起坐在地毯上，似乎在教林烟烟写作业。

林燃刚放下碗，就听林烟烟用惊讶和崇拜的语气说：“姐姐，你好厉害。我哥哥考试从来没有及格过，我从小到大都是自己写作业的。”

林燃：“……”

紧接着，盛青溪缓慢地眨了眨眼，问：“林燃的成绩一直都不好吗？”

林烟烟重重地点头：“嗯！”

林燃的脸更黑了，他用手敲了敲桌子，正在小声交谈的两个女孩儿一齐朝他看来。他不太高兴地冷着脸，嘴唇微绷：“盛青溪，过来吃面。林烟烟，你写你的作业，哪儿那么多话？”

林烟烟扯了扯盛青溪裹着的毯子，默默地低下脑袋，悄声说：“姐姐，你快去吃面，我哥哥做饭很好吃的。”

盛青溪放下毯子往餐桌那边走，许是考虑到她的食量，林燃只盛了一小碗，面就是简简单单的蔬菜面，清汤寡水的，里面一丁点儿荤腥都没有。

林燃先前注意到她没吃鱼肉，煮面的时候犹豫了一下，最后还是什么都没放，只丢了些蘑菇和几片萝卜进去，用来提鲜。

盛青溪尝试着动了动右手，发现只要不用力就不会很疼。

在盛青溪慢吞吞地吃面的时候，林燃去客厅拿了那条被她放下的毯子，也不问盛青溪需不需要，就把毯子往她腿上一盖。

盛青溪动作一顿，透过氤氲的热气看了林燃一眼。

不等她开口道谢，林燃就冷声道：“你快吃面，不许说话。”

盛青溪老实地吃完面以后，便凑到林烟烟身旁和她一起讨论作业，完全把林燃抛到了脑后。

这会儿才九点，林燃得掐着点送她回去。他见这两个小姑娘凑在一起嘀咕，便自顾自地上楼洗澡去了。对他们三个人来说，这混乱的一天，总算要结束了。

站在花洒下的林燃闭着双眼，任由温热的水淋下，浴室内很快升起雾气，湿润的水汽在浴室内蔓延开来，眼前的画面变得模糊。

不知怎的，林燃觉得耳边似乎又响起了盛青溪的那句话。

她哽咽着问：“林燃，你疼不疼？”

林燃忽然顿住，水声骤停，此刻他的脑中冒出了一个不可思议的念头。

第四章　硬　币

晚上十点。林燃下楼，随手拨开湿漉漉的黑发，露出饱满宽阔的额头，他的眼睛里藏着不明的情绪。

他换了一身衣服，黑色的T恤衫和黑色的运动裤，脚下踩了一双崭新的白色球鞋，手臂处搭着一件大衣。

林燃无声地凝视了盛青溪良久，眼前的两个女孩儿将脑袋凑在一起嘀咕个没完，不知道在说些什么。

他忽然出声喊她："盛青溪。"

原本低着头的女孩儿立即抬眸朝他看过来，黑发乖顺地垂在肩膀两侧，清澈干净的眸子里带着一丝很淡的依赖，原本苍白的脸有了些许血色。

林燃轻声道："该送你回家了。"

他一边说一边往门口走，修长的手指上挂着一串新的摩托车钥匙。走到门口，他转过头问林烟烟："林烟烟，我回来前你能上床睡觉吗？"

林烟烟乖乖点头："我写完作业就去睡觉。哥哥，爸爸说明天司机七点就到，我要在七点十分之前出门，所以不会晚睡的。"

林燃叮嘱她："锁好房门。"

两人说话间，盛青溪已经走到了门边，回头朝林烟烟摆了摆手。

林烟烟不知道想到了什么，起身往厨房跑去。厨房里顿时传来一阵窸窸窣窣的声响，不一会儿，林烟烟拿着一盒奶糖跑到盛青溪跟前，雀跃着道："姐姐，这个糖很好吃！"

盛青溪刚想伸手去接，脸旁忽然横过一只有力的手臂，林燃率先接过了糖。

盛青溪只好换了个方向，用另一只手摸了摸林烟烟细软的头发，笑着说道："谢谢烟烟。"

林烟烟朝盛青溪眨了眨眼睛，悄声说："姐姐，别忘了我们的约定。"

盛青溪也小声应道："不会忘记的。"

林燃一直没插话，等她们说完，便把挂在手臂上的衣服展开，挡在他和盛青溪之间，而后停住不动。

盛青溪见状蒙了一下，迟疑着道："你是要我帮你穿衣服吗？"

林燃："……"这小东西怎么这么不解风情？

他蹙着眉："你转过去，手伸出来，这是给你穿的衣服。"

盛青溪想说"我自己能穿"，但一看到林燃阴沉的脸色，便默默地把这几个字咽了下去，乖乖地转身，伸开手臂，任由林燃给她穿上外套。

林燃的外套很大，几乎把盛青溪整个人盖住了，黑色的大衣长至她的小腿。属于林燃的味道丝丝缕缕地将她整个人都包围住了，盛青溪下意识地轻轻嗅了一下。

林燃见状，敲了敲她的脑袋："走了。"

一开门，微凉的夜风便顺着门缝吹进来，盛青溪往林燃身后躲了躲。

林燃把那盒奶糖和药一起塞进她大衣的口袋，转身去车库取车。盛青溪站在原地等他，眼前的花园和她对这里最后的印象不同。如今，这里生机勃勃——墨绿色的藤蔓肆无忌惮地生长着，柔嫩的小草在夜里开舞会，花园一角开着几株茶花，淡雅的月光倾泻在安静的花园里，眼前的场景朦胧又美丽。

可盛青溪感觉自己又闻到了那种东西被烧焦的味道，赶忙用指尖掐了掐指腹，让自己从那场噩梦中清醒过来，第无数次告诉自己：林燃还活着，这一切都不曾发生。

忽然，一片黑暗的花园被一束车灯照亮，引擎的轰鸣声响起，林燃骑着车从车库出来，手上拎了一个白色的头盔，和他车前挂着的黑色头盔是同一个款式。

这是盛青溪第一次见他骑白色的摩托车，觉得这辆摩托车很适合他。

林燃停下后，跨步下车，给盛青溪戴头盔。他低着头，视线在她轻颤的眼睫上停留了一瞬，此时他们离得很近，这似乎让她有些紧张。

戴好头盔后，林燃没动，身体往后倾斜，慵懒地倚在车上，一脸戏谑地看着盛青溪。上一次，她自己撑着后座坐上去了，现在她伤了手，他倒想看看，她会不会向他求助。

然后，林燃就看到她自己往后座那边去了。

林燃："……"

他黑着脸把她拦下。

林燃几乎是咬着牙问的："盛青溪，你有没有作为伤患的自觉性？"

盛青溪闷闷的声音从头盔里传出来："林燃，我已经不疼了。"

林燃单手用力，将她抱上摩托车。她透过头盔看着他，眼神纯净又无辜，像是全然不知道他在气什么。

他气闷地给自己戴上头盔。

不过，等他坐上车之后，身后的盛青溪乖乖地搂上了他的腰。

林燃觉得自己又好受了一点儿。

林燃开出小区后才开始加速，摩托车的声音随之响起。凛冽的夜风像利刃般朝盛青溪身上刺来，即便穿了林燃的大衣，她还是有些冷。

而林燃明明只穿了一件短袖，身体却热得像个小太阳，和以前一样。

盛青溪忍不住将他抱得更紧了一些。

林燃察觉了盛青溪手上的动作，不自觉地弯了一下唇，又悄悄地加快了一点儿速度，直到她将他搂得紧得不能再紧。

白色的摩托车像一道闪电，穿过无垠的黑夜。

快到盛开福利院附近的公交车站牌时，盛青溪扯了扯林燃的衣角，示意他停车。林燃非常配合，减速刹车，把盛青溪从后座上抱了下来。因她单手不方便，他准备替她解头盔。

林燃俯身靠近时，盛青溪更真切地感受到了他身上的温度，这感觉和从背后抱他时不太一样。她不自然地偏开头，才一动，脑袋就被林燃掰了回去。

他敲了敲头盔，提醒她："别动。"盛青溪只好忍着。

他解开头盔后，盛青溪深吸了一口气，觉得脸上有些燥热，属于林燃的味道在空气中弥漫开来，将她紧紧包围，而林燃并没有即刻退开。

盛青溪忍不住往后退了一小步。

林燃见状，挑了挑眉："你躲什么？前几次抱我的时候你怎么不怕？"

盛青溪抬眸看他，抿抿唇，小声说："太近了，林燃。"

林燃哼笑一声，定定地看着盛青溪，语气里没有透出他此时紧张的情绪，状似漫不经心地问："之前你问我，我疼不疼。"

然后，他弯了弯唇："你为什么这么问？"

盛青溪不想骗林燃，但这件事又没办法告诉他，便没应声。

她捏着自己的手指，低下头不说话，但林燃似乎也不着急，就站在那儿，耐心地等着她的回答。

盛青溪只好模棱两可地应道："我就是怕你疼。"

林燃在夜风中站了一会儿，逐渐清醒过来——他以前和盛青溪素不相识，不该有这样荒唐的念头。

林燃把这个不可思议的念头抛到脑后，揉了揉她的黑发，就像对林烟烟那样，而后低声道："你进去吧，快十一点了。"

盛青溪又看了他一眼，慢吞吞地转身回家。

她即将走到门口的时候，身后又传来林燃的声音，他说："明天我来接你。在你伤好之前我会每天送你上学的。"

盛青溪一怔，想拒绝，但林燃已经抬腿跨坐在车上，正拿着头盔往头上戴，没有给她任何拒绝的机会。

盛青溪喊他："林燃。"

林燃和她对视片刻后，启动了摩托车。随后就像来时那样，只几秒，他就消失在了路口。

盛青溪停在原地，看了空空的街道许久才往回走。这个点，福利院的小家伙们都睡了，盛兰为盛青溪留了灯，暖黄色的灯光将门前的台阶照得十分清楚。

靠近门口时，盛青溪放缓脚步，轻手轻脚地打开门，又合上门反锁，小心翼翼地听着盛兰的动静，盛兰似乎在另一边，在那些小家伙的宿舍里。

盛青溪连忙趁机跑回自己的房间，脱下林燃的外套，又照了照镜子。镜中的她穿着校服外套，看不出来手臂受了伤。

盛青溪检查完自己的状态，便朝宿舍区走去。那边只有走廊里开了一盏小灯，几个房间都是漆黑一片，盛青溪找了两个房间才找到盛兰。

盛兰正弯着腰给一个小家伙盖被子。

盛青溪探进头，小声喊了一声："盛妈妈，我回来了。"

盛兰忙转头看盛青溪，压低了声音："愿愿，饿不饿？"

盛青溪摇摇头，朝盛兰比了一个准备睡觉的手势。盛兰见状，朝盛青溪摆了摆手，回过头继续手里的动作。

盛青溪转身离开后，骤然松了一口气。

洗完澡，已经快十二点了，盛青溪坐在书桌前，给自己上了药，台灯下放着一盒包装精巧、可爱的糖，上面印着草莓的图案，还绑着蝴蝶结，看起来像是林烟烟的糖。

但盛青溪知道，喜欢吃奶糖的并不是林烟烟，而是林燃，这是以前林烟烟告诉盛青溪的。那十年间，林烟烟陆续和盛青溪说了许多关于林燃的事，有些清晰，有些模糊。

盛青溪拿起这个小巧的糖盒，拆开蝴蝶结，打开盒子，里面躺着六颗圆滚滚的奶糖，它们被白色的糖纸包裹着。

她只拿了一颗。入口奶香浓郁，不是很甜，尖锐的牙齿刺穿柔软的糖衣后，里面微凉的草莓夹心就渗了出来，香甜的味道瞬间充斥着盛青溪的口腔，她捂住自己的腮帮子——好甜。

这一夜，盛青溪入睡之后又梦到了那场大火，不到五点就从噩梦中惊醒，废墟般的别墅不断地在她眼前闪现。

盛青溪气喘吁吁地靠在床头，额头上沁出了薄汗。

她紧紧地闭上双眼，缓了近十秒，再睁开眼，眼前是熟悉的场景。她在自己的房间里，这里没有火光，也没有废墟，更没有林燃。

这个噩梦已经伴随了盛青溪整整十年，她至今都没能从那个晚上走出来，哪怕如今已经看到了活着的林燃。

她就坐在那儿，等情绪缓慢平复下来。

盛青溪尝试着动了动右手，已经不疼了，只是手臂还有点儿肿，想来是昨天那个人没用狠劲，毕竟他先前已经被林燃揍过一顿了。

于是，她换了衣服起床，准备晨跑，此时天边刚泛起鱼肚白。

盛青溪晨跑都是绕着盛开福利院前后的两条街跑三圈，大概需要半个小时。这个时间盛兰正在厨房里和阿姨一起做早餐，盛青溪便没去和盛兰打招呼。

盛青溪跑完，和平常一样走过站牌，准备回去洗澡。但远远的，她忽然听到有人在喊自己的名字，那是很好听却明显带着不悦的声音。

“盛青溪。”林燃绷着脸，叫住不知道跑了几圈的盛青溪。他刚到这里没多久，就见小姑娘从街口跑过来，看样子不是第一圈了，“你到底有没有把自己的身体放在心上？”

盛青溪停下脚步，回头看去，见林燃把车停在一旁，半倚着车身，面露不悦。她有些诧异，没想到林燃来得这么早，现在还不到五点半。

少年蹙着眉，目光微冷，摆着一张臭脸。

盛青溪只好走近和他解释：“我已经不疼了，洗完澡我就去换药。现在还不到五点半，你怎么这么早就过来了？”

林燃摸不准盛青溪平时到校的时间，加上盛开福利院离一中有点儿远，他骑车过来也要四十分钟，所以干脆一早就过来了。不过这些他都没说。

他只是不高兴地绷着脸，蛮不讲理地要求她：“伤口愈合之前，你不许跑步，这几天我会过来监督你。要是让我发现你还跑步你就完了，下周的体育课，你就老实地待在一旁，看我打球。”

盛青溪：“……”

这周还没过完，他就开始考虑下周的事了？

盛青溪不着痕迹地叹了一口气，但总是没办法拒绝林燃的要求，看了一眼时间后，问他：“林燃，要不要去我家吃早饭？”

林燃：“……”

她这么快就要带他见家长？

他半天没吭声，满脑子都在想盛青溪这句话是什么意思。她到底知不知道男女有别这件事？他们才认识多久，她现在就邀请他进家门了，那以后呢？

林燃被自己的这个想法惊了一下，什么以后？

想了半天，林燃觉得肯定是自己想多了，和盛青溪有关的事就不能按照常理来想。盛青溪可是和宋诗蔓都能玩到一起去的人。

于是，林燃微抬下巴，假装自己什么都不在意，随口应道：“那就和你去吃早饭。”

林燃心想：就吃个早饭，我会怕吗？会紧张吗？不可能！

盛青溪带着林燃往盛开福利院走。

林燃长这么大，还是第一次来儿童福利院。他大致扫了一眼盛开，这里虽然房屋老旧，但看起来很宽敞。外面是花园和儿童游乐区，里面的几栋房子像是近几年刚刚修过，看起来半新不旧的。

盛青溪注意到了林燃的眼神，说："那栋红色的房子是教学楼。边上稍微高一点儿的那栋是住宿楼，再往后就是办公区和设施区，教学楼和住宿楼之前翻新过。"

盛开福利院的规模并不大，地处城西，位置偏，地方旧，工资待遇在初城也不是最好的。平时，盛兰和仅有的几个员工一起照顾这里的二十几个孩子。假期的时候，她们会轻松一点儿，因为会有志愿者来帮忙。

这就是盛青溪从小长大的地方。

林燃觉得胸口闷闷的，一股说不清道不明的情绪在他心口蔓延开来，就像那时的大火一样一路烧下去，烧得他疼。

盛青溪带着林燃径直往宿舍楼走去。

现在还很早，小家伙们都没起床。

在厨房里忙活的盛兰听到动静，以为是盛青溪起床了，一边擦手一边往外走去，喊着："愿愿，今天早饭吃鸡蛋灌饼——"

说话声戛然而止，盛兰诧异地看着盛青溪和其身后高大的少年，心想：怎么就这一会儿的工夫，愿愿就在外面捡了一个男孩子回来？这男孩儿长得还怪俊的。

盛青溪朝盛兰眨了眨眼睛，介绍道："盛妈妈，这是我在一中的同学。"

盛兰不想盛青溪去了一中后，接连带了两个同学回来，又惊又喜，一时间竟忘了此时才早上五点半。

林燃轻咳了一声，礼貌地喊："阿姨好。"

盛兰连忙应道："你好，马上就能吃早饭了。你们去食堂等一会儿，阿姨一会儿就把饭菜拿过去。吃完你们就可以去上学了，一定来得及。"

说完，盛兰急匆匆地跑回厨房。

盛青溪和林燃站在外面，听到盛兰笑着和厨房里的人说话："李阿姨，才两个星期，我们愿愿又带了一位同学回来。我先前还担心她去一中会不习惯，现在看来，她在那里交了很多朋友，比以前好多了。"

林燃却挑了挑眉，心想：又？

他看着往前走的盛青溪，不由得问："盛青溪，你还带谁来过？那人也是一中的吗？"

盛青溪丝毫没有察觉哪里不对，非常坦然地应道："我带诗蔓来过。每周六的晚上和周末一整天，她都会来我家补课。"

林燃感到很无语，怎么哪里都有宋诗蔓？

盛青溪把林燃带到食堂后，便准备去洗澡。她指着食堂里的小桌子、小椅子，对林燃说："林燃，你先在这里玩一会儿，我洗个澡就回来。"

林燃沉默地看着这个儿童食堂，这些桌椅还没他小腿高，玩什么呢？但幸好，一边还有一张正常大小的桌子。

他应了一声，自顾自地找了把椅子坐下。

盛青溪洗完澡换好校服走进食堂的时候，盛兰刚放下早餐准备离开。盛兰怕自己在这里这两个孩子会尴尬，便没打算多留。

林燃礼貌地道了谢。

不大不小的食堂里，就只有林燃和盛青溪两个人。

桌上的早餐很丰富，因为来了一位客人，盛兰又特地蒸了小笼包和烧卖。桌上还放着大瓶的牛奶、豆浆，还有果汁，任他们挑选。

盛青溪用筷子比昨天顺手一点儿了。她小口地咬着切好的鸡蛋灌饼，悄悄地抬头看了一眼对面——林燃正安静地吃着早餐，动作不紧不慢。

食堂里很安静，盛青溪以为，他们会安安静静地度过这段用餐时光，不想吃到一半，林燃忽然出声问："盛青溪，你第一次见我是在哪里？"

林燃将目光停在她的脸上。和昨晚一样，他在等她的答案。

盛青溪一怔，垂下眸，轻声应道："在小巷子里。"

林燃闻言皱起眉。

刚刚盛兰进来时，他多嘴问了一句，问盛青溪是什么时候提出要转学的。盛兰告诉他是今年年初，盛青溪突然提出要转学，没什么预兆。

他紧接着问盛青溪："我在干什么？"

盛青溪不太确定地回答："你去找麻烦？"

林燃："……"

林燃眸光微沉，再开口时语气又不好了："你去小巷子里干什么？你一个小姑娘，怎么总是往小巷子里跑？傻不傻？你学习成绩不是挺好的吗？"

盛青溪的声音低得微不可闻："你是为了救我才去小巷子的。"

林燃没听清盛青溪说了什么，不等他再问，她微微摇摇头，说："那只是一个意外。"

于是，接下来的时间里林燃都在想小巷子的事——他今年年初去了哪条小巷子？他脑子里闪过十几条小巷子，却愣是没想起来自己是在哪里见到盛青溪的。

盛青溪和林燃走出盛开的大门时是六点十分。

林燃问："你平时几点到校？从明天开始我掐着时间来，这几天你给我老实睡觉，敢再起来跑步试试。"

盛青溪想都没想："七点半。"

林燃轻啧一声，抬手敲了敲她的脑袋："你上回在站牌那里是怎么说的？你还说自己不说谎，现在张口就胡说，再说是七点半？"

盛青溪慢吞吞地揉了揉被他敲过的地方，没什么底气地回答："没有说谎。这几天就是七点半到校，反正就七点半。"

林燃："以后我六点半来，我们七点十分到学校。你吃完早饭再出来等我，我只会早到不会晚到，你自己看着时间出来。"

盛青溪说不过林燃，只好由着他。

这几次下来，盛青溪已经习惯了被林燃抱上抱下。等他坐好，她又自觉地抱住他的腰靠了上去。因为早上醒得早，她不由得打了一个哈欠，头盔里顿时腾起些许雾气。

这是盛青溪第一次以这个视角看早晨的初城，这和在公交车上的感觉很不一样。路上满是烟火气，自行车的铃铛叮叮当当地响着，来往的人都行色匆匆，还有人会好奇地打量他们。

盛青溪看了一会儿，缓缓闭上了眼睛，直到林燃停下车。

她乖乖地坐在后座上，等林燃抱她下车。林燃刚下车，盛青溪忽然听到了宋诗蔓惊慌失措的声音："小溪！"

林燃和盛青溪都转头看去。只见宋诗蔓眼泪汪汪地扑过来企图抱她，嘴里还喊着："小溪呜呜呜，我以后不喜欢林燃了。我真的没想到他是这样的人渣，居然把你拖到小巷子里打！他简直是畜生！"

盛青溪茫然地啊了一声。

林燃："……"

宋诗蔓这两年来个子倒是长了一些，怎么这脑子就……？

校门口，路过的学生都不约而同地保持着相同的动作——放慢速度。如果不是钟表上的指针还在正常转动，旁人看到这幅画面，一定会以为时间停滞了。

他们好奇地打量着校门口的这三个人——林燃、盛青溪和宋诗蔓。

这三个人居然站在一起，而且盛青溪和宋诗蔓居然没有打起来。不仅如此，宋诗蔓还紧紧地抱着盛青溪，正对林燃说着些什么，情绪非常激动，不知道的还以为是林燃抢了宋诗蔓的女朋友。

好像有哪里不对……

另一边，盛青溪和宋诗蔓解释了很久，好不容易才让对方相信林燃真的没有打自己。她耐着性子说："诗蔓，关于昨天的事情，学校今天应该会通报，到时候你就知道了。"

宋诗蔓别扭地看了林燃一眼，林燃一脸不耐烦地看着她。

宋诗蔓忽然哼了一声，牵过盛青溪的手，小声说："小溪，以后你看到林燃去找麻烦，不用管他的死活。"

林燃："……"

宋诗蔓牵着盛青溪往校门口走，把林燃一个人丢在了后面。

宋诗蔓走远了还在嘀咕："你傻不傻？竟然冲上去给林燃挡棍子！他不会有事的，这个人扛揍。"

盛青溪安慰宋诗蔓："就一点儿皮外伤，过两天就好了。"

宋诗蔓小声叨叨："我听到那些人瞎传的消息时，都快吓死了，偏偏你这个人还不喜欢带手机。昨天何默来找我，和我说你来不了了，我都想出去找你了。"

说到这里她又有点儿伤心："我以为是林燃把你打得进医院了。"

盛青溪："没有，我现在好好的。"

宋诗蔓的怀疑持续到校方通报这件事情。因为事件就发生在离学校不远的地方，而且有学生受伤，所以今天的课间操取消了，全年级都到操场上开校会。

高中部有三个年级，共十八个班级。

乌泱泱的人群把宽阔的操场塞满了，盛青溪和陈怡并排站在一起。

林燃个子高，向来都是站在最后一排，站在他身侧的何默和谢真正试探着问他昨天在校门口发生了什么。

谢真先是无脑地吹嘘了一番林燃："燃哥，你可越来越厉害了。我听说，昨天校门口来了两辆救护车。"

林燃淡淡地瞥了谢真一眼，没应声。

何默紧跟其后："燃哥，究竟是怎么回事？昨儿你是抱着仙女从巷子里出来的？"

而林燃干脆忽视何默，如山一般，站在后面一动不动。

他们没等多久，教导主任赵书月就拿着话筒大致讲述了一下昨天在校门口发生的事："周三下午，放学时间，我校门口有不良人士集结，寻衅滋事，并因私人原因伤害到了我校学生。这件事，学校有很大的责任，接下来我们会加强各个校门口附近的安保力度，也会跟进事情的后续处理。至于有人说本校有校园霸凌现象，都是谣言，请大家不要听信。"

听赵书月这样说，宋诗蔓总算彻底打消了疑虑，后知后觉地想起今天早上的事：自己气势汹汹地站在林燃面前，说不再喜欢他了。

她宋诗蔓，如果把说出去的话再收回来，就很没面子。

听到"不良人士"这四个字，谢真忽然怪叫了一声，很多学生往他的方向看了一眼。

谢真连忙捂住嘴，想起昨晚在大群里看到的消息，里面有人说，"飓风"俱乐部里有几个人不知道因为什么，忽然被抓了。

而昨晚，林燃本来还在回复他们的信息，后来忽然就没动静了，电话也没接。

谢真压低声音，问林燃："燃哥，是'飓风'那帮人吗？"

林燃应了一声。

谢真想到有关"飓风"那帮人的传言，又联想到近日林燃的异常——林燃跟看宝贝似的看着林烟烟，几乎寸步不离。谢真瞬间沉下脸："燃哥，他们是冲烟烟去的？"

何默诧异地看过来。

想起昨晚的事，林燃就恼火，脸色也不太好看："算是吧。虎牙和宋行愚抢赞助抢疯了，虎牙派人来试探我，想用烟烟威胁我，让我进他们的车队。"

谢真气愤地骂了一句："这帮人真是畜生。"

何默安慰道："燃哥，昨天林叔叔来过了，说他会处理这件事情。他们应该不敢再来找你和烟烟了，但是……仙女那边……？"

林燃的背景深厚，虎牙的人不敢再动林燃，但盛青溪就不一样了。

何默的担心林燃也想到了，也正是因为这个，林燃才接送盛青溪上下学。比起林烟烟，盛青溪的处境好不到哪里去，林燃不想别人再受他的牵连。

更何况，林烟烟有哥哥和爸爸护着，而盛青溪什么都没有。

盛青溪受伤的事没传出去，大多数人只知道昨天林燃从巷子里抱出一个女孩儿，但那女孩儿的脸被挡住了，身份不明。当时，路过的学生偷偷拍了一张照片发到了群里，所以才会出现那样的谣言。

而宋诗蔓和盛青溪很熟，一眼就将盛青溪认了出来，所以才有了早上在校门口的那一幕。

这一天盛青溪过得还算平静。只有陈怡注意到盛青溪的姿势有些别扭，多问了一句。盛青溪解释说是自己不小心磕到了，陈怡倒也没起疑。

下午，谢真和何默意外地发现，都第四节课了，林燃竟然还在教室里。何默不由得嘀咕道："燃哥不去接烟烟了？"

谢真拆开一包辣条，附和道："这不太可能吧？"

两人凑在一起，嘀嘀咕咕地商量了一下，决定这一次由谢真去试探林燃。谢真吃完辣条，慢悠悠地挪动着自己庞大的身躯，往林燃身旁凑。谢真还没凑近，林燃忽然伸出一根食指，抵住谢真的胖脸，低声道："有事说事。"

谢真嘿嘿一笑："燃哥，你怎么不去接烟烟了？还有，仙女都因为你受伤了，你是不是得对人家表示表示？不然人家多惨？好好的一个姑娘，手受伤了，多不方便？"

林燃头也不抬，随口应道："以后我爸会找人接送小丫头，有保镖和司机在，不会再出什么事。"

说完，林燃顿了片刻，看向谢真："怎么表示？"

谢真一脸认真："燃哥，我听说仙女之前在二中成绩很好，要不……你去给仙女写个作业，人家不是手伤着了吗？或者……喂个饭也行。"

何默差点儿把嘴里的水吐出来，还是谢真胆子大，什么都敢说。

林燃拧着眉，盯着谢真看了半天，就在谢真以为自己会挨骂的时候，林燃有些不耐烦地问："咱们学校的自习室在哪里？"

谢真惊恐地回头和何默对视一眼——林燃真的要去给仙女写作业？！

晚上七点，盛青溪和宋诗蔓坐在明亮、安静的自习室里。这个自习室看起来更像是一个小型的图书馆，大小与教室相同，中间用书架和书籍当作天然的隔道，分出三排座位。

虽说自习室里有二十个座位，但供高三学生使用的座位经常空着。因为高三的学生大多数时间在教室里考试，所以有些人干脆不来了。宋诗蔓去考试的时候，盛青溪就一个人坐在这里。

她们的位置在靠近后门的那排七人座位中，但这一排只坐着盛青溪、宋诗蔓以及顾明霁，其余的四个位置空着。

此时，盛青溪正在批改宋诗蔓昨天写的试卷，补课的进度已经到了高一下学期的课程，宋诗蔓的语文和英语不差，数学和理综差了一些。

补课过程中，盛青溪会针对宋诗蔓的实际情况实时调整计划。

而对面的宋诗蔓，心思全然不在桌上的试卷上。因为顾明霁忽然搬着椅子坐到了盛青溪身边，还凑得很近，美其名曰要问她问题。

宋诗蔓绷着小脸，瞪着顾明霁，虽然说顾明霁长得不差，但比起林燃来还是有一定差距的。

他正垂着头，在纸上写着什么，写完之后把纸递给盛青溪。盛青溪接过纸，扫了一眼，也开始在纸上写字。宋诗蔓探头看了一眼，发现纸上是一堆乱七八糟、她觉得熟悉又陌生的公式。

宋诗蔓更生气的是，这两个人不但离得近，而且在盛青溪写字的时候，顾明霁并没有在看那张纸，而是一直看着盛青溪。

傻瓜都看得出来顾明霁在想什么！

宋诗蔓刚想发作，余光却瞥到了窗外站着的人。她惊悚地回头，看了一眼面无表情的林燃，不知道他在窗外站了多久。林燃一直注视着凑在一起的两个人，眸光很淡，脸上毫无情绪起伏。

宋诗蔓却觉得这样的林燃看起来反而更吓人了。

林燃注意到宋诗蔓的目光，便淡淡地瞥了她一眼。宋诗蔓似福至心灵一般看懂了林燃的眼神，极其懂事地起身，打开后门让他进来。

盛青溪正低着头专心解题，并没有注意到教室里又多了一个人。

顾明霁和林燃对视一眼。坐在顾明霁斜对面的少年懒散地靠在椅子上，双手抱胸，视线从顾明霁的脸上一扫而过。下一秒，少年将视线落在盛青溪的脸上，没有出声惊扰她。

在自习室里，上第一节自习课时不能出声，到了第二节的讨论课才能出声。

宋诗蔓再次坐下后，总觉得哪里不对劲，但具体是哪儿不对劲她又说不上来。她想了半天想不出来，干脆埋头写作业，反正有林燃在这里，顾明霁不会再像之前那样明目张胆了。

盛青溪写完题，把纸推向顾明霁，下意识地看了一眼宋诗蔓的进度，但一抬头就怔住了。

对面的林燃穿着松松垮垮的校服，拉链照旧随意地拉了一半，短袖的领口处露出一截瘦削的锁骨。他神情懒散，正看着她，额前的碎发被随意拨开，黑眸里的光细碎微暗。

见盛青溪看过来，林燃轻轻敲了敲桌子，又伸手去拿她手上那支蓝色的笔。

盛青溪由着他动作。

林燃抽出一张纸，提笔唰唰唰地写了几个字，写完特别嚣张地往盛青溪面前一放。

盛青溪看了一眼，上面龙飞凤舞地写着五个大字："你的作业呢？"

她默默地又拿了一支笔，在下面回答他："写好了。"

相比林燃张狂飞舞的字，盛青溪的字只占了很小的一行。这行小字显得上面那行字的主人更加飞扬跋扈了。

林燃轻哼一声，这一声惹得顾明霁多看了林燃一眼。

林燃继续蛮不讲理地写："你明天不许写，我来给你写。"

盛青溪想起林烟烟的话，迟疑了一下才写上一句："你会写吗？"

写完之后，她想了想觉得不太好，这样似乎太不礼貌了，于是画掉，重新写："右手已经不疼了，不影响我写作业。"

林燃看到以后："……"

那四个字"你会写吗"就清清楚楚地横在上方，她只是简单地在上面画了两道，看起来极其敷衍。

林燃觉得盛青溪是故意的，她可能生来就是为了气他的。

他气闷地继续往上写："不就写个作业？"

盛青溪小声地叹了一口气，写道："你自己的作业写完了吗？"

林燃的回复很嚣张："我从来不写作业。"

盛青溪顺势写道："那你现在去教室把作业拿来，我教你写。"

林燃："……"

林燃一脸不高兴地抬头看去，正对上盛青溪纯净乖巧的目光。

他眸光一滞，准备说出口的话全部卡在喉间。两人的目光在空中碰撞了一会儿，林燃起身，往后门走去，走出门之前还丢下两个字："等着。"

五分钟后，一班后排。何默看到林燃在课桌上翻了半天，翻到后来还生起气来了。由于林燃没有同桌，何默一时也无从得知林燃在干什么。

何默抻着脖子，企图看得更清楚一点儿，然后正对上林燃满是躁意的目光。

何默："……"

何默安静地缩回了脑袋，还没来得及移开视线，就听林燃问："默子，我们今天留了什么作业？我为什么没有数学作业本？"

何默："……"

谢真："……"

何默和谢真都没写过作业，对此也两眼一抹黑，啥也不知道。

最后，何默厚着脸皮去问了学习委员，学习委员心下觉得好笑，但面上没有表现出来，怕何默记不住，干脆写了一张字条。

何默拿着字条回去找林燃。后来两人找了半天，才从另一张桌子的桌堂里把作业本找全了。何默不由得感叹了一声："本本空白白，本本皱巴巴，燃哥最厉害。"

何默和谢真至少还做个样子——在封皮上写个名字，而林燃就差没把本子给扔了。

林燃拿着自己那些皱巴巴的作业本返回自习室时，下课铃声刚好打响。宋诗蔓拉着盛青溪去底下的奶茶店买奶茶了。于是，那一排只剩下顾明霁和林燃两个人。

林燃走进后门，敏锐地注意到顾明霁正看着自己手里这几本皱得不像话的本子，眼神微妙，其中的含义不言而喻。

林燃手一扬，大大咧咧地把本子丢在桌上，明明只是些皱巴巴的本子，因着主人的关系看起来却变得张牙舞爪了。

林燃狂妄惯了，不管是在家里还是在学校。

顾明霁知道林家不好惹。林燃这样的人锋芒太锐利，顾明霁在顾家学到的最有用的处世之道就是不主动招惹这些人。这样的人，不是伤人就是伤己。顾明霁移开视线，不再看林燃。

等盛青溪的过程中，林燃随手翻着手机上的消息，翻了一半才想起来自己连盛青溪的微信都没有。

不知道想到了什么，林燃去软件商城下载了一个软件。

林燃还是第一次干这种事——偷偷摸摸地在二中贴吧搜一个人的名字。

他垂着眸，认认真真地打出盛青溪的名字。

不出意料，冒出来的帖子有一大堆，他翻了好几页都没翻完。这些帖子不是问盛青溪的联系方式的，就是公布她的照片的，甚者有人放上了她的成绩单。

林燃点开那则标题为“膜拜考神”的帖子。

这则帖子的楼主搜集了盛青溪进二中以来，所有月考、期中考和期末考的成绩单，她每次考试都是年级第一，毫无例外。成绩榜上第二名的名字换了又换，她的大名却一直稳居榜首。

林燃忽然想起，在校门口的那一晚，他居高临下地和人家小姑娘说“好好学习”。

林燃：“……”

真丢人，他刚还说要给人家写作业呢。

林燃本应该退出页面的，但鬼使神差地把这张长图存了下来，存完之后觉得自己简直是有病。

他关上那则帖子，再往下翻，发现都是外校的来打听盛青溪的。他逐条点进去看了一遍，并没有找到盛青溪的联系方式，只看到几条讨论盛青溪的家庭背景的。

23 楼：“从来没见考神的家长来接送过她。”

45 楼：“平时考神也很节省，就没见她穿过名牌。”

63 楼：“有没有跟考神关系好一点儿的朋友来说一说？”

75 楼：“我和考神同班，考神从来都是独来独往，没见过她和谁走得近。”

林燃看到这里就不想再看了，直接退出了软件。

此时林燃心口涌出的情绪很陌生，又酸又涩的感觉几乎要将他淹没。他像是忍受不了似的，起身走了出去。

盛青溪和宋诗蔓回来的时候没看见林燃，只看见桌子上有几本不成样子的作业本。宋诗蔓把刚买的几个小蛋糕放在桌子上，看了一眼林燃的作业本，欲言又止，随后捧着奶茶小声地叹了一口气。

唉，她现在是比林燃努力的女人了，林燃已经配不上她了。

见盛青溪放下奶茶，去拿林燃的作业本，宋诗蔓不由得抱怨道：“小溪，你别管他。你不能什么都由着他来，做事不能这样没有底线。”

盛青溪弯了弯唇，没说话。

林燃去外面转了一圈才回来。

外面走廊上光线昏暗，他大半个身影被笼罩在暗色里，而自习室里是明亮干净的。那个漂亮又安静的女孩儿正垂着头，小心翼翼地将他那些皱巴巴的作业本一一展开，用纤细的手指一点儿一点儿地将那些褶皱抚平。

林燃觉得，她柔软的指腹不像在抚摸白纸，更像是在轻抚他的心，轻柔、温暖，令他心悸难耐，浑身躁动。

他就这样沉默地站在窗外，看着她耐心地将他的作业本都展开，随后又跑去书架前，似是想拿几本厚重的书下来。

林燃抬步走了进去。

自习室里，放在书架下面的书大多是模拟试题和教材解析，厚重的书则在上面放着。盛青溪想拿到上面的书，便不得不踮起脚。

她抬起左手，刚摸到书脊，整个人就忽然被一道阴影罩住。

一种熟悉的、带着侵略性的味道自她身后传来，来人微微抬起手，抓起她想拿的那本书。

两人的手指不可避免地触碰到了，盛青溪像触了电一般，立即缩回手，下意识地转头看去。

而林燃看到盛青溪像某种受惊的小动物似的收回手，不由得轻声笑了一下。他微微低头，靠近她，嗓音低沉："躲什么？不是……"

林燃骤然止住。

盛青溪瞪圆了眼睛，愣愣地看着近在咫尺的林燃。

他温热的鼻息扑在她的脸颊上，差一点儿就……她立即紧紧闭上嘴巴，感觉大脑充血，整张脸的温度急速上升，瞬间失去了思考能力。

待反应过来，她急忙往后退了一步。可身后是书架，她退无可退，依旧被困在他宽阔的身躯和书架之间，鼻息间都是他的味道。

林燃只怔了一瞬，之后一把拉住盛青溪，面色平静地说："你摔倒了怎么办？你还要拿什么？我给你拿。"

此时，盛青溪的脑子里仍是一团糨糊。

盛青溪看不到自己的脸，但林燃看得清清楚楚——少女的脸颊两侧染上了红晕，像晚霞，又像春日里的樱花。

他不自觉地唇角上扬，这小姑娘，连脸红的模样都如此好看。

盛青溪低着头小声回答他上一个问题："拿几本厚一点儿的书就好，我先回去了。"

盛青溪学聪明了，俯身一钻，灵活地从林燃的包围中逃了出去，飞快地溜回座位。坐下后，盛青溪偷偷地松了一口气，但这口气还没松完，宋诗蔓便凑过来了，看着盛青溪，狐疑地道："小溪，你的脸怎么这么红？"

盛青溪用手背贴了贴脸颊，上面的热度让她不知所措，只能摇头含糊着道："没事，我就是觉得有点热。"

宋诗蔓闻言，将窗户打开了一小半，清凉的夜风吹进来，盛青溪慢慢冷静下来，脸上的红晕稍稍退却。

这时，林燃拿着几本厚书走过来，放在盛青溪的桌上，然后绕到盛青溪的对面，搬了一把椅子在宋诗蔓身边坐下。

不知怎的，宋诗蔓竟觉得身边的林燃有点儿碍眼。

宋诗蔓心想：顾明霁、林燃，怎么一个个的都跑过来和我抢小溪？小溪明明是为了给我补课才去申请自习室名额的。这两个人莫名其妙的，也不知道怎么想的，硬要来打扰我们。

盛青溪展开林燃那皱巴巴的作业本，把厚书压在上面。再过半个小时，它们就会变得平整一点儿，至少可以看了。

做完这些，盛青溪扫了一眼桌上的蛋糕，先拿出草莓味的推到林燃面前，又拿出宋诗蔓喜欢的巧克力蛋糕，最后侧过头问顾明霁："班长，你吃蛋糕吗？"

顾明霁："……"这里有四个人，他好歹还排第三，知足了。

林燃垂眸看着面前的草莓蛋糕，这是他喜欢的口味。

她似乎，很了解他。

当然，也不排除是林烟烟那个小丫头告诉盛青溪的。毕竟连他考试从来没及格过这种事她都随便拿出来说，一点儿都不知道在女孩子面前给她哥留点面子。

上课铃声打响后，盛青溪乖乖地把蛋糕放到一边。

林燃扫了一眼众人，发现就她一个人傻乎乎地自觉遵守自习室的规则，其余的人，该干什么还干什么。

她和他是完全不一样的人。

她是所有老师都会喜欢的好学生，成绩好、安静、漂亮。

盛青溪这样的人，为什么会倾慕他呢？林燃怀疑她没说实话，或者是一时昏了头。

盛青溪拿起林燃放在桌上的字条，看了一眼作业内容，随手抽出一本作业本，翻开看了几页，上面一片空白，连名字都没有写。

盛青溪犹豫片刻，小声问：“林燃，你想写作业吗？”

林燃当然不想写作业。

但是，当着盛青溪的面，林燃说不出这样的话来。毕竟她那样耐心、温柔地把他平日里看都不会看一眼的本子抚平了。

于是他憋了半天，蹦出几个字：“我想，我特别想。”

这话一出，顾明霁和宋诗蔓都难以置信地看了林燃一眼。盛青溪刚转来，不知道林燃是什么德行，但他们再清楚不过了。

宋诗蔓认为，林燃写作业的可能性，还没有她考上大学的可能性大。但是这两件几乎不可能发生的事，却因盛青溪的出现发生了。

盛青溪闻言，问得更小心翼翼了，似乎是顾及少年的自尊心，悄悄地问：“你是不是不会写？”

林燃：“……”

他当然不会写。他连书都没翻过。

说到这里，就不得不提一下林燃的特别之处。他这人从小就不爱学习，小时候上课就跟有多动症似的，别人上课，他玩限量版玩具。因着林家的关系，老师也不管他，只要他没做出过分的事，老师就睁一只眼闭一只眼，由着他去。

所有教过林燃的老师都认为，林燃以后可能连普通高中都考不上。但在初三开学前，他和林烟烟搬离了林家，如果他考不上一中，林烟烟就得一个人在一中上学。而林燃曾保证过，自己会照顾好妹妹。

于是，初三那一年，林燃就和魔怔了一样，每天除了学习和照顾林烟烟，什么都不干。之后中考成绩出来了，他居然压线考上了一中。

林佑诚那会儿都做好了给一中捐一栋楼的准备，却不想林燃自己考上了一中。就在所有人都以为林燃会“洗心革面重新做人”的时候，他又变回了原来那副玩世不恭的模样，毕竟他的目的已经达到了。

林燃瞥了一眼盛青溪，满脸坦然，低声说：“我就没听过课。”

宋诗蔓忍不住在心里嫌弃：他还挺自豪？

盛青溪听了之后，神色没什么变化，点点头，随后说：“诗蔓马上要复习高二上学期的课程了，你也是高二，你们可以一起听课。”

宋诗蔓顿时皱起小脸，她才不要和林燃一起上课！没有距离感的相处太容易幻灭了！

林燃："……"

盛青溪到底有没有意识到她和宋诗蔓是对手？她居然还给他们制造机会？

顾明霁听了也是一脸古怪，感觉这三个人之间的关系有点儿乱。但他也说不上来到底是哪里奇怪，反正就是很不对劲。

宋诗蔓和林燃对视一眼，两人都看到了对方眼中的不情愿。

林燃此时很后悔，特别后悔。

他为什么要说自己特别想写作业？他一点儿都不想写作业，要不是盛青溪在这里，他都不想在这里多待，一屋子书呆子，没劲透了。

林燃绝对不想和宋诗蔓一起上课，两个菜鸡互啄有什么意思？

他皱着眉，耷拉着嘴角，不耐烦地抬眼，和那双清澈干净的眸子对视了两秒。

林燃投降了。上课就上课，反正他每天都在上课。

盛青溪不知道林燃的成绩，于是把批改宋诗蔓试卷的事交给了顾明霁。她朝林燃招招手，示意他坐到自己身边来。

林燃身体一僵，他是她招之即来挥之即去的人吗？

他是。

林燃迈开步子，往盛青溪旁边走去，不光坐到了她身边，还特别霸道地出声驱赶她另一边的人："喂，你坐到对面去。"

顾明霁："……"他又能怎么办呢？

对面的宋诗蔓简直要气死了，她决定从今天开始讨厌林燃！她以前一定是瞎了眼，这个男人就是个坏家伙！

盛青溪从文件夹里拿出几张摸底卷，是前几周让宋诗蔓做过的，还剩一套空白卷。她把试卷和笔一起递给林燃，说道："把会写的都写上去，不会写的就空着。"

宋诗蔓听到盛青溪的这句话，不由得扬起小下巴，颇有些自豪和得意："我数学差几分就及格了。"

林燃嘴角微抽，这是什么值得骄傲的事吗？

半小时后，林燃第一百零一次想把笔一丢，然后撕了试卷走人，但还是忍了下来。看在盛青溪的面子上，他勉强可以和这些乱七八糟的数学公式抗争一下。

这一套卷子做下来，他觉得头发都掉了好几根。

九点五十分，下课铃声打响。林燃把手上的笔一丢，张狂地把试卷往盛青溪面前一放："写完了。"

宋诗蔓立马探头去看，嚷嚷着："小溪，你快看看林燃考了几分。我不可能比林燃考得还要差，不然我会自闭的。"

林燃："……"

盛青溪抿抿唇，应道："等我回去再看，你收拾一下书包，可以回家了。"

宋诗蔓不情不愿地收回视线，收拾到一半还瞪了一眼旁边无辜的顾明霁："你看什么看？没见过一中的校花吗？"

顾明霁："对不起……"他只是想把改好的试卷递给宋诗蔓，顺便礼貌地看她一眼。

林燃要回一班拿头盔，还没走出去几步，就被盛青溪喊住："林燃，你的作业本。"

林燃微微侧身，伸手接过那几本作业本。那几本作业本原本空白的封面上已经写上了他的名字，字迹漂亮又凌厉，和她的长相不太一样。

林燃拿着作业本回到一班，还没进门就看到探头探脑的何默和谢真。两人满脸写着好奇，何默低声问道："燃哥，你真写作业了？"

林燃："没写。"

何默和谢真顿时松了一口气，他们熟悉的燃哥还在！

盛青溪被林燃勒令在自习室门口等他，不准乱跑。于是，她送走宋诗蔓后，乖乖地背着书包趴在栏杆上，等林燃过来接她。

今夜天空中没有几颗星星，夜空被阴沉的云笼罩。

这个时间点，西伯利亚冷风正在和太平洋上吹来的暖风做斗争。临近清明节气，初城即将进入阴雨连绵的季节。

林燃拿着头盔过来时，盛青溪正托着腮望着外面发呆。他侧过头，向外瞥了一眼，一片漆黑，除了云什么都没有。他耐着性子喊她："盛青溪，回去了。"

盛青溪收回视线，自觉地朝他走来。两人一前一后地往楼下走，楼道里灯光昏暗，林燃像和林烟烟说话似的："盛青溪，拉住我的衣服。"

跟在后面的盛青溪轻声说："我能看得见。"

林燃沉默片刻，觉得他就是自找没趣，媚眼抛给了盲人看。

林燃知道她喜欢走那条漆黑的小路，下楼之后，便径直朝那个方向走去。他身后的人脚步轻快，紧紧地跟着他。她的影子微微晃动，他能感觉到，她很开心。

林燃无声地笑了一下，傻瓜。

两人走到车棚，盛青溪谈起这两天的天气："林燃，明后天都要下雨，你不用来接我了，下雨天不安全也不方便。"

林燃没应声，低头给她套上头盔。扣好卡扣后，他说："下雨我就坐公交车送你上学，你一个人不安全。"

盛青溪的伤已无大碍，红肿都已消去，只剩青紫的一片，她知道林燃在担心什么——那些人都看到了她的脸。她说不过林燃，只能由着他。

林燃看着盛青溪走进盛开福利院，然后骑车离开。林燃回到家已是十一点半，林烟烟早已睡下，屋内漆黑一片。

进门后，林燃径直去冰箱里拿了一袋奶糖，然后坐在沙发上吃糖，甜腻的味道让他紧绷的神经舒缓了不少。

关灯上楼之前，林燃习惯性地检查了一下家里新装的火灾报警装置和灭火器材，这是他每天出门之前和回来后都要做的事。

林燃刚重生那会儿，曾考虑过搬家，但火灾这种不可控的意外，在哪里都有可能发生，而且那天起火的原因他也不清楚。

他想了很久，把这件事暂时搁置了。

从那一天起，他再也没把打火机带回家过。家里的蜡烛被他扔了个一干二净，林烟烟也被他禁止靠近灶台。

林燃洗完澡，躺在床上看了一眼手机。他加的那几个群，里面很热闹，每天打开都是 999+ 的消息。别的群就算了，但谢真、何默还有林燃的三人小群，林燃每天打开，消息居然也是 999+。

他真想不明白，这俩人每天怎么这么闲。

林燃点开三人的群"有福同享，有难退群"，看了一眼。

无人之海："阿真，我发给你的好东西看了没？"

胖达达达："没看，我不喜欢这样的。"

无人之海："这也不喜欢？天啊，那个腿真的绝了。"

胖达达达："你成天看这些是不是有病？"

无人之海："我马上就成年了，看什么不行？这是我的自由。"

胖达达达：“你自己寻思寻思，正常人会看这些吗？”

无人之海：“那我偏要再发一遍视频，我和你说，你要不看今晚就别想睡了。我这就打车去车行找你，今天你必须给我看。”

无人之海：“发了，快看视频。”

胖达达达：“你是真有病。”

林燃皱着眉，点开视频看了一眼，视频里一个穿着白大褂的人正在摸一只蹲在桌子上的猫头鹰的毛，只见厚重、柔软的毛被撩开之后，露出猫头鹰的一双纤细的大长腿。

Firegun：“你每天回家不写作业，就看这些东西？”

无人之海：“燃哥，你就说，这腿怎么样？”

Firegun：“睡了，别烦我。”

无人之海：“世界之大，竟没有一个人懂我！”

林燃把手机往床头柜上一丢，关灯准备睡觉。

房间内，窗帘紧闭，窗户开了一道缝，几缕清凉的夜风悄悄地跑了进来。

林燃闭上眼。明明他什么都没有想，可脑袋里不由自主地浮现出晚上自己透过窗子看到的画面——美丽、恬静的少女低垂着头，黑发散落，神情认真……

只是几本皱巴巴的作业本，她却如此珍视。

林燃一把扯起被子，盖在头上，烦躁地翻了个身。

不知过了多久，林燃沉沉睡去。

自重生以来，林燃夜里都睡得不好，梦里不是无休止的大火就是林烟烟的尖叫声和哭泣声，今晚却不一样。

今晚，林燃做了一个非常古怪的梦。梦中，他坐在一个公园的长椅上，头顶闪烁的光晕和闪着光泽的草坪都告诉他，这是晴空万里的好天气。

但就是在这样的好天气里，翠绿宽阔的草坪上居然站着一只猫头鹰。也不知道是谁，丧心病狂地剃光了猫头鹰的毛，它两条光秃秃的大长腿就露在外面。

这只猫头鹰迈着纤细的大长腿，姿态优雅地朝他走来，眼神中带着一丝轻蔑。不等林燃离开，天忽然变了，乌云密布，暴雨兜头浇下。

那只没有毛的猫头鹰眨眼便飞走了，顷刻之间，人来人往的公园里只剩下他一个人。林燃浑身湿透，却像被粘在这椅子上一样，动弹不得。

画面一转，他离开公园，回到小巷子里。

巷子两边的墙上画着彩绘，这场景陌生又熟悉，林燃记不太清了。他隐隐听到有人在尖叫，但他跑进巷子里时，里面空无一人。

梦境游移变幻，林燃独自在里面挣扎。

巷子里光线暗淡，他被人从身后紧紧抱住了。此时他下意识地脱口而出："盛青溪。"

她似是轻柔地喊了无数次他的名字："林燃，林燃……"

林燃转身，低头看去，她的面容模糊不清。只见她轻轻地踮起脚，离他越来越近，温热、微湿的气息落在他的下巴上。

天光熹微。林燃黑着脸洗完冷水澡，从浴室里出来，现在就想冲去何默家把他掐死，一天天的不干正经事，在群里发这些鬼东西。

林燃准备出门时才早上六点，林烟烟还没起床。他没吵醒她，给她发了一条微信就走了。

外面淅淅沥沥地下着春雨。林燃走进细雨中，只拿了一个头盔。他之前说要坐公交车送她上学，说话算话，所以打算晚上陪她坐公交车回福利院，再骑车回家。

六点二十分，林燃直接把车停在福利院里。

听到动静，盛青溪背着包，撑着一把碎花伞朝他跑来，手里还拿着一瓶牛奶。跑到他面前后，她移开伞，仰着白净的小脸，问他："林燃，你怎么不穿雨衣？"

他的校服像被蒙了一层雨雾，头发倒是没被淋湿，盛青溪把伞往林燃怀里一塞，从兜里拿出纸巾，踮起脚，想替他擦一擦肩头的水。

而在林燃看来，面前的盛青溪正像梦里那样，踮起脚缓缓地向自己靠近。

盛青溪抬眸，看到他眼里的烦躁，只是抬手替他擦了擦雨水。林燃也没躲开，撑着伞，让她站在伞下。

少年神色别扭，移开视线，不敢和她对视。

等盛青溪收回手，林燃才别别扭扭地问："你吃过早饭了吗？"

盛青溪点头："你呢？"

林燃下巴微抬："那就去坐车吧，我到学校吃，谢真他们会给我带饭。"

林燃没再把雨伞还给盛青溪，而是单手拿着伞，伞向一边倾斜，将春日里闹腾的斜风细雨都遮挡住，他大半个身子也在伞外。

站牌处只有几个人。

林燃收了伞，盛青溪习惯性地从包里掏出两枚硬币递给他。

她白皙小巧的手掌上，静静地躺着两枚泛着光泽的一元硬币，林燃垂眸看去，用手指夹起微凉的硬币，温热的触感从他指腹上一滑而过，像一尾小鱼，她的手掌，好软。

林燃捏紧手里的两枚硬币。

盛青溪见林燃接过了两块钱，便准备喝牛奶。她插好吸管一看，手上的动作顿了一瞬，瓶身上印着的草莓图案红艳艳的，这是林燃喜欢的口味。

下一班 113 路公交车要十分钟左右才会过来。

于是，盛青溪从书包里掏出三明治和饼干，将它们和牛奶一起递到林燃面前。

林燃看着像仓鼠一样，把藏着的食物都拿出来，捧到他面前的盛青溪，不由得挑了挑眉："都给我你吃什么？"

盛青溪眨眨眼："我可以和诗蔓一起再去超市买。"

林燃："……"

林燃原本想拒绝的，但听到这句话，气得立马接过三明治，拆开包装狠狠地咬了一大口，像是在泄愤。那瓶草莓牛奶和他的巴掌差不多大，他两口就喝光了。

林燃扔了瓶子，瞥了一眼坐在椅子上、两手空空、正盯着他的小姑娘，想了想，觉得自己不能那么没良心。于是，他把小饼干递到她面前："这饼干你留着自己吃吧。"

盛青溪小幅度地摇摇头："你吃吧，你会吃不饱的。"

林燃心想：我又不是猪，怎么会吃不饱？

然而没错，他就是没吃饱。

不管林燃怎么说，盛青溪都不肯接过去。秉持着不能浪费食物的原则，林燃把饼干吃了个精光。林燃感觉饼干、三明治和自己以前吃的那些不太一样，味道很好，吃完之后还有一种意犹未尽的感觉。

饼干和三明治都是盛兰自己做的，味道自然没的说。

等他吃完，盛青溪轻声说："我没和盛妈妈说那天的事，只说你是顺路才来接我上学的。她说要感谢你，让你以后来了就在我们家吃早餐。你愿意吗？"

林燃神色微僵。他愿意吗？他当然愿意了。

但他总觉得有点儿不好意思，人家小姑娘不是给他送拳套，就是给他送早餐的，还平白无故地为他挡了一棍子，他都不知道该怎么做好了。

林燃皱着眉，胡乱地揉了揉自己的头发。

不知道想到什么，他放下手，轻咳一声，问："作为交换，这学期我都接送你上下学，你觉得怎么样？"

盛青溪被这个交换条件搞蒙了。

正是因为林燃这两天一直接送盛青溪，盛兰才提出让林燃来家里吃早餐的。可林燃为了感谢盛兰，又说这学期都来接送盛青溪，那这到什么时候才能结束？盛青溪感觉这是个死循环。

盛青溪小心翼翼地看向林燃，只见他满脸坦然，丝毫没觉得其中有什么问题。于是，她旁敲侧击道："每天来回接送我太辛苦了。那群人应该不会来找我，城西的公安局就在福利院后面那条街上。"

林燃的唇角微微往下压，黑眸里带着明晃晃的威胁，仿佛只要她拒绝，他就会上来打她一样："辛苦？我不知道什么是辛苦。"

盛青溪："……"

盛青溪抿抿唇，总感觉事情的发展有些怪，明明只是两周的短暂接送，忽然就变成了一整个学期，偏偏林燃觉得这没问题。

疾风裹着细雨往人的脸上扑，顺带吹来了 113 路公交车。林燃撑着伞，让盛青溪先上车，盛青溪投入硬币，发出清脆响亮的声音。

林燃收了伞，拿出手机，扫码上车，跟着盛青溪往后走。

公交车上很空，盛青溪习惯坐靠窗的位置。林燃动作自然地在她身边坐下，两人安安静静地肩并肩坐着，也不说话。

林燃和宋诗蔓一样，很少坐公交车。几次转弯和急刹车之后，他不太高兴地皱起了眉，这车开得也太晃了，然而她每天就是这样上学的。

哪怕知道盛青溪是为了他转到一中的，林燃也不是很能理解，因为这是一件回报率很低的事情。

迄今为止，她什么都没有得到，一直在付出。

后排只有他们两个人，林燃直视前方，没看她，忽然问："盛青溪，你转到一中，到目前为止，过得开心吗？和以前相比，你现在很辛苦。"

盛青溪微微侧过头，一抬眼就能看到林燃。

他离她这么近，近在咫尺，她触手可及，这和以前有着天壤之别。以前，她曾无数次看过林燃的侧脸。

高中毕业之前，她能站在一中门口，远远地看他几眼，哪怕他根本不记得她，她也觉得很满足。高中毕业之后，她却只能看着他仅有的几张照片，这一看就是十年。

林燃不爱拍照，那些照片不是别人偷拍的，就是他和林烟烟的合照。

照片上，和林烟烟在一起的他，神情放松，眉眼间的桀骜虽半分没少，但那一瞬间他的眼神是柔软的。

盛青溪知道，林燃冷漠的外表之下，一直都有一颗柔软的心。

她倾慕的少年，从未改变过。

盛青溪无声地弯了弯唇："嗯，我在一中很开心。在一中的生活，和我以前的生活很不一样，一中很好，诗蔓很好，你……你也很好。"

和她想的一样好，只是这话盛青溪没说出口。

林燃喉结微微滚动："这样上学你不觉得辛苦吗？要面对完全陌生的环境和同学，你每天往返需要耗费那么长的时间，这些都没关系吗？"

盛青溪转头看向窗外，轻缓而坚定地说："没关系，辛苦一点儿也没关系，林燃，我有非做不可的事情。"

林燃垂眸："是很重要的事吗？"

盛青溪微顿，低声叹了一口气："是，很重要。"

窗外的风将微凉的细雨吹进车内，盛青溪的眼睫微微颤动，她攥紧自己的右手，告诉自己，她一定要让林燃活着。

这件事对她非常非常重要，林燃曾支撑着她走过漫长的时光，他已成了她的执念。除此之外，她什么都能放下。

接下来，盛青溪和林燃谁都没有开口说话，车内十分安静。

直到到站的提示音响起，林燃起身准备下车时，说了一句和昨晚一样的话："盛青溪，拉住我的衣服。"

林燃没立刻往下走，在等她拉住他。

片刻后，他感觉有轻微的力道自身后扯住他的衣角。林燃感觉自己像被一只毛茸茸的小东西轻轻地蹭了一下，有点儿痒，他的心也跟着软了下来。

这样轻而软的力量，来自盛青溪。

林燃笑了一下。

这一天，一班的大部分学生发现了林燃的不对劲。

首先发现林燃不对劲的，是谢真和何默。平时早读课上，林燃必定会戴着耳塞，趴在桌上睡觉或是斜着身子玩手机，但今天他居然在发呆。

若是普通的发呆就罢了，他居然对着两枚一元硬币发呆。

他们就没见过林燃身上有过零钱。更何况，这些年移动支付技术发展迅速，许多年轻人出门早已不带现金了，连街头卖唱的年轻小伙都不忘在身边摆个二维码。

第三个发现林燃不对劲的人，是来收作业的课代表。

可怜的课代表被林燃叫住的时候，吓得差点儿把怀里的作业丢出去，结结巴巴地问："燃……燃哥，你有什么事吗？"

林燃一本正经地看着他，问："我们每天都有作业吗？"

课代表紧张地咽了咽口水："是的……不过燃哥你放心，我们从来没记过你的名字。其实老师都知道，他们不会说你的。"随后他在心里悄悄补了一句：他们只需要你乖乖的，别惹事。

林燃听了点点头："有作业就好。"

课代表："……"

见林燃问完了，课代表拔腿就溜，生怕再被喊回去。

最后一个发现林燃不对劲的，是他们的班主任老屈。老屈是个脾气极好的老好人。以前，林燃差点儿被退学，就是老屈将林燃保下来的。

在老屈看来，一班的孩子都是好孩子。因此，学生们和他关系很好，平时也不叫他屈老师，都"老屈，老屈"地叫他。

早读课一下课，林燃就去办公室堵老屈了，老屈正拿着两个包子在吃早饭，桌上还放了一杯豆浆。林燃见了，不由得揶揄道："老屈，最近在家里没早饭吃啊？"

老屈瞪林燃一眼："你师母出去旅游了。"

老屈把包子往边上一放，喝了一口热豆浆，缓缓地舒了一口气，浑身舒爽地往椅背上一靠，说："说吧，找我什么事？"

林燃也不拐弯抹角，直接问："我们班去自习室的名额还有吗？有的话你给我留一个。"

老屈闻言，愣了好一会儿，然后拿起桌上的眼镜，认真地瞧了林燃一眼，确定自己面前的是林燃后，才摘下眼镜。

老屈一脸匪夷所思："你问这个干什么？你平时在教室里都不学习，去了自习室就能学习了？难不成那帮好学生里有谁惹到你了？"

林燃一脸无奈，听老屈越说越离谱，忍不住解释："我就是去学习的。"

老屈听了，半晌没说话。

老屈拧着眉，考虑半天，和林燃商量道："二模结束后一周左右，是我们年级的月考时间，你若能考进年级前三百名，我就厚着脸皮，去给你要一个名额。"

林燃："……"

高二年级一共就三百零七个学生，加上刚转来的盛青溪，也就三百零八个。老屈这是看不起谁呢？

其实这还真不能怪老屈。从高一开始，每次考试，林燃连名字都懒得写，每次监考老师收卷的时候都当他缺考。

林燃呢，每次考试都去，但去了就趴着睡觉。老屈去问林燃，林燃还特别贴心地和老屈说，自己这是为班级的平均分着想。

一来二去，老屈也就知道了林燃的路子。再后来，老屈就只盼着这祖宗少给自己惹点儿事，什么考试不考试的，都是小事。

老屈压根儿没想过，林燃会有浪子回头的这一天。这一天真的到来的时候，老屈激动得无以复加。

如果一间自习室就能让林燃把心思用到学习上，老屈宁可不要自己这张老脸，哪怕是往自习室里多塞一张桌子，也要把林燃安排进去。

想到这里，老屈不由得多叮嘱了一句："自习室里的都是好孩子，你要是去了可别吓到人家。"

林燃："我是去学习的。"

老屈听了摆摆手："知道了知道了，知道你是去学习的。你赶紧回教室去，马上要上课了。对了，这几天的最后一节课你怎么都在教室，不去接妹妹了？"

林燃先前就和老屈请过假，免得教导处查到，给老屈惹麻烦。

林燃转身回教室，背对着老屈挥挥手："不去了，有人接送她了。"

林燃的不对劲，并没有随着早读课的结束而消失。他回到教室之后，照旧跟看宝贝似的，看着桌上的两枚硬币，恨不得能看出一朵花来。

这两枚硬币，一枚是 2009 年造的，一枚是 2018 年造的。

何默瞥了一眼林燃，心想：燃哥这不会是病了吧？

中午放学，因为林燃不用陪林烟烟去吃饭了，何默和谢真就招呼着林燃一起去食堂。

林燃懒散地跟在两人身后，往食堂走，边上不断有人跑着超过他们，他们也不在意，就这么慢悠悠地往下走。

刚走到一楼，拐过弯，何默就眼尖地看到了盛青溪和宋诗蔓，年级第一则跟在两个小姑娘身后，三个人似乎在说着什么。

何默往身后瞟去，用眼神暗示林燃。

林燃完全看不懂这个每天看猫头鹰视频的人的眼神，不耐烦地说："我不是猫头鹰，不知道你什么意思，有话就说。"

谢真在一旁爆笑："哈哈哈哈哈哈哈哈哈哈哈哈……"

何默现在想骂人，但忍住了，说："燃哥，仙女在前面呢。"

林燃闻言，慢吞吞地掀起眼皮，越过人群扫了一眼。

前面宋诗蔓挽着盛青溪，笑着要去捏盛青溪的脸。不知道宋诗蔓说了什么，顾明霁和盛青溪都笑了起来。

乍一看，这三个人还挺和谐。

林燃却阴沉着脸，心想：她笑得这么好看给谁看呢?

林燃迈开腿，丢下一句："你们自己吃。"说完他就走了。

半小时后，盛青溪吃完饭，和宋诗蔓去操场走了一圈才回教室。刚走进后门，就察觉有人偷偷看了她几眼，她没在意，坦然地往自己的座位走去。

盛青溪走着走着忽然怔住。

原本只放着书本和笔记本的桌上，被各种各样的零食堆成了一座小山。这还不是全部，她走近了才发现，连椅子上都放满了零食。

陈怡小声地提醒："盛青溪，这是林燃送过来的。"

十分钟前，林燃提着满满两大袋的零食，大摇大摆地走进六班，还特别友善地问了一句"盛青溪坐在哪里？"他没有放下就走，而是给这些零食摆了个造型，摆完之后，还特别满意地对着盛青溪的课桌拍了一张照片。

拍完照片，林燃一句话没说就走了。

盛青溪望着堆满零食的座位，陷入忧愁，一时不知道该怎么办，想了想还是决定去找林燃。

这会儿是午休时间，盛青溪跑到一班时，教室里还没什么人。她扒在窗边看了一眼，见林燃坐在自己的座位上，低着头，不知道在看些什么。

盛青溪走到后门，探头喊他："林燃。"

林燃立即回头，向她看来。

林燃等了她好一会儿了，见她找过来也不意外。但他这会儿心情不是很好，盛青溪又向来由着他，他便下意识地想发些小脾气。

他坐在座位上没动，朝她勾了勾手指："你进来。"

盛青溪："……"

这些天下来，林燃已经将盛青溪的性格差不多摸透了。这小姑娘在学习上很聪明，但在社交方面，可谓是一窍不通。在学校她会老老实实地遵守校规，估计从小到大，她就没做过什么出格的事。

她长到现在，做过最出格的事应该就是倾慕他。

想到这个，林燃就特别想欺负她。

两人对视着僵持了一会儿，林燃盯着她那双带着些许不安的水眸，忽然就心软了，在心里骂自己：林燃你是人吗？

但就在他要起身的时候，盛青溪先他一步，轻手轻脚地走了进来。她在他桌旁停住，也不在空位上坐下，就这样站在那儿，安静地看他。

她又小声地喊了他的名字："林燃。"

不知怎的，她越是这样乖巧，林燃就越想欺负她。

林燃微微闭眼，修长的手指微微弯曲，敲了敲旁边的课桌，哑声道："你坐下。"

盛青溪知道他没有同桌，只犹豫了一瞬就坐下了。

坐下之后，她说："林燃，我不需要那么多零食，拿过来给你们吃吧。你那两个朋友不是都爱吃吗？"

林燃勾勾唇，支着脑袋看她，调笑似的问："你怎么知道他们喜欢吃？他们不喜欢吃，我就是买给你吃的。"

盛青溪抿了抿唇："反正我不要。"

看她这副倔强的模样，林燃有点儿想逗她："你为什么不要？"

他侧过身，凑近了一点儿，一脸戏谑地看着她，想看看她还能说出什么理由来。

盛青溪想了好一会儿，眉心浅浅蹙起。

一分钟后，盛青溪一脸严肃，还觉得自己特有道理地说："因为我不会给垃圾分类。林燃，我不能连累班级扣分。"

林燃："……"

她憋了半天，就给他编出这么一个理由？

第五章　娃　娃

盛青溪费了半天口舌，也没能让林燃把那些零食拿回去。她垂头丧气地回了教室，去处理那一大堆零食。还好，林燃没有丧心病狂到把袋子也拿走，她把零食都装回了袋子里，然后将袋子放在脚下。她的双腿只能可怜巴巴地缩在一起，她一时间分不清到底是她吃零食，还是零食“吃”她。

盛青溪忧愁地托着腮，没想到林燃说这些零食随她处置。

于是，盛青溪试探着问同桌：“陈怡，你想吃零食吗？我把这些零食分给大家吃可以吗？太多了，我吃不完。”

陈怡连忙摇头，压低声音道：“谁敢吃大魔王的东西？没人会拿的。”

盛青溪不由得叹了一口气，大家怎么都这么害怕林燃呢？没办法，她只能把这些零食带回家，分给那些小家伙吃了。

这一晚，盛青溪和宋诗蔓一起去自习室时，林燃又来了。

宋诗蔓见了他就不满地嘀咕：“自习室老师是怎么回事？有人随便进来也不管管，我可不想和不考试的人一起自习。”

她说得很小声，只有边上的顾明霁听到了。

顾明霁嘴角微抽。顾明霁今天去办公室找蒋铭远，刚好听到蒋铭远和一班的屈老师商量自习室名额的事——高三毕业之后，自习室会空出七个位置，暂时不对新一届的高一开放名额。因此他们合计了一下，六月结束后，能分给高二四个名额。

顾明霁听屈老师说，一定要给一班留一个名额。这不是小事，老屈也没瞒着蒋铭远，直接说是为了林燃。为了给林燃争取到这个名额，老屈把能想到的办法都用了。

林燃的大名，学校里没有哪个老师是不清楚的，蒋铭远当然不肯答应。两个人扯了半天，谁也不让谁，扯到最后干脆去找了赵书月。

最后结果怎样，顾明霁就不知道了。

经过这两天的观察，顾明霁觉得传言似乎不太对劲。盛青溪将大多数心思用在了学习和宋诗蔓身上。宋诗蔓这个人也有点儿不对劲，现在似乎讨厌起林燃了。

想到这里，顾明霁无奈地道："宋诗蔓，估计以后林燃会常来。我今天去办公室，看到了一班的班主任给林燃要自习室的名额。"

说完，他静待宋诗蔓的反应。

果不其然，宋诗蔓立刻变了脸色，把笔一丢，气呼呼地说："林燃是不是有病？"

自从林燃来了，盛青溪就不管宋诗蔓了，把批改试卷的活儿交给了顾明霁，每天分给宋诗蔓的时间只有讲题目那一会儿，宋诗蔓对此很不满！

宋诗蔓觉得自己和林燃八字不合。

宋诗蔓发现，离林燃越近，她就越能发现他的缺点。林燃这个人简直是蛮不讲理，有好几次她都想把林燃的嘴封起来，烦死了！

宋诗蔓恨恨地瞪了林燃一眼。

林燃的知觉很敏锐，他懒洋洋地掀开眼皮，轻飘飘地扫了她一眼，漫不经心地移开视线，仿佛在挑衅她。

宋诗蔓："……"

这下，她更生气了！

盛青溪对他们之间的暗潮汹涌一无所知，她正在给林燃制订学习计划。林燃的记性和悟性都很好，他只是不想学习。

因为不知道林燃的热情能保持多久，所以盛青溪没有像要求宋诗蔓那样要求林燃。她只能保证，林燃来一天她就教一天。

林燃也不看书，盛青溪低头写字，他就盯着她。

盛青溪早已习惯别人的目光落在自己的身上，不管是上学，还是工作以后，这样的情况几乎没断过。可当视线的主人变成林燃时，她总感觉哪里怪怪的。

盛青溪动作微顿，抬眸瞧他，小声说：“林燃，你别看我。”

林燃置若罔闻，保持着这个姿势，照旧盯着她。

这时，老屈恰好偷偷溜达到了自习室。老屈刚刚去教室，没找到林燃，问了何默才知道那臭小子已经跑来自习室了。

老屈是来看林燃到底是不是来学习的。他背着手，探头往自习室里瞧。

老屈正好瞧见，林燃没个正行，斜着身子，眼睛一眨不眨地盯着如花似玉的小姑娘。林燃这哪里是来学习的？他分明是来欺负人的！

老屈恨铁不成钢，忍了忍还是没忍住，干脆从虚掩的后门走了进去，端起老师严肃正经的派头。

林燃见到老屈，有些讶异，但没出声，只抬手打了个招呼。

对上几双好奇的眼睛，老屈勉强扯出了一个还算温和的笑容。等走到林燃身边时，老屈立即变了脸色，弯下腰，压低声音问：“林燃，你怎么回事？你不是说来学习吗？”

听老屈这么问，林燃立刻就猜到老屈在想什么了。林燃把昨天做的那张试卷翻出来，往老屈面前一递，动作潇洒，眼神自豪，仿佛在说：你自己瞧！

老屈陷入沉默，和试卷上红艳艳的57分面面相觑。他扫了一眼这张试卷，题目出得很好，涵盖了高一数学的全部知识点，题面虽不刁钻，但也有陷阱，很适合林燃。

老屈瞥了一眼盛青溪，发现她正在为林燃制订学习计划。照这么看，林燃还真是来学习的，还有漂亮的小姑娘给他补课。

老屈先前没见过盛青溪，挠了挠头仔细地回想了一下，还是没印象。一般来说，这样好看的小姑娘，大部分人见一眼就不会忘记。

老屈凑到林燃身边，悄声问：“林燃，你从哪里骗来的小姑娘？她是哪个班的？”

林燃无情地道：“老屈，你打扰我学习了。”

老屈：“……”

好吧，他走。

临走前，老屈丢下一句：“我倒要看看，你下个月月考能考第几。”

林燃轻哼一声。

盛青溪花了大半个晚自习的时间帮林燃制订学习计划，还留了一个小时给宋诗蔓讲作业。这一个小时里，盛青溪让林燃自己玩。

林燃有些不满："我是来学习的，不是来玩的。"

见他一脸认真的模样，盛青溪不由得弯唇笑了一下，轻声道："那你看一会儿书，背几首古诗词或者文言文，我都在目录上给你圈出来了。"

林燃："……"

他为什么要多嘴？手机不好玩吗？

林燃随手翻开语文书，胡乱地扫了几眼，都是些文绉绉的古诗词，真的会有人想背这些玩意儿吗？他很不耐烦，用余光悄悄看了一眼对面的盛青溪，一抬眸，正好对上了顾明霁看过来的视线。

偷看别人被发现，林燃竟一点儿都没有感到尴尬，无视顾明霁，继续盯着盛青溪。

顾明霁默默低下头，一时看不懂林燃对盛青溪到底是什么想法，也琢磨不透这三个人之间的关系。

盛青溪讲题的时候极有耐心，甚至大部分时间在夸赞宋诗蔓进步了，偶尔还会笑着摸摸宋诗蔓的脑袋，每次宋诗蔓都会羞涩地笑一下。

林燃："……"

这都什么事儿？

其中一道曲线函数题，盛青溪讲了三遍，连林燃都听懂了，但宋诗蔓还是没明白。林燃瞅着盛青溪，发现这小姑娘不但没生气，还反过来安慰满脸郁闷的宋诗蔓，就这么几道题这俩人折腾了一个小时。

下课铃声打响，宋诗蔓低落地整理试卷，觉得自己实在是太笨了，明明不难，可自己就是听不懂。

见宋诗蔓闷闷不乐，盛青溪便凑过去说了句话，耷拉着脑袋的宋诗蔓立即抬起头，双眼放光地看着盛青溪，又确认了一遍："真的吗？"

盛青溪点头。

最后的结果是宋诗蔓眉开眼笑地走了。

回教室放书的林燃并不知道这俩人说了什么。他正在教室里发脾气，原因是他的"2009"和"2018"不见了。

林燃翻遍了整张桌子都没找到那两枚硬币，甚至还在地上找了一圈。何默和谢真也在一旁帮林燃找，可找了许久，连这两枚硬币的影子都没看到。

林燃满脸阴沉地看着自己的桌子，一脚踢翻了边上的椅子。椅子倒地，发出巨大的声响，惊动了还留在教室里的同学，他们小心翼翼地回头看了一眼。霎时间，教室里一片寂静。

谢真咽了咽口水，问：“燃哥，你今天把那两块钱放哪里了？”

林燃皱眉，盯着自己的课桌，声音微冷：“就放在桌上了。”

按理说，他们班没人敢动林燃的东西，更何况只是两枚硬币而已。但现下一时找不到，林燃也没办法，盛青溪还在等他。

林燃丢下一句“明天去调监控”就走了。

何默和谢真对视一眼，颇为苦恼。

何默提议：“阿真，我们明儿给燃哥找两块钱放回去？”

谢真不赞同：“燃哥一定能认出来，你仔细看过那两枚硬币没有？”

何默翻白眼：“我看那个干什么？”

谢真：“那不就得了，到时候别惹得他更生气了。他可是跟看宝贝似的看着那两枚硬币，若换了他指定能认出来。”

“唉。”两人齐齐地叹了一口气。

林燃回到自习室，盛青溪提着那两大袋零食在那儿等他。

林燃心想：这傻瓜也不知道把它们往地上放一会儿，就这样提在手里。

他俯身微微用力，从她手里接过两个袋子，随口问：“带回去吃？”

盛青溪跟在他身后走：“带回去分给小朋友们吃，太多了我吃不完。”

林燃没应声，心里却很不是滋味——她总是先想着别人，从来不会先想自己。

当着盛青溪的面，林燃把烦躁的情绪压了下去。

两人走到站牌处，不知怎的，林燃居然暗自期待起来，在等盛青溪给他两枚新的硬币。这个想法一冒出来，林燃觉得自己有毛病。

林燃轻咳一声，假装不在意地到处乱看，余光却瞄着盛青溪。

盛青溪左翻右找也没找到多余的硬币。课间盛青溪和宋诗蔓买东西的时候，把硬币用掉了，现在没有多余的分给林燃了。

盛青溪抿抿唇，如实说：“林燃，我只有两枚硬币了，你用手机付吧。”

林燃没想到自己等了半天就等来这么一个结果，也不好意思说“你把硬币给我，上车之后我来付钱”。那样也太奇怪了，他自己都受不了。

盛青溪说完，小心翼翼地看了林燃一眼，见他脸上没什么表情，看起来和平时一样。但盛青溪觉得他似乎不太高兴。

此时，距离下一班 113 路公交车到站还有五分钟，而马路对面正好有一家零食超市。

盛青溪想了想，和林燃说自己要去买水，便小跑着过了马路。

进了超市，盛青溪径直走向进口区，那里有林烟烟上次给自己的那种奶糖。盛青溪拿了两盒奶糖和一瓶水，转身去付账。

不凑巧的是，她需要付的钱是整数，不需要找零。

盛青溪也不知道林燃为什么不开心，但就是想买糖哄他。

此时，马路上车川流不息，车辆大多是接学生的私家车。林燃眼睛一眨不眨地看着盛青溪过马路，就跟看林烟烟似的，生怕盛青溪瞎跑。

她站在对面，乖乖地等车开过去才跑过来。林燃坐着没动，却微微收紧了提着袋子的手。

盛青溪跑得急，停下后微微喘了一口气。

她把买来的糖递给林燃，没说话，只是安静地看着他。就像以前，她站在人群之中，只想悄悄地看他一眼一样。

此时已是深夜，站牌边的路灯昏暗，可林燃的面容在光影中十分清晰，盛青溪看着他，忽然觉得有些心悸。

林燃垂下眸，看着她手上的糖盒——粉色的，草莓味。

他心里的那股无名火忽然消失得无影无踪，莫名地产生了一种愉悦感。一被她这样安静地看着，他就想变得很乖。

林燃哑然失笑："这又是哄我的？"

盛青溪点头："嗯，哄你。"

林燃晃了晃手上拎着的两个袋子，示意自己腾不出手来吃糖，还特别厚脸皮地抬了抬下巴，一副少爷口气："我要吃。"

明明只要放下袋子就能吃到，林燃却偏要欺负盛青溪，让她喂他。

盛青溪只有喂福利院里那些小家伙吃糖的经验。她拆开糖盒，挑了一颗糖，剥开糖纸，露出里面奶白色的糖果，捏着剩下的那半糖纸，将糖递到林燃嘴边。

林燃咬过糖，还不忘观察盛青溪的表情。不知道是不是因为光线暗淡，他没能从她脸上看到想象中的表情，发现她正一脸淡定地给他喂糖。

林燃完全有理由怀疑，她把他当成了福利院里的那些小朋友。

不多时，113 路公交车到站。

晚上十一点，113 路公交车上除了司机，一个人都没有。盛青溪已经习惯了这样的场景，走到今天早上坐的位置坐下。

林燃随手把两个大袋子放在一边，坐下后拿出手机，翻了一会儿微信，忽然想起自己前两天想到的事。

林燃望着空荡荡的车厢还有点儿紧张，尽量让自己的语气显得漫不经心："盛青溪，我们要不要加个微信？以后我出发了就给你发个微信。"

盛青溪没带手机，报了一个手机号码。

林燃没有立即用手机号搜她的微信，而是先把号码认认真真地存下来，之后才去搜索她的微信。搜索时跳出来的却是盛开福利院的账号，他迟疑着点进朋友圈看了一眼。

她的头像是一朵小黄花，朋友圈里都是关于福利院的内容。

他下意识地皱眉："这就是你的私人微信？"

盛青溪点头："平时，除了诗蔓很少有人联系我。上面加的，大多是志愿者，还有一些捐款的好心人，以及一些有领养意愿的人。"

这些人和盛开福利院往来已久，知道盛青溪这时候开学了，便很少打扰她，有重要的事会直接联系盛兰。

林燃忽然意识到，盛青溪根本就没有社交圈。

林燃曾仔细回想过，但并没有找到任何关于盛青溪的记忆。他想，或许是因为他重生了，让许多事情变得不一样了，盛青溪的出现，或许是他重生这件事产生的蝴蝶效应。

林燃不否认，盛青溪的出现以及她带来的一切，让他这一世过得快乐了一些。

林燃没办法阻止自己向她靠近。他知道自己这样很自私，但就是控制不住自己。想到这里，他低声叹了一口气，觉得自己简直不是人。

周五，早上八点。

早读课一下课，林燃就跑去了行政区，找他们学校的计算机老师。因为找老屈翻监控，老屈必定会问林燃丢什么东西了，林燃不想把这个幼稚的小秘密告诉老屈。

于是，他就去找了他阿姨。没错，他阿姨在一中当计算机老师。

何伊翎今天身体不舒服请假了，可一大早就被外甥的电话吵醒了……

林燃走进办公室，看到他阿姨穿着类似睡衣的长袖长裤，正歪着身子躺在椅子上，平日里精心打理的卷发也乱糟糟的。他怀疑，她起床之后只刷了个牙就过来了。

何伊翎看到林燃，懒洋洋地打了一声招呼：“哟，小火，说吧找什么，找完我得赶紧回去休息。你知道的，人年纪大了就这样。”

林燃打了声招呼，直接说了要找哪个时间段的视频。

现代青年的交流方式就是有话直说，毕竟大家的时间都很宝贵。

何伊翎把监控调出来，让林燃自己找，也不问他要找些什么，只随口问了一句：“你和烟烟那小丫头在外面住得怎么样？”

林燃：“就那样，小丫头挺开心的。”

林烟烟的性格偏内向，只有他们两个人和林佑诚在家的时候还好。但徐宜蓉在家时，林烟烟的话就会变得很少，十年的相处，并没有拉近彼此之间的距离，反而让他们和林佑诚也越来越远。

何伊翎知道林燃早熟，想来以后他会安顿好林烟烟的，便没再多问。林燃盯着屏幕上的画面——他离开没多久，上课铃声打响，大家都回到位置上，没人靠近他的座位。下课的时候也没人靠近，只是有几个人从过道经过。直到晚自习的铃声打响，大家开始收拾书包、整理课桌，准备回家。打扫卫生的两个男生提着垃圾桶，从过道经过时，忽然有人从他们身边挤过，于是，这两个人下意识地往林燃的课桌那边靠了靠。

其中一个人被挤到桌旁，不小心把林燃的本子撞到了垃圾桶里，那两块钱就放在那上面。男生赶紧把本子捡回来，还小心翼翼地拿出纸巾给擦了擦。但因为垃圾桶很满，硬币掉下去悄无声息的，那两块钱就这样掉进了垃圾桶里。

这完全是一个意外。

林燃：“……”

他黑着脸，关掉监控。

何伊翎瞅了他一眼，问：“找到了？”

林燃随口应了一声就要走，眼看着要走出办公室了，又停下脚步，转身看向何伊翎，声音阴沉沉的：“阿姨，你知不知道我们学校的垃圾几点收走？”

何伊翎一愣，这是什么问题？

她苦恼地挠了挠头，回忆道：“上周开会还提这件事来着，好像是早读课下课后吧，从初中部开始，到你们那儿估计得第一节课下课了。”

林燃点头，摆摆手：“阿姨，我回去了。”

十分钟后。林燃、何默以及谢真三个人齐刷刷地站在楼下的八个垃圾桶前。他们看着这些垃圾桶，神情严肃、目光坚定，一副视死如归的样子。

林燃冷静地问："你们准备好了吗？"

何默和谢真异口同声："准备好了！"

林燃："开始。"

话音落下的瞬间，三个人从口袋里拿出手套和口罩，动作一致地将自己武装起来，只露出一双眼睛来。感谢垃圾分类的出现，他们的目标只有两个垃圾桶，不然……完全不敢想。

何默和谢真找同一个垃圾桶，林燃自己找另一个垃圾桶。三个人也不上课，就在这里翻垃圾桶，每个人都皱着眉。

何默实在忍不住了，问："燃哥，那两块钱对你有那么重要吗？"

谢真竖起耳朵偷听。

林燃冷漠地回应："不要你管。"

何默："……"

何默脸色一变，哀怨着道："燃哥，我和阿真都陪你来翻垃圾桶了，这个时候你还要瞒着我们吗？你实话告诉我，你家是不是破产了？"

谢真心想：嗯？他说什么？

林燃瞥了何默一眼："你要这么想，也不是不可以。"

时间一分一秒地过去，收垃圾的师傅开着车过来了，一探头，瞧见三个小伙子正蹲在垃圾桶前，埋头翻着垃圾，好不认真。

他不解地挠挠头，这是在干什么呢？

师傅好奇地下车看了好一会儿，才看明白他们这是在找东西呢。于是，他特别热心地帮这些孩子找起了那两块钱。

最后，他们在瘪瘪的薯片包装袋里找到了林燃的宝贝——"2009"和"2018"。紧赶慢赶，他们总算是在第一节课下课之前找到了。

谢真跑去超市，给收垃圾的师傅买了几瓶饮料表示感谢。师傅笑眯眯地拒绝了，收完垃圾，开着车慢悠悠地离开了。

林燃紧紧地捏着那两枚硬币，紧接着三个人低头闻了闻自己身上的味道。

下一秒，三个人一起跑到男生宿舍洗澡。

晚上放学，林燃去接盛青溪放学，一句话没说，凶巴巴地递给她一个口罩。

盛青溪拿着口罩，疑惑地看了他一眼。

林燃转过头，神色别扭："你先戴上。"

盛青溪乖顺地拆开口罩戴上，只露出一双眼睛，看着他，轻声提醒："今天诗蔓要去我家写试卷，你不用送我回去了。"

林燃："……"

宋诗蔓怎么什么都和他抢？

但今天林燃没有和宋诗蔓计较，还不着痕迹地松了一口气，都洗了两三次澡了，还是觉得自己身上有一股奇怪的味道。

林燃面上没有显露出来，假装遗憾地说："那我只能周一再去接你了。"

盛青溪挥手和他告别。

盛青溪走后，林燃觉得自己似乎忘了什么事，拧着眉想了想，没想起来。

校门口，盛青溪坐上车，宋诗蔓一脸纳闷地盯着盛青溪看了一会儿，好奇地问："小溪，你今天怎么戴口罩了？你感冒了吗？"

盛青溪摇头，眼神无辜："林燃让我戴的。"

宋诗蔓："……"

林燃是不是有病？宋诗蔓恼怒地在心里更新了给林燃打的分数：-99。

这天晚上，宋诗蔓写完试卷就把笔一丢，兴冲冲地去找那群小朋友玩。她每次来都会带礼物，这些小朋友又乖巧懂事，叫姐姐叫得一个比一个甜。

昨晚，盛青溪在自习室答应宋诗蔓，今天写完试卷，可以不用记知识点。所以宋诗蔓今晚分外积极，比平时提前了二十分钟写完。等盛青溪换了衣服，她们就能出去玩了。

此时，宋诗蔓坐在室内的游乐区，拿着两个娃娃，和几个小朋友玩过家家。这里的小朋友比她见过的其他小朋友都要乖，乖得有点儿让人心疼。宋诗蔓比盛青溪活泼，来了没几次就和这些小朋友打成一片了。

其中有一个小女孩儿，名字叫嘟嘟，她的脸胖乎乎、肉嘟嘟的，一双葡萄似的大眼睛相当漂亮。嘟嘟很喜欢和宋诗蔓一起玩，眨巴着眼睛，奶声奶气地问："姐姐，你明天还来吗？"

宋诗蔓歪着脑袋想了想，和嘟嘟对视片刻，认真地说："姐姐暂时不确定。如果明天家里没事姐姐就来看你，好不好？"

嘟嘟抿抿唇笑起来，眼睛里像是盛了一汪清水，重重点头："嗯。"

宋诗蔓看着嘟嘟的笑脸，心情微微沉下来。这些孩子都是天使，本不该被遗弃的，可这世间有时候根本没有道理可言。

盛青溪和宋诗蔓出门时，这几个小朋友跑到门口，乖乖地和她们说再见。嘟嘟抱着宋诗蔓的小腿，仰着小脸，大声叮嘱：“姐姐，你们不可以太晚回家的。”她像个小大人似的，可爱得不行。

宋诗蔓简直想把整个玩具城搬来送给嘟嘟。宋诗蔓俯下身，亲了亲嘟嘟的脸蛋，嘟嘟非常贴心地回了宋诗蔓一个“香吻”。

宋诗蔓恋恋不舍地放开嘟嘟，莫名生出一股不想出去玩、想留在这里陪嘟嘟的冲动。等上了车，宋诗蔓才敢问盛青溪：“小溪，嘟嘟为什么会来福利院？”

盛青溪回忆片刻：“嘟嘟是两年前被送来的。她父亲犯罪进了监狱，母亲生下她就离家出走了，亲戚里没有人愿意抚养她，所以她就被送来了福利院。”

宋诗蔓听了，半晌没说话，瘪瘪嘴，一副想哭的模样。

盛青溪安慰似的拍了拍宋诗蔓的脑袋，轻声说：“嘟嘟很可爱，也很乖。有两对夫妻有意愿领养嘟嘟，不出意外的话，到了暑假嘟嘟就有家了。”

宋诗蔓更难过了，不情不愿地问：“他们能照顾好嘟嘟吗？”

盛青溪希望这些孩子以后都能过得好，但这个问题她没法回答。

车内一时间安静下来，宋诗蔓挽着盛青溪的手，靠在盛青溪的肩上，过了许久，才小心翼翼地问道：“小溪，你是因为什么来福利院的？”

这些日子，宋诗蔓一直想问又不敢问，怕惹盛青溪伤心。

盛青溪倒是不介意别人问这个，平静地说：“盛妈妈说，捡到我的那年，初城有一片村落发了大水，她是在河道边捡到我的。”

盛青溪并没有被父母抛弃，相反，她能在水灾中活下来，完全是因为父母足够爱她，想方设法把她送到了河流下游。

宋诗蔓收紧挽着盛青溪的手，小声说：“小溪，现在的你就很好，你以后还会更好的。”

盛青溪弯了弯唇。

星光大厦，烧烤店。林燃、何默和谢真三个人带着林烟烟，坐在靠窗的位置上吃饭。谢真嚷嚷着要吃烧烤有一周了，林燃、何默被他烦得不行，本来打算在车行吃，但烧烤架坏了，他们就干脆出门吃，顺便看个电影。

坐下后，他们三人决定先把林烟烟喂饱，免得一会儿他们抢起肉来，让小丫头挨饿。

林烟烟胃口小，从上菜开始她面前的盘子就没空过。她很努力地在吃，却怎么都吃不完。她望着自己小山似的盘子，皱了皱脸，怕自己被撑死，不由得扯了扯林燃的袖子，着急地道："哥哥，够了，我吃不完。"

林燃见她都绷起小脸了，便勉强放过了她。

盛青溪和这小丫头一样，吃饭就吃那么一点点，饭量跟小猫似的。

林燃的动作微微顿住，他意识到自己又想起了盛青溪。

近来，他想起盛青溪的频率似乎有点儿高。林燃拧着眉，思考了一下，小姑娘为了救他受了伤，他现在负责接送人家上下学，晚上她还给他补课，他们两个几乎天天见面……

林燃越想越烦，干脆不想了，专心吃饭。

谢真喝完一杯可乐，舒了一口气，感觉浑身舒爽。他拿起筷子，刚夹住盘子里的肉，余光一瞥，不经意间看到窗外走过去三个人，肉啪嗒一下掉回盘子里。

谢真用脚踢了踢何默，何默却没反应。

谢真不由得加大力度又踢了何默一脚。

林燃莫名其妙地被踢了两脚，沉着脸，放下筷子，面无表情地看着谢真，冷声问："你干什么？"

谢真："……"

谢真脸上瞬间闪过一丝惊恐，上一个敢踢林燃的人，现在还躺在医院里呢。

谢真咽了咽口水，指了指窗外，企图转移林燃的注意力："燃……燃哥，你看外面，是不是仙女和宋诗蔓她们，年级第一也在？"

林燃立即看向窗外，果不其然，宋诗蔓和盛青溪并肩走在一起，顾明霁走在盛青溪的另一边，三个人有说有笑的，一看就是一起来的。

林燃面无表情地看了盛青溪他们半晌，轻哼一声，不紧不慢地收回视线，淡淡地道："年级第一？很快他就不是了。"

何默和谢真对视一眼，安静地开始啃肉。

林燃就像没看见盛青溪他们似的，面不改色地吃着肉，但嘴里的肉一点儿味道都没有，脑海中不断闪现着刚才盛青溪对着顾明霁笑的模样。

这是她第二次对顾明霁笑了。

林燃放下筷子，顿了一会儿，开始拿手机找人。

Firegun：“盛青溪。”

Firegun：“看见回我。”

发完微信，林燃随手把手机往边上一放。此时屏幕还亮着，他控制不住地一直盯着屏幕看。

三十秒后，屏幕熄灭了。

林燃气闷地移开了视线。

一分钟，三分钟，五分钟……盛青溪一直没回消息。

就在林燃忍不住要给盛青溪打电话的时候，他的手机终于响了。

“叮——”

何默和谢真齐齐向林燃看过来。

林燃：“……”

林燃强忍住想去看手机的心，控制住自己蠢蠢欲动的手。林燃看着何默、谢真，唇角紧绷，一副很不爽的模样。

何默和谢真又齐齐地低下了头，觉得还是吃肉重要。

林燃拿起手机，屏幕解锁后直接进入他和盛青溪的微信聊天儿界面。

小溪流：“林燃，我看见了。”

“小溪流”是林燃为盛青溪设置的备注。

Firegun：“你在哪儿？”

小溪流：“在星光大厦，和诗蔓一起出来玩。”

Firegun：“就你们两个？”

小溪流：“还有我们班班长，去书店给诗蔓买辅导书的时候遇见的。”

Firegun：“你们准备去干什么？”

小溪流：“去看电影。”

Firegun：“等着。”

小溪流：“嗯？”

林燃没再回。

林燃放下手机，望着吃得正香的三个人，轻咳一声，问：“一会儿去不去看电影？吃完就去。”

三个人都没有异议。

然而，下一秒林燃就起身去付了钱，回来的时候见他们还在吃，不由得皱起眉：“不是说去看电影吗？你们怎么还在吃？”

谢真蒙了："不是说吃完去吗？"

林燃："还没吃完？"

谢真："……"

其实他们已经吃了一个多小时了，差不多吃饱了。但谢真觉得自己还没吃饱，被何默拉起来的时候还有点儿委屈。

林燃把打包好的肥牛石锅拌饭递给谢真："你去影院大厅坐着吃。"

谢真眉开眼笑地接过自己的加餐："燃哥，真兄弟！"

一直安静的林烟烟眨巴着眼睛看了一眼林燃，哥哥平常不会这样着急忙慌地做一件事，今天看起来有点儿怪。

十分钟后，他们进入影城。闻到爆米花和各种饮品的味道，谢真鼻子微动，刚想说话，却忽然停住了，其余人也是。他们同时明白了林燃为什么会这么着急——盛青溪和宋诗蔓就坐在不远处，顾明霁坐在她们对面，三人正在聊天儿。

林燃没什么情绪地往那边扫了一眼，低头问林烟烟："烟烟，你想不想和盛姐姐一起看电影？"

林烟烟："……"

明明是你自己想。

林烟烟悄悄地打量了一眼宋诗蔓和顾明霁，小声问："哥哥，盛姐姐好像是和朋友们一起出来玩的。我们过去是不是不太好？"

林燃轻哼一声："那些人我都认识，没什么不好的。"

他拍了拍林烟烟的脑袋："你去问你盛姐姐，愿不愿意带你一起看电影。"

林烟烟一脸无奈地应道："好吧。"

好不容易出现一个让林燃感兴趣的女孩儿，作为他的亲妹妹，林烟烟虽然很不情愿，但觉得自己有义务助他一臂之力。

林烟烟往盛青溪那边走时，林燃他们在不远处找了个位置坐下。谢真快乐地拆开袋子，开始吃他的加餐。

林燃虽然一脸冷漠，却不住地用余光往那边瞟。

何默默默地叹了一口气，看样子，燃哥是没救了。

另一边，林烟烟刚走过去，盛青溪就注意到了："烟烟，你也来看电影吗？"

盛青溪起身往林烟烟身后瞥了一眼，没看见林燃，也没看到其他人，问：“你一个人来的吗？”

林烟烟乖巧地和盛青溪打招呼：“盛姐姐。”

盛青溪拉着林烟烟坐下。

宋诗蔓看到林烟烟时吓了一跳，心想：林燃的宝贝疙瘩怎么在这里？

这小女孩儿一看就是个乖乖女，完全不像是林燃的妹妹。

盛青溪给林烟烟介绍了一下：“烟烟，这是我的好朋友，那是我们班的班长。”

林烟烟朝宋诗蔓笑了笑，露出一口小白牙：“我知道，这是宋姐姐，我认识的。”

宋诗蔓：“……”

啊！她讨厌林燃！

林烟烟坐下后，小声回答了盛青溪刚才的问题：“盛姐姐，我哥哥他们也在呢。我们在附近吃饭，他说想来看电影。”

盛青溪一怔，所以刚刚林燃才说让她等着。

盛青溪转头扫视了一圈，在距离他们不远的角落看到了林燃他们三人。

林燃正在听何默说话。从这个角度，她只能看到他的侧身。

少年的脸非常白皙，鼻梁高挺，唇角的弧度透着一股慵懒的意味，下颌线的弧度十分完美，只一张侧脸就能看出他相貌不凡。

他穿了一件宽松的白T恤，领口处露出干净的脖颈，颈部两侧的锁骨显得他有些瘦削，一双修长的腿有些委屈地缩在矮小的桌子下。

盛青溪知道，被衣服遮掩住的身躯是强大而有力量的。许是注意到了她的眼神，林燃转头，准确地朝她的方向看过来，四目相对。不等盛青溪动作，他忽然起身朝盛青溪他们走来。

林燃到哪儿都是人群中的焦点，宋诗蔓和顾明霁很难不注意到林燃。

宋诗蔓一脸郁闷，瞪了顾明霁一眼。如果不是因为遇见顾明霁，耽误了时间，她们俩早就进去看电影了，哪还用等下一场，那样的话也不会遇到林燃了。

被瞪了一眼的顾明霁觉得自己很无辜。

林燃走到林烟烟旁边，揉了揉小丫头的脑袋，以示夸奖。他摆出一副淡定的模样：“这么巧，你们来看什么电影？”

宋诗蔓想回一句“与你无关”，但是不敢，只能在心里抱怨。

盛青溪报了一个电影的名字。

林燃挑眉："这么巧？我们也看这个，你们几点的场？"

盛青溪看了一眼票："九点十分的。"

林燃趁机扫了一眼盛青溪的票，轻啧一声："同一场。"

林燃说完，拿出手机打开"有福同享，有难退群"群。

Firegun："去买四张《荒岛祭》的票，买七排六座旁边的。"

无人之海："收到。"

林燃没多待，发完信息就走了，把林烟烟留在了这边。这看起来似乎真的是一场巧遇，恰好是同一部电影，同一个场次。

此时是八点四十分，距离电影开场还有好一会儿。

宋诗蔓坐着无聊，嚷嚷着要去抓娃娃，盛青溪肯定得跟着。盛青溪一走，林烟烟和顾明霁当然不会继续坐在这里。于是，四个人走到娃娃机前。

宋诗蔓买了一百个币，打算给他们每人分二十四个币（二十四个币能抓十二次），自己留了二十八个币。

顾明霁在抓娃娃这件事上没什么经验，只象征性地拿了四个。而林烟烟的娃娃都是林燃给她抓的，她根本不会抓，也只拿了四个。

他们俩还特别默契地把多余的币都塞给了盛青溪。

于是，盛青溪忽然拥有了六十四个币，数量非常可观。

盛青溪捧着六十四个游戏币，静静地看着娃娃机里粉嫩可爱的娃娃。她从来都没有玩过这个，不管是以前还是现在。

宋诗蔓显然很在行，眨眼便夹出了一个娃娃。

不远处，林燃一直注意着盛青溪他们的动静。从他这里看过去，其他人都上手去抓娃娃了，就盛青溪一个人傻傻地站在娃娃机前，不知道在想些什么。

他坐下没几分钟，又起身往那边走去。

谢真嚼着嘴里的饭，含糊着问："默子，你说燃哥对仙女什么想法？"

何默正在噼里啪啦地打字，头也不抬地应道："你想象一下，有一个特别漂亮的女孩儿从别的学校转到你的学校来，只是为了离你近一点儿。这个女孩儿不怕你凶神恶煞的模样，不嫌弃你回回考试倒数，肯为你挨揍，也不会整天黏着你。你问问自己，你能抵挡得住吗？"

谢真还真的认真思考了一下，随后由衷地问："仙女的眼睛是不是坏了？"

何默："哈哈哈哈哈哈哈哈哈哈，你有本事对燃哥这么说。"

谢真："我不敢。"

林燃走到盛青溪身后，望着她的背影，开口问："你想要娃娃？"

头顶上传来低沉的声音，盛青溪回头看去，和林燃的视线对上——他的一双黑眸里闪烁着细微的光亮，看不出情绪。

盛青溪看了一眼里面漂亮的娃娃，又想起自己床头那个陈旧的娃娃。

她缓缓地摇了摇头："我有，林燃。我不要。"

林燃去过盛开很多次，但从没进过盛青溪的房间。听她这么说，他不由得好奇："你有几个？放不下了？"

盛青溪诚恳地回答他："一个。"

林燃："……"

这小傻瓜也太容易满足了。

林燃朝她伸出手，掌心朝上："给我两个。"

盛青溪挑出两个币给林燃。

林燃越过她，走到娃娃机前，也不问她喜欢什么样的，大概扫了一圈，目测这几台娃娃机里不同的娃娃加起来大概有三十个。两个币抓一个，正好。

从小到大，林燃不知道给林烟烟抓了多少个娃娃，他们家的娃娃都能堆满一个房间了。林烟烟经常为抱哪个娃娃睡觉而烦恼。

接下来，林燃和盛青溪这边的情况就变成了这样——

"给我两个。

"喜欢红色的那只还是黄色的那只？算了，我都抓。

"再给你抓个大的。

"盛青溪，你看那个兔子像不像你？

"这个羊不好看，看起来就不太聪明的样子。

"还抱得住吗？"

毫无意外，盛青溪瞬间成了整个影院大厅的焦点，她的怀里抱满娃娃，脸都差点儿被娃娃给淹没了。旁人看向她的眼神里带了隐隐的羡慕，不光因为她有很多娃娃，还因为她身旁站着一个又高又帅的小伙子。

影厅的工作人员注意到这边的情况，贴心地给盛青溪拿来一条长长的绳子，好让她把这些娃娃绑在一起，方便一会儿抱回去。

盛青溪抱着满怀的娃娃，有些不知所措。

林燃还在抓，用修长的手指灵活地控制着摇杆，从开始到现在就没失手过。

盛青溪发现，林燃的手很漂亮，手腕瘦削，小臂结实有力，还发现他又戴了一块新手表。

林燃把不同的娃娃抓了个遍，还剩下四个币。

林燃拿着仅剩的四个币，凝神思考片刻，侧过头问她："你想不想试试？"

他伸手晃了晃，手里的币发出清脆的响声。

这些需要瞄准目标的项目，盛青溪不太擅长。

以前，她上学那会儿，成绩最差的就是射击课。许是因为她付出了很多努力，工作后，她的射击成绩比以前好了不少，参加内部比赛时每次都能进前三。

盛青溪犹豫了一下："我试试看。"

林燃从她手里接过绑成一串的娃娃，夹在腋下，一副很轻松的模样。不知为什么，这些娃娃在盛青溪怀里显得很可爱，但到了林燃的怀里，感觉像是变成了"人质"。

他摊开掌心，将游戏币递到她眼前。

盛青溪低头，从他手里接过游戏币，指尖若有似无地划过他的掌心，一触即分。

酥麻如触电般的感觉从林燃的掌心悄悄冒出来，紧接着蔓延到了每一根手指的神经末梢，他流动的血液似乎也随着她这个细小的动作沸腾起来，林燃喉结微微滚动，将目光停在盛青溪的身上。

盛青溪走到其中一个娃娃机前站定，里面有一个凶巴巴的小老虎，她很喜欢。因为这个小老虎看起来有点儿像林燃。

林燃给她抓了那么多娃娃，她也应该抓一个送给他。

不远处，宋诗蔓、林烟烟、顾明霁三个人已经看得麻木了，林燃这个人，抓起娃娃来居然比打架还厉害。林烟烟在心里默默给她哥哥加了十分。

宋诗蔓愤懑地想：林燃居然拿着我买的游戏币去讨好我的好朋友，这个坏家伙！

这一边，盛青溪小心翼翼地移动着摇杆，对准小老虎后非常果断地拍了下键，然后眼看着娃娃机的爪子摇摇晃晃地抓起了小老虎，在空中颤巍巍地晃了半天，啪的一下，小老虎又掉了下去。

林燃一直在她身后没出声。

盛青溪看着自己仅剩的两个币，小声地叹了一口气，又投了进去。这一次，她大概率也是抓不上来的。

但这一次，盛青溪操控摇杆对准目标之后，下意识地回头看了林燃一眼。

林燃扬了扬眉，上前一步，微微贴近盛青溪。他动作自然地将手伸向摇杆的位置，但一时忘了盛青溪的手还握着摇杆。

他猝不及防地握住了她的手——温热、柔软。

林燃："……"

林燃身体僵硬，为了不显得心虚，强行转移话题，轻咳一声："我来给你抓，要这个老虎？"

盛青溪没应声，正在出神，她的周身都是林燃的味道——柠檬味的沐浴露的味道。这味道淡淡的，很好闻，让人发馋，她忽然想吃糖。

九点整，影厅内响起广播声，他们该准备入场了。

林燃把那堆娃娃放到前台。

有些遗憾的是，他最后一次失手了——盛青溪想要的那只小老虎他没能抓上来。

在那样的情况下，他没办法把那个娃娃抓上来。

谢真他们全然不知林燃的心事，跑去前台买了爆米花和可乐，除了林燃，其他六个人每人一桶，一群人抱着爆米花桶非常惹人注目。

进了影厅，宋诗蔓拉着盛青溪找位置。宋诗蔓本以为，林燃和他们只是凑巧是一个场次而已，但入座时发现，林燃的座位居然就在盛青溪的旁边。

于是，他们七个人的位置从左到右就变成——谢真，何默，林烟烟，林燃，盛青溪，宋诗蔓，顾明霁。

宋诗蔓完全有理由怀疑林燃是故意的。

现在是周五晚上，每个厅都应该是爆满的，但他们这个厅的人很少，除了他们这七个人，就只有几个人零零散散地坐在其他位置。在这样的情况下，林燃他们买票的时候完全没理由买这一排，和别人挤在一起。

这个厅人少也是有原因的——宋诗蔓他们看的是一部小众的、几乎零宣传的惊悚片。

谢真他们暂时还不知道这个"噩耗"，只以为是类似于《海岛求生》的情景喜剧片，坐下后，看见空荡荡的大厅，才隐隐感觉有些不对。

这个厅的人实在是太少了。

谢真心里有点儿发毛，赶紧抓了一把爆米花塞进嘴里压惊。

电影还没开场，厅内的灯还明晃晃地亮着。

林燃侧过头，瞥见盛青溪的动作——吃爆米花跟吃糖似的，一粒一粒地往嘴里塞，也不知道这要塞到何年何月。

林燃又瞥了一眼林烟烟，这小丫头也是如此。

谢真知道林燃不爱吃这玩意儿，就没给林燃买，所以七个人里面只有林燃两手空空。林燃侧过身，明目张胆地看着盛青溪，见她鼓着腮帮子咬着酥软的爆米花，似乎还挺喜欢吃这个。

林燃见识过盛青溪挑食的样子，和她一起吃早饭的这些天，注意到她很少吃荤腥类的食物，不管是粥里的鱼，还是小笼包里的肉，她一丁点儿都不碰。

盛青溪怕被盛兰发现，每次都是偷偷把肉丢掉。

她不爱吃肉，难怪长得这么瘦。就在林燃走神间，灯光忽然暗下来，整个影厅陷入黑暗，屏幕上缓慢地显示出一串扭曲、抽象的英文，下面的字幕打了三个字：荒岛祭。

林燃虽然不知道女孩儿都爱看什么，但怎么都没想到，盛青溪和宋诗蔓居然会来看这种充满恐怖气息的电影，也不知道是谁选的。

那这部电影到底是谁选的呢？

是宋诗蔓。

宋诗蔓不敢看这种类型的影片，但忍不住心里的好奇。宋诗蔓又好面子，不想在别人面前丢脸，但在盛青溪面前，就没这么多顾虑了。

于是就有了今晚这一出。

但她没有预料到，林燃会在中途冒出来，更没料到，他们七个人会坐在一起，像约好一起来似的。

宋诗蔓在心里再次更新了对林燃的分数：-199。

电影正片开始了：一群青年男女被困在无人的荒岛上，凑巧的是，这些人正好七个，和宋诗蔓他们的人数一样。

天色阴沉，海浪汹涌。经过几天的荒岛生活，青年男女们个个都不复来时的光鲜模样，一个个灰头土脸、蓬头垢面，衣服也不再干净整齐，皮肤上一道道红肿的划痕隐隐可见。

一个胖子问："你们说A去哪儿了？他昨晚出去就没回来，我就说不要提起这件事，你们非要提。现在也不知道他会不会回来。"

身材纤瘦高挑的女人面露不屑："他不回来能去哪儿？整个荒岛我们都快找遍了，除了我们现在落脚的岩洞，还有哪里能让人过夜？"

戴眼镜的文弱男人担忧地说："他出去的时候根本没带火，晚上在外面怎么过夜？他会不会是出事了？"

金发男人操着一口蹩脚的中文："A不知道……不知道前几天，海上的天气会这么恶……恶劣，他是好心……好心想带……"

金发男人话还没说完，就忽然被人打断了。

寸头腱子肌肉男一脸凶相："什么沉船地点？这年头了怎么可能还有宝藏？"

绑着双马尾的女孩儿小声吐槽："那你不是也来了？"

最边上，面色苍白的女人掩饰不住自己的焦虑，咬着自己的指甲东张西望，嘴里喃喃地道："A不会回来了，他不会回来了。"这些天下来，他们已经习惯了她这副神经质的模样。

起初，流落到这座荒岛上的，除了他们七个人，还有第八个人——A。

他们八个人是大半年前玩剧本杀时认识的，他们的职业虽然各不相同，但爱好很相似，都喜欢冒险和极限运动。

流落到荒岛之前，明面上他们的关系是一派和谐，但流落到荒岛之后，他们之间的矛盾就渐渐显露了出来，每个人都有自己的私心。

昨天晚上，他们积压已久的矛盾就爆发了。

此时他们成群结队地出来，是为了寻找食物和离开海岛的办法。来时的船在一场暴风雨中"牺牲"了，这里没有信号也没有其他人，他们似乎被整个世界遗忘了，幸好岛上有淡水资源和一些不知名的野果。

一天的时间很快就过去了，天色渐渐暗下来，他们排成一队，回到岩洞，刚走到入口，就发现了A的尸体，他还是离开时的样子，只是胸腔内那颗跳动的心脏不见了。

"啊——"

三个尖叫声重合在一起，分别是电影音效、宋诗蔓的喊声以及谢真的喊声。

盛青溪刚看向宋诗蔓，宋诗蔓就叫着扑了上来，死死地抱住盛青溪，边哭边喊："好吓人！呜呜呜，我不要看了。"

另一边的谢真："啊啊啊啊啊啊！默子我瞎了，不能再看下去了，我觉得那个胖子就是我！他的肉又白又嫩，坏人肯定很喜欢啊啊啊！"

其他人："……"

盛青溪拍拍宋诗蔓的肩，随后，宋诗蔓平复了一会儿情绪，感觉好点儿了，才捂着眼睛回到自己的座位上。那幅画面过去后，宋诗蔓又悄悄睁开眼，透过指缝看起了电影。

这一晚，岩洞内陷入一片死寂，神经质的女人缩在角落瑟瑟发抖，苍白的脸上挂着泪痕："下一个就是我，就是我。"

胖子开始分发食物，今天他们的食物是一只烤兔子。

纤瘦女人的脸色不太好看，她伸手接过食物，一言不发，埋头啃起兔肉。他们已经连着吃了几天野果了，每个人都神经紧绷，濒临崩溃。

戴眼镜的男人摇了摇头："我不饿，胖子你吃吧，我知道你吃不饱。"

胖子有些为难："这……"

男人笑了一下："我真的不饿，中午吃了好些昨天剩下的。"

胖子这才把属于戴眼镜的男人的那份食物放到自己的位置上。

胖子分了一圈，最后分到双马尾女孩儿时，她对胖子甜甜地笑了一下："谢谢哥哥。"

入夜后，大家纷纷睡去。

第二天一早，胖子死了，比起 A 的死相，胖子的死相更难看，浑身上下没有一块好的地方。

凶手是野兽、野人还是人？原本就被阴影笼罩的几个人更沉默了，他们的伙伴正在挨个死去。

又过了一个星期，来时的八个人，只剩下两个。活下来的是戴眼镜的瘦弱男人和绑着双马尾的女孩儿。

宋诗蔓怯生生地问："小溪，接下来谁会死？"

盛青溪轻声应道："不会有人死了。"

听她这样说，林燃不由得侧过头看了她一眼，这小姑娘不光在学习上聪明，逻辑推理也很在行。

屏幕上播放着最后的画面——戴眼镜的男人摸了摸女孩儿的脑袋，低声问："你吃饱了吗？"

女孩儿点点头，又甜甜地笑起来："我喜欢这个生日礼物。"

画面静止在女孩儿唇角的弧度上，他们并肩站在礁石上，原本汹涌的海面变得平静，那艘被海浪卷走的游船凭空出现在他们的面前。

影厅内大灯亮起，电影至此结束。

何默看得一脸蒙，谢真全程捂着眼睛，宋诗蔓也觉得云里雾里。而看懂的几个人都觉得这部电影很无聊，因为电影的情节设定已经超出了现实的范畴。

出去之后，宋诗蔓缠着盛青溪问："小溪，最后那个画面是什么意思？那个女孩儿说的生日礼物又是什么？我怎么看得那么晕呢？"

盛青溪解释道："电影讲的其实就是这群人被困在荒岛上，想找出路，但其间不停地有人死去。因为那个戴眼镜的男人和绑着双马尾的女孩儿都不是人类，是更高级的生物。这整件事，其实是那个男人送给女孩儿的生日礼物——一场盛大的狩猎宴会，猎物就是那六个人类。"

何默："啊？"

谢真："嗯？"

宋诗蔓："……"

这是什么变态又神经质的电影？宋诗蔓浑身上下的汗毛都竖起来了，而且她预感自己今晚会做噩梦。

后面的林燃正在问林烟烟："你吓到没有？"

林烟烟仰起小脸，双眸放光地看着林燃："哥哥，我们什么时候去海岛上玩？我想去海岛上吃烧烤，和大家一起。"

林燃："……"

他总觉得哪里怪怪的，这小丫头是不是从电影里找到了什么有乐趣的事？

盛青溪走到前台，把林燃给自己抓的娃娃拿回来，然后抱着一堆娃娃和宋诗蔓乘扶梯下楼，因为不好意思去坐直梯。

其他人便也跟着她们坐扶梯下楼。

到了商场门口，顾明霁坐他家的车先回去了。宋诗蔓家的司机还没有来，她打电话去问，司机说前方出了车祸，他被堵在路上了，不知道什么时候能过来。

其实宋诗蔓完全可以自己打车回去，但不放心盛青溪一个人回家。

林燃他们晚几分钟到达商场门口，见盛青溪和宋诗蔓还站在那里，就派林烟烟去问了一句。林烟烟问了，跑回来和林燃转述了一遍。

林燃瞥了一眼停在门口的三辆摩托车，低头问林烟烟："烟烟，你和何默哥哥他们回车行。哥哥送完你盛姐姐就回来，好不好？”

林烟烟点头：“好。”

谢真立马举起爪子：“燃哥，我想吃城西那条美食街上的小龙虾。”

林燃应了一声，朝盛青溪她们走去。

盛青溪正在和宋诗蔓说话：“诗蔓，你打车回去吧，我坐公交车四十分钟就到了。你不用担心，我到了给你发信息。”

宋诗蔓欲言又止，如果盛青溪直接打车回去，宋诗蔓可能还放心一些。但盛青溪节俭惯了，肯定会选择坐公交车回去，宋诗蔓又没办法将“我给你付打车费”这样的话说出口，只能在心里干着急。

林燃听盛青溪说完，说：“我送你回去，正好有事去城西。”

盛青溪和宋诗蔓都转头看向林燃。

宋诗蔓狐疑地道：“你去城西干什么？”

看到宋诗蔓满脸怀疑的样子，林燃不禁感叹女人的多变。盛青溪没来时，宋诗蔓每次和他说话都红着脸，从不敢正眼看他，现在和盛青溪做了朋友，就像个护着小鸡崽的母鸡妈妈，看他的眼神充满警惕和防备，生怕盛青溪被他抢走。

林燃随口道：“去给他们买小龙虾。”

城西美食街的小龙虾很出名，很多人会在大晚上开车过去吃。宋诗蔓听了便没多想，想着有林燃送盛青溪回去也好，总比盛青溪一个人回去安全。

三人说好之后，宋诗蔓便打车回了家。

抱盛青溪上车的时候，林燃才意识到没有多余的头盔。他拿过自己的头盔，想往盛青溪头上戴，但她头一偏，躲开了。

林燃挑眉：“不许躲。”

盛青溪抿了抿唇：“我不戴，你自己戴。”

林燃轻啧一声：“让你戴你就戴！”

林燃心里明白，盛青溪一直很听他的话。不管他提出怎样无理的要求，她总是那样温柔地包容着他，像是毫无底线一样。但这次不一样，不管他怎么说，盛青溪就是不肯戴头盔。

林燃拧着眉喊她的名字：“盛青溪，你戴不戴？”

盛青溪抬眸，倔强地看了他一眼，一句话都没说就自己下了车，走到他面前，小声说：“我自己回家。”

林燃：“……”

说完，盛青溪便低着头要走。

林燃不可能在这样的情况下放她自己回去。他一个大跨步，扣住她的手腕，盛青溪的脚步随着他的动作停下。

她回眸和他对视了一眼。

夜色非但没将林燃的面容衬得温柔一些，反而将他凌厉的轮廓勾勒得更深，他冷着脸，似是不明白她为什么要在这样的小事上和他争论。

林燃没办法对她发脾气，只好缓和了语气问她：“你为什么不戴？”

盛青溪垂下眼睫，过了许久，轻声说：“你自己戴，不然不安全。”

于盛青溪而言，没有什么比林燃的安全更重要。就算林燃今晚再生气，她也不会听他的话，这是她的底线，哪怕是林燃也没办法打破。

两人僵持了几秒，林燃妥协。

他轻叹一声，道：“非要我戴？”

盛青溪点头。

五分钟后，林燃开着他的宝贝上路了，开出了他此生最慢的车速。路上有无数辆电瓶车超过了他们，盛青溪甚至感受不到风。

盛青溪小幅度地动了动，立即感觉到他背上的肌肉紧绷了一瞬，她迟疑着挪开点儿距离，乖乖地不再动了。

原本三十分钟的路程，林燃硬生生花了将近五十分钟才走完。他们看完电影后，时间已经很晚了，又这么折腾了一通，到盛开时已是夜里十二点。

盛兰先前给盛青溪打了电话，说会在家里等他们。

踩下刹车后，他骤然松了一口气。这一趟下来，他浑身是汗，后面那个小东西实在是太磨人了，她还真是一点儿都不怕他。

这一路上，他就像载了一只小猫似的，小猫时不时用软乎乎的脸蛋蹭他一下，让他有好几次差点儿手上一松，这会儿他手心里还全是汗。

盛兰见林燃的摩托车开进了盛开福利院，立即开门迎了上来。

林燃告别的话还没说出口，盛兰抢先道：“林燃，进来和愿愿一起吃点儿夜宵吧。今天太晚了，你就住阿姨这里怎么样？”

林燃：“……”

林燃解下绑在后座上的娃娃，夹在腋下，和盛青溪一起往里走。

盛青溪知道林燃不方便住在这里，轻声说：“盛妈妈，林燃晚上有事要回去。”

林燃顺着她的话说道：“阿姨，晚上我就不在这里住了。我朋友还等着我给他们带夜宵回去呢。”

盛兰见他这么说便没再坚持，只叮嘱他回去时小心。

盛兰给他们准备的夜宵是热腾腾的云吞面和一些小菜。林燃低头看了一眼他的碗和盛青溪的碗，一个和盆一样大，一个只有巴掌大。

盛青溪吃得比林燃快，吃完把那堆娃娃拿到房间放好，又从柜子里翻出了前两天林燃给她的外套。这两天一直下雨，只有今天出了太阳，她晒了一天，这件衣服总算干了。

盛青溪把衣服放进袋子里，又急忙跑出去。

等她回去，林燃已经吃完准备走了。他刚走到门口还没转过弯，忽然和一路小跑过来的盛青溪撞上了。林燃的胸肌硬邦邦的，他倒是没什么，小姑娘却差点儿被他撞出去。林燃一把将她扯了回来。

盛青溪揉了揉自己的额头。

林燃抬手敲了敲她的脑袋：“你跑这么急干什么？”

盛青溪顶着红了一块的额头抬眼看他，把纸袋递出去：“林燃，你的衣服。”

林燃看了一眼袋子里的衣服，是那天晚上他顺手拿给她的。一般来说，他的衣服只要被别人穿过，他就不会要了，大多会丢掉。

但这一次，林燃伸手接了过来。

他按着她的后脑勺，小力地推着她往前走：“你回去洗澡睡觉吧。我回去了，有什么事就告诉我，微信没回就打电话。”

盛青溪顺着他的力道往下走，他按着她，她不能回头，只好小声道：“你回去开慢一点儿，晚上这里的路很黑。”

林燃无声地弯了一下唇。

盛青溪一直把林燃送到门口。

林燃跨上黑色的摩托车，长腿斜在车侧，戴上和车身同色的头盔，转身看了一眼盛青溪。

盛青溪看不到林燃的眼神，抬手和他挥了挥手。

车灯骤然亮起，前面漆黑的路被照得很亮。

盛青溪在心里默默倒数，理论上倒数三个数，引擎声就该响起来了。

可下一秒，林燃忽然关了车灯，盛青溪一怔。

林燃下了车，大步朝她走来，脚步不急不缓。

此时已是深夜，万籁俱寂，月亮高悬在天边，夜风中树影憧憧。

少年披着夜色朝她走来，身上无端地带着一丝侵略的意味。接着他伸手在头盔下方摆弄了几下，把刚刚戴好的头盔又摘了下来。

盛青溪仰着脸，和林燃对视："林燃，你忘了什么东西吗？"

林燃看着月光下的少女。她漂亮的黑眸里像是盛了一汪盈盈的湖水，月亮的光辉将湖面泛起的涟漪照得透亮。

她额头上红着的那一块隐隐可见，水眸间的欢喜似有若无。

她安静、纤弱、美丽，在这样的夜色里，像个蛊惑人心的精灵。

林燃看到的就是这样的盛青溪。

这些日子以来，他夜夜被噩梦缠绕，可自从她出现之后，这样的情况竟逐渐好转，他不再被梦境纠缠。

林燃伸手，小心地触碰了一下她额头上那块红红的皮肤。

她像受了惊的小猫似的，下意识地闭上双眼，眼睫不住地颤动。

林燃缓缓收回手，低头看着她，轻声道："盛青溪，我送了你那么多娃娃，你是不是应该也送我一个？"

盛青溪捂住自己的额头，不再让林燃碰，抿了抿唇，轻声问："你喜欢哪一个？我去给你拿。"

林燃像个强取豪夺的恶霸："我要你在这之前仅有的那一个。"

盛青溪微微怔住，下意识地说："那个很旧了。"

林燃倏地笑了："我就要那个。"

见他坚持，盛青溪想了想，转身小跑着回了房间。林燃没有跟进去，只是透过半开的门，无声地注视着她逐渐跑远的身影。

盛青溪走后，林燃才懊恼似的抱着头盔，倚在门边的红墙上。在她面前，他总是变得不像自己。

林燃皱着眉回想，这样的不对劲是从什么时候开始的。是从她在巷子里为他挡下那棍子的时候开始的吗？不是，更早。

林燃微微闭眼，是从那一晚她在光年俱乐部大声地喊了他的名字开始的。她让他逐渐找回了自己，让他记得他是林燃。

林燃无奈地扯了扯唇，这样下去可如何是好？他快要控制不住自己了，耳边似乎又响起了她声嘶力竭的喊声："林燃！"

林燃肯定，自己一定在别的地方听过这喊声，但是怎么都想不起来，是大火把他的记忆烧模糊了吗？

“林燃。”忽然，轻软的声音在他旁边响起。

林燃倏地抬头，定定地看向她。

盛青溪手里抱着一只毛绒小熊，看起来有些旧了，这个款式看起来也过时很久了，像是陪伴了她很多年的娃娃。

林燃低声问：“你舍得给我？”

盛青溪点头：“嗯，给你。”

林燃伸手接过她手里的这只旧娃娃，它摸起来比普通的娃娃硬一点儿，模样也不够可爱，看起来还有点儿笨拙。但他很喜欢。

林燃抓着娃娃直起身，揉了揉盛青溪柔软的头发，像哄小孩子似的哄她：“你回去睡觉吧，不用送我。等你回去我再走。”

盛兰偶尔也会揉盛青溪的头发，但被林燃摸头，盛青溪感觉很不一样，心里会有雀跃的小因子悄悄冒出来。

林燃的手掌很暖和，盛青溪悄悄地蹭了一下，蹭完转身就往门里跑。关门之前，她探出脑袋，小声对林燃说：“林燃，晚安。”也不等林燃回应，盛青溪便自顾自地关上了门。

房间内没开灯，盛青溪安静地站在窗边，听着引擎启动的声音响起，看着窗外的车灯亮起，感觉那灯光像骤然照亮夜空的闪电一样。

林燃离开了。

盛青溪转身，打开台灯，床上堆着今晚林燃给她抓的所有娃娃，它们几乎霸占了她的半张床。她从来没有过这么多娃娃。

盛青溪揪着一只娃娃的耳朵，心想明天就带它们出去晒太阳。

林燃回到光年车行时已是深夜一点。

林烟烟早就乖乖地上楼睡觉去了，而谢真和何默还在打游戏，战况激烈。林燃拎着小龙虾还没走到门口，就听见了他们吵吵闹闹的声音——

“以后召唤师峡谷有你没我。”

“我刚刚还开大招救了你！”

“滚滚滚！”

林燃把小龙虾放在客厅，自顾自地上楼洗澡，不想在这里听这两个小学生吵架。

谢真家的车行一直备有林燃和林烟烟的房间。只要是假期，林燃和林烟烟大部分时间住在这里，比起那个空荡荡的别墅，这里更像他们的家。

林燃打开房门，按下开关，漆黑的房间被明亮的光填满。林燃的房间里几乎只有黑与白两种颜色，整个房间的色调很冷，风格简约，看起来简单干净。

林燃将纸袋放在椅子上，那只娃娃被他轻轻地放在床头。

林燃拿了睡衣，进浴室洗澡。

他洗完澡下楼一瞧，那两个小学生还在吵架。他头痛地揉了揉眉心，提醒道："你们再不吃，小龙虾要冷了。"

吃能堵住他们的嘴吗？还是能的。

谢真和何默把耳机一摘，嗷嗷地叫着扑向香味四溢的小龙虾。林燃瞥了他们一眼，任劳任怨地去冰箱里给他们拿了四罐饮料。

谢真见状，嘿嘿一笑："哟，燃哥今儿心情不错？"

何默附和道："我感觉这都是仙女的功劳。"

林燃没应声，拿着手机不知道在捣鼓些什么。

谢真和何默也不在意，美滋滋地剥着龙虾，看着电视上正在播放的电影。谢真总觉得自己忘了什么事，但一时没想起来。

直到看到电影里的男主角骑着一辆帅气的哈雷，打败了一群人，救下女主时，谢真才想起来，把嘴里的龙虾一咽，急切地冲着林燃说："对了燃哥，今天我们回来的时候，俱乐部里的小哥和我说，今天宋行愚他们又来了，来找你。"

"上瘾"放弃那笔投资的事，在圈内传遍了，具体的原因他们不清楚。但即便"上瘾"放弃了那笔投资，"飓风"也没能拿下它，最后拿到投资的，是一个名不见经传的小车队。

谢真和何默不清楚是什么原因，但林燃知道得一清二楚，因为林燃正在回复宋行愚的信息。听谢真这么说，林燃只说了一句："知道了。"

宋行愚想让林燃加入"上瘾"的想法，并没有因为林燃的拒绝而打消。宋行愚听说"飓风"找过林燃和林烟烟的麻烦之后，还特地来道歉了，也是因为这个才放弃了投资。毕竟是他们两个车队之间的竞争，连累了林燃和林烟烟，幸好他们都没出什么事。

宋行愚诚意十足，甚至给林燃开出了丰厚的条件。

但林燃仍有顾虑，只说再考虑一下。

林燃回复完信息，随手把手机一丢，侧过头盯着旁边这俩傻子——两人正埋头吭哧吭哧地啃龙虾，傻得不行。看了好一会儿，他觉得自己的心情又好了一点儿。

林燃随口说了一声："睡了。"然后他就径直上了楼。

半空中，月亮渐渐隐入云幕之后，夜深了。

周末眨眼就过去了。

临近清明节，整个学校都变得非常忙碌。

高三正在准备二模考试，高一高二要组织下周去春游的事，这周四下午放假，清明连着周末一共有三天的假期。

宋诗蔓从周一开始就紧张得不行，吃饭时只吃几口就放下筷子，开始掰着手指背公式。她以前考试时心态可比上课时还要轻松，可现在为了备考连吃饭的心思都没有了。

盛青溪轻声安慰了几句，宋诗蔓反而更紧张了。宋诗蔓托着腮，忧愁地叹了一口气，耷拉着眼角，无精打采地说："小溪，万一我没有考好怎么办？"

盛青溪夹了一筷子肉，放到宋诗蔓的餐盘里："没考好也没关系，我们还有两个月。你就像在我家做试卷那样，不要太紧张，遇到不会的题别着急，先跳过去，起码要保证自己能做到最后一道题。"

"啊啊啊啊啊！"宋诗蔓烦躁地叫了几声，拿起筷子埋头吃肉。

宋诗蔓在心里劝自己，先不想了，反正横竖都是要考试的。她现在就紧张成这样，那高考怎么办？

其实这是宋诗蔓最在意的一场考试。

宋诗蔓怕辜负盛青溪这些天的付出，怕盛青溪失望。

宋诗蔓扒了几口饭，动作慢下来，抬起头小心翼翼地问："小溪，要是我高考也没考好怎么办？你会不会怪我？"

盛青溪放下筷子，看着宋诗蔓担忧的眼神，认真地问："诗蔓，你相信我吗？"

宋诗蔓丧气地道："我不相信我自己。"

盛青溪弯唇笑了一下："不管能不能考好，我相信，你一定会认真对待这次考试的，是不是？"

宋诗蔓忙不迭地点头。

盛青溪捏了捏宋诗蔓的脸："这样就好，你现在好好吃饭。"

其他学生已经对这样的画面见怪不怪了。

周二上午，高三开始进行第二次高考模拟考试。

高一、高二年级的下课铃声不打了，课间操活动也取消了，虽然高三学生在另一栋楼里考试，但整个学校禁止喧哗，这一整天学校里都静悄悄的。

盛青溪心里惦记着宋诗蔓，悄悄地去考场外看了一眼，见宋诗蔓正埋头写着试卷，看起来状态还可以。

盛青溪没有多留，只看了一眼便离开了。

这天晚上，宋诗蔓没来自习室，因为整个高三的学生都留在教室里，专心准备明天的考试，因此自习室里空了许多。

高三的紧张气氛也影响到了这些高一、高二的学生。今天的讨论课上大家都特别安静，很少有人说话。

林燃正在和数学公式做斗争。

顾明霁从高三的老师那儿要来了两张这次模拟考的数学试卷。他和盛青溪都在写试卷，所以林燃也不好缠着盛青溪问问题。

盛青溪做题时会时不时抬头看一眼林燃的状况，见他总是皱着眉，不耐烦地看着手里的卷子，手边的草稿纸上已经写满了。

林燃从高一开始就没好好听过课，现在无异于从头再来。不论对谁来说，从头再来都是一件非常困难的事。

但有机会从头再来也是一件幸事，不管对林燃还是对盛青溪来说都是这样。他们都在努力改变自己的人生，即便今后的轨迹仍旧是未知的。现在，许多事情都和以前不一样了，不仅仅是他们两个人的人生，其他人的人生也因为他们的改变而发生着改变。他们谁也说不好这样的改变是好还是坏。

盛青溪放下笔，看了一眼林燃的试卷，能写的他都写了，不会写的都空着。整张试卷他都看了一遍，但就是卡住了，没办法继续进行下去。

他没有来打扰她。

盛青溪小声喊他："林燃，不用写了。我给你讲题。"

林燃扫了一眼她那张还空着一大半的试卷："你不写了？"

盛青溪点头："我休息一会儿。"

林燃："……"

这和她之前那句"我不会给垃圾分类"有什么区别？

九点五十分，晚自习下课铃声响起。

林燃刚起身，就见盛青溪打开后门，一阵风似的往外面跑。她急着下楼，连书包都没拿。

林燃皱眉，她跑得跟兔子似的，这是干什么去？

顾明霁倒是知道盛青溪要去干什么，九点四十五分的时候她就开始看表。他多嘴问了一句，才知道盛青溪想去给宋诗蔓买蛋糕。

盛青溪跑下楼，买到了最后一块巧克力蛋糕，又拎着蛋糕盒子去一边的奶茶店排队。

林燃走到自习室另一侧的窗口，往下看去，此时刚下课，商铺周围没有几个人。他一眼就看到了盛青溪，她正排在一个人的身后。

他提着她的书包，倚在窗边，眸光淡淡地看着她的身影。

这时，一个男生急匆匆地跑向奶茶店，用手比画着，不知道和盛青溪说了什么，她就把位置让给了他。

林燃顿时皱起眉，她性格太好，耳根子又软。这看起来像是别人想插队，她就把自己的位置让给人家了。

林燃转身离开自习室，往下走。

奶茶店前，盛青溪排在一个高大的男生身后，那个男生还在对她道谢："谢谢你同学，我同桌这几天很不舒服，一直肚子疼，可能喝些热的会好一点儿。"

盛青溪轻声应道："没关系。"

她大概能猜到他同桌为什么不舒服，很多女孩子在生理期时不好受。她以前身体很好，基本上没有生理痛，后来工作了，身体状况反而没有以前好了，每个月都要疼上两天。

盛青溪点完单，站到一旁，那个男生的奶茶已经做好了。他提着奶茶离开之前又对她道了谢，她刚想说什么，忽然愣住。

林燃不知道什么时候站到了他们身后。林燃一把扯过那个男生的衣领，看向盛青溪："他欺负你了？他插队了？"

少年的眉眼间隐隐带着戾气，一双黑眸在夜色中亮得惊人。

盛青溪连忙摇头："没有。是我主动让位置给他的，他同桌身体不太舒服，他没欺负我。”

她又连忙握住林燃的手腕，喊道：“林燃。”

林燃扫了一眼面前的男生，那男生涨红了脸，结结巴巴地解释：“燃……燃哥，我真没插队。”

片刻后，林燃松开那男生的衣领，反手抓住盛青溪的手。他一向敢作敢当，误会了别人就毫不犹豫地道歉：“不好意思。”

那男生先前还没有受到太大的惊吓，林燃道歉之后，那男生反而更害怕了，惊恐地看了林燃一眼，欲言又止，最后拔腿跑了。

盛青溪看着那男生跑远的背影，轻轻地叹了一口气，抿抿唇，说：“林燃，我不会被人欺负的。他们都打不过我，我能保护好自己。”

林燃闻言，定定地看了她一眼，半晌没说话。

他天天都在欺负她，这个傻姑娘。

林燃移开视线，看向奶茶店里面：“你以后想喝奶茶了就和我说一声，不用自己下来买。”

盛青溪摇摇头：“这是给诗蔓买的，她今天一整天情绪都不是很好，我害怕她考不好。”

林燃嗤笑一声：“她多大的人了，还怕考试？也就你，跟哄小孩儿似的哄她。”

宋诗蔓一直都是大小姐脾气，学校里也没几个人敢惹她。但宋诗蔓在盛青溪面前会收敛自己的脾气，完全没有大小姐的模样，乖得很，每天就只敢明里暗里瞪林燃和顾明霁。

此时的林燃并没有意识到，他自己在盛青溪面前也是这样的。

林燃陪盛青溪上四楼，给宋诗蔓送蛋糕和奶茶。

宋诗蔓一见盛青溪就绷不住了，也不顾林燃还在旁边，一下子扑到盛青溪的怀里：“小溪，呜呜呜，我晚上和他们对答案了，我数学能及格了！”

这是宋诗蔓三年来第一次数学考及格。她激动得都要掉眼泪了，学习可太不容易了。

林燃不太高兴地看着抱在一起的两个人，心想：又不是幼儿园小朋友了，她俩这么亲密地抱在一起干什么？宋诗蔓是怎么回事？

林燃忍受了五分钟，见宋诗蔓还在和盛青溪嘀咕，忍不住开口打断：“马上就十点十分了，再说下去，你们高三都要下课了。”

宋诗蔓恋恋不舍地放开盛青溪，接过小蛋糕和奶茶，顺带着朝林燃翻了个白眼，随即转身回教室，一点儿多余的眼神都不想分给他。她看到林燃就烦。

林燃："……"

宋诗蔓进去后，盛青溪问林燃要自己的书包，林燃却不想给她。他将一点儿也不重的书包往肩上一甩，往楼梯口走去："走了，上车再还给你。"

这些天下来，盛青溪右臂上的瘀青已经消了。明天是周三，有体育课，她想起上周林燃说的话，不由得问："林燃，明天我还要去看你打球吗？"

林燃："认真走楼梯，不要说话。"

盛青溪："噢。"

两人下了楼梯，走到平地上，林燃才低头问盛青溪："为什么不去？"

盛青溪抬起右臂给林燃看："我伤好了，可以跑步了。"

林燃将双手环抱在胸前，平静地看着她："跑步和看我打篮球，你选一个。"

盛青溪犹豫片刻："那我去看你打球。"

林燃轻哼一声："走了，送你回家。"

盛青溪小声地应道："嗯。"

高大的少男和纤瘦的少女一前一后地朝外走去，昏黄的路灯将他们的影子拉得很长。

盛青溪迈着大大的步子，去踩林燃的影子。他往前紧走几步，她就赶着去追他的影子，似乎觉得这是一件极有乐趣的事。

林燃头也不回地说："盛青溪，看路。"

盛青溪只好停下"游戏"，乖乖地走在他身后。

他们走进小路之后，影子渐渐消失了，林燃放慢了脚步。

漆黑的路上很安静，除了他们两人的脚步声，只有一点儿微小的虫鸣声。这一片天地将放学后的拥挤场面和吵闹声都隔绝在外。

一片寂静之中，林燃忽然开口问："盛青溪，你为什么倾慕我？"

第六章　春　游

“你为什么倾慕我？”这是林燃第一次这么直白地问盛青溪。上一次在站牌那儿，他只问了她为了他来一中的传言是真是假，下意识地避开了这个敏感的问题。

置身黑暗，他们看不到对方的神情，只能凭着直觉去感受，用耳朵听彼此的声音，从微小的细节中寻找端倪。

盛青溪一时间不知道该怎么回答林燃。

她从来没有仔细想过这个问题，以前的记忆已经离她很远了。从心动到执念，林燃占据了她人生的整整十年，到她死去，再到现在。

她为什么倾慕他呢？或许是因为他是林燃。

盛青溪没有回答这个问题，只是伸出手，小心翼翼地扯住了林燃的衣摆，就像每次下楼那样。

对林燃来说，盛青溪与旁人不同。

她的倾慕是沉默的，是寂静的，她像辽阔无际的大海，而藏在底下的爱意深不见底，连他都不能窥见半分。

她与之前所有倾慕他的人都不同。

林燃不是傻瓜，他能感觉得到。

可他至今都不明白，这样的倾慕是从何而来的。

反观他自己，仗着她对他的倾慕和纵容，在她面前肆无忌惮。

林燃无奈，再这样下去，她真的要把他宠坏了。

今天，林燃没有直接带盛青溪回家，进入城西后，拐了个弯，带她去了附近的美食街。

上午一放学，盛青溪就跑去找宋诗蔓了。林燃和何默他们去食堂的时候，经过她们的桌子，匆匆地瞟了一眼，见盛青溪的餐盘里只有几根青菜叶子和几块萝卜，旁边还有一碗清汤，饭量还没有林烟烟大。

城西这条美食街算得上是城西最热闹的地方了，老旧的居民区中间藏着这座城市的众多美味。街上的店铺大多开了十几年，这些店的老板们生在城西，长在城西，对这里极有感情，很少有人会离开这里。

这个时间点，街上的人比平时少一点儿，大多是穿着睡衣就出来吃夜宵的人。

林燃霸道地把车停在了街口，就差没横着挡住路了。

摩托车的轰鸣声丝毫没有影响到街上的人，他们依旧有说有笑地享用美食。

林燃把头盔挂在车把上，抱盛青溪下车，低头解开她的头盔，动作自然地摸了摸她的黑发，随口问："你想吃点儿什么？"

盛青溪以前上学那会儿，其实很少来这里，工作之后却经常来。她喜欢在工作结束后来这里，吃点热乎乎的夜宵，喝一点儿酒，这是难得的只属于她的自由时光。

盛青溪看着明亮的街道，转身仰起小脸看林燃："我想吃烧烤。"

细碎的灯光映在她漂亮的眸子里，林燃难得地从她的眼睛里捕捉到了类似于雀跃的情绪，她很少会这样高兴。

他牵着她的手腕往里走："那我们就去吃烧烤。"

林燃找了一家之前和何默他们来过的烧烤摊，让盛青溪在座位上坐好，自己到摊前把各种烤串都点了一遍。摊主看了他好几眼，心里直纳闷，这么多他们吃得完吗？

摊主又瞥了一眼不远处坐着的小姑娘，见她的目光一直落在这个小伙子的身上，一眼就能看出他们是一起的。见他们只有两个人，摊主便建议道："小伙子，你和那小姑娘两个人可吃不了这么多，我们这儿的烤串分量足。"

林燃也有些无奈："她挑食，我平时没具体问过，今天想看看她到底不爱吃哪些，吃不完我们会打包带走，不浪费。"

摊主闻言，乐呵呵地点了点头："小伙子真贴心。"

林燃点完，回到盛青溪身边坐下，见她正托着腮打量着这条街，眼神中似乎还带着些怀念。这条街道和她一样，如今还很年轻。

林燃没打扰她发呆。

他拿出手机，打开了“有福同享，有难退群”群。

Firegun：“你们说一个人不吃肉的原因是什么？蛋和牛奶倒是能接受。”

无人之海：“那首先排除素食主义。”

胖达达达：“那这世间大半的美好就离他远去了。”

无人之海：“肉类都不吃？”

Firegun：“应该是。”

无人之海：“那就和信仰没关系，不是有阴影，就是个人口味问题，也有可能是过敏，说不准，其他的我也想不出来。”

Firegun：“知道了。”

林燃把手机放到一边，沉声喊：“盛青溪。”

盛青溪看向林燃：“嗯？”

林燃不想再这样猜来猜去，直接问：“你为什么不吃肉？不喜欢吃？”

盛青溪一怔，没想到林燃会问这个问题，迟疑片刻，应道：“不是不喜欢，只是不常吃，习惯了不吃就更少吃了，有时候会下意识地避开它们。”

林燃皱眉：“什么叫习惯了不吃？以前家里没肉吃？”

盛青溪摇头：“不是，是我自己的习惯。”

就在两人说话间，摊主把烤串端了上来，将一个大盘子放在他们的中间，盘子上堆得满满的，蔬菜、肉类、海鲜……各种品类都有。

对这个城市的很多人来说，夜生活现在才刚刚开始。

盛青溪下意识地拿起一串玉米，但这个动作进行到一半忽然停下了。她放下玉米，转而去拿一旁的肉串。

林燃神色一滞。

“盛青溪，放下。”林燃不自觉地加重了语气。

盛青溪却没听他的，拿起烤肉，小小地咬了一口，也就这么一小口。刚咬完，她手中的肉串就被林燃夺走了。

林燃蹙眉盯着她，黑眸深处带着一丝不易察觉的紧张感，生怕她会不舒服。

盛青溪已经很久没有尝到过这样的美味了。入口的肉又香又软，孜然和辣椒粉加得恰到好处，浓郁的香味充斥着她的口腔。

以前一吃肉就恶心的感觉没有再出现，她仿佛又回到了自己原本的状态。

她弯起唇，看向对面脸色微沉的人，说："很好吃。"

纵使盛青溪这样说，林燃也不许她再吃了。他把肉类和海鲜都挑出来放到了一边，一点儿都不让她碰。

在接下来的半个小时里，林燃一直没说话，脸色不太好。

他从来没有像此刻这样深刻地意识到，盛青溪对他的重要性远超过他的想象。

摩托车在福利院门口停下，林燃照旧抱着盛青溪下车。如果和往常一样，接下来应该是他目送着盛青溪进门，然后开车离开。

但今天不一样，林燃叫住了盛青溪。

少年的声音低低的："盛青溪，明天体育课不用来看我打球了，你去做你喜欢的事。还有，接下来的日子里，我可能会很忙，我会找别人来接送你，自习室我也没时间去了。"

林燃用了极大的克制力才将这段话说出口。

沉寂之中，他喉间干涩，问："你听到了吗？"

"好。"她的声音依旧轻缓、柔软，连语气都和先前一样温柔。

林燃将垂在身侧的手紧握成拳，心像是被狠狠地刺了一下，完全无法在这里多留。他甚至等不到看着她进门，就率先上车离开了。

盛青溪安静地看着摩托车呼啸远去。对她来说，这一段和林燃朝夕相处的日子已经是上天的恩赐，他们之间本就隔着天与地的距离。

盛青溪转身，缓步朝里面走去，轻轻地叹了一口气，这样才是常态，这样也好。

周三，下午第一节课上课的铃声一打响，一班的男生大多欢呼雀跃——他们期待的体育课又来了。

谢真抱着篮球起身，篮球在他的指尖稳稳地旋转了几圈。玩了一会儿，谢真开始催促何默："默子，快点儿换鞋。"

何默一边换鞋一边往林燃的方向看去，从今天早上开始，林燃就趴在桌子上没动过，像是睡了一早上。

这导致今天早上他们班里格外安静，大家都不敢吵醒他。

何默压低声音，问谢真："我们要叫醒燃哥吗？"

谢真苦恼地挠了挠头："我也不知道。"

何默与谢真你推我让地纠缠了一番，最后决定以石头剪刀布的方式决出胜负。胜利者负责去叫林燃，因为失败者不配。

三秒后，谢真瞪圆了眼睛看着自己肥嘟嘟的大拳头，对面的何默比着剪刀手露出了幸福的笑容：“兄弟，我愿赌服输，你胜利了！”

谢真耷拉着脸，小心翼翼地抬眸，看了一眼在座位上一动不动的林燃。今天中午吃饭他就没和他们一起去，从他们离开到现在，他一直保持着这个姿势。

谢真不情愿地挪动着自己胖胖的身躯，走到林燃身边。不等谢真开口，林燃就冷淡地说道：“你们去。”

“好嘞！”谢真如释重负，转身就溜。

操场上。

许是天气阴沉，大多数学生看起来蔫巴巴的，情绪不太高昂，就篮球场那边还热闹一些。

盛青溪远远地往篮球场的方向望了一眼，林燃不在。她收回目光，加入队伍，开始今天的长跑。

今天早上来接她的是一个司机，开了一辆崭新的奥迪。盛青溪没上车，并让司机转告林燃，以后不用再派人接送她了。司机虽然为难，但也不能强硬地要求她上车。

盛青溪知道，司机不会再来了。

体育课上林燃没有出现，晚自习林燃也没有出现。

一下子少了两个人，顾明霁还有点儿不习惯。因为林燃和宋诗蔓都是存在感很强的人，这两个人同时缺席，自习室便显得空荡荡的。

顾明霁往上推了推眼镜，问：“小溪，今天林燃不来了？”

盛青溪写字的动作未停，她轻声应道：“嗯，他最近应该都不来了。”

顾明霁没有细问，只当林燃是晚上有事。这样的情况才符合正常的逻辑，林燃天天晚上过来才让人奇怪。

周四下午，二模结束了。宋诗蔓拿着试卷早早地到高二六班的后门等盛青溪，他们还在上最后一节课。趁着这段时间，她去班级群里对了一下答案。

这次考试，宋诗蔓自己还是挺有信心的，因为很多题型盛青溪之前讲过。宋诗蔓觉得自己这一次考得比之前任何一次都好，对完答案，这种感觉也得到了证实。

宋诗蔓差点儿激动地喊出声来——她这次模拟考的分数好像上本科线了。

她捂住嘴，怕自己叫出声。

下课铃声一响，六班的任课老师刚踏出前门，宋诗蔓就从后门冲了进去。她一点儿都不顾及自己的形象，发出的尖叫声响彻教室。

“啊啊啊啊啊！小溪！！！”

高二六班的学生都对宋诗蔓行起了“注目礼”。

顾明霁嘴角微抽，宋诗蔓的大小姐人设似乎崩塌得差不多了。

陈怡听了，非常自觉地起身，把椅子推进去好让宋诗蔓冲进去。这些日子下来，高二六班的学生都知道盛青溪和宋诗蔓关系好了。

盛青溪还没看清宋诗蔓的脸，就被宋诗蔓抱了个满怀。宋诗蔓嗷嗷地叫着：“小溪！我这次考试考得很好，呜呜呜……我爸妈一定会很开心。”

盛青溪夸奖般地摸了摸宋诗蔓的脑袋，问：“你想要什么奖励？”

宋诗蔓闻言，微微松开盛青溪，双眼放光：“小溪要给我奖励吗？”

盛青溪弯唇：“嗯。”

宋诗蔓一听就来了劲，这她可得好好想想。她眨巴着眼睛问：“小溪，我能慢慢想吗？等我想到了再告诉你。”盛青溪点头答应了。

等盛青溪擦完黑板，宋诗蔓眉开眼笑地挽着盛青溪往外走，隐隐觉得，今天似乎少了些什么东西，但一时想不起。

宋诗蔓转眼就把这点儿小事抛在了脑后，心里惦记着今天要和盛青溪逛街、吃火锅，还要买新包包。

林燃有些日子没来拳击馆了，这一次谢真和何默也跑来凑热闹，他们两个跷着二郎腿，坐在小圆桌边嗑着瓜子，看林燃揍人。

台上的林燃汗水淋漓，对手已经换了两个。

谢真晃着脑袋左右看了看，确定那个常来拳击馆堵林燃的大小姐不在这儿后，感叹道：“看来我们今天能清静一会儿了。”

何默不由得吐槽：“我觉得唐可恬比宋诗蔓还缠人。可她偏偏是老板的妹妹，让人躲都没处躲，还好她不和咱们一个学校。”

两人讨论完这件事，换了一个话题。

谢真看着台上的林燃，点评道：“燃哥今天心情不好。”

何默随手把瓜子壳丢到盒子里：“燃哥从早上开始就这样了。”

忽然，谢真注意到了什么，看了林燃许久，嘀咕：“默子，你看燃哥手上的拳套，咱们是不是没见过？”

何默先前没注意，听谢真这么一说，仔细地看了一眼。林燃手上戴了一副崭新的拳套，看起来还是新出的限量款，但完全不是林燃会喜欢的风格。

此刻，台上的林燃觉得自己快要爆炸了。一整天下来，他没看到盛青溪，也没收到她发来的信息。只有早上司机打了个电话告诉他，盛青溪拒绝了这样的接送方式。

她就这样平静地接受了他的决定，仿佛不管他做什么，她都能接受。

明明这就是他想要的结果，林燃却觉得很难受。甚至连他自己都不知道这种烦躁的情绪因何而起。

他甚至都不能确定自己是不是能够继续活着，又怎么能……

林燃喘着粗气，神色黯然。林燃走神间，被对手抓住了破绽。能揍林燃的机会可不多，对面的人这下来劲了。

林燃被压着打了几拳，微微闭眼，将心底的烦躁情绪压下去，把注意力重新集中到对手身上，几个回合后，干净利落地结束了今天的比赛。

林燃的唇角沾了血，他解开拳套，随手抹了一把唇角，也不在意自己脸上的伤。

林燃不知道自己现在阴沉着脸的模样有多吓人，何默和谢真默默地放下了瓜子。见林燃去了淋浴间，他们才重新拿起瓜子。

何默轻啧了一声："阿真，燃哥可能是有心事。"

谢真一听就把瓜子丢了，满脸都写着好奇："这话怎么说？难不成是因为仙女？"

虽然林燃不在这里，但何默还是下意识地压低了声音："你没注意到吗？这两天燃哥都没拿给仙女准备的头盔啊，晚上也不去自习室了，连体育课都不去了！"

谢真微微瞪大自己的小眼睛："还真是。他这是和仙女吵架了？"

何默一脸神秘地摇头："不像，我觉得燃哥像是在和谁赌气。"

林燃是在和谁赌气呢？当然是和他自己。

星光大厦里，宋诗蔓托着腮，忧愁地看着不远处的盛青溪。她们吃完饭就跑来这里抓娃娃了，就是她们上次来的那个影厅。

这也就罢了，除了那个小老虎，盛青溪哪个娃娃都不抓。已经来这儿半个小时了，盛青溪也没把那个小老虎抓上来。

宋诗蔓叹气，这孩子怎么就这么倔呢？

想到这儿，宋诗蔓才后知后觉地发现好像哪里不对劲——林燃没有再出现在她们身边。他不是应该过来，送盛青溪回家的吗？

宋诗蔓想了想，打算在微信上给林燃发个消息问问。

林燃的微信号可是她花了大价钱找人查到的。

原本，宋诗蔓给林燃的备注是一颗爱心，但是经过这一个月的近距离相处，林燃的备注已经被宋诗蔓改成了“林狗”。

宋诗蔓从好友列表里找到“林狗”，然后打开对话框。

诗蔓总是不开心：“林燃，我问你件事。”

系统提示宋诗蔓：Firegun 开启了朋友验证，你还不是他（她）朋友。请先发送朋友验证请求，对方验证通过后，才能聊天。

宋诗蔓：“……”

她真的要气死了，这个男人真的是狗！

宋诗蔓恨恨地点下“发送朋友验证”，噼里啪啦地打下申请信息：“我有事要问你，关于小溪的。当然了，你不想知道也没关系。”

林燃是在洗完澡之后收到这条验证消息的。

他点开看了一眼，看名字就知道是宋诗蔓，于是通过了她的朋友验证。

下一秒，宋诗蔓就将信息发了过来。

诗蔓总是不开心：“看这张照片。”

诗蔓总是不开心：“半个多小时了，小溪一直在娃娃机前抓那个娃娃。”

诗蔓总是不开心：“你们怎么回事？”

林燃垂眸看屏幕，将宋诗蔓发来的照片放大。盛青溪想夹的那个娃娃，就是那天她想要的那只小老虎——凶巴巴地皱着脸，一副耀武扬威的模样。

Firegun：“上次那个电影院？”

诗蔓总是不开心：“发你定位。”

林燃点开扫了一眼，把手机丢到一边，随手扯过毛巾，擦了擦自己的黑发。他用修长的手指一钩，轻轻一挑，放置在一边的黑色 T 恤就到了他的手上，充满力量、线条漂亮的腹肌瞬间被黑色的 T 恤覆盖。

林燃弯腰，拿起车钥匙和手机，背着包往外走，经过何默和谢真的时候，只丢下一句“有事出去”。

何默瞅了一眼林燃的背影：“阿真，你说燃哥照过镜子没有？他脸上都是伤。”

谢真摆摆手：“燃哥哪儿会在意这些？”

十分钟后，刺耳的刹车声在星光大厦门口响起。林燃摘下头盔，停了车往里面走，来不及等电梯，大步跨上自动扶梯就上了楼。

他赶到影院门口时，盛青溪还站在娃娃机前。

林燃没有走进去，只是站在门口，看着她握着摇杆，抓了一次又一次，没抓上来也不恼，只是重新来。

一次、两次、三次……五十一次。

在林燃看到她的这一小段时间里，她抓了五十一次，终于把那个娃娃抓了上来。

可她仍然是安静的，蹲下身把那只凶巴巴的小老虎拿了出来，唇角没有笑意，似乎这个结果对她并无影响，就像她平静地接受了他的疏远一样。

宋诗蔓起身走到盛青溪的身边，林燃看不到盛青溪的脸了。

她们似乎说了什么，宋诗蔓拉着盛青溪往出口走来。林燃闪身藏在取票机后，不动声色地握紧了拳头，站在原地，看着她逐渐走远。

周一晚上，林燃像往常一样，背着包下楼，走到校门口，去车棚取车。

车棚里只亮着几盏小小的灯。林燃还未走近摩托车，忽而顿在原地，他的眸光倏地暗了下来。

那辆“张牙舞爪”的摩托车的后座上，正坐着一只软乎乎的小老虎。它有着和他同样凶巴巴的脸和耀武扬威的眼神，尾巴微微蜷曲。它正对着他，他们无声地对视着。

一中春游的日子定在周末，两天一夜，结束后学生们会直接回家，所以老师们在周四便将作业布置好了。

吃饭的时候，宋诗蔓比盛青溪还要兴奋一些，叽叽喳喳地说着他们去年爬山的趣事。说着说着，她幽幽地叹了一口气：“可惜我们高三学生不能参加春游了。小溪，你们这次去哪里？”

盛青溪眨了眨眼：“去山里野营、吃烧烤。”

宋诗蔓不满地鼓起脸：“我们连着两年都是去爬山，我也想和你去山里野营。学校今年怎么会这么大方？”随后她又嘀咕，“明明校长没换人。”

盛青溪回想片刻，想起蒋铭远开班会时说的话：“我们班主任说，好像是学校和那边新开的农家乐有合作，很多美术生会去那里写生。”

宋诗蔓隐隐记得是有这个项目，又神伤了一会儿，说：“要过夜的话，你一定要带防蚊虫叮咬的药和喷雾。晚上山里气温低，你多带一件衣服，要是感觉无聊就给我打电话。”

宋诗蔓还是头一次这么关心别人。宋诗蔓知道盛青溪性子安静，不会主动和别人往来，时常担心盛青溪在六班没朋友，好在还有顾明霁，小溪也不至于被人欺负。

因为春游的事，宋诗蔓很兴奋，甚至想在晚自习带盛青溪偷偷溜出去，因为她有好多想给盛青溪买的东西。但这样的想法只持续了一分钟，因为盛青溪把宋诗蔓周末要写的试卷递了过来，宋诗蔓霎时就蔫儿了。

晚上，晚自习结束的铃声打响后，教室里的学生们就迫不及待地想走了。毕竟，他们高一的春游项目是爬山，原以为今年也是，却不想这次能集体出去野营烧烤，没有比意料之外的惊喜更令人高兴的事情啦！

就连陈怡都有些期待。

但对陈怡来说，还有一件至关重要的事情需要解决。

铃声结束后，陈怡小心翼翼地看了盛青溪一眼，试探着问：“盛青溪，明天你能和我住一间帐篷吗？和其他人住我不太能接受。”

盛青溪点头：“嗯，你记得自己带被套。”

陈怡闻言立即笑了：“我已经准备好了，昨天就收拾好背包了。”

两人聊了一会儿，盛青溪先行离开，陈怡默默地想着给盛青溪也带一套被套。因为在陈怡看来，盛青溪一直记得自己的这个习惯，是一件很难得的事情。

盛青溪背着书包下楼，为了避开林燃，这一周都没有往要经过一班门口的楼梯口走。下了楼梯，她习惯性地往小路上走。

敏学楼三楼的走廊上，林燃垂眸望着底下的盛青溪，三三两两的人经过她身侧，那些学生大多结伴而行，只有她形单影只，垂着脑袋，一个人慢吞吞地往黑暗里走。

盛青溪这一周都没看见林燃，林燃却不是。

自那一晚在他的后座上放了那只小老虎以后，她就再也没在他面前出现过。这几天，每一个晚上，他都站在三楼的栏杆边，看着她一个人离开。

他们都在避着对方。

何默和谢真在一旁看到这样的林燃，皆是叹了一口气。

盛青溪回到盛开福利院时，盛兰正在帮盛青溪收拾周末春游需要用的东西，除了一些必备的物品，盛兰还在书包里装了很多零食。

盛青溪看了一眼，这些零食都是上次林燃给她买的。

关于林燃忽然不来接送盛青溪的事，盛兰没有多问，因为盛青溪和往常一样，情绪没有什么异常。盛兰只当是林燃有事不能来了。

盛兰收拾完，叮嘱盛青溪早点儿睡觉，说完就关上门离开了。

盛青溪放下书包，将盛兰装进去的零食一样一样地拿了出来，将晚上自己和宋诗蔓一起去买的水和巧克力放了进去。

借着昏暗的灯光，盛青溪把那些零食又放回了原本的盒子里。

关于吃零食这件事，盛兰给那些小家伙定了规矩，每次只能吃一定的量。所以盛青溪将零食带回来之后，盛兰只拿去了其中的一半，剩下的一半留给了盛青溪。

盛青溪很少吃零食，毕竟每天回来都很晚了。

自从林燃和她说了那句话之后，她就不再动这些零食。林燃留给她的东西在渐渐减少，她想留住这些能够保留下来的东西。

这一晚，林燃和盛青溪都没睡好。

周六，早上八点，高一、高二年级的学生在敏学楼底下的空地上集合。一眼扫过去，大多数学生脸上带着轻松的笑意，和身边的同学小声地交谈着。

各个班级的班主任在清点人数。

盛青溪正捧着一个饭团小口咬着。平时盛兰不让盛青溪吃外面的早饭，今天去春游，便由着盛青溪了。

林燃从自己这边看过去，只能看到盛青溪白净的侧脸。

她的腮帮子微微鼓起来，小幅度地咀嚼着食物，明明以她的身高应该站在中后段的位置，她却站在队伍的最后。

顾明霁站在盛青溪的身边，侧过头和她说了些什么，她仰头看向他，两个人的姿态看起来很亲密。

林燃眸光微暗，强迫自己移开了视线。

不多时，人数清点完毕，赵书月拿着话筒，反复强调安全问题，林燃一个字都听不进去。

谢真开了一包薯片，含糊着对何默说："今晚我们住山里还是回来？都住山里的话，家里就剩烟烟那丫头一个人了。"

何默瞥了瞥林燃，见林燃垂着眸不知道在想些什么，低声说："住山里，我给你们都带了衣服。烟烟被林叔叔接走了，周末应该会住在那边。”

谢真听了，不由得咧嘴笑起来：“晚上狼人杀搞起来？”

何默表示赞同：“这个可以有。”

十二辆大巴先后停在敏学楼的侧道上，赵书月的发言结束后，各班班长便带着同学们排队上车，本就不怎么有序的场面一时间更乱了。

盛青溪和顾明霁走在最后面，轮到他们上车时，却出了意外。赵书月和几个负责后勤的老师都坐在了六班的车上，这导致盛青溪和顾明霁没有了位置。

蒋铭远跑到前头去问，问到一班那辆车的时候，老屈说正好还有两个空位置。于是，蒋铭远领着这两个孩子往老屈跟前走。

老屈见了盛青溪和顾明霁，不由得调侃了一句：“哟，你这是把你们班的两个学霸都送到我车上来了？小心我把他们骗走了。”

蒋铭远笑眯眯地说：“让你也沾沾光，以后年级前三我们班能占两个。”

老屈轻哼一声，朝蒋铭远摆摆手：“走走走，这俩孩子我替你看着。”

车内，何默坐在窗边，眼睁睁地看着盛青溪和顾明霁一前一后朝车门走来。何默下意识地咽了咽口水，下一个动作就是转头看林燃。

神情冷淡的少年独自坐在另一侧靠窗的位置，戴着耳机，丝毫没有注意到正在上车的盛青溪。

何默扫了四周一眼，这车上只剩下两个空位。一个在最后排的靠窗位置，也就是何默的后座，另一个就是林燃身边的位置。何默有一种不好的预感。

盛青溪上车后，一班的男生们开始骚动，他们的视线不受控制地落在她身上，还有人壮着胆子去喊林燃的名字：“燃哥！看前面！”

林燃慵懒地掀开眼皮，往前面看了一眼，这一眼让他的眸光倏地顿住。

美丽的少女一脸平静地走在过道上，甚至没往他的方向看一眼。顾明霁跟在她身后，两人隔着不远不近的距离。

何默越过谢真，小声提醒：“燃哥，六班那边没位置了。”

林燃微微侧过头，看了一眼两个空位，分别在自己身边、何默身后。最后一排则坐了四个男生。

林燃垂眸，抬手将耳机摘下。脚步声离他越来越近，他用余光瞥到了她纤细的小腿。那双洁白的运动鞋并没有在他的身边停下，她越过他，直接朝最后一排走去。

顾明霁看到盛青溪坐到最后一排，怔了一下，尴尬地在林燃身边停下，硬着头皮坐下去。

过道另一侧的何默和谢真安静如鸡，缩在座位上不敢动。等顾明霁坐下，他们俩齐齐转头看林燃此时的脸色。

林燃不自觉地将放在腿上的手紧握成拳，颈间的青筋若隐若现，本就凌厉的下颌线此时绷得死紧。这一切都告诉他们，此时林燃的情绪濒临崩溃。

他们怀疑林燃下一秒就会爆发，但林燃没有，只是沉默地坐在原位。

盛青溪在后排坐下之后，才敢悄悄看一眼林燃，从她的角度看去，只能看到林燃的后脑勺和小半张侧脸。只一眼她就不敢再看了。

坐在盛青溪身边的男生非常体贴地往左侧挪了一点儿，好让他们保持着一定的距离，她小声地说了谢谢。

后座的窗户开了一小半，微凉的晨风顺着窗缝吹进车内。

一班的班长正在点名，其余的人不是在聊天儿就是在玩手机，还有人在吃零食，乍一看，车内很热闹。

五分钟后，车缓慢地启动。盛青溪松了一口气，侧头看向窗外。

车内，前排很热闹，时不时传来笑声，最后两排的气氛却降至冰点。坐在后排的四个男生本来在打游戏，现在没人敢再发出动静了。谢真也默默地收回伸向薯片的爪子。

而引起这一切的人——盛青溪，像对此毫无感知一般。

就在他们以为这样的气氛会持续到他们到达四时山的时候，林燃微冷的声音忽然响起：“换个位置。”说完，林燃就站了起来。

这话说得没头没尾，也没指名道姓，听得大家一头雾水。盛青溪身边的男生却福至心灵，听到这句话之后如释重负，立即起身：“行，燃哥我去前面坐。”

林燃的视线直直地落在盛青溪的脸上，她仍看着窗外，不看他一眼，好像一点儿都不在意身边坐着谁。

他的黑眸里隐隐显出一丝自嘲的意味，林燃，你这又是在做什么？你明明决定不再接近她的。

林燃坐下后，后排的座位微微塌陷下去，盛青溪顿时僵住。

后排依然很安静，没有人先开口。

大巴平稳地朝前开着，窗外的景色不断变化，像是春天被拉成了一道长长的风景线，每一帧画面都美丽无比。

盛青溪却无暇欣赏这美丽的景色。

她捏着自己的手指，提醒自己，不要把过多的注意力放在林燃的身上。可他身上的味道还是随着风丝丝缕缕地在她身边弥漫开来，带着侵略性的味道让她不受控制地往角落缩去，她整个人就差贴到窗户上了。

林燃简直要气笑了。他往后退一步，这小姑娘就马不停蹄地往后退九十九步，把距离硬生生地拉到两人还是陌生人的时候，甚至不如陌生人，陌生人不会这样躲着他。

林燃紧绷的神经随着盛青溪的动作松弛下来，他也不管身边的人，将双腿微微叉开，坐姿随意又自由，这架势不像是坐在大巴上，倒像是坐在高档的沙发上。

但林燃没往左边挤，只是霸道地往盛青溪身边挤。直到两人的腿挨在一起，温热的体温隔着透气的校服布料，缓慢地传到彼此的身上。

盛青溪不安地动了动腿，可是她越往里缩，林燃就逼得越紧，像是想用这样的方法强硬地打破两人之间的隔阂。

盛青溪不开口，他也不说话，两人就这样僵持着。

林燃抬手不紧不慢地戴上耳机，随即便抱着臂闭上了眼睛，一副“谁也别理我，拒绝交谈”的模样。

盛青溪小声叹了一口气。

她不知道林燃在闹什么别扭，也不知道是不是自己什么时候又惹他不高兴了。她蹙着眉，仔细地回想了一下这周发生的事——她连上体育课时都刻意避开林燃了，平时也没在路上见过他，也不往一班的楼梯口走。

她一直没有去打扰他，他怎么又生气了？

后排十分安静，前面一排的何默和谢真简直要好奇死了，他们抓心挠肝，想知道后面现在到底是怎样的状况。但是他们不敢回头看，只能憋着气，努力地用余光窥探后面的情况。

何默和谢真凑在一起嘀嘀咕咕地说了几句后，两人干脆假装自拍，用前置摄像头看后面的情况。

这一看，他们不由得感到无奈。

林燃跟个大爷似的瘫在椅子上睡觉，盛青溪差点儿被他挤出窗外。林燃这副模样看起来完全就是个恶霸，而仙女就是个小可怜。

何默心痛不已，仙女太惨了！

谢真气得脸上的肉都微微抖动，林燃简直不是人！

就在他们看得起劲的时候，林燃忽然掀开眼皮，冷冷地往他们的方向扫视了一眼。

何默吓得手忙脚乱地关上了手机，谢真立马埋头吃薯片，坚决不再抬头。

林燃原本是想看看盛青溪到底能忍多久，但照她现在这个态度来看，估计她会忍一路，任由他这样欺负她。

他不动声色地收回腿，开始闭眼认真睡觉。

盛青溪察觉了林燃的动作，悄悄地松了一口气，又小心翼翼地往一旁挪了挪，怕太挤林燃会睡得不舒服。

自林燃闭上眼后，后排就陷入了长久的寂静之中。此时路还很平坦，盛青溪把原本半开的窗关上，风霎时小了许多，另一侧的风吹到他们这边，已经似有若无。

盛青溪很久没有离林燃这么近了。

她安静地坐在座位上，侧头看着窗外。

从一中到四时山有两个小时的车程，随着时间的推移，原本热闹的车厢逐渐安静下来。许多人选择睡一个回笼觉，毕竟到了山里他们还得自己爬上去。

盛青溪似是被林燃的味道蛊惑，也慢慢地闭上了眼睛。

十分钟后，林燃倏地睁开眼睛。

盛青溪的呼吸变得均匀而平缓，还很轻，像婴儿一般。若不是他打拳的时间久，都不一定能听清她的呼吸声。

这时林燃才转头看她，发现她即便睡着了，也端端正正地坐着，双手交握放在腿上。

她一直都很乖，连睡觉的模样都这样乖巧——浓密的睫毛安静地覆盖在眼睑上，黑发垂落在肩侧，挡住了她的一小半侧脸，淡粉色的唇轻抿着，小巧的下巴上几乎没有肉。

她看起来瘦了一点儿。

别人的包都装得鼓鼓囊囊的，她就背了一个小包，还瘪瘪的，估摸着里面就装了一瓶水。

林燃也不把自己当外人，伸手越过她，一把扯过她的包。他打开包，扫了一眼，没去看里层的洗漱用品和衣服，只见外层就放着一瓶水、一条巧克力和一小盒药。

他蹙起眉，她出门怎么连个手机都不带？

林燃抬手拍了拍谢真的椅背，谢真像受了惊似的，惊恐地转过头。不等谢真开口说话，林燃就压低了声音说："包给我。"

谢真把起码有十几斤重的包递给林燃。

林燃："……"

若换成别人来提，这包就要砸腿上了。

林燃拿过包翻了半天，里面是一些膨化食品和辣条、果冻之类的东西，甚至有几包瓜子。林燃东挑西拣了半天，最后挑了些派、果干和糖放进她的包里，这些东西都不重。

林燃拉上拉链，把她的包放回了原位。

大巴开进郊区后，路逐渐变得不平稳，车身开始颠簸，车里的人都东倒西歪的。

林燃侧过头，瞥了一眼盛青溪即将向车窗那边倒去的脑袋，伸手揽住她，微微用力，把她的脑袋往反方向一推，让她缓缓地倒到他的肩膀上。

她的脑袋稳稳地靠在了他的肩头，林燃这才满意地勾了勾唇角。

透过玻璃窗的倒影，将这个画面看得一清二楚的何默，在心里默默吐槽：燃哥也太闷骚了。

车身开始大幅度颠簸的时候，盛青溪从睡梦中醒了过来，只是意识仍旧模糊，感觉自己的侧脸似乎贴上了谁的肩膀，温热又结实。

闻到熟悉的味道后，她又放松地睡了过去。

她的潜意识告诉她，她此刻是安全的。

四时山景区位于城东的郊区，这里群山环绕，奇峰险峻，山势奇特。一侧山势陡峭，最高峰几乎高耸入云，峰顶常年被雾气环绕；另一侧却地势平坦，适合人们出游。有一条河贯穿整座山峰，站在四时山的峰顶眺望，几乎能看到整个初城。

十二辆大巴停在山脚下，盛青溪也是在这个时候醒来的。一睁开眼就察觉有些不对劲，她太熟悉自己脑袋下的这种触感和这个温度了。

她立即起身，拉开与林燃的距离。

林燃无声地看着她。

盛青溪眨眨眼，让自己清醒了一下，才看向林燃。他面无表情地看着她，眼底也没什么情绪。她抿了抿唇，小声道歉："对不起。"

她因为长时间靠在他的肩上，侧脸红了一小块，那双漂亮的杏眸里的睡意还未消散。

这是那天晚上之后，她和他说的第一句话。

林燃的心底无端地产生了满足感，他移开视线，强迫自己不去看她，低低地嗯了一声，率先走了出去。

谢真和何默见林燃准备下车，也紧跟着起身。

盛青溪揉了揉眼睛，不记得自己是什么时候靠到他身上的。她很少会睡得这么沉。

等车上的人走得差不多了，盛青溪才提着包准备下车。顾明霁还在座位上等她，见她起身，便跟在她身后往下走。

不远处，林燃静静地注视着这一前一后下来的两个人，在他们注意到他的视线之前，他迅速移开视线，不再去看。

盛青溪和顾明霁下车之后，本应该回到六班的队伍的。但何默和谢真早就在车上商量好了，作为林燃的兄弟，他们有义务为林燃以后的幸福着想。于是，他们小跑着去找了老屈。

老屈正准备让同学们排好队出发，才一动就被这两个人堵住了。老屈有点儿摸不着头脑，问："你们干什么呢？"

谢真语重心长地喊了一声："老屈啊！"

老屈心想：这孩子是不是有病？

何默忽然面露愧色，一副悔不当初的模样，说："老屈啊，我和阿真今天就坐在六班的两个学霸旁边。我们实在是太惭愧了，他们连坐车都不忘记学习，一直在讨论题目。我们现在很后悔。所以，这次春游，你能不能把这两个学霸留下来，让他们在路上或者晚上的时候给我们讲讲学习心得或者学习习惯什么的？这是多好的机会啊！"

谢真附和道："就算我们听不懂，我们班其他人肯定能听懂。"

老屈一时没应声，瞅着这俩小子演戏。

虽然他不知道这两个人想干什么，但这个提议确实不错。平时大家学习都忙，很少有这个机会，而且交流学习心得也是一件很有意义的事。

老屈想了想，应道："行，我去找老蒋说说。"

老屈走后，谢真和何默对视一眼，击掌庆祝，计划成功！

盛青溪和顾明霁就这样在半路上被拦了下来。

老屈笑眯眯地看着这两个孩子，温声道："孩子们，老师有件事想请你们帮个忙。"

顾明霁忙应道："屈老师，您说。"

老屈也不拐弯抹角，直言道："老师想借着这次春游的机会，让你们两个给我们班那群不上进的孩子讲一讲学习心得或者一些良好的学习习惯。平时你们也忙，老师不方便打扰你们。要是你们同意，我这就去和你们蒋老师打声招呼。"

顾明霁倒是不介意这个，抬头看向盛青溪，轻声问："小溪，你怎么想？"

盛青溪犹豫了一下，心里顾忌着林燃，但老屈的要求对他们来说，只是举手之劳。

盛青溪点了点头："我可以。"

老屈见他们两个人都同意了，便笑了笑："那你们跟着我们班走，我去和你们蒋老师说一声。去吧，我一会儿就回来。"

老屈拍了拍顾明霁的肩就往六班那边走去了。

林燃慵懒地倚在树上，漫不经心地把玩着银色的打火机，余光瞟到那两个人时，动作忽然顿住。原本离开的盛青溪和顾明霁又回来了，他们朝一班的队伍走来。因为是临时决定过来的，他们便自觉地排在一班队伍的最后面，而林燃正好走在一班队伍的末尾。

顾明霁不可能把盛青溪丢在队伍最后。

于是，顾明霁排在最后，盛青溪倒数第二，就在林燃身后。

老屈的声音隐隐地从最前方传来："今天我不要老脸，问六班老师把两个学霸都借到我们班来了。你们都自觉一点儿，注意点儿形象，别给我丢人！"

一班的学生哄笑着调侃老屈。

盛青溪捏紧了背包的带子，有点儿紧张。

顾明霁以为是盛青溪的背包重，说："小溪，我帮你拿包吧，我带的东西不多。"

盛青溪下意识地想拒绝，但比她的声音先响起的是林燃的声音。

他冷淡地喊她的名字："盛青溪。"

盛青溪抬眸和林燃对视。

他正低头看着她，黑眸微暗，眼底的情绪让人捉摸不透。

片刻后，林燃移开视线，看向顾明霁，冷声道："我不喜欢身后有人，你到我前面去。盛青溪，你站着别动。"

顾明霁："……"

顾明霁以前从没想过，林燃会是这样一个别扭的性子。明明想靠近盛青溪，却不敢明着来，偏要使一些幼稚的手段，似乎没有意识到自己到底想要什么。

顾明霁很配合，自觉地走到林燃前面，也再没提帮盛青溪拿背包的事情。顾明霁在心里叹了一口气，至少林燃比自己勇敢，自己连靠近她都不敢。

顾明霁对盛青溪的感情很复杂，对她的印象大多停留在小时候。他本以为自己把她当作妹妹看待。可如今的盛青溪和以前不同，漂亮又聪明，很耀眼，他不由自主地被她吸引。

顾明霁苦笑，看来不只是林燃不知道自己想要什么，他顾明霁也不知道。

盛青溪被林燃勒令站着不许动，她就真的乖乖站在原地。林燃走到她身后，她能感觉到他的视线似有若无地落在她的身上。

班长清点完人数后，他们准备出发。

此时是上午十点十分，从这里到营地，大概需要五十分钟。为了激励他们，老屈说，营地里已经放好了烧烤架和食材，就等他们过去了。

老屈这话一出口，整个队伍士气高涨，开始迅速前进。

盛青溪往前走了一步，忽然顿住——她的背包被人扯住了。自她身后传来的力道不轻不重，林燃钩住她的背包带子，不让她往前走。

她回头看去，林燃朝她抬了抬下巴："包给我，你往前走。"

盛青溪沉默了两秒，轻声说："林燃，不要这样。"

"不要这样"，简简单单的四个字，像一根轻飘飘的羽毛，落在他的心上，不痛不痒，他却一句话都接不上来。

林燃定定地看着她。许久，他松开手，背包带子缓缓地从他指间抽离，她也随之转身跟上队伍，和他拉开距离。

是啊，林燃，明明是你自己先与她划开距离的，你不应该再去招惹她了。

盛青溪身后的脚步声停顿了片刻，又轻轻响了起来。

今日天气很好，是近来难得的晴天，灿烂的阳光洒在他们的身上，一中的蓝白色校服在阳光下显得格外漂亮。

不远处，枝叶间跳跃着几只拖着长尾巴的鸟儿，它们的羽毛漂亮又闪耀。

山间吹来凉爽的风，河水缓缓流淌，树林郁郁葱葱。

老屈挥舞着旗帜走在最前面，前半段的路并不难走，但上坡路走多了，有些女孩子的体力便跟不上了。男生们见状，主动把女孩子身上的背包接了过去。

盛青溪抬手，擦了擦额间沁出的薄汗。此时，他们已经走了半个小时了，她的呼吸和脚步都没有乱，依旧保持着上山时的速度。

她感觉自己的体力比刚刚重生那会儿增强了不少。

盛青溪轻轻吐了一口气，许久没有这样轻松地爬过山了。以前出任务，无论是刮风下雨还是其他恶劣天气，进山的时候她都得分秒必争地跑。

如今的生活对她来说，像梦一般，不论是在一中的日子还是林燃的存在。

走在前面的老屈扫了一眼表，按照他们这个速度，大概能在十一点抵达营地。他停住脚步，挥起鲜红的旗帜，大声喊："原地休息十分钟，大家喝点儿水或者拍照片都可以，十点四十分再出发。"

老屈说完，整个队伍顿时松散下来，体力不济的女生们彼此搀扶着，走到树荫下躲避阳光。贪玩的男生们则捡了树枝，跑进一旁的林子里打闹。

没一会儿，队伍里站着的人就只剩下了林燃他们几个。

谢真和何默正在等待林燃的指示。

顾明霁被他们夹在中间，感到有些尴尬，扶了扶眼镜，轻咳一声，说："小溪，我们去那边坐一会儿吧，吃点东西，先休息一下。"盛青溪点点头。

两人随即离开队伍，朝树荫下的空地走去。

何默看向站在原地沉默的林燃，叹了一口气："燃哥。"

听到何默的喊声，林燃缓过神来，收敛了情绪。三人另找了一处地方休息，谢真一坐下就去包里翻零食，何默拿了一瓶水丢给林燃。

林燃随手接住瓶子，拧开盖子，喝了一口就不再喝了。

不远处，顾明霁体贴地拿出提前准备的餐布，铺好餐布，才让盛青溪坐下。他们并肩坐在一起，望着远处茫茫的山，万顷的翠绿树木像是一片碧绿的海，随着山风吹过，荡起绿色的波浪。

顾明霁望着山间的景色，轻声笑了，语气间带着些许怀念之感："小溪，我记得我们小时候，有一次盛妈妈带我们出去春游，结果那天下了大雨，你的糖都被雨水泡湿了，然后你就一直哭。"

盛青溪怔了一瞬，慢吞吞地从久远的记忆里找出这件事来，想起他们回去之后，顾明霁把他所有的糖都给了她，不多不少，正好五颗。

顾明霁说到这里忽然顿住，转头看向盛青溪，声音轻得像是在自言自语："所以我走的时候，你给我的，也是五颗糖。"

他此时才明白，从小到大，盛青溪始终没有改变过，一直是这样的性格，习惯了和别人保持距离。开学时她对他疏远的态度，并不是时间导致的。

顾明霁心头苦涩，有些话似乎不必再说出口了。

盛青溪轻声说："谢谢你那时候的糖，明霁哥哥。"

随着这一声"明霁哥哥"响起，山风渐渐大了起来。

顾明霁心底压着的石头仿佛落了下去，他释然地想，这才是他们之间正常的相处状态。他们仍旧是儿时的玩伴，但也只是玩伴而已。

他笑着拍了拍盛青溪的头顶："小溪，以后你想怎么叫我都可以，不过是一个称呼而已。我永远都会像小时候那样照顾你。"

顾明霁明白，盛青溪也是一样的，他们永远都会互相帮助。

"砰——"矿泉水瓶的盖子骤然爆开。

何默和谢真被吓了一跳，齐齐看向林燃，见他手上的矿泉水瓶被猛力捏爆，瓶盖不知道飞到了哪里，水流了一地。他泛白的手指还紧紧地捏着这只瘪瘪的、只剩下一点儿水的瓶子。

林燃死死地盯着不远处的顾明霁和盛青溪。从这个角度看过去，林燃只能看到顾明霁动作亲昵地摸了盛青溪的头发，而她没有躲开。

何默见状赶忙上前一步，用力拉住林燃的胳膊，提醒道："燃哥，这里这么多人呢，有什么事我们晚点儿再说。"

林燃垂下眸。明明是在春日里，阳光和煦，他却感觉自己像是站在夏日骄阳下，被烈火炙烤。滚烫的火在他的血液里蔓延，到达每一处神经末梢，烧遍他的四肢百骸。

林燃一时分不清是那场大火烧得他疼，还是现在更疼。

他的思绪一团糟，他现在只想立即去把盛青溪抓过来，让她乖乖地待在自己身边，哪里都不去。可他的潜意识告诉他，他不能这样做，否则她会难过的。

林燃不知道自己这是怎么了，他的情绪就这样轻易地因为盛青溪大起大落。

林燃抬腿就要往盛青溪身边走，何默却死死地拉住了林燃。林燃自己不知道，但何默和谢真看见了林燃隐隐泛红的双眼。

就在几人僵持间，老屈吹了一声哨子："都起来排队了！还有二十分钟我们就能吃上饭了。"

林燃紧绷着的神经随着哨声的响起断掉了，何默没能拉住林燃。

正在收餐布的顾明霁正对着林燃，盛青溪背对着林燃。顾明霁率先看到了眼神中明显带着怒色的林燃。

顾明霁下意识地把盛青溪挡在身后，但还是慢了一步。

盛青溪正准备转身，手腕忽然被一只有力的手扣住，那只手微凉，她下意识地挣扎了一下。

这个细微的动作让林燃不由自主地收紧握着她的手。

盛青溪侧头看去，对上了林燃带着怒色的眼眸。

她怔了片刻，低声喊："林燃。"

林燃也不管现在是不是该排队准备出发，拉起盛青溪就往边上的小道上走，一副不管不顾的架势。

长长的队伍遮住了老屈的视线，负责点名的班长在何默的暗示下说人已到齐。队伍重新出发，没人注意到队尾少了两个人。

顾明霁原想追上去，但被何默和谢真拦住了。

何默真心实意地劝道："燃哥发起火来我们拦不住，但这火他肯定不会冲仙女发。你要是这时候过去了，只会让场面更糟糕。"

顾明霁担忧地朝树林的方向看了一眼，最终也没追上去。

走过小道，是一片宽敞的阔叶林，细碎的阳光透过枝叶的间隙，零零碎碎地照在地面上，树边的杂草被匆匆的脚步声所惊动，摇晃着弯下了腰。

盛青溪被林燃困在树干前，进退不得。

少年倏地俯身，凑近她，微烫的呼吸喷到她的耳旁，他低哑的声音顺着呼吸声一并钻入她的耳内："他刚刚碰你哪里了？"

明明只是简单的触碰，经林燃这么一说，竟无端地变得暧昧起来。

盛青溪的背后是坚硬的树干，身前是充满压迫性的林燃。他低头盯着她，不闪不避，鼻尖差一点儿就触到她的额头，两人之间的距离很近，彼此的呼吸相融。

盛青溪避开他的视线，试图讲道理："林燃，我们应该跟着队伍走。"

林燃："盛青溪，我再重复一遍。顾明霁刚刚碰了你哪里？"

现在的林燃显然听不进任何话，只是固执地想听盛青溪亲口说，她刚才和顾明霁做了什么，又说了些什么。

若是以往，盛青溪会向林燃妥协的，但是现在不可以。

盛青溪抬眸，和情绪即将失控的林燃对视，一字一顿地说："不管我和顾明霁做了什么，那都是我的自由。你应该记得自己说过的话，我也记得。林燃，你不要这样不讲理。"

他不讲理？林燃简直要气笑了，哑声问："你说你不早恋、不说谎，这些话还作数吧？你们刚才那是在做什么？”

其实盛青溪很少会生气，可今天的林燃让她很不舒服，不管是他的语气还是他的动作。她心里也憋着气，不想回答林燃的问题，也不想纵容他的无理取闹。

盛青溪抿了抿唇：“林燃，我不想和你动手。”

话音落下，林燃瞳孔微缩。

曾经在巷子里，为他挡了一棍子的女孩儿，现在却要为了一个无关紧要的人和他动手。但他立即又意识到，对盛青溪来说，或许那不是一个无关紧要的人。

他林燃，并不是她的唯一。

林燃忽然觉得有些委屈，可又什么都问不出口。

因为先后退的人是他，现在在这里发脾气的也是他。

他缓缓松开手，低声道：“你走吧。”

林燃拉开了与盛青溪的距离，她刚刚感受到的压迫感骤然消失。

盛青溪抬步就想离开，可从林燃身旁经过的瞬间，她的脚步又顿住了，似是想说些什么，但最终什么也没有说。

一阵轻缓的脚步声渐渐变远。

林燃颓然地靠在刚才盛青溪靠过的树干上，知道自己的情绪有问题，也隐隐知道自己为什么会变成这样。

林燃苦笑一声，自嘲道：“林燃，你如今的模样太可笑了。”

那场大火一直桎梏着他。他被熊熊大火困在原地寸步难行，甚至连倾慕一个人都不敢，自己走不出去，也怕别人进来。

五分钟后，盛青溪追上了队伍。

顾明霁见到盛青溪后，提着的心才放下来，问道：“小溪，你没事吧？”

盛青溪摇摇头，示意自己没事。

盛青溪回到了队伍里，林燃却一直没有出现。他们到达营地后，仍不见林燃的身影，何默和谢真开始打电话找人。

营地在四时山的山腰处，他们在河岸边驻扎，搭起了帐篷，一台台烧烤架放在距离帐篷不远的左侧，再往左是浅浅的溪水。

帐篷右侧不远处有片小树林，林间还有一个瀑布，水流的冲击声顺着山风传入他们的耳内。

老屈先前以为，林燃跟盛青溪、顾明霁都熟识，便把盛青溪、顾明霁两人和林燃、何默、谢真分到了一组。

何默和谢真都在等林燃回消息。

于是，顾明霁上手打开烧烤架，开始准备他们今天的中饭。盛青溪放下包，想去帮他，但放包时，忽然感觉到有些不对劲——包里似乎多了些东西。

盛青溪蹲下身，拉开拉链，垂眸看着里面多出来的东西——一些蛋糕和糖。很明显，这些是林燃放进去的。

盛青溪轻叹了一口气，觉得自己不应该对林燃说那样的话。他这个年纪，本就容易冲动，她刚刚也没能控制好自己的情绪。

她沉默地将背包的拉链拉了回去。

十分钟后，林燃回到营地。

此时谢真已经吃上了烤串，何默起身看向林燃，此时的林燃已经看不出有什么异常了。林燃面色平静地朝他们走来，像无事发生一般。

何默欲言又止，最终没说什么。

很明显，他们五人之间的气氛很尴尬。

顾明霁埋头给他们烤串，时不时地递给盛青溪几串。

谢真这样的体格爬个山差点儿没把自己累死，此时他除了吃肉什么都顾不上。林燃也不说话，就坐在何默身边玩手机，何默则老实装死。

盛青溪小口地咬着青菜，小心翼翼地抬眸看了林燃一眼。

林燃看起来和往常一样，懒懒地靠在椅子上，修长的手指漫不经心地在屏幕上轻点着，两条大长腿霸道地往路上一横，整个人像举着大钳子的螃蟹。

就在盛青溪发呆的时候，顾明霁顺手把烤好的鸡翅递了过来："小溪，来一串鸡翅，味道不错的。"

盛青溪想了想，伸手就想接过来，在她的手即将触到烤鸡翅的时候，林燃冷漠的声音忽然响起："她不吃肉。"

顾明霁一怔，下意识地收回手，随后看了盛青溪一眼："小溪，不吃的话就说出来，拒绝其实没有那么难。"

盛青溪抿抿唇，一时间没应声。

何默整理完所有的食材，也站到烧烤架前和顾明霁一起烤，刷油、翻面、撒调料，整套动作一气呵成，这手法显然比顾明霁娴熟许多。

"这也太香了！"

"默子你这个手法可以啊。"

“不行，我一定要来一串。”

烤串的香味一下子就传遍了营地，不少同学被这个味道吸引了，纷纷跑到他们的架子前来凑热闹。

沉默的气氛被打破，盛青溪趁着这个时候回六班找陈怡。因为答应了晚上要和陈怡一起住，所以盛青溪得回去和陈怡一起整理帐篷。

盛青溪回到六班时，陈怡正准备收拾帐篷，见盛青溪回来，忙招了招手：“盛青溪，你吃过烤串了吗？我们这边还有很多。”

盛青溪点头：“我吃饱了，我来和你一起整理。”

陈怡笑了笑：“那我们一会儿一起睡个午觉，你下午要不要和我们一起去玩？他们说山顶有个亭子，爬到那里能看到大半个初城。”

盛青溪来过四时山很多次，也曾多次在山顶看过初城，只不过那是以后的初城。

她轻声应道：“好。”

帐篷将光线隔绝在外，盛青溪在里面还能隐隐听到外面传来的嬉闹声，这个狭小的空间让盛青溪微微放松了下来。

帐篷内很安静，陈怡侧躺着背对着盛青溪，正在纠结要不要告诉盛青溪自己看到的事。陈怡不知道盛青溪和林燃之间到底是怎么回事，但牵扯到林燃，总觉得应该告诉盛青溪。

陈怡犹豫了半天，还是试探着问：“盛青溪，你睡着了吗？”

盛青溪的声音很轻：“没有，怎么了？”

陈怡迟疑着说：“林燃回来的时候经过咱们班，我看到他的手上似乎有血，好像是受伤了。但我没仔细看，不知道是不是血，如果是血，也不知道是不是他的血。”

盛青溪一怔，上一次他在光年俱乐部时也是这样，和自己发脾气。

陈怡许久都没有等到盛青溪的回应。陈怡几乎要睡着的时候，才听到盛青溪起身的动静，而后细小的声音逐渐消失在耳边——盛青溪出去了。

盛青溪拿着药和水，轻手轻脚地走出帐篷，转身拉上拉链，朝一班的方向走。

盛青溪回到一班的时候，岸边已经空了大半，有的同学躲进了帐篷玩游戏或者休息，有的同学组队爬山去了，只有少部分同学还坐在那儿吃烤串。

很显然，林燃他们就是那一小部分人。

盛青溪走过去的时候，谢真正在咋咋呼呼地说着："有我谢真在，绝对不可能有粮食被浪费。我尊重每一样食物，它们在我眼前是平等的！"

何默："你是猪吗？"

林燃坐在椅子上，左手拿着一瓶水，右手插在口袋里。

盛青溪能看到他的左手是完好无损的，却不知道一直放在口袋里的右手是什么模样。

她缓缓走到他身后，轻声喊他的名字："林燃。"

林燃其实在盛青溪靠近时就知道是她，她的脚步声和别人的不一样，特别轻，节奏也不紧不慢。他不由得捏紧了水瓶，只是这一次不敢用力了。他的名字从她的口中被念出来时，他还是不可避免地生出了期待。

林燃僵了一瞬，转身看去，然后微微仰起头，和少女对视。

林燃的瞳仁很黑，即便在阳光下也如黑曜石一般闪耀。他置身阴影时，瞳仁就显得更黑了，眼神还有些冷，因而显得整个人都极具侵略性，就像此刻这样。

盛青溪低声说："你跟我到帐篷里来。"

林燃怔住，什么叫跟她到帐篷里去？去干什么？就他们两个人？

在林燃胡思乱想的时候，盛青溪已转身往帐篷那边走了。林燃顿在原地看着她的背影，一时间不知道该怎么办。

林燃的喉结滚了滚，他看向何默："默子，你打我一下。"

何默："……"

林燃不耐烦地催道："快点儿。"

何默迟疑地握起拳，轻飘飘地捶了一拳林燃的胸口，小心翼翼地问："燃哥，你看这个力道可以吗？"

林燃："……"

林燃一时分不清他们俩谁才是傻瓜，随后把矿泉水瓶往何默怀里一塞，起身迈着大步去追赶前面的盛青溪，两人一前一后地进了帐篷。

何默和谢真看得目瞪口呆，这……这怎么就一起进去了？燃哥还拉上了拉链！燃哥不当人了？

第七章　意　外

刺啦一声响，拉链被拉至底部，帐篷内的可见度骤减，幽闭昏暗的空间让林燃感到思绪混乱，他紧张地盯着眼前坐着的人。

盛青溪一时不明白林燃为什么要拉上帘子，但也没问，只抬眸看了他一眼，伸出右手，白皙的掌心朝上。

林燃咽了咽口水，心脏怦怦怦地跳："干……干什么？"

盛青溪无奈地叹了一口气："你把右手给我。"

林燃听了这话，反而把右手往身后一藏，赌气似的问："如果不是因为这件事，你是不是不打算理我了？"

盛青溪保持着掌心朝上的动作："手。"

林燃："……"

别说，这小东西板着脸、冷冰冰不讲道理的模样还挺能唬人的。要是放在以前，林燃肯定会忍不住逗逗她，但现在不敢，怕她真的不理他了。

林燃伸出右手，他的手慢慢靠近她小小的掌心，然后被她小心翼翼地握在手里，像陷进云朵里。

盛青溪垂眸，看着他满是划痕和血迹的手，伤口间还有细碎的木屑。他就任由自己带着这样的伤？

帐篷内一时间变得无比安静，温热柔软的手轻托着他的手，她就这样盯着他的手，好半天都没说话。

林燃越来越紧张，心脏几乎都要跳出来了。

渐渐地，他受不了这样的气氛了。

就在他想说些什么的时候，一直安静的盛青溪忽然问："林燃，上一次在光年俱乐部时，你为什么不刹车？你在想什么？"

盛青溪停顿了一下，语气变得很慢、很轻。她看着他的眼睛，一字一顿地问："林燃，你是不是不想活了？"

林燃彻底僵住，盛青溪的话让他如坠冰窖。

他艰难地动了动手指，扭过头躲开她的视线，再开口时，喉间干涩，只能干巴巴地解释："只是为了寻求刺激而已，我心里有数。"

盛青溪没应声，过了半晌，低头拿出镊子，把他手里的木屑都挑了出来；又用矿泉水弄湿纱布，把他手背上的血迹和灰尘都擦干净；最后拿着棉签小心翼翼地给他消毒。

林燃一动都不敢动。

做完这些，盛青溪没有放开他的手，只是安静地握着。

林燃的手很漂亮，手掌宽大，手指修长，指节分明。这些细小的伤口在他的手背上不像是伤痕，更像是属于他的印记。

盛青溪顿了片刻，低下头，用指腹轻轻触碰了一下他的伤口。

一阵柔软、酥麻的感觉传来，林燃大脑嗡嗡的，像是被困在钟里猛敲了一下。

只一瞬，她便离开了，唯有一抹温热还留在他的皮肤上。

她的声音低低的、柔柔的，她道："林燃，以后不要弄伤自己了。"

林燃只觉得自己全身的经脉都有细小的电流通过。他的体温开始急速上升，每个毛孔都在尖叫，他快没办法呼吸了。

等他回过神时，面前已经没有了盛青溪的影子，只剩下他一个人傻呆呆地坐在帐篷里面。刚刚碰了他一下的小猫，又翘着尾巴大摇大摆地跑了。

林燃坐在昏暗的帐篷里，抬起手遮住了自己的眼睛。

他狼狈地低笑一声："林燃，你完了。"

下午三点，整个营地几乎陷入了寂静之中。

林燃去六班找了一圈，没找到盛青溪，问了别人才知道这小姑娘跟人爬山去了。他也不着急，走回帐篷看了一眼，何默和谢真正歪七扭八地睡成一团。

林燃垂眸盯着自己的手背，看了好一会儿，决定上山去找盛青溪。

不过还没走出营地几步，林燃就被人喊住了。他漫不经心地往后瞥了一眼，这一眼让他顿住脚步，嘴角微抽。

赵书月把自己的全身都包起来了——她整个头乃至脖子，都用五彩斑斓、满是花纹的丝巾包裹住了，鼻梁上还架着一副墨镜，穿着长衣、长裤，还戴着手套，身上几乎没有能被太阳晒到的地方。

“精致赵姐”可不是吹的。

林燃懒洋洋地抬起右手，和赵书月打招呼：“哟，赵姐。”

其他学生都是私底下才敢叫她赵姐，林燃却总是当面叫，叫习惯之后赵书月也觉得无所谓了，赵姐就赵姐吧，虽然听着让人觉得她可能不太好看，但有市井魅力。

赵书月走到林燃身旁，把遮住自己小半张脸的丝巾拉下来一点儿，瞅着他：“林燃，你的右手是怎么回事？你又和人打架了？”

她叹了一口气，苦口婆心地劝道：“你也不小了，马上就高三了，毕业也是一眨眼的事。你自己就没点儿打算吗？”

林燃和赵书月一起往坡上走去，他随口应道：“顺其自然。”

赵书月闻言，隔着墨镜睨了他一眼，心想：难道我最近听说的事都是假的？

那天，老屈拉着老蒋来找她，就为了给林燃要一个自习室的名额。她细问才知道，林燃要跟一个小姑娘在里面学习，起初她不信，后来去看了一眼，这小魔王真乖乖地坐在课桌前写试卷呢，而那小姑娘就是开学初她见到的那一个。

赵书月不由得嘀咕：“那人家小姑娘怎么办？”

本就和赵书月离得近，他的听力又比常人好上一些，听到赵书月这话，他怔了一下：“赵姐，您说什么？谁？”

赵书月见林燃听到了，便也没藏着掖着：“那个在自习室帮你补课的小姑娘，你要是没想法，就别去招惹人家。”

林燃沉默片刻，这事都传到赵书月的耳朵里去了？

这事他能当着赵书月的面承认吗？显然不能。

林燃像是听到了什么好笑的事：“赵姐，你从哪儿听来的谣言？那女孩儿每天在自习室里认真学习，可一点儿违反校规的事都没干，您可别听人瞎说。”

赵书月轻哼一声："你还和我遮遮掩掩？你还不如人小姑娘呢，人家开学第一天来找我，可就和我承认了。你还男孩子呢，丢人。"

林燃："……"

赵书月怎么什么都知道？

林燃一时摸不透赵书月说的是真话，还是她想故意套他的话。

赵书月见林燃的神色，就知道他肯定以为她在唬他呢。她也不能眼看着林燃在没想清楚的情况下就去招惹盛青溪，这可不是小事，尤其是对那样固执的女孩儿来说。

她收敛了自己语气里调侃的意味，正经地说道："林燃，那小姑娘转学过来的第一天，我就问她这个成绩为什么要来一中，她告诉我，她倾慕的人在一中。"

林燃怔住。

赵书月继续说："但她也和我保证了，不会在高中时期恋爱，她说只是……只是想离你近一点儿。林燃，她和我见过的所有孩子都不一样。"

不光是赵书月这样觉得，林燃也是如此。

他从来都没有见过这样的女孩儿。

赵书月知道林燃心里有数，便没再多说，只叮嘱道："你要想清楚自己要什么。年少时的倾慕最单纯，也最珍贵。你要是不倾慕人家，就离她远一点儿，免得徒惹人家伤心。你已经成年了，说话做事都要深思熟虑。"

林燃低声应了。

两人不再谈论这个话题，转而说起别的，一边聊天一边往山上走去。

此时，盛青溪已经到了山顶，陈怡和另外几个女生气喘吁吁的，累得不行，在亭子里休息。盛青溪站在亭子外，眺望着远处的初城，这时候的初城，更年轻也更有活力。

山顶的风很大，吹散了她颈间的薄汗，平白多了些许凉意。

风将盛青溪的黑发吹乱，她宽大的校服在空中猎猎作响，单薄的身子似乎随时都能被风吹走。

陈怡咽下嘴里的水，望向盛青溪，觉得盛青溪纤瘦又安静。

盛青溪的身上有一种奇特的气质，陈怡说不清，只是一种感觉而已，总感觉盛青溪身上可能藏着什么秘密。

几个女孩儿凑在一起拍了一会儿照片，便觉得无聊了。

不多时，天渐渐阴沉下来，山顶上的风越来越大，她们没在山顶上多留，想着快点儿下山，便选了一条近道回去。

盛青溪她们下山时，林燃和赵书月刚好到达山顶。

林燃扫了一圈，没看到盛青溪，亭子里坐着的都是别的班的人。

赵书月看到亭子里的垃圾，忍不住走过去唠叨那些孩子，林燃见盛青溪不在便不想多待，和赵书月说了一声就先下山了。

盛青溪几人慢吞吞地走到了山腰处，瀑布哗哗的声响穿透树林，吹来的山风里似乎裹挟着瀑布的水汽，让人觉得既清凉又舒服。

几个女孩儿在原地停下，叽叽喳喳地商量着要不要去瀑布那儿看一看。就在她们犹豫的时候，下面忽然传来了喊声："有人落水了！"

陈怡她们还没反应过来，盛青溪单手撑着一旁的树干，跳下一个陡峭的小坡，身姿灵活，俯身穿过下方的密林，朝瀑布那边跑去。

陈怡目瞪口呆，这是她那个安安静静、小仙女似的同桌吗？

盛青溪跑到瀑布边上时，已经有人跳下去救人了，岸边仅站着两个不会游泳的男生。他们看到来人，也没管是谁，满脸惊慌地说道："我们班的一个女生不小心掉下去了。"

这时，跳下去的男生钻出水面，抹了一把脸，大声喊道："没找到人，你们去叫人过来一起找！"

盛青溪一怔，立即对两人说："去营地叫老师过来。"

说完，她脱了鞋袜和外套，纵身一跃，跳进了水里，溅起了不大不小的水花。

这个水潭不是很深，面积却很大。

盛青溪像鱼一般钻入潭底。潭水清澈，水底能见度很高。她转头看到了同样在找人的那个男生，就往更深处游去了。

陈怡她们反应过来后，都跑回营地去喊人了。

一时间营地内乱成一团。

林燃下山回到营地，正好遇到陈怡拉着顾明霁往瀑布的方向跑，她此时又着急又担心："班长，盛青溪好像跳下去救人了。"

林燃的脚步骤然顿住，他猛地转头，看向陈怡，紧紧地盯着她，问："你刚刚说什么？"

不等陈怡回答，顾明霁就诧异地道："不可能，小溪她不会游泳。"

林燃低声骂了一句，接着身形微动，迈开步子，推开前面的人，疯了似的往水潭那边跑，山风都追不上此刻狂奔的少年。

水潭里，盛青溪单手抱着落水的女孩儿，吃力地往岸边游去。怀里的人因本能挣扎得厉害，盛青溪差点被女孩儿拖着一起坠入潭底。

潭底，水虽然清澈，却长满了密密麻麻的水草，蓝白色的校服在幽暗的潭底并不好分辨。

盛青溪几乎是用尽全力，才将女孩儿推到岸边，立即有人把女孩儿接了上去。

就在盛青溪想往前游的时候，却被一股力道牵扯住了，她侧头看去，潭底晃动的水草缠住了她的小腿。她的力气不多了，她只能返回水里解开缠在腿上的水草，可她越挣扎这东西缠得越紧。

“散开点儿散开点儿！别围在一起，不要影响空气流通！”

岸上的人都围着溺水的女孩儿，有人在为女孩儿做急救。那两个看着盛青溪跳下去的男生一时竟忘了她还没有上岸，其他人也忘了她还没上来。

林燃跑到岸边的时候，那女孩儿的身边已经围了不少人。他挤开人群，寻找盛青溪的身影，但找了两遍都没看到她。

林燃脸色阴沉，随手抓了一个男生，紧紧揪着对方的领口，厉声问：“盛青溪呢？盛青溪她人呢？！”

那男生先是愣了一下：“盛青溪？谁是盛青……啊，那个救人的女孩儿？”

说完，男生慌乱地回头，想看她有没有上来，找了一圈没看到人，瞬间出了一身冷汗，呆呆地应道：“她好像……好像没上来。”

林燃猛地甩开那男生跳下水。

岸边的老屈听到动静，立即抬头看向潭内，惊疑不定地问：“谁又跳下去了？人不是救上来了吗？”

那男生快被吓哭了：“老师，还有一个女孩儿在水里，救人的女孩儿还没上来。”

“什么？”老屈咬牙把训斥的话咽下去，“这么大的事你们也能忘？！刚刚谁又下去了？”

男生结结巴巴地应道：“林……林燃下去了。”

溺水的女孩儿已经醒了，正抱着一个女老师哭，老师们先把女孩儿送回了营地。老屈焦急地等在岸边，紧张地看着水潭。

盛青溪解开水草之后，渐渐失去了力气。她此时有些恍惚，一时分不清自己是在潭底还是在海底。

以前，她拉着绑着炸弹的犯罪嫌疑人，从崖顶坠入海底的时候也是这样，朦胧间能看到细碎的光照进水底，冰冷的水让她的感官变得迟钝。

盛青溪怔怔地看着顶上逐渐暗淡的光亮，在心底偷偷地小声喊：林燃。

忽然，映入潭水里的光亮被打碎，一道身影跃入水潭。明明此时潭底的光已变得破碎，可盛青溪觉得这里更亮了。

他离她越来越近，直到揽住她的腰。她被他紧紧地拥入怀中，周围冰冷的水被炙热的胸膛所代替。她被他带着向上游去，离光越来越近。

林燃紧紧地抱着盛青溪往岸边游，她闭着眼睛安静地靠在他的臂弯里。

老屈见林燃把人带上来了，松了一口气，忙弯下腰，去接林燃怀里的女孩儿，林燃却避开了老屈的手。

老屈一怔，这时才看清浑身湿透的少年的神情——他眉眼间的戾气根本藏不住，神色似乎比潭水还要冷，唇线绷得死紧，若仔细看还能看到他抱着盛青溪的手在微微颤抖。

老屈无声地叹了一口气，这孩子……

林燃刚抱着盛青溪上岸，就听到怀里的人轻轻咳嗽了一声，她将冰凉的脸贴在他的颈侧，小声地喊了一声他的名字："林燃。"

林燃收紧了抱着她的手，嗓音沙哑地应道："我在。"

出了这么大的事，学校方面早已叫了救护车，幸好这两个女孩儿都没什么事，因为等救护车到山腰估摸着还需要半小时。

林燃等不了那么久，背起盛青溪，准备带她下山。

谢真和何默听到消息都赶了过来，两人看到湿漉漉的林燃和盛青溪，都吓了一跳。谢真打电话准备叫车，何默上去给林燃搭了把手。

何默低声喊了一句："燃哥。"

林燃侧过头看了何默一眼，声音很沙哑："你去拿她的包，我送她去医院。你和老屈说一声暂时别通知盛青溪的家人，具体原因我一会儿打电话和他解释。"何默点点头。

林燃说完，不再管身后的情况，背着盛青溪直接下了山。

此时已临近五点，天色渐暗，林间茂密的枝叶遮挡了绝大部分的光线。林燃急着下山，没有走大道，准备穿过树林，走近道下去。

盛青溪的意识仍有些模糊，只觉得脸旁贴着的肌肤是温热的，她稍微动了动，声音极轻，问他："林燃，你还活着吗？"

林燃脚步不停，双眼微微泛红，低声应道："我还活着。"

林燃加快速度往前走，途中顿了一下脚步，感觉有温热的水珠滑落到脖子上，一滴又一滴，顺着他的脖颈往下滑，落到他身上。她在哭。

林燃加重声音，重复了一次："盛青溪，我活着呢。"

他背上的女孩儿小声地应他："你还活着。"

盛青溪缓慢地眨了眨眼睛，侧头看着上方映在密林间时明时暗的光线，她的思绪连同她的身体一起变得又重又沉，不断把她往下拉扯。

她曾无数次感谢上苍，让林燃又活过来了。

盛青溪做完检查之后，完全清醒了过来。

房内的灯光微微刺眼，她躺在病床上，转头看向病房外，林燃就站在离门口不远的地方打电话。

"医生说没什么事。"林燃站在门外低声跟老屈打电话，"嗯，她家里情况有些复杂，暂时不要让她家人知道，明天我就送她回去。"

林燃又说了几句，随即挂了电话。

他转身，一推开门，就对上了盛青溪水亮的眼睛。她正睁着漂亮的眼睛盯着他，比起白日里的冷漠来，此刻的她乖得不行。

林燃却没因此心软，走到病床前，居高临下地看着这只虚弱可怜的小猫，冷调的光将她的脸色衬得更为苍白。

林燃的黑眸里情绪很淡，他冷漠地问："你不会游泳还往下跳？不要命了？"

盛青溪抿抿唇，小声反驳："我会游泳。"

林燃听了之后神色没有丝毫变化："会游泳就能跳下去救人了？你没有考虑过后果吗？我要是不来，你打算怎么办？"

盛青溪沉默着。当了那么多年的警察，救人已经成了她的习惯，她没办法在那样的情况下什么都不做。只是她高估了自己的体力，如今的她，还是十七岁的盛青溪。

盛青溪沉默了好一会儿，小声问："那个女孩子怎么样了？"

林燃轻哼一声，拉开病床旁的椅子坐下，双手抱胸，盯着她："她没事，现在已经被送回家了。你先想想你自己怎么办吧。"

盛青溪乖乖道歉："林燃，对不起。"

林燃垂眸看她的眼睛："你下午怎么和我说的？让我不要弄伤自己，结果你自己转眼就躺在病床上了。你这样让我怎么听你的话？"

盛青溪望着他眨了眨眼睛，漂亮的眸子亮了一些。

林燃见好就收，转而提起别的话题："你饿不饿？你想吃什么？"

盛青溪还真的认真思考了一下，诚实地回答林燃："我想吃火锅。"

林燃："……"

这小姑娘事儿还挺多，这时候不想着喝粥、吃菜，还想吃火锅。

他拧着眉，看着她隐隐带着期待的神情："真想吃？"

盛青溪点头："我想吃肉。"

林燃的眉头拧得更紧了，他仔细地看了她一会儿，见她仰着的小脸上写满了"我想吃肉"，不像是骗人的样子。

看这小模样，她是真想吃肉。

他顿了片刻："等我十分钟，你老老实实地在这里待着。"

十分钟后，林燃用新买的大衣把盛青溪裹了个密不透风，带着她往外走。

何默和谢真正倚在车旁等林燃和盛青溪，见到他们下来，何默连忙挥了挥手："燃哥，这边！"

林燃把人往副驾驶座上一塞，又俯身钻进去给她系好了安全带。

靠近她的时候，他能闻到她身上淡淡的香味——香根草和鸢尾根，是从他身上沾染的味道。

这味道到了她身上，便全然没有了侵略性，只剩下了甜味。

林燃给她系好安全带，记仇地抬手把她的一头黑发揉乱，和她对视半晌后，低声道："老老实实地待着别动。"

盛青溪乖巧地点了点头。

林燃好心情地勾了勾唇，随后关了车门，绕到后座上了车。

车启动以后，何默说起下午发生的事："燃哥，下午掉下水的那个女生是不小心滑下去的。那几个男生一时没注意，等看到时已经拉不住了。只是一个意外，人没事。"

这事林燃已经听老屈说了，可让林燃生气的并不是这件事。他生气的是居然没人在意盛青溪有没有上来，这个事实让他难以接受。

林燃抬眸注视着副驾驶座上那个安静的女孩儿，语调平缓，听不出其中有什么情绪："你知道岸边那几个男生的班级和名字吗？"

何默眉心一跳，燃哥这不会是要去揍人吧？

不过不等他再胡思乱想，林燃冷冰冰的声音就响起来了："让他们把

《防溺水安全教育条例》抄上十遍，周一我亲自去检查。”

何默：“……”

燃哥什么时候开始走这种路子了？何默竟然莫名其妙地觉得林燃还挺有正能量。

没一会儿，车内安静下来。

何默以为这个话题到此就结束了，没想到林燃看着前面被裹成一小团的盛青溪，冷声道：“盛青溪，你也给我抄一遍。”

盛青溪乖乖地应道：“好。”

林燃：“哼。”

何默和谢真：“……”

仙女真是脾气好，要换成他们早把林燃掐死了。

火锅店的一个包间里，肥瘦相间的牛肉在明亮的灯光下泛着诱人的光泽，白色的小碟子里盛着丰富的调料，火锅的香味弥漫开来。

林燃不敢给盛青溪多夹，只给她夹了一片牛肉和一颗牛肉丸。

他抬了抬下巴，黑眸落在她白皙的脸上，低声道：“你慢点儿吃，吃不下就不吃。”

盛青溪拿着筷子，慢吞吞地戳向那颗圆滚滚的丸子，把圆圆的丸子在酱料里滚了滚。接着，她微微低头，小小地咬了一口丸子，掩在贝齿间的舌尖若隐若现，淡淡的粉色一闪而过。

林燃呼吸微滞，骤然移开了视线，喉结不自觉地随着主人情绪的变化而滚动。他欲盖弥彰地拿起桌上的水一饮而尽。

可这样并没有让林燃好受一点儿，他觉得喉咙干得冒火。

林燃丢下一句“去洗手间”，匆匆起身离开了。

林燃只穿了一件短袖，可即便这样也难以压制住体内的燥热。修长的手指有些急切地拧开水阀，冰凉的水急急地冲下，他捧起水就往脸上洒。

好半晌，林燃狼狈地喘了口气。

五分钟后，林燃神情自然地回到了包间里，白皙的颈侧有细碎的水滴滑落，白色T恤的领口被水沾湿，软趴趴地贴在他瘦削精致的锁骨间。

他坐下的时候，盛青溪已经开始吃第二颗丸子了，腮帮子鼓鼓的，见他回来后湿漉漉的样子，还抬眸多看了他一眼。

林燃挑了挑眉：“好吃吗？”

盛青溪已经把自己以前的习惯逐渐改掉了，不论是爱观察人的职业习惯，还是不吃肉的职业后遗症。但最重要的是，她接受了林燃还活着的事实。

她尽量把自己拉扯到如今的时间线上。

盛青溪小幅度地点了点头，忽然觉得包厢里有点儿热，脱了林燃买的外套又觉得冷。她轻轻地晃了晃自己的脑袋，好像有点儿沉，晃不动。

林燃起先没发现盛青溪的不对劲，直到她晕晕乎乎地去拿桌上放着的果酒。

那几瓶果酒是店家送的，他们都没喝。

盛青溪的指尖还没触上酒瓶，她就被一只微凉的手拉住了。

她掌心不正常的温度令林燃的动作顿住，林燃眸光微暗，低声喊她的名字："盛青溪？"

盛青溪蒙了一下，迟缓地对上他的视线。

林燃蹙眉："你不要动。"

说着，他俯身贴近她，探手抚上了她的额头。

她额头滚烫，双眸氤氲着淡淡的雾气，脸颊两侧的嫣红有加深的趋势。这些现象都在告诉林燃，盛青溪发烧了。

林燃心里一紧，推开椅子，弯腰抱起盛青溪。不等何默和谢真问，他便道："你们吃，我带她回医院。"

盛青溪还没反应过来，眼前忽然天旋地转，顶上晃动的灯光让她有些难受。她侧过脸，小声问："林燃，我们去哪里？"

林燃脚步不停，沉声道："去医院。"

不知道是不是"医院"这两个字触动了他怀里的人的神经，她开始嘀咕："又去医院，我不想去医院，我不喜欢医院。"

盛青溪对医院的记忆，大部分来自以前。

她曾在医院里送走了带了她三年的前辈，看过无数次受害者满身是血的模样，也看过犯人中了枪被送到医院抢救的场面，无数画面在她的脑海中闪现，这些记忆都是让人不大愉快的。

她的大脑一片混沌，混乱的记忆交错，她暂时没办法控制自己的言行。

盛青溪难得会这样孩子气，像小时候和盛兰撒娇那样和林燃说话："我们不去医院好不好？愿愿不想去医院。"

林燃的脚步微顿，他低下头，和怀里的盛青溪对视了一眼。

她正用迷蒙的双眸对着他，里面写满了恳求。

林燃的一颗心被她的眼神惹得又酸又软，他移开视线，抱着她出了门，随手拦下一辆车。

上车之后，车内幽暗的环境让林燃看不清她的眼睛和神情，他用手背探了探她脸上的温度，低声问：“愿愿为什么不想去医院？”

她像是瘪着嘴，声音又轻又软，撒娇似的：“因为愿愿害怕。”

林燃沉默片刻，对司机报了他家的地址。既然她不愿意去医院，他就带她回家。

林燃给堂哥打了个电话，简单地说了一下盛青溪落水的事以及检查报告的结果，又说了到家的大概时间，随后便挂了电话。

盛青溪和林燃离得很近，近得能够清晰地听到他胸腔内的心跳声。她安静地听了一会儿。

车内一片寂静，明暗不定的光将车内和车外分成两个世界。

盛青溪睁开眼睛，望着灯光闪烁的街道，心里胀胀的，有些发酸，这种沉闷的感觉让她喘不过气来。

她的思绪逐渐往下沉，她像是自言自语般喃喃地道：“林燃，我找了十年。我一直找一直找，找得好辛苦。”

林燃低头，耐心地问：“你在找什么？”

盛青溪怔怔地道：“找你，我一直都找不到你。烟烟也找不到你，她经常一个人偷偷哭，但是后来有人陪着她了。”

林燃一时没听明白盛青溪在说些什么，只零星听到几个词，拧起眉再次抚上她的额头：“谁在哭？为什么找不到我？”

她忽然摇了摇头，小声但确定地说：“你不在。”

黑暗中的林燃还没来得及说话，她又问：“林燃，你十九岁的生日还有多久？”

林燃收紧了抱着她的手：“还有九个月。”

林燃的生日在一月份，几乎每年他过生日的时候都会下雪。以前他母亲在的时候，他在那一天能吃到一碗面，后来便只剩下蛋糕。他现在并不爱过生日。

盛青溪缓缓松了一口气，她的声音已低得微不可闻：“还有十四个月。”

林燃低下头，想努力听清她的话，但盛青溪睡了过去，他没能听到她说的这句话。

夜色中，他们穿梭在车流里，向城南方向疾驰而去。

林燃抱着盛青溪下车的时候，一眼就看到了别墅门口停着的明黄色跑车，即便在夜里，这车也是引人注目的。

林煌听见动静，顺着闪烁的车灯，朝那个方向看去，看到林燃怀里还抱了人时，不由得挑了挑眉。他抬手懒懒地打了声招呼："哟，小火。我还以为你说的是个男孩儿，没想到是个小姑娘。"

林燃怕吵到盛青溪，低声道："哥，你小点儿声。"

刚刚林煌只是调侃，这会儿见林燃这个态度，不由得真的好奇起来。

林煌探头往林燃胸前看去，想将这个女孩儿看得清楚一点儿，但还没来得及多看一眼，林燃就拉起大衣把人遮得严严实实的，径直往别墅里走去。

林煌："……"

林煌不由得嘀咕："过一会儿我不是还能看见？你挡什么呢？"

其实这只是林燃下意识的反应。

林燃直接抱着盛青溪回了他的房间。林煌打开医疗箱，顺嘴问了一句："烟烟那小丫头呢？出去玩了？"

林燃俯身，小心翼翼地把盛青溪放在床上，又蹲下身脱下她的鞋。做完这些，他压低了声音说："回我爸那里了，我们学校组织出去春游，我不放心让她一个人在家。明天我就去接她回来。"

林煌拿出体温计，朝床上的人看去。女孩儿安安静静地躺在床上，即便带着病容也掩盖不了她漂亮的眉眼和完美的骨相，一看就是个极漂亮的女孩儿。这一眼林煌就明白林燃为什么挡着人不让自己看了。

林煌心里觉得好笑，他这个冷冰冰、像个刺儿头似的弟弟也有这一天。他没多问，年少时的倾慕简单而珍贵，他更愿意做个旁观者。

林煌简单地给盛青溪做了个检查，回头看了一眼脸色不太好看的林燃，安慰道："小火，这小姑娘没什么事，就是发烧了。你看是吃药还是打针？"

林燃蹙眉，盯着床上紧闭着双眼的盛青溪，半晌才道："我下楼去拿水。"

林煌点头："我给你看着。"

林燃走后，床上的盛青溪忽然动了动，她的体温还在升高，这让她不太好受。

林煌注意到动静，见躺着的女孩儿嘴唇一张一合的，似乎正在说些什么。他凑近听了一句，只听她小声问："林燃，你疼不疼？"

林煌疑惑地挠了挠头，他们家小火哪里受伤了吗？

刚见面林煌没怎么仔细看林燃，把注意力都放在盛青溪身上了。

不过两分钟，林燃拿着水杯回来了。林煌等林燃给盛青溪喂完了药才问道："小火，你是不是哪里受伤了？"

林燃一怔，转头看向林煌，黑眸微沉："哥，你为什么这么问？"

这个回答一听就是没受伤，林煌心想估计是这小姑娘烧糊涂了说胡话呢，便没提这件事，只应道："看你脸色不太好，怕你有伤也憋着不说。"

林燃这孩子打小就是这样，什么事都放在心里，现在大了就更不用说了，连家都很少回，逢年过节能见他一面就不错了。

林燃一时间说不清自己心里是什么感觉，只低声应道："我没受伤。"

林煌心想：我想也是。他没打算在这里多留，毕竟他这宝贝弟弟一心只顾着那个小姑娘，怕是没心思和自己闲聊。林煌叮嘱了几句就离开了。

房间内只剩下林燃和盛青溪。

凌晨三点，盛青溪缓缓地睁开双眼，觉得眼前模模糊糊的。

房间内寂静无声，窗外飒飒的风声混着树叶沙沙作响的声音，床头亮着一盏小小的壁灯，将这一隅照得明亮。

她睁着眼看了好一会儿，才意识到这是哪里，这是林燃的房间。

他的房间布局她曾在图纸上看过无数次，不仅是他的房间，还有这整幢别墅。那十年间，她反复地看过这幢别墅的每一个角落，闭着眼睛都能准确地找到这幢别墅的每一个房间，并描述出它们的样子。

盛青溪清醒后，坐起身看了一圈林燃的房间。

和简单冰冷的图纸、数据比起来，此时这个房间显然更生动和鲜活。这里到处都是林燃生活的痕迹——暖色调的床灯，冷色调的墙纸，精致昂贵的玻璃展柜。展柜里放着林燃珍藏的奖牌，各式各样的拳套以及他们兄妹俩和母亲的合照。

那时，林烟烟告诉盛青溪，林燃原本是有机会逃出去的。但林燃把林烟烟抱到门口之后，又艰难地返回二楼拿这张合照，可他没能走出来，被困在了那场大火里。

盛青溪将视线缓缓移到角落里的沙发上，目光停住了。

林燃侧躺在沙发上，似乎睡着了。

盛青溪无声地注视着躺在沙发上的林燃——他的身高已经接近一米八五，他躺在小小的沙发上显得有些委屈，长腿别别扭扭地缩在一起。

他的小半张侧脸在暖色调的灯光下，看起来竟柔和了一点儿，侧脸的弧度平白地显露出一丝温柔，细碎的黑发泛着微光。

盛青溪掀开被子，小心翼翼地下了床，怕吵到林燃，就没有穿鞋。

她迈着小小的步子，悄无声息地走到沙发前蹲下，睁着水亮的黑眸，静静地看着林燃的睡颜，空荡荡的心被慢慢填满。

林燃睡着的样子看起来很乖，干净又好看。但此时的盛青溪没什么力气，蹲着看了一会儿便觉得累了。

盛青溪悄悄地往沙发上靠了靠，不敢离林燃太近，只靠在他右侧肩膀下方的一小块沙发布上。

她能听到林燃均匀的呼吸声，就在她头顶，与她仅有咫尺之遥。

正靠在沙发边胡思乱想的盛青溪并没有注意到她上方的人睁开了眼睛。

林燃压根儿没睡着，她还没有醒来他怎么敢睡？所以当盛青溪掀开被子的时候，他就知道她醒了，但没出声，想看看这小东西想做些什么。

哪知道她只是跑过来偷看他，真是笨得不行。

他垂眸看向下方的盛青溪——她歪着脑袋靠在沙发边，双手抱着膝盖，纤瘦的脚踝被宽大的裤脚遮住了。她光着脚，缩成小小的一团，不知道在想什么。

林燃起身，在盛青溪反应过来之前，搂住她的腰将她抱起。他垂眸淡淡地扫了一眼还在愣神的女孩儿："你知道自己发烧了吗？谁让你走路不穿鞋的？"

盛青溪的身体骤然悬空，她发了一会儿呆，才看清林燃的眼里毫无睡意。原来他一直都醒着。

她下意识地将脚趾蜷缩起来，小声道："我不难受了。"

林燃走到床边，弯腰把盛青溪重新塞回被子里，用被子把她盖得严严实实后，又伸手探了探她额头上的温度。

林燃的手掌贴上来的时候，盛青溪下意识地闭上双眼，睫毛因为紧张而轻轻颤动，像一只受了惊的小蝴蝶。

林燃见状，故意在上面多放了一会儿。

盛青溪不安地抿了抿唇，试探着睁开眼，想偷偷看一眼。

她一睁开眼就对上了林燃的双眸，但从他的眼睛里看不出什么情绪。林燃直勾勾地盯着她，两人就这样对视了良久。

知道她不发烧了，林燃缓缓移开手，视线却停留在她的脸上。

半晌，他哑声道："盛青溪，我还活着。"

盛青溪一怔，垂下眸，避开林燃的视线。

林燃应该问她为什么会这样问的，但此刻问不出口。因为盛青溪看起来很难过，似乎随时都有可能哭出来。

他不知道盛青溪这样问的原因，到底是那天在光年俱乐部时他的超速吓到她了，还是其他……其他更隐秘的原因。

他叹了一口气，用手指轻抚着她的眼角，低声说："我之前怎么不知道你这么爱哭？"

乖乖靠在枕头上的女孩儿没应声，只是睁着眸子望着他。

林燃凝视她片刻，觉得喉间干涩："盛青溪，关于上次我说过的话，我反悔了。以后我还去接你上学，送你回家。"

他有些笨拙地问："你……你能不能继续教我写作业？我会用心学的。"

盛青溪看着林燃，眨了眨眼，抬起手朝他伸出一根食指，那手指在灯光下泛着莹润的光芒，莫名有些勾人。

林燃盯着那白皙纤细的手指看了一会儿，抬眸看向盛青溪，声音低低的："做什么？"

盛青溪小声道："你离我近一点儿。"

林燃身体一僵，她又要做什么？

林燃迟疑地微微俯身，靠近盛青溪，几秒后，她微凉的手指轻轻抚上他的眉心。

她柔软的手指像羽毛一样滑过他的眉心，并在上面轻轻点了一下，随后她轻声道："你答应我一件事。"

林燃的声音已经沙哑得不成样子："什么事？"

盛青溪弯了弯唇，语调轻柔又缓慢："林燃，接下来的一年里，你能不能一直待在我身边？"

林燃的喉结不自觉地剧烈滚动着，他狼狈地闭上了眼，不敢再去看她。许久，他听到自己嗓音暗哑地应道："好。"

清晨，窗外阳光和煦。

“林燃，裤子太长了。”女孩儿甜美的声音从他的房间传来。她喊他名字时尾音拖得长长的，让这一声听起来有点儿像撒娇，像有猫在他身边蹭来蹭去似的。

林燃张开嘴巴，做了一个深呼吸，敲了敲门，问：“我可以进来了吗？”

等盛青溪答应了，林燃推门进了房间，一踏入房门他的脚步就顿住了。房间内此时还弥漫着她从浴室里带出来的水汽，水汽里满是他常用的沐浴露的味道。

但林燃在其中嗅到了一丝不一样的甜味，比他吃过的任何一种草莓糖都甜。他像是被这丝丝缕缕的甜味蛊惑了一般，视线不受控制地朝床边的盛青溪看去。

女孩儿刚洗过澡，黑发软软地披在她的肩头，发尾还是湿的。她素净的脸上还沾着水滴，脸侧有淡淡的红晕，那双黑亮的眸正盯着他，淡粉色的唇轻抿着。

她看起来纤弱漂亮的颈侧贴着几缕黑发，身上穿着他那件宽大的短袖，精致纤细的锁骨清晰可见，娇小的身躯完全被他的衣服包裹。

林燃一时竟走不动道，只是怔怔地看着盛青溪。

直到他眼前的女孩儿又喊了一声他的名字：“林燃。”

她歪着头和他对视，似是好奇他在看些什么。

林燃轻咳一声，掩饰般地移开了视线，耳根发红，一句话说得磕磕巴巴的：“裤子……裤子哪里长了？”

盛青溪低头扯了扯几乎要掉下去且有小半截拖在地上的黑色长裤，抿了抿唇：“就是很长，你看不出来吗？”

林燃做了很久的心理建设才敢再去看她。

他的T恤穿在她身上像条小短裙，裤子就更不用说了，她整个人像是要淹没在他的裤子底下了。

林燃沉沉地吐了一口气，控制住自己过分活跃的思绪，低声道：“你坐下。”

盛青溪乖顺地在床边坐下。林燃的床很高，她坐上去两只脚就悬空了，空荡荡的裤管随着她的动作在空中晃悠起来。

林燃在她面前蹲下身，伸出修长的手指，犹豫地探向他自己的裤子。

这是他十五岁的时候穿的裤子，他找了许久才找到一条这样小的，毕竟他两年前才搬来这里，但即便是这样，这裤子穿在她身上依旧大得过分。

他一点儿一点儿地将裤管往上卷，女孩儿小巧白皙的脚、莹白纤瘦的脚踝慢慢出现在他的视线里。这纤瘦脆弱的脚踝，他用一只手就能完全握住。

林燃不敢多看，慌乱地起身去翻抽屉里的夹子。他越着急就越慌乱，连翻了三个抽屉都没找到，重新翻了一遍，结果夹子就在第一个抽屉里。

盛青溪看着林燃着急忙慌的样子，以为他急着出门，说："你有事要出去吗？那一会儿我可以自己坐车回家。"

林燃合上抽屉，沉默了许久才道："不出去。"

接下来，林燃没再胡思乱想，加快了动作，把裤子固定在她的脚踝处，又起身在她身侧为上衣的衣摆打了一个结，一整套动作行云流水。

这两年他为了照顾林烟烟，没少学做家务和这些小女孩儿喜欢的穿衣方式。

做完这些后，林燃立刻拉开了与盛青溪的距离，起身朝门口走去："弄好了就下来吃早饭，不许不穿鞋。"

林燃走后，盛青溪叠好被子才慢吞吞地下楼。她安静地看着如今还完好无损的房间，心情慢慢放松下来。

此时餐桌上已摆好了冒着热气的早餐，香味渐渐散开。

林燃见盛青溪下来，将碗和筷子都放好，朝她抬了抬下巴："过来吃饭。早饭是陈阿姨刚刚做好的。"

盛青溪脚步一顿，重复道："陈阿姨？"

林燃随口解释："是家里平时烧饭、打扫卫生的阿姨。从我和烟烟搬来这里她就在了，她做饭的手艺不错。"

盛青溪拉开椅子坐下，垂眸问："林燃，你从哪里找到这个阿姨的？"

林燃皱着眉，想了很久才说："好像是我爸找的，那时候我和烟烟刚搬出来，他不放心，除了阿姨，还给我们配了司机和保镖。"

他将热好的牛奶放到盛青溪手边，继续说："后来我成年了，开始玩车，才让保镖和司机都撤了。烟烟挺喜欢陈阿姨的，就让陈阿姨一直留了下来。"

盛青溪点了点头，没再问其他的事。

两人吃完早饭没多久，谢真和何默到了。

谢真也不看客厅里是不是还有别人，进门就嚷嚷："燃哥燃哥，今晚宋行愚他们要来光年。你去不去？你们谈得怎么样了？”

盛青溪听到宋行愚的名字，不由得抬眸看向谢真。

在以前的记忆里，宋行愚是林烟烟的丈夫。

谢真咋咋呼呼的，一转头就对上了盛青溪的视线。他傻傻地愣在原地：这咋回事？仙女怎么在燃哥家里？仙女身上穿的是什么？

何默走到一半，忽然被小山似的谢真挡住。何默不满地推了推谢真：“你干吗呢？你这一停，后面的人都走不了了。”

说着，何默也探头顺着谢真的视线看去。

水嫩的小仙女正坐在沙发上看着他们，眼眸澄澈漂亮。

林燃洗了碗出来，何默和谢真还站在玄关处，和沙发上的盛青溪大眼瞪小眼，两个男孩儿眼珠子都要掉下来了。

谢真后知后觉地注意到倚在厨房门口的林燃——穿着白色短袖的少年双手环胸，神情淡淡的，修长的手指上挂着水珠。

谢真惊讶地发现，林燃和盛青溪穿的竟然是同一款！

谢真一下子没憋住，看向林燃：“燃哥，你把仙女怎么了？”

林燃嗤笑一声，唇角勾起的弧度嚣张又坦然：“你不是都看到了？”

谢真咽了咽口水，燃哥怎么笑得像个变态？

何默这时候倒是反应过来了，仙女昨晚还发着烧呢。

盘腿坐在沙发上的盛青溪倒是非常友好地冲他们打了招呼：“何默，谢真。早上好。”

话音落下，这三个男生动作同步地看向她，脸上的表情各有不同。

盛青溪被他们的反应弄得一怔，不明白自己说错了什么。

何默和谢真惊讶于盛青溪竟然会记得他们叫什么，林燃则是不满盛青溪记住了何默和谢真的名字——明明他们俩很少在她面前出现。

他每天风里来雨里去地接送她上下学，她怎么能记别人的名字？

林燃不悦地扫了两人一眼：“你们一大早的来干什么？你们平时这个点不是刚睡下吗？”

何默和谢真都是满脸的问号：燃哥怎么回事？能不能在仙女面前给他们留点面子？你自己放假的时候不也天天这个点才睡？

但何默和谢真也只敢在心里想想，不敢当着林燃的面质问他。

谢真磨磨蹭蹭地走到沙发那儿坐下，还特害羞地坐得离盛青溪远一点儿，免得林燃又发起疯来搞他们。

如今的谢真和何默都很年轻，都是鲜活灵动的模样，只有盛青溪知道，林燃去世后谢真和何默变成了什么样子。

每一年清明，他们都能在林燃的墓前遇到。那十年，他们风雨无阻。也是因为这样，后来盛青溪和他们的关系处得不错，偶尔下了班还会一起去吃个夜宵。所以此时盛青溪见他们坐下，下意识地对他们笑了笑。

何默："……"

谢真："……"

林燃："……"

何默和谢真慌乱又莫名其妙地对视一眼，然后齐齐转头去看林燃。紧接着，两个人疯狂摇头："燃哥，这和我们没关系，我们什么都不知道。"

林燃凝眉盯着盛青溪唇角的微笑，心想：这小东西怎么不管对谁都笑得这么好看？

林燃知道谢真他们来是因为晚上宋行愚来光年的事。可他今天凌晨才答应了盛青溪接下来一年都要好好待在她身边。所以林燃也不怕丢脸，就当着何默和谢真的面问盛青溪，语调慵懒："长官，今晚我能去光年开车吗？到终点就刹车的那种。"

盛青溪用水亮的眼眸看着林燃的脸，发现他的黑眸里带着零星的笑意，正等着她的回答。

盛青溪抿抿唇："你想去就去，不用经过我的同意。"

林燃似笑非笑地看着盛青溪，语气中带着调侃的意味："那可不行，接下来的一年里，你让我往东我不敢往西。"

他深深地望进盛青溪的眼睛里，一字一顿地说道："以后我的事，你说了算。"

林燃的目光过于炙热，盛青溪只坚持了几秒就移开了视线。

何默和谢真满脸写着"我要看戏"四个字。

但林燃没有让别人看自己的热闹的习惯，斜眼看了两人一眼："这事下午再说，我现在送她回去，接上烟烟再去车行找你们。"

林燃言下之意很明显：你们滚吧。

何默和谢真叹了一口气，两个人勾肩搭背地往外走。

何默："唉，这脆弱的兄弟情啊。"

谢真："咱哥儿俩回冷宫待着去吧。"

林燃："我数到三。"

话音刚落，何默和谢真就逃似的往外跑，一溜烟就跑得没影了。

他们俩走后，林燃上楼拿了一件校服，往盛青溪的脑袋上一罩，隔着校服揉了揉她的黑发：“把衣服穿好，我送你回家。”

今天是周末，盛兰通常会带着那些孩子去城西中心公园玩，带他们在外面吃了饭才会回去，所以盛青溪不怕被盛兰发现。

林燃看着盛青溪进去关上大门之后，才离开。

银色的摩托车咆哮着朝初城半山别墅驶去，山下的门卫看到这个大魔王拦都不敢拦。纵使他们这两年很少看到这个林家的小霸王了，但他每次来，必定闹得惊天动地，就如此刻一样。

安静的半山别墅里，不少人好奇地探出头来看，想知道谁来了。

林烟烟坐在餐桌前，耳尖地听到了极具林燃个人特色的引擎声，把勺子一放，对林佑诚说：“爸爸，哥哥来接我了。”

林佑诚摘下眼镜，往门外看了一眼，侧过头对徐宜蓉说：“阿蓉，去给小火拿副碗筷。”

徐宜蓉的眼底藏着一点点不安，嫁进林家后，她一直都有点儿怕林燃那个孩子。明明那个时候他还小，可看向她的眼神是那么令人心惊——凶狠，乖戾，就像一只受伤的狼崽。

婚前林佑诚曾和她说过，婚后不想再要孩子了，徐宜蓉知道林佑诚是为了保护林燃和林烟烟。那时的她几乎想都没想就答应了，说愿意把这两个可怜的孩子视如己出。可惜事与愿违，这两个孩子都不喜欢她。

这些年她有些后悔了——林佑诚并不爱她，在林家她几乎什么都没有，所谓的“林太太”，也只是一个虚名。

刺耳的刹车声在门口响起，用人们早已开门等着迎接林燃。

林燃却没有进门的打算，只淡淡地扫了一眼餐厅内坐着的三个人。他抱着头盔，站在门口，懒洋洋地喊了一句：“林烟烟，出来，回家了。”

林烟烟小心翼翼地抬眸看向林佑诚。

林佑诚面色微僵，放下筷子。站在门口的少年早已将他们四人划分为两个阵营，自离家后，就再也没有踏入这幢房子。

林佑诚沉声道：“小火，这里是你的家。”

林燃听了这话，脸上的神情没什么变化。因为有盛青溪，今天他的心情很好，他现在不想让那些陈芝麻烂谷子的事破坏自己的心情。

气氛瞬间变得尴尬，林烟烟不安地抿了抿唇，起身对林佑诚小声道："爸爸，我回去了。"

说完，林烟烟跑到沙发那边，扯过自己的书包就往外跑，生怕林佑诚和林燃又吵起来。这父子俩单独相处的时候，或许还能心平气和地谈谈，但在徐宜蓉面前，林燃绝不可能妥协。

林佑诚正打算说什么，一旁的徐宜蓉按住他的手，轻声道："小火难得回来一次，别冲孩子发火。"

门外引擎的轰鸣声再次响起，又逐渐走远。等声音再也听不见了，林佑诚重重地叹了一口气，疲惫地摘下眼镜，面色颓然："那件事，小火始终没有原谅我。"

徐宜蓉握紧林佑诚的手："那件事是我的错。"

林佑诚摇摇头："和你没关系。"

这是他们父子之间的问题。

晚上七点，光年车行。

林燃垂着眸给盛青溪发信息。

Firegun："长官，八点我有比赛。"

Firegun："你是不是应该来监督我？"

小溪流："晚上答应了要陪小朋友们玩，不能过去。"

Firegun："长官，我也是小朋友。"

小溪流："你比较乖。"

林燃盯着屏幕上的消息，一时像着了魔。他想现在就见到她，哪怕只是远远地看她一眼，只要看她一眼，浑身滚烫躁动的血液就能平息下来。

修长的手指微动，林燃敲了几个字发过去后，就把手机丢到了一边。

今晚宋行愚过来是为了林燃先前答应的事，两人说好了，不管林燃有没有意愿加入"上瘾"，他们都要去赛场上比一把。

时间到了，林燃拿起赛车服往隔壁的俱乐部走。

对于宋行愚这个人，林燃愿意付出几分耐心。

不管是以前，还是现在，宋行愚都给了林燃十足的诚意。以前，林烟烟出了事之后，宋行愚亲自处理了那件事。

宋行愚一直在弥补自己的错误。那一年，他找遍了全国有名的心理医生，因此林烟烟每一天都在变得更好。于情于理，林燃都应该见宋行愚一面。

林燃走后不久，被他放在楼下客厅的手机开始响个不停。此时车行内，除了二楼的林烟烟便没有别人了，他们都在隔壁的俱乐部里。

当铃声再一次响起时，林烟烟探头瞧了一眼，下楼拿上手机，小跑着去俱乐部找林燃。她跑得急，转弯的时候也没注意看路，刚转过弯，就一头撞在了别人的身上。

这一撞让林烟烟蒙了一下，巨大的冲击力让她失去平衡，眼看要往地上倒去，那人却拦腰一把将她捞了回来。

林烟烟捂着脑袋抬头看去，一个戴眼镜的年轻男人正低头看着她，琥珀色的眸子里带着一点点关切，他清俊的面容在走廊的灯光下显得很温柔。

宋行愚把怀里的小女孩儿放下来，等她站稳了才松开手。他温声问："你没事吧？"

林烟烟摇摇头，小声说了句"对不起"就跑了。

跑远了以后，林烟烟捂着狂跳的心脏停下来，手里紧捏着的手机早已不再响。

除了林燃和林佑诚，她第一次距离别的异性这么近。

林燃换好了赛车服，还没走到看台就看到了蹲在角落里的林烟烟——小丫头跟蘑菇似的，垂着脑袋，安安静静地蹲在那里。

林燃蹙着眉走过去把小丫头拎起来，一脸困惑地扫了林烟烟一眼："你蹲这儿干什么呢？脸怎么红成这样？"

林烟烟闻言，后知后觉地用手摸了摸自己的脸，慌乱地把手机往林燃手里一塞，说："我回去写作业了，哥哥你的电话响了很久。"

林烟烟说完就跑了，跟只兔子似的。

林燃见林烟烟跑没影了才打开手机看了一眼，是林煌打来的电话。林燃拨回去的时候，那边已是无人接听的状态。

"燃哥！准备好了！"

谢真的喊声越过热闹的看台，传到林燃的耳中，林燃抱着头盔往赛场上走。

见林燃准备上场，谢真屁颠屁颠地小跑着跟上来。

林燃头也不回地把手机往谢真怀里一丢，漫不经心地道："要是小溪流给我打电话了，你就立即喊停。"

谢真没有立刻反应过来，不解地挠了挠头："小溪流？燃哥，小溪流是谁？那仙女怎么办？你早上还……"

谢真还没说完，就被从后面追上来的何默弹了一下脑门，何默嘴角微抽："阿真，你说话前能不能动动脑子？你想想仙女叫什么。"

"仙女叫什么？仙女叫……叫……"说着说着，谢真恍然大悟。谢真瞅了一眼前边的林燃，嘀咕道："默子，燃哥现在和仙女是什么情况？"

何默一脸神秘地摇摇头："不知道，不清楚，别多问。"

近来，林燃的脾气比以前还要差，任何事都可能触发他的怒火。至于林燃和盛青溪的关系，他们最好不过多掺和。毕竟今天早上仙女只是对他们笑了一下，林燃就一副要杀人的样子。

何默在心里轻哼，还能有什么情况？燃哥栽了呗。

这不是宋行愚第一次见林燃，年前宋行愚来光年俱乐部时也看过林燃比赛。林燃玩得又疯又野，宋行愚一眼就能看出来这个少年与其他赛车手不同。林燃身上有一股特别的劲儿。

但今天的林燃显然和年前那会儿不太一样，他今天慢得就像老太太在公园散步。

宋行愚一时疑心，莫非林燃还在为林烟烟的事生气？

宋行愚倚在爱车旁，扫了一眼屏幕上的时间，觉得自己等到了天荒地老，林燃才慢悠悠地骑着小绵羊抵达了终点。

啪嗒一声，微弱的火焰在暗色中燃起，浓烈的烟味骤然散开。宋行愚清俊的面容上平白多了一丝邪气，他瞥了一眼摘下头盔的林燃，咬着烟含糊道："你这两天'从良'，改骑小绵羊了？"

林燃胯下的摩托车张牙舞爪，像只耀武扬威的怪兽，偏偏到宋行愚的嘴里就成了小绵羊。

但这一句话让林燃品出一丝以前的味道来。宋行愚还是这样，表面上看起来是个温柔耐心的邻家哥哥，其实就是个斯文败类，说话直白又犀利。

林燃没接宋行愚的话，抬了抬下巴，转而说起俱乐部的事："加入俱乐部的事，明年六月之后再说，但平时你们缺人的话，可以随时给我打电话。"

宋行愚是聪明人，林燃话里的意思明显是答应加入"上瘾"。

至于为什么是明年六月，那就是林燃的私事了，宋行愚不会多问。

宋行愚轻声一笑，温柔的眉眼在烟雾中若隐若现，清朗的嗓音划过凛冽的空气："下个月我们在扬山就有一场比赛，你有空就来。"

林燃："……"

这人还真是不客气。

林燃抱着头盔越过宋行愚，背对着他随意挥了挥手，嗓音微凉："今天有事，改天再找你玩车，祝你玩得开心。"

宋行愚眉峰微挑，早上林燃答应自己的时候可是半点儿没犹豫。晚上人都来了，又说有事，看来还真是急事。

看台上的谢真和何默也很蒙。

何默用手肘推了一下谢真："燃哥什么情况？仙女也不在这儿，他装什么呢？"

谢真的眼睛虽然小，却很灵动，他用余光敏锐地看到林燃正朝他们走来，于是轻咳一声："阿真，晚上来一场甜蜜双排吗？"

何默也极有"灵性"，将到了嘴边的话转了个弯："排，我现在的段位是大师，目标是钻一。"

谢真："……"

谢真竖起眉，不满地道："你这是什么意思？"

何默嘀咕："你说我什么意思？"

林燃刚走近，就听到这两个小学生在这儿吵吵闹闹的。林燃不想去凑什么热闹，掀开眼皮，瞥了一眼和何默吵得脸红耳赤的谢真："阿真，把手机给我，我去回个电话。"

谢真把兜里的手机掏出来，使劲往林燃怀里一按，唾沫星子差点儿就飞到林燃的脸上去了："拿去！"

林燃挑了挑眉，也不和谢真计较。

十分钟后，林燃从更衣室出来，一只手拎着头盔，另一只手拿着手机。林煌的声音从电话的另一头传来："小火，你现在有空吗？"

林煌的语气听起来不太对劲，林燃看了一眼屏幕上的时间——晚上八点半，于是应道："你说。"

林煌迟疑了片刻，许是因为在不方便说话的场合，压低声音道："小火，今天下午你爸后娶的那位来了老宅。现在爷爷在这儿发脾气呢。"

林燃蹙眉："因为什么事？"

除了逢年过节或者特殊的日子，徐宜蓉很少去老宅。林家人对她的态度一般，她也不想热脸去贴人家的冷屁股。

林煌叹了一口气："你爸他……他最近资助了一个初城大学的学生。"

听到这里，林燃没应声，林煌等了许久才忐忑不安地说出了那句话："从照片上来看，那个大学生长得很像……很像婶婶。"

林燃瞳孔微缩，握着手机的手骤然收紧，声音冷得吓人："你说什么？"

林煌连忙解释："爷爷找人调查过了，你爸只是单纯地资助。被资助的那个人不知道你爸的身份，你爸偶尔会去初城大学看她，但也只是远远地看一眼。"

接下来，回应林煌的是通话结束的声音。

盛开福利院里，盛青溪站在一旁看着盛兰赶着这些小家伙去洗澡。小家伙们凑在一起就像一群小鸭子，叽叽喳喳又热热闹闹地往大浴堂跑去。

这时，盛青溪才有空看手机。

对话框里，最后一句仍是她对林燃说的那句"你比较乖"。

盛青溪垂眸注视着林燃发送的那句话，想了片刻，还是决定去看看这个也很"乖"的小朋友，毕竟这个小朋友很难哄。

夜风吹起盛青溪身上宽大的校服，属于林燃的淡淡的味道也被风吹散了。

盛青溪将手缩进校服袖子里，小跑着下了车。

热闹的街道上灯火辉煌，盛青溪径直走进俱乐部。但她找遍了整个看台和赛场都没找到林燃，也不见谢真和何默的踪影。

盛青溪犹豫了半晌，拐弯进了隔壁的车行。

男生们吵闹的声音自二楼传来——谢真和何默在玩游戏。

"默子救我救我救我，啊啊啊啊啊，我觉得我还值得再被救一下！"

"你往野区走！！！走位你会吗？走位！"

"你看不到我在努力吗？！"

盛青溪轻手轻脚地走上二楼，扶着黑色的栏杆悄悄看向客厅，发现林燃不在这里。她眨了眨眼睛，正打算转身下楼，却对上了一双漂亮的眼睛。

林烟烟从三楼探出脑袋看盛青溪，许是怕打扰到谢真和何默，小丫头小声说："姐姐，我哥哥在阳台，你快上来。"

林燃上楼的时候，林烟烟正巧瞥了他一眼。她很少见到林燃脸色这样难看，上一次他这个样子，还是在盛姐姐受伤的时候。

盛青溪闻言，没有犹豫便上了三楼。

林烟烟见盛青溪没有离开，松了口气，扯住盛青溪的衣角，往四楼阳台的方向看去，压低声音道："姐姐，我哥哥好像不太对劲。"

盛青溪一怔："他怎么了？"

"不知道，明明之前还好好的。"林烟烟老实地摇头，"姐姐，你能去看看我哥哥吗？我怕他又在胡思乱想。"

这段时间林燃的不对劲，林烟烟都看在眼里，但始终想不明白是因为什么。

盛青溪抬手揉了揉林烟烟的头发："别担心，我去看看他。"

盛青溪将柔软温热的手轻缓地贴在林烟烟的发顶。林烟烟有些茫然地看着盛青溪，心里忽然涌上一种奇异的感觉，仿佛盛青溪之前就这样温柔地摸过自己的头发。可是明明没有啊，她怎么会有这样的想法？

直到盛青溪走上四楼，林烟烟才缓过神，抬手摸了摸自己的头发。

光年四楼的阳台设计得很漂亮——透明的花房，明亮的灯光，精致的桌椅，小巧的秋千，可林燃偏偏坐在黑暗里。

少年无所畏惧地跨坐在栏杆上，仰头看着沉沉的夜色，在月色的浸染下，他的背影显得很孤寂，给人一种在风中摇摇欲坠的感觉。

盛青溪抿抿唇，慢慢靠近林燃。

他似是没注意到楼上多了一个人，姿势未变。

"林燃。"

盛青溪在距离林燃不足两米的地方停下，轻声喊他的名字，如往常一般。

林燃起先以为是自己风吹久了出现了幻觉。直到她喊了他第二声，他才如梦初醒一般转过头去，看向站在他身后的盛青溪。

安静漂亮的女孩儿正看着他，目光温柔，眼神里明显带着担心。

林燃没动，依旧坐在栏杆上，背后是仿佛随时都能将人吞噬的暗夜。

盛青溪能明显看出林燃此时情绪不太好。

他双眼微微泛红，眼神脆弱又固执，可望向她的时候眼睛里多了一丝柔软。

明明他的脸上没有眼泪，盛青溪却觉得他正在哭。

林燃以为盛青溪会走向他、靠近他，但是她没有。

她只是站在原地，凝视他许久，然后双眼微弯，露出温柔的微笑，语调亲昵又轻柔："林燃，过来。"

林燃呼吸一顿。

林燃像溺水的人紧紧地抓着眼前的浮木，她轻缓的呼吸声就在他的耳畔，让林燃心中燃起的怒火消减了一些，他把心中那不可控的念头拉回来了一点儿。

好半晌，林燃哑声问："你怎么过来了？"

盛青溪小声说："我来看小朋友。"

明明此刻林燃的心情已经差到了极点，可听盛青溪这样说，他竟笑了一声："但我不乖。"

他沉默片刻，声音嘶哑地说："盛青溪，我现在不太清醒。"

盛青溪的手微微用力，她轻声问："你怎么了？"

林燃沉默半晌，许久才低声道："盛青溪，我母亲在我七岁那年就生病去世了，之后不到一年，我父亲就再婚了。"

"小的时候，我不能接受父亲再婚的事，即使后来长大了，明白了他是怎么想的，也接受不了。两年前发生了一件事，那件事后我和烟烟就搬出了那个地方。"

说起两年前的事，林燃仍耿耿于怀。

这些年，林燃虽然不能接受徐宜蓉以一个母亲的身份来照顾他和林烟烟，但徐宜蓉性格温柔，与他们并没有大矛盾。林烟烟是个女孩儿，有些事并不方便和家里的两个男人说。

两年前，林烟烟生了一场病。

那时，恰逢林佑诚在外地出差，家里只有徐宜蓉和林燃兄妹两人。徐宜蓉怕用人不够细心，便亲自做药膳照顾林烟烟。

林烟烟生病不舒服，烧得迷迷糊糊的，闻到药膳的味道，下意识地推开徐宜蓉，滚烫的汤霎时向徐宜蓉倾洒而去。

林燃的反应很快，他伸手拉了一把徐宜蓉，即便是这样，徐宜蓉还是被溅到了，刚熬好的药膳也洒了一地。

巧的是，林佑诚就是在这个时候回来的。他一进门看到的就是林烟烟推开徐宜蓉，导致徐宜蓉被烫伤的场景。

林佑诚朝还在生病的林烟烟发了火，以为自己不在家的时候，林燃和林烟烟就是这样对待和他们共同生活了八年的继母的。

当晚，林燃就带着林烟烟离开了他们生活了多年的家。

时隔两年，林燃再提起这件事还是难以释怀。他克制住自己的情绪，说："我和烟烟是他从小看到大的，我们是他的孩子，他却不相信我们。"

林燃双眼微红，难过又不解："他怎么能这样想烟烟？"

那时，他被林佑诚的言语刺伤，心里的伤口至今没能愈合。

没人教林燃和林烟烟在失去了母亲之后，该如何去融入一个新的家庭，也没有人教他们在与父亲发生矛盾之后，该怎么去化解。

盛青溪一直安静地听着林燃说话，这件事自己曾听林烟烟提起过。但她知道，林燃今晚不是因为这件事失控的，还有别的原因。

但对林燃来说，今晚的事太难以启齿。这样不堪的家事，他没办法在这个女孩儿面前说出口。

林燃说完，低声问："我是不是吓到你了？"

盛青溪注视他片刻，忽然抚上他的眼角，感受到了他眼皮的温度，低声道："林燃，你别哭。"

林燃整个人都僵住了。

盛青溪的眼底映着他的面容，她一字一顿地说："我在你身边，你别难过。我会保护你的。"

林燃像是再也克制不住自己的情绪一般，重重地喘了一口气。从接到林煌的电话到现在，林燃一直在压抑自己的情绪。

这件事，以前他并不知道，但不代表它没有发生过。

以前林烟烟出事在前，爷爷很可能是因为林烟烟的事，把这件事瞒了下来，所以林燃至死都不曾知道这件事。

林佑诚让林燃觉得恶心，而这样的人是林燃的父亲。

林燃浑身发冷，唯有盛青溪的存在在不断提醒他——他还活着。也因为还活着，所以他必须去面对这件事，哪怕遍体鳞伤也不能逃避。

她给了他力量。

不知过了多久，盛青溪抬眸看了一眼林燃，他的情绪看起来比刚才好了一点儿，既然他不想说，她也就不再问了。

林燃道："你下次过来提前打电话和我说一声，我去接你。"

城西那地方比较偏，入夜后，除了美食街，其他街上基本没人。晚上她一个人出来很不安全。

林燃和盛青溪刚走下楼，就看到一颗挣扎着往回缩的小脑袋，但显然林烟烟的动作不够快。林燃走到窗前，一把把小丫头的脑袋固定住。

林烟烟所在的这个房间，三面都是全透明的玻璃窗。所以当楼梯上响起脚步声时，她立刻就从桌前溜到窗前偷看，只是没想到刚好和林燃的视线撞上。

林烟烟轻轻地挣扎了一下，也不管林燃，直接可怜巴巴地看向盛青溪："姐姐，我这样好难受。"

盛青溪闻言，抬手扯了扯林燃的衣角。明明她一句话都没说，林燃却非常配合地放开了林烟烟。他睨了一眼正在揉脖子的小丫头，轻哼道："你倒是聪明。"

林烟烟眨巴眨巴眼，把窗户一关，躲回房间里去了。显然，她抓准了她哥哥现在的死穴。

林燃和盛青溪经过二楼时，谢真和何默仍在吵闹，丝毫没有注意到他们下了楼。

车已经停在路边等他们了，林燃打开车门把盛青溪拎了进去，就在他想跟着坐进去的时候，手机铃声又响了起来。

林燃动作一顿，拿出手机扫了一眼，随手又将其放回去。

就这么一会儿的工夫，林燃再抬头时，简直要被气笑了。原本开着的车门已经被盛青溪关上了，她打开车窗朝他挥挥手，黑眸亮晶晶的，甜甜地说："林燃，我回家了。"

林燃："……"

他轻啧一声，冲盛青溪抬了抬下巴："你往里面挪一下。"

盛青溪犹豫了一下，一边慢吞吞地往另一侧挪，一边小声说："你有事可以先去忙，我能自己回家的，到了给你发信息。"

林燃不听她的，打开车门坐上去，朝盛青溪轻轻挑了挑眉："今天凌晨你和我说了什么，你自己还记得吗？你现在就反悔了？"

今天凌晨，盛青溪问他，接下来的一年里能不能待在她的身边。林燃决定身体力行地让盛青溪感受到，他的承诺可不是随口许下的。

盛青溪无可奈何，他明知自己不是这个意思。只不过城西太远，来回很耗费时间，现在时间已不早了，她不想折腾他。

车启动之后，林燃没再说话，低头回着信息。

盛青溪安静地坐在他的身边，明白林燃在她面前的轻松状态大半是装出来的，知道他心里压着事。

两人一路无言。车停下后，林燃才发现已经到了盛开。

林燃把盛青溪送到住宿楼门口后，停下脚步，动作自然地拍了拍她的脑袋："早点儿睡觉，明天我还是六点半过来，到了给你发信息，你看到信息再出来。”

盛青溪仰起脸，看向隐在黑暗中的少年。他的脸部轮廓变得模糊，但这并不妨碍她看清他的眼睛——里面藏着隐忍。

盛青溪仍有些担心他，抿抿唇，低声说：“我等你来接我。”

林燃笑了一下：“好，你进去吧。”

林燃看着盛青溪的身影逐渐消失在门缝里，随着大门的彻底关闭，他脸上的笑容也消失得一干二净。

林燃转身隐入黑暗之中，他的下一个目的地是初城半山别墅。

晚上十一点，天空乌云密布，一颗星星都看不见。

沉沉的夜色下，半山别墅灯火通明。

这是林燃时隔两年，第一次踏入这座房子。

宽敞明亮的客厅里，林佑诚坐在沙发上，沉默地看着站在他面前的少年。父子俩就这样僵持着，谁也没有开口。

徐宜蓉在林燃回来之前便上楼回避了，她不能再掺和这件事。

林燃淡淡地扫了一眼周围，这里乍一看与他两年前离开时没什么区别，但还是有一些细微的不同之处——茶几上的花瓶换了新的，上面插着新鲜的百合。茶几上原先放的是青瓷花瓶，而且以前家里从未出现过百合花。

何晚秋喜欢青瓷，所以以前他们家的瓷器多是青瓷，而如今只有林佑诚的书房里还有一点儿青瓷，那里也是林佑诚最后的领地。

比起刚得知消息的时候，林燃现在已稍稍平静下来。他眼里浮出些许嘲讽的意味，出口时带着讽刺的笑意：“我听说，那学生就比我大三岁。”

关于这件事，林佑诚不曾和父亲解释什么，只说自己心里有数。但在林燃面前，林佑诚不能用同样的理由搪塞过去。

林佑诚神情微凝，这件事是有人多嘴告诉徐宜蓉的。这些年，他们夫妻感情说不上好，但在外人看来也算是相敬如宾。

他和徐宜蓉都清楚，他心里还放不下何晚秋。

这件事原本藏在暗处，无人提及，现在却被拎出来明晃晃地摆在他们之间，徐宜蓉被这根刺扎了许多年，这件事让她觉得难堪，无法再忍受下去。

林佑诚试图用温和的口吻和林燃解释这件事：“小火，那个女孩儿并不知道背后资助她的人是我。我……我是在年初遇见她的，那一天下了大雪。”

林燃猛地收紧垂在身侧的手，何晚秋的忌日也在冬日里。

有关这件荒谬的事，林佑诚的内心也充满了挣扎，他的唇角微微抽动，停顿片刻，他嗓音沙哑地继续说道：“这么多年，我一直很想晚秋。那一瞬间，我以为晚秋回来了。”

林佑诚抬眸和林燃对视，对面的少年已有了大人的模样。不在家的这两年，林燃成长得很快，简直出乎林佑诚的意料，不论是在考上一中这件事上，还是在照顾林烟烟的事上。

这个孩子比林佑诚想象的还要坚强和优秀。

林佑诚轻叹：“小火，爸爸只是想帮帮她。”

因那个大学生与亡妻有相似的面容，林佑诚不可避免地对她生出了怜惜之心。

林燃的唇角扯起冷漠的弧度，他道：“这话你不如上楼对着书桌上我妈的照片再说一遍。帮帮她？你想帮多久？你又想帮到什么程度？”

林燃不可抑制地生出怒火，黑眸紧盯着面前已步入中年的男人：“你想过我和烟烟吗？你想过你现在的妻子吗？还说想让我回家，你自己看看这是家吗？你是怎么对待你的家人的？”

林燃说的这些道理，林佑诚都明白，可还是没能控制住自己。

但林燃有一句话说得没错，如今只是资助她上学，那以后呢？林佑诚没想过以后，这件事本就是因他的一个念头而起。

林佑诚一时无言。

林燃不欲和林佑诚多说，最后看了一眼曾经的家，摔门而去。

林佑诚怔怔地看着林燃的背影，这件事是自己做错了，又伤了这个孩子的心。

林燃独自一人走在夜色里，心头翻涌着强烈的怒火。刚才，林佑诚提起那个学生时的神情反复在林燃的脑海中闪现——疼惜、怜悯，眼眸深处还带着怀念。

一想到林佑诚看着那个学生的时候，想起的是何晚秋，林燃就控制不住自己的怒意。他甚至想回到那座房子里，把里面的东西都砸烂。

所有关于他们一家四口的回忆在今晚都变得支离破碎，这原本是他和林烟烟的家，是何晚秋喜欢的半山。林佑诚却亲手把这一切都毁了。

林燃猛然停住脚步，偏头看向灯火未熄的别墅，眸色黯然。

“叮——

“叮——”

林燃脚步刚动，手机就嗡嗡地响了起来，是信息提示音。他并不在乎是谁给他发信息，迈开步子继续往回走。

“叮——”第三声。

林燃不耐烦了，想将手机设置成静音，却在看到屏幕的瞬间顿住了。

发信息的人，是他的小溪流。

林燃将屏幕解锁，垂眸看着盛青溪发来的三条信息。

第一条是一张图片。

小溪流：“看我给你发的图片。”

小溪流：“林燃，我抄完了，晚安。”

林燃点开图片——昏黄的灯光映在白纸上，纸上是她漂亮干净的字。这个傻姑娘老老实实地把《防溺水安全教育条例》抄了一遍。在纸张的最后，她还签上了自己的名字，傻傻地写上了“盛青溪”三个字。

林燃长久地凝视着这张照片，直到起风了，才移开视线，慢吞吞地收回手机。

林燃再次迈开步子，离开了半山。

狭小的床上，盛青溪睡得不是很安稳，蹙着眉，额头上沁出些许薄汗，嘴里喃喃地叫着林燃的名字。

又一次，她从噩梦中惊醒。

盛青溪靠坐在床头，微喘着气，怔怔地看着床尾的那堆娃娃。她缓了一会儿，拿起手机。

现在是凌晨三点，林燃没有回复她的信息。

窗外夜色尚浓，只有一点儿路灯的光亮透过窗帘的缝隙洒进来。许是风大，斑驳的树影在薄而透的窗帘上摇晃着。

盛青溪原本想下床去洗脸，但掀开被子的一瞬察觉到了不对劲——窗外似乎有人。

盛青溪下意识地摸出放在床边的剪刀，悄无声息地下床，猫着腰，走到窗边。

房间里没开灯，盛青溪紧贴着墙，站直了身子。

盛开福利院的宿舍楼安装的还是老式的窗户，木制的窗框和玻璃间有缝隙，细小的风能从缝隙偷偷溜进房里，此刻也是这样。

但与以往不同的是，这风里带着淡淡的木质香。

盛青溪怔住，这味道她很熟悉，晚上才在林燃身上闻到过。

她悄悄拉开窗帘，往外看了一眼。

林燃微仰着头，姿势慵懒地倚坐在她卧室的墙边，身上还是那件单薄的短袖，微弱的路灯照亮了他小半张侧脸，另一半侧脸被阴影笼罩。

盛青溪打开了窗户，听到动静后，林燃诧异地抬头向窗边看去。

盛青溪正探头看着他，黑白分明的眼眸中清清楚楚地写着四个字：你又不乖。

她穿着棉质的白色睡衣，肩头散落的黑发被夜风吹乱了，白皙纤弱的颈部下小巧精致的锁骨若隐若现。

林燃喉结滚动，还没完全转过身去，就看到小姑娘手里握着一把剪刀，银色锋利的刀口即使在微弱的灯光下也显得瘆人。

林燃："……"

林燃轻咳一声，起身站直，和盛青溪对视："我……我就是想来看看你，没什么事。你接着睡，我这就走了。"

盛青溪瞧了林燃一眼，侧过身子，轻声开口："你进来。"

林燃心里一紧，不动声色地扫了一眼小姑娘的房间——不大不小，看起来很温馨，许多地方都留着她儿时的痕迹。

林燃微顿："这……不太好吧？"

话虽这么说，林燃却单手撑着窗沿，身姿灵活地翻进了盛青溪的房间，和他翻进福利院的动作一模一样。进来之后，他还特别贴心地关上窗，拉上窗帘。

林燃环视四周，视线落到床尾堆着的那些娃娃身上时，他的眼睛里不自觉地染上些许愉悦的神色。

对盛青溪来说还算宽敞的房间，在林燃进来之后莫名变得狭小了几分，屋内的家具被少年高大的身躯衬得非常小。

林燃也不拘束，拉开她桌前的小椅子坐下。

他看了一眼整洁干净的桌面，被桌上的照片吸引住，随口问道："你怎么半夜醒了？"

说话间，林燃自然地伸手拿过小巧的相框，看着里面的照片，照片上的小女孩儿是盛青溪。

他垂眸看着小时候就粉雕玉琢的盛青溪——她手里握着一把小小的花，脑袋上斜斜地戴着一顶草帽，笑得见牙不见眼，一口小米牙整整齐齐的。

盛青溪抿抿唇，诚实地道：“我做噩梦了。”

林燃侧过头看她，发现她的面色有些苍白，被汗水浸湿的额头上贴着几缕黑发。

少年的黑眸在屋内暖黄色灯光的映照下显得很温柔，他低声问：“你做什么噩梦了？”

盛青溪微微摇头，小声说：“我去洗脸。”

林燃微顿，没拦她，任由她躲开这个问题，钻去卫生间。

林燃沉默地盯着照片上笑得开心的盛青溪，从未像此刻这样清晰地意识到——他与盛青溪之间的关系，与他人所想的全然不同——沦陷的是他，无法自拔的是他，着了魔的也是他。

第八章　月　考

周一校会上，林燃双手插兜，闭着眼，神色慵懒地站在阳光下，耳边是谢真和何默吵闹的声音。

站台上，赵书月正在通报周六春游时学生意外落水的事。

林燃事先和赵书月沟通过，说盛青溪不希望她的名字出现在校会上。救人者的身份虽然被模糊地一带而过，但并不妨碍有心人知道这件事。

宋诗蔓没想到，只是春游那么短的时间，盛青溪就出了这么大的事。宋诗蔓板着脸教训盛青溪："那么多人都在，轮得到你下水救人吗？"

此时校会还未结束，宋诗蔓的声音不小，高二六班的很多同学听到动静后回头看了她们一眼。

盛青溪伸手扯了扯宋诗蔓的衣袖，小声道："诗蔓，我没事。"

顾明霁也在一旁帮盛青溪说话。他扶了扶眼镜，解释道："当时情况紧急，岸边的两个男生都不会游泳，小溪也是一时心急。"

宋诗蔓瞪他："你闭嘴。"

顾明霁："……"

他默默地闭上嘴，可不想惹这个大小姐生气。

再开口时，宋诗蔓有意识地降低了音量："昨天我想让你好好休息，就没多问。林燃下水救你又是怎么回事？你不会游泳都敢下去救人？"

盛青溪犹豫着要不要告诉宋诗蔓那天的情况。当时她被困在水里其实不仅是因为水草，还有更深层次的原因，却没办法说出口。盛青溪还没决定好怎么做，就忽然被一个高大的身影笼罩了。

林燃懒散的声音自盛青溪的头顶响起，紧跟着他宽大的手掌就贴上了她的发顶："宋诗蔓，你凶什么呢？我可没下水救她。"

宋诗蔓莫名其妙地看了林燃一眼："那你下水干什么？"

林燃漫不经心地应道："天太热了，我想下水游个泳，不行吗？"

宋诗蔓："……"

林燃这人是不是有病？

被林燃这么一打岔，宋诗蔓也不纠结盛青溪下水救人的事了，只叮嘱道："以后遇到这种事就喊人，你要先保证自己的安全。"

林燃闻言，挑了挑眉："这话你倒是可以听。"

说完，他又拍了拍盛青溪的脑袋："我回去了，你自己乖一点儿。"

宋诗蔓恨恨地瞪了林燃的背影一眼，心想自己和盛青溪说句话这个人都要过来掺和一下，真是烦死了。

前两周，林燃明明故意躲着盛青溪，现在又颠颠地跑过来打扰她们。宋诗蔓真是搞不懂林燃脑子里都在想些什么。哼，男人。

春游结束后不久，一中的学生们迎来了新学期的第一次月考。原本这件事和林燃他们是没什么关系的，但这次不太一样，尤其是林燃得知自己和盛青溪在一个考场之后。

刚知道这个消息的时候，林燃正和谢真他们在篮球场上玩。趁着中场休息，何默打开群瞄了一眼，群里有人发了月考的座位表。

这座位表是按照上学期期末考试的成绩排的，连名字都懒得写的林燃很显然是倒数第一。

看到座位表之后，何默没忍住，咧嘴笑了一下，故意大声念道："第十考场，第六排第七个座位，林燃。"

林燃一阵无语，心想：这人干吗呢？

何默念完，非常做作地停顿了几秒，瞥了林燃一眼，继续念："第十考场，第六排第八个座位，盛青溪。"

林燃："……"

林燃觉得含在嘴里的水吐出来也不是，咽下去也不是，忽然顿在原地。他刚刚没听错吧？小溪流坐在他后面？

谢真听了还挺纳闷儿：“小仙女怎么可能坐在燃哥后面？”

何默无奈地说：“小仙女刚转学过来，可不就得排在最后一个考场？你放心吧，仅此一次。以后燃哥再也不会在考场上遇到小仙女。”

谢真立马给何默比了一个大拇指，心想：牛啊兄弟，当着燃哥的面都敢这么说。

林燃这时却顾不上这么多，拧着眉拿过何默的手机，将图片放大反复确认过之后，才确信盛青溪考试的时候真的坐在自己后面。

此时此刻，林燃不禁回忆了一下前几次考试时自己都在干什么。

他到教室坐下，紧接着趴下开始睡觉，铃声响起就离开。整个过程行云流水，且睡眠质量良好，因为周围比上课时还安静。

林燃还挺自豪，觉得全校再也找不出比他的卷面更整洁的了。

但显然，这次他不可能再这样做了。

林燃一回到教室，立马把盛青溪给他写的月考复习笔记摸了出来，恨不得上厕所的时候都带上复习笔记。晚上在自习室学习时别提有多认真了，直到晚自习下课铃声打响，林燃还在皱着眉写卷子。

盛青溪见林燃写得认真，也不打扰他，继续总结重点题型，打算一会儿给他看。

月考时间定在周五和周六。明天是周四，学校停课一天，让学生们自行复习，但对林燃来说这时间并不多，毕竟他压根儿就没听过课。

林燃写完数学试卷时，已经将近十一点了，整个自习室里就只剩下他和盛青溪两个人。

因为高三才下课，所以敏学楼还灯火通明。

林燃垂眸扫了一眼腕表后，立即看向正收起笔的盛青溪，蹙着眉问：“你怎么不叫我一声？”

盛青溪眨眨眼：“等你写完。”

林燃收起桌上的卷子，直接起身把盛青溪面前的本子和笔往她书包里一塞，接着拎起包，带着盛青溪往门外走。

盛青溪急急忙忙地关了灯，又带上门。

林燃算是想明白了，这小姑娘的底线就是他。

走到摩托车旁，林燃提溜起盛青溪，将她往后座上一放，动作熟练地给她戴好头盔。做完这些，他没继续下一步的动作，就这么静静地盯着盛青溪。

盛青溪被林燃看得有点儿发毛，正想说些什么时，林燃忽然抬手隔着头盔敲了敲她的脑袋。

许是因为隔着头盔，传到盛青溪耳朵里的声音与林燃平时的声音不同，变得有些低沉："你不乖。"

盛青溪没说话，只拍了拍她身前的座位。

林燃的黑眸里装着她小小的身影。他起先没什么表情，但看她现在乖巧的样子，还是舍不得苛责她，叹了一口气，如小姑娘所愿坐上了车。

林燃觉得自己真是命苦，好不容易不用给林烟烟那小丫头当保姆了，现在又给自己找了一个小祖宗，可偏偏自己甘之如饴。

初城一中高二年级，月考第一天，盛青溪咬着包子，慢吞吞地跟在林燃身后。

林燃拧着眉，看她前天晚上总结的重点题型。昨晚他通宵看错题。他林燃，这次月考要是考不进年级前三百，就不姓林了。

对了，高二年级总共只有三百零八名学生。

林燃只顾着看错题，压根儿没发现他们已经走到了楼梯口。

盛青溪一把扯住林燃的校服，制止住他继续往前走的脚步，免得他在大庭广众之下摔倒。她提醒道："林燃，抬脚，要上楼梯了。"

林燃闻言抬脚往上走，但仍是低着头看错题。

盛青溪忧愁地盯着林燃的背影，心想：他平时上课的时候要是有这两天一半认真就好了。听何默说，林燃只有在自习室的时候才会认真写作业。

盛青溪想了片刻，轻声问："林燃，你以后想上哪所大学？"

林燃往上走的脚步一停，拿着本子的手缓缓垂落，他没有回头看盛青溪。

以后，他会有以后吗？

林燃无法回答盛青溪的问题，他不知道，甚至看不到自己的未来在哪里。

过了好半晌，他继续往前走。盛青溪看不到他的神情，只听到他用平静的语气说："这个问题我暂时没有考虑过。"

盛青溪小声道："那你想好了要告诉我。"

林燃黑眸微暗，他的情绪有些压抑："告诉你，然后呢？"

他身后的小姑娘听了他这话似乎很高兴，立刻伸手扯住他的袖子，还小幅度地晃了晃，声音里是止不住的雀跃："我和你一起。"

林燃的喉结滚了滚，他想开口答应盛青溪，答应她他会一直和她在一起。可是他现在什么话都说不出口，不能向她承诺，不能朝她迈出那一步，只能等。

林燃微微闭眼，他的人生怎么就变成这样了？

八点半，考生陆续进场。

高二年级最后一个考场里的学生基本互相认识。此时考场里的学生非常自觉地保持安静，因为林燃已经走到门口了。

但与前几次不同的是，这次林燃身前还走着一个小姑娘。

众人看似安静地做着自己的事，实际上正在用余光不住地往他们身上瞟，浑身上下连睫毛都在用力。

林燃带着盛青溪在座位上坐下，粗粗地扫了一眼四周，见整个考场除了他，没人带笔记本进来，包括盛青溪。大家的桌上都干干净净的，就放了两支笔。

林燃："……"

他感觉自己像是第一考场的学生似的。

第一场是语文考试，林燃从没觉得写字是一件这么累的事情。他还得时刻记着盛青溪的话——字不能写得太潦草了。

写完作文，林燃感觉自己的手都要断了。写个作文，他差点儿憋死。哪儿来那么多事可写？哪儿来那么多的人生感悟？

他放下笔看了一眼时间，距离考试结束还有四十五分钟。

林燃不由得侧头，看了一眼他的小溪流。她微垂着头，端端正正地坐着，一笔一画地在卷子上写着，比小学生写作业还要认真。

林燃看了片刻，收回视线。他刚转过身坐好，忽然有一团纸砸到了他的桌面上，发出了不大不小的声响。

这么一大团纸，林燃想看不见都难，一旁的谢真正朝林燃挤眉弄眼。

林燃拿起纸团，神色淡淡地打开它，粗粗地扫了一眼。只见上面写着一行歪歪扭扭的字：燃哥，我们中午吃点儿啥？

林燃还没来得及回复，就听到赵书月的声音从窗外传来——

"林燃！你手里拿的是什么东西？！"

考场上的所有人都朝林燃看去，包括盛青溪。

林燃：“……”

第十考场门外，林燃和谢真并排站在一起。林燃黑着脸没说话，谢真一脸绝望地耷拉着脑袋，时不时地悄悄转头看林燃一眼。

趁着赵书月看字条的时间，林燃转头看向教室，原本在认真写试卷的盛青溪正抬头看向门口，黑亮的瞳孔里明晃晃地写着担心。

林燃对上她的视线，低声地说了两个字：“低头。”

下一秒，盛青溪便乖顺地低下头去，继续写试卷。

赵书月展开字条，心情复杂地一字一顿地念道：“燃哥，我们中午吃点儿啥？”

林燃嘴角一抽：“赵姐，您可别叫我燃哥，我不想占您便宜。”

赵书月瞪了林燃一眼，恨铁不成钢地说道：“我昨天还听你们屈老师说，你最近进步很大，作业都能按时上交了。可你看看你们考试的时候都在干什么？”

林燃微微偏头，瞥了一眼垂头丧气的谢真，没多想就把这件事揽到了自己身上：“赵姐，是我先说饿了的。这件事是我们不对，考试态度不端正。”

赵书月头痛地摆摆手：“走走走，你们俩给我进去老实坐着，铃声不响不许动！”

就这点儿破事，她都不好意思拿到校会上说。

赵书月走后，谢真骤然松了一口气，咧嘴一笑：“燃哥，够义气！那你说咱中午吃点儿啥？吃麻辣香锅不？带上小仙女。”

林燃淡淡地看了谢真一眼，谢真下意识地咽了咽口水，缩回座位不说话了。

谢真发现，最近自己和何默只要一提到盛青溪，林燃就不爱搭理他们，好像他们对仙女有什么想法似的。

林燃到底懂不懂什么叫“仙凡有别”？！

想到这里，谢真隐隐觉得哪里不太对劲，但一时说不上来。

林燃回到座位上坐下，正在想怎么和盛青溪解释。

万一人小姑娘误会他作弊怎么办？但字条已经被赵书月收走了，林燃觉得实话实说的话，会让盛青溪觉得他很蠢。

就在林燃纠结的时候，他的后背忽然传来轻轻的触感，是盛青溪用指尖小心翼翼地戳了他，轻轻的，像小猫拍了一下似的。

林燃一僵，被戳到的那一小块肌肤蓦地变得滚烫。

他侧过身看她。

盛青溪把叠得方方正正的字条推到桌角，天蓝色的桌面衬得她的手指犹如碧空中洁白柔软的云朵，干净的指甲上泛着莹润的光泽。

林燃不敢再看，慌乱地收回视线，拿起字条转回身。

他展开字条，上面的字迹娟秀工整：林燃，我中午给你买糖，草莓味的。

林燃垂眸看着这行字，看了许久许久，本来以为她会问他是不是作弊了或者问他出什么事了，却怎么也想不到她会说这么一句话。

林燃从不知道自己的心会变得这么柔软，身上所有锐利的刺皆为她收敛。

林燃按照原先的折痕把字条折好，又小心地把它放进口袋里，不让第三个人看到，这是他的宝贝。

午休时间，整个高二一班都很安静，此时的气温很高，已有夏日到来的征兆。

恼人的午后阳光被窗帘遮挡，林燃坐在阴影里，和数学公式做斗争。

何默和谢真拿着手机在玩游戏，偶尔交谈几句。

经过谢真的一顿操作，游戏输了，何默的手机屏幕也因此变得灰暗，何默咬咬牙，刚想抬头骂人，忽然看到他们班后门那儿站着一个男人。

那个年轻男人穿着西装，头发打理得整整齐齐。

何默认得这个男人——林佑诚的助理。

何默放下手机，偏头看去，见林燃丝毫没有察觉，依旧坐在位子上。何默压低声音提醒："燃哥，你爸的助理来找你了。"

林燃顿住，随后抬头朝后门看去。

五分钟后，林燃坐上了林佑诚的车。

林佑诚的车就停在敏学楼不远处的车道上，林佑诚本不想挑中午休息时间来找林燃，但怕这件事影响林燃学习。

林燃上车之后与林佑诚保持着距离，神色冷淡，一副不想说话的表情。

林佑诚把年初到现在捐助那个大学生的相关资料都取出来，放在座位上，沉声道："小火，爸爸终止了资助计划。以后……以后不会再有这样的事情发生了。"

车内有淡淡的檀香味，这味道能使人凝神静气。

林燃原本是不想说话的，但听林佑诚这么说，忽然轻笑了一声："你能来找我，一定是处理好了所有的事，那个学生一定也知道了这个消息。"

林燃话锋一转，问了一个让林佑诚不解的问题："那个学生今天有课吗？"

林佑诚有些诧异，自己的确嘱咐过助理，去找那女孩儿提这件事时尽量避开她上课的时间，只是不明白林燃为什么会问这个问题。

林燃将视线落在林佑诚的身上，嘲讽地勾起唇："您平日里那么忙，还能注意到这样的细节真是难得。"

说完，林燃就下车了。

林佑诚皱眉，没有听懂林燃话里的意思。

等在车外的助理见林燃离开才上车，然后转身看向林佑诚，眼底带着自责，低声说："先生，今天一中在进行第一次月考。"他没有提前了解到这件事。

林佑诚怔住，忽然明白了林燃说的话。

他有心让人注意那女孩儿的课表，却不知道自己的儿子今天月考。

车缓缓驶离一中，后座上的林佑诚敛眸沉沉地叹了一口气，自两年前那件事发生之后，自己和林燃之间的距离就越来越远。林佑诚不知道，他们的关系最后会变成什么样子。

下午准备数学考试的时候，林燃明显心情很差。

何默和谢真估摸着林燃这是又和林佑诚闹矛盾了，自林燃搬出林家后，这父子俩的关系就没缓和过。

过年那会儿，林佑诚还上车行找人来了，但林燃压根儿没下去见他爸爸。

考场内的低气压持续到盛青溪进来，她拿着粉色的糖盒在林燃的座位前停下。

林燃掀开眼皮，盯着她白嫩的小脸看了半晌，眼底的情绪渐缓。他挑眉问道："你还真去买糖了，真把我当小朋友了？"

盛青溪像上次那样，拆开盒子，剥掉糖纸，将糖喂到林燃嘴边。

她眨眨眼："吃糖。"

林燃哼笑一声，就着她的动作，嘴巴一张，把糖卷进嘴里。

这小姑娘不仅聪明，还怪会哄人开心的。

铃声打响，监考老师开始分发试卷。

盛青溪接过林燃传下来的试卷后，大致扫了一眼。她看完就有些担心，这次月考数学试卷很难，后面的大题林燃估计只能做对两道，他离及格线还是有距离的。

林燃本人对这张试卷的难度认知是最深的，第八次把想撕试卷的念头压了下去。林燃很确定，这份试卷是老屈出的。

从考试开始到结束，林燃就没放下过笔。

考试结束的时候，通常是由每一列的最后一个学生收试卷。

铃声响起，盛青溪起身往前收试卷时，林燃仍皱着眉看着卷子。她低声说："林燃，收卷了。没关系的，你别担心。"

林燃抬眸，对上盛青溪带着安慰的眼神。随后他放下了笔。

盛青溪在收试卷的过程中忽然想起了宋诗蔓，那次高三模拟考试时，宋诗蔓也是这样紧张不安。

其实宋诗蔓和林燃很像，他们知道盛青溪为自己付出的时间和努力，也都不想辜负她。

在盛青溪看来，他们都是好孩子。

晚上林燃没留在教室里复习，而是去了拳击馆。

可盛青溪过来找林燃的时候，他已经离开了。何默眼尖地看到盛青溪准备离开的身影，急忙喊道："仙……盛青溪！燃哥去拳击馆了，说晚上会去接你。"

拳击馆？盛青溪微怔。她知道林燃打拳，却不曾亲眼看过他打拳的样子。

盛青溪向何默道了谢，转而去找蒋铭远请假。她打算去拳击馆找林燃，下午那会儿他的情绪看起来就不太好。

拳击馆的地址是何默给盛青溪的，何默还非常鸡贼地没把这件事告诉林燃。

盛青溪到达拳击馆的时候是晚上八点，这个时间也是拳击馆最热闹的时候。

这么一个水灵的小姑娘，骤然走进雄性荷尔蒙爆棚的拳击馆，几乎瞬间就吸引了所有男人的目光，但他们在看到她身上穿着的校服时便收回了视线。

拳击馆的前台人员看到盛青溪，不自觉地放低了声音："小妹妹，有什么可以帮你的吗？你是想了解拳击还是找人？"

盛青溪转身扫了一眼，这里人来人往，却没有一个是林燃。

她身上也没带手机，只好道："我来找人。嗯……找一个和我年纪差不多大的男生，身高一米八五左右，长得很帅，打拳很厉害。"

前台人员一听就知道盛青溪是来找三楼那个"大魔王"的，便试探着问："你是来找林燃的吗？"

盛青溪点了点头。

前台人员有些为难，若是找别人，就直接让人带着这小姑娘上去了，但这小姑娘偏偏是来找林燃的，而且……那个不好惹的大小姐今晚也在这里。

前台人员纠结了片刻，还是打算找人带盛青溪上去问问。

前台人员朝盛青溪笑了一下："你稍等一下，我给三楼打个电话。"

三楼私人场地。

"林燃打他！揍他！"

女孩儿骄纵的声音在拳台边上响起。

林燃面无表情地打完了这个回合。他没被唐可恬的声音干扰，但他的对手受到了影响，甚至没打出平时一半的水平。

和林燃对打的男人在心里哀叹道：老板的妹妹怎么又跑这儿来了？

要是知道今晚唐可恬会来，林燃宁愿留在教室里背公式。打拳没能打到爽，他心里更烦躁了，便冷着脸往台下走。

男人见林燃没有继续打的意思，骤然松了一口气，觉得自己不能再在这里待下去了，转身就溜了。

三楼私人一号厅内有两个拳台，林燃隔壁的拳台今晚空着，所以那个男人走后，场地内便只剩下林燃和唐可恬两个人。

唐可恬有阵子没见到林燃了。这段时间她一直被她妈妈押在家里学习，今晚也是趁着妈妈出去参加聚会偷偷溜出来的。虽然没时间去找林燃，但她还是听到了一些关于林燃的传言。

唐可恬凑到林燃身边，不满地扯了扯他的拳套，委屈地道："林燃，我都来一晚上了，你一句话都没和我说。还有，你最近是怎么回事？"

唐可恬的表哥早些年曾帮过林燃一次，以前林燃看在她表哥的分上，给她留了些面子。但今晚他心情很差，唐可恬非要在这个时候撞上来。

唐可恬丝毫没有察觉林燃的不耐烦，瘪瘪嘴："我听说你最近和你们学校的一个女生走得很近，你和她是什么关系？"

林燃脚步一顿，终于舍得把视线落在唐可恬的脸上了。

唐可恬心里一阵惊喜，正想说什么，就听见林燃冷漠无比的声音响起："不管我和谁走得近都和你没关系，不要让我看到你出现在她身边。"

唐可恬不可置信地看着林燃，以往的林燃虽然对她冷淡，却从来没有说过这样的话。他这话是什么意思？他说的好像她会做出什么伤害别人的事一样，他怎么能这样想她？

唐可恬是在父母和哥哥们的宠爱下长大的，林燃是她目前顺遂人生里的唯一一道坎。

她第一次见林燃就是在拳台上，少年英俊的面容和凌厉刁钻的拳风瞬间俘获了她的心，更别提他骑摩托车的时候身上那股子狠劲了。会打拳又会骑摩托车的男生，唐可恬不是没见过，但像林燃这样帅的，她还真是第一次见，从那以后她就跟在林燃后头跑。

现下听林燃这么说，唐可恬都快被气死了，一把抱住林燃的胳膊不让他往前走，嘴里还不住地嚷嚷："不许走，你说清楚。"

林燃的力气大，他要是强行推开这女孩儿，估计她会摔在地上。

他蹙起眉："放开，你……"

林燃的下半句话忽然卡在喉咙里，他正对上玻璃门外的盛青溪的目光——她站在那里安静地看着他们，眼眸一如既往地澄澈、干净。

林燃站在原地，反复确认了好几遍，盛青溪的眼神里没有难过，也没有嫉妒。她如同看到一幅再正常不过的场景一般看着他们。

不管是宋诗蔓，还是唐可恬，盛青溪都不曾生气。

但为什么盛青溪不会生气？

唐可恬见林燃怔怔地看着门外，不由得顺着他的视线朝外看去。这一眼就让她愣住了，她下意识地放开林燃，诧异地道："盛青溪，你怎么会在这里？"

林燃微微蹙眉，唐可恬认识盛青溪？

盛青溪显然也是认识唐可恬的，年初回二中办手续的时候，盛青溪还在路上遇见了唐可恬。

唐可恬和盛青溪以前是同班同学，但她们的关系仅限于"认识"。在唐可恬看来，盛青溪这个人无聊又沉闷，整天就知道埋头学习。

唐可恬那时觉得男人大多是肤浅的生物，会轻易地被外貌迷惑，却坚信林燃肯定不会是那样的人。

结果下一秒，在唐可恬心目中“一点儿都不肤浅”的林燃，突然径直朝盛青溪走去，脚步看上去还有点儿着急。

唐可恬：“……”

这就是男人！

盛青溪对唐可恬弯了弯唇，却没回答唐可恬的问题，而是站在原地，看着林燃大步朝自己走来。

林燃下了拳台还没换衣服，正赤裸着上身。

刚才从盛青溪的角度看过去，唐可恬和林燃的动作显然是很亲密的。高大英俊的少年和娇俏的少女站在一起交谈，如果不是林燃的神情那么冷漠的话，旁人肯定会误会。

高大的身材、坚实的胸膛、线条流畅的腹肌，都彰显着林燃的身躯已接近成熟。

因以前职业特殊，盛青溪对这些是见怪不怪的，但换了林燃站在她面前，她还是感觉有些不自然。

盛青溪把视线挪到林燃的脸上，见他微喘着气盯着她，下巴处青了一小块，暗沉的瞳孔里藏着她看不懂的情绪。

盛青溪轻声问：“你疼吗？”

林燃垂眸看她，嗓音低哑：“我不疼。你是不是生气了？”

盛青溪摇摇头。

不远处的唐可恬见状，顿时目瞪口呆。

盛青溪和林燃这两个八竿子打不着的人，是怎么扯到一块儿去的？

唐可恬只愣了一会儿就反应过来了，几步就跑到两人面前，气势汹汹地质问：“你们两个是什么时候认识的？”

唐可恬看着盛青溪身上的校服：“盛青溪，你转学去一中了？”

不等盛青溪和林燃说话，唐可恬便自言自语地道：“那和林燃走得近的，就是盛青溪……”

林燃没管唐可恬，拉着盛青溪往更衣室那边走。

他侧过头，低声问：“你自己坐车过来的？”

盛青溪抿抿唇，小声问道：“你是不是没吃晚饭？”

林燃把人带到更衣室的公共休息间，叮嘱道：“你不要乱跑，坐在这里等我。我洗完澡就带你去吃饭。”

盛青溪点头答应了。

林燃转身去柜子里把自己的手机拿出来，往盛青溪面前一丢：“密码是0601，你自己玩一会儿。我十分钟后就出来，有事你就大声喊我。”

林燃说完就进了男生浴室。

盛青溪却愣住了，低头怔怔地看着林燃的手机，他刚刚说，手机密码是0601。

对一般人来说，每年的六月一号是儿童节，或者只是一个普通的日子。但对盛青溪来说，这一天是林燃的忌日。

可林燃……林燃为什么会把这四个数字设置为密码？

盛青溪隐隐觉得，有些地方似乎和她想的不太一样。

林燃他……

就在盛青溪胡思乱想的时候，公共休息室的门忽然被人推开了。

盛青溪循声望去，来人是唐可恬。

唐可恬进门之前，先悄悄观察了一下休息室里的情况。见林燃不在，唐可恬才敢昂首挺胸地走进来。

唐可恬上下打量着盛青溪，发现盛青溪和四个月前相比没什么变化。

她昂起下巴，直白地问：“你和林燃是什么关系？他迟早会是我的男朋友。你最好离他远一点儿。”

盛青溪现在脑子里一团糟，她对林燃的过往了解得还是太少。从林烟烟七零八落的记忆碎片中，她并不能拼凑出一个完整的林燃。

听到唐可恬的话，盛青溪抬眸：“我做不到。”

唐可恬：“……”

唐可恬：盛青溪这么直接吗？这让自己怎么往下接？

盛青溪见唐可恬愣着没说话，不由得问：“唐可恬，你认识林燃多久了？”

见盛青溪主动问起自己和林燃的事，唐可恬心里有些得意。她双手环胸地在沙发上坐下：“我和林燃两年前就认识了，他初中那会儿就在我哥这儿打拳。”

盛青溪捏了捏手指，装出有些惊讶的模样：“你和林燃都认识这么久了？我和他认识还不到半年。林燃他……他以前是什么样的？”

说完盛青溪降低音量，像是自言自语，但实际上是想让唐可恬听到：

"我总觉得他这阵子和以前不太一样，但又说不上来是哪儿不一样。"

唐可恬并不是很想和盛青溪分享林燃以前的事情，而且唐可恬觉得他和以前相比没多大差别，一样的冷冰冰、脾气差。但听了盛青溪的后半句话，唐可恬忽然想起自己来拳馆时听到的那些议论。

他们说，林燃的拳风在短时间内发生了转变。以往林燃学习的是传统的欧式打法，动作严谨，节奏平缓。而现在，林燃更偏向于美式打法，他自身强大的爆发力和出众的灵活性让他能在最短的时间内驾驭这种灵活多变的打法。

纵使唐可恬对拳击不怎么了解，也觉得林燃这样突然的改变有些不对劲。她苦恼地挠了挠头，嘀咕道："好像是有些不一样，但也没太大区别。"

其实，有关林燃这阵子不对劲这样的话，盛青溪曾从何默和谢真的口中听过。盛青溪原先以为林燃的不对劲是因为林烟烟的事，但现在想来似乎不是这样。

盛青溪不敢继续想了。

唐可恬觉得自己被盛青溪带偏了，自己明明是来问盛青溪和林燃是什么关系的，反而先让对方问了一堆问题。她瞪圆了眼睛，正想再问些什么，可此时浴室里忽然传出了动静。

唐可恬一脸蒙地往左右看了看，这里好像没地方给她躲。

林燃出来要是看到她在这里，一定又要凶她。

于是唐可恬拔腿就溜了。

林燃单手拿着毛巾胡乱地擦了擦黑发，另一只手推开门。湿润的水汽顺着门缝钻出去，又眨眼消散在空气中。

林燃走到公共休息室时，盛青溪正低着头，不知道在想些什么。

他丢给她的手机还待在原来的位置上，一看就知道她没动过他的手机。盛青溪没注意到他出来了，还坐在沙发上发呆。

林燃随手把毛巾丢到一旁的衣篓里，径直走到沙发边拎起盛青溪。

他随口问："你想什么呢，想得这么认真？"

盛青溪被林燃半推着往外走，老老实实地回答林燃："想你。"

林燃蓦地失笑，她一直都是这样直白又坦然。

但他随即想到了一个问题，所以刚才盛青溪的眼神并不是在作假。盛青溪对他和唐可恬刚才那看似亲密的举动真的毫无反应。

他懂她，又不懂她。

林燃带盛青溪下楼之后，就近找了一家日料店，也不管盛青溪是不是吃过晚饭了，直接点了两人份的晚餐。

店内灯光昏暗，偶尔有细小的人声响起。窗外灯光闪烁，街边人来人往。

盛青溪心里装着事，托着腮怔怔地看着林燃发呆。

林燃点完单之后，抬头一瞧，发现这一晚上盛青溪都心不在焉。他长臂一展，指尖微动，像敲门似的轻轻敲了敲她的额头。

见盛青溪的目光开始聚焦，他才挑眉问道："一晚上你都心不在焉，你过来找我就是来发呆的？"

盛青溪垂眸，暂时不想让林燃发现她起了疑心。

如果是真的……她暂时没办法接受这件事。

这件事不管是对她还是对林燃来说，都太残忍了。

盛青溪转而说起别的事："林燃，下个月我可能会有一周不在学校。"

林燃闻言，立即拧起了眉，收回手，问："不在学校？你去干什么？"

说起这件事，盛青溪也是近来接到电话才想起来的。

年初，她报名参加了今年的很多比赛。有一项比赛在下个月进行，比赛的具体时间刚定下来，有工作人员给她打了电话，她才隐隐记起当年确实有这么一件事。

她忧愁地叹了一口气："我要去参加比赛。"

现在去参加比赛，她总觉得自己是在欺负人。

林燃倒是不关心她参加的是什么比赛，学霸们能参加的比赛就那么几个。他只是问："你去哪里参加？你去几天？"

盛青溪说她一周都不在学校，很显然比赛场地不在初城。

盛青溪回想了一下工作人员说的话："去宁城，比赛时间是两天，大概要去四天。来回机票和住宿都由举办方负责。"

宁城离初城很远，它们一个在北，一个在南。

听到这个消息后，林燃吃饭的时候一直在担心她一个人出去比赛的事。他也不看自己夹了什么菜就往嘴里塞，吃饭像是在完成任务一般。

盛青溪晚饭吃得很饱，便没动桌上的菜，只是抱着果汁看林燃吃饭。林燃这顿饭吃得很快，不到半小时就吃完了。

此时时间已晚，吃完饭，林燃直接送盛青溪回了盛开。

盛开福利院里的路灯不多，林燃走在盛青溪前面，盛青溪低着头，踩着林燃的影子，一步一步地往住宿楼里走，一路上他们都没说话。

在这长久又短暂的寂静之后，林燃忽然低声喊她的名字："盛青溪。"

盛青溪应道："嗯？"

林燃微微顿了两秒，才继续问："如果，我是说如果，如果我和别人在一起，你会怎么样？"

院内光线暗淡，盛青溪停下脚步，林燃不敢回头看她。

两人沉默地停在原地，保持着不到一米的距离。

盛青溪从未想过林燃说的这个问题。因为以前林烟烟告诉盛青溪，林燃从未谈过恋爱，或者说是他还来不及谈恋爱。

如果林燃倾慕别人，她会难过吗？

她会难过，但什么都不会做。

就像林燃那时与她拉开距离那般，她会悄悄走远，只要能看到他就行。这对盛青溪来说已经足够了，年少时单纯的爱意，在那十年中逐渐变得深沉。

盛青溪怔怔地想，只要他活着，只要林燃能够活下去，他和谁在一起都好。

盛青溪睫毛轻颤，沉默了许久才低声应道："那样很好。"

她的话音落下，林燃攥紧了拳，酸涩又沉闷的感觉从他的胸腔中缓缓蔓延开，搅得他五脏六腑都很疼。

这不是他想要的答案，林燃闭眼，将眸中翻涌的情绪压下去。他笑了一声："我随口问问，你别当真。"

盛青溪没应声。

林燃和往常一般，目送着她进门，看着宿舍大门缓慢地合上。

虽说林燃用一句玩笑话把这个话题带了过去，但从这晚开始，盛青溪和林燃两人都敏锐地察觉，他们之间的关系变得微妙起来。

林燃照旧来接盛青溪上学，他们还像之前那样交流，但就是有什么地方变得不对劲了。

这样的不对劲盛青溪和林燃都能感受到，但他们都不知道该怎么去处理。不光他们两个人觉得不对劲，连谢真和何默都感受到了。

谢真用手托着腮，往林燃和盛青溪那边瞧。

今天上午考英语，英语是林燃唯一一门不用补习的科目。但林燃考试时连名字都不写，所以大家都觉得林燃在学习方面就是个菜鸡，每科都很差。

谢真和何默则不一样，他们知道林燃真实的英语水平。

所以见林燃趴着睡觉，两人都觉得奇怪，照理说他们燃哥应该会缠着小仙女才对，怎么会想不开趴着睡觉呢？他什么时候不能睡？偏偏挑这时候。

小仙女看起来也不对劲，昨天考试的时候，他们都没见小仙女看过书。但今天，小仙女一坐下就打开笔记本复习，一副“我要安安静静，好好学习，谁也别来打扰我”的模样。

但说这两个人吵架了又不像，早上他们还在校门口看到林燃送盛青溪上学，两人低声说着话，周围的人对此则是一副见怪不怪的模样。

谢真侧过头和何默嘀咕：“默子，你发现没，这俩人有点儿不对劲？”

何默嘴角微抽，能没发现吗？

林燃一进考场就浑身散发着生人勿近的气息，导致他们这个考场成了所有考场中最安静的一个。不知道的还以为他们这里才是第一考场呢。

何默摇摇头，无声地说了六个字：“咱们少管闲事。”

今天是周六，下午考完理综他们就能直接放学回家了。

周六这天，林燃是不用送盛青溪回家的，因为宋诗蔓要去盛青溪家里学习。

距离理综考试结束还有几分钟，此时宋诗蔓已经背着书包在第十考场门口等着了。看到林燃后，宋诗蔓不满地撇撇嘴。这人是什么狗屎运，还能坐在盛青溪的前面？而且这人学习也太差了，她都没考过倒数第一。

宋诗蔓后知后觉地发现，自己对林燃似乎没有了以前的感觉，甚至还有点儿讨厌他。宋诗蔓一时分不清，自己和盛青溪，到底是谁“攻略”了谁。

现在这个答案已经不重要了，反正结果是，这两个月宋诗蔓对林燃的印象越来越差。

以往宋诗蔓和林燃之间隔着很长的距离，因为盛青溪的关系，这两个月他们走近了不少。也正因如此，宋诗蔓才能不再隔着“滤镜”看林燃。

这个人霸道又强硬，平时做事蛮不讲理且随心所欲，脾气还差成那样。

换成宋诗蔓，估计早就被气死了。小仙女是用来干吗的？当然是用来宠的！宋诗蔓觉得自己和林燃在一起的话，估计得早死好几年，这个人根本不懂如何对待女孩子。

宋诗蔓在心里暗暗感叹：好看的皮囊果然能遮蔽人的双眼。

盛青溪收完试卷，回到座位上整理文具盒。此时林燃还坐着没走，见她回来，便神态自然、语气轻松地说："你回去注意安全，到家给我发短信。"

盛青溪点点头："我记得了。"

林燃移开视线："那我走了。"

盛青溪轻声应道："好。"

林燃在座位上又逗留了片刻，但什么都没说，之后便起身离开了。

谢真和何默见林燃离开才有了动作，他们默默地跟在林燃身后往外走，彼此心照不宣地保持安静。

宋诗蔓见林燃他们出来就跟没看见似的，目不斜视地站在栏杆边，等盛青溪出来。

何默瞧了"矜持"的宋诗蔓一眼，发现自盛青溪转来一中后，宋诗蔓也不缠着林燃了，林燃也忽然从无法无天的大魔王变成了好好学习的小学生。

何默也想不明白，事态是怎么发展成这样的，就当仙女有魔力吧。

周一，月考成绩单被贴在一楼的宣告栏上。

盛青溪慢吞吞地咬着饭团跟在林燃身后，他们刚走进教学楼大厅，就听到了里面传来的吵闹声。

宣告栏前乌泱泱地围了一片人。

林燃对自己的排名和成绩没多大兴趣，侧过头问盛青溪："你想去看排名吗？"

盛青溪鼓着腮帮子嚼着嘴里的饭团，摇摇头，示意自己不想看。

林燃带着盛青溪走过宣告栏，径直往楼梯口走去。两人都没发现他们经过宣告栏的时候，人群瞬间变得安静了，等他们走后才又响起细碎的议论声。

"刚刚走过去的那个是不是盛青溪？"

"天啊，好像还真是。"

"肯定是啊，能和林燃走在一起的还能有谁？"

"她太厉害了，差一点儿就满分了。"

“顾神就这么从年级第一的位置上掉下来了。”

宣告栏上的排名写得清清楚楚：

1. 盛青溪，高二六班，语文 142 分，数学 150 分，英语 150 分，理综 300 分，总分 742。

2. 顾明霁，高二六班，语文 135 分，数学 150 分，英语 150 分，理综 298 分，总分 733。

年级第一和年级第二差了九分，他们都清楚，这九分是一道难以逾越的鸿沟。

盛青溪是在蒋铭远在教室发成绩表的时候，才知道自己的成绩的。许是年级第一和年级第二都在六班的缘故，蒋铭远心情很好。

他非常大方地给每个人都发了一张全年级的成绩单。

盛青溪下意识地去找林燃的排名。

她在成绩单的中后段找到了林燃的名字。

198. 林燃，高二一班，语文 102 分，数学 87 分，英语 145 分，理综 183 分，总分 517。

盛青溪看到这个排名的时候有些诧异，除了英语，其他三门林燃考的都比她想象中的还要好，特别是理综。

这些日子，林燃真的很努力，而他的这些改变都是因为她。

盛青溪垂眸，其实能感觉到林燃在介意什么。

但她……盛青溪在心里叹了一口气。

上课铃打响后，蒋铭远甚至没来得及发数学试卷就开始表扬盛青溪了，显然很高兴，根本合不拢嘴：“虽然盛青溪同学才转来我们班没多久，但她的努力和认真大家都有目共睹！还有我们班班长，他一直认真负责地管理我们班的纪律和琐事。这次考试呢，他也发挥出了应有的水平。大家给这两位同学鼓鼓掌！”

“啪啪啪……”

六班的同学非常配合地鼓起了掌，心里却在默默吐槽：认真学习倒是没发现，但人家和林燃天天走得那么近还能考这么好，这才是本事。

顾明霁闻言嘴角微抽，什么叫发挥出了应有的水平？他可是被盛青溪从“神座”上挤下来了。

这边，六班班主任蒋铭远在夸盛青溪。

走廊另一头，一班班主任老屈在夸奖林燃。

老屈觉得自己难得在有生之年看到林燃认认真真地考了一次试，而且考得还不错。年级排名198，班级排名31。

老屈深受感动，语气激昂："你们看看，林燃都考到了第三十一名，你们还有什么理由不努力？！我建议全班同学向林燃同学学习！大家给他鼓掌！"

林燃面无表情地坐在座位上，觉得好丢脸。

谢真和何默在一旁憋笑。

这也太搞笑了，一中大佬忽然变成了别人学习的榜样。这要是传出去，燃哥打过的那些架还作不作数了？

一班的学生显然都明白，林燃不想被人当作动物园里的动物围观。他们短暂又克制地鼓了几下掌便又安静下来，免得林燃发脾气。

月考过后，整个高二年级紧张的学习节奏逐渐放缓，氛围也变得轻松起来。

林燃和盛青溪之间却依旧保持着月考那两天的状态。即便这样，林燃每天还是会乖乖地去自习室报到。

顾明霁起先没发现林燃和盛青溪之间的不对劲，照常和盛青溪讨论题目。但后来总觉得有人在盯着他们，有一次回头望去，正对上林燃冷淡的目光。

顾明霁一怔，下意识地侧过头看向盛青溪。

盛青溪像是没察觉林燃的视线一般，平静又专注地给顾明霁讲解一道题目的另一种解法。

这样尴尬的情况持续到当天晚自习结束。

放学铃声打响后，林燃习惯性地拎起盛青溪的书包，一边往外走一边问："你下个月什么时候去宁城？那天我送你去机场。"

盛青溪轻声应道："五月四号的机票，八号回来。"

五月四号是五一假期的最后一天，机票紧张且昂贵。举办方肯花这么大的价钱，看来是一场规模不小的赛事。

林燃上次没问是什么比赛，现下听盛青溪这样说，不由得问道："是奥数比赛、英语演讲还是什么作文比赛？"

盛青溪犹豫了一会儿，小声应道："是全国五子棋锦标赛。"

林燃："……"

什么比赛？他一时疑心是自己听错了。

四月过后，就迎来了五一小长假。

五一过后不久便立夏了，天渐渐热了起来，夏日就像被人按了加速键似的向他们奔来。

谢真惦记五一假期好长一段时间了，因为上次野营出了意外，他们压根儿没玩过瘾。谢真和林燃、何默两个人商量，等五一假期到了，他们就找个海岛露营玩玩。

林燃想起上次他们去看《荒岛祭》，林烟烟那小丫头似乎对海岛挺有兴趣，想了想便应了下来。

那小丫头闷在家里好久了，是该出去转转了。

见林燃答应了这件事，谢真和何默立马找人安排起来。

何默去打电话的时候，谢真偷偷瞄了林燃一眼。

林燃正坐在地上鼓捣他的宝贝车，谢真轻咳一声，装作不经意地问起："燃哥，你说仙女五一在家干什么呢？要不喊她一起出去玩？"

之前在自习室时，宋诗蔓得意扬扬地说过，五一要和盛青溪一起住在盛开。想来盛青溪和宋诗蔓五一假期要照顾福利院的那些小朋友。

林燃没有停下手上的动作，头也不回地应道："她没时间。"

由于自习室里的这几个人都知道盛青溪的身世，所以说话便没什么顾忌，但林燃不想让谢真他们知道盛青溪的身世，便言简意赅地回了四个字。

谢真见林燃这么说，就把这个想法抛到了脑后。想来也是，仙女应该属于那种放假第一天就把作业全部写完，之后还要学习的人，应该没有时间和他们一起出去玩。

因为大家都放了假，光年俱乐部里很热闹，还有人不请自来地上二楼来找林燃。

宋行愚拎着一袋子青团上来找林燃。明明是"上瘾"俱乐部的负责人，他却一如既往地穿得简单随意——浅色的卫衣和休闲的黑色长裤，脚下踩着一双运动鞋，显得年轻又有活力。

宋行愚见林燃在忙，就没出声。

谢真抬手打了声招呼："宋哥。"

宋行愚温和地弯了弯唇："阿真。"

宋行愚高中毕业就不上学了，一直玩车。宋行愚比林燃大了四岁，此时看林燃就像看到了以前的自己，因此对林燃比对一般人多了些耐心。

宋行愚的事迹在圈内很出名，谢真也暗暗崇拜过这个男人。难得有这样与偶像近距离接触的机会，谢真给宋行愚倒了一杯茶，随后两人就聊上了。

谢真朝宋行愚憨憨地笑了一下："宋哥，假期准备怎么过？我听说最近'上瘾'在备赛，你假期应该很忙吧？"

宋行愚温和地应道："那是他们的事，我假期暂时没有安排。今天有空就过来看看你们，顺便和林燃说几句关于下个月扬山比赛的事。"

谢真听宋行愚没有安排，顿时来了兴致，热情邀请："宋哥，我们明儿要去海岛上玩。岛上新建了一个水上乐园，还没开业，我们拿了内部的几个名额，人不多。"

宋行愚侧过头看了一眼专心鼓捣摩托车的林燃，想了想自己这两天没什么安排便应下了。

他笑着道："明天我开车来接你们，你们都还没成年，应该不能开车。"

谢真一拍大腿，兴奋地应道："行，宋哥。那我们明天见。"

既然约了一起出去玩，宋行愚也没必要非在这个时候和林燃说扬山比赛的事，想来在海岛上有的是机会说。

宋行愚没有久留，喝完谢真倒的茶，便起身告辞了。

走到楼梯口时，宋行愚隐隐觉得有人在看他，便抬头朝某个方向看去，却只看到了三楼的一扇未关的玻璃窗，并没有看到人。

宋行愚收回视线，离开了光年。

三楼走廊里，林烟烟贴着墙蹲在那扇打开的窗户下。还好她动作快，不然就被他发现她在偷看他了，那可太给她哥哥丢人了。

林烟烟没想到，上次她在俱乐部撞到的人竟然和哥哥他们认识。她听到他的声音觉得耳熟，便悄悄探头看了一眼，正好看到了这男人浅笑的模样。

林烟烟缓缓地从地上站起来，心不在焉地想，他看起来好温柔。

不怪林烟烟会这么想，毕竟她哥哥林燃是个一点就炸的人。林烟烟就没看到过林燃温柔的模样，他最温柔的时候，应该就是在盛青溪面前的时候了。

宋诗蔓回家吃了个饭，马不停蹄地收拾了行李赶到盛开。她到了盛开第一件事不是去找盛青溪，而是去游乐区找嘟嘟。

盛青溪过来的时候，宋诗蔓正在和嘟嘟靠在一起看动画片，两个人吃着零食，对着平板哈哈大笑。

盛兰则在忙着给这群小家伙收拾行李，上周宋诗蔓来盛开，和盛兰商量五一假期带小家伙们出去玩的事。

宋家的新游轮刚从欧洲回来，宋诗蔓想着带小朋友们去游轮上玩几天。而且附近有一个度假岛在试营期，宋诗蔓让她爸爸跟那边打了声招呼，打算带着福利院的一行人到岛上玩。

在宋诗蔓的想象中，这个假期应该会无比快乐，她现在心情非常好。

八点半，盛兰和阿姨们领着小家伙们去洗澡。

宋诗蔓耷拉着脑袋，慢吞吞地跟着盛青溪回房间补课，边走边唉声叹气。

盛青溪见宋诗蔓刚刚那么开心，现在却闷闷不乐的，有些无奈。她低声安慰道："诗蔓，只剩下一个月了，你再坚持一下。"沉默了片刻，她又说，"去岛上玩的那两天你不用写试卷，可以好好玩。"

宋诗蔓闻言，双眼一亮，一把抱住盛青溪的胳膊，欢欣地问："真的吗？"

盛青溪摸摸宋诗蔓的脑袋："嗯，真的。"

因为盛青溪答应到时可以让宋诗蔓好好玩，所以宋诗蔓上课的时候比平时起劲多了。写完两张试卷后，她觉得自己还能再刷些题，心想：不就是题吗？！

将近十一点时，宋诗蔓放下笔去盛青溪的浴室洗澡，盛青溪已经洗完澡，在给宋诗蔓批改卷子了。

宋诗蔓洗完澡出来，心里还想着让盛青溪给自己讲讲题，但打开门时，发现盛青溪已经在小床上躺好了。

宋诗蔓愣了一下："小溪，我们不讲试卷了吗？"

说着宋诗蔓走过去，在看到盛青溪的一瞬，宋诗蔓有些恍惚。

昏黄的灯光打在少女白净的脸上，少女穿着棉质的睡衣，黑发乖巧地垂在身侧，眼神澄澈又柔软。

盛青溪侧过头，朝宋诗蔓看去，弯了弯唇，轻声说："我讲好了，在微信上给你发了语音，你可以玩完回家再订正。"

"啊——"

宋诗蔓尖叫一声，小跑着往床上扑去，把脑袋闷在被子里，好一会儿，低声道："小溪我爱你！"

盛青溪的床是一张简单的单人床，其实不太能容得下她们两个人一起睡觉。盛兰提出过要给宋诗蔓另外收拾一个房间，但被宋诗蔓拒绝了。

要是不能和盛青溪一起睡觉，宋诗蔓为什么要今晚来盛开？！

因此，宋诗蔓也终于可以找理由把盛青溪的娃娃清走了。宋诗蔓把那堆碍眼的娃娃往椅子上一放，然后掏出手机给这堆娃娃拍了照。

拍完娃娃，宋诗蔓还不满意，又悄悄地把摄像头对准盛青溪的背影，拍了一张模糊不清的照片。

紧接着，宋诗蔓打开微信，从好友列表里找到一个名为“林狗”的好友。

诗蔓总是不开心：“你快看这两张图。”

诗蔓总是不开心：“我马上要和小溪一起睡觉了。”

诗蔓总是不开心：“同床共枕！”

这一套流程下来，宋诗蔓都不带缓一口气的，还得意地补充——

诗蔓总是不开心：“我要抱着小溪睡觉。”

结果下一秒，她收到了系统提示：消息已发出，但被对方拒收了。

宋诗蔓：“……”

宋诗蔓恨恨地把手机往桌上一放，一骨碌钻进了被子里，被拉黑又怎么样，自己现在可是抱着盛青溪的女人。

宋诗蔓上床之后，本就狭小的单人床变得拥挤，她们俩不得不贴在一起。

盛青溪从来没有过和别人一起睡觉的经历，哪怕是小的时候，也是自己睡觉的，工作之后更不必说，出差时也是和同事睡双人标间。她有些僵硬地感受着宋诗蔓的动作。

宋诗蔓动作自然地搂住盛青溪的手臂，脑袋往盛青溪的颈侧一靠就不动了。宋诗蔓和盛青溪在一起的时候常常有一种错觉，仿佛盛青溪比自己大。她们俩在一起的时候，大多是盛青溪在照顾宋诗蔓。

良久，宋诗蔓小声问：“小溪，你有特别要好的朋友吗？”

宋诗蔓来过盛开许多次，从没见过盛青溪和别人一起玩，身边也没什么同龄朋友。

盛青溪低声应道：“我以前没有，现在有了。”

宋诗蔓起先没反应过来，愣了好一会儿才迟疑着道：“你说的……是我吗？”

盛青溪笑了一下。

在盛青溪看来，宋诗蔓是一个再简单不过的女孩子，出生在富裕的家庭，从小被父母宠爱着长大，虽然有时候有些任性，但真诚又单纯。

盛青溪一开始就知道宋诗蔓为什么接近自己。盛青溪原以为这个宋诗蔓会像以前对待其他女孩儿一样，凶巴巴地威胁自己。但是后来的事情出乎盛青溪的意料……

盛青溪伸手把被子往上扯了一点儿，抬手关了灯。

宋诗蔓等不及，又缠着盛青溪问了一遍。

盛青溪无奈地应道："是你。"

宋诗蔓："嘻嘻嘻。"

宋诗蔓觉得自己在某种程度上已经赢过了林燃。

这边，宋诗蔓抱着盛青溪香甜地睡去。

另一边，林燃却很不好受。

林燃黑着脸，盯着手机屏幕上的盛青溪。虽然只是一个模糊的背影，他却能想象到她当时温和的神情和柔和的眼神。

那一晚，他曾那样近距离地靠近过她。

他甚至记得她身上香甜的味道，丝丝缕缕，如细网一样将他包住。

林燃面无表情地想，要不要去盛开把宋诗蔓逮出来？

因为宋诗蔓的几条信息，林燃一晚上都没睡好。他冷着脸从房里出来的时候，谢真和何默已经起床了，林烟烟这小丫头细胳膊细腿的，也在一旁帮他们往下拿东西。

林燃下楼后，径直走到林烟烟跟前，长臂一伸，轻松地把她怀里的东西拿了出来，随后扬起下巴说："你去楼下车里等着。"

林烟烟迟疑片刻，一副"我不想下楼"的模样。

因为宋行愚就在楼下，她不太好意思和他单独相处，也不知道他还记不记得她。

林烟烟摇摇头："哥哥，我和你一起。"

林燃知道林烟烟就是这样的性子，内向又胆小，便伸手揉了揉她的脑袋："那你去沙发上坐一会儿，玩手机写作业都行，随便你。"

林烟烟抿抿唇，小声道："哥哥，我去给你做早餐吧。"

林烟烟这句话里的试探意味很浓，因为从几个月前开始，林燃就不许她进厨房了，不论是在什么地方和什么时间。她的哥哥，这段时间变得非常敏感。

林燃闻言，瞥了这小丫头一眼："你坐着。"

林烟烟眨巴眨巴眼，乖乖地在沙发上坐下，没有再提下厨这件事。

楼下，宋行愚把林燃几人搬下来的行李都装上了车。还好他今天开了一辆越野车过来，不然还真装不下这么多行李。他发现，这几个孩子年纪轻轻，倒是挺会享受的。

装完行李，林燃几人下楼准备出发。

林烟烟跟在林燃身后往下走时，悄悄探头，看了一眼站在车前等他们的男人——今天宋行愚的穿着也很随意，短T恤加休闲裤。许是因为要去海岛，他还特地换上了海岛风情的短袖，五彩斑斓的，看起来怪张扬的，其实不太适合他。

林燃已经见怪不怪了。

他伸手把躲在自己身后的小丫头扯出来，将大掌按在她的脑袋上，朝宋行愚介绍道："这是我妹妹，林烟烟。"

宋行愚刚才就看到林燃身后躲着一个小女孩儿，只露出半个脑袋。宋行愚猜到了她是林燃的妹妹，却没想到，自己见过这个小女孩儿。

宋行愚藏起眼底的情绪，朝林烟烟点了点头，温声道："你好烟烟，我是宋行愚，是你哥哥的朋友，你喊我名字就可以。"

林烟烟抿抿唇，看了他一眼，看完立即低下了头，小声喊："宋哥哥。"

宋行愚有些诧异林燃的妹妹会是这个性格，她和她哥哥的性格像是两个极端。

他随即又想到，如果那时候"飓风"的人真对林烟烟做了什么，那事情的后果显然会比自己原先想象的更严重。

宋行愚不动声色地扫了林燃一眼。

难怪那时候林燃态度不明朗，想来是因为林烟烟。

宋行愚微微蹙眉，这件事是自己没有考虑周全，好在那会儿林烟烟没出什么事。

等这几个小孩儿都上了车，宋行愚拿出路上买的早餐递给他们："你们趁热吃，我在路上吃过了。从这里到港口还有一个小时的路程，你们可以再休息一会儿。"

坐在副驾驶座的谢真抢先去接宋行愚手上的灌汤包，一边咧嘴笑一边夸赞道："宋哥真贴心。"

林燃接过几个袋子，让林烟烟先选。

林烟烟拿了一个三明治和一瓶奶后，就摇摇头示意自己不需要了。

林燃盯着林烟烟手里的三明治看了一会儿，盛青溪也喜欢吃这些东西。

早上九点，林燃一行人到达港口。

一下车谢真就呆住了，目前这个港口只停了一艘豪华的游轮，新式设计，颜色明亮，船身非常漂亮，蓝白相间，看起来能装下一万个他。

谢真忽然想到了什么，转头问何默："默子，这是你朋友找的船？你那个朋友是姓宋吗？"

何默只是托朋友开一艘游艇过来，没想到人家给整了一个这么大的。淡金色的阳光下，船身上专属于宋家船厂的标志闪闪发光。

何默下意识地看向林燃，咽了咽口水，解释道："燃哥，我是无辜的。"

林燃淡淡地扫了一眼停在岸边的游轮，没说话。

林烟烟也小心翼翼地看了她哥哥一眼。

宋行愚见他们这个反应，不由得挑了挑眉，这些孩子之间还有那么多恩怨情仇？

何默觉得他朋友还不至于不靠谱到这个地步，想了想，说："你们先在车上坐一会儿，我打电话问问，应该是游艇还没过来。"

说完，何默就打了个电话过去，那边接得很快。他压低声音问："兄弟，你找的是什么船？"

电话那边传来一个乐呵呵的声音："默子你瞅见没？兄弟我这回可是给你长脸了。我昨晚去联系游艇那会儿，正好在朋友圈看到消息，说宋家的船今天出海，也是去你们那个海岛，这不巧了吗？"

何默当场就想骂人，正当他想说些什么的时候，一辆大巴在停车场停下，他的视线不自觉地落在那辆大巴上。

这不巧了吗？！下一秒，何默的精神为之一振，他立马换了个语气，真诚地道："兄弟，你这事办得太靠谱了，回去请你吃饭！"

大巴停下后，盛青溪先下了车，然后一群小家伙也下来了，她像数萝卜似的挨个数着这些孩子。盛兰和另外两个阿姨走在队伍中间，宋诗蔓走在最后面。

他们的行李已经提前运到了游轮上，现在只需要把这些小家伙顺利带上游轮。这群小家伙显然很兴奋，刚下车就乱成了一团。

盛青溪拦住想往游轮边跑的小男孩儿，又扶了一把差点儿被自己绊倒的小女孩儿，耐心地说："我们排好队跟在盛妈妈后面，上了游轮再玩好不好？"

回应她的是小家伙们叽叽喳喳的声音：

"姐姐，好大的'怪兽'！"

"哇，那边是大海！"

“姐姐，我第一次看到游轮呢！”

盛青溪听了，不由得弯了弯唇。

相比盛青溪，宋诗蔓却觉得心酸，这些孩子的生活哪怕和普通人相比，也有一些差距。

宋诗蔓下意识地看向嘟嘟。许是因为知道暑假有人要将自己领走，这些日子嘟嘟安静了不少。这会儿，嘟嘟抱着宋诗蔓的小腿，悄悄地往游轮那边看，眸中带着好奇和期待，却什么都没说，只是静静地看着。

宋诗蔓伸手摸了摸嘟嘟的脑袋。

不管在哪里，孩子的存在感都是很强的。

当小朋友们的吵闹声响起时，谢真几人一齐朝那个方向看了过去。

林燃起先没往那边看，但林烟烟这小丫头在一旁扯了扯他的衣袖。

林燃微微侧过头，漫不经心地朝窗外看去，只看了一眼，少年冷淡的眸光倏地顿住。

阳光下的盛青溪微仰着头，似是在看停泊在岸边的游轮。清透的阳光肆意地洒在她干净漂亮的眉眼之间，她正在笑，眸间映着细碎的光亮，唇角的弧度柔和，扬起的下巴让她整个人都生动起来。

林燃怔怔地看着盛青溪，胸膛内的心脏开始不受控制地狂跳。这一瞬，他想变成阳光。

林燃打开车门，大步朝盛青溪走去，林烟烟顺势趴到窗边看热闹。

宋行愚这是第一次见盛青溪。他抬手推了推眼镜，眼底染上一丝兴味。想不到林燃这个平时看起来冷冰冰的家伙，也有这么着急的时候，看起来恨不得马上飞到那女孩儿身边。

“姐姐，姐姐，你抱我起来，我要看‘大怪兽’！”

“姐姐，抱抱抱抱！”

林燃走近的时候，盛青溪正被一个小鬼缠着要抱抱。林燃加快脚步，在盛青溪弯腰抱起那小鬼之前，一把把那小鬼拎了起来。

骤然悬空让这小鬼呆了一下，他瘪瘪嘴就想哭，还没来得及哭出声，就听到一道慵懒的男声说：“小鬼，抬头看游轮。”

小鬼的注意力瞬间被那个耀武扬威的“大怪兽”所吸引，暂时忘记了哭泣。

盛青溪触到林燃的目光，怔了一瞬，下意识地喊：“林燃。”

林燃垂眸看她，问：“你去哪儿？”

盛青溪不想会在这里遇到林燃，轻声解释："诗蔓说要带这些孩子坐船去附近的海岛上玩，盛妈妈也在。"

林燃听到宋诗蔓的名字，眉心微皱，有一种不好的预感。

果然，下一秒宋诗蔓气急败坏的声音就响起来了。

"林燃，你怎么在这里？"

宋诗蔓气鼓鼓地瞪了林燃一眼。很快，宋诗蔓发现不仅林燃在这里，何默和谢真也在，林燃的妹妹也直勾勾地往他们这边看。

宋诗蔓："……"

宋诗蔓觉得她的假期到此结束了。

乌泱泱的一群人上了船。

奢华的餐厅内早已准备好了点心，工作人员还专门为小家伙们布置了游乐区域，但这些小家伙对那些暂时没有兴趣，都嚷嚷着要去甲板上看海。

如今盛开福利院里有二十个孩子，二十个孩子一起上甲板，只有她们几个人看着显然是不够的，宋诗蔓叫管家又安排了几个人和她们一起去。

林烟烟目不转睛地看着这些小家伙，一副"我也想去"的模样。

林燃瞥了一眼小丫头，见她一副着急的模样："你自己去问盛姐姐，她说可以去你就能去。"

林烟烟本就愿意亲近盛青溪，现下听林燃开口，便颠颠地跑过去了，不见了平时怕生的模样。

一直在一旁看着没说话的宋行愚缓步走到林燃身后，笑着道："林燃，你看女孩儿的眼光倒是比你选车的眼光好。"

林燃没应声，只是盯着盛青溪。

这小姑娘没心没肺的，就和他说了两句话。自从上了游轮就没搭理过他，只顾着照顾那些小鬼，还要应付一个比她大的"小学生"。

林燃轻哼一声，就不信接下来一天自己都逮不到她。

长长的天际线与海鸥飞行的轨迹相接，显得更长了。

翻涌的海浪使海天之间原本就不大清晰的界线变得更模糊，海风吹散云层，阳光铺在海面上，海面顿时波光粼粼。

林燃站在看台上，上身微微弯曲，双手与栏杆相抵，静静地看着甲板上的女孩儿。

宋行愚和林燃在一起的时候不怎么掩饰自己。宋行愚神色淡淡地倚在栏杆旁，低沉的声音顺着海风传入林燃的耳内："为什么是明年六月？"

宋行愚在问什么，林燃心知肚明。

林燃手指微蜷，目光低垂。

盛青溪和一个小女孩儿一起趴在栏杆边往下瞧，一大一小两个脑袋凑在一起不知道在嘀咕些什么。

林燃收回视线，转身瞥了一眼宋行愚，懒懒地道："因为明年六月要高考，我要好好学习天天向上，你懂吗？你一定不懂。"

宋行愚一时疑心是自己听错了。他扶了扶眼镜，眼神诚挚，唇角扯起的笑却很敷衍："不好意思，你刚刚说什么？看台上风大，我没听清。"

林燃和宋行愚对视一眼，一点儿心理包袱都没有，重复道："我要好好学习，天天向上。"

宋行愚沉默片刻，原来林燃是认真的，并不是说着玩的。

甲板上阳光很好，海风也大。

盛兰没惯着这些小家伙，不过半小时就把他们赶回了船舱。

这些小家伙进了船舱就变得乖巧起来，按顺序一个个地坐在小凳子上等着吃中午饭，手里都端着自己的小碗。

谢真和何默不知道这些孩子是从哪里来的，都很好奇。

谢真朝那群孩子的方向努努嘴："默子，那边的小孩儿还挺乖。我还以为上船之后我们会在尖叫声和哭声中度过一天，看来下午能睡个好觉。"

何默却总觉得有什么地方不太对劲，但一时也说不上来是哪儿有问题。他想了想，应道："是挺乖的，但我总觉得哪里怪怪的。"

宋行愚慢条斯理地切着牛排，这牛排是空运过来的，肉质鲜美且有嚼劲，味道很好。听谢真和何默在讨论那些孩子，宋行愚抬眸扫了小家伙们一眼。

上游轮之前他就注意到了，这些孩子虽然穿着款式一样的鞋子和衣服，但显然不是校服，而且他们手上还都戴着手环。

他在看台上听得很清楚，这些孩子都称呼那个中年女人为"盛妈妈"，宋诗蔓则喊那个中年女人"盛阿姨"。

见谢真和何默一脸疑惑不解的模样，宋行愚低声解释："他们应该都是孤儿。"

啪嗒一声，谢真手里的叉子掉到了桌面上，他没忍住又看了那些孩子一眼。

林燃皱起眉："阿真。"

谢真讪讪地收回了视线，嘀咕："仙女和宋诗蔓是去福利院当志愿者了吗？她们和那些孩子看起来相处得还挺自然的。"

何默插了一嘴："仙女不是住在城西吗？我记得城西就有个福利院。"接着，他不由得感叹道，"我估摸着仙女应该是经常去福利院看这些孩子，仙女真是善良。"

话题转到盛青溪身上，宋行愚保持沉默，没再说自己的猜测。

林燃的脸色不太好，他知道盛青溪并不介意别人知道这件事，她对自己的身世一直很坦然，但他不想听别人议论她。

林燃将视线越过谢真几人，落在隔壁桌的盛青溪身上，她们三个女孩儿在另外一张桌子上吃饭，此时正轻声细语地交谈着。

盛青溪眉眼弯弯，耐心地听林烟烟说话。

林燃有些出神地想，如今这样就很好。

午饭后，小朋友们排队去睡午觉。

谢真和何默因为早上起得早，这会儿也溜回了房间。宋行愚倒是没有午休的习惯，回房拿了泳裤便自顾自地上娱乐区游泳去了。

宋诗蔓打了一个小小的哈欠，含糊着问："小溪，你要不要去睡会儿？我好困。"

盛青溪从小就不爱午睡，以前，因为工作的原因她连休息的时间都很少，那时候只能抓紧能休息的时间去休息，不分时间段。

盛青溪带着林烟烟一起跟着宋诗蔓往舱房里走，说："你和烟烟睡一会儿，我回房写假期作业。"

宋诗蔓知道盛青溪习惯先把作业写完，便摆摆手："那我们去睡午觉了。"

到达舱房后，盛青溪看着宋诗蔓和林烟烟进屋关了门，才转身往隔壁走。她们三个的房间彼此相邻，只隔着几步路的距离。

房卡和感应门相触，发出轻微的响声。

走廊上铺着柔软的地毯，这使得踏在上面的脚步声微不可闻。

盛青溪垂着眸，睫毛轻颤了一下。

周遭的气氛瞬间起了变化，盛青溪右手微动，在来人靠近她之前，猛然出手扣住了他的手腕，脚下的动作也随之跟上。

但盛青溪脚下的动作才起势便停住了，她愣怔地看着旁边皱眉的少年："林燃，我……我不知道是你。"

她立即卸下了力道。

林燃的手腕还被盛青溪紧握着，刚才她朝他攻来时，他的身体已经自觉地进入了战斗状态，但他忍住了，没动手。

女孩子会防身术并不是什么稀奇的事。

但盛青溪的这套动作显然不是普通的防身术，更像是军警格斗术。林燃他大伯当过兵，林燃小时候去大伯家里，总能在院子里看到大伯练拳。

林燃对这类格斗术并不陌生。

看盛青溪的反应和速度，她显然不是一个初学者。

林燃没在门口多问，带着她进了房间。盛青溪乖顺地跟着林燃往里走，抿了抿唇，不知道该怎么解释。

啪嗒一声，房门自动关上。

林燃粗粗看了一眼四周，房间环境不错，干净宽敞。

盛青溪抬眸，小心地看了林燃一眼："林燃，对不起。"

林燃面上没什么表情，只是垂头看着她："你为什么道歉？"

盛青溪看向他的手腕，小声道："我怕伤到你。"

盛青溪会伤到林燃吗？

这件事林燃也没办法下定论，她出手的角度过于刁钻。

那时在巷子里，她是因为来不及去拦那人，才硬生生地挨了那一棍子。从头到尾，这小姑娘就没喊过一句疼。加上今天的事，林燃不可能不多想。

他蹙起眉，情绪有些压抑："你经常受伤吗？"

林燃这句话问得没头没尾，却让盛青溪有些出神。

上警校的前两年，盛青溪的身上经常布满大大小小的瘀青，那时候她不敢浪费每一分每一秒，连去医务室的时间都没有。最后还是室友看不下去了，给她买了药，几个室友看着她上了药才放她出去跑步或者练拳。工作以后，刀伤和枪伤她都受过。很多时候，因为当时条件有限，她只能忍着疼，简单地处理一下伤口。

盛青溪原本是很怕疼的，小时候生病了去打针，都要盛兰哄上许久。从打针要人哄到受了伤一声不吭，盛青溪用了十年。

盛青溪从纷乱的记忆中挣脱出来，看着林燃没说话。

她想说自己很少会受伤，但对上林燃黯然的眸光就什么也说不出口了——她不想对林燃说谎。

于是，盛青溪只是静静地看着林燃，没有回答他的问题。

林燃没打算非要在这个时候问出个究竟。他在床边坐下，转而换了一个话题："你不睡午觉准备干什么呢？"

林燃知道盛青溪有不睡午觉的习惯，他中午溜达去六班找她的时候，她永远都是醒着的，哪怕教室里睡倒了一大片也不能影响她分毫。

盛青溪老实地说道："写作业。"

林燃闻言挑了挑眉，长腿微动，侧身往床上一躺，像个耍无赖的流氓："那你别打扰我睡觉，写作业时安静点儿。"

盛青溪："……"

她犹豫片刻，确认似的问："你在这里睡吗？"

林燃懒洋洋地笑了一下："午安。"

说完他就闭上了双眼。

盛青溪在心里叹了一口气，转身将房间内的窗帘拉紧。原本就不怎么明亮的房间，光线骤然变暗，室内的气氛瞬间变了一个味道。

林燃虽然闭着眼睛，却一直注意着她的动静——窗帘与滑道细微摩挲，椅子被小心翼翼地拉开，书桌上的台灯亮起，笔尖划过书页。

空气中有淡淡的甜味，林燃在这样安逸又静谧的环境中逐渐睡去。

两点半，即将靠岸的鸣笛声响起，游轮会在下午三点到达海岛。

床上的林燃倏地睁开了眼睛，急促地喘息着，瞳孔微缩。

他的脑中还回响着盛青溪撕心裂肺的哭喊声，她慌乱无措地喊着他的名字，一声一声地喊着——林燃，林燃。

盛青溪专心地看着试卷上的题目，并没有注意到沉闷的鸣笛声。她垂眸，只用了几秒，便写下了清晰明了的解答过程。

许是因为太专注，此时她没有注意到，从睡梦中醒来的少年正在逐渐靠近她。

直到桌前出现一片阴影，盛青溪才后知后觉地发现自己身后站了一个人。她转身仰头看去。

林燃微微弯着身子，从他身后看过去，就像他正抱着盛青溪。

此时的林燃似乎不太清醒。他眸色黯然，望着她的眼神中带着复杂的情绪。

就在盛青溪愣神的时候，林燃沙哑的声音在她头顶响起："盛青溪，我们以前，是不是在哪里见过？不是今年，是……很久以前。"

第九章 海 岛

“没有。”

盛青溪听到自己平静的声音在舱房内响起。

盛青溪深谙审问技巧，明白此时自己的表情、眼神以及反应时间都毫无破绽，而且她说的是实话，这一世，他们之前并没有见过。

林燃凝视盛青溪许久，他的大脑里此时一片混沌，两世的记忆交错，其中还夹杂着她的哭喊声，搅得他心神不宁。

到底是什么时候，又是在哪里见过她，他怎么想都想不起来。

沉闷而绵长的鸣笛声再次响起，林燃直起身子，缓缓地拉开和盛青溪的距离。

再起身时，他已恢复了正常的神色，低着头，和半仰着脑袋的盛青溪对视片刻。她明亮的双眸中没有一丝说谎的痕迹。

盛青溪抿抿唇，轻声问：“你为什么这么问？”

林燃掩去眸中的思绪：“我只是做了个梦。你把作业放好，准备下船了。”

五分钟后，宋诗蔓顿在原地，一脸惊恐。她抬起手，颤颤巍巍地指着从盛青溪的房里出来的林燃，质问道：“你……你……你怎么在这里？”

林燃瞥了宋诗蔓一眼，没应声。他微微侧开身子，让跟在他身后的盛青溪走出来。

宋诗蔓见到盛青溪出来，立马跑过去，着急地问："小溪，你没事吧？"

林燃见宋诗蔓一副把他当流氓的模样，不由得轻哼了一声，这时恰好林烟烟也从房里出来了。林烟烟看到林燃站在盛青溪的门口时也有些讶异。

林燃一把拎过眼里写满好奇的林烟烟，敲了敲她的脑门："走了，你瞎看什么呢？！"

林烟烟瘪瘪嘴，觉得自己很无辜。

即使走远了，林燃依旧能听到宋诗蔓咋咋呼呼的声音："他怎么大中午的还要来补课？这个时间点不应该打扰别人休息，他不懂吗？！"

林燃的唇角露出一丝若有若无的笑意。

补课？这傻姑娘连说谎都不会。

三点整，游轮准时靠岸。

咸湿的海风扑面而来，细软的沙滩上翻涌着海水，岸边只有零零散散的几个人，不远处摆放着一个排球，孤零零的，看起来怪可怜的。沙滩椅上空无一人。

这幅景象，怎么看都不像热闹的样子。

林烟烟眨巴眨巴眼，小声说："哥哥，你记不记得上次我们在电影院里看的那部电影？"

林燃："……"

其他人："……"

谢真瞪大了双眼，惊恐地道："烟烟，我建议你不要再往下说了。我鸡皮疙瘩都起来了，晚上我可能会睡不着的！"

林烟烟一脸纯真地看向谢真。

谢真咽了咽口水，往何默身后躲去。

何默一把抱过谢真的脑袋，将其按在自己的肩头："不怕，哥保护你。大不了咱哥儿俩通宵上分。"

谢真一脸"甜蜜"："默子你真好。"

林燃："……"

林燃对这幅画面感到强烈不适。

宋诗蔓听何默这样说，不禁奇怪地问："这里的网还没接上，你们不知道吗？而且晚上我们住的不是中心酒店，而是野营帐篷。"

何默："……"

谢真："……"

他们到底是度假来了，还是过原始生活来了？

宋行愚闻言也陷入沉思，心想自己为什么不好好地躺在家里，而要选择和这些小孩儿出来玩。现在的小孩儿玩的都这么刺激吗？

许是因为没网的刺激太大，他们得知帐篷营地有水有电的时候，不由得感到庆幸，不然真的就要上演《荒岛祭》了。

天色渐暗，营地内点着小灯，正中央燃烧着篝火。

盛兰带着小朋友们在另一边做游戏，盛青溪和宋诗蔓被盛兰赶过来和林燃他们待在一起，说年轻人就该和年轻人玩。

他们七个人围着一张矮矮的圆桌，坐在小木墩上。

林燃和林烟烟挨着，林燃的右边是谢真，宋行愚坐在谢真身边，林烟烟的左边是何默，何默的左边便是宋诗蔓和盛青溪。

林燃和盛青溪正好面对面。

这是他们第二次这么多人聚在一起，第一次是上次看电影的时候，只不过这次顾明霁换成了宋行愚。

其他人倒是觉得没什么，宋诗蔓和谢真却缩在一旁瑟瑟发抖，心想：呜呜呜，这个鬼地方真是太吓人了。

幽幽的火光外是漆黑的树林，憧憧的树影随着海风晃动。海风的声音细细听来像是女子的呜咽声，不远处有小朋友的拍手声和唱童谣的声音。

宋诗蔓觉得自己马上要死了。

谢真紧紧地依偎在林燃身旁，觉得这时候何默已经拯救不了自己了，唯有林燃能给自己一点儿安全感。

林燃面无表情地任由谢真如幼鸟一般搂着自己的胳膊。

相比之下，宋行愚最是淡定。他坐在篝火旁，静静地注视着正在沸腾的锅，香辣的味道随着风渐渐散开，他时不时地拿着汤勺搅一搅。

今天他们的晚饭是火锅。

一旁的另一张矮桌上放满了各种食材，羊肉、牛肉等肉类应有尽有，只火锅三宝和蔬菜拼盘就够他们吃上一整晚，更别说还有其他丰富的食材了。

中心酒店那边提供的锅很大，他们七个人用两个锅，一个辣味锅，一个番茄锅。

火锅的香味渐渐散开，宋诗蔓觉得自己好受了一点儿，拿起桌上放着的奶茶，嘀咕道："我来之前还以为这里会很浪漫呢。"

随后，她幽幽地叹了一口气："比如在星空下吃着牛排，躺在帐篷里看着星星，说不准还能在海边遇到王子什么的。"

说完，宋诗蔓抬头看了一眼天，明明下午还风和日丽，结果到了晚上天空中却布满了乌云，厚厚的云层将月亮和星星都藏了起来，一点儿光都透不出来。

明明这里坐了七个正值青春的少年，却个个都很安静。

何默思索片刻，提议道："不如我们来玩游戏？"

宋行愚扫了一圈沉默的众人，温和地应道："好啊，我们玩什么游戏？"

何默想了想："玩真心话大冒险吧，我们选一个人，从他开始报数，凡是报到带有六的数字和六的倍数时就用拍手代替，数错或者反应慢的人要受惩罚。"

这是一个简单易操作的游戏，没人反对。

宋行愚好奇地问："如果受惩罚的人选择真心话或者大冒险，要由谁来提问或提出要求？"

何默想都没想，回答："就由坐在对面的人来吧。"

此时场上的情况是——林燃和盛青溪面对面，宋行愚和林烟烟面对面，何默和谢真面对面，宋诗蔓……宋诗蔓和空气面对面。

宋诗蔓一口奶茶卡在喉咙里，这是咋安排的？

何默扫视一圈之后也发现了这一点，尴尬地和宋诗蔓对视一眼，然后一拍大腿建议道："就由仙女向你提问或提要求吧，仙女都是有特权的！"

宋诗蔓凝神思考片刻，居然觉得何默说得有道理。

而且盛青溪那么温柔，一定不会问什么奇怪的问题。

第一轮游戏正式开始。

由林烟烟开始报数。

林烟烟小声地道："一。"

林燃没什么表情地盯着盛青溪："二。"

谢真犹豫着道："三……？"

林燃听了心想：这是什么种类的猪？

宋行愚不紧不慢地说："四。"

盛青溪垂眸避开林燃的视线："五。"

宋诗蔓拍了拍手，又奖励机智的自己喝了一口奶茶。

何默看着咕噜咕噜响的锅，咽了咽口水，万分痛恨自己——为什么要提出玩这个游戏，大家坐在一起快乐地吃饭不好吗？

"七。"

几轮下来都没有人出错。

直到轮到林燃，到他这里是36，36很明显是6的倍数，所有人都在等林燃拍手。

林燃却淡定地开口，说："36。"

所有人："……"

这个人怎么回事？他摆明了是故意的。

盛青溪抿抿唇，不知道林燃会选真心话还是大冒险。

何默和谢真一看林燃要受惩罚，一下子都来了劲，小猪猪谢真一时也顾不上害怕了，咧嘴一笑："燃哥，你选真心话还是大冒险？"

林燃的眉眼间染上一丝显而易见的愉悦之色，不怀好意地看着盛青溪，不紧不慢地说："我选真心话。"

宋行愚无声地笑了一下，林燃这人挺会讨女孩儿欢心的。

这两个人凑在一起还挺有意思，那小姑娘虽然看起来安安静静的，但若是以后这两个人真能成，恐怕反而是林燃会被吃得死死的。

林燃说完，其他人齐齐看向盛青溪，每个人的脸上都是一副看戏的表情。

林烟烟眨眨眼，心想：哥哥做得也太明显了。

宋诗蔓小声叨叨："你好诡计多端啊。"

盛青溪没玩过真心话大冒险，不知道大家通常会问些什么。她想了想，问了一个自己以前最关心的问题："你的梦想是什么？"

林燃："……"

林烟烟悄悄地看了一眼她哥哥，偷偷地笑了。

何默没忍住，扑哧一声笑了出来。

谢真一直忍住没笑，憋得脸都红了，心想：厉害，还是仙女最厉害。

宋行愚失笑，林燃的眼光还真是和常人不同。

宋诗蔓还以为自己听错了，她们家小溪刚刚说什么来着？你的梦想是什么？

林燃叹气，唉，她傻不傻？

不过既然盛青溪已经这么问了，林燃还真的认真地回想了一下。时间隔得有些久远，他花了一些时间去记忆里翻找这个问题的答案。

说实在的，他没什么梦想。

以前的他，只想好好地把林烟烟养大，他自己将来做什么都行。况且他大概率是要回林家继承家业的，往后能选的路其实很窄。

而现在，林燃的梦想就更简单了，他只想活下去。

林燃冲盛青溪勾了勾唇，声音里含着笑意："长官，我的梦想是考上大学。"

盛青溪抬眸和林燃对视，她会保护好他，会让他活下去的。那他就能参加高考，实现自己的梦想了。

在众人的一片哄笑声中，林燃和盛青溪静静地看着彼此。火光映在他们的双眸里，此时此刻，他们心里想的是同一件事。

林燃明白自己在说什么。

盛青溪知道自己想要的是什么。

这个夜晚因火锅而逐渐沸腾起来。

晚上，岛上的海风小了一些，但盛兰还是担心孩子们在这儿睡会感冒，便带着他们回了游轮上。于是，帐篷营地便只剩下他们几个和两三个路人。

谢真逐渐从紧张又害怕的状态中缓了过来，抛弃林燃，去找何默一起吃火锅了。

盛青溪不曾见过年轻时的宋行愚，便好奇地多看了一眼，却被林燃抓到了。于是，她默默地收回了视线，不敢再看。

林燃挑了挑眉："宋哥，来，我们换个位置。"

谢真跑到对面之后，林燃的右边是宋行愚，而宋行愚的右边是盛青溪。

宋行愚闻言，爽快地应道："可以。"

林燃和宋行愚交换了位置后，起先感到不适应的是林烟烟。她悄悄地往一旁挪了一点点（其实跟没动一样），并且以为宋行愚没发现。

宋行愚垂眸，这小女孩儿似乎有些怕他。

林燃走到盛青溪的左侧，拎起小木墩，无所顾忌地往盛青溪身边一放，两人之间的距离瞬间被拉近。

林燃一如既往地霸道，将长腿往盛青溪面前一伸，把她圈在了位子上。

盛青溪下意识地找话题："林燃，你吃饱了吗？"

林燃似笑非笑地看了她一眼，他们这顿火锅吃了快两个小时了，就算是猪也该吃饱了。

就在林燃的脑中浮现这个想法的时候，谢真咋咋呼呼的声音同时响起："肉呢？！今天锅里的小羊羔都得乖乖进我小猪猪的肚子！"

林燃："……"是他低估猪了。

不过盛青溪问的这句话让林燃的心情好了不少，他心想：这傻姑娘还知道心虚呢。

林燃坏心眼地凑近盛青溪，火光将她的脸颊映得有些红。

他低声笑笑，问："你刚刚是不是看宋行愚了？你看什么呢？你觉得他好看吗？你欣赏他那样的？"

林燃也不等她回答，慢条斯理地总结道："人家看着斯文又温柔，戴眼镜，有书卷气，体贴细心。"

盛青溪抿抿唇，小声道："我就是看一眼。"

一旁的宋诗蔓听得都要窒息了，这人有毛病吗？不就是看了人家一眼？

林燃却不依不饶："你为什么看他？"

盛青溪答不出来，想了半天只憋出一句："我不欣赏他那样的。"

林燃忍住笑，侧过头贴近她的耳朵，压低了声音问："那你欣赏什么样的？"

盛青溪："……"

能和其他人坦然承认自己欣赏林燃的盛青溪，在林燃的面前忽然就不知道该说些什么好了，当年那青涩的欣赏和未曾说出口的告白，早已消失在了那场大火里。

林燃看盛青溪着急又说不出话的样子，笑了笑，见好就收。

他拿起桌上她的那杯果汁，往她手里一塞："你喝果汁。"

盛青溪接过来，二话不说，直接用吸管堵住了自己的嘴。

宋诗蔓整个过程都皱着眉头，寻思着自己以前大概是脑子进水了。她到底为什么会看上这个蛮不讲理的自大狂？她真是瞎了眼！

火光渐暗，林燃一行人起身，准备散场了。

谢真和何默打算拉上林燃、宋行愚一起玩游戏，女孩儿们则准备排队去边上的浴室洗澡。因为这里还有外人在，几个男孩儿就守在外面玩游戏，免得出什么意外。

晚上十一点，整个营地陷入了寂静。只有营地中间的篝火还幽幽地闪着亮光，这微弱的光并不妨碍这些年轻人进入梦乡。

宋诗蔓害怕一个人睡，林烟烟年纪还小，她们两个人就干脆凑在一起睡。盛青溪则独自一人睡在帐篷里。

海浪拍打礁石的声音隐隐可闻，她在这样清晰又模糊的声音之中缓慢睡去。

窒息感从四周涌来，她放松了身体，睁眼朝上看去，明亮的波光离她越来越近，光束透过冰冷的海水向下射来，可她周身的温度在逐渐降低。

她能感觉得到，自己在往下坠落。

明明这时候她该努力地挣扎着往上游，可无力感和疲惫感不断地朝她袭来。

这漫长的十年，没有林燃的十年，她过得太孤独了。

盛青溪有些不合时宜地想，从悬崖上掉下来的失重感很不舒服，看来自己不是很适合去游乐园玩高空项目。

她好累，这种疲惫感是从什么时候涌上来的呢？

似乎是这一年林燃的忌日过后，那一年盛青溪抓到了当年害死林燃的凶手，在那之后，她总觉得很累。

对于自己往后的人生，盛青溪没有目标，也没有幻想。以至于此刻沉入深海，她竟有一种解脱的感觉。

她缓缓地闭上了眼睛，就在她越坠越深的时候，听到一道模糊的声音——

“我能让你回去。”

“回去？”盛青溪摇头，她不想回去。

她想要的是什么？她想让林燃活过来，让那个死在大火中的少年，活过来。

凌晨，盛青溪自梦中惊醒，额头上满是虚汗。她缓了好一会儿才从梦境中脱离出来。平时，她几乎不会梦到自己以前出意外的场景，梦见的更多的，还是那场怎么都扑不灭的大火。

外面的海浪声更大了。

盛青溪有些恍惚地想，可能是在海边睡觉的缘故。

盛青溪醒来的时候林燃还没睡。他坐在篝火旁吹风，当盛青溪坐起身时，火光将她单薄的身影打在帐篷上。

林燃原以为她是起来喝水的，但看了许久，发现她一直坐着，就只是坐着，没有其他任何动作。

他隐隐有些不安。

林燃朝盛青溪的帐篷走去。

盛青溪正抱着膝盖发呆，没有注意到帐篷外逐渐走近的身影，直到轻微的脚步声响起，才后知后觉地抬头看去。

与此同时，林燃低哑的声音从帐篷外传来："盛青溪？"

盛青溪小声应道："嗯。"

林燃顿了片刻，继续问："你做噩梦了吗？"

盛青溪下意识地点点头，却忘了他看不到自己。

明明她什么话都没说，林燃却像听到回答了一般。

他低声问："方便让我进去吗？"

对盛青溪来说，林燃不管做什么都是方便的，她全心全意地信任他。

过了几秒，林燃听到一阵窸窸窣窣的声音，帐篷的拉链被拉开，从里面探出一颗小脑袋，她的脸色很差，但眸光很亮。

林燃钻进了她的帐篷。

不同于外面的冰冷，帐篷里很暖和，空气里都是盛青溪的味道。

盛青溪抬眸去找林燃的身影。在光线昏暗的帐篷里，林燃就坐在她的气垫床边，与她隔着极近的距离。

盛青溪往林燃的方向悄悄地挪了一点儿，轻柔的声音在帐篷里响起："林燃，你身上好凉。"

林燃闻言，只犹豫了一瞬便脱下身上的短袖，然后拉开帐篷的拉链，把短袖往帐篷外一丢，再收回手把拉链拉好，动作一气呵成。

他问："还凉吗？"

盛青溪被林燃的这个动作弄得蒙了一瞬。

她的本意是想问林燃是不是在外面坐了很久，他却误以为她觉得他身上的凉意太重，导致林燃现在没穿上衣坐在她的帐篷里。

盛青溪抿抿唇，小声问："你最近怎么了？"

最近林燃似乎总是一个人坐着，什么都不做。

林燃最近的确有一堆烦心事，林佑诚那点儿破事搅得林燃心烦意乱。

还有盛青溪，他能肯定他们两个人之间的关系绝不只是他目前看到的这样。她对他太过纵容，纵容到毫无底线。

她甚至连他和别人在一起都能接受，这件事让林燃耿耿于怀。

林燃不想搅得盛青溪心情不好，怕影响她比赛，只道："等你比赛回来我再和你说。"

说完，他转而问起盛青溪："你是不是又做噩梦了？"

盛青溪低低地应了一声。

林燃脸色微沉。他晚上在她身边的次数很少，只有那么两次。可那仅有的两次，她都做了噩梦，都会从梦中惊醒。

他蹙起眉，问道："你做的什么噩梦？"

盛青溪歪头靠在自己的左臂上，轻声说："我梦见我沉到大海里去了。"

林燃听了半晌没说话，不知道为什么，忽然想起在四时山他跳下水潭时看到的盛青溪。那时候的她，似乎有些不对劲。

林燃没在这时候提那件事，说："还早，你躺下睡觉。我就在这里陪你，等你睡着了我再走。"

他低声道："我在这里，你别怕。"

盛青溪重新在气垫床上躺下，困倦地眨了眨眼："林燃，你怎么不睡觉？"

林燃心里藏着事，这些天都睡不安稳。他解释："阿真他们还在玩游戏，我一会儿就去睡了。"

盛青溪迷迷糊糊地点头，她的意识逐渐模糊。

盛青溪睡着之后，林燃仍没有离开。他无声地注视着蜷缩成一团的盛青溪，就这样静静地在帐篷里坐了许久。

帐篷外，谢真打着哈欠准备去上厕所，但走到半路，觉得似乎哪里不对劲。

嗯？地上那是什么东西？

如果他没看错的话，那是一件衣服。为什么仙女的帐篷前有一件衣服？

谢真惊悚地朝左右看了看，发现林燃不见了！

谢真噔噔噔地跑到盛青溪的帐篷前，捡起那件衣服，来来回回整整确认了三遍。

这绝对是林燃的衣服。

谢真在外面弄出的动静，林燃早就听到了。他本来以为谢真只是路过，但这会儿听着谢真居然还在帐篷前停了下来。

林燃长臂微动，拉开拉链，露出小半个身子。他皱眉，压低了声音问："你干什么？"

谢真愣愣地抬头，他的视线缓缓移动，落在林燃没穿衣服的上半身上。

谢真："……"

第二天中午，谢真挂着两个黑眼圈，如游魂一般走到桌前坐下。

何默啃着手里的汉堡，抽空瞥了谢真一眼，含糊着问："你昨晚去哪儿了？我睡了都不见你回来，要不是燃哥在，我还以为你被鬼抓走了。"

谢真听到林燃的名字，像游魂般喃喃地道："默子，我……我可能不能再做燃哥的粉丝了。"

何默一脸问号："啊？怎么了？"

不知道谢真想到了什么，精神一振。随即，他握紧了拳，坚定地道："我决定了，我要和仙女说清楚，不能就这样让她被燃哥欺负。"

话音刚落，谢真的肩膀上搭上来一只手。

谢真板着脸："默子你不用劝我，这事就算燃哥来了我也要说。"

"说什么？"

林燃懒懒的声音在谢真的耳旁响起。

谢真胖胖的身躯猛然一震，他默默地在心里给自己打气：胖胖你可以的！你是正义的化身，绝对不能向恶势力妥协！

谢真做了一个深呼吸，转身面向林燃，双唇动了动，腮边的肉都颤了颤。

林燃挑眉，一副"我等着看你想干什么"的模样。

最后谢真一个字都没说出来。

呜呜……胖胖是打不过"恶龙"的。

即便是这样，谢真还是没放弃。他不放过任何一个能和盛青溪独处的机会，但总有一些奇奇怪怪的事和人来打断他的计划。

尤其是宋诗蔓，他以前怎么没发现她这么黏人？盛青溪去哪儿她都要跟着。

终于，午休过后，宋诗蔓和那些小朋友准备去酒店里的儿童泳池玩。林燃和宋行愚也不知去了哪里。

这个机会谢真当然不会放过!

盛青溪正在收拾那些小家伙留在这里的玩具和娃娃。她蹲在地上挨个数着，免得哪个玩具或娃娃丢了，不然那些小家伙又要哭。

谢真做了一个深呼吸，鼓起勇气朝盛青溪走去，一点儿也不敢耽搁，走到她身后也不先喊名字，就直接说：“燃哥对你做的事情我都知道了，仙女，我们去报警吧！”

盛青溪迟疑片刻，转身看向谢真：“报警？”

谢真点头：“你不用怕，我知道都是燃哥逼你的。”

盛青溪一时间没明白谢真在说什么，问：“发生什么事了吗？”

谢真以为盛青溪是受到了林燃的逼迫，什么都不敢说。他一脸严肃地道：“昨晚我都看见了，你放心，不管怎么样，我都会站出来替你做证的。”

盛青溪还没反应过来，林燃忽然从谢真背后走了出来，先是对盛青溪扬了扬下巴：“你做你的事，不用理他。”

说完，林燃拍了拍谢真的肩膀：“你跟我过来。”

谢真的脸色不太好看，这件事让林燃在谢真心里的印象大打折扣，谢真知道林燃桀骜不驯，却没想到林燃会这样毫无底线。

谢真绷着脸和林燃走了。

盛青溪抿抿唇，谢真说的应该是昨晚林燃进她帐篷的事，谢真应该是误会了。

树林里，宋行愚倚在树干上等林燃回来。

刚刚他们话说到一半，林燃说要先离开一会儿，宋行愚就这样被丢在这里。这种待遇宋行愚好些年没感受过了，在这个圈子里混了这么些年，还没人敢话说到一半就把他丢下。

林燃的确只离开了一会儿，不过回来的时候，还带了别人。

宋行愚眉峰微扬，谢真看起来不太高兴的样子，且谢真的身体正在下意识地抗拒林燃。

不过一个晚上，这些孩子又怎么了？

林燃和谢真先后在林间停下。

林燃瞥了一眼耷拉着脸的小胖子，好笑地勾了勾唇。

谢真见林燃是这样的态度，心里更气了，忍不住道：“燃哥，你以前可不是这样的人。”

林燃轻哼：“昨晚怎么不问我？今天反而去找她，你吓到人家了知道吗？”

谢真：“……”

谢真瞪着林燃：“昨晚我都吓傻了，反正这事我不会当作没看到的，我半个字都不会替你隐瞒。”

林燃可以不解释的，但事关盛青溪，他不能不解释。林燃不能让谢真这样误会她。他可以当坏人，她却不能当受害者。

况且大晚上的进小姑娘的帐篷，的确是他没注意。

林燃把昨晚的事和谢真仔细地解释了一遍，之后问道：“你听明白了吗？没听明白的话，我就再说一遍，你别跑去人家面前胡说八道了，她压根儿就不懂你在说什么。”

谢真起初听得有点儿蒙，反应过来后，知道的确是自己误会了。他想了一会儿，憋出一句：“燃哥，那你下回可别乱扔了。幸好是我看到了，要是别人指不定就传出去了。”

林燃凝眉，的确是这样。这件事是他没考虑周全。

宋行愚在一旁静静地听着林燃和谢真说话，听懂这俩小孩儿说什么的时候，宋行愚淡淡地笑了一下。

一个生怕委屈了心爱的女孩儿。

一个生怕自己的兄弟做错事。

这种少时的感情，总是令人艳羡。

谢真回去向盛青溪道了歉，这事就算翻篇了。

假期的第一天，谢真和何默深深地感受到了网络的重要性。

今天晚饭吃烧烤，谢真啃着肉串唉声叹气：“我怎么觉得我们不像是度假，更像是来体验艰苦生活的呢，就差没让我们自己生火了。”

何默也深有同感：“一天什么都没做天就黑了，这还不如在家玩游戏呢。这和我想象中的沙滩、美女、冲浪完全不同。”

原本他们听说这岛上有个水上游乐园，可今天下午一看，居然是个儿童游乐园，那些小朋友玩得倒是挺开心的。

林燃扫了他们一眼：“明天下午去冲浪？”

谢真摸着自己堆着三层肉的肚子：“我不去，我冲不动。”

宋行愚见状，扶了扶眼镜，提议道："不如我们去探险？"

林烟烟听了眼睛一亮，立马看向林燃。

林燃成功地接收到了小丫头的信号。

何默一听这话也来了兴致，凑近问："行啊，我们去哪里探险？"

宋行愚微微一笑："我下午去中心酒店的时候，听说在海岛的另一侧有个山洞。这岛上以前似乎来过海盗，说不定那里有海盗留下来的宝藏。"

谢真惊恐地看向宋行愚，头摇得像个拨浪鼓："不不不，我愿意一直待在这里，我一点儿都不觉得无聊。"

何默微微一笑，揽上谢真的肩膀："阿真，宝藏啊，你真的不想去看看吗？"

谢真全身上下的肉都在拒绝。

林燃看了一眼林烟烟，示意她自己开口。

林烟烟倒是不怕谢真，走到谢真面前，用水汪汪的大眼睛盯着谢真，唇一抿："阿真哥哥。"

谢真："……"

这下，谢真怎么也说不出拒绝的话了。

于是，谢真剑走偏锋，使出奇招，大声朝另一边的人喊："宋诗蔓！我们安排了一场活动，还差两个人，你和仙女一起过来玩吧。"

谢真是这么想的，他虽然害怕，但宋诗蔓比他更害怕。

有了对比，他就没那么丢人了。

宋诗蔓也正无聊，听谢真这么一喊，也不问去干什么，拉起一旁的盛青溪就往谢真他们那边走。

谢真见宋诗蔓拉着盛青溪过来了，咧嘴一笑，非常热情地把烧烤架上的串拿起来，往两个女孩儿面前一递："你们先坐一会儿，吃完我们就出发。"

宋诗蔓闻言，狐疑地看了谢真一眼，总觉得谢真不安好心，但还是接了过来。

知道盛青溪不怎么吃肉，宋诗蔓便习惯性地把素菜都递给了盛青溪。

宋诗蔓和盛青溪在木墩子上坐下。宋诗蔓啃了一口筋道香辣的牛肉串，问："什么活动？能比昨天晚上玩的有意思点儿吗？"

宋诗蔓本来以为林燃这几个人算是会玩的，却没想到这几个男生居然这么无聊，想来他们的生活中除了摩托车就是打游戏了。

她撇撇嘴，没劲。

谢真暗暗地推了一把何默，示意何默赶紧帮忙。

何默轻咳一声，开始瞎编："燃哥说，岛的另一边有一片小矮林，里面有好多萤火虫，晚上看起来非常漂亮。"

林燃："……"

现在他算是知道自己的名声到底是怎么被败坏的了。

宋诗蔓犹豫了一下，看向盛青溪，问："小溪，你想去吗？"

宋诗蔓的眼睛里明晃晃地写着：我想去我想去！

盛青溪看着宋诗蔓眼睛里期待的神色，无奈地弯了弯唇，配合道："我想去。"

宋诗蔓立马回头，骄傲地对何默扬了扬下巴："既然小溪想去，那我们就勉强答应和你们一起去吧。"

何默："……"

他以前怎么没发现宋诗蔓是这样的？

林燃瞥了她们一眼。盛青溪这人真是，就知道惯着宋诗蔓。

众人说定晚饭结束就出发，一行人的心思各有不同。

林燃和宋行愚心里都没什么感觉，知道这就是个游戏而已。何默和林烟烟则是期待居多，认为冒险什么的听起来就很刺激。

而宋诗蔓完全被蒙在鼓里，叽叽喳喳地和盛青溪说着暑假毕业旅行的事情。宋诗蔓挽着盛青溪的手臂，撒娇似的说："小溪，暑假你和我一起出国玩吧，我们去雪山下泡温泉。"

盛青溪小幅度地摇摇头："暑假我有事情。"

宋诗蔓不满地鼓起腮帮子，闷声问："暑假你要去干什么？"

盛青溪没打算瞒宋诗蔓，诚实地回答："暑假我要去兼职。"以前的这个暑假，盛青溪也做了同样的事。

话音落下，林燃他们皆是一顿。

林燃立即看向盛青溪，宋行愚垂下眸，没去看她。

这里除了盛青溪和宋行愚，剩下几个人的家境比较优渥。他们从小到大就没为钱的事发过愁，钱已经解决了他们大部分的烦恼。

宋诗蔓蒙了一下："你要去干什么？你着急用钱吗？"

盛青溪抿抿唇："我去给初中生做家教，这是我们福利院的志愿者给我介绍的工作，很安全。我不着急用钱，只是想存着。"

谢真和何默直接傻眼了，“我们福利院”是什么意思？

宋诗蔓看着盛青溪，欲言又止，但最后什么都没说。

林燃直接问：“事情定下来了吗？”

盛青溪偏头看向林燃，他目光沉沉，面庞一半被火照亮，一半被阴影笼罩。

她轻声应道：“还没有。”

林燃几乎没有思索，一把拎过边上的林烟烟：“我们这里也有一个初中生，她明年就要中考了。我觉得这小丫头的事比较紧急。”

林烟烟愣了片刻，很快反应过来，接着林燃的话说：“盛姐姐，我暑假也要找家教的。不如你来给我当家教吧，到时哥哥还能送你回家。”

盛青溪没想到林烟烟也要找家教，想了想，说：“给你辅导我不要钱。”

林燃：“……”

林烟烟迟疑着问：“那姐姐你还要去给别人当家教吗？”

盛青溪对林烟烟笑了一下：“不去了，那里比较远。给你们一起辅导，时间上会来不及。等放暑假了，你把你觉得合适的时间告诉我就好。”

林烟烟不安地看向林燃，他们的本意是不想让盛青溪那么辛苦，而不是让盛青溪免费给林烟烟当家教。

林燃了解盛青溪，知道怎么能让她改变主意：“你要是不收钱，我估计林烟烟这小丫头上课都上得不安心，而且每年的家教费用都是我爸那边出的，我不管。”

林烟烟连忙点头：“姐姐，你别多想，我本来就是要找老师的。而且，我……我很喜欢你。”

说完后半句话，林烟烟还有点儿脸红。

林燃：“……”

这小丫头前边说得好好的，后边瞎说什么呢？

林烟烟缠着盛青溪说了半天，最后两个人终于把这事定下来了。这个时候，林燃觉得这小丫头还挺有用。

晚餐的后半段时间里，何默和谢真都有些沉默。他们一时间接收了太大的信息量，还没能从这些爆炸性的消息里缓过来。

晚饭过后，气氛稍稍缓和了一些。

他们一行人出发时天色已暗了下来。与昨晚乌云密布的情况不同，今夜的夜空清透闪亮，上面散落着星星。

海风中带着湿润的水汽，却不怎么凉，夏日的脚步的确近了。

宋行愚拿着手电筒走在最前面，谢真紧紧地跟在宋行愚身后，谢真后面是林烟烟，林烟烟身后是何默，再往后的顺序是宋诗蔓、盛青溪、林燃。

林燃淡淡地瞥了一眼前面的两个人——宋诗蔓紧紧地抓着盛青溪的手腕，也不知道把盛青溪抓疼了没有。

盛青溪低声安慰了宋诗蔓几句。

宋诗蔓虽然想看萤火虫，但一走到林子里，就忍不住想起电影里那恐怖的画面，无数个念头在她脑中疯狂滋长。

宋诗蔓觉得自己迟早要被自己吓死。

他们需要穿过一片密林才能到达海岛的另一侧，一路上道路还算平坦，只是光线越发暗了。

岛上的生态环境很好，白日里他们时常能看到小动物在树林间跳跃。但到了晚上，这些窸窸窣窣的声音和着风声，莫名地让人紧张。

谢真瑟瑟发抖地揪着宋行愚的衣摆，磕磕巴巴地道："宋哥，我……我们什么时候才能到啊？"

宋行愚的声音里带着淡淡的笑意："海盗的宝藏可不是那么好找的。"

宋诗蔓和宋行愚隔得远，风将这句话传到宋诗蔓的耳朵里的时候，只剩下了"海盗"两个字。

与他们不同的是，宋诗蔓是亲眼见过海盗的人。年幼时，父亲曾带她去过印度洋海域，那里海盗猖獗，正巧宋家的船撞上了海盗。

宋诗蔓的脚步骤然停下，她忍不住哆嗦了一下。

这是身体下意识的反应，她控制不了。

宋诗蔓欲哭无泪地开口："小溪，我不行了。我想回去，呜呜呜。"现在只有嘟嘟小天使能够拯救她。

宋诗蔓这么一开口，谢真也觉得自己不太行。但他不可能当众承认自己不太行，于是大声道："默子，你怎么了默子？你怎么抖得这么厉害？我送你和宋诗蔓回去吧！"

何默幽幽地来了一句："我在烟烟后面。"

何默和谢真两人僵持片刻，何默妥协："行，我好害怕，你送我回去吧。"

盛青溪见状，安抚似的牵住宋诗蔓的手，小声道："诗蔓，我陪你回去吧。"

宋诗蔓摇摇头：“你替我去看萤火虫。”

于是，来时是七个人，现在只剩下了林燃他们四人。

宋行愚无奈地道：“既然他们都回去了，不如我们去海边看星星。”

没错，余下的四个人都明确地知道“山洞里有海盗宝藏”这事只是说着玩的。至于萤火虫，他们也不知道是不是真的存在。

林烟烟小声地叹了一口气，谢真哥哥不在，这件事就变得很无聊了。

林燃问两个女孩儿：“去海边转转还是回去？”

林烟烟仰头看了看天，小声道：“去看星星。”

平日里，初城的夜空中很少出现这么多星星。别人或许觉得看星星很无聊，但林烟烟很喜欢。

于是他们四人改道朝海边走去。

宋行愚听林烟烟说起星星，便指着夜空说：“夏季的星空是多变的，从地平线开始逐渐向另一边延展，你很快就能找到夏季大三角。”

林烟烟见宋行愚说起星座，忍不住好奇，大着胆子走到他身边，小声地问了几句。

他们俩走在前面，聊着关于星星的故事。

林燃依旧不紧不慢地走在最后面，沉默地看着前方盛青溪纤瘦的背影。

此时，她的身影单薄，却不孤寂。她和他们大部分人所想的不同——从不介意自己的出身，不在乎别人的想法。

她始终坚定又强大，她是盛青溪。

这两周萦绕在他心头的坏情绪在此刻渐渐消散，林燃终于明白，盛青溪的感情世界完全是一张白纸，那些复杂又难以言喻的情绪和心思，她不懂。

她只会用她的方式对他好，而这种好，是不求任何结果和回应的。

林燃低声道：“傻姑娘。”

这声音低得微不可闻，盛青溪没能听清。

她侧过头问：“林燃，你说什么？”

林燃敛下情绪，转而说起比赛的事：“你后天回去收拾行李的时候，记得带上手机，不要让我找不到你。你有事就给我打电话，没事也能打。”

盛青溪点点头：“我知道的，盛妈妈都给我整理好了。”

林燃没有了解过五子棋锦标赛是一个什么赛程，但盛青溪要去参加，他觉得自己有必要回去查一下。

林燃问：“你怎么想着去参加这个比赛？”

“有奖金。”盛青溪诚实地道。

林燃皱眉，声音微沉：“你以后不许给我买那么贵的东西。”

盛青溪眨眨眼：“那个拳套你喜欢吗？”

林燃叹气，能不喜欢吗？哪怕用着不合适，他也恨不得天天戴着。

但这话他没说出来，转而教育起盛青溪：“你要存钱就好好存，不许乱花钱。大几千元眼睛不眨就花出去了，你这是存钱的样子吗？”

盛青溪小声反驳他：“我这不是乱花钱。”

林燃觉得盛青溪就是思想有问题，平时挺好的一个小姑娘，遇到他就跟变了个人似的，什么原则、习惯，都能抛掉。

林燃高兴吗？他很高兴。

林燃感觉自己像个变态。

海岸边，风声渐响，漫天星光倒映在水面上，海水宛如银河。

他们没去沙滩边，而是走到了一大片礁石旁。这里是整个海岛地理位置较高的地方，回身眺望能看到远处营地的点点灯火。

海岸边的瞭望塔像是沉默的守护者，海面泛着粼粼的光，细碎的星光在水面上轻轻摇晃，很快被翻涌的海浪吞噬，眨眼就又出来了。若是打着手电筒细细地找，还能在礁石间看到慢悠悠移动的寄居蟹。

宋行愚和林烟烟抬头仰望着浪漫宽广的星空。

盛青溪将视线落在阴沉的海面上，窒息感和坠落感又朝她涌来。

自上次沉入潭底后，这是她又一次感受到无力和疲惫，控制不住地想起以前的画面。在盛青溪那次短暂的人生里，后十年她一直为林燃活着。

可现在呢，她仍能为林燃活下去吗？盛青溪不知道。

林燃眸光微沉，知道她心里藏着事，是不能和任何人说出口的事。

林燃移开视线，同样望向那阴沉的海面。

少年的眸子里映着泛着微光的星辰，略显低沉的声音和着咸湿的海风传入盛青溪的耳内：“盛青溪，你能不能……能不能等等我？”

第十章　比　赛

五一小长假的最后一天，早上六点。

枝头的绿芽儿长成了茂密的枝叶，花苞在晨风中摇晃着，淡淡的阳光透过枝叶落在地面上。

夏日近了。

林燃懒散地倚在摩托车旁。因为时间还很早，所以他没把车开进去，怕吵醒院里的那些小家伙。

他到了也没告诉盛青溪，就等在门口，歪着身子，双手插兜，嚼着口香糖，活脱脱一副小流氓样儿。

林燃刚来接盛青溪的那段时间，盛开的左邻右舍以及过路的行人都会多看林燃一眼。要不是他穿着校服，他们还以为是哪个小混混来找麻烦，还是个怪俊俏的小混混。

后来见的次数多了，他们便见怪不怪了。有时候，邻居们从菜市场回来，还会往林燃怀里塞几个水果。

今天早上也是，隔壁的张大爷出门遛弯回来，一眼就瞧见了歪着身子靠在摩托车边的林燃，觉得这小子模样俊，长相出挑得很，就是看着凶。

张大爷随手从菜篮子里扒拉出一盒草莓："林燃，拿着，听小溪说你爱吃草莓。"

林燃也不客气，伸手就接了过来，还没个正行地冲着张大爷勾了勾唇：

“小溪怎么连这个都和您说？这多不好意思。”

林燃听了张大爷这话，心情能好上一天。

张大爷摆摆手：“小溪哪能和我说这个？是前段时间，我去盛开给孩子们送水果，小溪正和小兰儿说话呢，我凑巧听了一嘴。你来接小溪去参加比赛？”

盛青溪要去比赛的事，这一片的人都知道，这姑娘从小到大一直都很厉害。这十几年来，他们眼看着她从一个小豆丁长成了水灵灵的大姑娘。

她每年除了上学，基本就是参加各种比赛。这一片的小孩儿没有不认识盛青溪的，因为她就是家长口中的“别人家的孩子”。

林燃点头：“我送她去机场。”

张大爷指了指右边的盛开，然后朝林燃比了个大拇指：“小溪从小就厉害，你放心，她这次保管能把奖杯捧回来。”

林燃淡淡地笑了一下：“这不重要。”

听了这句话，张大爷不由得多看了林燃一眼，好像是想将林燃看得仔细些。最后张大爷拍了拍林燃的肩，什么都没说，哼着小曲儿，慢悠悠地拐进小巷子里，回家去了。

小年轻的事就由他们自己去吧，他们老咯。

林燃的视线也跟着张大爷的身影拐了个弯，停在巷子口，他盯着巷子口的墙面，看了许久，好一会儿没缓过神来。

城西这边的巷子和初城其他地方不一样，因为城西的美食街生意红火，这边大部分的巷子口画着食物彩绘，且不同的巷子口画着不同的彩绘。

林燃总觉得这样的巷子口非常眼熟，好像在很早之前就看到过。是什么时候？

“林燃！”

盛青溪的喊声打断了林燃的思绪，她背着鼓鼓囊囊的书包，隔着铁栏杆，朝他挥了挥手，抬步向他跑来。

林燃站直身体，几步就走到她身边。

他拎着她的书包带子，开始训话：“和你说了多少次了，我给你发信息，你再出来。你又自己偷偷先跑出来，不听话是不是？”

盛青溪仰着小脸，睁着水亮的眸子看他，也不说话，只是冲他弯了弯唇。

林燃看了她一会儿，无奈地笑着说：“就看着乖，其实最不听话的就是你。”

说着，他拿起她的书包。

其实，今天比赛举办方安排了车来接盛青溪，但林燃非要送她去，她只好打电话拒绝了举办方的安排。

想让林燃这个人改变想法，太难了。

因为今天是假期的最后一天，通往机场的路格外地堵，这却没怎么影响到林燃。他一路疾驰而去，漂亮的摩托车吸引了不少人的眼球。

七点，林燃在初城机场停下车。

一路上他都在唠叨盛青溪：“你下了飞机给我打电话，到了酒店把酒店地址发给我，走到哪里都得带着手机。对了，你们这比赛有直播吗？”

直播？盛青溪蒙了一下，她上次参赛的时候没留意有没有直播。

她想了想，应道：“我明天早上去问问。”

林燃把能想到的事都嘱咐了一遍，但说完了还是不放心。他头痛地捏了捏眉心，这小姑娘比林烟烟还让他操心。

照理说，和林烟烟比起来，盛青溪更能照顾好自己。

但林燃的心头就是萦绕着一股焦虑的情绪，他恨不得跟着她上飞机。

领完登机牌，盛青溪准备去过安检，对林燃内心的纠结、焦躁毫无察觉，甚至还笑着朝他挥挥手：“林燃，再见。”

林燃咬牙，这个小没良心的。

最后林燃揉了揉盛青溪的头发：“去吧，你觉得候机无聊的话就来找我。我现在不回去，等你坐的那架飞机起飞了再走。”

直到再也看不见盛青溪的身影，林燃才走出航站楼。

林燃从机场出来，直接回了车行。

大早上车行没什么人，林燃直接从大门进去，随后上了二楼。何默和谢真都没醒，只有林烟烟那小丫头起床了，正坐在沙发上抱着平板看视频。

林烟烟见林燃回来，朝他挥了挥手，问：“哥哥，盛姐姐上飞机了吗？”

林燃随手把车钥匙丢到茶几上，应道：“嗯，你吃饭没有？”

林烟烟点头，忍不住好奇地探着脑袋问：“盛姐姐去参加什么比赛了？是奥数比赛吗？”

林燃沉默了，一时不知道该不该告诉林烟烟那比赛是什么。纠结几秒后，林燃尽量让自己的语气显得自然："她去参加全国五子棋锦标赛。"

林烟烟愣了一下，第一次知道五子棋还有锦标赛。

她想了想，夸赞道："盛姐姐真厉害，什么都会。"

林燃笑了一下："你乖乖待在车行里，哥哥去睡一会儿。"

说完，他回了房间。

洗完澡，林燃一边胡乱地擦着黑发一边往外走，视线不经意地落在床头的那只陈旧的小熊玩偶上。

这是他从盛青溪那里"换"回来的，小熊身边还躺着一只耀武扬威的小老虎。

换作以往，林燃绝对不会允许自己的床上出现这种幼稚的小东西。但如今，他已经和这两个小东西同床共枕一个多月了，他和它们相处得还怪和谐的。

林燃把毛巾往脏衣篓里一扔，上床搂住他的小东西们，准备睡觉。

下午两点，车行来了一个陌生的女孩儿。

有人冲着二楼高声喊："阿真！有人来找燃哥！"

谢真和何默起床没多久，正凑在一起商量要点什么外卖。谢真闻言，把手机一丢，直接起身走到栏杆前往下看，一边探着脑袋一边问："谁啊？"

穿着碎花裙的女孩儿仰头朝他看来，她的脸庞柔美秀丽，眼睛黑白分明，眼角弯弯，看起来很温柔。这是一个让人看起来就觉得很舒服的女孩儿。

她乍一看不怎么惊艳，是耐看型，年龄好像比他们大一点儿。

谢真隐隐觉得她的眼睛似乎很像一个人，而整体给人的感觉像盛青溪。

他挠挠头："你找谁？"

这女孩儿说话也细声细气的："请问林燃在吗？"

说到林燃，谢真才发现这个女孩儿的眼睛和林燃的很像。

谢真道："林燃不在，你有事就直接给他打电话。"

这种事谢真已经处理过很多次了，早就习惯了。

这个女孩儿是这学期的第一个。

女孩儿没走，语气坚定地说："我有很重要的事和林燃说，你只要告诉他，这件事与他父亲有关。他听了，自然会下来见我。"

和林佑诚有关？谢真头痛地转身往回走，只要是和林佑诚有关的事，林燃哪次不是一点就炸？

前段时间，他们父子俩的关系明明缓和了一点儿，但最近也不知道是怎么了，别人连提林佑诚都不能提，一提林燃就发火。

现在这个点，林燃还在房里睡觉，谢真也不想在这个时候去把林燃叫醒。谢真有预感，这个女孩儿的到来会把这个平静的下午搅得一团乱。

何默见谢真一脸苦恼地回来，不由得问："谁啊？"

谢真摇摇头："不认识，找燃哥的，说是和林叔叔有关。"

何默刚点了外卖，听了这话，眼底零星的睡意散得一干二净。他沉下脸，问："和林叔叔有关？来人是个二十岁左右的女孩儿吗？"

谢真诧异地道："你怎么知道？"

林佑诚的那点儿破事谢真可能不知道，但那个圈子里可没有不透风的墙。那件事当天就传遍了，圈子里的人都在讨论林佑诚是想干什么，徐宜蓉则担心自己林太太的位置不保。

何默思索片刻，说："这事不能等，我去叫燃哥。"

谢真巴巴地跟在何默身后上楼，准备和何默一起挨骂。但真到了门口，两个人你看看我，我看看你，谁都不想敲门。

何默推推谢真："哥平时待你不薄吧？"

谢真勉强笑笑："昨天是我带你上分的，晚上夜宵也是我点的。"

何默不满："你说这话我可就不高兴了，这玩意儿还能按次数算吗？"

谢真正要反驳："我……"

话没说完，门忽然从里面打开了。

林燃倚在门上，眸光冷淡地盯着他们俩。他倒要看看，这两个小学生还能在他门口吵上多久。

何默和谢真一齐闭上了嘴。

这会儿，林燃刚洗漱完出来，知道要是没事，他们俩不会上来找他。

林燃抬步越过两人往下走，问："什么事？"

何默在心里叹了一口气，实话实说："燃哥，下面有人找你。"

林燃听了没什么反应，随口问："知道了，咱们中午吃点儿什么？"

谢真忙道："点了私房菜，一会儿就有人送过来。"

何默觉得，还是得给林燃打个预防针，万一林燃真发狂了可就不好办了。他烦躁地抠了抠沙发，偏偏这会儿盛青溪不在初城，这些事怎么都撞到一起了？

何默轻咳一声，看向林燃："燃哥，下面来了一个女孩儿。她……她在初城大学读大二。"

出乎意料的是，林燃的神情变都没变一下，林燃这样，何默反而更担心："燃哥……"

林燃忽而嘲讽地勾了勾唇角："默子，我记得你也想上初城大学。"

何默："……"

这是重点吗？！

林燃起身，走到栏杆前，眸色淡淡地向下望去。

底下穿着碎花裙的女孩儿没注意到他的视线。她站在门口，安静地垂着头，一头黑发柔顺地垂在肩侧，侧脸的弧度非常好看。

林燃只看了一眼便移开了视线，心想：就她这副模样，也就林佑诚敢说她和母亲像。他决定明天就托林煌在医院给林佑诚挂个号，让林佑诚去看看眼睛，顺便洗洗眼睛。

程佳月在大厅站了有十五分钟，悄悄地动了动小腿。在等待期间，她一直站在门口，没有进去到处乱晃，甚至不曾四处张望。

她知道，这些有钱少爷都钟意安静乖巧的女孩儿。

不一会儿，之前和她说过话的那个小胖子，从二楼栏杆边上探出头来："喂，林燃说他这里不收垃圾，让你该找谁就去找谁。"

程佳月闻言，脸色有一瞬间的苍白。

她才二十岁，正是自尊心很强的时候。

程佳月一直都知道在背后资助她的人是谁。有一次，她去行政楼找组长，正好遇到从门口出来的林佑诚一行人。她避开人群，想从侧门进去，却无意间听到了自己的名字。

他们在谈论林佑诚的资助对象，以及后续的资助项目和奖学金的设立。

那是她第一次知道资助她的人是谁。

程佳月上网搜索了林佑诚的名字，跳出来的所有信息都在告诉她，这是一个位于金字塔顶尖的男人。

这样的人为什么会选择资助她呢？

程佳月出身不好，初中毕业后，父亲要求她辍学打工养弟弟妹妹，还有那个在家里无所事事的大哥。

后来，她和妈妈苦苦地向爸爸保证，以后她上学的费用不从家里拿，并且她一定会考上大学，父亲这才勉强同意让她继续读书。

这些年程佳月过得并不容易。

今年之前，她还过着每天都要去兼职的生活。

后来，林佑诚出现了。

程佳月已经很多年没过过和普通人一样的生活了。林佑诚把她从淤泥里拉了出来，除了通过学校方面资助她，还每个月都用陌生账户给她打钱。

可上个月，林佑诚的助理来找她，通知她，一切资助都停止了，但学校同意减免她这四年的学费。

程佳月花了半个月的时间去找原因，发现这一切都是因为一个死去的女人。

谢真眼看着程佳月出了门，回头喊：“燃哥，她走了。”

林燃歪着身子躺在沙发上，手指飞快地在手机屏幕上敲着，懒懒地应道：“我饿了，外卖到哪里了？”

谢真打开手机瞅了一眼；“马上到。”

何默在一旁看得摸不着头脑，觉得林燃就跟变了个人似的。这人都找上门来了，他怎么没生气呢？非但没生气，他看起来心情还挺好。

这会儿，林燃正在回复盛青溪的信息，哪还顾得上什么大学生？

小溪流：“我下飞机了。主办方派了车来接我。”

Firegun：“你看他的证件了吗？”

小溪流：“看了，我上车了，车上还有一个和我一起参加比赛的阿姨。”

林燃也是查了才知道，只要是五子棋爱好者，都能参加这个全国五子棋锦标赛，所以参赛者上至老下至小，什么年龄段的都有。

Firegun：“酒店怎么安排的？单人间还是标间？”

小溪流：“是标间，但我一个人住。阿姨们说我是小朋友，就让我一个人住。”

Firegun：“嗯，你是小朋友，要听话。”

林燃知道坐飞机是一件很令人疲惫的事，便没和盛青溪多聊。他嘱咐她到了酒店给他发个定位，然后就让她好好休息，不许再玩手机了。

和盛青溪说完后，林燃重重地叹了一口气，瘫在沙发上眼神涣散地看着天花板。她早上刚走，他下午就想把她接回来了。

假期结束后，林燃他们又恢复了放假前的生活。

对何默和谢真来说，一切和以前一样，他们该怎么样还怎么样。但对林燃来说，怎么都觉得不舒服，坐立不安。

明明答应了盛青溪要好好听课，林燃却控制不住地想她。

何默和谢真是在课间操的时候发现林燃不对劲的。

林燃就跟个活死人似的瘫在椅子上，双目无神，浑身上下都散发着颓废的气息。

但他们俩什么也没问——不用问也知道，是因为盛青溪。

盛青溪不在学校的这四天，估计林燃都得这样瘫着。

盛青溪走的第一天，林燃干什么都没劲。

晚上，林燃给盛青溪打电话，她没接。

好一会儿，她才回过来一条信息。

小溪流：“林燃，我在下棋，晚点儿找你。”

林燃把手机往边上一丢，头往枕头上一埋，不动了。

之前他被盛青溪惯得不太像样，现在突然被她放在第二位，他心里很难受，觉得很憋屈。

盛青溪去宁城本来就是去比赛的，能抽出时间回他一条信息就不错了。林燃觉得自己可能是有病，但又没办法控制自己的情绪。

盛青溪走的第二天，林燃趴在课桌上看他的“2009”和“2018”。

这两枚硬币可是他花了大功夫从垃圾桶里翻出来的。他把它们当宝贝似的供着，似乎上面还残留着盛青溪掌心的温度。

何默瞅了一眼半死不活的林燃，连连摇头：“阿真，你看见没，有些东西有毒。燃哥好好的一个人，变成这样了……”

谢真咬着棒棒糖嘟嘟囔囔：“你也不想想对方是谁。”

何默闻言，认真思考了一下。

的确，如果对方是盛青溪，谁不会这样呢？

何默和谢真在私下讨论过林燃和盛青溪的事，他们意见统一，都认为盛青溪可能是被人施了魔法，不然怎么会这样纵容林燃？

这两年，他们不是没见过倾慕林燃的女孩儿，但盛青溪这样的还真是第一次见。说她傻吧，人家是年级第一；说她不傻吧，瞧她对林燃的纵容样儿。总结下来，他们觉得她有点儿傻。

上午九点，林燃的手机微微振动，他立马解锁，打开微信，上面是盛青溪发来的直播链接。

小溪流："林燃，这是直播链接，女子组的比赛在明天。"

林燃满心欢喜地打开了直播链接，但是除了一群穿着队服的大爷和几个小伙儿，连个性别为女的人都没有，更不用说盛青溪了。

Firegun："你坐在观众席？"

小溪流："嗯，我和阿姨、姐姐们坐在一起看比赛。"

林燃："……"

这傻女孩儿真以为他要直播链接是想看比赛？

直播画面不是特别清晰，林燃耐着性子看大爷们下棋。他越看越觉得不舒服，他那水灵灵的小白菜在里面肯定显眼得不能再显眼了。

林燃仔细地把屏幕上的人都看了一遍，越看越不放心。

有两个男性工作人员朝一个方向看了一会儿，之后两人窃窃私语，不知在说些什么。后来很长一段时间内，这两个人总将视线往那边移。

林燃皱起眉，打开和盛青溪的对话框。

Firegun："你坐在哪个位置？"

小溪流："六点钟方向。"

林燃打开直播画面看了一眼，那两个工作人员看的是九点钟方向。

Firegun："九点钟方向有什么？"

小溪流："给你看图。"

林燃点开图片。

照片上是一条红艳艳的横幅，左右两边绣着漂亮逼真的牡丹花，横幅上写着一句阿拉伯谚语——千万不要使出自己的真本领！否则，别人就会知道你的真本领很烂。

林燃："……"

这到底是个什么比赛？

林燃看直播看了有一会儿了。课间操铃声响起的时候，他还坐在位置上看比赛。

其间，何默好奇地凑过来瞄了一眼，百思不得其解，心想：林燃盯着一群老大爷看什么呢？看他们下围棋吗？好像有哪里不太对劲……

何默看了好一会儿才反应过来，他们是在下五子棋。

他一言难尽地看着林燃，心想：这人怎么回事？

不管何默他们怎么想，林燃迎来了盛青溪不在的第三天。

这一天，林燃的心情比前两天好一点儿，因为今天他就能在直播里看见他的小溪流了。还不到九点，林燃就忍不住打开直播页面了，但直到九点十分，都没看到盛青溪。

九点十五分，直播页面弹出来一条公告——由于上午比赛场地停电，本场比赛不直播。

林燃：“……”

林燃现在就想沿着网线爬过去帮他们把发电机装上。

直到下午三点，盛青溪才有时间找林燃，上午的比赛因为停电延迟了一段时间。

盛青溪给林燃发了信息，他没回。

她想着林燃可能在上课，便没再打扰他。五点之后她给林燃打电话，听到的却是“对方已关机”的语音提示。

边上的赵阿姨小声喊盛青溪：“小溪，大家伙儿商量着晚上一起去吃个饭。虽然我们之前不认识，但能遇见就是缘分，她们怕你不自在，让我来问问你。”

盛青溪年龄最小，这些阿姨都亲切地喊她小溪。得知她是一个人来参加比赛之后，她们就对她更上心了。

盛青溪弯弯唇：“好，我们一起吃饭。”

比赛结束后，盛青溪跟着她们去了宁城一家有名的日料店。路上她又给林燃打了个电话，他的手机还是处于关机状态。

盛青溪打电话的事，坐在边上的赵阿姨早就发现了。昨天这小姑娘也一直在和人发信息，似乎和她打电话的是同一个人。

好奇是人类的天性。

赵阿姨不由得问：“小溪，是没打通吗？我看你下午就在打电话了。”

盛青溪小幅度地摇摇头：“没事，我就是想和家里人说一声。”

赵阿姨她们本来就觉得奇怪，这么漂亮的一个小姑娘，大老远地跑来参加比赛，家里人居然一个都没跟着。要是盛青溪是她们的闺女，她们都会担心得吃不下饭。

现在这小姑娘连家人的电话都打不通，怪可怜的。

赵阿姨轻轻叹了一口气。

盛青溪她们到达餐馆的时候，已经是晚上八点了。

宁城的夜景很漂亮，这个城市繁华热闹，街道上灯火通明，不管看向哪里，都是霓虹闪耀的景象。

与此同时，从初城飞往宁城的飞机在机场缓缓降落。

被乌云遮蔽的月亮悄悄地露出了半张脸。

“盛青溪，你在哪里？你……”林燃的声音戛然而止。

电话里传来女孩儿的声音，软软的，她像是含了一千块糖似的：“林燃，你怎么不接我电话呀？林燃，今天的月亮好漂亮。林燃，你能看到月亮吗？林燃，林燃，林燃。”

她不停地喊他的名字，用甜甜的嗓音，语调和以往全然不同。

短暂的愣怔后，林燃缓过神来，皱起眉，语气不太好：“盛青溪，你在哪里？”

她乖巧地回答：“我在和阿姨们一起吃饭。”

来接林燃的车早已等在出口，林燃弯腰上了车，沉声叮嘱：“你发个定位给我，电话不要挂。”

餐馆里，盛青溪一个人钻到观景台的角落。她没想到今晚的菜里有醉蟹，也没想到这个时候的自己竟然一沾酒就醉，借着想透气的名义溜到了二楼小小的观景台上。

观景台的一隅放着一架小小的秋千，边上有一张简单的小桌子。除此之外，栏杆边便只剩下淡紫色的花，还有她。

盛青溪蜷缩在秋千上，仰头望着天。

她想林燃了，很想很想。

她捧着手机，歪着脑袋，小声和林燃说话：“林燃，我常常梦到你。有一段时间，我想梦到你，又害怕梦到你。”

盛青溪脑中混乱的记忆交错在一起。

以前，她处理过一起恶意纵火案件，那段时间她连去医院看受害人的勇气都没有，带她的师兄以为她害怕，便一直替她去。

她知道，受害人很疼。

那阵子，盛青溪不受控制地，时时刻刻都会想到林燃。她一直不敢去想那时候深陷大火之中的林燃是怎样的，也不敢想那时的林燃会有多疼。

车窗外，灯火辉煌的城市并不能吸引林燃分毫，林燃沉默地听着盛青溪在电话那头小声絮叨，她似乎并不想要他的回应，只是想一个人，安安静静地和他说上一会儿话。

“林燃，今天又下雨了。”她说。

林燃一怔，侧过头看向窗外，见宁城上方只有几片稀薄的云，弦月高悬于夜空，地面干燥且干净。

“林燃，我很想你。”

她的声音渐渐低下去，细听最后两个字会发现，她已微微哽咽。

林燃握紧了手机，低声问司机：“还有多久能到？”

司机瞄了一眼地图，这个点路况还好，应该不会堵车：“还有十分钟就能到。”

盛青溪的声音越来越小，林燃已经听不清她在说什么了，只能不断地提醒她不能在外面睡着。

十分钟后，林燃下车。

这个餐馆不大，找个人很容易。一楼没找到，林燃径直上了二楼。二楼只坐了几桌客人，其中一桌的客人们穿着他在直播里看到过的队服。

林燃扫了周围一圈，向边上的小阳台走去。

一进小阳台，他就看到了缩在角落的小醉猫。

小醉猫还在抱着电话小声叨叨，她的小脸红红的，迷蒙的双眼里含着泪，看起来难过又脆弱，也不知是受了什么欺负。

林燃的心瞬间揪成一团，他快步走过去：“盛青溪，你看看我。”

蜷缩在秋千上的小醉猫没抬头看他，只是不情不愿地拍掉了他的手，嘀咕：“你别碰我，林燃会不高兴的。”

林燃无奈，原来她还知道他会不高兴。

林燃伸手点了一下她的眉心，她睁大眼睛，辨认了许久才认出眼前的人是林燃，晕乎乎地问：“林燃，你怎么在这里？”

林燃怎么在这里？

他当然是想她想得快发狂了，才会买了机票过来找她，再远的距离也挡不住他想见她的念头。

林燃带着盛青溪走出阳台，还没走几步就被人拦住了，拦住他的人显然是参加五子棋锦标赛的那群阿姨和姐姐。

这些人已经准备好抢人了，看他的眼神就跟看坏人似的，叽叽喳喳地说着“赶紧把人放开”之类的话。

不等阿姨们发难，林燃率先解释道：“盛青溪是我……是我妹妹。比赛结束了，我是来接她回去的。”

赵阿姨瞪他：“你怎么证明你是她哥哥？”

林燃看向盛青溪，她正睁着一双水眸盯着他，脸颊上的红晕让平时温柔的她看起来有一丝娇憨。

他低声问：“你知道我是谁吗？我来接你回家，你要和我回家吗？”

盛青溪缓了一会儿才点点头，小声应道：“林燃，我和你回家。”

即便盛青溪这样说，赵阿姨还是不放心：“你把身份证给我看一眼。”

林燃索性把身份证和学生证都丢给赵阿姨。

阿姨们凑在一起嘀嘀咕咕说了几句话，先是拍了一张林燃的身份证的照片，最后问林燃要了个电话号码才放他们离开。

车一直等在楼下。

司机见林燃出来，忙下车打开后座的车门。

林燃知道盛青溪住在哪个酒店，便报了酒店的位置。也不知道司机是怎么想的，竟放下了隔板。

反而是林燃被司机的这个操作搞得蒙了一下，这是干什么呢？

盛青溪虽然醉了，但人还醒着，没彻底睡过去。她晚上只吃了一点儿，现在缓了一会儿就感觉到饿了。

她摸了摸自己的肚子，下意识地说：“我想吃关东煮。”

盛青溪工作那几年，最喜欢去的就是警局门口那家卖关东煮的店，特别是在冬天，热腾腾的汤汁和鲜嫩的蔬菜别提有多美味了。

林燃顿了一下，敲了敲隔板，问：“哪里有卖关东煮的？”

司机是宁城本地人，对宁城的小吃街熟得很，到了地方，直接下车给林燃买了两大杯回来，里面什么都有，店里有的他都买了。

许是闻到了味，盛青溪挣扎着去找关东煮。

林燃一把把乱动的盛青溪摁住：“你不许动，烫。”

盛青溪小声嘟囔：“我自己吃。”

盛青溪平日里挺乖，这会儿醉了却有些使小性子。

林燃觉得还挺有趣，笑着捏了捏她的脸：“平时怎么不见你这么可爱？还撒娇呢，你现在看起来才有小姑娘的样子。”

他拿了一串牛丸出来，问她：“想吃这个吗？”

盛青溪只看了一眼就皱起了眉：“我不要吃肉，想吐。”

林燃手上的动作一顿，这段时间她一直在尝试改掉只吃素的习惯，前两天在海岛上，他还看到她吃了几根肉串。

虽然吃得少，但比起以前好了很多。

她现在怎么又不想吃了？

林燃尽量让自己的语气听起来温柔一点儿：“你为什么想吐？”

盛青溪不知道想到了什么，捂住嘴摇摇头，眼里有惊惧，也有恶心的神色。

林燃眸光微暗，把牛丸放回去，挑了一串海带出来：“你吃海带好不好？”

盛青溪看见海带后，眼里厌恶的情绪才缓和了一些。她见林燃不动，便自己凑到他身边来拿，林燃没让她拿，只是递到她唇边让她自己咬。

盛青溪张嘴就把海带结卷入了嘴里。

林燃见她咽下去了才接着喂，估摸着喂了有十分钟才把杯子里的素食都喂完，剩下的都是荤的。

林燃也不介意，把剩下的都给吃了。他九点半才下飞机，飞机餐一口没碰。

林燃仍觉得盛青溪不吃肉这件事背后另有隐情，但没直接问，而是换了个方式：“你的饮食习惯是从什么时候改变的？”

盛青溪侧过头看他，目光澄澈。

她看了他一会儿，问：“你是林燃吗？”

林燃伸手把她拽到自己身边，注视着她：“你自己看，是不是林燃？”

盛青溪很少梦到活着的林燃，眼前这景象不像是梦境，更像是真实的世界。

她有些恍惚，指尖触到的林燃是温热的。她仔细地观察着林燃的脸，他的每一寸肌肤都是完好的，呼出的气息微烫。

盛青溪喃喃地道：“是林燃。”

车窗上映着少年的面庞，迷离的灯光在他的侧脸上留下形状、大小不一的光斑。后座上坐着的两个人离得很近。

林燃已经保持同一个姿势很久了，因为他的肩头靠着一只小脑袋。

半小时后，车在盛青溪住的酒店门口停下。

他们坐电梯、上楼，然后刷卡进门，林燃把盛青溪放到床上，给她盖好被子。

林燃没有立即离开，靠坐在盛青溪的床边，因为两张床之间的缝隙略显狭窄，他的长腿只能委屈地弯着。屋内没开灯，他刻意地压抑着自己的呼吸声。

即便是这样，林燃还是担心自己的心跳声会把盛青溪吵醒。

盛青溪安静地睡了一夜，林燃就这样在她床边坐了一夜。直到窗外天光微亮，他才起身去外面给盛青溪买早餐。

林燃知道盛青溪的生物钟会让她在早上六点左右醒来，假期对她来说与平常的日子没有区别。他有时候会想，她到底是怎么长大的？因为她自律到了一种严苛的地步。

宿醉的感觉并不好受，盛青溪很少有这样不清醒的时候。她踉踉跄跄地进了浴室，洗了澡出来才觉得舒服一点儿。

六点半，门铃响起。

盛青溪愣了一会儿，放下毛巾去开门。

门刚打开就又被盛青溪关上了。她心想：自己是不是还没睡醒？怎么会在这里看到林燃？

被关在门外的林燃面无表情地拿出手机，给盛青溪打电话。

一分钟后，门再次被打开。

盛青溪和林燃面对面站着，大眼瞪小眼。

林燃嗤笑一声，抬手把她刚吹干的头发揉得乱糟糟的，说："怎么着，过了一晚上你什么都忘了？"

盛青溪被林燃推着往房里走的时候还有点儿蒙："你……你怎么过来了？"

林燃把刚买的三明治和牛奶往她怀里一塞，张口就说："昨天有人给我打电话，说他们那儿有一只小醉猫喊着林燃的名字不肯走，人家没办法了才找的我。你说我为什么过来？"

怀里的三明治和牛奶还是温热的，盛青溪想了一会儿才小声道："你骗人。"

林燃哼笑，抬抬下巴："先吃早饭，你上午是不是要去领奖？"

盛青溪点点头。

林燃起身把窗帘一拉，然后大大咧咧地往床上一躺："你回来了就叫醒我，下午我带你去玩。明天我和你一起坐飞机回去。"

房间里明明有两张床，林燃却偏偏要睡盛青溪睡过的那一张。

说完，林燃闭上眼，准备睡觉。

盛青溪垂眸看着自己手里的三明治和牛奶，手稍稍攥紧，塑料包装发出细微刺耳的声响。

从来没有人像林燃这样在乎过她。

吱——

门口响起细微的响声。

盛青溪拿着奖杯和奖金，小心翼翼地开门进来，室内一片昏暗，床上的人呼吸轻缓均匀。她轻轻地把东西都放下，然后趴到床边看林燃。

林燃睡着的时候也不显得安静乖顺，眉眼间仍有着凌厉的锋芒，只有那双冷漠的眸不见了，让他看起来少了一点儿攻击性。

盛青溪仔细地看了他一会儿，见他眼底有淡淡的青黑色，下巴上还有细小的胡楂。

以前，盛青溪从来没有离林燃这样近过，近到能看清他浓密的睫毛。她不自觉地屏住呼吸，悄悄地靠近睡着的林燃，近到能感受到他的呼吸的距离。

她忽然对上一双黑亮的眼睛。

林燃嗓音微哑："你又想非礼我？"

"起……起床吃饭了。"小姑娘反应过来，立即缩回去了。

林燃没忍住轻轻笑了一下，这还是他第一次见盛青溪灰溜溜地缩回去。平日里她可从不往后躲，今日这场景真是难得一见。

林燃松手的瞬间，盛青溪像条鱼似的溜走了。她起身跑得远远的，生怕林燃再把她抓回去。

盛青溪躲进洗手间，捂住自己发烫的脸颊，她的心正在扑通扑通地狂跳。

"咚咚。"

洗手间的门被人轻轻敲了两下。

林燃的声音里带着刚睡醒的低哑："我去开个房洗澡，洗完过来找你。你老实地在屋里待着，别瞎跑，听到没有？"

盛青溪慌乱地应了一声。

门外的人顿了半晌才出去了。

盛青溪松了口气。

热闹的宁城街头，盛青溪拿着一串糖葫芦坐在喷泉旁等林燃。林燃非要去给她买奶茶喝，只因街上其他小姑娘的手里都拿着奶茶。

盛青溪不太喜欢吃糖葫芦这种东西。甜腻的糖衣褪去，露出里面酸涩的山楂，她微微皱起眉。她不喜欢吃酸的水果。

林燃拎着奶茶往回走，走了几步，忽然顿在原地。

喷泉溅出的水汽在阳光的晕染下显现出五彩的光圈。光圈旁的少女穿着洁白的连衣裙，黑色的长发被风轻轻吹起。她垂着头，眉心浅蹙着，似乎苦恼于如何处理手里的东西。

她漂亮的眉眼即便皱起，也是赏心悦目的。

她看起来纯洁无瑕，惹人生怜，路过喷泉的每一个人都在看她。

可那么多人中，只有林燃知道，她有多么坚韧。

林燃在盛青溪企图咬下第二颗山楂之前走近她，抢过了她手里的糖葫芦，然后顺手把奶茶塞到她手里。一转眼，糖葫芦就被林燃无情地丢进了垃圾桶里。

这糖葫芦也是他要买的，他在路上看到什么都想买了塞到她手里。

林燃想了一路，都没想好要带盛青溪去吃什么。这小姑娘不吃肉，难搞得很。

林燃在她身边坐下，问："盛青溪，午饭想吃什么？"

在舌尖炸开的味道是她喜欢的黑糖味，奶茶里的珍珠是软糯的，吃起来还是热乎的。

盛青溪鼓着腮帮子想了想，那天她在考场上听到谢真说想去吃麻辣香锅。她第一次吃麻辣香锅，还是以前在同事的怂恿下吃的。她之前没吃过这类东西。

于是，她向林燃提出建议："林燃，我们去吃麻辣香锅吧。"

林燃："吃什么？"

林燃一时以为自己听错了。

林燃在这儿纠结了一个小时，思考着要带她去吃点儿什么好吃的，生怕她吃得不开心。这小东西却告诉他，她想吃麻辣香锅。

半个小时后，林燃和盛青溪在一家还算干净的店铺里坐下。因为昨晚的插曲，林燃特地注意了一下她点的菜。

他看到她都点了什么时，心猛然下沉，眼神也一点儿一点儿地暗下去。

今天，她又可以吃那些荤菜了……

昨晚她真的不对劲，还有那一句没头没尾的“林燃，今天又下雨了”。

若是换作别人，大概会觉得盛青溪可能心理有什么问题，但林燃不同。他刚重生回来的那段时间，脑中的记忆错乱混杂，有时候甚至分不清白天黑夜。

林燃不受控制地想起盛青溪在他家时问他的那些话。

她问——

“林燃，你疼不疼？”

“林燃，接下来的一年里，你能不能一直待在我身边？”

那晚在浴室里蹿上来的念头，此时疯了一样地在林燃的脑中滋长，他的大脑瞬间变得空白。

不止，她说的不止这些。

在四时山上，她问过他：“林燃，你是不是不想活了？”

盛青溪说的每一句话都在林燃的脑中闪过……

她的脸上偶尔会露出难过的神情，她会认真地问他，他的梦想是什么。

她……她早就知道……

这会儿正巧是午饭点，店里人来人往。嘈杂的人声不断地从四面八方传来，店里的热气和油烟味渐渐散开。

林燃身上的温度却一点儿一点儿地低下去，从血液到四肢百骸。他浑身冰凉。

林燃抬眸，看向正在擦筷子的盛青溪。

他听到自己用毫无起伏的语调、冷淡的声音问她：

“盛青溪，你是不是知道我会死在大火里？”

啪嗒一声轻响，盛青溪放下筷子，抬眸看向林燃。

此时他脸上没什么表情，只用一双黑眸死死地盯着她。颈间暴起的青筋彰显着他此时暴烈、激动的情绪。

他非要一个答案不可。

盛青溪垂眸：“我……”

话刚开头就止住了。

服务员把他们两个点的麻辣香锅端了上来，这个动作打断了盛青溪的话。

桌子中间放着的麻辣香锅，像是硬生生地在盛青溪和林燃之间画出了一道横线，把他们隔开，氤氲的热气像是隔在他们之间的深深的沟壑。

很显然，这里不是适宜的谈话场合，现在也不是合适的时机。

林燃没说话，起身走出了店门。

盛青溪突然转学过来的原因，他终于明白了，这件事比重生更让林燃觉得荒唐。她只是为了这件事接近他的吗？

林燃没有回头，像是看不见路上的人，就这样一直朝前走。

盛青溪付了钱，沉默地跟在林燃身后。

店员困惑地看着他们离开的背影，桌上的筷子都还是干干净净的，饭菜也一口未动。

宁城公园与林燃和盛青溪所在的商区只隔了一条街道，公园里人不多，林燃在一个僻静的凉亭处停下。

他停下脚步后，一直跟在他身后的略显急促的脚步也停了下来。

嫩绿的柳条斜斜地垂在清澈的潭水里，潭边的绿草延伸至墙角，墙角往上，潮湿的霉斑和零星的青苔糊在墙面上。

墙上蹲着一只慵懒的橘猫，正敞着柔软的肚皮懒洋洋地晒着太阳。

公园这一角的夏景很美，可惜无人欣赏。

林燃背对着盛青溪。他现在没办法看她，没办法看她澄澈柔和的眼睛，也没办法看她的脸。

心伤的少年紧握着拳，一字一顿地问："你第一次见我，到底是什么时候？又是在哪里？"他的语气听起来冷漠又强硬。

盛青溪低声道："那年的平安夜下了雪，我在城西的小巷子里遇见了你，那天……你穿了一件黑色风衣。"

林燃拧起眉，好一会儿才从杂乱的记忆中想起盛青溪口中的那个平安夜。

先前，他在城西看见巷子口的彩绘便觉得熟悉。现在听盛青溪说起，林燃缓慢地将那些记忆碎片拼凑成了完整的片段，可这个片段让林燃的怒火越烧越旺。

他想起来了，想起以前的那个平安夜，在城西捡回了一只浑身脏兮兮的"小猫"，她被人欺负了。

那一晚，他把盛青溪丢给了林烟烟照顾，所以并没有看清盛青溪的模样。现在回忆起来，那晚他救回去的的确是个漂亮的小姑娘，她脸上的污渍并不能掩盖她那姣好的面容。

只是那个时候，她和现在不同。那时的盛青溪，柔弱易碎。

那几个混混……林燃咬牙，强迫自己把注意力从这件事上移开。

林燃又问："我们是不是只见过那么一次？"

只见过那么一次吗？对林燃来说的确是这样的，但对盛青溪来说并不是。她曾见过林燃许多次，冷漠的林燃，狠戾的林燃，笑着的林燃，甚至是死去的林燃。

但这些，她没办法和林燃说。

于是她点头："就……就那么一次。"

林燃的心像是被人狠狠地捏住了，他几乎喘不过气来。

他哑声问："只是因为我救了你吗？"

盛青溪眼眶酸涩。

是，只是因为他救了她。

所以她倾慕他，偷偷去看他，鼓起勇气想去和他表白，再到亲眼看到他死去，再往后，是漫长的十年。

如果那时林燃没有死去，只是拒绝了她，那林燃还会成为她的执念吗？盛青溪不知道。

盛青溪小声应道："嗯。"

林燃将眼底的失落压下。他们的相遇，她对他毫无底线的纵容，他们之间到如今的一切，到底是因为什么呢？林燃觉得自己太可笑了，那样的未来不该让盛青溪和他一起背负，他凭什么？

林燃死死地握着拳头，克制住自己想去看她的冲动，只嘲讽地问："盛青溪，你对我的感情到底是倾慕还是同情，你自己分得清吗？还是说，你以为自己是降临在我身边的救世主？"

这话很伤人，林燃在脱口而出的下一秒就后悔了，可覆水难收。

林燃没转身，所以也看不到盛青溪苍白、满是泪痕的脸。

盛青溪将嗓子里冒出的哽咽和哭腔都压下，轻声道歉："对不起。"

从林燃的角度看，这是一件很残忍的事。

有一个知道他未来的人时时刻刻待在他的身边，且清楚地知道他的死期。她和时间一样，都是无情的旁观者，提醒着林燃那场大火终会到来。

林燃有很多很多话想问盛青溪，可这些话句句都是刺。

一阵死寂之后，盛青溪离开了。

他站在原地，听着她的脚步声逐渐远去。

林燃红着眼，克制住想把她拉回来的冲动。

他们之间，到此为止。

整个五月，高二一班都被乌云笼罩，阴沉沉的气氛久久不散。

很显然，林燃就是那朵乌云。

何默因为林燃这事已经着急上火好几天了，甚至去找过盛青溪。盛青溪比赛回来后，她和林燃就好像变成了陌生人，两人不见面，不说话，也不提起对方。

盛青溪什么都没和何默说，只是说她不会再去打扰林燃了。

何默听得一头雾水，这都是些什么事?

这件事不是秘密，全校的人都知道林燃和盛青溪忽然“分开”了。

林燃又恢复了以前的样子，一个人来学校，心情好就上课，心情不好就旷课。这个月的体育课他一次都没去过。

宋诗蔓和顾明霁也不敢问盛青溪。

盛青溪的情绪也明显受到了这件事的影响，她在自习室的时候经常走神，一走神就是大半个小时。即便缓过神来，盛青溪也不说话，只是安静地给宋诗蔓写解题过程。

一眨眼就到了月底。

周六晚上，林燃在扬山有一场比赛，这是林燃之前答应宋行愚的。下午还没放学，何默和谢真就在群里叫人，让他们晚上去扬山等着。

林燃很久不比赛了，这个消息发到群里，群里顿时热闹起来。

何默偷偷瞄了一眼林燃，见林燃闭着眼睛趴在桌子上，还是一副颓废的模样。桌上那两枚宝贝硬币也不知道被他藏到了哪里。

唉，何默和谢真都叹了一口气。

下午三点，放学铃声打响。

何默和谢真勾肩搭背地走在前面，林燃不紧不慢地跟在他们后面。

快走到校门口时，何默和谢真一眼就看到了刚走出校门的盛青溪。宋诗蔓没在旁边，盛青溪一个人背着书包，慢吞吞地往前走，背影看起来孤零零的。他们俩齐齐转身看向林燃。林燃神色淡淡的，眼睛里一点儿情绪都没有，跟没看到盛青溪似的。何默和谢真又动作同步地转回去，凑在一起嘀嘀咕咕地说了一会儿话。

不多时，熟悉的引擎声响起，一中门口的学生都懒得回头看，自觉地往路边走去。除了林燃这个魔王，还有谁能弄出这么大的动静?

盛青溪站在站牌处，垂着眸。引擎声逐渐远去，直到再也听不见了，她才松开紧握着书包带子的手。

林燃在经过盛青溪的瞬间，面无表情地想：她瘦了。

盛开福利院里，宋诗蔓过来找盛青溪时已经是晚上七点了。宋诗蔓一来就去游戏室看了一眼，嘟嘟正坐在角落，怀里抱着宋诗蔓送的毛绒玩具。只不过这一次，嘟嘟的面前多了一对夫妻。

宋诗蔓听盛兰说过，这对夫妻都是老师，前头有过一个孩子，但是出了意外没留住。女方身体一直不太好，就想着领养一个孩子。

嘟嘟垂着脑袋，面前的人一直耐心地和她说话。

宋诗蔓没在门口多留。

盛青溪帮忙制订的这周的复习计划，宋诗蔓已经完成了。

此时距离高考还有一周，但宋诗蔓今天来找盛青溪，不是因为高考的事，而是因为盛青溪和林燃之间的事。这个月盛青溪的状态不好，宋诗蔓担心高考结束后自己不在学校了，盛青溪的情况会越来越糟糕。

宋诗蔓是在住宿楼的后院找到盛青溪的。此时，盛青溪正蹲在篱笆边，拿着小铲子给新种的花松土。她本就瘦弱，现在缩成一团，看起来像一只可怜、孤单的小猫咪。

宋诗蔓径直走到小花园边上的石凳上坐下，之后默默地数数，想看盛青溪什么时候会发现身边多了个人。宋诗蔓数到一百零八的时候，盛青溪终于后知后觉地发现自己身边坐了个人。

盛青溪微微怔住："诗蔓，你怎么过来了？"

宋诗蔓朝盛青溪伸出手，闷声道："我有事想和你说。"

盛青溪没戴手套，此时手上沾了土，下意识地避开了宋诗蔓伸出来的手。

宋诗蔓却没把手收回去，依旧在盛青溪面前伸着。宋诗蔓固执地看着蹲在自己面前的盛青溪，仿佛这是一件极其重要的事。

两人不能一直这样僵持着，盛青溪没办法，伸手借着宋诗蔓的力道站起来。

宋诗蔓没打算拐弯抹角，直接和盛青溪说："小溪，我今天晚上来，是想和你谈谈你和林燃之间的事。"

话音刚落，盛青溪就偏开了头，小声说："我和林燃，现在这样就很好。"

宋诗蔓简直要被盛青溪气死了，这姑娘是不是死心眼儿？

她拧起眉，开始噼里啪啦地教训盛青溪："你总是这样，就知道对别人好，任由别人欺负。你能不能想想你自己？林燃这样的人值得吗？他有珍惜过你的哪怕一点点心意吗？他是不是真以为你没脾气啊？"

盛青溪小幅度地摇摇头："我和林燃之间的事不是你想的这样。这件事是我做错了，我没有考虑他的感受。"

盛青溪也是在林燃说出那句话之后，才确定林燃也重生了。她之前的怀疑，终于得到了证实。

林燃他……他一直抱着自己可能会死的念头。

他的伤疤被撕开，血淋淋地摆在他们面前。

关于那场大火的真相，林燃什么都不知道。他仍以为那场大火是意外，认为意外是避无可避的，没有这一次也会有下一次。

林燃一直在等着自己的死期，用锁屏密码不断提醒着自己。

盛青溪想到这些，心都要碎了。

扬山。

人声喧嚣，迷离的烟雾里含着躁动的荷尔蒙因子。远远望过去，扬山像是初城夜晚明亮的灯塔，充满律动感的音乐响彻场地。

林燃坐在宋行愚的越野车车头上，眸光冷淡，姿势慵懒，一双长腿一点儿也不客气地踩在人家的大灯上。他正半歪着身子看着场内的比赛。

宋行愚侧过头，低声问："阿真，林燃怎么了？"

林燃看似在看比赛，但眼神完全是空洞的，眼睛里什么都没有。

这和宋行愚月初见到的林燃完全不是一个人。那时的林燃，笑起来的时候眼睛里含着光，虽然微弱但的确存在。而现在的林燃，身上半点儿生气都没有……

依林燃这样的状态，宋行愚不可能让林燃上赛场。宋行愚喊人过来说了几句话，那人听了之后看了林燃一眼，随即小跑着离开。

谢真撇撇嘴，小声把林燃和盛青溪的事对宋行愚说了。

宋行愚听了有些诧异，按之前盛青溪和林燃之间的相处模式来看，这两个人在一起肯定是吵不起架来的。那小姑娘看起来不是会吵架的性子，林燃也应该舍不得和她吵架。

现下事情突然变成这样，或许有他们不知道的隐情。

宋行愚蹙起眉，叮嘱谢真："你最近看好他，尽量别让他一个人待着。"

谢真忙不迭地点头。

这段时间，林燃和林烟烟都住在车行里，谢真和何默生怕林燃在路上会出什么意外，便让林烟烟那小丫头去和林燃撒娇，说要住在车行。

好在林燃还在乎林烟烟，答应了她的要求。

这个五月对他们来说，都很难熬。

宋行愚和谢真说了几句话，转身向林燃走去。

宋行愚没打算藏着掖着，在林燃面前，宋行愚从不遮掩什么。

他微微仰头，看向漆黑的天空，咬着烟头含糊着问："最近你和那个小姑娘怎么了？你这样闹不怕把人给闹丢了？"

林燃的声音有点儿沙哑，他像是刻意压抑着情绪："就这样了。她这样的乖乖女和我不是一路人。"

宋行愚看得出来，林燃口不对心。

不过宋行愚没多说，只道："行，既然这样，你日后不后悔就好。"

不后悔？林燃现在就后悔了，心想自己什么都不知道，凭什么那样说她？

这一个月来，林燃每天都在后悔自己对她说了那样伤人的话。

那么几句话，几乎把他们之间所有的美好抹掉了，也把她的努力和心意狠狠地踩在了脚底下。

"救世主"这三个字的讽刺意味太重了。

宋行愚拍拍林燃的肩："今晚你不用上场，我安排了其他人。我们去里面坐会儿？"

林燃没说话，从车上跳了下来。

扬山上有俱乐部，离这儿不远，就几步路的距离。

宋诗蔓就是在这个时候到达扬山的。

她刚甩上车门，就看到了正往俱乐部走去的林燃。

宋诗蔓大声喊道："林燃！"

林燃漫不经心地回头看了一眼，见是宋诗蔓，他的眼神微微有了些变化。

“你先进去，我晚几分钟到。”林燃侧头说。

宋诗蔓瞪了林燃一眼。宋诗蔓现在看林燃是越来越不顺眼了，要不是因为盛青溪，宋诗蔓都不想多看他一眼，更别说来找他。

林燃和宋诗蔓隔着不远不近的距离，他冷淡地问：“什么事？如果是盛青溪的事，我不想说也不想听。这件事和你没关系。”

听听这是人话吗？宋诗蔓后悔自己没打开录音，就应该录下来给盛青溪听。

来的路上，宋诗蔓想了很久，越想越觉得那个时候盛青溪说的话是真的。有一次，宋诗蔓问盛青溪倾慕林燃倾慕了多久，盛青溪说是十年。

那时候她以为是自己听错了，可现在觉得这是真话。

宋诗蔓心里窝着火，语气很冲：“林燃，这样的情况不是第一次了。对人忽远忽近的特别好玩是不是？你是不是觉得盛青溪很好欺负？你要是不钟意她，就离她远一点儿。你这样做真的很没意思，不是谁都像你这样狠心。”

林燃听了反而笑了一下：“我们之间谁先主动的，你看不出来吗？”

林燃面上平静，还能用调侃的语气说着这样的话，心却像是被人狠狠剜去了一块。

这样也好，让她伤心，让她难过，让她以后离他远远的，不必两个人一起等死。

宋诗蔓被林燃这样的口吻气疯了：“今晚的话我会一字不落地转告给小溪。林燃我告诉你，你不配她这十年的倾慕。你不配！”

宋诗蔓狠狠地瞪了林燃一眼，说完转身就走，气得差点儿把脚崴了。

宋诗蔓离开了。

林燃却定在原地，耳边还回荡着宋诗蔓刚刚说的那句话。

宋诗蔓刚刚说了什么？十年？哪儿来的十年？

林燃忽然意识到一个他从未想过的问题——他死了才能重生，那盛青溪呢？

盛青溪她，她是不是也……

林燃不敢再往下想。

凌晨，今夜无月。

林燃站在盛开福利院黑漆漆的院子里。和以前一样，他是翻墙进来的。许是翻惯了，路上的大黄狗看见他，叫都没叫一声，甩着尾巴就溜走了。

他什么都没做，只是站在这里，远远地看着她的窗户。

林燃不知道自己在外面站了多久，就在他想转身离开的时候，盛青溪房间里的灯忽然亮了。

林燃蓦地止住了脚步，连他自己都不知道自己在等待些什么，又在期盼些什么。

一分钟，两分钟过去了，窗户始终没打开。

林燃皱眉，不受控制地朝她的房间那边走去。灯光会照出他的影子，林燃侧开身，小心翼翼地站在墙边，凝神听着里面的动静。

老房子的隔音并不好，林燃听到了里面的动静——她在吐，水声响起、停下，又响起……

林燃脑子里一直紧绷着的弦忽然断掉了。

他几乎想都不想，抬起手肘，微微用力，敲碎了一小块玻璃，长臂一探，从里面打开了窗，随即翻窗进了房间。

哗啦啦的水声掩盖了这轻微的脚步声。

她吐出来的都是酸水，这些天她一直吃不下饭。

盛青溪闭着眼睛关上水龙头，手颤抖着，想去拿毛巾。但不等她触到毛巾，整个人就被柔软的浴巾包裹住了。

林燃没给盛青溪挣扎的机会，直接开口道："你别动。"

在他话音落下的瞬间，盛青溪顿时放松了下来。

盛青溪这样的反应让林燃心酸不已。

盛青溪被林燃放在了床上，随即他用浴巾擦干她湿润的脸。

没有了水滴和浴巾的阻挡，盛青溪终于看清了林燃。他看起来不太好，眼底都是血丝，眼下青黑一片，面上是颓然的神色。

这件事同时折磨着他们两个人。

盛青溪看林燃的时候，林燃也在看她。

盛青溪小脸苍白，脸上还带着泪痕，唇上没什么血色，一直在发抖。

林燃扯过一旁的被子，将盛青溪裹成一团后，手上的动作渐缓。好半晌，他哑声问："你怎么吐了？你哪里不舒服？你胃疼不疼？"

盛青溪垂下头，没应声。

林燃心里清楚，他今晚的行为很冒失。

林燃松开手，不再看盛青溪，说：“宋诗蔓晚上来找我了。”

盛青溪蜷缩着身体，哪怕裹着被子还是浑身冰冷：“她告诉我了。对不起林燃，是我自作主张地接近你，你生气是应该的。”

她没什么力气和精力说话，声音也微不可闻：“以后她不会再去找你了，我也一样。”

盛青溪动了动，裹紧被子在床上躺下，疲惫地闭上眼。

林燃紧紧地攥着拳，浑身绷得死紧，喉结剧烈地滚动着。

林燃重新把视线放在她身上，双眼泛红，低声道：“我就问一个问题。”

“你问吧。”

“十年，十年是什么意思？”

“诗蔓她听错了，没有十年。”

盛青溪睡着了，她的大脑在强迫她入睡。

林燃没有离开。

他关上灯，锁好窗，拉好窗帘，在靠近床脚的地面上坐下。

这一个月，他几乎夜夜失眠，即使偶尔能睡一会儿也是噩梦缠身。梦里她的哭喊声越发清晰，仿佛她也在那场大火里，但这怎么可能呢？

林燃再睁开眼时，已是早上六点。

他竟不知不觉地睡过去了，这是他这个月睡得最好的一晚。

林燃下意识地侧过头看盛青溪。

她还没醒，缩成小小的一团，孱弱地靠在墙边，藏在黑发下的小脸仍一片苍白，看起来怪可怜的。

狭小昏暗的房间内，林燃需要用极大的克制力才能压制住自己急促的呼吸，极淡的香味从她的发梢弥漫开来，钻入他的鼻腔。

半个小时后，林燃离开了。

床上的盛青溪睁开双眼，清澈的眸子里没有半分睡意。

对林燃来说，盛青溪与旁人不同。

她的倾慕是沉默的，是寂静的。她像辽阔无际的大海，而藏在底下的爱意深不见底，连他都不能窥见半分。

她与之前所有倾慕他的人都不同。

林燃不是傻瓜，他能感觉得到。

可他至今都不明白，这样的倾慕是从何而来的。

偷偷许个愿

怯喜 著

下 册

青岛出版集团 | 青岛出版社

第十一章 补 课

“呜呜呜，我太苦了，小溪。”

宋诗蔓高考完从考场出来的第一件事，就是抱着盛青溪一顿哭。

宋诗蔓的父母站在一边，满脸尴尬。明明这半年他们每天都好吃好喝地供着这位小祖宗，现在她却哭得活像他们一直在虐待她似的。

盛青溪拍拍宋诗蔓的背：“考完就结束了，不哭。”

宋诗蔓抹了一把辛酸泪，泪眼汪汪地看着盛青溪：“小溪，你说我能考上大学吗？”

盛青溪无奈地笑了一下：“一定能的。”

这是盛青溪这些日子以来，露出的第一个笑容。

宋诗蔓忽然就止住了眼泪，再次用力地、紧紧地抱住盛青溪，小声又坚定地在她的耳边说：“小溪，我们都会好的。我们的未来，都会好的。”

这一天晚上，一中在校门口放了盛大的烟花，庆祝他们高三生活的结束。

宋诗蔓和盛青溪坐在艺术楼的台阶上，抬头看着璀璨的天空，边上还放着两盒外酥里嫩的炸鸡，黄澄澄的外皮包裹着软嫩的鸡肉。

夏天人们就是应该吃炸鸡，喝冰饮。

宋诗蔓用手托着脑袋，迷蒙的双眼里映着烟花。她看得出神，问：“小溪，你知道当时……我是因为什么接近你的吗？”

盛青溪侧头看她："我知道。"

宋诗蔓笑了一下，她的眼里沁出泪意，声音里却带着释然："遇见你之前，我不知道自己的人生还能这样过。"

以前没有人相信她能改变。老师不相信她，她的父母不相信她，她自己也不相信自己。只有盛青溪相信她。

虽然只有短短三个多月，但她改变了太多。

平时她不再迟到早退，上课不再走神儿，周末不再出去玩。几乎所有的时间都被她用来学习了，甚至她连做梦都在背公式。

而这些日子里，盛青溪都陪着她。

哪怕这段时间的状态那样差，盛青溪仍是打起精神给她补课、讲试卷。

她为自己以前抱着那样的想法接近盛青溪而感到羞愧。今夜，她本该和父母在一起庆祝，但她只想和盛青溪说说话。

"小溪，对不起。"

宋诗蔓缓缓转过头，和盛青溪对视。

盛青溪笑了笑，抬手抚去她眼角的泪水："那些都不重要。"

在盛青溪看来，这些孩子都拥有成长和改变的机会。

宋诗蔓看了盛青溪半晌，忽然伸手抱住了她。

宋诗蔓靠在盛青溪单薄的肩头，泪水打湿了盛青溪轻薄的夏日校服。宋诗蔓望着天，像是在和盛青溪说话，又像是在自言自语："小溪，我不重要，林燃也不重要，你才是最重要的。"

这是那一晚宋诗蔓和盛青溪谈过之后想明白的事——盛青溪，没有在为自己活着。

宋诗蔓想不明白，人如果不为自己活着，又能为什么而活着呢？

她隐隐感觉，这个答案她不会喜欢。

这一晚，她们彼此依靠着，看烟花从盛开到凋零，看了许久，许久。

宋诗蔓毕业后，盛青溪又恢复了独自一人的状态。

原本申请自习室就是为了替宋诗蔓补课，宋诗蔓走后，盛青溪便不再需要这个名额了。于是，她找蒋铭远取消了这个自习室名额。

盛青溪和蒋铭远说这事儿的时候，老屈正好在办公室蹲着浇花，顺便听了这么一耳朵。他起先没什么反应。过了一会儿，他忽然想起来，她不就是给他们班林燃补课的那个小姑娘吗？

最近，林燃这小子可不安分。老屈先前有阵子没听到林燃惹是生非的消息了，但就上个月，他被赵书月找去谈话三次，每次都是因为林燃。

老屈倒是没去找林燃，而是去找谢真和何默问了问。这两个人口风很紧，一点儿也没和他透露，只说林燃不会闹出什么大乱子来。

现在老屈觉得他可能找到原因了——林燃这小子估摸着是“失恋”了。而且不管怎么看，林燃都像是被人甩的那一方。

老屈心想：活该。

盛青溪申请取消自习室名额这事，不是什么大事，但对何默和谢真来说，这就像是一个信号。他们俩最近天天关注着这两个人的情况。

现在这个信号无异于告诉他们，盛青溪放弃林燃了。

他们都快愁死了，这消息还得瞒着林燃。

但他们也就瞒了半天，因为当晚，老屈就来找林燃了。

老屈踱步到教室后门，偷偷往里看了一眼，想看那小子在不在，毕竟他最近神出鬼没的。老屈仔细一瞧，林燃正歪着身子，坐在座位上玩手机。其余的人倒是挺认真地在写作业。

老屈朝林燃的方向招招手：“林燃，出来一下。”

林燃闻言，将视线从手机上移开，瞥了老屈一眼，很给面子地把手机往桌上一丢就出去了。

夜幕沉沉，此时晚自习还没下课，走廊上空荡荡的，没什么人。

老屈往栏杆边一趴，状态轻松闲适，也不像是要和他说正事的样子，更像是想和他聊聊天。

林燃在老屈的身边站定，懒懒地道：“赵姐又来找您了？”

老屈听了倒是笑起来：“这事你心里倒是门儿清。中午那会儿我在办公室都听到了，你小子是不是‘失恋’了？”

办公室？林燃蹙眉：“这事还能往办公室传？”

他自己倒是无所谓，但不想让别人误会盛青溪。

林燃解释：“人家小姑娘看不上我。”

老屈“哟”了一声：“这姑娘有眼光。”

林燃：“……”

老屈拍拍林燃的肩膀，叹道：“既然她都申请取消自习室名额了，你小子肯定也不去了。我找个时间，问问别人要不要，总不能浪费了。”

说完，老屈就自顾自地走了，留下林燃一个人站在走廊里。

林燃垂眸，微微攥紧拳头。

她不会原谅他了，也不要他了。

何默和谢真等了半小时，一直不见林燃回教室，便溜出去找了一圈儿，没找到人。林燃的手机和头盔都还在，他什么都没带。

九点五十，晚自习结束的铃声打响时，林燃仍旧没回来。

车行和拳击馆以及城南花园那儿，他们都打电话问过了，林燃没去过。

谢真挠头，忧愁地道："你说燃哥会去哪儿？"

何默看了一眼时间，现在铃声刚打响，盛青溪肯定还在学校里。他侧头看向谢真："你拿上燃哥的手机，我去找仙女。"

谢真愣了一下："找仙女？仙女能知道燃哥在哪儿吗？"

何默朝六班跑去："不管了，我得先去问问。"

何默赶到六班的时候，盛青溪还没走，还在给陈怡讲一道数学题。见到何默，她没说话，只是用眼神询问他怎么了。

何默一时也顾不上陈怡在，开门见山地问："仙女，燃哥从晚自习开始就不见人影了。我和阿真打电话问了一个遍，都没找到人，他的手机还放在教室了。"

陈怡闻言，默默地合上笔记本，打算开溜。

盛青溪和林燃最近的事她有所耳闻，只是没问过。

盛青溪见陈怡收回笔记本，便开始收拾书包，并轻声问："他怎么了？"

何默叹了一口气："晚上老屈和他说了自习室的事后，他就没再回来。这段时间，他的情绪一直不是很好。我们……我们都很担心他。"

盛青溪垂眸，低声应道："我不知道他在哪里。"

何默心里着急，恳求道："我和阿真都会继续去找，烟烟一直等在车行。仙女，就这一次，下次我一定不会来打扰你了。"

盛青溪动作一顿，抬眸和何默对视一眼。

最后，她妥协了："我会去找，如果找到了就通知你们。"

何默揪着的心顿时松了一半："谢谢你，真的。"

林燃会去哪里呢？他的车还停在车棚里。

盛青溪站在校门口，一时间不知道该往哪里走。她想了想，跑去问了门卫大叔。

门卫大叔不认识她，却认识林燃，听她问起，当即便想起来了："他出了校门打车走了，至于去哪儿了，我还真不知道。"

盛青溪心里有一种微妙的感觉。

她走出大门，同样打了车。

上车后，盛青溪下意识地报了一个地址。

她不知道林燃会不会在那里，但她能想到的只有这么一个地方。

盛青溪回了城西，出租车停在离盛开福利院几个街区之外的小区旁边。

这里，是盛青溪第一次遇见林燃的地方。

此时很晚了，街上没什么人，只有几家夜宵店还开着。

盛青溪背着书包，沿着巷子往前走。风声穿过小巷的时候发出些许声响，她仔细地看过每一条小巷。

那次那一晚，她跑得着急，已经不记得自己到底跑进了哪一条巷子里，只能循着模糊又零碎的记忆一点儿一点儿地往前找。

直到盛青溪走到画着煎饼馃子的巷口时，她听到了一些不同寻常的动静。

巷子里有东西翻倒的声音，她一怔，往巷子里看去。

巷子里很暗，只有街道上的灯光淡淡地照进来。当人站在巷口时，映在巷子里的人影会被灯光拉长，本就不亮的巷子像是被黑暗吞噬了。

林燃头也不抬地吼道："滚开！"

巷口的人没动，林燃不耐烦地抬头看去。

他觉得自己真的是魔怔了，看谁都觉得像是盛青溪。就在他想低头继续教训人的时候，站在巷口的人忽然说话了。

"林燃。"少女的声音柔和，细听起来还有一丝担心。

林燃。这么简简单单的两个字，就让林燃停下了所有动作。

林燃脚下的男人忙不迭地爬起来往外跑，嘴上还骂骂咧咧："今晚是什么倒霉日子，遇上了疯子！"

当男人经过盛青溪的时候，盛青溪看到了他的脸。她的瞳孔微微放大。这是那一次，欺负她的人里的其中一个。

从她出声开始，巷子里的林燃就没了动静。

盛青溪抬步，朝着巷子里走去。

她的脚步声又轻又缓，却每一步都像踏在他的心间，像折磨，更像凌迟。

昏暗狭窄的巷子里，乱七八糟的东西散落了一地。

盛青溪垂眸仔细看去，这些东西都曾在她的记忆里出现过。这里就是他们那一次遇见的小巷，林燃到这儿找人来了。

盛青溪不知道他找了多久。

她轻轻地叹了一口气："林燃，你记得自己说过的话吗？你答应过我，不会再弄伤自己了。"

林燃强压着翻涌的情绪，体内的肾上腺素仍在飙升。

从盛青溪的角度看去，只能看到林燃凌厉的下颌线。他微喘着气，显然情绪还在剧烈起伏。

盛青溪原本站在距离林燃几步之外，现在逐渐靠近他，在离他咫尺的地方停下。

林燃僵住，喉结滚了滚，身体不自觉地绷紧。

盛青溪的声音很低："林燃，你给我一点儿时间。等我想清楚了，不管你想知道什么，我都告诉你。"

其实，林燃自己也明白，他们两个人现在这样的状态，不适合继续像以前那样相处。如果硬凑在一起，只会让他们两个人离得越来越远，那他们……可能就真的没有以后了。

林燃想要有以后。因为盛青溪，他想活着。

林燃闭上眼，声音冷硬："还有两个。等我找到想找的人，做完想做的事，我会回去好好上课的。以后的事以后再说。"

他的冷漠都是装出来的。

林燃甚至希望盛青溪能想得久一点儿，害怕从她的口中听到他们的结局。

盛青溪拉着林燃出了小巷，找了一个电话亭给何默打了电话。何默说他们马上就过来接林燃。

借着微弱的灯光，盛青溪低头看了看林燃的手。他的身上没有伤，估计两人没来得及起冲突。

他们两人谁都没说话。

盛青溪转身，慢吞吞地朝盛开福利院的方向走去。

林燃默不作声地跟在她的后面。

林燃有那么一瞬间的恍惚，想到刚开学那会儿，他去找她的第一晚也是这样。她一个人走在黑暗里，他无声地跟在她的身后。过往的记忆在他的脑海中涌现。

盛青溪从一开始就没骗他，她一直都是为他而来的。

晚上十一点的街道很安静，马路上除了公交车，便是晚归的骑着电瓶车的人们。

她走在不甚明亮的路边，背影单薄纤弱。

林燃几乎能想象得到那三个杂碎是怎么注意到她的，又是怎样追着她把她逼进小巷里。一想到那些人对她做了什么，林燃原先压下去的怒火又涌了上来。

走过几条无人的街道，盛开福利院到了。

盛青溪在经过站牌的时候停下了脚步，轻声道："他们都很担心你，你不要乱跑了。"

林燃生硬地应了一声，接下来又是沉默。

盛青溪顿了片刻，继续往前走去，不打算留下来和林燃一起等。

林燃没有再跟上去，盛青溪渐渐走远，他的眼神就又冷了下来。

那三个杂碎，林燃找了他们一个月了。

他记不太清他们的样子，只能凭着零碎的记忆，找人把他们大概的模样画出来，再根据年龄和地点进行筛选，结果一直没能找出他们来。

今晚林燃是自己来找的，他找过每一家店，看过每一个喝酒的男人。

许是他的运气好，今晚还真被他逮到一个。

盛青溪走后没多久，何默和谢真就到了。

因为要来接林燃，他们开了两辆摩托车过来。

谢真喘着气，小小的眼睛里装满了担忧："燃哥，你可把我和默子吓坏了。有什么事不能和我们说吗？非得一个人扛着？"

何默没说话，还在生林燃的气呢。

林燃伸出手说："手机给我。"

谢真从兜里掏出手机，丢给他。

林燃垂眸，发了三张图片到微信群里。

何默和谢真的手机都振动起来，他们打开手机看了一眼。林燃发的是三张素描画像，画像上的三个人看起来也就二十岁出头。

林燃瞥了一眼耷拉着脸的何默，解释："今晚我是来找人的，只找到一个。另外两个人，这周末你们喊些人来一起找。”

何默见林燃主动解释，心里倒是好受了一点儿，问：“燃哥，这三个人犯什么事儿了？”

林燃没应声，但是脸色不太好看。

何默立即联想到，林燃特地到城西来找人，而林燃又是被盛青溪找到的，很显然这事和盛青溪有关系。何默低头又仔细地看了图片两眼。他有一种不好的预感。

谢真嘀咕：“他们一看就不是好人。”

何默迟疑着问：“燃哥，他们是不是……仙女没事吧？”

林燃深深地舒了一口气，也不知道是在安慰何默，还是在安慰自己：“她没事。夜深了，我们回去吧。”

周六放学时，铃声一响，林燃一行人就走了。

谢真喊的人都等在校门口。

一群人蔫巴巴地蹲在校门口嚼口香糖，他们的前面整整齐齐地停着一排摩托车。

不远处，程佳月躲在站牌后看着被人群包围的林燃。这是她第一次亲眼看到林燃。

她曾去一中的微博上搜过林燃。在各种各样的评论里，她能拼凑出关于林燃这个人的信息。以前同学说起林燃，说得最多的词是“麻烦”，这学期却换成了一个人的名字——盛青溪。

程佳月想，盛青溪应该是他倾慕的女孩儿。

林燃这种类型的男生她以前在学校见得多了，和家里的关系不好，自己带着妹妹，平时的生活就是寻求刺激。这样的人最难抵抗的就是，不怕他且对他温柔的女孩子。

程佳月当然不会异想天开地希望林燃倾慕于自己，这对她自己和林佑诚来说都是致命的。林佑诚那样的男人，最看重的还是血脉。她不会自寻死路。

所以，程佳月打算从盛青溪入手。她悄悄地打量了林燃一眼，收回视线。今天她是来等盛青溪的。

这不是她第一次来一中，前几周的周六，她都等在门口看了一会儿。盛青溪每周是坐公交车回家的，就在她等的这个站牌处上车。

十分钟后，林燃一行人离开，盛青溪从学校里出来了。

盛青溪一靠近站牌，就感受到了落在她身上的视线。那人小心翼翼地跟着她，不安的小动作掩饰不了视线里隐秘的窥探欲。这些动作是那人刻意装出来的。

盛青溪抬眸看去，不远处站着一个二十岁左右的女孩儿——她穿着鹅黄色的衬衫，布料上起了球，下半身是一条洗到发白的牛仔裤，原本白色的球鞋灰扑扑的。

见盛青溪看过来，那女孩儿不安地揪住衬衫下摆，欲言又止。

盛青溪垂眸，像往常一样，慢吞吞地走到长椅上坐下。

她坐下不过一会儿，那女孩儿便凑近她，犹豫着问："请问，你……你是盛青溪吗？"

盛青溪侧头看去。

见盛青溪有反应，程佳月松了一口气。她有些难堪，却仍鼓起勇气，呼吸微微急促："我能占用你一点点时间吗？我有事想和你说，关于……关于林燃。"

随着"林燃"两个字的出口，程佳月明显感觉到了盛青溪眼神的变化。

两人在学校附近找了一家奶茶店。

程佳月似乎有些着急，坐下没多久便红了眼眶："我之前去找了林燃，但林燃不见我。我找人问了，有人告诉我可以来找你。对不起，我占用了你的时间。"

盛青溪捧着奶茶，轻声问："你找我有什么事吗？"

程佳月磕磕巴巴地把事情大致地讲了一下："我很感激我的资助人。给他的家庭带来这样的困扰，我感到非常抱歉。我想找机会和林燃解释一下，他的爸爸真的是一个好人。我也是在他的爸爸停止资助之后，才知道那件事的。我一直都很不安。"

四月底林燃的不对劲，这下有了解释。

那时候他说，等她比赛回来再告诉她，只可惜一直没机会。

盛青溪安静地听程佳月说完，应道："抱歉，这件事我帮不了你。我和林燃不是你想象的那种关系。但这件事，我会保密的。"

盛青溪没有多留。等程佳月反应过来时，盛青溪已经走了。

程佳月有点儿蒙，难道之前她在微博上看到的都是谣言吗？

盛青溪和程佳月都没发现，有人从奶茶店路过的时候，偷偷拍了她们两个人在一起的照片。拍照片的人是林燃他们篮球队的学弟。

一拍完，他就兴冲冲地打开了和林燃的微信对话框。

樱木花道的儿子："哥，你猜我看到谁了？"

樱木花道的儿子："我看到小仙女了！"

樱木花道的儿子："你瞧！"

林燃看到这条信息时，已经是半个小时之后了。他们在城西某个小区门口停下。下车后，他随手拿出手机看了一眼，照片上是盛青溪——她正推门从奶茶店里出来，一张漂亮的小脸上神情很冷淡。

林燃的视线扫过整张照片，在看到某一处时，他忽然顿住。

盛青溪身后的奶茶店里，有人透过玻璃窗看着盛青溪。

那人咬着唇，神色微微扭曲，是程佳月。

刚熄火的车重新被启动。

林燃把找人的事交给了谢真和何默，迅速开车离开。

林燃没去别的地方，而是去了盛开福利院公交站牌处等盛青溪。

他看了照片发送过来的时间，再核对 113 路公交车的发车时间，大概算出盛青溪什么时候会到这儿。最多半小时，盛青溪就会在这一站下车。

但半小时后，林燃没能等到盛青溪。

盛青溪从奶茶店出来后，没有立即去坐车。

近来她的异常盛兰都看在眼里，盛兰虽然不说，但心里担心，和她说话时都小心翼翼的。

盛青溪去便利店买了一大桶冰激凌，一个人钻到一中附近的公园里坐下。这是她以前解压的方法之一，便捷有效。

这段时间里，盛青溪不知道该怎么去和林燃相处。她无法坦然地告诉林燃她的过去，也没有考虑好是否应该告诉林燃，以前关于他死亡的真相。

因为这一世很多事情都在改变，尤其是今天程佳月告诉了她这件事。以前，她并没有从林烟烟口中听说这件事，从林燃的反应来看，他应该也是才知道这件事。

盛青溪已无法确定未来的那些事是否还会再发生，还有，真相对林燃来说，是否过于残忍。

至少……至少得等到林燃生日的那一天。

盛青溪低头吃着桶里的冰激凌，一勺接着一勺，里面的冰激凌已经被她吃了大半。嘴里冰冷的感觉能让她保持清醒。

大概坐了一个小时，盛青溪感觉自己好点儿了。

她起身，准备把空桶丢进垃圾桶里，身后有急促的脚步声响起。盛青溪起先没在意，因为这里时常有跑步锻炼的人。

当她准备转身的时候，察觉出似乎有那么一点儿不对劲。

但这一次，来人没再给她反应的机会。

她的手被人紧紧地攥住。耳旁的呼吸声微重，她甚至能听到对方的心脏疯狂跳动的声音。

林燃从城西一路找到一中，路上经过的每一个人他都不放过。最后他去奶茶店看了监控，才发现她去了便利店。

直到此刻，她安然无恙地站在他的面前，林燃才觉得他体内的血液又恢复了流动。

林燃不得不承认一个事实——他无药可救了。

林燃缓了一会儿，哑声问："你为什么不回家？"

盛青溪沉默片刻，诚实地答道："我想吃冰激凌，吃完就打算回去的。"

林燃没接盛青溪的话，转而说起了程佳月的事："刚刚来找你的人，不管她和你说了什么，你以后都不许再见她。要是她再来找你，你就给我打电话。"

程佳月的表情让林燃感到不安。

他不在乎这个女人和盛青溪说了什么，他只在乎盛青溪。

盛青溪犹豫了一瞬，几秒后，轻声道："林燃，你太用力了。"

林燃应该松开手，但此时此刻，他做不到放她走。他像是咬牙切齿，又像是和她赌气般说道："不管你需要多少时间，我都会等的。"

林燃觉得自己真的是幼稚鬼。说狠话的是他，后悔的也是他。

宋诗蔓说的一点儿都没错，他不配。

他不能总是这样欺负她。

盛青溪叹了一口气，声音低低地应道："林燃，等你十九岁生日那天，我就把所有的事都告诉你。那时候，我们再来谈以后。"

林燃以为自己听错了："你说多久？"

现在才六月，林燃的生日在一月。

盛青溪要他等整整七个月，林燃以为她最多就生一个月的气。

林燃在七个月和脸皮之间横跳了一秒，果断地选择了不要脸。

他的声音闷闷的："别不理我，我送你回家。"

盛青溪摇摇头："我自己回去。"

林燃心下微涩，一双眼睛盯着她不放。

盛青溪向来对林燃没办法。她想了想，要求道："上个月的期中考试，你缺考了。第一次月考你的成绩是517分，年级第198名。如果这次期末考试，你能考进前150名，我就理你。"

林燃："……"

林燃一时间觉得自己又作又浑蛋。

盛青溪说完后，林燃半晌都没反应。于是，她抛出另一个条件："如果你考进前50名，高三我就转到一班去。"

林燃："……"

那他又可以了！

虽然盛青溪说不要林燃送，但林燃还是厚着脸皮跟着盛青溪上了113路公交车。哪怕她上车之后一句话都没和他说，他感觉自己又活过来了。

许是盛青溪的话奏了效，接下来很长一段时间里，她没再见过林燃。

不过，她偶尔会从顾明霁的口中听到林燃的消息，说林燃就像住在办公室里一样，他每回去找蒋铭远时都能在办公室遇到林燃。

这一个月下来，林燃和每个班的老师都混熟了。

顾明霁难得听到蒋铭远夸人，蒋铭远最近除了夸过盛青溪，林燃是第二个。

虽然盛青溪这些日子没见到林燃，但她每晚在一中门口、盛开福利院门口都能看到跟踪她的人。每当她上车或者下车时，这两个人都会忙不迭地低头发短信。

他们显然都是林燃找来的人。

盛青溪就当没看到，任由他们给林燃报告她的行踪。

她知道林燃是因为担心她，因为她不带手机这件事，之前林燃发过好几次脾气了。

转眼时间就到了七月初。

一中的学生们即将迎来期末考试。期末考试过后，一中高二的全体学生即将迎来属于他们的最后一个高中暑假。

自从第一次月考后，盛青溪就没离开过第一考场。而林燃在缺考之后，又回到了最后一个考场。

林燃在这一个月内，仔细研究了年级前50名的成绩。

盛青溪在第一名的宝座上，从未跌下来过。她一直在超越自己，底下的人被她远远地甩在身后，谁也追不上她。

这是林燃头一次这么直观地感受到他与盛青溪的差距。

直到开考前一分钟，林燃才放下笔记本。

一边的何默和谢真觉得最近的林燃跟疯了一样。他们睡觉的时候林燃在写试卷，他们起床时，林燃早就起来看书了。

中考那会儿林燃都没这么拼过。

他们寻思着林燃是被打击到了，一会儿不上课，一会儿又住在办公室里，这不是人格分裂是什么？

但他们俩呢，又不敢说什么，生怕刺激到林燃，哪天又找不到他了。

下午数学考试结束后，盛青溪就知道林燃这次考进前50名的可能性很小。这次考完试，大多数人都在唉声叹气，还有人一考完就来找盛青溪对答案。

这边大家情绪低落，何默和谢真那边的气氛已经降至冰点。

林燃一考完就黑着脸离开了学校。

除了他的那两个宝贝"2009"和"2018"，其余林燃什么都没带。

几本暑假作业就那样孤零零地躺在课桌上。

当晚，名门俱乐部里，何默和谢真一个屁都不敢放。

整个包厢倒是挺热闹的，就林燃所在的那一块角落跟北极似的，特别寒冷。

谢真悄悄地掏出手机，开始给盛青溪发短信。

之前因为盛青溪帮忙找林燃这事，他和何默都加了盛青溪的微信表示感谢。

胖达达达："仙女！救命！燃哥好像人格分裂了！"

胖达达达："你要是有时间就过来看看他吧。"

小仙女："你们在哪里？"

谢真一看到这句话就知道有戏，赶紧把俱乐部的地址和包厢位置发了过去，总算有人来拯救他和何默了。

半小时后，谢真收到盛青溪的消息，便悄无声息地摸出包厢，赶紧下楼接人。

进入包厢后，盛青溪直接走向了林燃那个角落。

原本坐在沙发上的冷漠少年立即站了起来。

角落里光线很暗，只房顶上亮着几盏小灯。

盛青溪很久没见林燃了。她抬眸，仔细看了一眼站在她身前的少年。他的黑发剪短了一些，他看起来瘦了，眉眼间还有淡淡的疲惫。

她知道，这些日子林燃一直在很用功地复习。

盛青溪凝视了林燃片刻，忽然说："你靠近我一点儿，低下头。"

林燃听了问都不问，走近盛青溪，在她的面前低下了头。

少年很高，就算他低下头，她仍是要踮起脚。

盛青溪抬手，轻抚上林燃的脑袋，短而硬的碎发有些扎手。在她触到他的瞬间，她清楚地感觉到林燃的身体僵了一瞬。

她弯了弯唇："林燃，辛苦了。"

林燃感觉喉间发涩，不知道该说什么，有些事并不是努力就能够做到的。他很清楚自己这一次考不进年级前 50 名。

求而不得，这对他来说无异于是一种折磨。

盛青溪能看到林燃眼底复杂的情绪，知道他在生他自己的气。

这是林燃第一次意识到，没有人会停在原地等他，如果他想和盛青溪有以后，他必须用尽全力去追赶她。

盛青溪抿唇笑着，温声说道："晚上烟烟问我补课的事，她说假期你们都是住车行的。下周我去车行给烟烟补课。"

住车行？林燃不可能住车行，住车行的话，人人都能看到他的小溪流了，他才不乐意。

林燃否认道："不住车行，下周我去接你，在城南花园补课。"

按理说，盛青溪本来应该和监护人沟通这些事的，但因为林烟烟现在归林燃管，她不得不坐下来和林燃仔细地谈一下给林烟烟补课的事。具体的补课内容，她已经和林烟烟商定好了，她要和林燃谈的，是时间方面的安排。

盛青溪想了想，说："我一周给烟烟上八节课，一天上两节。烟烟有午睡的习惯，我晚上去给她上课。"

林燃听到后半句话的时候顿住了，盛青溪的话里所包含的信息量太大了。

林烟烟的确有午睡的习惯，但那是以前的林烟烟。以前林烟烟出意外后，精神状态一直不好，他们便强制她中午要休息。

现在的林烟烟没有这个习惯。

盛青溪这话意味着，她和林烟烟在以前有过交集。

林燃忽然伸手握住了盛青溪微凉的手，他的声音很低，却又无比清晰："那……那场大火之后，烟烟活下来了是吗？"

盛青溪能感受到林燃的力道，他很急迫。

她一字一顿地回道："烟烟过得很好。"

林燃的眼眶微红，半晌他才哑声应道："好，这样就好。"

其实，比起晚上，林燃更愿意让盛青溪白天来给林烟烟补课，因为晚上安全隐患大一些。但考虑到夏天白天太热，林燃还是定在了晚上，毕竟晚上他能送她回家。

盛青溪迟疑着问："一周补课四天会不会太多？"

林燃皱眉："才四天？"

他巴不得盛青溪天天都在他的家里待着。

盛青溪无奈："四天已经很多了。烟烟才上初二，她应该有自己的假期生活。"

盛青溪的态度坚决，林燃只好不情不愿地应下了。

包厢内的声音嘈杂，盛青溪不是很习惯这样的场合。她和林燃说完便提出要走，林燃当然不可能任由她一个人回去。两人一起下了楼，发现外面下了雨。

夏日的雨来得急，玻璃窗上瞬间布满了密密麻麻的雨点。

盛青溪刚踏出门半步，就被扑面而来的雨滴打湿了衣领。随后，她被身后的林燃一把拉了回去，她单薄的肩膀猛然撞上林燃的胸膛。

林燃蹙眉："你最近是怎么回事，是不是一直没长肉？"

盛青溪的体重本就偏轻。前段时间，因为情绪的问题，她的体重一直在下降，直到这个月才慢慢平稳下来。

盛青溪抿抿唇："没有。"

林燃盯着她尖细的下巴，看了半晌，轻斥道："补课开始以后，我会四点去接你。这个月你在我的家里吃晚饭，我做饭给你吃。"

盛青溪下意识地摇头："不用。"

林燃哪容许她拒绝："你说了不算，我说了算。"

盛青溪："……"

林燃看了一眼外面的雨："你站在这里等我两分钟，我去要把伞。"

走之前，林燃再三警告盛青溪，要她乖乖待在原地，盛青溪点头应了。然而当林燃拿着伞和外套回来的时候，原本站在大堂窗边的盛青溪不见了。

林燃顿时黑了脸，刚刚还答应得好好的，一眨眼人就没了。

不等林燃去找人，厚重的玻璃门忽然被推开。

盛青溪淋了一身的雨，夏季单薄的校服几乎贴在她的身上，原本柔顺的黑发湿漉漉地贴在她的侧脸上。偏偏她的眼神无辜清澈，整个人像是刚从水里捞出来似的。

林燃憋着火把外套罩在她的脑袋上："你又乱跑。"

盛青溪打了一个冷战，随即挣扎着从衣服里探出头来，抬起手将怀里的东西举起来，小声说："林燃，小猫。"

林燃一怔。

盛青溪怀里抱着一只和她一样湿漉漉的小猫，黑漆漆的，看起来又脏又可怜。只那双眼睛又黑又亮，看起来与盛青溪的眼睛如出一辙。

林燃定定地看了她半晌，无可奈何地接过她怀里的猫："一会儿没看住你就乱捡东西。"

盛青溪抿抿唇，视线仍落在小猫的身上。

因为盛开福利院里有太多小朋友，养这些小东西会带来很多不稳定的因素。盛兰她们只会定期在公园里放食盒喂流浪猫，家里从不养这些流浪的猫猫狗狗。

名门俱乐部楼上就是酒店，林燃直接开了一间房让盛青溪洗澡。

林燃戳戳盛青溪的脑袋，问："这回还敢乱跑吗？"

盛青溪乖乖摇头。

林燃说："去洗澡换衣服，我带这小东西去宠物医院看看。你乖乖地在这里等我，再乱跑我就把这小东西丢了。"

盛青溪抿抿唇，伸手小心翼翼地扯住林燃的衣摆。

林燃垂眸看去。

她纤细白皙的手指揪着他的衣摆，虽然她一句话都没说，但林燃觉得她是在撒娇。他把人往房里一推："去洗澡。"

说完林燃就关上门走了。

等他抱着黑漆漆的小东西再回来时，已经是一个小时后了。

他怀里的这只猫一直都安安静静的，在宠物医院打疫苗的时候也不挣扎，只“喵喵”地叫了几声。他一时分不清到底是它比较乖，还是盛青溪比较乖。

盛青溪的运气好，捡来的猫没什么病，只是有点儿营养不良。

林燃抬手敲了敲门。

不一会儿，一只毛茸茸的脑袋就从门里探了出来，眼巴巴地往他的怀里瞧。她开门后第一件事就在找这个小东西。

林燃哼笑一声，把洗干净的猫往她的怀里一塞：“真怕我把它丢了？”

盛青溪没说话，小心翼翼地抱着猫，然后抬头对他笑了一下。

林燃这一刻有些失神。他很久没看到她笑了。

自从宋诗蔓走后，她就一直一个人，一个人吃饭，一个人回家。她很习惯这样的生活，从不介意别人的眼光和议论。

趁着盛青溪和猫玩着，林燃点了外卖。为这个小姑娘折腾了一晚上，他连饭都没顾得上吃。

这只黑漆漆的小猫好奇地在柔软的沙发旁嗅来嗅去的，时不时地在沙发上打个滚儿。望向盛青溪的时候，它会乖巧地叫一声。

盛青溪蹲在沙发边，眼睛一眨不眨地看着这只小猫玩，看了许久才问：“林燃，这附近有救助站吗？”

林燃闻言，挑了挑眉：“救助站？被我抱过的猫你还想送去救助站？我连名字都给它想好了，这以后就是我的猫。”

盛青溪蒙了一下，没想到林燃会愿意养这只猫。

她后知后觉地问：“叫什么名字？”

林燃瞥了一眼这黑漆漆的小东西，随口回道：“2018。”

盛青溪：“什么？”

一周后，林燃开车去接盛青溪过来给林烟烟补课。

说四点就是四点，一到门口他就给盛青溪打了电话。

盛青溪接了电话没一会儿，就抱着一个鼓鼓囊囊的包出来了。她小心翼翼地走着，这个包看起来比她的人都大，林燃几乎看不到她的脸。

林燃下车，朝着她大步走去，一把拎过她怀里的包，问：“你这是补课呢，还是搬家呢？”

盛青溪望向他的眸子里带着欢欣："林燃，我给 2018 买了罐头还有一些玩具。它这两天乖不乖？"

林燃拎着包，哼笑一声："它和林烟烟那小丫头都玩疯了，昨天凌晨才睡下。这两天那小东西长了点儿肉，看起来倒没那么丑了。"

盛青溪轻声反驳道："不丑。"

林燃勾唇笑了一下。

等盛青溪上了车，他帮她戴好头盔，伸手隔着头盔敲了敲她的脑袋："一会儿抱紧了，我急着回去做饭，开得会比平时快一点儿。"

盛青溪点点头，示意自己知道了。

正在交谈的两人没有注意到街道对面站着的人。

程佳月咬唇看着站在盛开福利院门口的林燃和盛青溪。

盛青溪之前明明和她说，自己和林燃之间不是她想象的那种关系，那她现在看到的场景又算什么？

他们两人之间的动作亲昵而自然，那个冷漠的少年眉眼间分明带着温柔和笑意。这像是没关系的样子吗？

程佳月不傻。

程佳月是最近才找到盛青溪的住址的。这片街区说小不小，说大也不大。她随便找人问了几句就打听出了盛青溪的身世。她以为盛青溪这样的人应该最懂她的不易，可盛青溪连这么一点儿小忙都不愿意帮。

程佳月在街道上站了很久，一直看着那辆嚣张的摩托车消失在街尾。

片刻后，程佳月穿过马路，径直走向盛开福利院。

城南花园这边，林燃到家后就进了厨房，留那两个女孩儿在客厅玩，与其说是玩，不如说是干蹲着。

盛青溪和林烟烟并排蹲在一起，2018 正抱着一颗玩具球在地毯上滚来滚去的，黑色的毛发下柔软的粉色肚皮隐约可见。

林烟烟小声说道："姐姐，它好乖。"

盛青溪眨了眨眼睛。

那天，她站在名门俱乐部大堂里等林燃的时候，无意间扫了一眼落地窗。那一眼就正好对上了这只小黑猫的眼睛，它那双湿漉漉的瞳孔中带着晶亮的光。

它在看她。

盛青溪只看了它一眼，心就变得无比柔软。

以前，他们警局里养了不少猫，每一只都肥嘟嘟的，看起来威风得很。他们一群人还有模有样地给这些小肥猫做了编号，说它们是警局的成员。而其中有一只，也是这样的小黑猫，只是它们的性别不同。

盛青溪陪林烟烟看了一会儿小猫，随后拿出了安排好的假期补习计划，让林烟烟确认。她们的补课时间其实只有一个月，下个月盛青溪要去参加一中举办的暑期夏令营。

说是夏令营，其实就是一中想让他们这些准高三生提前上课而已，只是换了个地方和名字，说得好听点儿就叫夏令营。

盛青溪把计划表递给林烟烟："晚上先做几张摸底试卷，然后我会根据你的成绩来调整补课方案和时间。每天七点到九点半是补课时间，中间休息半小时。"

林烟烟忙不迭地点头："姐姐你说了算。"

说完，林烟烟往厨房看了一眼，悄声说："我哥哥平时很少下厨房做饭的。周末都是陈阿姨做饭给我们吃。"

盛青溪一边收拾着资料，一边状似无意地问起："最近陈阿姨经常来吗？"

林烟烟想了想："之前我们住在车行里，陈阿姨就一周来打扫一次卫生。现在暑假我们回家住，陈阿姨就两天来一次，一般都是买了菜和水果过来，也是周末来打扫卫生。"

盛青溪没再多问，转而说起补课时间："烟烟，补课时间定在一周的单数日可以吗？如果临时有事，你可以和我说，我们找时间再补。"

林烟烟乖乖地回答："可以的。"

下午五点半，林燃端着做好的饭菜出来时，瞥了一眼并排坐在地毯上看猫的两个女孩儿，她们凑在一起不知道在嘀咕些什么。他盛好饭才喊两个小丫头吃饭。

盛青溪刚坐下就呆住了，桌上三个人，她的饭碗是最大的。她碗里的饭看起来……比他们两人碗里的加起来还要多。

林烟烟偷偷笑了一下，怕被林燃发现，便赶紧埋头吃饭。

盛青溪一时间不知道是林燃放错了，还是林燃真的想要她把这碗饭吃光。她拿着筷子，迟疑地问："林燃，饭是不是有点儿太多了……？"

林燃非常配合地往她的碗里看了一眼，然后说：“不多。”

盛青溪：“……”

林燃说完看似收回了视线，但余光仍在看盛青溪。她鲜少有这样的表情，耷拉着小脸，一副为难的模样，眉心浅浅地蹙着，轻抿着唇。

这样的盛青溪看起来才有小姑娘的模样。

林燃饶有兴致地欣赏了一会儿，决定不再为难她，把自己的碗递过去：“吃不完的都给我。”

盛青溪闻言，顿时松了一口气，把大半的米饭都扒拉到林燃的碗里，只给自己剩下小半碗饭。这点儿饭在大碗里看起来怪可怜的，小小的一团。

林燃蹙眉，轻哼一声：“2018 那个小东西吃得都比你多。”

盛青溪捧着碗悄悄往右边挪了一点儿，生怕林燃再把米饭给她。

盛青溪刚才就注意到了桌上的菜，蔬菜居多，只有少量的海鲜和肉，中间是一碗简单的蔬菜汤，里面没有放任何肉。

这是林燃为了迁就她的习惯而做的。

盛青溪自己是不会做饭的。在盛开的时候，盛兰舍不得让她进厨房，以前工作之后她变得很忙，多数时间是在单位吃或者点外卖。

林燃做的菜味道很好。

他虽然脾气不好，性格又差，但对林烟烟一直很有耐心。林烟烟缺失的那部分亲情，林燃尽量都弥补给她。对林烟烟来说，林燃是一个好哥哥。

但林燃所缺失的那一部分，没人可以弥补。

盛青溪努力把碗里的饭都吃完了。

林燃瞄了一眼她的肚子，看她“吭哧吭哧”地吃得那么辛苦，还没有他三分之一的饭量多，觉得她和林烟烟一样，难养得很。

吃完饭，盛青溪要跟着进厨房洗碗，林燃把她赶了出去，轻飘飘地睨她：“你盛妈妈教没教过你，不要随便进别人家的厨房？”

盛青溪非常诚实地摇摇头。她不懂这里面的原因。

林燃低笑一声，伸手捏了捏她的脸：“玩去吧，傻姑娘。”

水声哗哗响起，林燃背对着盛青溪开始洗碗。

盛青溪后知后觉地摸着被林燃捏过的脸。她的脸上的这一小块肌肤在隐隐地发烫，他温柔的指腹所带来的触感似乎还留在她的脸上。

此时的她，不可抑制地想起那一天清早。那天她很早就醒了，静静地看他倚在床脚，无声地看了很久。

那时的感觉与现在全然不同。

那时，林燃给她的感觉是冰冷的，压抑而克制。

而现在的他，就和他的名字一样，热情而张狂。

晚上八点，林燃把温热的牛奶放在茶几上，又摸进厨房切了一个果盘出来。一整晚，他几乎没干别的事，光顾着伺候这两个小祖宗了。

在林烟烟写试卷的时候，盛青溪也没闲着。她在制订新的学习计划，不光是林烟烟的，还有林燃的。

当然，林燃本人还不知道这件事。

今天恰好一中出了期末考试成绩。盛青溪上午就得知了自己的成绩，顺便问了一句林燃的成绩，这一次林燃的排名是年级第 117 名。

她们埋头安静地写着，林燃就瘫在沙发上玩手机，大大咧咧地将一条长腿搭在茶几上。不过他玩了没一会儿，就听到盛青溪在喊他："林燃。"

坐在地毯上的盛青溪朝他招招手。

林燃懒懒地应了一声，放下手机，侧头看向她，眉眼带笑："长官有什么吩咐？"

盛青溪眨了眨眼睛："你过来，这是你的课表。"

林燃："什么东西？"

林燃拧着眉走到盛青溪的身边。

这俩小姑娘都乖乖地穿着袜子，而他光着脚就随意地坐下了，露在外面的脚踝凸起，连着经脉的线条流畅而漂亮，上面是精瘦有力的小腿。

林燃和别人比起来，肤色偏白。

即使在夏天，他看起来也只是比平常黑了一点儿。

林燃仔细地扫了一眼这个学习计划表，这看起来比林烟烟那丫头的计划表还要详细。盛青溪刚刚埋头写了半天就是在写这个。

林燃看完才侧头看她："你打算顺便给我也补补课？"

盛青溪点头："如果你想补的话，烟烟写作业的时候我就给你上课。但是你不上也没关系，这个计划表等开学了一样能用。"

林燃抬手敲了一下她的脑袋："上，怎么不上？"

听林燃这么说，盛青溪弯了弯唇，紧接着就问："林燃，你的暑假作业呢？"

林燃："……"

他的暑假作业呢？林燃和盛青溪大眼儿瞪小眼儿，气氛凝重。

最后，林燃以暑假作业放在车行这个理由暂时蒙混过关。

到了九点半，林燃准备送盛青溪回家，林烟烟和上次一样跑去拿了一盒草莓糖给盛青溪。盛青溪和她道了一声晚安，然后被林燃揪着坐上了车。

到了盛开，林燃看盛青溪进了住宿楼才离开。他上次找人直接把盛青溪房间的窗户换了。往后他进不去，别人也进不去。

盛青溪进门之后，习惯性地去找盛兰。

盛兰还没睡下，在和几个阿姨小声地聊着天。

见盛青溪回来，盛兰招手示意她过来："小溪，明天志愿者们就要来了，你就不用留在这里帮忙了，放假多和同学们出去玩玩。"

"今天还来了一个小姑娘想当志愿者，她的身世怪可怜的，我就破例同意了。对了小溪，你以后晚上回来注意安全，让小火送你到门口。"

盛青溪抿抿唇，问："附近出什么事了？"

街道里的事，哪有这几个阿姨不知道的？见盛青溪问起，阿姨们你一言我一语、叽叽喳喳地说了起来。

"就几个街区外，有三个小伙子和别人起了冲突。"

"那天摩托车停满了小巷，后来那三个小伙子去报警，反而被警察查到他们有案底，现在都被关起来了。"

"听说他们欺负了很多小姑娘咧。小溪，你要注意安全，记住了吗？"

盛青溪微怔，轻声应道："我知道。"

随后，盛青溪和盛兰她们道了晚安。

在盛青溪准备睡下的时候，林燃刚到学校。他摸着黑就翻墙进了一中。一中的门卫靠在椅背上打着瞌睡，放假了整个学校都是空的。

林燃摸黑走在路上，就是后悔，很后悔。

一中大佬在放假期间趁着月黑风高时翻墙进学校是为何？为了找他的暑假作业。

阳光透过玻璃窗，斜斜地照进房间里。

盛青溪弯腰整理着床脚的娃娃们。今天天气好，她打算带这些娃娃去晒晒太阳，这是她准备抱出去的最后一堆。

后院的细杆上挂满了一个个软和可爱的娃娃，它们慢悠悠地在空中晃荡着。温暖的阳光懒洋洋地顺着枝叶的缝隙洒下，落在院子里。

一排排泛着金光的娃娃，远远看去还怪可爱的。

盛青溪刚夹好最后一个娃娃，外面传来些许喧闹声。她回头看了一眼，似乎是昨天盛兰说的志愿者们来了。

自从盛青溪带了宋诗蔓和林燃回来后，盛兰便重新建了一个微信号，说女孩子就应该有女孩子的生活和空间。以往盛青溪没什么朋友，盛兰便由着她去，但现在盛兰不想让这些小事再影响盛青溪了。

交谈声越发清晰，盛青溪走出宿舍楼，打算去看一眼。然而她还没走出去，就在人群中看到了一个意想不到的人。

人群中有一个穿着白裙子的女孩儿，她戴着志愿者的袖章，正笑着和身边的人说话。

程佳月居然也是志愿者。

盛青溪的脚步蓦然顿住。她想起盛兰昨晚说的话，说是有一个身世可怜的小姑娘来报名，想来盛兰说的就是程佳月。

盛青溪没想过刻意隐瞒自己是孤儿的事，却不想程佳月跟她跟得这么紧。程佳月私下里来找她还不够，现在还找到了盛开来。

以前培养出的职业直觉告诉盛青溪，这个女孩儿来者不善。

这件事不能瞒着林燃，上回程佳月只是见了她一面，他就气得要炸了。要是这事瞒着他让他发现了，盛青溪觉得她肯定要挨骂。

盛青溪回房给林燃打电话。

打第一遍，林燃没接，打第二遍响了很久，林燃才接起来。

盛青溪没来得及说话，就听到林燃的声音从电话那头传来，许是因为被人吵醒了，他的声音里有很浓重的不耐烦：“有事就说，没事挂了。”

盛青溪蒙了一下，小声喊：“林燃。”

那边的林燃：“……”

女孩子的声音轻轻软软的，被他凶了似乎还有些委屈。

林燃瞬间就清醒了，哑着嗓子解释，语气里带了点儿小心翼翼：“我……我不是凶你。我没看是谁就接了。”

盛青溪抿抿唇：“我在盛开看到程佳月了，她来这里当暑期志愿者。”

“等着。”林燃说完就把电话挂了。

半小时后，摩托车驶入盛开，引擎的咆哮声瞬间吸引了在院里玩的小家伙们。

相处时间久了，小家伙们也不怕林燃了，一个个都跑过去抱着林燃的腿，说要摸“大怪兽”。林燃一手拎一个，把他们拎到座位上。

林燃耐着性子和他们玩了一会儿，随后进门去找盛青溪。外面有阿姨看着这些小家伙。

本来林燃的心情很差，他烦林佑诚的破事还要牵扯到盛青溪。但走到后院，看着小姑娘坐在秋千上，安静地盯着那一排排娃娃时，他忽然就没那么烦躁了。

她坐在阳光下，干净而柔和。

林燃本来是想先和盛青溪说几句话的，但此刻他只是静静地站在不远处，无声地看着她。

一会儿，林燃离开了。

另一栋楼内，盛兰正在和志愿者们介绍楼里的教室、画室以及玩具室等。

林燃上楼先和盛兰打了一声招呼，随后淡淡地扫了一眼人群，志愿者们大都好奇地往他的身上看，只有一个人低着头。

林燃直接朝着那个方向冷淡地说道：“跟我出来。”

说完，他也不管别人，转身往另一边的空教室走。

盛兰有些诧异地看了一眼志愿者们，紧接着，看见昨天来福利院找她的那个女孩儿慢吞吞地走了出去。

这两人显然是认识的模样，盛兰微不可察地蹙了蹙眉。

她了解盛青溪，毕竟是她养大的孩子。她早知道盛青溪倾慕林燃。这件事并不是她发现的，而是盛青溪根本没在她的面前掩饰这件事。

画室里，大片稚嫩的涂鸦印在雪白的墙壁上，原本单调的墙面被丰富而有想象力的画作填满，各种色彩自由地组合在一起，生动又漂亮。教室内的桌椅上也有相似的图案，角落里还散落着几支长短不一的蜡笔。

林燃倚在讲台桌边，看着进来的程佳月。

程佳月走得不快，走到半路还顿了一下，似是在犹豫。

其间，她一直未曾抬头看他。

林燃在圈内见过的人不少，程佳月这样的在他的眼里只能算是青铜段位。他不想在这里和她浪费口舌，移开视线，声音很冷：“你想要什么？”

程佳月没想到林燃会这么直接，心下慌乱，面上却还显得镇定：“对不起，我只是想见你一面。我想不到别的办法了，那个女孩儿……她不肯帮我。”

林燃嗤笑一声：“不管你想要什么我都给不了你，你倒是可以去找林佑诚。只一条，你离盛青溪远一点儿，不然你连现在拥有的都可能失去。”

程佳月揪住衣角，红了眼眶，低声说道：“我什么都不要，只是想和你道歉。关于你的父亲资助我的事，我也是最近才知道的。我无意破坏你们父子之间的感情。”

林燃的眼里明晃晃地透着嘲讽：“查资助突然中断的原因应该花了你不少时间，你不用装了，没什么意思。我对你和我的父亲之间的事不感兴趣。”

程佳月顿了顿，随即敛去面上的楚楚可怜。林佑诚的这个儿子，比她想象中还要恶劣一点儿，但他有软肋。

程佳月再开口时，脸上已经没什么表情了。她说话声音很轻，似在确认什么：“既然你对我和你的父亲之间的事不感兴趣，是不是不会再插手这件事了？”

林燃闻言，忽然笑了一下。他没回答程佳月的话，直接离开了教室。

林燃和她擦肩而过时，程佳月不由得握紧了拳头。

少年的眉眼间上扬的弧度天生带着凌厉的意味，他分明没有透露出什么情绪，但是程佳月觉得他像是看见了什么可笑的东西。

这并不是羞辱，而是他们与生俱来的高傲。

林燃找程佳月的目的，是警告她别再接近盛青溪，至于她和林佑诚之间的事还真轮不到他管。徐宜蓉近来的动作不小，似乎是这件事让她察觉到，她的婚姻有可能连表面上的假象都维持不住了，这也太令人难堪了。

林燃回了宿舍楼，在后院找了一圈儿都没找到盛青溪。院子里只有那一堆娃娃，正耀武扬威地待在阳光下，每个都毛茸茸、胖乎乎的。

盛青溪的房间里也没人，林燃只好去厨房找。他没想着能在厨房找到盛青溪，毕竟他没见过这小姑娘进厨房。

但他还真在厨房找到盛青溪了，她正拿着锅铲站在灶台前，神情严肃，手里的动作却很迟缓，一会儿在锅里翻两下，一会儿往后退一步。

若换个场景，林燃肯定要站在门口欣赏一会儿，但这是在厨房，他的心瞬间就提起来了，几步就走到她的身边，关上火，拿过锅铲，然后沉下脸看向盛青溪。

盛青溪仰着小脸看他，一脸无辜。

林燃拧着眉教训她："你几岁了？没碰过这些还敢往厨房里瞎跑，你知不知道这样很危险？出事了怎么办？"

盛青溪侧头看了一眼锅里糊成一团的面条，小声应道："我想给你做早饭。"

林燃本来还有一肚子话要说，一听到这句话，他的心蓦然软了下来，但还是硬着心肠凶了她最后一句："下次再进厨房，我就天天来这里逮你。"

林燃把盛青溪赶到一边，开始处理锅里的面条，并不由得多问了一句："你……你之前都是怎么生活的？"

盛青溪和林燃都明白他说的"之前"指的是什么时候。

她抿了抿唇，实话实说："在单位吃或者吃外卖。"

听到"单位"两个字，林燃的动作顿了一瞬，再开口时他的喉间已满是涩意："你为什么会回来？什么时候回来的？"

盛青溪倒是不介意说起这些，但她怕林燃会难过。她沉默了许久才说："工作上出了点儿意外，今年一月份的时候回来的。"

林燃的喉结滚动着，正想说什么时，锅里的水开始沸腾。

他咽下了未说出口的话。现在不合适。

锅里的面被捞上来的时候，已经糊得不像样子了。盛青溪瞄了一眼，觉得自己实在和厨房没什么缘分，捏了捏手指，轻声说："你别吃了。"

林燃挑眉看了她一眼："不吃？我小溪流亲手给我做的面条，我能不吃吗？毕竟这辈子可能也就这么一次机会了。"

盛青溪："……"

林燃绝对是在笑话她。

林燃没几口就把面条吃完了。他没和盛青溪提程佳月的事，只说今天要带她出去玩。

盛青溪一听要出去玩，首先想的不是去换一件好看的衣服，而是忙着去院里收她那些小东西。林燃不紧不慢地跟在她的身后走着。

早上盛青溪是踩着小凳子晒娃娃的，现下小凳子不知道去了哪里，盛青溪只好踮着脚去收娃娃。

林燃看着她努力踮脚的样子，不由得笑了一声，懒声说道："你说句好听的，我给你拿。"

盛青溪扭头看他，动作忽然停住。

林燃就站在她的身后，跟她隔着差一点点他们就能拥抱的距离。

他微烫的呼吸扑在她的额间，少年的喉结微微滚动，往上是线条冷硬的下颌线，下巴上还有些细小的胡楂。

她几乎要撞进他的怀里。

第十二章　夏令营

林燃没再逗她。这小姑娘白纸一张，他好不容易才把她哄回来，可不能再将人吓跑了。

林燃长手长脚的，来回两趟就把这些娃娃都收好了。收完后，他轻车熟路地和盛兰打了一声招呼，就把盛青溪给拎走了。

盛兰笑眯眯地朝他们挥挥手，一脸慈爱："去玩吧，不用回来吃饭了。"

盛青溪："……"

林燃把盛青溪抱上车后，把她丢在车上，开始发信息。

有福同享，有难退群（3）

Firegun："出来。"

胖达达达："你的胖胖刚睡醒，啥事啊？"

无人之海："这个点儿燃哥居然是清醒的，别是一晚没睡？"

Firegun："你们平时都去哪儿玩？"

无人之海："单独出去？"

Firegun："嗯。"

胖达达达："嗷嗷嗷，燃哥你把仙女哄好了？"

Firegun："说正事。"

无人之海："这个嘛，得看你想干什么。"

胖达达达："默子我劝你好好说话！"

无人之海：“你脑子里每天都在想点儿啥？”

胖达达达：“总比你每天看猫头鹰好。”

无人之海：“你信不信我现在起床打你？”

Firegun：“……”

胖达达达：“好的，说正事。”

无人之海：“我个人认为，越隐秘的地方越好。比如游乐园里的鬼屋，影院里的最后一排，或者干脆去做陶艺。你想想那个场景，啧啧啧。”

胖达达达：“你这个大变态。”

Firegun：“当我没问。”

林燃收起手机，抬眸扫了一眼盛青溪，问：“想去哪里玩？”

盛青溪歪着脑袋想了想，她不是很喜欢热闹的场合。片刻后，她试探着问：“我们要不要去爬山？山里凉快一点儿。”

爬山？林燃一时沉默。

炎炎夏日，不管走到哪里，身上都是黏腻的汗，盛青溪最想去的地点居然是初城最高的山峰——落云峰。

林燃只好心甘情愿地带她去爬山。

许是因为天热，路上的车比平时少一些。

盛青溪坐在后座，侧仰着头，眯着眼看蔚蓝的天空。周围的景色不断变换，天际线逐渐延伸到她看不见的地方。

盛青溪安静地看了一会儿，打了一个小小的哈欠。

迎面而来的风将夏日里的燥意吹散了一些。盛青溪靠着林燃，缓慢地闭上了眼睛。临近中午，人总是容易犯困。

林燃在感觉到腰间的手微微松开的时候，察觉到了不对劲。

他放慢车速，喊了一声盛青溪的名字。

没人回答他，背上趴着一颗软绵绵的脑袋。

林燃：“……”

落云峰位于郊区，这附近只有一家五星级度假酒店。林燃保持着现在的车速，在前面的岔路口转弯，将车开去了酒店。

等停下车，林燃才觉得事情有哪里不太对劲。

他们不是去爬山吗？为什么突然来了酒店？他居然隐隐觉得自己是个畜生。

这家酒店和林氏有合作，林燃没进大堂，直接打电话找经理开了房间，径直上楼进了套房。

林燃知道盛青溪的警觉性很高，但暂时无法确定是因为以前在巷子里的事，还是跟盛青溪之后从事的职业有关。

只有在他身边的时候，她才会这样放松。

林燃叹了一口气。

他是多傻，才会觉得她只是因为同情他，才傻傻地付出了这么多。

进了房间，林燃默不作声地蹲下来给她脱了鞋，把她塞进被子里。

卧室里开着冷气，林燃调好温度，在她的身边坐下。

盛青溪睡着的模样看起来和平时一样乖巧，和以前似乎没有区别。只有林燃知道，此时的她拥有和以前相同的面容和全然不同的内心。

那时在巷子里林燃遇见的盛青溪，纤细、瘦弱。

但这一世，她变得不一样了。她强大而无畏。

林燃不禁想，她以前的人生轨迹是怎样的，在他看不到的日子里，盛青溪过着什么样的生活，她又是因为什么而去世的。

这些林燃都不知道。

他在等，等她愿意把这一切都告诉他。

盛青溪做了一个梦。

梦里天色暗沉，细雨如雾一般将这座郁郁葱葱的山头笼罩。

远处的山间夹杂着浅淡的粉色和鲜嫩的鹅黄色，整幅场景看起来柔和静谧，连这恼人的雨丝都变得缠绵温柔。

但这样的画面，在盛青溪看来是破碎的。

男人的怒吼声和女人心碎的哭泣声打破了这幅安静的画面，林烟烟跪在林燃的墓前，小声啜泣着，宋行愚跪坐在地上抱着林烟烟。

她和何默、谢真三人站在不远处，看着他们。

这个时候，距离林燃去世，已经过了整整十年。

她的林燃，孤零零地，一个人躺在这冷冰冰的山里。

盛青溪的内心一片茫然，害死林燃的凶手找到了，她往后该怎么活下去？接下来的日子里，她还能为林燃，再做点什么呢？

她似乎陷入了一个牢笼。

为什么这一切偏偏发生在林燃身上？

明明林燃什么都没有做错，明明他那样努力地活着。

盛青溪心中的恨意翻涌。

盛青溪不是没想过亲自为林燃报仇，但她的职业道德不允许她这样做。

复杂的情绪拉扯着盛青溪的心，她不想再去看这幅荒唐可笑的画面，无法接受林燃竟因为那样一个荒诞的理由死去。

盛青溪转身离开。

破碎的声音和场景逐渐离她远去。

"盛青溪？"

林燃熟悉的嗓音在她的耳边响起，离她很近，带着掩饰不住的担心。

盛青溪冰冷而游离的眼神渐渐聚焦在林燃的脸上。

与梦中她所看到的山间孤零零的墓碑不同，林燃此时就在她的眼前。他俯身紧盯着她，黑眸里的紧张情绪清晰可见。

盛青溪的脸色苍白，她只是叫着林燃的名字，叫了一遍又一遍。

林燃也应了一遍又一遍。

"盛青溪，你……"林燃的话顿时止住。

林燃什么话都问不出来，因为他的颈侧都是她的眼泪。她像一只受伤的小兽，压抑着自己哭泣的声音，狼狈又艰难地在他的耳旁喘着气。

林燃不停地安抚着她，他能感受到她在发抖。她似乎陷入了什么可怕的场景之中，浑身都冷冰冰的，还冒着冷汗。

林燃蹙着眉，扯过毯子将她裹住。

盛青溪哽咽着，在他的耳边道歉："林燃，对不起，对不起。"

她很抱歉最终能为林燃做的只有寥寥几件事，因为什么都改变不了。那晚她永远失去了那个少年，她的林燃再也回不来了。

林燃低声哄着盛青溪，她的情绪逐渐缓和下来。

这是他第一次意识到，在盛青溪的心里，他的死已成了她的执念。他不知道该怎么安慰她，想说这不是你的错，想说这一切都是意外。但他说不出口。

林燃隐隐有一种感觉，还有很多事藏在深处。因为他确信宋诗蔓所说的十年是真的。

盛青溪发烧迷糊的那个晚上曾在车上说过，她说她找了他十年。

林燃明白，这十年，是他死后的十年。

盛青溪缓过神来，发觉自己像小女孩儿似的抱着林燃哭，还一直胡言乱语。她微微动了动脑袋，一时不敢去看林燃。

林燃知道她从梦魇中挣脱出来了，垂眸扫了她一眼。

她莹白的小脸上都是泪痕，浓密的睫毛都湿湿地粘在一起，鼻尖因为哭泣变得红红的，她看起来好不可怜。

她似是不好意思，一直埋头不敢看他。

林燃轻轻拍了拍她的背，忽然低笑一声："我们愿愿是小哭包吗？"

盛青溪掩在发间的耳朵隐隐发红。

林燃摸摸她的脑袋，转身去了浴室拿毛巾，好给她时间缓一缓。

等他拿着湿毛巾出来，盛青溪已经擦干了眼泪，坐在床头缩成小小的一团，正盯着他，看起来像一只安静又漂亮的布偶娃娃。

林燃走到她的身前，伸手点了点她的额头，提醒道："抬头。"

盛青溪藏在被子里的手不自觉地攥紧了，低垂的睫毛不住地颤抖。她此时很紧张，好一会儿才顺着林燃的动作抬起头，抿抿唇，轻声说道："我自己来。"

林燃哼笑一声，直接拿着毛巾抚上了她的脸。

接下来的半个月，林燃再也没能找到机会单独约盛青溪出去玩。因为宋诗蔓结束了她的毕业旅游，回到初城后，她就变成了长在盛青溪身上的尾巴。

林燃每次去盛开都能见到宋诗蔓。

宋诗蔓这人就是个炮仗，看到他就没完没了地在盛青溪面前说他的坏话。

林燃绝对不可能向宋诗蔓妥协，她越拦着，他就越要去。就连雨天他都非得挣扎着从床上起来，免得宋诗蔓又在盛青溪面前口无遮拦。

夏日的雨来得快，去得也快。

等林燃撑着伞到达盛开的时候，雨已经停了。

雨天孩子们都在教学楼里，院里很安静。林燃直接进了宿舍楼的后院去找盛青溪，通常她都会在院子里写作业或是鼓捣那些花丛。

而宋诗蔓则一直贴在她的身边"叽叽喳喳"的。

今天林燃才踏入后院，就敏锐地发现气氛有些不太对劲。

盛青溪坐在宋诗蔓的身边低声说着话，而那个"小炮仗"居然在哭。

林燃觉得还怪新奇的，走到两个女孩儿面前瞄了一眼宋诗蔓，发现她哭得一把鼻涕一把泪的，一点儿大小姐的形象都没有。

林燃："……"

他耐着性子听了一会儿，原来是因为嘟嘟被人领养走了，她舍不得，所以才哭成这样。

林燃见宋诗蔓一直在哭，不由得多嘴问了一句："你当时没想过领养嘟嘟？我看那孩子挺喜欢你，你爸妈性格都不错，按理来说应该会同意多养一个孩子的。"

宋诗蔓的哭声一停，她愣了好一会儿，后知后觉地明白了林燃话里的意思。

片刻后，她哭得更大声了："呜呜呜小溪我是笨蛋，我怎么就没想到这件事呢？我应该去问问嘟嘟的，也不知道她现在怎么样呜呜呜。"

林燃："……"

盛青溪抬眸看了林燃一眼。

林燃乖乖地不说话了，老实地坐到一边看着他的小溪流。

宋诗蔓抽噎着问："小溪，你说嘟嘟会开心吗？我好几次见她和那两个人在一起时，都不怎么笑。我总觉得她不开心呜呜呜。"

盛青溪抿抿唇，没有立刻回宋诗蔓的话。

因为，在以前，嘟嘟并不是在这个时间点被领养的，这一世很多事都发生了改变。

"那我们周末去看看嘟嘟好吗？"盛青溪握着宋诗蔓的手低声问。

宋诗蔓含着眼泪点点头。

最后，画面变成了宋诗蔓抱着盛青溪的腰，一边撒娇一边求哄，林燃在一旁气得牙痒痒，盯着她放在盛青溪腰间的手，恨不得盯出一个洞来。

林燃算了算日子，盛青溪周日要去给林烟烟补课，想来她们只能周六去。

林燃轻咳一声："我和你们一起去？免得出什么意外。"

平时对着林燃就张牙舞爪的宋诗蔓这会儿倒是没拒绝。她想着，万一她控制不住自己，做出当场抢人这种事，林燃也能替她挨个揍。

盛青溪是在周五晚上接到盛兰的电话的。

今晚林燃有事出去了，只有她和林烟烟在家里。他出门前还特地把厨房给锁了，免得这两个丫头趁他不在家时乱来。

手机铃声响起的时候，林烟烟正在写试卷，盛青溪走远了才接起电话。不等她说话，盛兰着急的声音从电话另一头传来："小溪，嘟嘟不见了！"

盛青溪怔住了："不见了？报警了吗？"

盛兰没在电话里细说，只大概地和她解释了一下。嘟嘟的领养人以及盛兰都出门去找嘟嘟了，警察也已受理他们的报案。

盛青溪挂了电话，没和林烟烟说嘟嘟不见了的事，免得吓到这个小姑娘。

盛青溪只摸了摸林烟烟的头发，低声说道："烟烟，姐姐临时有点儿事，不能继续给你上课了。等姐姐走后，你锁好门，然后给你哥哥打个电话，知道吗？"

林烟烟眨了眨眼睛，乖觉地说："姐姐，我觉得你应该先给我哥哥打个电话。"

林燃回来要是看不到盛青溪，肯定又得生闷气。

盛青溪无奈地说道："我给他打电话的话，他肯定会赶回来的。你就说我有事先回盛开了。我回去会给他发信息的。"

林烟烟点点头："我知道了。"

此时已是晚上八点半。近几日初城一直在下雨，湿润的空气里带着黏腻的燥意。夜晚扑面而来的风都是热的，周遭茂密的枝叶间混着昆虫的鸣叫声，既吵闹又烦人。

盛青溪没有回盛开，直接打车去了警局。

嘟嘟是在晚上七点后不见的。

吃完晚饭后，夫妇俩带着嘟嘟出门散步。嘟嘟前段时间一直不想出门，他们以为是她没熟悉环境，便一直留在家里陪着她。

今天嘟嘟主动说想出门，他们都高兴坏了。

小区内的儿童游乐区里人不少，当时正好是晚饭后的乘凉时间。

一开始，他们还跟在嘟嘟身边。后来见嘟嘟和那些孩子玩得不错，他们便找了地方坐下，和旁边的家长聊了一会儿天。

就这么一会儿工夫，嘟嘟就不见了。

夫妇俩做的第一件事就是去查小区的监控，结果正巧那会儿小区的电闸跳闸了。于是他们两人马上报了警，直接联系了盛兰。

盛青溪到警局后，直接说明了身份和来意。

警察还在调小区附近街道上的监控。

夫妇两人只留了一个在警局内，那个男人和盛兰回小区找了，万一嘟嘟只是在小区里迷路了，可能还会摸回家里去，家里不能没人等着。

留下来的女人脸色苍白，焦急地站在一边看着屏幕。

盛青溪没急着看监控，而是先问了女人几句话："最近嘟嘟有什么不对劲吗？她晚饭后会要求看动画片吗？晚上睡得好吗？"

女人纵使心里慌乱，但理智还在，回忆片刻："嘟嘟她还是和之前一样，一直很乖、很安静。阿姨说，她白天吃过饭就乖乖睡午觉了。她也不看动画片，这两天跟着我们看新闻。晚上我起来看过很多次，她睡得很好，也不乱踢被子。"

盛青溪的心微微下沉。嘟嘟很不对劲。

嘟嘟在盛开的时候最喜欢的事就是看动画片，因着她年纪小，大家都宠着她。她虽然乖，但偶尔也会闹些小脾气，而且晚上嘟嘟经常踢被子，盛兰一晚上起码得起来给她盖三次被子。

这说明，嘟嘟在领养人的家里时，晚上几乎都没睡。

盛青溪和女人低声说了几句话便出了警局。

她有一种感觉，嘟嘟是自己走出小区的。但是嘟嘟会去哪里呢？

盛开那里一直有人守着，嘟嘟没有回盛开。

不知怎的，盛青溪忽然想起宋诗蔓毕业旅行回来的那一周，曾带嘟嘟去过儿童乐园，那一天嘟嘟玩得很开心。

自从嘟嘟知道自己要被领养后，就很少那样笑了。

盛青溪想了想，直接打车去了儿童乐园。

在路上的时候，林燃给她打了电话。盛青溪本来不想跟他说这件事，但想了想林燃过两天还是会知道，干脆就和林燃说了事情的前因后果。

林燃问她要了儿童乐园的地址就挂了电话。

初城的儿童乐园就在城南，林燃比盛青溪更早到达。

琉璃般绚烂的灯光透过热闹喧哗的乐园，照亮了外面微暗的街道。旋转木马欢快的歌声不停地响着。街道上行人三三两两地走着，热闹又冷清。

林燃没进儿童乐园，而是绕着儿童乐园开了一圈。直到开到北门的站牌处时，他朝那儿扫了一眼，忽然松了一口气。

站牌四周在夜色下显得有些寂寥，牌上反着一些莹白的光。而站牌下，蹲着一个像小猫一样的团子。

他找到嘟嘟了。

林燃下车，一边走一边给盛青溪发短信。

若是往常，林燃肯定早就拎着这个小丫头教训她了，但今晚的情况，显然这样做不合适。于是他耐着性子蹲下身来，摸了摸嘟嘟的脑袋，低声叫她："嘟嘟。"

嘟嘟缓了一会儿才抬头看林燃，水汪汪的大眼睛隐隐发红。

她小声喊："小火哥哥。"

盛兰平日里喊林燃小火，这些孩子也跟着叫他小火哥哥。

林燃没说其他的，只道："我带你去找宋姐姐。"

嘟嘟蒙了一下，反应过来后，没说话，只是红着眼睛点了点头。

林燃伸手抱起嘟嘟，轻声哄道："我们等等你盛姐姐，她一直在找你。很快就到了，我们一起去找宋姐姐好吗？"

嘟嘟伸手抱住林燃的脖子，小声抽噎着，和他道歉："哥哥，对不起。"

林燃知道，这些孩子都很聪明，他们都知道自己在做什么。嘟嘟不想跟着那两个人走，却又怕给盛兰添麻烦。这些日子里，这孩子应该努力适应过了，想来今天是终于控制不住情绪了，才会偷偷跑出来。

十分钟后，盛青溪到达儿童乐园。

嘟嘟一见盛青溪就绷不住了，哭着扑进盛青溪的怀里："姐姐，我想你和盛妈妈，还有宋姐姐。我好想你们。嘟嘟想回家。"

盛青溪心疼地从林燃手里接过嘟嘟。

以前，这孩子没出现过这种情况。盛青溪一时分不清是这一世发生了改变，还是因为以前嘟嘟就一直忍着没说。

林燃有些恍惚地看着眼前的画面。

盛青溪微微垂首看着怀里的嘟嘟，神色柔和。她耐心地安慰着这个哭泣的孩子，温柔的语调一声一声地敲进林燃的心底。

林燃有些不合时宜地想，如果他和盛青溪有个孩子就好了。

如果是个女儿，他就把她捧到天上去。

如果是个儿子，他就……他不可能生儿子。

"林燃，林燃。"盛青溪的喊声把林燃从乱七八糟的思绪里扯出来。

面前漂亮精致的少女歪头看着他："你在想什么？"

她怀里的嘟嘟也抹着眼泪盯着他。

林燃："……"

他总不能说，我在想什么时候能和你有个孩子。

林燃问人要了宋诗蔓的住址，直接带着盛青溪和嘟嘟过去了。

宋诗蔓接到盛青溪的电话，才知道嘟嘟偷偷跑出去的事。她吓坏了。在听说嘟嘟自己坐车跑到了儿童乐园之后，她就抱着嘟嘟开始号啕大哭。

林燃和盛青溪就站在旁边，看着这两个哭包靠在一起说悄悄话。

不久后，盛兰和嘟嘟的领养人也赶到了这里。

盛兰为难地看着眼前的画面。她带着嘟嘟长大，怎么会不知道嘟嘟在想什么？

宋诗蔓泪眼汪汪地看向盛兰："盛阿姨，我能不能……"

领养嘟嘟的夫妻静静地看了一会儿，对视一眼，轻叹了一口气。或许是他们和这个孩子没有缘分，对他们来说，孩子的意愿才是最重要的。

他们三个人凑在一起商量了一会儿。

这件事不是小事，他们不可能在短时间内就决定嘟嘟以后的生活。但至少今晚的事可以暂时告一段落了。

宋诗蔓留下了嘟嘟。

宋诗蔓原想让盛青溪也留下来，但当她看到盛青溪身边的林燃那不善的眼神时，又把话憋了回去。

她讨厌林燃！

盛兰也没问盛青溪怎么回去，直接坐着领养人的车回去了。

盛青溪被丢在原地，还有点儿蒙，无措地看了一眼林燃。

林燃见状，轻笑一声，声音懒洋洋的："你盛妈妈是想让你在外面多玩一会儿，让你别着急回去。"

盛青溪小声叹气，最近盛妈妈都不管她了。

两人并肩，慢慢地朝着门口走去。

"林燃，这周末我们要去一中，我不能给烟烟补课了。"

时间转瞬即逝，眨眼暑期夏令营就要开始了。

林燃懒懒地应了一声。他不怎么关注学校的事，以前，这个夏令营他压根儿就没去。他随口问："地点安排在哪里？"

盛青溪想了想一个月前在群里看到的信息："在城北郊区那边，周末不能回家，一个月都要住在那里。林燃，烟烟怎么办？"

林燃皱眉，让林烟烟这小丫头一个人待着他肯定不放心，而暑假的时候，车行会比平时乱一些。他想来想去，只能把这个小丫头丢到爷爷家里去了。

林燃的摩托车就停在门口不远处。

他应道："明天早上我送她去爷爷家，送完她再来接你。现在你想回盛开还是跟我出去吃夜宵？何默和谢真两个人也在，就在城西。"

盛青溪坐上车，自己调整了位置，然后看向林燃。

面前的少年虽然是在询问她的意见，但眼睛里分明写着"你不想去也得跟我去"。但盛青溪知道，如果她说想回盛开，他仍是会妥协。

盛青溪心软地低声说道："和你一起去。"

林燃闻言，立即伸手给盛青溪戴上头盔，敲了敲她的脑袋，唇角上挑："哥哥带你去感受一下夏天的夜晚。"

盛青溪闷闷的声音从头盔里传出来："不是哥哥。"

林燃才不管她，上车之后扣住她的手往自己的腰间一放："抱好了。"

与春日里不同，此时他们穿的都是轻薄的夏装。当少女柔软的手臂如枝蔓一般缠绕上来的时候，林燃忽然僵住了。

他的背后，有不一样的触感。

林燃放在车把上的手倏地收紧。他现在可能没办法开车了。

半小时后，林燃带着盛青溪从出租车上下来。至于他的宝贝摩托车，他打电话找人将它拖回了车行。

盛青溪一脸迷惑地跟着林燃往前走，揪着林燃的衣摆，小声问："林燃，怎么突然坐车过来了？"

林燃粗声粗气地应道："摩托车坏了！"

盛青溪抿抿唇，行吧，林燃说坏了就是坏了。

因着心里那点儿不可告人的心思，林燃一整晚都不敢看盛青溪。

盛青溪坐在一旁，安静地吃着碗里的冰粉，时不时地抬眸看一眼林燃。而林燃只顾着给她剥小龙虾，自己一口没吃。

何默和谢真两人，一边剥着小龙虾，一边凑在一起嘀咕。谢真："默子，你说燃哥这又闹什么呢？要是我是仙女，我早把他甩了。"

何默嚼着香辣的虾肉，含糊地问："燃哥追到仙女了？"

谢真一愣，后知后觉地说："是哦，燃哥压根儿还没追到仙女。"

说着说着，谢真觉得似乎有哪里不对劲，看向何默，颇有些匪夷所思地问："既然燃哥根本就没追到仙女，他怎么能这么作呢？"

何默轻哼："惯的他呗，仙女那性格哪像是会发脾气的样子？"

何默和谢真以为自己说得很小声，但林燃一字不落地听得清清楚楚的。

听到这里，林燃不由得瞥了一眼乖乖坐在他身旁的盛青溪，这小姑娘平时虽然性格好，但倔起来可谁都说不动，就跟一头小牛似的。从她转学这件事上就能看出来。

林燃忽然觉得很庆幸，庆幸那一天晚上，救她的人是他。

何默和谢真两人见他们不说话，便主动提起夏令营的事。

谢真开了一瓶可乐放到林燃面前，咧嘴一笑："燃哥，这夏令营你去吗？你要不去，我和默子琢磨着我们可以出国玩一趟。"

何默翻了一个白眼，这小胖子是不是傻？

盛青溪去，林燃能不去吗？

林燃闻言，敲了敲桌子，睨着这小胖子说道："开学我们就要步入高三了。你要再不好好学习，对得起老屈吗？"

谢真挠挠头，神色为难。

不说别的，老屈对他们是真的好，平时他们犯点儿小错都会先帮忙兜着，更别说在学习方面，也给了他们许多帮助。

他们这个年纪，正是自尊心强的时候，要说完全不在乎别人的看法是不可能的。老屈从没在人前批评过他们，私下里也没逼着他们硬要把心思都放在学习上。

谢真忧愁地问道："燃哥，那你说怎么办？"

林燃懒散地笑了一下："当然是和我一样。好好学习，天天向上。"

谢真："……"

林燃这个人，不仅喜怒无常，连学习成绩也很无常，时高时低，时好时坏，决定这一切的居然还不是林燃本人，而是盛青溪。

谢真由衷地觉得盛青溪很惨，怎么就瞎了眼，看上林燃。

何默一边吃着花生一边嘲笑他："阿真，就你这个智商，我觉得也几乎告别学习了。"

谢真听了这话就不高兴了，胖脸一沉，伸向小龙虾的爪子一收，就和何默开吵了："有本事我们比比，下次考试谁分数低，谁就叫对方爸爸，低几分叫几声。"

何默一听也不高兴了，把花生壳一丢："比就比！"

说完，两个人齐齐看向林燃：“燃哥，你来不来？”

林燃心想：为什么还有我的事？

林燃扭头刚想拒绝，就见盛青溪双眸亮闪闪地盯着他，似乎对男生之间的这种赌局很感兴趣，他拒绝的话顿时咽了下去。

林燃轻咳一声，嚣张地说道：“你们做一下准备，一人起码得喊我两百声爸爸。还有，我觉得这个赌注不够，得一边围着操场跑步一边喊爸爸。”

何默和谢真心想：这也太丢脸了吧。

不过两人转念一想，要是能让林燃喊他们爸爸，那岂不是赚翻了？

这么一想，他们又觉得可行。

吃完夜宵，时间已将近十一点，何默和谢真非常识趣地先回了车行。

炎热的夏日到了晚上，气温倒是变得柔和了一些。

街边随处可见卖冰镇西瓜的，鲜红的瓤里似乎还带着碎冰。冰柜打开的瞬间，冷气从里面冒出来，不一会儿就被燥热的空气吞噬了。

蔫巴巴的小狗吐着舌头，懒洋洋地躺倒在路边。

昏黄的路灯下，夏日逐渐变得鲜活。

盛青溪慢吞吞地走在林燃的旁边，林燃放慢脚步配合着她的节奏。

盛青溪一到夏天就容易犯困。吃饱后她开始显得没什么精神气，也和街道边蔫了吧唧的花草一样。

林燃侧头看了她一眼。

这小姑娘耷拉着眼角，睫毛像小扇子一样。她轻抿着唇，小脸微微绷着，看起来一副不太高兴的模样，走路也比平日里慢上许多。

林燃的脚步一顿，伸手抓住她的手腕，不让她继续往前走。

盛青溪停下来，侧头朝他缓慢地眨了眨眼睛，似是在问他要做什么。

林燃定定地看了她一眼，什么都没说，忽然在她的面前蹲下身子。

盛青溪还有点儿茫然，小声问：“林燃，你干什么？”

林燃没有回头，只是低声说道：“上来，我背你回去。”

盛青溪静静地看着林燃半蹲着的背影。然后她弯下身子，将自己全身的重量都压到了林燃身上，那一刻她的神经骤然放松下来。

林燃知道盛青溪瘦，但只有背起她的时候，这种感受才变得格外清晰。

此时，他们之间的距离比在车上的时候更近，但林燃没有生出任何其他想法。她温热轻缓的呼吸声在他的颈侧响起，她比家里的那只小黑猫还要乖。

他背着她稳稳地走进黑暗里。

盛青溪慢慢地闭上眼睛，放松地靠在林燃的背上。他们不是没有过更亲密的时刻，但这时，是盛青溪觉得他们的心离得最近的时候。

寂静的夜里，微弱的光一寸一寸地隐入树影里。

她倾慕了林燃整整十年，加上今年，是第十一年。那时候她没有机会，可这一世她想亲口告诉他——

我很倾慕你，非常、非常倾慕。

暑期夏令营的集合地点就在一中。

因为他们要在那里住上一个月，林燃没法开摩托车，是司机来接他们的。林燃把林烟烟送到爷爷家，然后去城西把盛青溪接上，两人直接去了一中。

盛青溪只带了一个小小的箱子，粉色的，上面贴着卡通图案。

林燃显然不会让盛青溪拿箱子。于是，等在一中门口的同学们就看见，他们一中的大佬一脸冷漠地推着一个可爱的箱子，走在学神的后面。

学神看起来漂亮又乖巧，大佬就显得凶巴巴的。

围观的群众都担心大佬会再次被甩。

盛青溪走到门口后，想接过箱子回六班，毕竟现在新的学期还没开始，她暂时不想让林燃知道那件事。

林燃哪能这么容易就让人跑了，伸手敲了敲她的脑袋：“等着，等我回来要是看不到你，我回去就把 2018 那个小东西丢了。”

鉴于盛青溪之前有过数次乱跑的不良记录，林燃不得不拿那只小猫威胁她。

虽然是幼稚了一点儿，但好用就行。

盛青溪：“……”

高二下半学期的最后一个月，林燃就跟住在办公室一样，跟那些老师早就混熟了。他也不害臊，直接问蒋铭远要人。

林燃搭上蒋铭远的肩膀，一副哥儿俩好的模样：“蒋老师，你看这夏令营，我们整个高中也就参加一次，你把你们班的宝贝借我们一个月怎么样？”

蒋铭远瞄了林燃一眼。

他们这些老师知道的八卦消息可不比班里的同学少，但碍于盛青溪成绩实在太好，他们就都睁一只眼闭一只眼。

蒋铭远听林燃这么说，就知道盛青溪还没告诉林燃那件事。

蒋铭远虚伪地笑了一下："借一个月？我只能借你这一路，一个月想都别想。"

说完，他头也不回地走了。

林燃："……"

蒋老师怎么回事？前两个月见到他还好好的，今天怎么一提起盛青溪就翻脸？

林燃回到一班的时候看到老屈，忍不住走过去问了几句："老屈，蒋老师最近是不是心情不好？他怎么一看见我脸就黑了？"

老屈高深莫测地笑了一下，没应声。

林燃觉得老屈和蒋铭远都奇奇怪怪的，但具体是哪里奇怪他又说不上来。

十点整，大巴陆续出发。

林燃和盛青溪两个人单独坐在后排，何默和谢真两人坐在他们的前排。

何默偷偷地往后面瞄了一眼，由衷地觉得林燃真是不要脸。

当事人林燃却一点儿自知之明都没有。

他无赖似的往盛青溪的身上一躺："我昨晚没睡好，你让我靠会儿。"

盛青溪拉上了窗帘，一低头就对上了林燃的眼睛。

他眼睛一眨不眨地看着她。

少年的眼眸里散发着她再熟悉不过的炙热光芒。他直勾勾地看着她，毫不掩饰自己眼睛里的复杂情绪。

盛青溪抬手遮住他的双眼，低声说道："睡觉。"

林燃闭上眼，长长的睫毛划过盛青溪的掌心。

车厢里开着空调，即使窗帘将火热的阳光隔绝在外，热气仍是源源不断地从外头往里钻。暑假里大家都习惯了睡懒觉，今天一大早就起来了，这会儿早就困了，车里已经睡倒了一大片。

林燃原本没想睡觉的，只是想逗她玩一会儿。

可属于她的香味丝丝缕缕地钻入他的鼻息间，他竟不知不觉地睡了过去。

再醒来，车已经停了。

盛青溪下车后跑回了六班，林燃不肯将她的行李还给她，说是要给她送到宿舍。盛青溪说不过他，只好背着小书包就跑远了。

林燃看着她的背影笑了一下，觉得她跟小孩儿似的。

最近她活泼许多，他的心情也因此好了不少。

夏令营的地点设在一所类似培训机构的学校，一般学校有的基础设施这里都有，有些甚至比一中还要豪华一些。比如他们的学生宿舍，豪华四人间堪比公寓式酒店，一层两间，每层住八个人。因此学生们对暑假补课的怨气便少了一点儿。

暑假补课的事是早就定好的，这边工作人员没收到通知，不知道多了一个转学生，于是等安排盛青溪入住时，她只能一个人住四人间。

林燃去找盛青溪之前，给她打了一个电话。

女生宿舍一共三栋，盛青溪住在第三栋的六楼。

林燃本来想放下箱子就走的，毕竟这是女生宿舍。但林燃从电梯里出来，就见右边的门开着，左边似乎没人住。他走到右边的门口看了一眼。

不大不小的房间里，就住着盛青溪一个人。

听到门口的动静，盛青溪转身看了一眼，林燃正倚在门边眸光淡淡地看着她。

盛青溪朝他招招手："林燃，你进来吧，我一个人住。"

林燃闻言，微微皱起眉，然后提起箱子走到客厅，扫了一圈儿，问："你怎么会一个人住？对面也没有人？"

盛青溪点点头："其他房间都满了。没关系，我不怕一个人住的。"

"这是怕不怕的问题吗？"

说着，林燃将这里的窗户和门锁都检查了一遍。对他来说，盛青溪的安全问题才是最重要的，她一个人住在六楼，他不是很放心。

但这是女生宿舍，他也不能硬搬过来。

林燃检查了一圈儿，让盛青溪先放好东西，然后走出去打了一个电话。

今天他们没课，午饭后可以自由活动。

林燃带着盛青溪去找何默他们吃了饭，就带着小姑娘回宿舍了。夏天外面太热，他不敢让她在外面多待。

盛青溪刚走出电梯，就发现她的宿舍的门锁被人换过了。

趁着盛青溪顿在原地，林燃动作自然地从口袋里拿出了钥匙，这是他吃饭的时候顺便出去拿的，就一把钥匙。

除了盛青溪谁都没有，包括他。

林燃一边开门一边说："里面的锁我都让人换了一遍。你晚上睡觉之前，记得乖乖关窗锁门。我晚上会打电话检查。"

盛青溪跟在林燃的后头往里走，嘀咕道："我不是小朋友了。"

盛青溪活了这么些年，从来都是自己生活。虽然盛兰待她很好，但大部分精力还是放在那些小孩子身上，毕竟她长大了。

林燃却始终把她当成需要人保护的小女孩儿。这是盛青溪很少有过的体验。

他比任何人都在乎她。

林燃听盛青溪这么说，不由得回头敲了敲她的脑门儿，提醒道："我不管你以前怎么样，只要你在我的跟前一天，你就只能做小朋友。"

林燃默默地在心里补充：我的小朋友。

林燃知道盛青溪夏天容易困，便催着她去睡午觉："没有睡午觉的习惯可以培养，睡醒了我给你买雪糕吃，现在乖乖去睡觉。"

盛青溪乖乖往房里走，转头问："那你呢？"

林燃朝她痞痞地笑了一下："哥哥当然得在外面守着你，不然你醒来看不到我要哭怎么办？我可见不得你哭。"

盛青溪看他一眼，不说话了。

他似乎对"哥哥"这两个字有很深的执念。

盛青溪慢吞吞地往房里走。

林燃看着面前的房门缓缓关上，就在他以为门即将落锁的那一刹，盛青溪忽然从房内探出脑袋，用漂亮的眼睛看着他，软声说道："哥哥，午安。"

"咔嚓"一声，门锁上了。

林燃："……"

他为什么要换锁？

夏令营的生活枯燥而无聊，对学生们来说不过是换了一个地方上课。两天的新奇感过后，学生们就变得蔫巴巴的，毕竟这次连周末都没有了。

这样的情况持续到老师说，明天晚上让他们在教室里用投影仪看电影。得知这个消息后，每个班的欢呼声都要把屋顶给掀了。

第十三章　同桌

短暂的狂欢过后，高二的学生们又陷入了漫长而又无聊的课程中。虽然高三新学期尚未开始，但几乎每个人都感受到了越发紧张的学习氛围，包括谢真和何默他们。

他们因为之前的赌约而不得不认真听课，又因为基础薄弱听得云里雾里，只好去缠着一班的班长和学习委员。两人的关系忽然从一起打游戏的兄弟，变成了竞争对手。

林燃还是和之前那样，下了课就溜去找他的小溪流吃饭，晚上再把她送回宿舍。对他来说，这样的日子一点儿都不无聊。

又是一个晚自习，一班整个教室都很安静，只一个角落里时不时会发出一些窸窸窣窣的声音。

林燃正低着头写作业，却三番五次地被那边传来的声音打扰。他不耐烦地皱了皱眉，没说话，只是伸出腿，踢了一下边上空桌的桌腿。

桌腿划过地板，发出刺耳的声音，惊扰了那个角落里的人。有人探头往林燃的方向看了一眼，随后教室里彻底安静下来。

第一节晚自习下课后，教室里逐渐响起交谈声和走动声。

林燃放下笔，动了动脖子。

这时，前面的何默和谢真转过头来，和林燃嘀咕道："燃哥，我去那边问了问。前两周我们不是看了恐怖片吗？现在他们正商量着晚上玩捉鬼游戏呢。”

谢真无语：“无聊。”

何默倒是觉得还挺有意思，不由得问：“燃哥，你感兴趣吗？要不，晚上我们一块儿去凑个热闹？”

林燃没说去，也没说不去，但看表情似乎是不感兴趣的样子。

何默一时摸不准林燃的想法，等再想细问时，林燃已经起身朝外面走去了，看样子应该是去找盛青溪了。

于是，何默自觉地闭上了嘴。

便利店里，玻璃柜里的蛋糕只剩下几个，明亮的灯光将上面的装饰照得可爱又诱人。林燃弯腰看了许久，挑了一个草莓味的蛋糕。

他付完钱，接过店员递过来的蛋糕、奶茶和关东煮，慢悠悠地溜达着回了教学楼。

就他们一个年级补课，只有一楼、二楼亮着灯。林燃上楼后，径直去了六班。这么些日子下来，六班的人看到林燃过来时已见怪不怪了，虽然他们还是不敢和林燃说话。

盛青溪见到林燃，乖乖地出去找他了。

这些日子，林燃几乎每天晚上都会给她买吃的。盛青溪前两个月减掉的那点儿肉都被林燃喂了回来，她尖细的下巴上稍微有了那么一点儿肉。

这导致盛青溪一见到林燃手里的食物，就下意识地往后退了一步。

林燃挑了挑眉，好笑地说道：“不想吃？”

盛青溪闷着脸看他一眼，只伸手接过了那杯奶茶。

她平时都是安静温柔的模样。

林燃见她绷起小脸、垂眸不看他的样子，觉得怪可爱的，笑道：“外面热，回去坐着。带上蛋糕，这可是我挑了很久的。”

这个理由他用过很多次了。

挑了很久，想了很久，走了很远，等等，这些理由很烂，却百试百灵。

每当他这么说时，盛青溪基本上都不会拒绝他。果不其然，等他将这句话说出口后，小姑娘又伸出手来，接过他手里的草莓蛋糕，乖得不行。

九点五十分，下课铃打响。

盛青溪坐在教室里等林燃来接她，不敢乱跑。

有一次，她下楼去找他，走到半路正好遇到林燃。他当即便沉下脸教训她又乱跑，并且就着这件事，还把之前她乱跑的事情都细数了一遍。

一路上她都在听林燃唠叨。自那以后她就不敢再瞎跑了，林燃唠叨起来像个小老头。

今晚，林燃照常把盛青溪送到门口，又仔细叮嘱她睡前要锁好门窗后才离开。

盛青溪走进楼道，等了一会儿，又悄悄走出去，看着林燃的背影走远，直到再也看不见了才慢吞吞地进去，坐电梯上楼。

林燃回到宿舍的时候，见只有谢真一个人窝在客厅的小沙发里，便随口问了一句："默子呢？真去和他们玩捉鬼游戏了？"

谢真一边操控着手机里的人物进行厮杀，一边应道："没呢，晚上我比他先写完作业，他去门口拿夜宵了，夜宵是我们的赌注。"

林燃瞥了一眼谢真肉肉的下巴，不禁想，盛青溪要是也和谢真似的，能吃胖点儿就好了。

男生宿舍楼下，何默拎着夜宵，去玩捉鬼游戏的宿舍门口转悠了一圈。这个宿舍就在他们宿舍的正下方。

他过去的时候，几个男孩儿正在打闹，说要等到十二点再开始玩。客厅里堆满了他们要用到的道具。何默粗粗地扫了一圈儿，有蜡烛、大米、符咒等，都放在一起，还有很多他不认识的稀奇古怪的东西。这些东西不是一天两天就能凑齐的，估计这几个小子看完电影后就在想着玩这个游戏了。

何默和他们聊了几句就上楼了，毕竟谢真还在等着他的夜宵呢。

夜色沉沉，时间一分一秒地过去。

深夜一点，盛青溪忽然惊醒。她在睡梦中隐隐听到了尖叫声和警铃声。

她坐起身，揉了揉眉心。这些天换了地方睡，她的睡眠质量一直不是很好，经常半夜醒来。

盛青溪想下床喝口水，刚掀开被子，忽然顿住，浑身的血液就像被冻住似的。她缓缓回头，看向窗户，紧闭的窗帘上有点点光亮在跳跃，连成一片流动的海。

那是火光。

着火了。

男生宿舍里乱成一团，明火触动了自动报警器，警铃声响彻宿舍楼。

大部分人一脸茫然地从床上爬起来，起先不知道是怎么了，但在看到逐渐弥漫的烟雾时终于如梦初醒。

林燃随手套了一件衣服，叫醒何默和谢真，又下楼一间房一间房地去敲门。

着火的宿舍就在他们楼下。他下楼时，那个宿舍里的人已经跑干净了。房门开着，里面空无一人，只有火势在逐渐蔓延。

熟悉的火光在林燃的眼前跳跃，他几乎能想起火舌卷上皮肤的感觉。大火中，脚步声、咳嗽声、喊声乱作一团。

林燃逼迫自己从回忆里挣脱出来，咬紧牙，敲碎玻璃取出灭火器就想进去灭火，可走到门口，却发现灭火器居然是坏的。

林燃低骂了一句，丢掉灭火器，继续去喊人。

何默和谢真慌忙地去找林燃的身影，并按照林燃所说的，在楼道里大喊："不要坐电梯下楼！走楼梯！注意安全！"

还好这里只有他们准高三这一个年级的男生，楼道里的脚步声听着凌乱，人群却不是很拥挤。

此时，楼下站满了穿得乱七八糟的甚至没穿衣服的人。不远处，教师住宿楼里有老师注意到这里的动静，正在往这里赶来。

何默个子高，在人群中喊道："各个班的班委，清点一下人数！"

谢真跑到何默的身边，声音里是掩饰不住的担心："燃哥怎么还没下来？"

何默看向浓烟滚滚的宿舍楼，抹了一把脸，尽量镇定地说道："燃哥应该是去一个房间一个房间地确认了，免得有人还在里面。"

谢真正想说些什么，忽然被盛青溪的喊声打断了："谢真！林燃呢？"

谢真慌乱地回头看去。

盛青溪穿着白色的睡裙，是光着脚跑出来的。虽然她的神色略显慌乱，但声音很镇定，她紧盯着他，又问了一遍："谢真，林燃呢？"

谢真忙应道："燃哥还在里面找人。"

盛青溪没有丝毫犹豫，头也不回地冲进了宿舍楼里，速度快得让何默和谢真都来不及拉住她。

谢真见盛青溪跑进去了，心里更慌了，不禁喃喃地道："万一燃哥一会儿出来找仙女找不到人……这火好像越来越大了。"

宿舍楼二层，林燃确认一个房间里没有人，才继续找下一个房间。火势没有往下蔓延，只是楼道里都是浓浓的烟雾，呛得人头脑发昏。

与此同时，盛青溪飞快地往楼上跑去。

楼道里的灯是声控的，她的脚步很轻，这一路楼道里的灯都没有亮。烟雾将她纤瘦的身影笼罩在阴影里，谁也想不到，此时还会有人逆行而上。

林燃从二楼的房间里出来的时候，盛青溪已经跑到了七楼。

林燃的宿舍在七楼。

林燃确认完一楼的两个宿舍里没有人之后，骤然松了一口气，便往宿舍楼门口跑去。刚跑到门口，他就看到了何默和谢真。

他们两个人就守在宿舍楼门口，一个个神情复杂，欲言又止。

林燃微喘着气，看了他们一眼，开口说："里面没人了，走远一点儿。消防站离这里不远，最多十分钟就能赶到。"

谢真咽了咽口水，声音颤抖着说："燃哥……仙女她几分钟前上楼去找你了。我和默子都没拉住她，对不起燃哥……"

谢真不知道林燃有没有听到后半句话，因为在他的前半句话音刚落下时，林燃就不见了人影，只剩下宿舍门还在剧烈地晃动着。

七楼，盛青溪在一片烟雾里喊着林燃的名字。那种已经离她远去很久、很久的恐惧感又涌上了她的心头。

那一晚林燃面目全非的样子不停地在她的脑海里闪现。

她摸索着找遍了七楼的两间宿舍，里面都没有人。

盛青溪狠狠地掐着自己的手指，强迫自己冷静下来。谢真说林燃在找人，林燃应该是一层一层地往下找，他不会有事。

盛青溪转身下楼，六楼的火越来越大，呛人的烟雾也越来越浓。

盛青溪不敢再开口喊，只捂着口鼻继续往下跑。在拐过一个弯的瞬间，她的腰忽然被一道蛮力禁锢住，下一秒，她整个人悬空被人扛了起来。

盛青溪怔住，下意识地喊："林燃。"

回应她的是一片沉默。

深夜，校园里灯火通明，犹如白昼。

消防车停在男生宿舍楼下，学生们都被转移到了另一栋楼里。楼下除了消防队员便没有别人了，这一场火没有伤到任何人。

但慌乱的夜晚只结束了一半。

医务室里，谢真和何默站在角落里，小心翼翼地看着林燃。

林燃面无表情地盯着床上的盛青溪。

校医正在给她上药，她的手脚上有不少地方都擦破了皮，白色的睡裙上满是黑漆漆的污渍，一头黑发凌乱地披在肩头。

她一直垂着头，安静地坐在那里。

谢真推了推何默，用气声问道："燃哥的样子看起来好像想杀人，他不会打仙女吧？"

何默压低声音："闭嘴。"

五分钟后，校医放下手里的镊子和棉签："好了，这两天注意别让伤口碰到水。要是伤口有发炎的迹象，就来医务室找我。"

校医的话音刚落下，林燃伸手，一把抱起了床上的盛青溪，大步地走出了医务室，从头到尾就没出过声。

谢真和何默这次没有跟上去，两个人面带忧虑地对视一眼，又一起叹了一口气，不禁回想起林燃的脸色，和盯着盛青溪的眼神。

他们心想：完蛋了，这回燃哥和仙女又要吵架了。

盛青溪的宿舍里，林燃黑眸黯然、脸色冰冷地看着在沙发上缩成一小团的盛青溪，他的声音听起来很冷漠："你知不知道自己在干什么？"

沙发上的人起先没什么反应，过了好一会儿才点了点头。

林燃用了极大的克制力才让自己的语气听起来没那么可怕，但他心里的怒火和各种复杂的情绪——后怕、担心、自责等一直在翻涌，搅得他的心又酸又涩。

她怎么能这样？怎么能这样不顾自己的安危？

林燃起身，一步一步地靠近盛青溪，高大的身影覆上沙发，将她完全笼罩在他的身下。

此时他们的距离很近，林燃看见她藏在头发下的脸上都是黏腻的水意，明明是炎炎夏日，她的体温却似身处隆冬。

他的呼吸微凝，他意识到她在哭。

林燃咬牙，他的喉结剧烈地滚动了一下。

他狠下心，不让自己去看她哭泣的脸，开口时语调中依旧毫无情绪起伏："你知不知道，你对我来说意味着什么？"

话一出口，林燃就想到了另一个问题——那他呢？他对盛青溪来说意味着什么？

如果他们两个人的身份对调，他会上楼去找她吗？答案是肯定的。

林燃的心还没软下来，就见这缩成一团的小姑娘摇了摇头。他简直要气笑了。

林燃微微用力，捏住她的下巴，强迫盛青溪抬头看他。

她原本白皙的小脸上都是黑灰，泪痕乱七八糟地糊在脸上。她现在的模样并不好看，只那双泪眼依旧明亮澄澈，从未变过。

她的眼里映着他的身影，此刻她只看得到他。

林燃俯身贴近她，几乎是贴着她颤抖的唇问道："盛青溪，我是谁？"

盛青溪透过朦胧的水雾看着面前的少年。她的林燃无惧大火，即便命运对他如此不公，他仍旧保留着那颗赤子之心。

她闭上眼，含着的泪滚落下来。

她轻声喊他的名字："林燃。"

少年火热的温度让盛青溪的体温逐渐回升，她的脑中所有的画面都被眼前鲜活的林燃取代，她内心的阴影逐渐被他驱散。

他更像是火，她的火。

夏令营因这场意外的火中断了。

盛兰被这个消息吓坏了，好几天都没能缓过来。于是这些天，盛青溪都乖乖地待在盛开福利院里，林燃也非常贴心地没来找她。

这个时候，离开学只剩下两天。

盛青溪想着月初补课的时候因为出了意外，她还有一张试卷没和林烟烟讲，便给林燃打了电话，问林烟烟方不方便。林燃都没问林烟烟，便一口应下了。盛青溪无奈地挂了电话。

第二天一早，林燃来接盛青溪，还拎了几个礼盒过来给盛兰。

盛兰一见林燃，便笑眯眯地说道："小火，不用这么客气。愿愿刚吃完早饭，正在院子里洗她的那些娃娃。你直接进去找她吧。"

林燃放下礼盒，和盛兰问了一声好才去后院找盛青溪。

八月底暑气还未消散，炎炎的日头炙烤着大地。

盛青溪穿着短袖和短裙，蹲在一小片树荫底下，揉搓着手里那只白白的小兔子。她看起来就那么小小的雪白的一团，偏偏她的神情认真又严肃，看得林燃想笑。

林燃走到她的身前蹲下，笑道："小动物还会洗小动物呢？"

盛青溪抬眸看他一眼，没应声，只伸手虚虚地弹了他一下。

水滴顺着她的动作在空气中溅开，林燃压根儿没想躲，反而迎了上去，没脸没皮地说："凉快，你再给我来两下。"

盛青溪弯唇笑了一下。

林燃见她笑了，伸手去拿她手里的娃娃："我来洗，你回房间去拿你的小包。我们一会儿就走。"

盛青溪乖乖地把娃娃递给了林燃，但没回房，而是蹲在林燃的身边，看他洗娃娃。林燃洗娃娃的姿势很熟练，想来他和林烟烟刚出来那两年，他过得并不轻松。

清凉的水淌过他修长的手指，跳跃的光斑将他指尖的水滴照得透亮。

他们两个人就这样旁若无人地蹲在角落里洗娃娃，时不时低语几句。

盛兰倚在院门旁，静静地看着这两个孩子。起初她觉得林燃并不适合盛青溪，林燃这个孩子锋芒太盛、不懂遮掩，可现在，她反而认为这样才不会叫盛青溪受了委屈。

盛青溪太过安静了，心里藏了很多事、很多话，从不愿跟别人说。

林燃和盛青溪两人的性格天差地别，却能这样亲密相处，很好也很难得。

今天是周末，林燃带着盛青溪刚进别墅，就注意到了厨房里传来的动静。

陈阿姨背对着他们，正在整理冰箱。客厅看起来已经被打扫过了。听到声音，陈阿姨回头看了一眼，笑了笑："小火，带同学回来了？"

林燃应了一声，等着盛青溪换鞋进来，等了好一会儿都没见盛青溪有动作，便侧头看去，发现小姑娘正愣在原地发呆。

林燃伸手揉了揉她的头发，低声问："怎么了？"

盛青溪看着厨房里的陈阿姨，如今陈阿姨的模样还很年轻，和十年后憔悴的模样全然不同。她缓缓收回视线，对林燃摇了摇头："没事，烟烟呢？"

林燃朝着楼梯的方向抬了抬下巴："还睡着，一放假她就赖床。你不用管她，管我就行。"

盛青溪无奈地应道："那你把暑假作业拿来，我检查一下。"

林燃挑眉，不就是暑假作业吗？

他这个暑假进步可大了，再让他去考试，考进前50名都不是什么大问题。

林燃几步就走到了客厅，无情地拎起正在呼呼大睡的2018，丢到盛青溪的怀里：“你和这个小东西玩一会儿，我去书房给你找作业。”

睡得正香的2018一脸迷惑地抬起脑袋，看了看林燃，又抬起小脑袋钻到盛青溪的怀里睡着了。

盛青溪小心翼翼地抱着小黑猫坐到了沙发上。

其间，陈阿姨回头多看了她两眼。陈阿姨还是第一次见林燃带人回来，还是个水灵的小姑娘，心里不由得琢磨着这事要不要和林先生、林太太说一声。但陈阿姨又怕林燃会知道是她说的。

这么些年下来，她对林燃的脾气有所了解，林燃这孩子护短得很。

陈阿姨想了想，还是决定当作没看到，免得惹那孩子生气。这么想着，她顺便切了一个果盘放到茶几上，对盛青溪笑了笑：“小姑娘，吃点儿水果。小火一会儿就下来。”

听到陈阿姨对林燃的称谓，盛青溪眸光微顿。

小火，原来陈阿姨是这么叫林燃的。

盛青溪许久都没应声，也不曾抬头看陈阿姨一眼。她自顾自地抱着怀里柔软的小猫，像是没听到陈阿姨说的话一样。

盛青溪知道，这样做很不礼貌，但依旧选择这么做了。

陈阿姨见状，神色一僵。哪怕是林燃和林烟烟都不会这么目中无人。

林燃静静地立在二楼的楼梯口，目光晦暗地看着客厅。他站在这里有一会儿了，从陈阿姨和盛青溪说话开始，他就站在这里，下面的事看得一清二楚。

林燃将视线移到陈阿姨的身上。

他能感觉到，盛青溪很排斥这个中年妇女，甚至到了厌恶的地步。

盛青溪的性子，爱藏得深恨也藏得深，能让她这样情绪外露的，显然是触及她的底线了。而在这之前，她们两个人分明是不认识的。

所以是以前。在以前，这两个人在他死后有了交集。

林燃忽然想起盛青溪的话，她说等到他十九岁生日以后，会把所有事情都告诉他。可他生日那天有什么特别的地方吗？

林燃记不清了，只记得他的生日是在车行和林烟烟、谢真、何默以及宋行愚一起过的。关于那一天，他并没有特别深刻的记忆。

林燃垂眸将眼中的思绪都隐去，他下楼的脚步声惊动了底下的两个人。

陈阿姨欲言又止，为难地看着林燃。

林燃走到沙发后，站在盛青溪的正后方，低声说："陈阿姨，今天你先回去。"

陈阿姨点点头，拿了东西一声不吭地就走了。

陈阿姨走后，林燃轻轻拍了拍盛青溪的脑袋，俯下身，在她的耳旁低声问："不喜欢她？"

盛青溪沉默了一会儿，闷声说道："不喜欢。"

林燃笑了一下："不喜欢她以后就不让她来了。"

盛青溪抿抿唇，暗想没有陈阿姨，还会有张阿姨、李阿姨。是谁并不重要，而是林燃身边总会出现那么一个角色，如果一定会有，她宁愿那个人是她所熟悉的。

盛青溪没有回头看林燃，只是小声地应道："不要，这样就好。"

林燃哼笑一声，这小丫头发起倔脾气来总是这样可爱。

城南夜市上，林燃一边在奶茶店门口排着队，一边回头扫了一眼。那两个小姑娘正凑在一起嘀嘀咕咕，还时不时往某个方向看一眼。

林燃循着她们的视线看去——那里站着一个穿着满身潮牌的少年，利落的寸头，英俊的面容，那双桃花眼笑起来的时候分外惹人注目。

显然那两个小姑娘都被他吸引了视线。

林燃："……"

他就应该让这两个不安分的小东西老实地在家里待着，为什么偏偏想不开要带她们出来玩呢？

等林燃拎着两杯冰奶茶走过去的时候，那个少年已不见了踪影。

这俩小东西看起来还面带遗憾，一副可惜的样子。

林燃黑着脸把奶茶递给林烟烟，然后一把捏住盛青溪的脸。他弯下腰，和她视线齐平，说话的声音淡淡的："你往哪儿看呢？"

盛青溪一脸无辜地看着林燃，眨了眨眼睛。她没往哪儿看呀？

林烟烟已经捧起奶茶开始看戏了，还非常配合地挪远了一点儿。他们三个人在这里，是等何默和谢真两人的。

今晚是城南的烟火大会。烟火大会一年一次，每年都在初城不同的地方举办。今年的地点恰好选在城南的清河边，他们就来凑个热闹。

清河边搭建起了夜市，街道明亮，热闹繁华。即便是夏日也阻挡不了少男少女们出来玩耍的步伐，人群之中多是些年轻的男女。

盛青溪和林燃对视，少年的黑眸里映着对岸的点点灯火，还有一个小小的她。

盛青溪伸手推了推林燃，没推动。他依旧霸道地捏着她的腮帮子不松开，就好像在家里拎着2018时一样。

林燃不依不饶："你刚刚是不是看别人了？"

盛青溪诚实地答道："我看了。"

林燃的眸色黯下来，语气危险："他好看？"

盛青溪略微思考了一下，爆发出强烈的求生欲，小幅度地摇摇头："林燃好看。"

林燃盯着她的小脸，看了半晌，轻哼一声，不紧不慢地朝左边伸出手。

林烟烟自觉地把另一杯奶茶递给林燃。她觉得盛青溪可太惨了，想喝杯奶茶还要先哄她哥哥高兴。

林燃用吸管戳开奶茶，递给盛青溪，直起身子，说："里面放了冰激凌，慢慢喝。还有你这小丫头，看什么呢？"

林烟烟："……"

她好无辜，纯粹是被牵连的。

林烟烟小声解释道："哥哥，我和盛姐姐是在看刚刚那个人手上拿着的章鱼烧。我们在看那个章鱼烧的牌子是什么，不是在看他。"

林燃动作一顿，又看向盛青溪，挑眉问道："想吃章鱼烧？"

盛青溪和林烟烟一起点头。

林燃有心去给她们买章鱼烧，毕竟盛青溪是一只只吃草的兔子，她想吃的东西可不多。但他又不放心让她和林烟烟两个人留在这里。刚刚，他去的奶茶店在他们的视线范围内，现下要去找卖章鱼烧的店，肯定得花点儿时间。

林燃站在原地环视一圈儿。热闹繁华的地方，总会出现一些平时他们看不到的场面。

比如现在，林燃的目光停留在一个小男孩儿的身上。刚刚他们一进夜市，他就注意到盛青溪在看那个孩子，看了许久才移开视线。

小男孩儿看起来七八岁，穿着破旧的衣服，一张小脸看起来有些脏，颈侧还有些伤痕。他捧着小碗蹲在路边，面前放了一张纸板。

林燃走过去看了一眼，纸板上面写了几行字，大概写了一些家里的困境，语句和字迹都很稚嫩，看起来像是这个小男孩儿自己写的。他想了想，蹲下身对小男孩儿说："哥哥对这里不熟悉，你能帮哥哥去买两份章鱼烧吗？盒子上面画着小丸子的图案，剩下的钱，会作为奖励给你。"

小男孩儿抬头，懵懂地看了林燃一眼，小脸上一双眸子很亮。他小声说："哥哥，我手脏。"

林燃心下微酸，这孩子的眼神和盛青溪的眼神很像。

林燃伸手摸了摸小男孩儿的脑袋，低声说道："不脏，哥哥在这里等你。"

说着，林燃拿出几张百元纸钞递给小男孩儿，笑了笑："这小碗，哥哥替你看着，你能找到回来的路吗？"

小男孩儿点了点头，犹豫了一下，只接过了一张纸钞。不等林燃说话，他就拿着那张纸钞跑远了，不一会儿，便消失在了人流之中。

林燃仔细地看了一眼纸板上的内容。小男孩儿没在纸板上写关于爸爸妈妈的情况，只写了奶奶病重，边上还贴了病情诊断书的复印件。

林燃略一思索，给林氏的慈善基金会打了一个电话，简单地说了一下这个小男孩儿的情况。基金会的人给林燃留了一个专线号码。

林燃没有等很久，不过十分钟，小男孩儿提着两袋章鱼烧朝他跑来，因为跑得急，额间还沁出些薄汗。

林燃注意到这孩子还拿了两张纸巾包着塑料袋。他伸手接过那两袋章鱼烧，问："你叫什么名字？"

小男孩儿紧紧地攥着手里的零钱，应道："我叫希望。"

林燃一怔，下意识地回头看了一眼盛青溪。她正看着他们，似乎想过来，又被什么拦住了脚步，最后只好站在原地。

林燃对这个叫希望的男孩儿笑了笑，叮嘱道："希望，哥哥这里有个电话号码，接电话的人能帮助你的奶奶。哥哥的电话也留给你，有事你就找哥哥。"

林燃擦了擦希望那有些脏的小脸，说："你先回家去，早点儿打电话，奶奶就能早点儿看上病。"

小男孩儿听了半晌都没动作，好一会儿，才怯生生地抬头看向林燃，确认似的问道："真的能给奶奶看病吗？今晚就能吗？"

林燃原是想把电话给他就离开的，但看着这孩子清澈的眼睛，觉得自己不能一走了之。

在林燃和希望说话的时候，何默和谢真到了。谢真看到林燃蹲在这个角落，不由得走过来问了几句。

林燃把章鱼烧递给谢真，说："我有事离开一会儿，你们带着那俩小姑娘逛一逛，我晚点儿回来。"

谢真疑惑地看了林燃一眼，但没问什么，接过袋子就走了。

清河岸边，喧闹的夜市似乎一瞬间就安静下来。

盛大的烟花在漆黑的夜幕之中绽放，所有人都仰着头看着空中如琉璃般漂亮的烟火。一时间整个夜空都似有流星闪过。

盛青溪的眸中映着耀眼的烟火，手里捧着林燃给她买的奶茶。

七夕那天，林燃问她以后想做什么。那时的她没办法给林燃答案，今晚她却可以告诉林燃她以后想做什么、想成为什么样的人。

在林燃的身上，她看到了自己。

看完烟花，四人回到夜市。夜市依然很热闹，但夏日里人挤人，不是很舒服。何默他们干脆找了一家饭店，坐进去吹着空调，吃着夜宵，顺便等林燃，没有比这更舒服的事了。

林燃是在一小时后回来的，这一来一回让他流了一身的汗。

林燃没往盛青溪边上坐，随便拉了一把椅子，在何默的身边坐下。谢真那小胖子也怕热。

盛青溪看了一眼自己身边的空座，这是他们专门给林燃留的位置。她直直地看向坐在她斜对面的林燃，喊："林燃。"

林燃放下水杯，先是观察了一下盛青溪的脸色，见她没有不舒服才应道："怎么了？"

盛青溪拍了拍身边的椅子，视线落在他的身上，声音不轻不重："坐这里。"

林燃起先没反应过来，等反应过来，不由得笑了一下，随手扯过一张纸巾，解释："流了一身汗，身上有味道。你自己乖乖坐着。"

何默心想：我在你的心里又是什么？

盛青溪没说话，只是睁着水亮的眼睛往他的脸上瞧。

林燃和盛青溪对视三秒，最后妥协似的叹了一口气。这丫头倔起来真是，上回说她是小牛还算是夸奖了，她就是小溪流，结冰的那种。

林燃把额间和颈间的汗都擦干净才敢往她的身边坐。

盛青溪伸手戳了戳他的脸，小声说道："不乖。"

林燃这下真的没忍住，低声笑了一下。

前段时间，都是他拎着这丫头的后颈说她不听话、不乖。等轮到他自己被说时，他心里像是吃了蜜一样。

自从那一个月的"冷战期"之后，盛青溪变了很多。

她放下了之前对他的小心翼翼，也在努力学着释放自己的情绪。

这样的改变林燃是乐见其成的。盛青溪本就该有自己的人生，不管他日后是死是活，她都需要找到属于自己的路，才能继续往下走。

桌上放了几罐冰镇啤酒，林燃心情好，便开了一罐来喝。

几个人边吃边聊，时间眨眼就过去了。

临近十一点时，林燃提出要送盛青溪回家。何默和谢真打算去他的家里睡一晚，毕竟夜市离城南花园就隔了几条街。

林烟烟眨巴眨巴眼，提议道："盛姐姐，今晚你就住我们家里吧。明天再让哥哥送你回去，反正哥哥今天喝了酒，不能开车。"

哟呵，何默和谢真一齐看向林烟烟，这小丫头越来越上道了。

林燃闻言，不由得挑了挑眉，一脸戏谑地看着盛青溪，想知道她会怎么回答。他觉得盛青溪应该会拒绝的，毕竟这小丫头这么正经。

盛青溪顿在原地，对面有四双眼睛圆溜溜地看着她，似乎都在等她的答案。她心里觉得既好笑又无奈。

盛青溪开口："我……"

对面四个人都竖起了耳朵。

盛青溪笑了笑说道："那就明天再回去。"

林烟烟立即扯了扯林燃的衣袖，仰着脑袋看着她哥哥，双眼亮晶晶的，一副求夸奖的表情。

林燃哑然失笑，奖励般地揉了揉林烟烟的脑袋。

临近午夜，街道上没什么人，只偶尔驶过几辆车。

街道两旁的路灯灯光将林燃他们的影子拉得很长。何默和谢真以及林烟烟三人走在前面，与林燃和盛青溪两人隔着一段距离。

林燃和盛青溪慢悠悠地走在后面。

林燃将双手背在脑后，视线落在盛青溪的身上，懒懒地问："今天怎么肯跟我回家？不怕我欺负你？"

盛青溪嘀咕："你又打不过我。"

林燃："……"

虽然这是实话，但她能不能别说得这么直白？

林燃长臂一伸，一把把这小姑娘夹在自己的胳膊下，笑道："盛青溪，我还没欺负你呢，你就想着怎么揍我了？以后……"

话说了一半，林燃自觉地闭上嘴。

盛青溪微微挣扎了一下，侧头问："以后什么？"

林燃轻咳一声，神色有些不自然："没什么，哥哥带你回家。"

盛青溪心里还想着之前那个小男孩儿的事，往林燃的身边靠了点儿，问："林燃，那个男孩儿……他怎么样了？我看他的颈上有伤。"

林燃知道盛青溪在担心什么。他低声解释："没事，那是小家伙在和别人打架的时候弄伤的。我送他回家时看了，家里就他和奶奶两个人，他奶奶生病了，没钱去看病。"

盛青溪抿了抿唇，小声问："他的爸爸妈妈呢？"

林燃叹了一口气，说道："他爸爸早几年去世了，妈妈改嫁后就再也没回来过。这两年一直都是祖孙俩相依为命。这段时间他奶奶生病了。我找了林氏慈善基金会的人过来，以后会有人负责救助他们，他奶奶的病也会好起来的。"

盛青溪伸手揪住林燃的衣袖，沉默了许久才说道："林燃，谢谢你。"

城南花园别墅里，盛青溪原是想和林烟烟一起睡的，但林燃态度非常强硬，坚决阻止她们一起睡觉。理由是林烟烟睡觉时爱踢被子，和她睡盛青溪一定会感冒。

林烟烟觉得自己很无辜。

何默和谢真在游戏厅里打游戏，林燃催着两个小丫头去睡觉。

林燃给盛青溪准备的房间就在他卧室的隔壁。他拿了自己没穿过的新衣服给盛青溪，至于换洗的内衣，来的路上他们顺手买了。

盛青溪望着林燃手里的衣服，磨蹭了一会儿才伸手去接，还有些不情不愿地说："烟烟说她会给我找裙子穿，你又拿你的衣服，我想穿烟烟的。"

盛青溪这么一说，林燃也想起了上一次她穿他的衣服的画面。

他倚在门口，眉眼带笑，不要脸地牵起唇："我的衣服也能当裙子，比林烟烟的裙子好看。"

盛青溪："……"

她伸手把林燃往门外一推，"啪"的一声关上了门。

林燃在门外看着紧闭的门，轻笑一声，她真可爱。

林燃洗完澡已是深夜了，但他迟迟无法入睡。一想到盛青溪此时就睡在隔壁，他就忍不住想她。

这对林燃来说是一种很奇妙的感受，因为此时他的心变得无比平静。在她的面前，他可以放弃一切伪装，哪怕他的前半段人生破碎不堪，后半段人生不可预料。和她在一起，他不用思考这一切。他知道，自己活着。

林燃缓缓闭上了眼。

夜深了。这两个月，林燃很少梦到以前的事，就算梦到，梦境里也是那场火。可今夜，他的梦境里出现了从来没有出现过的画面——如废墟般的别墅前，有人狼狈地跪坐在地上，黑烟模糊了她的面容，她的身影纤细而瘦弱。

林燃下意识地想，这不是林烟烟。

画面一转，废墟和火光都消失了。梦境里忽然开始下雨，场面切换到某个墓地里，淅淅沥沥的雨让眼前的画面变得有些诡异。林燃似乎正透过玻璃球在看这个世界，眼前的人影被无限拉长，身形扭曲而怪异。

这一次，林燃看到了林烟烟，又不只林烟烟。林烟烟的身边还站着一个女人。

林燃试图把那女人的脸看清楚，可最后他只看清了一部分——那个女人，留着短发。

"咚咚——"不轻不重的敲门声响起。

林燃从光怪陆离的场景中脱离出来，疲惫地揉了揉眉心。梦境里的画面还历历在目，林燃一时间分不清这是现实还是梦境。

他缓了一会儿，侧头看向床头，钟表上显示：上午 10:30。

他睡了很久。林燃随手扯过一旁的衣服，往身上一套，下床向门口走去。

门开了，盛青溪穿着他的短袖，怀里抱着他那只黑漆漆的猫。一双水眸直直地落在他的脸上，她看了他好一会儿才说道：“林燃，你长胡子了。”

林燃的视线在盛青溪的一头长发上一闪而过，他压下心底纷乱的思绪。

盛青溪道：“你快起床。烟烟肚子饿了，她说你不让陈阿姨来做饭了？”

林燃低声解释：“没有，我哪敢不听你的话？我只是让她这两天不用来，怕你看到她不高兴。”

盛青溪摸着怀里的猫，垂着眸，轻声说：“林燃，对不起。有些事我暂时没办法和你解释，我……我很抱歉。”

林燃盯着盛青溪低垂的脑袋，知道盛青溪在担心些什么。

他自己也隐隐有这样一种感觉，重生之后，有很多事情变得不一样了，却无人对那些改变负责。

很多时候，人生会变成什么样，就只在一念之间。

林燃笑着拍了拍她的头，低声哄道：“不管发生什么事，我的小溪流都会保护我的，对不对？”

盛青溪小声应道：“嗯，我会保护你的。你别怕。”

“林燃，你别怕。”这样的话她半年前就在车行和他说过。

林燃一笑，懒声说道：“下去等着，一会儿哥哥就下楼给你们做饭吃。”

盛青溪小声反驳：“都说了不是哥哥。”

林燃好烦。

九月初，一中开学。

交学费的上午很热闹，学生们可以无所顾忌地在教室里吵闹。高三的学生们换了新的教室，因为新高二比他们这届多出两个班，分配教室的时候五班和六班就被分到了五楼。

于是，林燃莫名其妙地就和盛青溪多隔了一个楼层。

因为这件事，他已经不开心一早上了。虽然只是一点儿小事，但在林燃的眼里，离他的小溪流远了哪怕只有一米，那也是远。

谢真偷偷地看了趴在桌上的林燃一眼，嘀咕道：“这又在闹什么呢？”

何默翻了一个白眼，就是作呗，还能闹什么？

何默瞧了一眼林燃，低声说道：“说起来，我们第一次月考的赌注你还记得吗？”

谢真一僵："对了，还有那个赌注！"

何默拍拍他的肩膀："我觉得我们都得输给燃哥。"

谢真把薯片往桌下一塞，板起脸，一本正经地说道："不可能！以后不能让燃哥作弊。人家有年级第一辅导功课，起点就和我们不一样！"

何默思索片刻，觉得谢真说的还真有道理，提议道："阿真，反正仙女都是要给燃哥补课的。多我们两个也不碍事，你觉得呢？"

谢真点头："补一个也是补，补三个也是补。"

两人凑在一起一合计，打算中午偷摸着去找盛青溪说这件事。毕竟只要盛青溪点了头，林燃也拿他们没办法。趴在桌上睡觉的林燃完全不知道这两人在合计些什么。

闹腾了有半小时，两人就见老屈拿着一摞文件往班里走。任谁都能看出来老屈今儿心情不错，他的眉眼间满是春风得意，似乎还哼着小曲儿。

老屈进门后，先把他的小豆丁们挨个看了一眼，还没看完就笑了："才一星期不见，你们比那会儿就黑了一点儿。天天出去玩，作业没写吧？"

底下的人一脸坦然，没写就没写。

老屈和同学们聊了会儿天，开始说正事。他收敛了脸上愉悦的神色，一本正经地说道："暑假着火那件事的性质很严重，校长暂时停职，全校职工扣除奖金，几个涉事学生记警告处分。"

老屈围绕着这件事讲了大概半小时，缓和了一下神色继续说："还有一件事，我们班将会转来一名新同学。"

这话一出，刚刚安静如鸡的一班顿时热闹起来。

他们你一言我一语地讨论着要转来的学生，关注的重点都在转学生的性别上。讨论的时候，他们发现没人知道这个转学生的消息。

有人禁不住好奇，问："老师！转学生从哪里转来的？"

老屈故作高深地沉默片刻，直到把大家的胃口都吊起来，才轻飘飘地说："是从别的班转过来的。"

"啊，没劲。"

"无聊。"

"唉，白期待了。"

"都高三了，怎么还转班呢？"

老屈见底下的议论声越来越大，不由得咳嗽两声，随后转身走到门口，朝等在门边的乖巧的小姑娘招招手，笑眯眯地说道："盛青溪，跟屈老师进来，不怕。”

底下同学们的视线随着老屈的动作向门口移去。

三秒后，底下发出了此起彼伏的惊呼声，几乎所有人都转过头去看林燃。

而当事人林燃正趴在桌上睡大觉。

谢真望着讲台上的盛青溪，咽了咽口水，愣愣地问：“你说……燃哥知道这件事吗？”

何默表情僵硬，回头看了一眼正在睡觉的林燃，说道：“我觉得不知道，不然他怎么可能在这里睡觉？”

讲台上的盛青溪已经做完了简短的自我介绍。她悄悄地往林燃的方向看了一眼，见他还睡着，不由得松了一口气。她一直担心林燃会当众说出一些让她为难的话来。

盛青溪介绍完自己后，底下的同学们想鼓掌又不敢鼓掌，有不少人的视线依旧在往林燃的身上飘。

老屈在心里哼了一声：臭小子。

老屈环视整个教室，就林燃那个臭小子身边有空位。

老屈试探着问道：“盛青溪，你的视力怎么样？”

盛青溪弯了弯唇：“老师，我的视力很好。”

老屈一见盛青溪笑了，就知道她懂他的意思了。

老屈指着林燃身边的空位，说：“你先在那儿坐两天，老师再给你找找有什么合适的位置。不方便的话，你就来和老师说，没事儿。”

盛青溪抱着书点了点头，随后迎着众人各色的眼神，往林燃旁边的位置走去。

林燃身边的空位这两年就相当于他的位置，所以一开学，上面就放满了乱七八糟的书和本子，还有水瓶、口香糖之类的小杂物。

盛青溪走到林燃的身边，没打算叫醒他。她把书包和书放到一边，准备收拾桌子。

一旁的何默和谢真见状，哪能让盛青溪自己动手，赶紧上手把空位上的东西一股脑儿地塞到自己的桌子里。不管有没有用，先塞进去，一切等林燃醒来再说。

新教室刚打扫过，座位很干净。盛青溪把书包和课本放好之后就安静地做起了自己的事。

开学第一天早上，林燃一直没醒。

直到临近中午，林燃才从睡梦中醒来。他慢吞吞地从桌上爬起来，伸了一个懒腰，还没伸完他就顿住了。

因为原本属于他的座位上，放了其他人的东西——干净、整洁的课本，还有淡粉色的笔。

一开学，他的身边就莫名其妙地多了一个女的？

林燃没细看就皱起了眉，不过没等他发火，一旁的何默赶紧解释："燃哥，你别急。你先仔细瞧瞧这里放着的是谁的东西。"

林燃皱着眉，不太高兴地看了一眼整个桌面，最后他居然在课桌上看到了小溪流的水杯，蓝白色的，上面还画了一只大鸭子。

林燃："……"

所以他的身边不仅坐了一个女的，还是个小偷？

等林燃把视线挪到书包上时，他更生气了，连书包也偷？

直到小姑娘轻轻软软的声音在他的耳边响起，林燃才确信脑中不敢浮现的猜想是真的，这一切并不是他一个人的臆想。

"林燃，你看什么呀？"

林燃怔怔地侧头看去。

扎着马尾的少女穿着蓝白色的校服，纤细的脖颈往上，是她素净漂亮的脸。她的脸上那双澄澈的眼眸正盯着他，眸里还有隐隐的笑意。这是他的小溪流。

此时林燃的大脑一片空白，甚至说话都磕磕巴巴的："盛青溪，我……我没考进前 50 名。你怎么……怎么会在这里？"

盛青溪微微俯身，伸手轻轻点了点林燃的额头。

少年的一双黑眸亮得惊人。她轻声说道："我知道，期末考试一结束我就去和蒋老师说了。林燃，这无关你考第几名，只是我想这么做。"

难怪暑假时蒋铭远见了他会是那个态度，也难怪老屈会那样对他笑。

林燃什么都明白了。他一时间说不出话来，只知道傻呆呆地看着盛青溪。

他整个人都像是被盛青溪小心翼翼地捧在手心里。

盛青溪笑了一下："你好，我的新同桌。"

林燃的心"怦怦"跳了一阵，他忍着这阵狂烈的喜悦，别扭地说道："我们去吃饭？"

盛青溪看了一眼时间，应道："我得先去拿校服，上学期去领校服的时候没有我的码。旧校服我穿着有点儿大，这次有新校服。"

林燃当即就要起身："我陪你去。"

盛青溪眨了眨眼睛，指着桌子说道："今天发了很多新书，我还没在上面写名字，你能帮我写吗？"

林燃："……"

这人每次找的理由和借口都这样直白，但他偏偏拒绝不了。

林燃轻哼一声："就这么点儿路，我陪你去怎么了？"

盛青溪弯了弯唇："在这里等我。"

林燃叹气，坐下拿起笔，侧头看向盛青溪，声音里带着懒散的笑意："长官的吩咐我能不听吗？我老老实实地写。"

何默和谢真："……"

他们还是先去吃饭吧，可别在这儿碍眼了。

十分钟后，林燃认真地在盛青溪的课本上写完了所有名字，坐在位置上等她等得难受，干脆出门给她买奶茶。

盛青溪回到教室的时候，林燃还没回来。她到处看了看，没找到人，便坐回位置上制订补课计划。

进入高三后，教室里学习的氛围变得紧张，多数时间甚至连下课时学生们都是安静的。

林燃回来时，第二节晚自习刚开始。他将奶茶拎到桌上放下，一垂眸就对上盛青溪的双眼，她的双眸亮闪闪地看着他。

林燃勾了勾唇，压低声音问："等我呢？"

盛青溪点点头。

林燃把吸管插好，将奶茶递给盛青溪。

接下来的时间里，林燃把注意力都放在了作业上，时不时会抬眼看一看盛青溪。每当他看过去的时候，小姑娘都会转头对他笑一下。

即便已经过去一下午了，林燃仍觉得今天像梦一样，奇幻而绮丽的梦。

这样的梦直到入夜也没有停止。

林燃在入睡之后，又陷入了新的梦境里——

眼前的画面微微晃动，林燃缓了好久，才发现此时是在大巴上。他的视角也很奇怪，他似乎是坐在靠近过道的位置上。他下意识地扫了一圈儿车内，依旧是模糊的人影和游离的画面。随后，他缓缓收回视线，后知后觉地看向左侧，离自己最近的地方。

他的左边坐着一个人，那人是一名年轻的女性，一头短发。

林燃微微眯起眼，大概扫了她一眼，能确认这个女人和他上次在梦里看到的、站在林烟烟身边的那个女人是同一个。

她的站姿很直，坐得也很直。这或许和她的个人习惯或者职业习惯有关系。

这一路很颠簸，林燃的梦境缓慢地进行着。

不知过了多久，车停下了。

坐在窗边的女人等车里的人走完，才起身往外走去。她从林燃的身上穿了过去。

林燃想，这个位置原是没有人的。他下意识地跟着这个女人下了车，又跟着她往前走去。

下了车就是乡道，明明画面很模糊，林燃却看到了路边的地标——清水镇。

清水镇是初城的一个偏远小镇，这里依山傍水，没什么旅游资源，但水产资源丰富。这两年，小镇的经济渐渐发展起来了。

女人走路的速度比平常人快一些。

林燃却不用费什么力气就跟上了她的脚步。在梦里他似乎更像是一个游魂，或者说是一个旁观者。

林燃不解，这明明是他的梦境，主角却不是他。

清水镇的人口不多，镇口的路况很好。

渐渐往里走去，路况开始变得不一样，这片似乎还在修路。车开过，尘土扬起，路中央的石子被轮胎碾压后，滚落到了另一边。

这个女人显然对这里不是很熟悉。途中，她似是找人问了路，问完继续往前走。路越走越偏，最后她竟走进了山里。

梦境到这里就结束了。

林燃再次从梦中惊醒，皱眉想了半天，无法理解自己到底为什么会梦到那样的场面，似是幻象，又像是现实。

开学后，时间过得飞快，几天的国庆假期很快就过去了，就跟没放过假似的。

每个人放假回来都蔫巴巴的，一看就是假期过得过于快乐了。但还好，他们立即迎来了一个好消息——十月底，一中要开运动会了。

当体育委员把这个消息告诉他们的时候，整个一班都沸腾了。

睡梦中的林燃不太高兴地皱了皱眉。

林燃是头朝着盛青溪这边睡的，盛青溪见他皱起眉，便伸手捂住了他的耳朵。此时已是午休结束后的下课时间，通常这时候是不太吵闹的，但今天大家都比平常兴奋一些。

盛青溪安静地看着林燃，眼睛里含有一丝微不可察的担心。

这些日子，林燃的睡眠似乎出了些问题。往日他只是早上会表现出一副困倦的模样，可这些天他眼底的青黑色越来越重，中午就算能睡上一会儿，也会从睡梦中惊醒。

盛青溪问过一次，林燃只说没事。

其实，林燃在教室开始吵闹的时候就醒了，原是想睁开眼睛的。但当盛青溪的手移到他的耳朵上时，他又不想醒了。

她微凉的手轻轻贴在他的耳朵上。

林燃装了一会儿，睁开眼睛，看向盛青溪。

小姑娘正睁着圆溜溜的眼睛盯着他。

林燃笑了一声，声音里带了点儿沙哑："看什么？"

盛青溪见林燃醒来，不由得伸手轻轻点了点他的眼睛，小声问："林燃，你最近是不是经常做梦？是梦到大火了吗？"

她很担心他。

林燃微顿，低声说道："没有梦到大火，是……是一些奇怪的梦境。"

自从梦到清水镇开始，林燃已经连续一个月做同样一个梦了。同样的开端，同样的结尾，没有新的场面出现。

林燃甚至觉得，他需要自己去找接下来的画面。

林燃坐起身来，动了动脖子："没事，我过两天去一个地方。或许去过就好了。"

盛青溪眨眨眼："你去哪里？"

以往只要她问，他就没有不能说的事。但这一次林燃下意识地不想让盛青溪知道，连他自己都不知道这样的感觉从何而来。

林燃抬手敲了敲她的脑门儿，懒懒地说道："秘密。"

盛青溪见他这么说，便不再问了。

一下午，每逢课间，体育委员便会拿着报名表，挨个问大家想报名什么项目。等轮到林燃和盛青溪的时候，已经是晚自习课间了，他们是最后一组。

体育委员和林燃经常在一起打球，关系还不错。到林燃的时候，他笑着问："燃哥，还和去年一样吗？"

林燃转着笔应道："今年不报了。"

体育委员一愣，不报了？林燃只说有点儿事要请假。

体育委员有些苦恼地看了一眼报名表，如果林燃不报，那么很多项目他们班可能就拿不了第一了。但人家有事要请假也没办法。

问完林燃，轮到盛青溪了。

体育委员还没和盛青溪说过话，也不太好意思叫她的名字。他求助似的看了一眼林燃。

林燃侧头看向盛青溪，这小姑娘写完了作业，又在画画呢。他以前没和她做同桌时，还以为她会一天到晚都捧着课本，可这段时间他算是看明白了，这小姑娘从不把作业拖到晚上。每天晚上都是她的私人时间，除去给他们调整补课计划外，只要是和学习无关的事，她什么都做——写字、画画、看课外书或者干脆发呆等。

有一晚，林燃眼睁睁地看她玩贴胶带玩了一晚上。他不懂小女孩儿们的爱好，但知道盛青溪喜欢这个，便找人买了一堆胶带来，整卷整卷地往她的桌上放。这段时间，她玩得更起劲了，一周大概有四天都在玩这个，今天难得在画画。

林燃没去看她在画什么，叫了一声："盛青溪。"

盛青溪含糊地说了一句"等一下"，画完了那一笔才看向林燃。

边上站着这么一个大活人，她当然也看到了，用眼神询问林燃怎么了。

林燃伸手，直接扯过体育委员怀里的报名表，懒懒地问道："你看看喜欢哪个？都不喜欢就还给他。"

体育委员："……"

盛青溪扫了一眼，女子3000米没有人报名，跳高和铅球报的人也少。她拿过笔在这三个项目上写下了自己的名字。

林燃挑了挑眉，突然有些生气，她对谁都这么贴心。

体育委员见状，眼泪都要掉下来了，这是什么小天使？他决定从今天开始成为小天使的粉丝。

等人一走，盛青溪继续埋头画画，连句话都不愿和林燃说。

林燃轻哼一声，继续写作业，想着早晚要从她的身上讨回来。

两周后，一年一度的运动会开始了。

开幕式很热闹。看台底下，走在方阵最前面的女孩儿们都穿着短裙或是班服。当她们随着音乐踏入阳光中时，这天似乎又不冷了。

这天虽然是晴天，但风很大，坐在看台上的人都裹着自己的校服瑟瑟发抖。盛青溪拿着暖手宝坐在一班角落里的某个位置，边上放满了零食和一些补充能量的东西，都是何默和谢真准备的。

本来呢，这些是轮不到他们来准备的。但是偏偏这两天林燃不在，他们只得负责看好盛青溪。

盛青溪今天有两个项目。

谢真还极其夸张地带了一个望远镜来，惹得几个女孩儿多看了他好几眼。

谢真心想：我又不是变态，看我干什么？

何默悄悄地离谢真远了一点儿。

盛青溪上午的项目是跳高。

准备期间，几乎她走到哪儿，何默和谢真两人就跟到哪儿。他俩就跟她身上长的两个小尾巴似的。盛青溪虽然无奈，但也没说什么，知道肯定是林燃吩咐他们这么做的。

盛青溪比赛的时候，何默负责鼓掌叫好，谢真负责帮林燃给她拍照。

有福同享，有难退群（3）

胖达达达：“燃哥，仙女开始比赛了。”

胖达达达：“快看我给你发的图片。”

Firegun：“怎么穿短袖？让她把长袖校服给我穿上，我要检查。”

胖达达达：“仙女说跳完就穿。”

胖达达达：“仙女已经是第一名了，燃哥，仙女目前正在向校纪录冲刺。”

胖达达达：“啊啊啊啊啊啊，仙女破纪录了！燃哥，仙女真酷！”

胖达达达：“快看这些照片。”

坐在车上的林燃认真地看着照片上的盛青溪。

谢真拍的是她这一次的跳高过程——助跑、单脚起跳、越过横杆，然后落在软垫上。越过横杆的瞬间，她的衣摆随着她的动作微微向上缩。许是有风吹过，直接将她腰间的衣服掀开一截，露出的那一小截腰在阳光下白得晃眼。

Firegun："删掉。"

胖达达达："啊？我还想着给仙女自己看一眼。"

Firegun："快删。"

胖达达达："哼，删掉就删掉。"

林燃在谢真删掉之前，把盛青溪的照片都存了下来。这小姑娘平时不爱拍照，连手机都不爱玩，活像个小老太太。

林燃的手机里有一个相册，专门用来存盛青溪的照片。

大多数照片都是他偷偷拍的，是她上体育课跑步、专注写作业、背着书包乖乖地坐在椅子上等车，或和林烟烟凑在一起嘀咕的时候拍的。

这些生活碎片成了林燃平凡生活中的美好回忆。

路渐渐变得颠簸起来。为了找到梦里的感觉，林燃没坐私家车，直接坐了前往清水镇的大巴。只不过这一次他坐在了梦里那个女人所坐的位置上。

车内气味并不好闻，海鲜味、蔬果味和烟味交杂在一起。车厢内并不安静，说话的人大多用的是清水镇的方言。林燃听不懂。你一言我一语，凑起来等于十个何默和谢真。

林燃微微蹙眉打开了窗，冷风从窗外呼呼地灌进来。不过一秒，林燃就把窗关上了。这车里大多是老人和孩子。

林燃尽量把注意力放到车窗外。

梦里的那个女人坐在这里的时候，在想什么、看什么？为什么她会这样频繁地出现在他的梦里？她到底是梦里的虚幻人物，还是现实中存在的人？

这些林燃都无从得知。

林燃到清水镇的时候，将近中午十二点。

他和梦里的女人一样，等到其他人都下车之后才往下走。

梦里的画面模糊，林燃回忆着画面中零碎的信息，摸索着往前走。

半小时后，林燃找到了梦里的那座山，那座山里竟都是坟墓。他站在山脚远望过去，只见山上石碑林立。

林燃看了好半天，真的不明白那个梦到底是什么意思。

转念一想，他何必要执着于一个梦？只是梦而已。

林燃走回路口，顺便给何默打了一个电话。当然了，他不是想和何默说话，而是想他的小溪流了，也不知道她在运动会上玩得开不开心。

何默接起电话后说了两句，就把电话递给了盛青溪。

“林燃！”电话那头盛青溪的声音听着比平时要高兴那么一点儿。

林燃笑了笑：“我在，吃饭了吗？”

盛青溪小声应道：“我和烟烟、何默还有谢真一起在外面吃饭呢，我们在吃火锅。林燃，手工牛丸很好吃，就是你喜欢吃的那种。”

林燃垂眸，低声说道：“牛丸只许吃一点点。”

虽然这段时间，盛青溪的饮食习惯已经慢慢改了过来，但林燃仍担心她会不舒服。

“我知道了。林燃，你什么时候回来？”

车轮碾过马路的声音响起，细碎的石子因不堪重负而发出压抑沉闷的声音，是清水镇到市里的回程车开过来了。林燃伸手挥了一下：“我马上就回来了，下午就到。你……”

林燃的话戛然而止，他怔怔地看着面前的马路。

梦里的乡道和他现在所看到的不一样。

这时候的清水镇还没有开始修路，他梦到的……是未来。

第十四章　平　安

铅球场上，原本热闹的场地此刻鸦雀无声。

所有人都默默地看着盛青溪，看她细胳膊细腿的，扔出来的铅球却差点儿把地面砸出一个坑来。铅球在空中画出一道长长的弧线，向前冲的速度飞快。

“砰！”沉闷的声音响起。

谢真咽了咽口水，仙女又要破校纪录了。

此刻围观者的心情复杂。这到底是为什么，盛青溪这么小小的一只，却这么生猛。他们一时间不知道该同情林燃，还是同情盛青溪，万一以后这两个人打起来该怎么办？

林烟烟看着盛青溪，眼中都是小星星。她崇拜地说：“默哥，盛姐姐好厉害。她怎么什么都这么厉害！”

何默僵着脸应道：“是这样没错。”

他现在忍不住开始担心林燃以后的生命安全了。

处于话题中心的盛青溪本人一点儿感觉都没有。她扔完球就独自往边上走去，安安静静地往那儿一站，看起来乖得不行。

盛青溪动了动胳膊，感觉和以前比起来，自己的力量还是差了一点儿。近期她得调整一下自己的训练计划。

就在盛青溪想着以后的计划时，一件校服忽然兜头罩下。头顶上响起低沉的声音，带着微微的沙哑：“早上让你穿长袖，不听话是不是？”

眼前仍是一片黑暗，盛青溪却下意识地笑了起来：“林燃！”

林燃伸手把自己的衣服往下扯了一点儿，小姑娘白皙漂亮的小脸顿时露了出来。她抬眸看向他，眼里带着一丝雀跃。

林燃看了她半晌，倏地笑了。她今天很高兴。

林燃弹了一下她的脑门儿：“把衣服穿好。”

林燃的衣服又宽又大，盛青溪穿上后像穿了一条裙子。

林烟烟见林燃回来，跑到他的身边。她有话要和林燃说，而且这话在盛青溪在的时候说比较安全。

林烟烟小声说：“哥哥，今天徐阿姨给我打电话，问晚上你有没有时间。她好像有事和你说，说不回家，要在外面请我们吃个饭。”

徐宜蓉？林燃挑了挑眉，这女人没事可不会找他，不用想就知道她是为了什么事。

听堂哥说，近来程佳月很不安分。林燃不想再踏入林家，但抽空去见徐宜蓉一面倒不是不可以，他正好也有事问她。

听到林烟烟的话，盛青溪不动声色地握起了拳。

林燃对盛青溪的情绪变化很敏感，几乎瞬间就察觉到她不高兴了。他抬抬下巴，散漫地问道：“行，你和她说我会带个人过去。”

林烟烟：“……”

她不用想也知道林燃说的是谁。

但这样是不是不太好？人家盛姐姐现在和你半毛钱的关系都没有，你居然想把她带去跟继母一块儿吃饭。林烟烟虽然心里这么想，但她当然没傻到说出来。

盛青溪顿了顿，看向林燃：“我不去。”

林燃眉梢微扬：“那我也不去了，中午那会儿我答应过你，晚上陪你吃饭。”

盛青溪：“……”

她生气地移开了视线，每次林燃都用这招欺负她。

等到了晚上，林燃还是和林烟烟去了，因为盛青溪绷着小脸一下午没理他。他怕真把人惹生气了，赶紧带着林烟烟溜了，等回来再哄她。

某家私房菜馆里，徐宜蓉给林燃和林烟烟倒了水，把菜单递给林烟烟。

随后，她笑着扯了几句家常话，林烟烟还配合地说了几句，林燃就跟没听到似的。

林燃向来是这么个性子，这么些年徐宜蓉早就习惯了。

徐宜蓉也没打算拐弯抹角，勉强对着林燃笑了笑：“小火，阿姨平时没事也不会来麻烦你。这一次，阿姨……实在是没办法了。”

这些年和林燃相处下来，徐宜蓉知道他不是个坏孩子，只是他没办法和自己的父亲和解，但也没因此迁怒于她。

程佳月的事林燃虽然听说过那么一点儿，但也没过多关注。

徐宜蓉喝了口茶继续说道：“起先，你爸爸停止对程佳月的资助后，她没做什么，只是打听了原因。一开始她还算安分，放了暑假后，她向林氏公司投了简历，这事我当时并不知道。你爸爸和他的助理都瞒着我，后来，是你江阿姨偶尔路过公司，看到了程佳月才告诉我的。”

程佳月相貌不差，毕竟和何晚秋有几分相似。这事刚传开那会儿，这女孩儿的照片就在圈儿里传遍了，那些富太太茶余饭后没少谈这件事。

徐宜蓉放在白瓷杯上的手微微收紧，克制了一下自己的情绪才说道：“小火，你爸爸一直瞒着我。暑假那两个月，他一直把程佳月留在身边当助理。”

徐宜蓉可以忍受林佑诚不爱她，但她不能忍受林佑诚背叛婚姻。

林燃和林烟烟还在家里的时候，林佑诚每天不管忙到多晚都会回家。可这两年，他在家过夜的日子越来越少。这个暑假他甚至连续一个星期都没回来。徐宜蓉以为他是工作忙，等知道了程佳月去林氏工作的事后，她几乎要气疯了。

别人都说她的性子好，温柔又体贴。以往他们对她的这些评价如今都成了枷锁，在外她必须维持着体面，谁也不知道这些年她心里的苦闷和孤寂。这种矛盾的情绪不断拉扯着徐宜蓉，让她不得不采取行动。

徐宜蓉是个聪明的女人，知道这事不能由她来和林佑诚撕破脸，要让林燃来。

林烟烟还是第一次听说这件事，有些懵懂地看了林燃一眼，小声问道：“哥哥，爸爸出什么事了吗？程佳月是谁？”

那晚，林燃离开半山别墅后，就对林佑诚不抱有任何幻想了。不管是作为丈夫还是父亲，林佑诚都不合格。

林燃下巴微扬，示意她好好看菜单，林烟烟只好乖乖闭上嘴。

林燃已不想掺和这件事，但徐宜蓉找他帮忙的确是头一回。

他的手指微动，视线慢慢落到对面的女人身上，淡声说道："徐阿姨，这件事我恐怕帮不上你的忙。"

徐宜蓉的脸色微变，但不等她再开口就听林燃继续说道："但我知道有个人或许能帮你。我阿姨何伊翎你知道吗？"

徐宜蓉微微愣住。何伊翎是何晚秋的亲妹妹，她也只是听说过这个人而已，并不了解对方。

林燃点到为止，随后看向林烟烟："看完没？"

林烟烟光顾着听他们说话了，哪还有心思看菜单。

林燃笑了一下，从林烟烟的手里抽出菜单，拎着小丫头起身："那就回去，我们的事办完了。回去还得哄你盛姐姐。"

林烟烟："……"

所以她到这里是来干什么的？

不知道是不是去了清水镇的缘故，这一晚林燃没再梦到清水镇那光怪陆离的画面。这一次他的梦境像是万花筒——数幅画面变幻闪过，画面里依旧有那个女人。一会儿是暴雨夜，她在雨中奔跑；一会儿是昏暗的密林，她灵活地穿梭在其间；一会儿是在明亮却压抑的医院，她的脸上沾着血；最后则是，她蜷缩在床上，环抱着自己。恍惚间，林燃看见她的怀里似乎抱着什么东西。等他想再看清楚一点儿的时候，梦境就消失了。

天微微放亮，似有若无的光线从密闭的窗帘中挤进来，地面像是裂了一道缝。

林燃蹙着眉，下床径直走到窗边，一把扯开窗帘。2018 四脚朝天地躺在他的床脚，正呼呼大睡，恼人的光线并没有打扰到这只幸福的小猫咪。

林燃沉默地望着天上缓慢移动的白云。

他的梦越来越古怪了。

从清水镇开始，林燃意识到梦境里发生的事可能是真实存在的。但很显然不是这一世的事，他梦到的应该是以前他死后的世界。

让林燃疑惑的是，梦里的女人到底和他有什么关系？他明明不认识她。

林燃不是没想过梦里的人可能是盛青溪。可这大半年相处下来，他也算了解盛青溪，这小姑娘平时爱干净、爱漂亮，很宝贝自己的那一头长发。

宋诗蔓送她的发夹，光他见过的，都有几十个。而梦里的人是短发，从混乱复杂的画面来看，她的职业也很特殊。

林燃闭上眼，沉沉地吐了一口气。

他有预感，他还会梦到更多关于这个女人的事。

半山别墅里，徐宜蓉无力地握着手机坐在宽敞豪华的房间里。

林佑诚昨晚又没有回来。这偌大的别墅内，只有她和帮佣们。她一时间不知道该称这个地方为“住的地方”还是“家”。

她似乎是没有家的，“林太太”这个身份形同虚设，丈夫的两个孩子与她的关系一般。

徐宜蓉的父母早年就已去世，她忽然意识到这个世上竟没有一个与她血脉相连的人。

徐宜蓉垂眸看向手机屏幕，上面是何伊翎的电话号码。她犹豫片刻，终是拨出了这个电话。她不能就这样看着自己的家变得支离破碎。

运动会结束后，学生们马上迎来了期中考试。这次的考试对林燃三人来说格外重要，因为这关乎他们的约定。

林燃本来以为自己赢定了，但何默和谢真两个人开始日夜不分地学习，连体育课都不上了，甚至也不去打球了。他难得产生了那么一点儿危机感。

高三一周本来有两节体育课，在各科老师心照不宣的默认下，被改为一节。所以一周一节的体育课对学生们来说，就显得无比珍贵。

午休结束后的第一节课就是体育课。林燃侧头，看了一眼趴在桌上的盛青溪，见她的身上盖着他的校服，看样子还没醒。

盛青溪通常都是不睡午觉的，一个月里只偶尔会睡那么几次。

林燃后知后觉地发现，那几次似乎都集中在一个月内的同一段时间。他打开手机扫了一眼时间，显示是月初。

没过几分钟，盛青溪醒了，慢吞吞地从桌上爬起来，裹紧了林燃盖在她身上的校服，把手放在小腹上。

林燃转过她的脸，仔细看了几眼，发现她的脸色与平时相比有些苍白，但也不像是生病了。

他俯身凑近她，再次确认了她额间的温度，问：“冷吗？”

盛青溪点点头，又摇摇头。

林燃确认她的体温正常，询问：“去上体育课吗？要跑步还是看我打球？”

盛青溪抿着唇没说话，眼睛慢吞吞地眨了三下，示意要去看他打篮球。

以前，盛青溪的生理痛是在工作之后才有的。今年她自从落水后，身体就不如以前好了，再加上有一段时间她吃不好睡不好的，所以这几次生理期来时都会肚子疼。之前放在书包里的药刚好吃完，她还没来得及去买。

盛青溪恹恹地拉着林燃的衣摆，慢吞吞地跟着他往下走，耷拉着脑袋，一副没精打采的样子。

林燃很少见盛青溪这副模样。他停住脚步，弯下腰低声问：“哪里不舒服？外面冷，我们回去。”

盛青溪其实很怕疼，只是很能忍。生理期时的情绪不受自己控制，她闷着脸摇摇头，小声说道：“你先去操场，我晚点儿会去找你。”

这个时候，林燃不可能放她一个人走，也不管是不是在学校，手一伸，做出一副要抱她的姿势。他微眯双眼，语带威胁：“不说我就抱你回教室了。”

盛青溪：“……”

此时还是下课时间，楼道里人来人往的。

盛青溪只好踮起脚在他的耳边说了几句话。

林燃起先还没反应过来，等听明白盛青溪在说什么的时候，瞬间僵住了。

林烟烟从没和他说过这些，他对女孩子生理期的事一点儿都不了解。林燃的心里有那么一点儿慌乱，他忽然拉着她大步跨上台阶，回了教室。

何默和谢真见两人忽然回来，还以为出了什么事。但他们发现盛青溪看起来好好的时候，不由得在心里默默吐槽，林燃这是越来越能搞事了。

林燃见盛青溪在座位上坐好，低声说了几句话，便风一般地跑出了教室。

盛青溪甚至都来不及和他说句话，他就跑没影儿了。

约莫过了二十分钟，林燃拎着一个塑料袋，风风火火地进了教室。

此时，教室里大多数人都去上体育课了，那些请了假在教室里自习的人听到这么大的动静，都不由得回头看去。

看到来人是林燃，他们又默默地收回了视线。

林燃跑到座位上时，盛青溪正蔫巴巴地趴在桌上睡觉，人迷迷糊糊的，听到动静后也只是缓慢地掀开眼皮看了一眼。

林燃拿出盛青溪的水杯，看着她喝了药，又把买来的暖宝宝贴在她的肚子上。

谢真早在林燃进门的时候，就被赶去灌热水袋了，这时候正拿着热水袋回来。他还好奇地凑过去问了一句："燃哥，仙女怎么了？"

林燃无情地回道："去写你的作业。"

谢真暗骂：渣男！翻脸不认人！

现在盛青溪整个人都暖洋洋的，这让她好受了一点儿。她趴在桌上，看着身旁眼里写满担忧的林燃，小声说："林燃，一会儿就不疼了。"

林燃沉着脸，脱下外套盖在她的身上，以前没能察觉出她有这样不舒服的时候，这是他的疏忽。

盛青溪没有说话，闭上了眼睛。

林燃把宽大的校服往上扯了扯。她本就瘦，现在被宽大的校服一挡，整个人几乎都被遮住了。

盛青溪醒来的时候还有点儿蒙。因为她不在教室里，而是在一张单人床上。

她坐起身，快速地扫了一圈儿周围，发现是在一中的教师公寓。这个房间的主人显然是一位女性，但她并不在这里长住，因为这里的生活痕迹很少。

教师公寓的隔音显然不是很好，隐隐有交谈声从门口传来。

盛青溪听到了林燃的声音，又悄悄地躺了回去，打算等他们说完话再出去。

不大不小的客厅里，林燃没个正行地躺在沙发上，和何伊翎叨叨："阿姨，你是不是没见过小溪流？你肯定不知道她有多好看。"

何伊翎用一言难尽的表情看着林燃："呃，以前六班的计算机课都是我教的。"那女孩儿长得那么出挑，她是瞎了才会注意不到。

林燃挑眉："她是不是最好看的？"

何伊翎："是是是。对了，我问你，徐宜蓉前段时间找过我，是不是你让她来的？我寻思着，除了你，也没人敢让她来找我。"

何伊翎说这话不是没有理由的。

何晚秋和何伊翎两姐妹的性格天差地别，如果说何晚秋是静静盛开的幽兰，那何伊翎就是带刺的玫瑰。

这两年何伊翎当了老师，脾气倒是收敛了一些。她来当老师不为别的，就是放心不下林燃和林烟烟。但她也不想离这两个孩子太近，免得给他们太多压力，于是就当了计算机老师。

林燃懒懒地应道：“嗯，是我让她找你的。她和你说程佳月的事没有？”

何伊翎听林燃说起这个就来气，以前怎么就没看出来林佑诚这么恶心，平时看起来人模人样的，其实又瞎又蠢。

何伊翎忍不住翻了一个白眼：“他是不是就敢在徐宜蓉的面前逞威风？那天我一个电话过去，他都不敢大声说话。前两天程佳月已经被送回老家了。”

林燃听到这里，不由得嗤笑一声：“就这么点儿胆子？”

何伊翎要是真闹起事来，一定会惊动远在国外的林燃的外公外婆。林佑诚这人，谁也不怕，就怕他的丈母娘。人到了这个年纪，面子还是得要。暗里归暗里，闹到明面上来就太难看了。

何伊翎叹了一口气：“他吧，也就以为这事谁也不知道。要是你去找他，他的动作肯定更快，更别提烟烟了。那个老家伙就笃定你们不会告诉烟烟。”

林燃扯了扯嘴角，没接话。林佑诚一边怕他们发现，一边又控制不住自己，这不是有病是什么？

何伊翎没多说，拿起桌上的钥匙准备走人，又朝林燃挥挥手：“走的时候记得把门带上，我还有课。”

林燃应了一声。

何伊翎走后，林燃看了一眼时间，是下午三点，盛青溪也该醒了。

正这么想着，门从里面打开了。

小姑娘小心翼翼地将毛茸茸的脑袋从门里探出来，小脸睡得红扑扑的，侧脸上还压出了一道红红的印子，看上去还怪可爱的。

林燃几步走过去，微微俯身，和她目光相对：“还疼吗？”

盛青溪摇头：“我们回去上课吧。”

临近期中考试，林燃觉得盛青溪比他都紧张。他不由得生出要逗逗她的想法来，笑道：“你同时给我们仨补课，我要是考得没他们好，可要输了。”

盛青溪试着想象了一下那幅画面，却发现想象不出来。她抿抿唇，小声说道："我陪你。"

林燃一怔。他发现，盛青溪总是有无数种方法让他的底线不断被突破。

哪怕她一句话都不说，他都想给她全世界。

一周后，在紧张的学习氛围中，他们终于迎来了期中考试。

在看到考场安排的时候，林燃觉得自己已经在起跑线上赢过了何默和谢真，因为他在第四考场，而何默和谢真依旧在第十考场。

林燃把盛青溪送到第一考场，见她乖乖地在第一排第一桌前坐下，敲敲她的脑门儿准备离开："考完了不许瞎跑，到时我过来找你。"

盛青溪点点头。

林燃没多留，这第一考场里的都是好学生，他们见到他，大气都不敢出。他完全有理由怀疑，他要是再多待一会儿他们就要窒息了。

这次期中考试，其他科目的试卷难度都适中，唯有最后一场数学考试，保持了一中一贯的风格，难得让人抓狂。

铃声打响，考试结束。

盛青溪乖乖地坐在位置上等着林燃来接她，但她最先等来的不是林燃，而是一群要和她对答案的人。

盛青溪对此已经习惯了，默默地把自己的试卷递了出去。

她以前没有在试卷上写解题过程和答案的习惯，但一中的同学和二中的不太一样，他们热情又自来熟，总是有很多人来问她题。

久而久之，她就养成了这个习惯。

她也知道，想再看到自己的试卷肯定要到下周了。

林燃刚走到门口，就看见乌泱泱的一群人围着小溪流，但他们又不敢太靠近，似乎是害怕吓到她。等小溪流把试卷交出去，那群人换了一个地方围成一团。这时小姑娘悄悄地松了一口气，还拍了拍自己的小胸脯。

林燃站在窗边看了好一会儿才进去。她本质上其实就是个小女孩儿，以前也不知道是什么在逼着她长大。

盛青溪见林燃进门，立即拎起书包向他走去，非常自觉地把书包递了过去。

林燃接过书包往外走，边走边问："晚上是和我出去吃饭，还是待在教室里？"

盛青溪眨眨眼："和谁吃饭？"

林燃让她走到靠近栏杆的一侧，才继续说道："和宋行愚，烟烟和阿真他们也去。你要是想待在教室里，我就先陪你去食堂吃饭。"

盛青溪想到宋行愚和林烟烟以前的关系，犹豫了一下，应道："我和你一起去。"

林燃似笑非笑地看了盛青溪一眼："你上次偷看别人时是什么结果，你还记得吗？这回要再让我看到你偷看他，我就把2018的毛全给剃了。"

盛青溪："……"

2018又做错了什么？

从林燃和盛青溪身旁路过的一名学生都听傻了。他刚刚都听到了些什么？转学生和燃哥在一起每天居然是这个待遇，这也太惨了。

他们将晚饭的地点定在日料店。

因为天冷，他们都没骑车。等林燃到日料店的时候，宋行愚已经到了，朝他们挥了一下手。

盛青溪想了想，自然地往林燃身后一躲，不去看宋行愚。不然她可能会给2018带来无妄之灾。

宋行愚自然注意到了盛青溪的小动作，挑眉和林燃对视一眼，而后无奈地摇了摇头。他算是发现了，林燃这小子和盛青溪闹别扭那会儿死气沉沉的，现下两人和好了，这小子看起来才有个人样儿，鲜活的人样儿。

宋行愚笑了笑，带着这帮孩子进了包厢，知道他们今天考完试，特地挑了这个时间好让他们放松一下。

坐下后，谢真手快地拿起了菜单。小胖子别的不行，对吃的最在行。他们出去吃饭时通常都是由谢真点菜，他对此不能更熟练了。他们六个人分别坐在桌子的两侧，林燃和谢真坐在最外边，盛青溪和何默坐在中间，林烟烟和宋行愚坐在最里面。

宋行愚一抬头就能看见对面的林烟烟。这小女孩儿这次见他，乖巧地喊了一声"宋哥哥"，似乎没有之前那么怕他了。这俩女孩儿几乎不掺和几个男生的话题，一进包厢就凑在一起嘀嘀咕咕的，直到上了菜还在聊。林燃看不下去了，勒令两人好好吃饭。

盛青溪拿起筷子，还惦记着林烟烟刚刚和她说的话。

这话不只盛青溪听到了，宋行愚也听到了。当然他不是故意偷听的，他离林烟烟很近，这女孩儿说话的时候，也没想着对面还有人。

他抬眸，看了一眼这个苦恼的小女孩儿。其实她和盛青溪没说别的，只是说了学校里有人纠缠她，她拒绝了几次，不知道该怎么办才好。这事林烟烟也不敢和林燃说，毕竟林燃脾气很不好，说了她怕会闹出什么事儿来。虽然林燃这大半年以来安分了许多，但也只是因为有盛青溪管着他，他骨子里的东西不会变。

饭后宋行愚去付钱，林燃他们几人慢悠悠地往门口走去。

盛青溪和林烟烟走在最后面，两个女孩儿还在小声商量关于那个男孩子的事情。

宋行愚默不作声地走在后面，听了一会儿，忽然低声说："如果你们不方便把这件事告诉林燃，我可以帮你们解决。"

顿了一下，他补充道："不打架惹事，不威胁恐吓。"

林烟烟没想到这事被宋行愚听到了，有些不好意思地红了脸，往盛青溪的身后躲了躲。

宋行愚本来不该管这事的，他的身份不合适。但这事要让两个小女孩儿自己去解决，他也觉得不合适，万一出了什么事就不好了。他知道这兄妹俩和家里的关系不好，显然林烟烟没打算把这件事告诉他们的父亲。

盛青溪倒是认真地思考了一下这件事的可行性。她去解决这件事和宋行愚去解决这件事在震慑力上就有差别，毕竟她也不好动手，再加上她的年纪也不大，那个男孩儿可能不会把她的话放在心上。

宋行愚去就不一样了，而且比起林燃来，他更理智。

盛青溪知道宋行愚并不像表面上看起来这样温和。他这人和林燃其实是半斤八两，但他现在和林烟烟的关系还不近，这事儿还不会让他失去理智。

盛青溪想了想，还是打算问问林烟烟的想法。她侧头，小声问："烟烟，你觉得呢？要是觉得不方便就交给我去解决。"

林烟烟犹豫了一下，小声应道："好。"

宋行愚见小女孩儿答应了，不由得弯了弯唇，低声说道："我晚点儿会联系你，现在你先和你哥哥回去。"

林烟烟乖巧地点点头。

门口的林燃见盛青溪她们还没跟上来，不由得回头看了一眼，结果他一回头就见盛青溪正仰着头和宋行愚说着话，说着说着，宋行愚还笑了一下。

林燃："……"

宋行愚是开车过来的，他负责把林烟烟三人送回车行。至于把盛青溪送回盛开这件事，他肯定不会去掺和，因为林燃显然已经不高兴了。

宋行愚无奈地摇摇头，先开车离开了。

周一，天刚蒙蒙亮。何默和谢真从来没有起过这么早，这是他们头一回这么早来学校。来得太早，以至于老师还没来得及往宣告栏上贴成绩。两兄弟只好叼着包子，蹲在宣告栏前等着。

老师见到宣告栏前蹲着两个人，还吓了一跳，心想：这俩孩子干啥呢？

何默和谢真一见老师拿着成绩单来了，都顾不上吃饭了，也不等老师把成绩单贴上去，拿过成绩单就开始找自己的排名。

谢真的小眼睛从来没有这么灵活过，他几乎一目十行地往下看着。

两分钟后，何默和谢真抱头痛哭。他们太惨了。

贴成绩单的老师见这样的学生见多了，叹了一口气，安慰道："学习这件事呢，有压力和紧迫感是好事，但过度了就成了一件坏事。所以这个度你们自己要把握好。"

何默和谢真充耳不闻。他们一点儿都不在意学习，在意的是他们的脸马上就要丢尽了。

七点半，林燃和盛青溪走进教室。两人都注意到了与平常不同的地方。

大清早的，班里格外热闹。何默和谢真的座位旁边围满了人，男生女生都有，且爆笑声不断。还有人坐在座位上笑出了眼泪，场面看起来滑稽又混乱。

盛青溪好奇地往那边看了一眼。

林燃见她一副很感兴趣的样子，便走到何默旁边轻轻敲了敲桌子。围观的人纷纷回过头来，在看见林燃的那一瞬，他们的笑意凝固在脸上。

不到三秒，人群就散开了。盛青溪眨了眨眼，他们似乎都很怕林燃。

人群散开后，盛青溪和林燃看到了何默和谢真此时此刻的模样。他们一人脑袋上绑着一根白布条，上面用马克笔写着一行字。

盛青溪抿唇偷偷笑了一下。

林燃盯着他们的脑门儿，饶有兴味地看了一会儿，轻轻挑眉："你们打算绑多久？"

何默一脸严肃："您说了算！"

谢真正襟危坐："没错，您开心就好！"

林燃嗤笑一声："行了，大家也都围观过了，摘下来吧，别影响老师上课。"

何默深受感动，还假惺惺地抹了一把眼泪："燃哥！不枉我叫了你那么多年哥！"

小胖子更是直接抱住林燃的胳膊蹭了蹭："燃哥，就冲你这句话，我明年非得给你整一辆比你现在的宝贝还牛的摩托车。"

林燃倒是不在意他们说了什么，低头看着盛青溪笑道："好几天没见你笑了，这会儿怎么这么开心？"

盛青溪的双眼亮晶晶的，她不应声。

早读课上的热闹气氛没能延续到下一节课。铃声一响，老屈拿着试卷和成绩单进来了。这时祖国的小花朵儿们都蔫巴巴地垂下了脑袋，心想：人生太难了。

老屈没像蒋铭远那样给他们每人都发一张成绩排名表，也没挨个儿报他们的名次，只是大概说了一下一班在全年级的成绩排名以及平均分等。

当然了，老屈必须得着重表扬一下盛青溪。因为他已经两年没摸着"年级第一"这四个字了。

老屈笑眯眯地看着林燃，感叹道："老师以前以为你只会给老师招祸惹事，没想到你还有做好事的一天。"

林燃："……"

一班的同学们没忍住，哄堂大笑。

盛青溪默默地低下了头。虽说她转班的原因大家都清楚，但被老师这么说出来，她还是很不好意思。

林燃知道盛青溪的脸皮薄，好笑地看了一眼这小姑娘，见她的耳根都红透了。

林燃和老屈对视一眼，懒懒地说道："您还是快点儿说完成绩，然后给我们分析分析这数学试卷吧。我到现在还惦记着最后一道选择题呢。"

"哎哟，你们瞧，这林燃还有爱学习的一天。我建议大家都向林燃学学。当然了，对待考试随心所欲这事可学不得。"老屈也没继续贫嘴，毕竟还是上课重要。

下课后，盛青溪跑去讲台桌边，问老屈要了成绩单。老屈一看就知道，这小姑娘不是为了看自己的成绩，毕竟每次都能考年级第一的人，对自己的成绩是心里有数的。

老屈压低了声音，凑到盛青溪边上问：“你老实和老师说，你说林燃这么下去能考上什么大学？”

盛青溪一眼就看到了林燃的成绩。

林燃这一次考进了班级前十，正好是第十名，年级排名是第五十三名。按照这个分数，林燃肯定能达到本科线。林燃的进步非常大，他的进步速度快到了一种令人讶异的程度。办公室里的老师们都期盼着林燃能有更好的成绩和未来。

老屈知道林燃的功课都是由盛青溪辅导的，没人比盛青溪更清楚林燃还有多大的进步空间了。

盛青溪想了想，认真地答道：“老师，我觉得林燃能考上所有他想考上的大学。”

老屈一瞪眼，确认似的问：“真的？”

盛青溪点头：“真的。”

林燃眼瞅着盛青溪走上讲台，和老屈嘀嘀咕咕了好一会儿才回来。老屈说话的时候还朝他这个方向瞥了一眼，他一看老屈的眼神就知道他们在谈论他。

盛青溪坐在靠窗的位置上，所以她想坐进去就必须得从林燃的面前经过。

林燃见盛青溪快走到边上了，赶紧把椅子往后挪了一下，挡住路，不让她进去，双手环胸，盯着她。

盛青溪抬眸看他一眼，似乎在问他怎么了。

林燃朝着老屈的方向抬了抬下巴，侧身微眯着眼看向盛青溪：“坦白从宽。”

盛青溪抿抿唇，悄声说道：“林燃，屈老师问我你想考什么大学。我说你想考宁城大学。”

林燃蒙了，他什么时候说过？

林燃沉默片刻，忽然问道：“你想去宁城大学？”

盛青溪见他一副严肃认真的模样，不由得弯了弯唇，弯腰凑近他，小声说：“我想去有你的大学，去哪里都可以。”

少女那柔软的唇微弯，黑眸里带着些笑意，说出的话语却让林燃充满力量。她的感情比大火还要炽烈，烧灼着他的心脏，让他浑身的血液都开始沸腾。

林燃身体僵硬地让开道儿，也不说话，就这么绷着脸，看起来还怪傻的。

盛青溪在经过林燃位子的时候，看见男生红透了的耳垂，心想：真可爱。

期中考试过后，时间似乎被按了加速键，眨眼就到了十二月。

这个时候，校园里大部分人都已经穿上了冬季的校服，还有人在校服外又穿上一件羽绒服，也有的人，还穿着秋季校服，比如林燃。

近几天，初城的气温每天都在即将跌破零摄氏度的边缘徘徊。

一班同学看到林燃穿着单薄的秋季校服，都替他觉得冷。冬天总是他们最佩服林燃的时候，当大佬可真不容易，这个天还要维持风度。

盛青溪今天早上刚见到林燃的时候，也吓了一跳，他真的不冷吗？以前，她单位里好多小伙子到了冬天也得裹成熊。

盛青溪托着下巴看着林燃，慢慢看出了神儿。

林燃一转头就见盛青溪正呆呆地看着他，一双大眼睛水亮干净，眼神却有些涣散，一看就知道她走神儿了，脸上还被自己的手按出了一道红印子。

林燃伸手，弹了一下她的脑门儿。

小姑娘后知后觉地抬手捂住自己的额头，委屈巴巴地看了他一眼。

林燃微挑了挑眉："看着我在想什么呢，想得这么出神儿？"

盛青溪没听懂林燃在说什么，茫然地和他对视半晌，问："林燃，你冬天一直都穿这么少，以前也是这样。一整天都不会冷吗？"

林燃眯了眯眼："以前？"

盛青溪小声说："嗯。你救我的那一天，穿着很薄的风衣，黑色的。"

林燃早已不记得自己那天穿了什么，甚至连盛青溪的模样和声音都记不太清了。他只记得自己救了一个女孩儿，然后把她带回了家。

但这一切对盛青溪来说是记忆深刻的。

林燃："不冷，你好好早读。"

盛青溪把手往袖口里缩了缩，开始背英语单词。她的腿上放着林燃给她准备的热水袋，上面还盖了一张小毯子。她觉得整个人都热乎乎的。

盛青溪其实没有那么怕冷，她的体温就是比平常人的偏低一点儿。

这一年的十二月比初城往年的十二月都要冷上一些，但冷空气并不能阻挡人们迎接平安夜到来的热情。

林燃和盛青溪还在路上。

昨天夜里下了点儿雨，地面上覆着一层薄薄的冰霜。林燃看着盛青溪，跟着她小步小步地往前迈，她今天很高兴。

林燃能感觉出来，她似乎特别喜欢冬天。她那红帽子上的白色球球随着她的动作一晃一晃的，一晃眼就跟帽子上沾了雪一样。

盛青溪今天穿得格外引人注目。她戴着红帽子，却围着一条绿色的围巾，看起来有点儿傻。

这条绿色的围巾是盛兰给她准备的，红帽子是林燃一大早来接她的时候硬给她戴上的。盛青溪想拒绝，却被林燃无情地拒绝了。

林燃见她踩雪踩得高兴，不由得多问了一句："喜欢冬天？"

她点了点头，帽子上的毛球跟着前后晃了两下。

初城地处南方，很少下雪。偶尔下一次，通常也是一天就停了。但就是那么一天的雪，能让人们兴奋好几天，巴不得把雪球捧回家供起来。

想到这里，林燃像闲聊似的，无意间提起盛青溪以前的事："你以前是一直留在初城吗？大学呢，你是去哪儿上的？"

结合上一次盛青溪和他说的话，林燃觉得她大学大概率就是在宁城大学读的。

她摇摇头说不是，那颗毛球又跟着左右晃了晃。

盛青溪玩了一会儿才应道："我是在禾城读的大学。"

林燃一怔。禾城？

禾城最出名的大学是公安大学，这显然不会是盛青溪的选择。而其他学校的录取分数线更是和盛青溪的成绩相去甚远。难道她高考发挥失常了？林燃越想越觉得有可能。毕竟，就在高考前，他死在了大火里，按照这小姑娘的倔劲，她真有可能会考得不好。

林燃刚想说些什么，却忽然想到了在宋诗蔓他们家的船上，盛青溪朝他攻击时所摆出的姿势和使出的招式。那时候他以为，她是和邻居们学的，用来防身。

城西那片住着不少退休的警务人员。

可是如果不是呢？也有可能是那一晚……那一晚给她造成的心理阴影

太大了。

林燃垂眸，喉结滚了滚，低声问：“盛青溪，你现在还怕吗？”

盛青溪回头看向林燃，见他正垂眸看着她，眸间翻涌着浓浓的担心。她轻声说：“林燃，我不怕。那一晚在巷子里，从你进来的那一瞬间，我就不害怕了。”

盛青溪浅浅地笑了一下，眼睛也弯起来，说：“你是我的英雄。”

林燃心口一热，像承诺似的，一字一顿地说道：“以后我保护你。”

他想永远做她的英雄。

林燃和盛青溪都是对节日没什么概念的人，尤其是西方的节日，但平安夜这个日子对他们来说，太特殊了。

他们都知道初城所有学校会在下午前宣布，走读生可以提前放学，因为晚上可能会下大雪，为了学生们的安全，学校会提早放学。

所以那一晚，盛青溪会去买糖。

对于那一晚的事情，盛青溪早已记不太清了，只记得林燃怀抱里的温度。

盛青溪转头扫了一眼教室，好些人的桌上都放了苹果。就在她胡思乱想的时候，林燃走过来，拎着她回了座位，然后一句话没说就出去了。

等林燃再回来时，他的手里拎了两袋糖。

林燃把糖往盛青溪的桌前一放，跟哄小孩儿似的：“不馋别人的，哥哥给你买糖吃。”

盛青溪眨巴眨巴眼，伸手把糖揣进了自己的怀里。等她剥了一颗糖含进嘴巴里，才想起自己什么都没给林燃准备。

她抬眸，看向正看着她笑的林燃，含糊地问：“林燃，你想要什么礼物？”

林燃现在一听“礼物”这两个字就头皮发麻。

从他们认识到现在，盛青溪送了他三件礼物。

第一件是拳套，是用来哄他的。

第二件是那只小老虎毛绒玩具，他亲眼看她抓了五十一次才把那个娃娃抓上来，后来那个娃娃出现在了他的摩托车上。

第三件是那个昂贵的限量款头盔，是他以前就收到过的头盔。

想到这里，林燃不由得轻笑了一声。或许他就是这么一步一步地沦陷的。她太知道他的命门在哪里了，每一步都把他的心抓得死死的，让他无处可躲。

这次，林燃说什么都不能让这个小姑娘自己乱送东西了，再这么下去，他连命都得交待给她。

下午三点，老屈来教室里宣布学校新下的通知，因为下大雪，学校决定让走读生先放学回家，还说需要家长来接的，可以去办公室打电话。

雪天，林燃不敢骑车接送盛青溪，这两天他都是陪她一起坐公交车。

何默和谢真当然不会放过早放学这个好机会，一合计就决定要去吃火锅和烧烤。天气寒冷的时候，在家里生着暖气吃着火锅，没有比这更幸福的事了。

由于上一回宋行愚请他们在外面吃饭，这一次谢真也喊上了宋行愚。宋行愚一听，提议在车行吃火锅，就他们几个，可以自在些。

这会儿，估计宋行愚已经去准备食材了。

谢真美滋滋地收起手机，邀请道："仙女，晚上和我们一起去吃火锅吗？吃完让燃哥送你回去。"

林燃也看向盛青溪。

盛青溪摇摇头，小声拒绝了："今天盛开有活动，我得回去帮忙。"

上一世，盛青溪就是在今天出事的，林燃说什么都不可能让她一个人待着。起码在睡前，她得一直在他的视线范围内。

林燃还没说话，就听谢真说道："没事儿，那我们直接去车行，拿了东西一起去盛开。正好带点儿礼物和糖，去看看小朋友们。"

何默摸了摸脑门儿，心想：谢真这小子最近怎么这么上道儿？

林燃勾勾唇，笑道："带上林烟烟那小丫头，她不是很喜欢那些孩子吗？我们在别的地方吃，不打扰他们，吃完了也能在那儿帮个忙。"

盛青溪见他们都这样说，只好答应了。

下午，放学铃声一响，一群人浩浩荡荡地出发了。

宋行愚听说要去盛开，也买了不少礼物，车上几乎要被礼物和食材塞满了。谢真和何默要回一趟车行，宋行愚则开车带着林燃他们先去盛开。

林燃坐在副驾驶座上，两个女孩儿坐在后座。

林燃微微侧头，往后瞥了一眼。

这两个小丫头，一上车就又凑到一起嘀嘀咕咕，和上回吃饭的时候一模一样，且说话时还特别小声，他一句话都听不清。

他看了一会儿就不看了，自顾自地和宋行愚聊起天来。

后座这边，盛青溪低声问林烟烟："最近那个男生还有没有来找你？"

林烟烟连忙摇头，小声应道："上次宋哥哥去找过他之后，他就没再来找过我了。就是有点儿怪，他在路上看到我就跑。"

盛青溪轻咳一声："要是他再来找你，你就和姐姐说。"

盛青溪几乎能猜到宋行愚是怎么"欺负"那个小男孩儿的。宋行愚肯定不会对这个年纪的男孩儿动手，只会笑着邀请，问对方要不要坐坐他的车。

宋行愚这人开起摩托车来，就跟赛场上的林燃似的，疯子一个。

以前，宋行愚和林烟烟结婚后才开始慢慢改掉这个习惯。盛青溪不知道今生他们是否还有缘分结为夫妇。

林烟烟抿唇笑了一下，悄悄说："姐姐，宋哥哥很厉害，和哥哥一样厉害。"

盛青溪摸摸林烟烟的小脑袋。

晚上六点，盛开福利院里。

有不少小家伙裹得厚厚的，正在院子里玩。何默他们一起给孩子们分糖和礼物，每个人都收获了几十声甜甜的"谢谢哥哥"或"谢谢姐姐"。小胖子觉得自己简直被治愈了，忽然能理解那个时候，宋诗蔓为什么天天往盛开跑了。高三学生压力这么大，这些可爱的小家伙对他们来说，简直是治愈天使。

谢真以憨态可掬的形象获得了所有小朋友的喜爱。他敞开自己圆滚滚的肚子，让这些小家伙随便摸，一时间院子里都是笑声。

盛开难得这样热闹。

盛青溪和林燃在客厅收拾了一张小矮桌出来。等他们准备开始煮火锅，已经是半小时后的事儿了。

林燃准备往锅里放食材，顺便让盛青溪出去，把他们都叫回来。他絮絮叨叨地叮嘱她："穿上外套，围巾也戴上。"

盛青溪点点头，戴上围巾就跑出去喊人了。

不大不小的客厅里飘着火锅的香味，玻璃上氤氲着雾气。

温暖的室内，他们脱下了外套，围着热腾腾的火锅聊天。

吃饭过程中，盛青溪的筷子就没能来得及往锅里夹一下。她还没伸手，林燃就把菜夹过来了，她的碗慢慢变成了小山丘。

盛青溪只好埋头“吭哧吭哧”地吃东西。

林燃给盛青溪夹完菜，又去管林烟烟那个小丫头。宋行愚和谢真两人在聊车和车队，聊得火热，他却在这里伺候这两个小姑娘。

等到九点的时候，林燃才闲下来自己吃东西。此时客厅里只剩下盛青溪陪着他，其他人都和那些小家伙玩游戏去了。

盛青溪捂着自己的小肚子，半躺在软沙发上，脸颊因热气泛出一片红晕。

林燃一扭头，想再往她的嘴里喂点儿东西，就见她一脸困倦，脸颊已经红透了，偏偏一双眸子还是水亮的。

见他俯身看来，她便仰着小脸，努力睁着眼睛和他对视。

林燃叹了一口气，手指在她的额间点了点，低声说道：“吃饱了就困，和小猫一样。”

雪簌簌地落了几日，直到三十一号那天才停下。

整个初城被皑皑白雪覆盖。大清早就有环卫工人在街边扫雪，早餐店门口都是蒸腾的热气，风一吹就散了。

盛青溪裹着羽绒服，将脸缩在围巾里，捧着牛奶，看着林燃。林燃这一次穿了冬季校服，但外面仍旧什么都没套。

站牌处站着不少人，年纪稍大一点儿的学生都认识盛青溪和林燃。有些新生没怎么见过他们，好奇地不住地往两人身上看。

林燃冷冷地扫了他们一眼。这些人慌忙移开视线，不再多看。

等盛青溪喝完了牛奶，林燃不紧不慢地告诉她：“盛妈妈和我说，今晚没空管你，让你到我家吃饭，和我一起跨年。”

盛青溪闻言，蒙了一下，盛兰没和她说过这件事。

林燃见盛青溪的眸中一片迷茫，忍不住想逗逗她。他脸上的表情变得严肃，语气微冷：“怎么，不想和我一起跨年？”

盛青溪现在对付起林燃来，已经很得心应手了，听他这么说，干脆别开脸，不去理他，心想：这个人，你越理他，他越来劲。

林燃等了半天，没等到盛青溪的回答。

等他弯腰凑近仔细一瞧，这小姑娘绷起小脸来，一副不高兴的模样，显然是不想理他了。

林燃沉思片刻，觉得她现在变得越来越不好欺负了。

两人僵持了一会儿，林燃认㞞："盛青溪，请你和我一起跨年。"

盛青溪转头看了他一眼，没说话，只用那双漂亮的眼睛看着他。

林燃哼笑一声："坏丫头。"

往年，几乎所有节日，何默和谢真都是和林燃一起过的，今天也不例外。一放学，两个人就拎好包，等着去林燃家。

今夜又是他们兄弟俩的上分之夜。

何默和谢真两个人齐刷刷地看着左边，都蒙了——林燃正在给盛青溪收拾东西。

盛青溪瞥了他一眼，起身，看向何默和谢真："阿真，默子，我们走。"

何默一乐："好嘞。"

谢真赶紧跟上："你们等等我！"

被遗忘在位子上的林燃："……"

来到城南花园，林燃一打开门就闻到了饭菜的香味。他怔了一瞬，才想起来陈阿姨知道元旦他们几个人会在这里聚一下，她会过来烧饭，然后离开。

林燃回头看了一眼还毫无所觉的盛青溪，她正低着头在和林烟烟说些什么。

他当机立断，转身将她拉离人群："你们先进去，我带这丫头去买点儿东西，马上就回来。"

盛青溪就这样莫名其妙地被林燃带走了。

林烟烟一脸茫然，仰头看着谢真："阿真哥哥，我哥哥去干什么了？他们忘了买什么东西吗？"

谢真心想：林燃又发什么疯！

何默摸摸林烟烟的小脑瓜："你哥哥这人，想一出是一出，别理他。我们先进去。"

林烟烟点点头。

何默和谢真的怀里都抱着一大堆零食和食材。他们准备在林燃家的后花园里吃烧烤来着。后花园里有个暖房，本来是用来种植花草的，但林燃和林烟烟对那些都没兴趣，就空置了。

何默一进门就注意到陈阿姨在厨房里。他放下东西后嘀咕了一句：“这么多会不会吃不完？我和陈阿姨说一声，让她做完这个菜就够了。”

谢真一把扯住何默。小胖子气得肉一抖一抖的：“怎么可能吃不完？你在小看我吗？”

何默：“……”

林烟烟放下书包，钻进厨房，给陈阿姨帮忙去了。陈阿姨见到林烟烟，勉强笑了笑：“烟烟，放学回来了？小火呢？”

林烟烟虽然年纪小，但这并不妨碍她看出陈阿姨的情绪不好，而且陈阿姨看起来比前段时间憔悴了一些。

林烟烟想了想，小声问：“阿姨，你怎么了？”

陈阿姨今天过来，只是不想饿着这几个孩子。这段时间，她的情绪一直紧绷着，此时听林烟烟这样乖巧又担心地问她，她一下子就绷不住了。

陈阿姨关上火，抬手捂住了眼睛，压抑沉闷的哭泣声从她的喉间跑出来，肩膀一耸一耸的。

林烟烟瞬间慌了神儿，赶紧抽了一张纸巾，递给陈阿姨，磕磕巴巴地说：“阿姨，你……别哭。我……我去找哥哥，你等等我。”

陈阿姨一听林烟烟要去找林燃，一时也顾不上擦眼泪，连忙拉住林烟烟，说：“阿姨没事，只是最近有些烦心事。”

林燃和家里关系不好，她不想让这孩子因为她的事再和家里吵架。

林烟烟小声安慰了陈阿姨几句。

陈阿姨没多留，做好饭菜后就准备离开了，家里还有一大堆事等着她做。她只叮嘱道：“烟烟，阿姨先回去了，别忘了锅里还蒸着螃蟹呢。”

林烟烟点点头，将陈阿姨送到别墅门口才回去。

城南花园附近的综合超市里，盛青溪正在挑水果。林燃趁这会儿时间，给何默他们发了信息。

有福同享，有难退群（3）

Firegun：“陈阿姨走了没有？”

胖达达达：“刚走，燃哥快回来帮忙！”

Firegun：“马上。”

林燃见陈阿姨走了，松了一口气。他可不想在这个日子里惹盛青溪不开心。这小姑娘放学那会儿就生他的气了，他好不容易把她哄好。

两个人买完水果，一起往城南花园走去。路上的雪已经被清扫干净，只小公园里还覆盖着厚厚的雪。

远处还立着一个小小的雪人，那雪人戴着围巾、帽子，胖乎乎的，还怪可爱的。

盛青溪多看了它一眼。

别墅的大门开着。林燃好些天没骑他的宝贝摩托车了。进门后，他拐去车库看了一眼，盛青溪跟在他的后头，小心地打量了一圈儿车库的模样。车库墙边有一个巨大的玻璃展柜，里面放满了头盔，每一个都很漂亮。盛青溪没在里面看到她买的那个。

林燃注意到盛青溪的眼神，一看就知道她在想什么。他懒声说道："我的宝贝肯定得和我在一起，它天天和我住一屋。"

盛青溪听了这话，隐隐觉得哪里不对劲，但又说不上来是哪里。不过她没时间多想，因为他们一进客厅，就被拉到暖房那儿去帮忙了。

何默和谢真正在搭烧烤架，林烟烟将陈阿姨做好的菜都端了上来。盛青溪拿着水果去了厨房，切了一个果盘，顺便做了一个水果蔬菜沙拉。

一群人都在忙活着各自的事，准备迎接新的一年到来。

和热闹的城南花园比起来，半山别墅就显得冷清了一些。

因为林佑诚今天回来吃饭，徐宜蓉从中午就开始忙了。

将近十年的相处，徐宜蓉了解林佑诚的口味，所以提前准备了好酒，备好了盛宴，就等林佑诚回来。

晚上七点，林佑诚的车在门口停下。

徐宜蓉忙脱了外套，到门口等他。

林佑诚进门刚想说些什么，在抬头看到徐宜蓉的一瞬，忽然怔住了。

今天徐宜蓉和往常不同，她身着盛装，化了精致的妆容，但这些都不足以让林佑诚侧目。让林佑诚怔住的是徐宜蓉的耳坠。她戴了一副青瓷色的耳坠。

这是他们刚结婚那一年，林佑诚送她的礼物。徐宜蓉知道这是何晚秋喜欢的颜色，心存芥蒂，从来都没戴过，这是她头一回戴。

徐宜蓉温柔地笑了一下："佑诚，快进来吃饭。"

林佑诚回过神儿来，点点头："好，吃饭。"

餐桌上摆满了诱人可口的菜肴。

徐宜蓉拉开椅子，让林佑诚先坐下，然后笑着给他倒了一杯酒。明亮的灯光下，酒杯里的酒闪耀着如宝石般漂亮的光泽。

晚上十点，城南别墅。

盛青溪和林烟烟坐在沙发前的小毯子上，看跨年演唱会。两人手里还拿着不知道从哪里弄来的应援棒，高举着手叫得正欢。

何默和谢真坐在另一边的沙发上，凑在一起打游戏，时不时地会吵上几句。

林燃黑着脸，看着不远处电视屏幕上那个又唱又跳的男人。看了没一会儿，他又转过头去看盛青溪，见这个没心没肺的小姑娘正在和林烟烟那小丫头一起喊电视里的人“哥哥”，就和疯丫头似的，冲着屏幕瞎叫唤。

什么哥哥不哥哥的，哥哥不就在她们的面前坐着？

林燃怀里的2018大着胆子，伸出自己的小爪子，对着林燃的肚子来了一下，然后抬起小下巴，示意林燃给它撸毛，哪还有初见时乖巧胆小的模样？

林燃：“……”

这一年的最后一天，林燃生了一肚子闷气。

第十五章　生　日

零点，钟声敲响时，盛大的烟花绽放。喧闹的客厅并没有因为这一瞬而变得安静下来。

电视里的画面很热闹，林烟烟和盛青溪的视线却早已不在上面。两个人靠在一起看着手机，许是看到了什么有趣的东西，都笑了起来。

何默和谢真是在吵闹中度过这一刻的，一点儿都没有被烟花干扰，吵得“噼里啪啦”的，比外头还热闹。

林燃慵懒地倚靠在沙发上，视线静静地落在盛青溪的身上，手指有一搭没一搭地撸着手里的猫。黑乎乎的猫儿摊开肚皮，悄悄地甩着尾巴。

这个时间，似乎不管哪儿都是一幅热闹欢欣的景象。

那些仍在路上的人们在此刻驻足，抬头望着这绚烂而又短暂的烟花。新的一年便是新的开始，新的开始代表着新的希望。

零点过后，两个女孩儿许是闹累了，都有些犯困。

林燃拎着精神抖擞的 2018 往地上一放就不管它了。这小东西在他的肚子上作威作福一晚上了，他能忍受到现在已经很不错了。

林燃走到沙发边，对着这俩女孩儿的脑门儿一人来了一下：“上楼洗洗睡吧，明天早上带你们去堆雪人。起得早还有雪，要是你们睡到中午可就没雪了。”

堆雪人？盛青溪立马转头看向林燃。

林烟烟也双眼亮闪闪地看着林燃："哥哥，真的能堆雪人吗？"

林燃瞥了这俩小丫头一眼，朝着盛青溪抬了抬下巴："你盛姐姐看我们堆，你早点儿起来，我不来叫你。"

林烟烟忙不迭地点头。

盛青溪鼓起腮帮子，不高兴地瞪着林燃。

自从林燃开始关注她的生理期之后，她这些天一直没能找到机会玩雪。那天她偷偷捏了雪球玩，林燃就拎着她训了一下午。

盛青溪闷闷不乐地耷拉下脑袋。她也想玩雪。初城的雪不厚，雪停之后，差不多一上午的时间就会化完。

林燃揉揉盛青溪的脑袋："等放假了带你出去玩雪，这段时间就乖一点儿。"

盛青溪本来不觉得怎样，但被林燃这么一哄，突然觉得自己有点儿幼稚。算起来，她比林燃多活十年。可在林燃的面前，她总觉得自己还是个小女孩儿。

林燃把她们赶去睡觉，自己也去睡了。

至于还在客厅里吵吵闹闹的谢真和何默，他压根儿不想管。

交错的光影忽近忽远，琉璃般的线条变幻莫测。

下一瞬，汹涌而冰冷的海水瞬间将他包裹住。所有的画面都变得模糊而斑驳，光线渐渐暗了下去，窒息的感觉一点点涌上来。

林燃能感觉到他在海里，可他为什么会在海里？

不远处，似乎有什么东西。

林燃知道此刻自己是在梦里，努力地挣扎着往那个方向游去。

等林燃离目标越来越近时，他猛地顿住。即便此刻思绪混乱，林燃还是一眼就认出了不远处的那个女人。对，女人。那是盛青溪！

盛青溪在往下坠。他能看到她睁着双眼，怔怔地望着海面，任由自己这样往下沉，越坠越深。

眼前的画面和那天他在水潭里看到的景象重合在一起。林燃想喊她的名字，却怎么都张不开口，也说不出话，只能疯了一样朝她游去。

盛青溪，盛青溪，盛青溪！

"盛青溪！"林燃大汗淋漓地从梦中惊醒。眼前他所能看到的一切都在告诉他，他在自己的房间里。这里没有海水，也没有坠入深海的盛青溪。

他喘息着看向边上的时钟，早上五点。

海岛上的记忆忽然涌了上来。

那一晚，盛青溪从梦中惊醒，他问她是不是做噩梦了。那时候她是怎么回答他的？她说，我梦见我沉到大海里去了。

林燃的神经骤然紧绷，垂在身侧的手不自觉地紧握成拳。他此刻非常确定，那一晚她说的，并不是简简单单的一个梦而已。

她曾说过，她是在工作中意外去世的。

那意外是什么？这就是那个意外。

梦里的盛青溪剪着短发，穿着警服。她说她去禾城读的大学，所以，她是在公安大学读的大学，成了一名警察。

林燃咬牙，竭力想抑制住自己的情绪。

那个出现在他梦里的女人，一直都是盛青溪。

"咔嚓"一声，盛青溪打开房门，往外看了一眼。走廊里静悄悄的，她小心地关上门往外走。

林燃和林烟烟的房门都开着，两人都已经起床了。睡前，他们约好了一起堆雪人，早上林燃却没来喊她，明明说好让她在一旁看的。

盛青溪一路小跑，进了后院。

雪人已经堆好了，矮矮的、小小的、雪白的，圆滚滚的脑袋连着圆滚滚的身体，看起来既笨拙又可爱。

林烟烟正拿着切好的胡萝卜往雪人的脸上插，等她帮雪人围好围巾，一抬头，正好看到站在门口的盛青溪。

林烟烟笑着朝盛青溪挥挥手："盛姐姐！"

林燃本来垂着眸，在看林烟烟这小丫头打扮这个雪人，听林烟烟这么一喊，他的大脑有那么一瞬间的空白，颈侧的线条骤然拉紧，侧身看向盛青溪。

盛青溪对着林烟烟笑了一下，在看到他的时候，就收敛了脸上的笑容，凶巴巴地瞪了他一眼，转身跑回了客厅。

林燃的视线一直落在她的身上，直到看不见她了才低声说道："烟烟，哥哥去准备早餐。你玩一会儿就进来吃早饭，不许摘手套。"

林烟烟点了点头。

林燃抬步朝客厅走去，进门时，盛青溪正蹲在2018的小窝旁，和它玩摸爪子的游戏，这小东西每次看到盛青溪都乖得不行。

这么一会儿时间，林燃已经调整好了自己的情绪。

“生气了？”林燃哑声笑道。

盛青溪抬头看他一眼，嘀咕：“说好让我在一边看着你们堆雪人的，你都不喊我。”

林燃在她的身旁蹲下，低声解释：“早上太冷了，我怕你过几天会肚子疼。早饭想吃什么？”

盛青溪抿抿唇，决定不和林燃计较。她想了想，应道：“想吃饭团。”

林燃挑挑眉：“行，等着。这就给你去买。”

等林燃买了早饭回来，两个女孩儿已经坐在小毯子上学习了。盛青溪正在教林烟烟写作业，他看了两人一眼，拐进了厨房。

林燃热了两杯牛奶，放在餐桌上，喊道：“过来吃饭。”

因为天冷，盛青溪她们吃完早饭后，一直待在别墅里。直到下午天放晴，林燃才打算送盛青溪回去。这时候何默和谢真还和猪一样睡着。

对许多人来说，这个月是新的一年的开始。

但对于盛青溪来说，这个月的意义远大于新年的意义，林燃的生日就在这个月，以前发生的一切，都是从这个月开始的。

林燃把盛青溪送回了盛开，刚想下车，忽然被她拽住。

林燃微微侧头，停下动作。不知过了多久，身后的人轻声问他：“林燃，你生日那一天，你爸爸打电话让你回家了是吗？”

林燃一怔，他已记不清那次过生日时发生的事了。听盛青溪这么问，他仔细回忆了一下，那一天早上，他的确接到过林佑诚的电话，但他没回去。

林燃低声问：“我没去，怎么了？”

盛青溪小声说道：“你要去。”

林燃没问为什么，她说让他去他就去。

林燃应了声“好”：“外面冷，我送你进去。明天早上我来接你。”

林燃看着盛青溪进了门，神色倏地沉下来。

那一年发生的一切在他的脑海里慢慢串联起来，他终于明白为什么盛青溪会去当警察。她所做的和所说的一切都在告诉他：那场大火不是意外，而是有人蓄意纵火，想烧死他和烟烟。

元旦过后不到两个星期，一中的学生们就迎来了期末考试。因着寒假只有十天，谢真他们也不是那么期待，就干脆好好复习，准备考试了。

高三的上半学期，先不说林燃，就连何默和谢真的改变也很大。

老屈看着这三个孩子越来越好，私底下还特感性地偷偷抹过眼泪。毕竟这三个孩子在他看来都是好孩子。这一小段人生，他想让他们尽可能地过得好。

这一次的期末考试，是林燃最期待的考试，因为这是他时隔一年，又和盛青溪分在同一个考场。高二下半学期第一次月考，是他离盛青溪最近的一次，她就坐在他的身后。可后来再考试时，他连第一考场的边儿都摸不着了。

上一次月考，林燃出乎所有人的意料，考进了年级前四十，所以他又能和盛青溪在一个考场了。同时他们也是考场上距离最远的两个人。

她坐在第一排第一桌，他坐在最后一排最后一桌。

林燃的心情很好，这从他走路的姿势上就能看出来。

他没个正行地歪着脑袋，肩膀懒洋洋地耸起来，双手插兜，迈开长腿，不紧不慢地跟在盛青溪的身后。

当林燃和盛青溪一起走进第一考场时，考场内的学生们都要窒息了。

虽然他们两耳不闻窗外事，一门心思扑在学习上，但林燃这个名字可是从高一就开始围绕着他们，不管是在校会上还是日常的生活中，甚至有人在心里偷偷怀疑林燃是不是作弊了。当然，他们也只敢在心里想想，绝对不可能说出来，免得挨揍。

顾明霁看到林燃这副得意的模样，嘴角微抽，这人真是越来越有大爷的模样了。

林燃看到顾明霁后还心情极好地朝他挥挥手，语气散漫又欠揍："哟，原年级第一，早上好。"

顾明霁："……"

他要是会打架，绝对也想打林燃，这人怎么就这么容易让人生气！

盛青溪无奈地看了林燃一眼，及时开口："林燃，去你的座位上坐着，不要乱看。"免得他又看出什么事来，弄得这些人连话都不敢说了，她心想。

林燃轻笑一声，懒散地对着盛青溪行了一个礼："是，长官。"

这一声"长官"不轻不重，但由于教室里过于安静，几乎所有人都听到了。他们默默地朝盛青溪看来，在心里给她比了一个大拇指，不愧是能征服大佬的女人。

这一次期末考试，坐在林燃前面的是五班的学习委员。五班的教室和一班离得远，这学习委员平时又比较内向，这次坐在林燃的前面，他简直是如坐针毡。

尤其下午考数学的时候，林燃的答题速度快得吓到他了，他从来没有那么紧张过。

当他才写到第一页倒数第三题时，林燃居然翻页了！那翻页的声音像是一个警铃，他立即打起精神来，全神贯注地看着眼前的试卷。林燃就像一头猛兽一般追逐着他，他一个不留神儿就会被林燃追上。考英语的时候这种感觉就更强烈了，他还在写阅读题时，后面的林燃就已经放下笔了。啊啊啊啊啊啊！

等最后一场考试结束，坐在林燃周围的人都心如死灰，心想：林燃这个答题速度还需要作弊吗？每场考试的最后那半小时，他基本上都在睡觉。他们一时分不清到底他们是在第十考场，还是在第一考场。

期末考试结束后，年关临近。

盛青溪忙着给福利院的小家伙们准备新衣服和新年礼物。林燃和林烟烟也需要回爷爷家，和老人们一起吃顿饭，至于他们的外公外婆，两位老人不准备回国，已经出去旅游了，影儿都没见一个。

直到大年三十那一天，盛青溪和林燃都没能见上一面。

林燃没和爷爷说不回家过年的事，爷爷只当他们回半山别墅了。而林佑诚知道林燃因为程佳月的事，还在生他的气，便让徐宜蓉打电话给林燃，问他回不回家过年。

林燃只说生日那天回去，过年就不回去了。

林佑诚叹了一口气，没再让徐宜蓉继续打电话，知道是他伤了这个孩子的心。

大年三十当晚，谢真的父母也没问林燃和林烟烟为什么会在车行过年，就当他们是自己的孩子一样照顾。

晚饭过后没多久，谢真父母就和林烟烟一起去客厅看春节联欢晚会了，林燃他们三人还坐在餐桌边聊天，像这样能让大家欢聚在一起的节日很难得。

谢真剥了粒花生米，随口问道："燃哥，这两天你见仙女了吗？"

不说盛青溪还好，提起盛青溪林燃就生闷气。他轻哼一声："她最近一直围着那些小家伙转，连和我打电话的时间都没有，不过在催我写作业这方面倒是很准时。"

谢真闻言，自豪地拍了拍胸脯："我和默子已经把寒假作业写完了。"

林燃动作一顿："你们什么时候写的？"

谢真嘿嘿地笑着："你和烟烟回老宅的时候。"

林燃心想，作业没写完，盛青溪也没空理他，他的这个年过得真惨。

晚上十点，趁着大家都聚在客厅里看春节联欢晚会，林燃穿上大衣出门了。

黑色的大衣融入夜色之中。即便是在过年这样的时刻，街上仍有人为了生计在开着出租车。这个城市的生活节奏从不会随着时间的流逝而改变。

半小时后，出租车在盛开福利院的门口停下。

林燃下了车，没有立即进去。他隔着栏杆，望着不远处那栋灯火通明的宿舍楼，看了很久。今天盛开很热闹，他站在这里都能隐隐听到孩子们的欢声笑语。

正当他想进门时，宿舍楼的门忽然打开了，一道纤瘦的人影从门里走了出来。

门口昏黄的灯光将那人照得模糊，但林燃依旧一眼就认出来那是盛青溪。她的手里似乎拿着什么东西。

林燃不动声色地走近了一些，藏在门口，将目光落在盛青溪的身上。

她一个人站在黑漆漆的院子里，窸窸窣窣地鼓捣着什么。林燃眼睁睁地看着她拿出打火机，点燃了手里拿着的东西，是仙女棒。

仙女棒被点燃的一刹那，她的手里像是有一群小星星争先恐后地迸溅开来，周遭顿时挤满了热闹的光。

寂静的院子里明明只有她一人，却不显得寂寥。明亮的光照着她唇角柔和的笑容。她很开心，林燃想。他就这样静静地站在原地，看着她一个人玩了许久。当光熄灭的时候，林燃口袋里的手机振动了一下。林燃顿了片刻，拿出手机，点亮屏幕，垂眸看去。

小溪流："新年快乐，林燃。"

盛青溪发完短信，仰头看向天空。漆黑的夜幕中缀着几颗星，它们散落在夜空不同的角落里。她悄悄地对着这些星星许了一个愿望——希望她的林燃能够平安地长大。

盛青溪没在院子里多留，把手缩进衣服里，转身往门口走去，就在她转动门把手的瞬间，腰间忽然传来一股蛮横的力量，将她拽了过去。

“新年快乐，愿愿。”微哑的声音自她的头顶响起。

盛青溪愣了一瞬，随即转身，仰头看向来人。

雪天的冷冽气息无法掩盖住少年的热意。她闷声问：“林燃，你怎么过来了？”

林燃低笑一声，从口袋里拿出早就准备好的红包，递给盛青溪：“当然是过来给我的小朋友发压岁钱的。”

林燃手里的红包看起来小小的，既精致又可爱，不知道里面装了什么。

盛青溪对着林燃笑了一下，伸手接过这个小红包，垂眼拆得认真。

林燃伸手，把她衣服上的帽子拉上来给她戴上，又扯过帽子两旁的带子，在她的下巴处打了一个蝴蝶结。

盛青溪今天穿的是新衣服——一件红色的羽绒服。她本来就很白，戴上帽子后，乍一看，还怪像森林里雪白可爱的小红帽。

盛青溪小心翼翼地倒出红包里装着的东西，一只圆滚滚的小金鼠躺在她的手心，细细的链子像一条小溪似的在她的掌心漫延开来。

林燃知道盛青溪喜欢跑步，不方便戴项链，就找人打了一条手链。小金鼠的肚子上画了一条小小的溪流，就和他的小溪流一样可爱。

盛青溪小心翼翼地捧起这只小金鼠，看了许久，抬头看向林燃，欢欣地说：“林燃，我喜欢这个。”

林燃垂眸看她，眼底浮上淡淡的笑意，伸手揉了揉盛青溪的脑袋：“进去吧，外面冷。我就来看看你，这就回去了。”

盛青溪对着林燃眨眨眼，小声说道：“林燃，我陪你守岁。”

林燃一怔，还没反应过来，面前的小姑娘忽然转身，跑进了宿舍楼里，边跑还边回头看他：“我马上就出来，你等我一下！”

林燃站在原地没动。

五分钟后，盛青溪背了一个小挎包，快速地从门里跑出来。她跑得急，像个小炮仗似的往他的方向冲。

台阶就在不远处，林燃怕她摔着，上前几步把人拦住，低头看她：“去干什么？大晚上的还背个包。”

盛青溪仰起小脸冲他笑，漂亮的眸里皆是雀跃的暖意："我说要陪你守岁的。我和你一起回车行，和你一起过年。"

林燃微怔，还未说话，就听她催促："林燃，快走了！我还给烟烟带了礼物，快点儿快点儿！"

林燃："……"

行，回去，他们一起守岁，一起过年。

车行里，电视里主持人清晰的声音从二楼客厅传来。

盛青溪跟着林燃，慢吞吞地往楼上走，并下意识地藏在林燃的身后，毕竟谢真一家都在楼上。大过年的，她往人家家里跑，还是有点儿不好意思。

不一会儿，楼梯间和走廊的灯亮了起来。谢真他们没怎么在意，以为林燃回来了，但是，当他们听到有两个脚步声响起时，便不约而同地朝楼梯口看去。

林燃出去一趟，还带了一个人回来？这大过年的，他上哪儿捡人去了？

谢真和林烟烟对视一眼，在彼此的眼中看懂了对方的猜测。这大过年的，林燃不会去盛开把盛青溪偷出来了吧？

谢真一脸惊恐，林烟烟一脸茫然。

谢真的父母则是嗑着瓜子，一副看戏的表情。谢真的哥哥跷着二郎腿假装在看电视，余光却不住地往楼梯口那边瞟。

林燃刚踏上二楼，就对上了齐刷刷的五道目光，其中有一个人都快看成斜眼了。

林燃面不改色，一把把身后躲着的盛青溪拎了出来，心想他们又没做什么见不得人的事情，这小姑娘躲什么呢？

盛青溪连挣扎的机会都没有，就被林燃提溜出来了。

她乖乖地挨个儿向大家打招呼。其间林燃没说话，只是当她准备和谢真的哥哥打招呼的时候，林燃忽然开口打断她："这个不用理，你就一个哥哥。"

盛青溪："……"

盛青溪默默伸手，拽住林燃的衣袖扯了扯，示意他闭嘴。

谢真的父母听了林燃这话，恍然大悟，连忙招呼看热闹的三个孩子认真看电视，然后笑眯眯地对盛青溪说："你是小火的朋友，不用见外，当这儿是自己家就行。"

盛青溪小声道谢。

林燃可没打算让这小姑娘和他们一起待着。他好不容易把人骗来，都没来得及和她多说几句，怎么可能就这么把她放在这里？

他懒懒地说了句："我回来了。"说完就带着人上楼了，一点儿都不在意他们是怎么想的。

围观群众的目光一直追随着林燃的身影，见他的身影消失后，才恋恋不舍地收回视线。

谢真的爸爸戳戳他的胖儿子："阿真，小火从哪里骗来的小姑娘？这闺女的模样怎么就生得这么好看？你瞅瞅你自个儿，胖乎乎的，你以后能给我带一个漂亮小姑娘回来吗？"

谢真傲娇地抬起胖下巴，反驳："我怎么了？我那么可爱！带漂亮的姑娘回家，那不是很简单的事？"

谢真的妈妈翻了一个白眼，偷偷地打听："阿真，小火和那姑娘什么关系？她的模样可真俊。"

谢真想了想："就是同学关系。仙女才不喜欢林燃呢。燃哥的脾气差，又凶巴巴的。要不是我打不过他，我早就把他赶出去了。"

谢真的妈妈听了，在谢真的胳膊上拍了一巴掌："你这臭小子，瞎说什么呢！"

林烟烟在一旁悄悄地点点头，也觉得她哥哥的脾气差，性格也不好。不过那都是在别人面前，在盛姐姐的面前，他虽然霸道了点儿，但还是像个人样儿的。

今天又是林烟烟担心哥哥会被甩的一天。

谢真的父母教训完小儿子，又把矛头对准了大儿子："你看看人家小火，你都单身二十几年了，怎么就一点儿也不着急！"

谢真哥哥："……"

林烟烟睁着大眼睛，吃着果冻，一副看热闹的表情。

和热闹的客厅比起来，林燃的房间里很安静。

盛青溪本来就是不爱说话的性子。林燃呢，碍于两人是在卧室这么一个敏感的空间，他也不敢过于放肆。

盛青溪一进卧室就看到林燃的床头上放着她给的旧小熊和小老虎。她眨了眨眼，微微侧过头，看向倚在门边盯着她的林燃：“林燃，我的小熊。”

林燃慢悠悠地移开视线，看着那个陈旧的小熊，挑眉问道：“你的小熊？你要不要走过去闻闻那只熊身上现在都是谁的味道？”

盛青溪不理林燃，继续参观他的房间。

林燃的房间干净、整洁，但和他在城南花园那儿的房间比起来，这里他的个人生活痕迹更重，更像是他的家。而城南花园那里的房间就像是一个展示柜，是他人生的展示柜，有他成长过程中的轨迹，却唯独缺少了他现在生活的痕迹。

盛青溪的眸光掠过书桌，忽然顿住，书桌一角放着一张照片。照片上的林燃看起来只有五六岁大，正牵着林烟烟的小手，他们的母亲何晚秋蹲在这两个孩子的身后抱着他们，脸上的笑容很温柔。

这张照片上没有林佑诚，原本是放在城南花园别墅里的。

以前，林燃就是因为要去拿这张照片才没能逃出火海。

原本林燃双手抱胸，懒散地倚在门板上，此时见盛青溪定定地站在书桌前不动了，不由得直起身子，问：“怎么了？看到什么了？”

书桌上还放着他的寒假作业，一片空白的那种。林燃怕盛青溪看见了不高兴。

盛青溪看着照片，上面的小男孩儿绷着小脸，目光里却带着欢欣。她轻声说：“林燃，后天是你的生日。”

他的房间里开了暖气，盛青溪进门后脱下了羽绒服，就穿着一件白色的毛衣站在他的房间里，看起来纤弱又单薄。

盛青溪背对着他，林燃看不清她的表情，但她说话的语气让他感到不安。

林燃迈步向她走去，抬起她的小脸瞧了一会儿。

盛青溪抬眸看向林燃。触到少年那漆黑的眼眸时，她能感受到里面蓬勃的生命力。

他们之间的距离很近，盛青溪一伸手就能抱住林燃。

以前，是林燃把她抱入怀里的，现在，盛青溪见到林燃时忍不住拥抱了他。她永远都愿意对林燃张开双臂，永远都愿意拥抱他。

林燃低声说道：“不就一个生日，年年都过，没什么意思。”

盛青溪闷声说道：“林燃，那天我和你一起回家，我等你出来。”

林燃怔了一瞬，随即又笑了：“大年初二还跟着我瞎跑，不怕你的盛妈妈生气？”

盛青溪摇摇头。

林燃叹气：“你最近和小猫一样，怎么那么爱撒娇？我带你上楼去看星星，让林烟烟那个小丫头上来陪你玩，我去给你煮面条吃。”

盛青溪的耳朵动了动，小声问：“煮面条？”

林燃低笑：“不吃饱怎么守岁？”

盛青溪收紧了揪着他衣服的手。

顶楼花房是全透明的设计，人坐在花房里，星空一览无余。

花房里放着一张欧式的小圆桌，两个女孩儿就坐在那儿吃面条。

林燃开了一扇天窗通风。今天晚上风小，开着窗不会太冷。盛青溪捧着大碗，吃了一半就吃不下了，抬眼偷偷瞄了一眼林烟烟，见这小丫头正埋头“吭哧吭哧”地努力吃面，想来是晚饭吃得不多。

盛青溪拿筷子的手一停，林燃就注意到了。他知道她的胃口小，吃不了多少，但还是希望她多吃一点儿，本以为这小姑娘会直接和他说吃不下了，没想到她还偷偷去看林烟烟。

林燃忍着笑没说话，想看看盛青溪能憋到什么时候。

盛青溪看着剩下的大半碗面，一时不知道该怎么办。这是林燃特地跑下去给她们煮的，她想了想，决定把面吃完，不行一会儿就下去溜达两圈。

盛青溪手里的筷子一动，还没往碗里放，就被林燃的话打断了：“长官，我还饿着。能不能把面分我一半？”少年的嗓音带笑。

盛青溪犹豫地看了一眼自己的碗，小声说：“这是我吃过的。”

林燃挑眉：“就你吃过的才好吃。”

盛青溪：“……”

对面的林烟烟发出一阵惊天动地的咳嗽声，甚至不想在这里再多待一秒。

林烟烟喝了一口水，缓过来后端着自己的面就往外溜：“哥哥，盛姐姐，我下楼了！”

林烟烟溜走后，花房里只剩下林燃和盛青溪。

一时间林燃也没了顾忌，长臂一展，端过盛青溪的碗，又抢过她手里的筷子，几口就把剩下的面吃完了。这对他来说，只能算是半碗汤面。

盛青溪的话还卡在嗓子眼里，林燃就把面吃完了。吃完他也不说话，就静静地盯着她，眼神看起来很怪异，不知道他又在想什么奇奇怪怪的东西。

盛青溪轻咳一声，轻轻地喊他的名字："林燃。"

林燃回过神儿来，目光落在她的脸上，叹气："以后真不知道该怎么养你。2018 那个小东西吃饭时可比你乖，长得也比你快。"

盛青溪静静地看着林燃，他的身后是漂亮的星空，淡淡的云层似有若无，而他眸中的光亮比这星空更璀璨。他望着她，认真地想着以后。

如今的林燃，和她年初见到的林燃已全然不同。盛青溪忽然很想哭。她的少年就该是这个模样，"恣意妄为"又充满朝气，而不是那个数着那些冷冰冰的数字，默默等死的人。去年他那颓废、了无生气的模样，她不想再看到了。

昨夜大家闹到很晚，盛青溪早上醒来时已经九点了。

二楼客厅还是昨夜乱糟糟的模样。除了她和林燃，其他人都没起床。她坐到沙发上，乖乖地等林燃下楼。

昨晚盛青溪靠着林燃睡着了，现在打开手机才看到宋诗蔓发来的信息。

诗蔓总是不开心："小溪！新年快乐！"

诗蔓总是不开心："我被我爸抓到老家来过年了，过两天回去。我会带礼物去看你和小朋友们。给你看看嘟嘟，这小家伙最近胖了不少。"

诗蔓总是不开心："快看嘟嘟的照片。"

盛青溪点开照片，照片上的嘟嘟穿着毛茸茸的兔子大衣，正被宋诗蔓的母亲抱在怀里。这一大一小都笑得见牙不见眼。嘟嘟的腮帮子看起来肉乎乎的，是胖了不少，看起来生活得很好，也很开心。

她垂眸认真地打字回复。

盛青溪："新年快乐，诗蔓。"

虽然，如今许多事和以前大不相同，但他们的人生轨迹没有发生特别大的偏差。这一点让盛青溪觉得安心，这样才是最好的。

盛青溪弯了弯唇，心想：新的一年会越来越好的。

林燃一下楼就看到盛青溪在笑，她的唇角扬起好看的弧度，侧脸看起来安静又美好。他走到盛青溪的身边，敲了敲她的脑袋："一大早的不许笑，坐着别瞎跑，我去厨房做饭。"

盛青溪疑惑地和林燃对视一眼。他的脸色不太好，眼神也凶巴巴的，可她明明一直老实地坐在这里，什么都没有做。

盛青溪摸着脑门儿一脸无辜，心想她为什么不能笑？

大年初二。凌晨的时候，何默和谢真非得给林燃准备什么生日惊喜，结果拿了个蛋糕糊了他一脸。几人打打闹闹的，玩到三点才睡下。

一直有人给他发短信，林燃嫌手机吵，干脆把它丢到了一边，直到睡前手机才安静下来。

九点半，林燃还睡着，手机铃声响起。

林燃皱着眉，扒拉过手机看了一眼，屏幕上写着三个大字：林佑诚。

林燃下意识地就想按静音，但盛青溪说过的话此时浮现在他的脑海中，她说今天她会陪他一起回去。今天对她来说，很重要。

林燃皱着眉接起电话，语气很冷漠："有事？"

电话那头，林佑诚的声音里带着些许小心和试探："小火，前几天烟烟和我说，你会回家过生日。你什么时间过来？爸爸给你准备了生日礼物。"

林燃压着脾气应付他："晚上会过去吃饭。"

林佑诚笑了一下："好，爸爸等你和烟烟一起过来。"

林燃挂了电话，睡意散了个干净。他怔怔地看着天花板，脑袋里一片空白。

盛青溪曾说，等他生日过后，会把一切都告诉他。他曾以为，她要告诉他的，是关于她的那十年。可前几天他才明白，她要告诉他的，是关于那场大火的真相。从她来到他的身边开始，到后来低声告诉他别怕，还有那漫长的十年，在这横跨了前世和今生的岁月里，她一直都在守护着他。

胸腔内的心脏一下一下地跳着，林燃喘了口气，猛地掀开被子从床上起来，想立即见到盛青溪。他不到十分钟就洗漱完了，穿好衣服准备下楼。

门一开，林燃就愣住了，从二楼那儿传来的声音他不能再熟悉了。可他此时不是在梦里。盛青溪怎么会过来？

二楼客厅里，林烟烟裹得像一只小熊，在盛青溪的耳边叽叽喳喳地说着："盛姐姐，昨天哥哥玩到凌晨才睡觉。我看到好多人给他发短信。还有人跑来车行给他送礼物，我看到其中有好几个女孩子！"

林燃下楼，听到林烟烟小嘴不停地说着，正在告状。

林燃的额角微跳，他黑着脸看着那个告状告得开心的小丫头。他想看看这小丫头还能说些什么出来，于是默默地往回走了两步，藏在楼梯间。

林烟烟继续说着：“昨天有个女孩儿向哥哥表白了。就在车行门口，她超级大声地喊着哥哥的名字，还说愿意等他和你分手，说自己不会放弃的！我昨天本来想偷偷录视频给你看的，但是手机被哥哥抢走了。”

盛青溪迟疑着应道：“可是我没和林燃在一起。”

林烟烟一脸疑惑，心想这是重点吗？盛姐姐看起来怎么一点儿都不生气？

林燃也很疑惑，心想盛青溪对他又抱又撒娇的，现在想翻脸不认人？

林烟烟一副恨铁不成钢的表情：“这不是重点，盛姐姐，重点是你有很多对手！万一我哥哥不争气，没和你考上一个大学，要知道大学里肯定会有很多人追着他跑的！这还不是最重要的，最重要的是也会有很多人追着你跑。然后我哥哥肯定会打翻醋坛子的。他一不高兴就发脾气，说不好你们就会吵架！后果很严重！”

林燃一阵无语，这真的是他的亲妹妹吗？他完全有理由怀疑林烟烟是从外面捡来的。

盛青溪摇摇头，认真地说：“不会的，我和他上一个大学。他报什么学校，我就报什么学校。”

林烟烟闻言，犹豫了许久才轻声问：“盛姐姐，我希望你和我哥哥一直都能这么好。可是万一……万一以后他倾慕于别人怎么办？”

这说的是人话吗？林燃轻啧一声，听到这里实在是听不下去了，当即就想走出去，教训一下林烟烟那个小丫头，让她别胡说八道，才迈开步子，就听到盛青溪轻柔的声音适时地响起：“他不会倾慕别人。他只倾慕我。”

林燃瞬间就像一只被顺了毛的狗狗，一下子就平静下来，甚至嘴角疯狂上扬，心想：哼，还算这小姑娘有点儿良心。

林燃不打算再偷听了，免得林烟烟这小丫头又说出什么让他生气的话来。他长腿一迈，不紧不慢地走到林烟烟坐着的沙发后面，停下脚步，随即看到这小丫头的身体僵住，一副想回头又不敢回头的样子。

林燃懒散地说道：“林烟烟，把你刚才和你盛姐姐说的话再和我说一遍。”

林烟烟咽了咽口水：“……”

“啊啊啊——哥哥对不起！”林烟烟尖叫一声，立马溜到楼上躲起来了。

盛青溪好奇地探出头，看着林烟烟跑远，觉得她近来变得活泼许多。

这样活泼的林烟烟在以前很少看到，以前，直到结婚后她才逐渐好起来。

林燃伸手掰过盛青溪的脑袋，弯下腰和她对视："怎么一大早就过来了？"

盛青溪眨眨眼："来陪你过生日。"

盛青溪伸手，戳了戳林燃冒着细细的胡楂的下巴："林燃，你早上起床没刮胡子。"

林燃的皮肤白，下巴上那青色的胡楂虽然只有短短的一截，却很显眼。

林燃一把把她的手攥住，皱着眉训人："又一大早就对我动手动脚。"

盛青溪一顿，手用力地往回一缩，乖巧地看着林燃："林燃，盛妈妈昨天和我说，倾慕一个人就要大胆地表现出来，所以我才对你动手动脚。"

林燃："……"

这话说来糊弄鬼呢，他可不相信盛兰会对盛青溪说这种话。昨天他还被盛兰赶了出来，毕竟大年三十的晚上，他把人家的宝贝女儿给骗走了。

林燃轻哼一声："你的脑子里装的都是什么？坏丫头。"

盛青溪就是故意的，谁让林燃一大早就对她凶巴巴的？

两个人闹了一会儿，盛青溪把准备好的礼物从兜里掏出来，把小盒子往林燃的面前一递："林燃，祝你生日快乐。"

林燃的视线落在她亮晶晶的双眸上，轻轻挑了挑眉："就这么高兴？"

盛青溪眉眼弯弯地看着他。林燃捏了捏她的脸，低声说道："傻。"

她手里的小盒子看起来就那么一丁点儿大，林燃看了半天都不知道里面装的是什么。等他把盒子拆开，看到了礼物，也没想明白这是什么意思——小巧的盒子里躺着一把钥匙。

林燃抬眸，晃了晃手里的钥匙："这是什么？"

盛青溪笑眯眯地说道："我房间的钥匙，送给你当生日礼物。"

林燃："……"

他的眸光顿住，心想他刚刚听到了什么？

林燃一时摸不准盛青溪的意图，她送他房门钥匙是什么意思？是他想的那个意思吗？

林燃咬牙，拉下脸："盛青溪。"

盛青溪托着腮靠在沙发上看他："我在呀。"

林燃憋了一肚子的话想教训她，但一看到她漂亮的眼睛，就什么话都说不出来了。他皱起眉："自己的房门钥匙能随便当礼物送给别人吗？"

盛青溪的眼睫轻动，她嘀咕："你又不是别人，而且你没有钥匙不也会自己打碎玻璃进来吗？现在我给你钥匙你还不高兴了，真难哄。"

林燃低咒一声，不就是想要他的命吗？他给就是了。

这会儿是大年初二，估计会有不少人来车行拜年，林燃怕盛青溪不自在，中午干脆带着她出去吃。这次林燃没问盛青溪想吃什么，以免翻车。吃完饭后，他本来想带盛青溪去看电影，但想到商场内这会儿肯定是人山人海的，便放弃了这个想法，因为这个小姑娘不喜欢去人多的地方。

林燃侧头问盛青溪："你以前不工作的时候喜欢做什么？"

盛青溪歪着脑袋想了想："有时候会和同事出去吃饭，如果是小长假就回盛开，帮盛妈妈的忙或者忙别的，大多数时间都在忙。"

每次说起工作上的事，她的神情都很平静。偶尔他也能从她的眼里找到一些不一样的情绪，但这样的情况少之又少。林燃很难想象她这种性格，怎么在队里和别人相处，也很难想象这个傻姑娘当时是抱着怎样的信念义无反顾地报考警校的。他不敢深想。

最后，林燃带着盛青溪回了城南花园别墅。这里没有人群，没有喧嚣，就他们两个人安静地待在一起，这样很好。

不过回来没多久，林燃就催着盛青溪去睡午觉。他看着她在被子里躺好了也不走，就坐在床边的沙发上盯着她。

盛青溪躺在床上，企图挣扎，小声说："林燃，我不想睡午觉。"

林燃轻轻挑眉："今天早上起来，你是不是又去跑步了？"

盛青溪抿唇，随后点点头。

林燃了解她的生活习惯，知道她今天肯定是一早就起来了。这些天她的心里一直装着事，离他的生日越近她就越黏人，像棉花糖似的。

林燃用不容反驳的语气重复了一遍："闭上眼睛，睡觉。"

盛青溪揪着被角，巴巴地看了他一会儿，见没有商量的余地，生气地掀起被子往自己的脑袋上一罩就不理他了。

林燃也不说话，就这么静静地看着她。

半小时后，床上传来平缓均匀的呼吸声。

林燃起身，放轻脚步，走到床边，弯腰将她盖在脑袋上的被子拉了下来。小姑娘巴掌大的小脸露了出来，纤长的睫毛可怜巴巴地垂着，眉心浅皱。即便睡着了，她还在担心他。

林燃凝视她许久，起身离开。

他本就没打算带着盛青溪回半山别墅，那个地方他一步都不想踏进去，更何况是让她看见那样荒唐不堪的场面。

林燃走出别墅，打了一个电话。

五分钟后，黑色的摩托车如风一般往前奔去。

半山别墅里，林佑诚坐在沙发上，紧张地看着对面的林燃。林燃在看他递过去的一份文件，已经看了有一会儿了，但半天都没什么反应。

书房内，沉寂的气氛逐渐蔓延开来。

林燃逐字逐句地看完了林佑诚给他的文件，这就是林佑诚给他的生日礼物——只要他在文件上签了字，他就是林氏唯一的继承人。

除了林氏集团外，林佑诚将大半的财产都留给了林烟烟，余下的一小部分是林佑诚留下来养老用的。

林佑诚和徐宜蓉婚前做了财产公证，徐宜蓉什么都得不到。

以前，他没来见林佑诚，所以没能看到这份文件。

这时候，林燃忽然明白了这一切的起因，起因不是这份文件，也不是林佑诚对待家庭的态度，这一切的起因是十年前他家庭的破碎。从母亲去世的那一天起，他的家就支离破碎了。林佑诚不是一个好父亲，也不是一个好丈夫。这份文件只是导火线而已。

他想起盛青溪见到陈阿姨时的反应，听他说带她去见徐宜蓉时的拒绝，以及她说今天一定要来半山别墅。这些碎片逐渐拼凑在一起，林燃不难想象出以前那一场大火是怎样发生的。她一直小心翼翼、一步一步地判断着以前发生过的事是否还会发生，尽量不伤害到无辜的人。

林燃嘲讽似的笑了一下。

在林佑诚的面前，林燃并没有对这份文件表现出什么特别的反应。他合上文件，漫不经心地说了一句："走了，不吃饭了。"

林佑诚一怔，急急地说："小火，你不愿意留在这里吃饭，爸爸不勉强你。但你能不能让烟烟和爸爸一起吃顿饭？"

"咔"的一声，书房的门被打开了。林燃头也不回地应道："晚点儿她会过来。"

林烟烟并不知道林佑诚做的事，他有心瞒着她。当初发生的那件事，那个心软的小丫头早就不在意了，前些天还念叨着想来看爸爸。

林燃走后，宽敞又空旷的书房里又只剩下林佑诚一个人。他似卸下全身的力气一般，颓然地靠在了沙发上。这份文件并不是他用来弥补林燃的，而是他很久之前就准备好的，毕竟不管发生什么事，林燃都是他和晚秋的孩子。

楼下客厅里，徐宜蓉正在厨房里忙活。晚上林燃和林烟烟要来，林佑诚很高兴，一大早就拉着她亲自去市场买晚上需要用到的食材。

听到楼梯口的动静，徐宜蓉下意识地回头扬起笑容。

过了几秒，她脸上的笑容顿住，她见林燃没有停留的意思，直接离开了别墅，他的手里似乎还拿着一份文件。

徐宜蓉有心去问问怎么了，才追到门口，林燃的车就开走了。她担忧地看着林燃远去的方向，又转头看了一眼二楼的书房，心想：这父子俩难道又吵架了？

盛青溪醒来的时候，室内一片昏暗，在床上愣了好一会儿，才反应过来自己在不知不觉中睡过去了。

她下意识地想：几点了？林燃呢？

被子与身体之间的摩擦声响起，盛青溪坐起身，瞥见床脚处有一道模糊的身影。他的身影隐在暗色里，深沉，又寂寥。

盛青溪小声喊："林燃？"

那道身影动了动，喑哑的声音响起："愿愿。"

室内光线昏暗，沉闷的空气里混着微重的呼吸声。

好半晌，盛青溪犹豫着问："林燃，你……你是不是去过半山别墅了？"

林燃没回答盛青溪这个问题，开口时语气里带着肯定："盛青溪，以前，你毕业后去考了警校是吗？你否认也没用，我都知道了。"

这是林燃头一次把话摊开来说。他们之间到了这个地步，已没有什么话是不能说的了。

盛青溪一僵。她从没和林燃说过这个，也没想过林燃会执着于这件事。她并不是很想和他提起那段时光。

林燃却没想放过她，紧接着又问："为什么要考警校？"

林燃知道，以前的盛青溪和现在的盛青溪是完全不同的。以前的她柔弱纤瘦，他记得平安夜那一晚她流泪的样子。而现在，她完全不一样了。

以前，她在那样的条件下报考警校，从警校毕业再进入公安系统，必定比旁人付出了更多的努力。她本来是可以拥有更美好的未来的。

说起以前，盛青溪有一瞬间的恍惚，报考警校其实只是因为林烟烟的一句话而已。

盛青溪低声应道："因为……因为烟烟说那一天你和她没有进过厨房。失火的原因是使用燃气灶时造成的燃气泄漏。如果你和烟烟都没进过厨房，那就是有别人进去过。"

林燃张了张嘴，却发现自己什么话都说不出来。良久，他哑声问道："因为烟烟那么说了，你就相信了？只是……只是一句话而已。"

盛青溪沉默了许久，小声说："那一晚我去找你了。"

林燃知道她说的是哪一晚。他梦到过盛青溪。

他梦里那道纤细瘦弱的身影就是盛青溪，在车行的那声呼喊渐渐地和梦里的场景重合，是她在喊他的名字，是她在哭。

她亲眼看到了他面目全非的模样。林燃不敢想象这对盛青溪来说有多残忍。

想到那一晚，泪意和酸涩不断往上涌，盛青溪艰难、痛苦却又清晰地说着："林燃，那天我去找你，只想告诉你，我很倾慕你。"

那时候的盛青溪，没有想过要得到林燃的任何回应。她只是想说，我真的非常倾慕你。可是，她没能来得及让林燃听到。

林燃的眼睫微动，他低下头捧起盛青溪的脸，直直地望进她泪盈盈的眼睛里。

光线微弱的室内唯有她的双眸明亮如初，里面盛满了爱意。这一双看向他的眼睛，从来都没有变过，也永远都不会改变。

林燃低下头，用又轻又低的声音说道："愿愿，我听到了。"那些你未说出口的话语，我都听到了，你和我说过的话，我都记得，林燃想。

盛青溪微怔，控制不住地颤抖起来，像是压抑了两辈子的情绪在此刻一起涌了上来。她失声痛哭起来。

她爱的少年，在她的身边。他告诉她，他都听到了。

林燃红着眼，轻抚着盛青溪的头发，不住地安慰她："没事了，我会一直在你的身边，哪儿都不去。"

盛青溪哭了好一会儿才停下来。等情绪缓过来，她别开脸，不好意思再看着林燃。

林燃打开灯，扯了几张纸巾，小心翼翼地擦干她的眼泪，在看到她兔子般红红的双眼时，忍不住用手轻轻点了点她的鼻尖。

少年微哑的声音里带着些许心疼："小哭包。"

擦干眼泪后，盛青溪把脑袋一埋，不说话了，像闹别扭的2018一样，钻进林燃的怀里不想见人。

林燃轻笑一声，心情渐渐明朗起来。如今的一切对他来说，已是恩赐，不管是能重活一世，还是遇到了盛青溪。

盛青溪沉默了片刻，抬起头看着林燃，问："今天你爸爸是不是给了你一份关于继承权和财产分割的文件？"

林燃低声应道："是的。"

这虽然能够成为徐宜蓉杀人的动机，却不够充分。毕竟，婚前徐宜蓉和林佑诚签过协议。徐宜蓉清楚地知道，林家的财富与她无关。

盛青溪抿抿唇，迟疑着说："徐宜蓉她……她可能怀孕了。"

那时，程佳月的事情发生后，徐宜蓉深切地感受到了男人是靠不住的，决心要生一个属于林佑诚和她的孩子，于是她动了手脚。二月份，徐宜蓉确认自己怀孕，满心欢喜地想告诉林佑诚这件事，但无意间在林佑诚的书房里看到了那份文件——林燃还没签字的文件。如果那份文件生效，徐宜蓉和她的孩子就什么都得不到了。

当晚，徐宜蓉就和林佑诚摊牌了，但让她难以置信的是，林佑诚居然让她打掉这个孩子。他甚至勃然大怒，说她违反了他们婚前的约定。

这就是压垮徐宜蓉的最后一根稻草。

盛青溪说的时候，林燃一直安静地听着，眸中一点儿波动都没有。不论是听到徐宜蓉怀孕，还是林佑诚让她打掉这个孩子，这些对他来说都不重要了。

联想到之前梦里古怪的场景，林燃确认似的问："陈阿姨是清水镇的人？"

盛青溪点点头："陈阿姨的儿子生病了，动手术需要花很多钱。那时候徐宜蓉找到她，骗她说只是想吓吓你们，她为了儿子答应了。"

最后林燃死了，陈阿姨的儿子也没能活下来。

陈阿姨悔恨了十年。直到被盛青溪送进监狱的那一刻，她才彻底轻松下来，因为她终于卸下了压在心头的那沉甸甸的包袱。

说到这里，以前的真相都已明了。

不过对林燃来说，最重要的并不是这些，而是他在梦中看到的那个场景。盛青溪沉入海底这件事于他而言是一道坎儿，他没办法就这样把这件事压在心底。他过不去这道坎儿。

林燃垂眸，眼睛一眨不眨地盯着盛青溪的眼睛。

他出声："盛青溪。"

盛青溪眨了眨眼。

林燃凝视她许久，低声说："我偶尔会做梦，光怪陆离的梦。它们各不相同，但唯一相同的是，梦里都出现了同一个女人。她一头短发，很瘦，穿着警服。"

林燃和盛青溪的距离很近，他能清楚地看到盛青溪双眸里的惊讶。他低声问："我看见你坠入大海，你任由自己往下坠。盛青溪，你告诉我，那时候你在想什么？"

盛青溪茫然地看着林燃，他……他为什么会知道这些？

少年的眸色黯沉，神色晦涩不明，颈间的青筋若隐若现，目光落在她的脸上，不允许她躲避分毫，显然是非要一个答案不可。

盛青溪别开头，躲过林燃那逼迫的视线。一时间，她的心里乱七八糟的，什么想法都有，脑中有无数个念头闪过。

片刻后，她小声说："我什么都没想。我只是忽然觉得很累。找出真相后，我似乎失去了目标，日复一日的生活让我很疲惫。那天从追捕犯人到坠海，我没有力气挣扎。"

盛青溪说谎了。在坠入海里的那一刻，她在想林燃，太想他了。她想或许再睁开眼，就能看到他。

林燃沉默地看了她许久，没有再开口。

不知道林燃有没有相信自己的话，但他没有继续追问，这让盛青溪松了一口气。

等下楼看见钟表，盛青溪才知道自己睡了将近三个小时。天已全暗了下来，透过窗能看到暗沉的天色下闪烁着的光，各家各户门口的灯都亮起来了。

林燃走进厨房，打开冰箱看了一眼，年前陈阿姨来过一次，里面满满当当的都是食材。他先弄了一个小蛋糕让盛青溪捧着吃，随后脱了外套准备做晚餐，顺便把她关在门外。

盛青溪隔着厨房透明的门，拿着小蛋糕默默地看着林燃。不知怎的，她的心里还有些委屈，心想她只是不会做饭，又不会把厨房烧了。林燃把她防得严严实实的，生怕她进去乱来。

“咚——”骨节分明的手在门上轻叩一声。

林燃无奈地看着拉着脸的盛青溪，这小姑娘最近被他宠得娇气得很，就和2018那小东西似的，一会儿没看她，她就觉得委屈了。

林燃指了指盛青溪手里的蛋糕，示意她乖乖把蛋糕吃了。

盛青溪和他对视片刻，然后拿着蛋糕就跑了，还特地跑到他看不见的地方去吃。

林燃立在门前，安静地看着盛青溪的背影，心渐渐安定下来。

如今对他和盛青溪来说，是最好的时候。那些沉重的过往，他们应该学着放下。他活着，她也是，这就是最好的事。

年后，时间眨眼而过，他们的假期少得可怜。

还未脱下厚重的冬装，高三的学生们就已经开学，提前结束了这个即将过去的假日，和迟缓的春天一起迈入校园。

林燃背着盛青溪的书包，双手插兜，跟在她的身后下了车。这天太冷了，从十二月开始，他就不再骑车送她上学了。

一路上人很少。不过十天的假期，盛青溪总觉得在路上行走的人们都胖了一些。她后知后觉地伸手捏了捏自己的腮帮子，又摸了摸自己的下巴。她好些天没有称体重了。冬天厚重的衣服总会迷惑她，让她无法准确感知自己体重的变化。

盛青溪想了半天，忽然停下脚步。

“嗯？”林燃见她停下，也跟着停下了。

面前的小姑娘慢吞吞地转过身，仰起小脸，水亮的眼睛睁得大大的，一脸严肃地看着他，似乎在心里憋着什么大事。

林燃被盛青溪看得心里发怵，心想他最近什么坏事都没干，连寒假作业都乖乖写完了，按理说应该没惹到她才对啊。

他轻咳一声，放低声音：“怎么了？”

林燃等了一会儿，见盛青溪鼓起脸，摸着自己的下巴，不太开心地说：“林燃，我胖了。”

林燃：“……”

他在心里打了半天鼓，没想到她要说的是这个。

林燃轻啧一声，抬手毫不客气地朝她的脑门儿来了一下："胖什么胖？就这么几两肉还胖。中午不吃光一整碗饭，你就留在食堂不用走了。"

盛青溪推了林燃一把，气鼓鼓地瞪他："我才不要，要留你自己留！"

她推完就走了，也不管林燃，小腿迈起来，走得还挺快的。

林燃被她推得一愣，路边经过的学生都在看他，还有人捂着嘴在偷笑，显然每个人的脸上都是一副看好戏的模样。

林燃在原地站了片刻，倏地低下头笑了，他的小猫怎么能这么可爱？

第十六章 游乐园

进入三月份后，天气开始回暖。

林燃他们陷入了无休止的考试之中，班级里多数时候都是安静的。每一天，写在黑板边上的倒数天数都在变少，气氛也越来越沉闷。

有时候老屈都快看不下去了。见这些孩子的压力这么大，他心里也不好受，但也明白这是他们的必经之路。

晚上，又一场考试结束后，每个人都蔫巴巴的。

盛青溪侧头，悄悄地看了一眼皱着眉的林燃，见他一脸不开心地看着草稿纸，整个人看起来气压很低，一副谁也别来理我的模样。

盛青溪收回视线，拿了一张便笺，在上面画了几笔，又写了一行字。

林燃盯着草稿纸，眼前的演算结果显然和他刚才在试卷上写的不一样。他觉得心烦意乱，这种类型的题，明明盛青溪和他讲了不下三遍了。

就在他想摔笔的时候，课桌旁忽然多了一张字条。

林燃顿了一下，见旁边的盛青溪正在画画，装得好像这张字条和她没有关系一样，只用余光偷偷地往他这里瞟，睫毛紧张兮兮地颤抖着。

他心里的火一下子就熄了大半。

字条被修长的手指夹走。盛青溪松了一口气，林燃最近的心情不是很好。

月底，他查到徐宜蓉怀孕的事了，但徐宜蓉还没把这件事告诉林佑诚。

促使徐宜蓉提早摊牌的条件已经不存在了，那份文件在林燃的手里。林燃和盛青溪都无法预料到接下来徐宜蓉会做什么。

林燃展开字条，纸上可怜巴巴的小白兔耷拉着长长的耳朵，正泪眼汪汪地看着怀里那根巨大的火柴，头顶上冒了一个小气泡，气泡里写了一行字：小火哥哥，吃糖吗？

林燃："……"

她又撩拨他。林燃转头，恶狠狠地盯着一脸无辜的盛青溪。

盛青溪眨巴眨巴眼，把手往林燃跟前一伸，摊开手心，红色包装的草莓糖就躺在她白皙的掌心。顿时，他胸腔内的心脏又开始不受控制地加速跳动。

林燃面无表情地看着盛青溪，心想要不是现在在教室里，她就完了。他伸手拿起糖，连她的掌心都不敢碰，没几下就剥了糖纸，将糖塞进嘴里。

盛青溪看着林燃凶巴巴地吃糖的样子，不由得往后缩了一下。他这个神情吃的好像不是糖，而是其他什么让他抓心挠肝的东西。

林燃轻哼一声，转过身不再看她，免得又看得他上火。

这边，林燃因为高考和徐宜蓉的事正心烦意乱，另一边的徐宜蓉也不好受。这些天，她明里暗里地试探了林佑诚对再生一个孩子的想法，结果都不如意。

林佑诚完全没有这个想法。

徐宜蓉坐在梳妆台前。这几天她都在着急上火，没按时吃药。

趁着林佑诚洗澡的时间，徐宜蓉从抽屉最里面拿出医生开的药，刚打开瓶盖儿，浴室的门就开了，且脚步声离她越来越近。

"砰"的一声响，徐宜蓉心下慌乱，手一抖，药瓶砸在地板上，药片撒了一地。

走到床边的林佑诚被这动静吸引，视线在写着"维生素 C"的药瓶上一晃而过，随口问："怎么吃药了？"

徐宜蓉勉强对林佑诚笑了一下，边捡药片边解释："最近有点儿感冒，医生让我吃点儿维 C。"

林佑诚听了也没多想，点了点头，上床戴起眼镜，开始看报告。

见林佑诚没怀疑，徐宜蓉松了一口气，还好她提前换了药瓶，不然也不知道这事能不能再瞒一个月。等到下个月，她就怀孕满三个月了，她这个年纪怀孕并不容易，想来林佑诚会心软让她留下这个孩子的。

身边的林佑诚早已入睡，徐宜蓉仍辗转难眠。她怔怔地望着黑暗，手缓缓移向柔软的小腹，这是她的第一个孩子。她本来已经做好了这辈子都不要孩子的心理准备。可当这个孩子真的到来时，她才意识到自己的内心有多渴望成为母亲。

"叮。"信息提示音响起，屏幕在黑暗中发出莹莹的光。是林佑诚的手机在响，这么晚了会是谁？

以往，徐宜蓉是绝对不会去看林佑诚的手机的，但怀孕让她变得敏感多疑。林佑诚的手机密码她并不知道，但可以用他的指纹给手机解锁。

徐宜蓉在床上忐忑不安地想了许久，还是遵从内心的想法，悄悄地下了床。

等她摸到床的另一侧时，已经出了一身汗。颤抖的手指碰到放在床头柜上的冰冷的手机时，她不自觉地屏住了呼吸。

徐宜蓉靠在床侧坐下，努力让自己镇定下来。她在床边坐了好一会儿，缓和了一下情绪。这一次她没有迟疑，快速地把手机放到林佑诚的手边，拿起他的大拇指在手机上轻触了一下，屏幕亮了，手机解锁成功。林佑诚毫无所觉，依旧沉睡着。

徐宜蓉松了一口气，拿着手机进了浴室。

徐宜蓉本来想着，也许是程佳月不甘心又来找林佑诚。打开信息框后，她愣了一下，不是程佳月，也不是别人，而是林佑诚的律师。

这个律师与林氏集团别的律师不同。

林氏集团的法务团队和林佑诚的个人律师团队是两个不同的团队，而这个律师在处理林佑诚个人事务的同时，又能接触到林氏集团的事务。他不仅是林佑诚的律师，也是林佑诚多年的好友。

徐宜蓉疑惑地看着屏幕。

"佑诚，小火没签字，也没来找过我。"

前面一条是林佑诚一小时前发给他的。

"文件生效没有？"

需要林燃签字的文件会是什么文件？抱着这样的想法，徐宜蓉继续往上翻阅聊天记录，越翻她的脸色就越苍白，那一条条信息将她和她未出生的孩子的未来都定好了。

林佑诚的财产都是林燃和林烟烟的，她什么都没有。

如果林燃签了字，那她的孩子也将一无所有。她晶莹的泪水倏地砸向手机屏幕，握着手机的手指猛然收紧，泛白的指骨微微颤动。

浴室里传出女人压抑的哭泣声，但没过多久这哭泣声就停止了，接着微弱的水声响起、消失。

浴室的门打开，徐宜蓉面色平静地从浴室里走出来，将林佑诚的手机放回去后，悄无声息地躺回了床上。

她想会有办法的，一定能想到办法的。

清明过后，学校里大多数学生都换上了薄薄的春装，还有许多爱漂亮的小姑娘甚至已经穿上了夏天穿的百褶裙。

盛青溪每次看到那些漂亮女孩儿时都会想起宋诗蔓。宋诗蔓没有留在初城上大学，而是去了一个偏远的城市。她每天都忙着参加学校里的各种活动，日程排得满满的。

林燃见盛青溪巴巴地看着人家的腿，还有点儿吃醋，心想：这一个个小短腿儿有什么可看的？

盛青溪扯扯身旁林燃的袖子："林燃，明天我也想穿裙子。"

林燃："……"

林燃一把掰过她的脑袋，不让她乱看，蛮横地说道："这才几月？想穿裙子等夏天了我给你买，现在你想都别想。马上三模考试了，你想点儿正经的。"

盛青溪不满地在他的手里挣扎，嘀咕："穿裙子怎么了？我又不冷。"

林燃轻哼一声："大冬天裹成小熊的也不知道是谁？"

盛青溪瞪他："早就到春天了！"

两个人你一言我一语的，一路吵着回了教室。

何默和谢真一副看戏的表情，在旁边顺便还点评了几句。

谢真咬着鸡爪，含糊地说道："这是这个学期第几次？"

何默嫌弃地抽出纸巾递给他，视线又往林燃那边瞟："不知道，每个月都要来那么几回。"

谢真擦了擦嘴："这回又是燃哥赶着去哄人？"

何默嗤笑："不然呢？"

两人讨论完没多久，另一边的林燃就黑了脸。黑脸的原因没别的，只因这小姑娘说着说着又不理他了。林燃耐着性子哄了一会儿，见她还是绷着脸，只好乖乖认错。

林燃无奈地说道："你要穿也不是不行，等这阴雨天过去了再穿。"

盛青溪转头看了他一眼，大眼睛眨巴了两下，澄澈的眸里满是无辜："我不穿了。"

林燃想，她就是故意欺负他是不是？

林燃盯着盛青溪，看了半晌，磨了磨后槽牙，刚想伸手去捏她的脸，兜里的手机开始疯狂振动，显然是有人打电话给他。

林燃会管电话吗？当然不会。

他毫不犹豫地捏上盛青溪的腮帮子，凶巴巴地说道："现在胆子大了，嗯？"

盛青溪拍了拍他的手，示意他接电话。

林燃也不放开盛青溪，用另一只手拿出手机看了一眼，缓缓放开她。

盛青溪见林燃将视线定在手机上，就知道这个电话对他很重要。而最近对林燃来说很重要的事，就只有林家那点儿事儿了。

"哥。"林燃接起电话说道。

通话时间持续了几分钟。

其间，林燃一直没怎么说话，垂着眼，神情淡淡的，偶尔会低声应几句。挂了电话，他才侧头揉了揉盛青溪的脑袋，见小姑娘的眼睛里写满了担心。

他笑了一下，安慰道："没什么大事，我哥找我有点儿私事。"

林燃顿了顿，黑眸紧盯着她："盛青溪，我一会儿请假出去一趟，要是回来得晚，你就和阿真他们一块儿吃饭。有事就给我打电话，记住了吗？"

盛青溪点点头，看着林燃，欲言又止。

林燃原以为她是有话要说，但她什么都没说，只是牵起他的手，在他的掌心放了一颗草莓软糖。

林燃和盛青溪对视几秒，缓缓收拢手掌，低声说道："等我回来。"

说完他也不等盛青溪回应，转身离开。

私人会馆里，林煌已经在这里等了有一会儿了。

前段时间，林燃托他办了一件事，今天刚收到消息，他就带着资料和文件过来了。资料里具体是什么内容林煌没看，但听下面的人说林燃查的是女人，还是两个。

林煌心里痒痒地看着桌上的资料，心想林燃这小子来得也太慢了。他想了半天，又琢磨着，这小子不是已经有他家小溪流了吗？

不怪林煌多想，这一年，林燃断断续续地一直在朋友圈里发他家小溪流的照片——小溪流吃早饭、小溪流画画、小溪流跑步、小溪流踩雪等。光这些也就算了，最过分的是，林燃还发什么“小溪流马上过生日了”，配图是一把钥匙。

一把钥匙？林煌看到配图的当时，就打电话过去骂林燃是个畜生，却被林燃无情地挂了电话。

林煌刚想到这里，门口传来了动静。那臭小子一点儿礼貌也没有，也不敲门，一推门，直接迈着长腿就进来了，嘴里还嚼着什么东西。

林燃淡淡地瞥了林煌一眼，挑眉：“看什么？”

林煌轻哼一声，把桌上的资料往他的怀里一摔，别开头不去看这臭小子。

但没一会儿工夫，林煌就忍不住了，凑到林燃的身边，贼兮兮地说道：“小火，我可听说了。找女人呢？你不怕你们家那个小仙女知道？”

林燃本来在看资料，听到这话，抬眸冷冷地看了林煌一眼。

林煌撇撇嘴，不敢再说，他这个弟弟生起气来还真不好收拾。

关于徐宜蓉的事，林燃本就没想瞒着林煌，看完直接把资料递给林煌，微微抬了抬下巴：“哥，你看看。”

林煌早就在等林燃这句话了。

随着时间一分一秒地过去，林煌的脸色越来越差。

十分钟后，林煌狠狠地把资料甩在桌上，一口气差点儿没喘上来。他气得手都在抖：“姓徐的那个女人在想什么东西？这么多年她得到的还不够多吗？”

除了徐宜蓉怀孕的事，资料上还有徐宜蓉找私家侦探调查林燃和林烟烟的证据，上面还贴着他们偷拍的照片，不光有林燃的，还有盛青溪的。毕竟林燃一直都在盛青溪的身边，反而是林烟烟的照片少。自从去年那件事后，林烟烟一直是由林佑诚的司机接送的，私家侦探能靠近的机会并不多。

资料上不只有这些内容。这段时间徐宜蓉一直在找人，找的人无一例外都是在林家工作过的，又或者在城南花园别墅工作过的。最新消息是她这些天一直在接触陈阿姨，徐宜蓉的目的不言而喻。

林煌知道林佑诚准备的那份文件，林燃生日时得到的可不只有这些。毕竟，林燃是林爷爷最喜欢的孩子。

但对徐宜蓉来说，那些已是天文数字。很显然，她肚子里的孩子是促使她去做这一切的原因。

林煌百思不得其解："她怎么会怀孕的？这事你爸知道吗？"

林燃瞥他一眼，语气轻飘飘的："我对林佑诚在床上的事可一点儿兴趣都没有。"

林煌："……"

这是什么床上不床上的事吗？林煌在心里叹了一口气，他们家小火从小就是这么个性子，眼里容不得一粒沙子，所以三年前才会那么决绝地带着林烟烟离开。以后，也不知道他和林佑诚的关系还能不能缓和。

林煌盯着文件，看了半晌，忽然说道："小火，这事交给我。你不用担心，专心在学校里复习，都快高考了。"他笑起来，不再谈论这件事，转而提起别的，"不是说要和你的小仙女读同一个大学吗？小仙女准备去哪儿？"

说起这个，林燃顿时感到头痛。他揉了揉眉心，无奈地说道："她说我去哪儿她就去哪儿。"

林燃曾以为，这世上没有人会在原地等他，所有人都是不停地往前走的。但从盛青溪转班那一刻，他知道，不是这样的。

世上就是有这样的傻瓜，她甚至愿意倒退来找他。如今是，以前那十年更是。

但林燃不可能任由事情这么发展下去，盛青溪希望他能考上宁城大学，他就会考上宁城大学。她本就值得更好的一切和未来。

林煌闻言，捂住自己的腮帮子："可酸死我了，那你怎么想的？"

林燃沉默半晌，应道："我想和她一起去宁城大学。"

林煌挑了挑眉："你要真能考上宁城大学，爷爷不得乐疯了？"

因着林燃年幼丧母，林爷爷从小就很疼爱他。只要林燃想要的，就没有得不到的，所以他说要和林烟烟出去住，林爷爷也由着他。但老人家心里还是希望孩子的成绩能变得更好的。

林燃没再多说，对林煌笑了一下："哥，我回去了。"

说完林燃就离开了，林煌却怔在原地。不知道为什么，刚刚林燃那一声"哥"，让他有一种恍若隔世的感觉。

食堂三楼的这些窗口是学校为了减少高三学生排队的时间，特意给他们开的。相比楼下，这里人不是很多，人群分散而安静。

盛青溪刚付完钱，手里的餐盘就被谢真抢走了。他嚷嚷着："我来拿我来拿！"

何默跟在后面，默默地掏出一杯牛奶放在餐盘上，然后才去点他们两个人要吃的菜。

这幅画面盛青溪已经习惯了，她疑心他们两个人是受到了林燃的压迫。每次林燃有事不在时，这两个人就比林燃还热情。

其实这事儿吧，还真和林燃没什么关系。

盛青溪给何默和谢真补课已经半年多了，他们两个人的成绩不像林燃那样坐火箭似的进步，但也都进了班级前二十名。两个大男孩儿也不知道能为盛青溪做点儿什么，就尽可能地在小事上努力为她效劳。

食堂里很安静，何默和谢真吵吵闹闹的，看起来很显眼。

盛青溪捧着牛奶，默默地看着那两个人在窗口前吵闹。

这一年，她接触到的何默和谢真，和她记忆中的那两个人差别其实很大。以前，她认识的那两个男人，总是一副心事重重的模样，从不会这样情绪外露。

林燃的死对他们打击很大，他们很久都没有从失去林燃的阴影里走出来。

“看什么呢？”少年散漫的声音自身后响起。

脚步声渐近，来人站在她的身后微微俯身，温热的气息扑洒在她的耳侧。

盛青溪知道她一转头就能看见林燃，但是这样的距离……在食堂这样好像不太好。于是，她偷偷地往边上挪了一点儿，小声喊：“林燃。”

林燃一弯腰，就看到这小姑娘的睫毛在颤抖。他也不动，就这么看着她自以为没人发现地往边上挪。

哼，坏丫头。林燃应了一声，直起身，霸道地往她的身边一挤，直接坐下了。

他扫了一眼她打的菜，又没有肉。

林燃轻啧一声，也顾不上教训她，起身往窗口走去。

他们通常都是四个人一起吃饭，林烟烟不和他们一起吃。去年那会儿林燃很担心林烟烟，但现在他不怎么管那个小丫头了，想着那小丫头应该有自己的社交圈。

晚饭后，谢真和何默自觉地走在前面，林燃和盛青溪慢悠悠地跟在他们的身后。

此时天色已经暗了下来，学校里的路灯都亮了，不甚明亮的光将他们的影子拉得很长。

盛青溪侧头，悄悄地看了林燃一眼，刚想收回视线，就被林燃迫人的目光抓住了。少年的黑眸在暗色里亮得惊人。

林燃伸手轻轻点了点她的眉心："又偷看我？"

"林燃，那件事怎么样了？"盛青溪迟疑着问。

因为林燃生日当天就拿走了那份文件，盛青溪不确定徐宜蓉什么时候会知道那件事。事件的时间线被打乱，她无法预测徐宜蓉的下一步行动，而且，林燃不怎么和她说这些事。

林燃沉默了片刻，低声说："她知道文件的事了，也找了人盯着我和烟烟。最新的消息是，她已经查到了陈阿姨的儿子病重的事，过不了多久就会有结果了。"

林燃没说是什么结果。盛青溪知道，这件事到最后只有两个结果，第一个结果是在徐宜蓉和陈阿姨交易后就采取行动，但她们两个人不会受到多大的惩罚，毕竟，连陈阿姨本人都不知道最后林燃会葬身火海；第二个结果是等，等徐宜蓉一步一步地走向深渊，等那场大火发生。

林燃见盛青溪不说话，就知道她在想些什么，安抚道："该做的我们都做了。接下来的事，你和我都不用参与，我哥会处理好这件事的。"

她们的人生最后仍是由她们自己选择的。

盛青溪垂下头，不敢和林燃对视。她小声问："林燃，那一天你能不能带我回去？"

盛青溪话里的那一天，林燃和她都知道是哪一天。

少年的神色一变，略显冷漠的声音落下："盛青溪，你想都别想。"

晚自习上，何默和谢真两个人偷偷摸摸地往左边偷看。

谢真压低声音："这又是怎么了？就走回来这几分钟，两人又闹开了？"

何默推了推谢真："声音小点儿，我看这回是燃哥生气了。"

谢真："啊？"

虽然说林燃这个人生气是常态，但他生盛青溪的气还是很少见的。何默和谢真上次见林燃这样，还是去年五月份的时候。

另一边，盛青溪拿着笔，怔怔地看着面前的纸，已经半晌都没有动作了。

她旁边的人一晚上都很安静，只有笔尖划过草稿纸的声音。中途下课，铃声一响他就出去了，而后又踩着铃声回来，依旧像上一节课一样安静。

这一晚上，林燃没有和盛青溪说一句话。

放学铃声响起后，安静的教室里渐渐有了动静，大家开始收拾书包准备回家。进入高三后，很多家长在学校附近租了房子，想让孩子在高三的时候住得好一些、吃得好一些，于是走读生就渐渐变多了。

没一会儿，教室就空了大半。

盛青溪低头收拾好书包，才刚拉上拉链，边上就伸出一只手，把她的书包拎走了。

她咬了咬唇，微微转头看去。教室里明亮的灯光倾泻下来，林燃站在她的跟前，将映在她身上的光挡掉了大半。他没看她，侧脸显得很冷漠，似乎正在听何默和谢真说话，看神情好像还是不想和她说话。

盛青溪默默地起身往外走。

这时，林燃也有了动静。他淡淡地说了一句："走了。"

谢真和何默你看看我、我看看你，都不敢应声，林燃这话也不知道是和谁说的。他们目送着盛青溪跟在林燃的身后往外走。

等他们两人走后，谢真和何默开始嘀咕。

何默叹了一口气："两人真一晚上没说话。"

谢真挠挠头："明天能和好吗？"

何默也愁："不知道啊。"

楼道里灯光暗淡，盛青溪安静地跟在林燃的身后。

盛青溪此时说不上心里是什么感觉，又闷又涩，想和他说话，却不知道说些什么，甚至连喊他的名字都变得艰难。

一步、两步，他们拐过一个又一个弯儿。

下了楼梯后，林燃没再走那条近道儿，而是走了有路灯的大道。他垂眼，注意着身后那轻轻的脚步声。

眼看离车棚越来越近，盛青溪忍不住开始胡思乱想，想一会儿是自己上车还是等林燃来抱她，万一林燃不抱她怎么办？还没等她想出个结果来，他们就到了车棚。

盛青溪顿在原地，面前的少年背对着她，脚步渐缓。

"过来。"林燃的声音低低的，仔细听里面还带了一丝沙哑。

盛青溪悄悄地松了一口气，刚走到车边，林燃就揽着她坐上了车后座，又认真地给她戴好了头盔。其间，他不曾看过她一眼，两人没有任何视线交流。

林燃跨坐上车，等着她去抱他。

盛青溪忽然觉得有点儿委屈。每一次，林燃都是等她抱紧了、坐稳了才会开车。因着这么一点儿委屈，盛青溪只伸手抓住了林燃的衣摆，没有抱他。

空气有那么一瞬间的寂静，令人窒息般的寂静。

一分钟后，林燃启动了车。

盛青溪能明显地感觉到林燃的车速比以前慢。揪着那么一片衣角，她感受不到林燃的体温，仰头将涌上眼眶的酸涩压下。

半小时后，车在盛开福利院的门口停下。

盛青溪自己解开了头盔，然后下车，走到前面拿了自己的书包。林燃坐在车上，毫无动静，像是没看到她的动作似的。

“晚安。”盛青溪小声说。

说完后，盛青溪慢吞吞地往院子里走。

眼前的路明明每天都在走，她却觉得今晚的路格外的黑。温热的水滴滑过下巴，缓缓坠入领口。她抹了抹眼睛，加快脚步，往宿舍门口走去，但有人比她的脚步更快。

就在盛青溪即将触到门把手的时候，一股带着侵占性的力量自身后袭来，她的身体猛地被禁锢住，随着那股力道被迫转向另一面。

后背撞上冰凉的门，身前的气息微热，盛青溪下意识地抬头，对上少年漆黑的眸。

身后是门板，身前是林燃，盛青溪被困在方寸之间。

门前昏黄的灯光幽幽地亮着，将盛青溪带着泪痕的小脸照得很清楚。

林燃见状呼吸一顿，没说话，伸手熟练地从她背着的书包里拿出纸巾，捏住她沾着泪水的下巴，温柔地把她脸上的泪痕擦干净。

“盛青溪。”林燃哑声喊她的名字。

盛青溪垂着眸，睫毛湿漉漉地粘在一起。

好一会儿，她才像小猫叫似的小声地应了一句，听起来像是被谁欺负狠了，委屈巴巴地耷拉着脑袋，谁也不想理。要不是被他困在这里，她指不定就甩着尾巴逃了。她仅有的几次哭泣，都是因为他。林燃也不知道是气自己，还是气这个笨丫头。

夏令营那一晚的感受，他此生都不想再体验了，所以当盛青溪说那句话的时候，他的怒气不可抑制地涌上来。

她根本没有把他的话放在心上，始终无法把自己放在第一位，这件事让林燃难以接受。

林燃俯身，声音低低的：“盛青溪，夏令营着火那天我和你说的话，你还记得吗？”

怀里的人闷声应道：“记得。”

林燃看着她，喉结滚了滚，继续问：“我说什么了？”

他的衣摆被一只手揪住，过了一会儿，轻而细的声音响起：“我对你很重要。”

盛青溪的眼泪又不受控制地流下，再开口时已哽咽：“林燃，我很害怕。”

盛青溪无法再承受一次失去林燃的痛苦，以前她的人生在崩溃中重塑，找出真相是她活下去的唯一动力和信念。

如果再来一次呢？盛青溪不敢想。

林燃蹙着眉，温热的指腹滑过盛青溪微凉的侧脸，逐渐往上，直到触到她的眼角。他低声哄道：“我保证我不会出事。你相信我吗？”

小哭包可怜地点点头。

林燃知道，在这件事过去前，他没办法和盛青溪谈这件事，这件事已经成了她的执念。他没有经历过盛青溪的那十年，根本没有理由指责她。

林燃的心似是被她的眼泪烫到了，痛得喘不过气来。

他低头，嗓音微哑：“是我不好，不该凶你。你乖乖回去洗澡睡觉，明天我来接你，锁好门窗，特别是门。”

说到最后四个字时，林燃的声音里带了些许笑意，毕竟他有钥匙。

沉闷的气氛被林燃尾音里的笑意打破，小哭包听了，抬头瞪了他一眼。

林燃勾了勾唇，摸摸她的脑袋：“乖，进去吧。”

说完，林燃松开了盛青溪。

盛青溪抬手抹了抹眼角，低着头，好半晌才说道：“林燃，你看到我掉进海里了吧？”

盛青溪就说了这么一句话，随后她的身影很快就消失在了林燃的面前，然后大门被关上，房间内的灯亮起。

林燃像是被定在原地，唇边的弧度一寸一寸地往下拉，直至绷紧。他四肢百骸的血液似乎在这瞬间被冻成冰，连带着他的手指都开始颤抖。

她以自己为筹码，要他保证他自己的安全。

林燃站在门口，眸色黯沉地看着她的房间。良久，灯熄灭后，他转身大步往外走去，边走边拿出手机给林煌发了一个短信。

房间内，盛青溪竖着耳朵听外面的动静，直到引擎声响起才悄悄地松了一口气。

她知道，她今晚越过林燃的底线了。

深夜两点，林煌看到林燃的短信时，还在酒吧里，距离这条信息送达已经过去两个小时了。林煌看着屏幕犹豫了一会儿，心想：这个点儿，小火应该睡了吧？

林煌想了想还是不放心，干脆给林燃打了电话。

电话铃响起不过一秒，那边就接通了。

少年原本清朗的声音，透过电话传过来，显得有些低沉："哥，你现在有时间吗？"

林煌听了这话觉得匪夷所思，又拿开手机看了一眼时间，是深夜两点十三分没错。

林煌轻咳一声："你在哪儿呢，小火？"

林燃："你家门口。"

林煌暗骂，这臭小子。

林煌和朋友打了个招呼，拿起外套后找了代驾，就回家去找那个臭小子了。大半夜的，明天还要上学，这臭小子居然跑去他家门口。

短信里林燃没说是什么事，就说有事想和他谈。

林煌思来想去也不知道这臭小子究竟找他干什么。

他住的小区离酒吧不远，开车二十分钟就到了。

车灯靠近，林燃下意识地眯了眯眼，侧头看去。

林煌下了车，穿着一袭风衣向他走来。

林煌边说边往门边走："有事不能等到明天说吗？非得在大半夜过来。等等，难道徐宜蓉那边出问题了？"

林煌转头惊疑不定地看向林燃。按理说不应该啊，他一直找人盯着她的。

林燃没说话，只是朝他抬了抬下巴。

"行，进去说。"林煌说着打开了门。

淡淡的烟雾升起，模糊了林煌的面容。

林煌没说话，一直安静认真地听林燃说。只不过林燃说了一半，他就忍不住点了一根烟。林燃的话中蕴含的信息量有点儿大，他一时无法接受。

等林燃把话说完，林煌掐灭了烟，有点儿难以理解地说："小火，你是说不去管徐宜蓉，就这么任由她在暗地里做那些见不得人的事吗？你爸那边呢？"

林燃淡声说道：“不用管他，这是我的事。”

林燃原本不想插手这件事的，毕竟这一世事情都还没发展到那个地步。但这一晚盛青溪的话，让他第一次意识到，她一直提心吊胆，一直在害怕，恐惧那一天的到来。

这一次徐宜蓉或许没有做，那下一次呢？他不能让盛青溪总是陷在这种恐惧里。

林煌不知道徐宜蓉会选择用什么样的手段对付林燃，但林燃知道。

林燃来找林煌，也是为了这件事：“哥，接下来你不用管这件事了。我来找你是想托你找两个人，找之前得拟一份风险条例。”

林煌没问为什么，就应下了。

两人谈完后已将近四点。林煌本想让林燃留下来过夜，但林燃摆摆手就走了，背影看起来还挺潇洒。

林煌看着林燃的背影，感叹道，他们家小火长大了。

林燃骑车离开后，没回家，而是又回了盛开福利院。

他轻车熟路地翻墙进了盛开，然后摸到宿舍楼后院，一个助跑轻松地翻上了墙头。后院里宿舍楼的大门锁着，林燃看了一眼大楼，发现二楼楼道的窗户没关。

林燃拿出手机，打开闪光灯，照了一下边上的管道，照完把手机收好。在一片黑暗中，他像一头敏捷的猎豹向上爬着，最后悄无声息地在二楼走廊落地。

自林燃从门口翻墙进来，再到他爬上二楼，最后在盛青溪的房门前站定，整个过程不到两分钟。

但要走进盛青溪的房间，需要有一个至关重要的前提，那就是盛青溪没把门反锁。

林燃摸着兜里的钥匙，有些无奈，也不知道自己是怎么想的，希望她把门反锁了，因为她乖乖听话了；又希望她没锁，那他就能进去了。

林燃在门口呆呆地站了五分钟，拿出了钥匙。

“咔嚓”一声，门开了，盛青溪没锁门。

林燃一时间也不知道是该生气还是该庆幸。他没有犹豫，闪身进了房间。整个过程他已经将动作放到最轻，但就是这样，还是吵醒了床上的人。

“林燃？”她的声音微微发紧，细听其中更多的是警惕，她一点儿睡意都没有。

林燃怔了一瞬，顿在原地没敢再动。

她和他在一起，很少有这种状态，上一次这样还是在宋诗蔓家船上的时候。他在她的身边，她从来都是不设防备的。

林燃知道，盛青溪这样，跟她之前做过警察是有一定关联的，但她似乎特别敏感。

“是我。”林燃低声说。

随着林燃的声音响起，盛青溪紧绷着的神经松弛下来。她看向门口那道高大的身影，有些迷茫：“现在几点了？”

林燃没敢应声，也不敢开灯。开了灯，她就能看到摆在桌上的时钟了。他几步走到床边，刚想说什么，忽然瞥见盛青溪的手里似乎握着什么东西。

这下林燃也顾不上盛青溪会看到时间这件事了，伸手打开了灯。

灯一开，床上的情况被他看得一清二楚——盛青溪穿着睡衣坐在床上，正仰头看他，她苍白的指间紧紧握着一把锐利锃亮的剪刀，她在用很大的力道握着。

林燃的视线慢慢移回她的小脸上，开口时语带诱哄：“愿愿，把剪刀给我。”

盛青溪乖乖伸手，把剪刀递给林燃。

林燃把剪刀往桌上一丢，趁盛青溪不注意，立马又把灯关上了。房间骤然陷入了黑暗，盛青溪不解地喊了一声：“林燃？”

林燃在床侧坐下，给她盖好被子：“我在。”

盛青溪不安地抿了抿唇：“出什么事了？”

“没事，就是想你了，你躺回去。”林燃大半夜跑到人家的房间里来，说起话来却一点儿不害臊。

盛青溪躺下后往里面缩了缩，好让林燃坐得舒服一些。刚刚开灯那会儿，她看到林燃还穿着校服，似乎没回过家。

林燃没给盛青溪先开口的机会，低声问：“以前……以前发生过类似的事吗？”

林燃这句话说得没头没尾的，但盛青溪听懂了他在问什么。她将视线移到枕侧，以前很多个夜里，这个位置上都放着枪，这个习惯很难改。

盛青溪回想着以前发生的事，简短地和林燃说了一下经过：“那会儿，我们打击一个盗窃团伙，一共十三个嫌疑人，抓了九个，其中三个在逃，还有一个下落不明。下落不明的那个人一直留在初城，新闻报道后的当晚，他就闯进了我的家里。”

那时候，盛青溪才进刑警队不过两年，第一次遇到这样的事。

虽然最后她制服了嫌疑人，但这件事让她在很长一段时间内都睡不好。于是她搬了家，换了安全性更高、更隐秘的住所。

听盛青溪说完，林燃好一会儿都没有说话。

林燃隐在黑暗里，盛青溪看不清他的神情，只好捏了捏他的手，小声喊：“林燃。”

过了许久，床边的少年才哑声应道：“睡吧。不怕，我守着你。”

以前的林燃，不相信爱，不期待爱。如今的林燃，相信这世间有人爱他如生命。她失去的人生，他会将它重新捧到她的面前。

晴空无云，大片的阳光丝毫不受阻碍，肆无忌惮地洒在绿茵上。白色的球鞋踏过红色的跑道，少女奔跑时，发尾跳跃起来，扬起弯弯的弧度。

不远处，篮球场上和跑道上一样热闹。球鞋和地面相触，发出尖锐的摩擦声，篮球在几个人手中来回传递。场内依旧是他们篮球队的那几个人。

随着哨声吹响，第二节比赛结束。

谢真小胖子满头大汗，赶紧下场往长椅那边走。他快要渴死了。没等他走到长椅那儿，林燃就扔了一瓶水过来。

谢真敏捷地伸手接住，嘿嘿地笑道：“不是我说，我这个身法真的优秀。”

林燃睨了他一眼，没说话，心想：这小胖子的自信真是十几年如一日。

何默跟着走过来，随手拿起一边的毛巾，擦了擦汗，往林燃的身边一坐，问道：“燃哥，你今天真的不上场了？”

林燃应了一声，没解释原因。他抬眼，看向在操场上跑得正欢的盛青溪。别人跑完两圈儿就玩去了，就她一个人在那儿一圈儿一圈儿地跑，跑得还怪开心的。就跑个步而已，这小傻瓜也能这么高兴。

林燃静静地看了她好一会儿，侧头对何默说：“晚上我和盛青溪会出去一趟，一会儿我去找老屈请个假。晚饭就不和你们一块儿吃了。”

谢真一听“出去”两个字就竖起了耳朵，心想：林燃又想带盛青溪出去干什么？他警觉地问道：“你和仙女又偷偷出去吃什么好吃的？”

何默恨铁不成钢地拍了拍谢真的肩膀：“吃吃吃，一天到晚就想着吃。”怎么燃哥和仙女出去，你就非得去凑上一脚，这不是找打吗？何默想。

说到吃，谢真还有点儿委屈。这大半个学期下来，他瘦了将近十斤，回到家他的爸妈见了，还以为他出什么事了，一口一个“心肝宝贝乖乖”，恨不得把钱都给他，让他去买吃的。

谢真可怜巴巴地说：“学习好辛苦。”

何默摸摸他的胖脑袋，怅然地说道：“小真啊，你说咱和燃哥他们上同一个学校是不太可能了。但我们可以去宁城大学隔壁嘛，你说是不是？”

谢真叹气：“唉，本来想留在初城的。但我一想到以后没人替仙女看着燃哥，我就担心。仙女那性子，估计被甩了都不会说燃哥一句。”

林燃：“……”

何默摇摇头，一脸高深莫测：“我觉得不是。明显是燃哥被甩的可能性比较大。你瞧仙女那样貌，以后会没人追吗？”

何默往林燃的方向瞄了一眼：“倒是燃哥，这少爷脾气，小姑娘们才懒得理他。”

谢真沉思片刻，赞同地点头：“你说的有道理。”

林燃无语，他不就说了一句要出去吗？

林燃现在算是发现了，这两个人自从有了盛青溪给他们撑腰，说话是越来越没顾忌了。以前被他这么冷冷地看上一眼，两人早就闭嘴了，现在却跟没看到似的。

林燃不想在这里多待，干脆起身去找小溪流了，只有他的小溪流对他好。

今天天气很好，风很轻，吹过来的时候，像是棉花软软地推过来，在轻抚你的脸颊。

盛青溪跑到靠近篮球场这一侧的跑道时，很快就注意到了林燃。他站在不远处看着她，双眸里没什么情绪，只有对上她的眼神时，眼里才多了一丝笑意。

他就静静地立在那里。她往前跑的脚步一停，转而朝林燃跑去，非但没有减缓速度，反而越跑越快。

林燃张开手臂，稳稳地接住她。

碍于现在还在操场上，他很快放开了她。小姑娘的额间沁出些许薄汗，小脸红扑扑的，那双看向他的眼眸依旧明亮如初。

林燃低头低声说：“不跑了，休息一会儿。下午下了课我们出去吃饭。”

盛青溪听林燃这么说，也不问为什么，点了点脑袋就拉着他往篮球场边上走。

等两人走回去时，谢真他们已经开始比赛的下半场了。

林燃拧开瓶盖儿把水递给盛青溪，见这小姑娘正盯着篮球场上的比赛。她接过水喝了一口，又自然地递还给他。

整个过程她都没看他一眼。

这下林燃的心里不乐意了。他把水往边上一放，抬手把她的脑袋掰过来，挑眉问："能看明白吗？"

盛青溪眨眨眼："工作的时候，单位里经常举办篮球赛的。"

林燃想了想觉得也是，刚想放过她，忽然意识到了一个更加严重的问题。刚刚何默说，盛青溪不管到哪儿都有人追。她这么一个漂亮水灵的小姑娘进了刑警队，绝对不可能没有追求者。

林燃绷起脸，声音微沉："盛青溪。"

盛青溪一脸疑惑："嗯？"

林燃紧紧地盯着她，不放过她脸上的每一个表情。他双眼微眯，语带威胁："你工作那会儿有人追过你没有？几个？"

盛青溪："……"

盛青溪和林燃对视片刻，觉得还是实话实说比较好："单位里没有，前辈们大多都结婚了。但是和别的部门的同事相过亲。"

林燃："……"

他刚刚听到了什么？

盛青溪小声解释："那是前辈们一起给我介绍的，我拒绝了很多次。那次他们说是部门聚会，去了我才知道是相亲。"

林燃磨了磨后槽牙，凶巴巴地问："那兔崽子叫什么名字？"

盛青溪眨眨眼："不记得了。"

她是真的不记得了。那天，那个男人非常紧张。两人吃饭过程中，他都没敢抬头看她一眼，说话也是磕磕巴巴的，可能也是被骗来的。

林燃轻哼："你最好是真的不记得。"

盛青溪一脸无辜："真的。"

林燃一把提溜起盛青溪："不许看了，回教室休息。"看看看，有什么可看的？不就几个臭男人吗？

盛青溪挣扎无果，只好乖乖地跟着林燃回去。她一手扯着林燃的衣袖，另一只手抚顺被吹乱的长发。

阳光淡淡地照在蓝白色的校服上，金色的光束染过少男少女那黑色的头发，两个一高一低的身影隔着不远不近的距离，光不知疲倦地追逐着他们的脚步。

不远处的篮球场上响起喝彩声，风轻轻柔柔地吹过。

下午放学后，林燃没像以前那样起身让盛青溪走出来，见坐在里面的小姑娘一脸疑惑地看着他，不由得挑了挑眉："收拾书包，晚上不回来了，直接送你回家。"

盛青溪蒙了："……不是去吃饭吗？"

林燃见她一点儿自觉都没有，有些无奈："今天你过生日，你自己不记得吗？"

盛青溪还真的不记得了。她工作以后就不过生日了。盛兰打电话过来时，她才会抽空回去一趟，更多的时候，她都在外面出任务，根本回不去。

对盛青溪来说，这不是什么特别的日子。

她摇摇头，小声应道："不过生日。"

林燃也是有一次听盛兰说起，才知道盛青溪的生日，就是盛兰把她抱回盛开福利院的那一天。她的生日在繁花盛开的春季。

林燃看着她笑了一下，伸手揉了揉她的小脑袋："以后都要过。"

盛青溪抿抿唇，乖乖地开始收拾书包。

谢真和何默一齐看着林燃和盛青溪走出教室，心里不知怎的生出些许凄凉的情绪来。自从盛青溪转班过来，他们都是一起吃饭的，这次忽然被抛弃了，还怪失落的。

谢真忧愁："他们到底去吃什么好吃的了？"

何默一脸问号："你刚没听到吗？燃哥给仙女过生日去了。"

"什么？！"小胖子这下真的不开心了，"仙女要过生日？不行，我不能就这么无动于衷地坐在这里。我也要去给仙女过生日。"

说着，谢真也不管三七二十一，转身就往外面跑。

何默赶紧追出去，边追边喊："你干什么去？哪有人上赶着去当电灯泡的？"

谢真有理有据地反驳："燃哥还没告白呢，我们怎么就是电灯泡了？仙女给我们补课那么辛苦，我们还不能给她过生日了？"

何默一听，觉得谢真说的有道理。

于是，两个人一起去追林燃和盛青溪了。

十分钟后，校门口。林燃黑着脸和一脸无辜的谢真、何默对视。

他真的好不容易能和他的小溪流单独出去玩一次，还是这么一个重要的日子。平时不是带着林烟烟就是带着这两个家伙，今天还是没躲过。

林燃一脸冷漠，额角微跳，压着脾气问："你们来干什么？"

谢真咧嘴笑："吃饭。"

何默轻咳一声："给仙女过生日。"

林燃正要说什么，感觉衣角被人扯了扯。他咽下嘴里的话，轻哼一声，也不理他们，抱着盛青溪就上车了。

谢真和何默见林燃答应了，赶紧跟上，免得跟丢了。两个人在路上就谈论起来，好奇林燃会带盛青溪去哪里过生日，说着说着他们还打了一个赌，谢真猜是某个高级餐厅，何默猜是私人定制菜馆。

结果两人都没猜对。

半小时后，他们抱着头盔，惊悚地仰头看着园内飞速划过的云霄飞车。尖叫声此起彼伏地响着，两个人一起咽了咽口水。

盛青溪没想到林燃会带她来游乐园，也有点儿蒙。

林燃见盛青溪一直盯着云霄飞车，不禁觉得好笑："不带你坐那个，去玩别的。先去吃饭，吃了饭再带你去玩。"

盛青溪小声补充道："高的我都不玩。"她不是很喜欢失控的感觉。

林燃哼笑："不玩。"

当林燃和盛青溪往游乐园里走的时候，何默和谢真两个人正在后面吵架。

何默恨恨地说道："让你一定要跟着来！"

谢真颤巍巍地捂着自己的小心脏："我怎么知道他们会来这种地方？呜呜呜，默子，我害怕。"

何默见这小胖子一副很害怕的样子，还是决定把"残忍"的事实告诉他："小真啊，很多项目是有体重要求的。有些地方你可能坐不下。"

谢真的脸色立马多云转晴，一脸喜悦，连声音都提高了八个度："真的吗？太好了！"

两人一路上吵吵闹闹的，不知不觉就到了餐厅。

这个餐厅位于园内的城堡里，平时不对外开放，只对一些贵宾开放。而林燃这次把整个城堡都包了下来。服务人员在林燃进门时告诉他，他们为盛青溪准备了精美的服装和华丽的权杖，今晚她会成为城堡里最美的公主。

林燃随口应了一句："不用。"

在他看来，盛青溪穿什么都好看。她就算穿着最简单的校服，也是他最美的公主。

盛青溪听林燃说"不用"后，小小地松了一口气，进来之前，她还担心会有一大堆人围着她，祝她生日快乐或者给她唱歌、跳舞。

城堡里的餐厅位于高处，透过餐厅外的小阳台，他们能看到整个热闹的园区——如琉璃般闪烁的灯光、可爱软萌的玩偶、裙摆飞扬的女孩儿们等。

谢真和何默迫不及待地去餐厅里吃点心了。

林燃带着盛青溪在餐厅外的小阳台上逛了一圈儿。

此时天色微暗，夕阳的余晖仍在。盛青溪趴在栏杆上，看着眼前灯火通明的游乐园，旋转木马伴随着欢快的歌谣转着，顶上的皇冠漂亮又精致。她似乎还能闻到各种糖果的气味。

林燃背对着园区，懒懒地靠在栏杆上，侧头看着盛青溪。

点点灯火映在她漂亮的眸子里，她似是在走神儿。

不知道这小姑娘的脑袋瓜里又在想些什么，林燃想，随即换了一个姿势，和她一起看着下方，问："你在想什么？"

盛青溪愣了一会儿，转头看向身边的少年，见他穿着蓝白相间的校服，看起来干净清瘦，背后是被橙紫色晕染过的天空。他正垂眸看着她，黑色的碎发下的双眸里有她小小的影子，就在她触手可及的地方。

盛青溪看着他的双眼，认真地说道："我只是在想，这样的生活其实离我很遥远。那十年，我一刻都不敢放松。我已经很久很久没有像这样悠闲地看过这个城市了。"

盛青溪很少提起那十年，也很少说起从前，不想用这些来绑住林燃。她明白，林燃也明白。

所以，林燃只是伸手揉了揉她的头发，低声说："我能陪你看，现在，以后，一直陪着你。"

盛青溪抿唇笑了一下："林燃，我们进去吃饭吧。"

林燃也笑起来："好。"

整个餐厅里，只有他们四个客人，原先是只有两个的。

服务员上完菜又放好蛋糕后，安静地离开了餐厅。桌上放着服务铃。

桌上摆放着的蛋糕样式很简单，雪白的蛋糕上站着一只耳朵长长的小兔子，小兔子怀里抱着的不是萝卜，而是一颗红艳艳的小草莓。

盛青溪盯着抱草莓的小兔子，看了一会儿，忽然说道："林燃，你喜欢吃草莓。"

林燃懒懒地应道："嗯，我喜欢草莓，你喜欢我。"

谢真和何默："……"

盛青溪眨巴眨巴眼睛，没反驳他。

林燃被盛青溪的反应逗笑，随手拿过边上放着的蜡烛，问："要不要许愿？"

盛青溪摇摇头，眼睛亮闪闪地看着林燃，小声说："不许愿。"因为她的愿望已经实现了，他现在就在她的身边。

林燃放下蜡烛，切了一小块蛋糕给盛青溪。那颗草莓也被他放进了盛青溪的小盘子里，至于那只小兔子，当然是他的。

何默和谢真在放学的时候就打电话让人买了礼物送到游乐园来，林燃和盛青溪在阳台上看风景那会儿，礼物刚到。

见切蛋糕，他们赶紧把礼物拿出来。

小胖子的身姿灵活，他抢先一步把自己的礼物拿出来放到桌上。他挠了挠头，觉得突然这么正经说话还有点儿不习惯："仙女，这段时间谢谢你给我和默子补课。不是很贵重的东西，就是你平时可以在上面看看电子书什么的。"

盛青溪接过谢真的礼物盒，看着他，认真地说："我会好好用的。"

谢真闻言，顿时涨红了脸，不知道该接什么话。平时他的话多得很，现在一个字都憋不出来。他只好推了一把何默，示意他赶紧接上。

何默轻咳一声，把礼物盒往桌上一放："仙女，今年燃哥生日的时候，我送了他一块表。就是这么巧，那个款式的表也有女款。"

咦？盛青溪转头看林燃，似乎在问，你的表呢？

林燃："……"

他哪儿知道何默会给他整这一出，那表估计还放着吃灰呢。不过何默这小子也真是聪明，这么一操作，这块表的价值一下子就上升了。

林燃冷静下来细想，又觉得不对，总感觉何默是在骂他。

谢真和何默送完礼物后，齐刷刷地看向林燃，心里都在猜林燃会给盛青溪准备什么礼物，毕竟，他们之中还是林燃最能搞事。

林燃见对面的两人忽然看过来，冷漠地扯了扯嘴角，心想他的礼物当然要等到更重要的时刻再拿出来，才不想让他们两个人围观。

林燃轻飘飘地扫了他们一眼："吃饭。"

谢真："……"

何默："……"

两人心想：燃哥怎么回事？没准备礼物？

餐厅内烛光摇曳。盛青溪吃完了面条，歪着脑袋听这三个人斗嘴。经常是何默和谢真两个人挤对林燃一个，不过说到最后总是他们俩先起内讧。

林燃还没开始使出全力，对面的两个人就跟小学生似的吵起来了。

林燃面无表情地看着对面的两个人吵，他精心给小溪流准备的生日宴会，就这样变成了小学生斗嘴大会。

林燃侧头看盛青溪，见她正托着腮认真地听着两个人吵架，偶尔听到一些离谱的话，还会显出讶异的神色来，一脸正经得看起来像是在听什么演讲。

他低声问："带你下去走走？"

盛青溪点点头，又看了一眼对面的两个人，似乎在问这两个人怎么办。

林燃轻哼一声："蛋糕还没吃完，阿真不会浪费食物的。"也就是说这两个人要继续留在这里吃饭。

盛青溪揣起自己的小礼盒就想往外走，结果刚站起来，怀里的盒子就被林燃拿走了。他漫不经心地说道："没收，明天还你。"

盛青溪眨眨眼，没反驳他，一副你说什么就是什么的乖巧模样。

林燃顿了片刻，倏地笑了。

夜月高悬于空，眼前所见的一切似乎被加上了一层暖光滤镜。

旋转木马上方是斑斓的灯光，悠扬的弦乐穿过人群，香甜的棉花糖的味道在空中渐渐散开，如童话般的夜晚逐渐拉开序幕。

林燃大致地扫了一圈儿周围，下巴微抬："去那边坐着等我。"

盛青溪没问为什么，乖乖地就过去了。

虽然今天不是周末，但园区内人来人往，不一会儿林燃的身影就消失在了人潮中，盛青溪看着他离开的方向发呆。

离六月越来越近了，她心里的不安也在逐渐放大，但她不能把这些表现出来。

盛青溪垂眸，小声地叹了一口气。

胡思乱想的她并没有注意到，从她坐着的长椅前经过的人都在偷偷地看她。只见安静美丽的少女，穿着最简单的蓝白色校服，独自一人坐在长椅上，纤弱的身躯在夜色下显得有些楚楚可怜，眉眼间还带着浅浅的愁绪。

有人偷偷拿出手机，想拍照记录下这一幕，就在他打开相机对准长椅上的少女时，边上忽然横出一只骨节分明的手，按了一下他的电源键，手机屏幕顿时变暗了。

拍照的人疑惑地往一旁看去，对上少年微黯的眸。面前的少年身形高大，凌厉的眉眼间带着些许戾气，身上穿着和那个女孩儿一样的校服。即使他们隔着一定的距离，他还是感受到了扑面而来的压迫感。

他讪讪地道歉："不好意思。"说完就溜了。

林燃迈开步子，径直向盛青溪走去，见小姑娘正坐在长椅上发呆，浑然不知道周围发生了什么。

面前笼罩下一片阴影，光亮被遮住了大半。

盛青溪后知后觉地抬眼看去，映入眼帘的是一团饱满、洁白如云朵一般的棉花糖，上面缀着几颗彩色的巧克力豆。

林燃站在她的面前，将身后大半的视线都遮住。

盛青溪抿唇笑了一下，小声喊他："林燃。"

林燃应了一声，把棉花糖塞到她的手里。除了棉花糖之外，他还带回来一个气球，明黄色的气球即使在夜里也很显眼，还是小狮子形状的，很可爱。

林燃微微俯身，把气球系在她细细的手腕上，绑了一个漂亮的蝴蝶结。

盛青溪咬了一口棉花糖，甜腻的味道在舌尖弥漫。

她静静地看着林燃，等他站起身后，好奇地晃了晃自己的手腕，黄色的小狮子随着她的动作往上悠悠地晃着，却又被阻力定在原处。

林燃神色淡淡地看着她玩了一会儿，等她将目光又移到他的身上时，伸手拍了拍她的脑袋。

"走了，带你去玩。"

"林燃，气球飞得好高。"

"嗯，这样才不会弄丢你。"

点点灯火中，夜与月皆温柔。

"咚——"晚上十一点四十五分，沉闷的闭园钟声响起。园区里正在进行的盛大舞会结束了。

声音透过夜色传到园区内的每一个角落。园区所有角落的狂欢都慢慢停止，人们脸上的笑意却未减。

这个点儿，其实园区内已经没多少人了。许多带着小朋友的家长在看完花车游行后就回去了，参加舞会的多是些年轻人。窈窕的女孩儿们穿着华美的礼服，脸上戴着精致的面具。不少人都遗憾，为什么舞会结束的时间是十一点四十五分，明明灰姑娘的魔法是十二点才消失的。人们总觉得有些怅然。

林燃将盛青溪护在身侧，避开人群，反方向往园区里面走。

初春的天到了晚上仍带着凉意。林燃看了一眼盛青溪，单手拉下校服的拉链，脱下来往她的脑袋上一罩，把人盖了个严实。

盛青溪钻进他的衣服里小幅度地动了动，从校服下传来的声音闷闷的："林燃，我们还不回去吗？我没和盛妈妈说会晚回去。"

林燃揽着她继续往里走，脚步不停："我打过电话了。"

盛青溪："那我们去做什么？"

这次林燃没应声。

盛青溪只好挣扎着从他宽大的校服里探出脑袋来。此时园区内的人群已经散去，各处的灯开始熄灭，原先热闹的游乐园渐渐变得冷清。

音乐声消匿于夜色中，旋转木马停止转动，云霄飞车的轨道孤零零地掩入夜幕，穿着玩偶服的员工们疲惫地往休息区走，一切都在缓慢地陷入寂静之中。唯有不远处的摩天轮仍亮着灯，漂亮的摩天轮在夜色里像一个巨大的表盘，莹莹的光辉远望去像是月光。

盛青溪往摩天轮的方向看了一眼，抿抿唇，小声问："林燃，我们是不是走反方向了？那里是摩天轮。"

林燃挑了挑眉，没应声。

快走到摩天轮的时候，消失已久的谢真和何默不知道从哪里窜了出来。两个人手里都拿着吃的，一边吃一边还不忘吵架。

谢真鼓着腮帮子把手里的东西递过去："燃哥，仙女，吃点儿不？"

何默翻了一个白眼，又把谢真的手扯回来，压低声音："都这时候了，你可赶紧闭上嘴吧。这会儿要是坏了燃哥的事儿，小心他拉你去拳击馆。"

谢真咽了咽口水，低头看了一眼自己的小肚子，默默地闭上了嘴，心想这些肉肉可都是他的宝贝，绝不能让它们挨林燃的打！

林燃没管他们在叽叽喳喳说些什么。他停下脚步，微微俯身，将盛青溪手腕上的气球解开，手一伸，在摩天轮下站着的工作人员就把气球接了过去。

林燃低着头，神色认真地给她穿好校服，拉上拉链，将她裹得严严实实后才牵着她往摩天轮的座舱走去。

盛青溪回身，看了一眼空荡荡的园区，轻声说道："林燃，闭园了。"

林燃低笑了一声："是，对他们闭园了。"对我们还没有，林燃在心里说道。

两人进了座舱，相对而坐。盛青溪转头看着坐在对面的林燃，见他大半个身子隐在暗色里，随着舱门的关闭，光影变幻，他的侧脸有那么一瞬被照亮了，不过刹那，又隐入黑暗之中。

盛青溪怔了一下，刚才林燃的眼神她从未见过——专注、热切又疯狂，以往的那些压抑和隐忍仿佛都已不见。

"砰"的一声，舱门彻底闭合。

不知怎的，盛青溪的心猛地跳了一下。

寂静的黑暗逐渐蔓延。盛青溪无端地觉得这狭小、幽闭的座舱变得危险，明明对面的人一动未动，那道略微带着侵占意味的视线却将她完全笼罩住，像影子一样紧跟着她，让她哪儿都去不了。

盛青溪有些不安，咬了咬唇，忍住没喊林燃的名字。

不一会儿，静止的摩天轮开始转动，座舱微微晃了一下。

盛青溪后知后觉地握住边上的扶手，林燃似乎想伸手扶她，但手伸到一半就停住了。片刻后，他又隐入暗色里。

摩天轮开始上升，盛青溪似有所觉，侧头往外看去。

灯火渐暗的游乐园忽然变得明亮，旋转木马开始转动，乐队匆匆地往摩天轮底下跑，穿着玩偶服的人们手拉着手蹦蹦跳跳地朝她的方向招手。

那些归于沉寂的喧嚣，又回来了。

盛青溪怔怔地扒在窗边往下看，随后下意识地转头，看向藏在黑暗里的人："林燃。"

自由的乐符往上飘，礼炮绽放，摩天轮即将到达最高点。随之响起的，是林燃沙哑的声音："愿愿，生日快乐。"

话音落下，摩天轮到达最高点。

漆黑的夜幕中骤然绽开盛大的烟花，像是有无数星星点亮了夜空，又犹如流星一般坠落，坠落的过程中又有花苞绽放，绵绵不绝。

沉闷的钟声再次响起，一声、两声、三声。

新的一天到来，盛青溪的生日过去了。

摩天轮缓缓转动，他们的座舱开始下降。

盛青溪仰着脸，专注地看着眼前这一场盛大的烟火，眸中映着点点缤纷的星光。她知道，这是属于她一个人的流星夜。

林燃微黯的视线落在盛青溪的脸上，她如初见那般，柔美又安静，从她来到他身边的那一天起，就是这样，从没变过。他那颗冰冻的心因她的到来而燃起大火。她像是坠入原野的那么一丁点儿火星，只那么一点儿，只需一个眼神、一个微笑、一个拥抱就能将他降服。

遇到她的那一天，才是他的重生之日。

接近地面的时候，摩天轮缓缓停下，舱门却依旧紧闭着。乐队和穿着玩偶服的人们都散去，周围候着的服务人员也不见了踪影。似乎这空荡荡的游乐园内只剩下了他们两个人。

哦，不对，四个人。

何默和谢真特地选了一个离林燃他们那个座舱最远的座舱，也就是一百八十度的角的两端，所以当林燃他们的座舱停下的时候，何默和谢真的座舱在最高点静止了。

何默心想他要是打得过林燃，林燃现在已经是个死人了。

小胖子一脸惊恐："默子，为什么摩天轮突然停下了？难道燃哥忘了我们还在摩天轮上？或许他故意报复我们，嫌我们跟来了，呜呜呜。"

胖胖害怕，胖胖不高兴。

何默翻了一个白眼："燃哥他们也没走，明摆着两人是有话要说。"

谢真愤愤地说："你当时为什么不拦着我？！"

何默："……"

反正不管怎么说，林燃在他们这里是个畜生无疑了。

烟火渐消，最底下的摩天轮座舱的门依旧没有打开。

盛青溪专注地看着天空，并没有注意到，对面的人悄无声息地起身，坐到了她的身边，直到最后一抹烟火如流星坠落。

"林……"盛青溪的话戛然而止。

她错愕地看着身旁的林燃，他倾身靠近，将她完全笼在他与舱门之间。

狭小的座舱内满是林燃身上的味道，周围的温度似乎在上升。

盛青溪有些慌乱地往后靠，可她越往后退，林燃就离她越近。直到她完全与舱门贴合，退无可退，才大着胆子去推林燃："林燃，太近了。"

林燃盯着底下这只慌乱的、想逃窜的兔子，轻笑一声："愿愿，你成年了你知道吗？"

盛青溪避开他的视线，没应声。

林燃也不着急，已经等了那么久，也不急于这么一会儿，毕竟心急吃不了热兔子。

与他微烫的视线不同，他说话的语速不紧不慢："是不是你转来一中的？是不是你第一次见面就抱我的？"

盛青溪："……"

她因着这么一点儿羞耻心，大着胆子瞪了他一眼："你干什么？"

林燃和她圆溜溜的眼睛对视片刻，再开口时语气里带着往常的散漫，仔细听的话，却能听出他的紧张来。他说："毕业之后，我们谈个恋爱怎么样？"

空气里的热度蔓延到盛青溪的脸上，她忍不住睁大了眼睛。

暗淡的光束透过玻璃，照亮林燃的半边身子。盛青溪能清楚地看到少年漆黑的眸正紧紧地盯着她，晦暗不明的眼睛里翻涌着忐忑的情绪。

盛青溪试探着小声问："我能不能考虑一下？"

林燃："……"

随后他冷酷无情地说道："不能。"

盛青溪抿抿唇，心想：这人怎么这么霸道？考虑一下都不行。要是拒绝他的话，她今晚可能连这个座舱都出不去。

以前和现在，盛青溪都没谈过恋爱，也想象不出和林燃谈恋爱是怎么样的。在她看来，这些日子他们已经很亲密了，她已经习惯了现在他们之间的相处方式。

谈恋爱的话，会有什么不一样吗？还是和林燃谈恋爱。

盛青溪长时间的沉默让林燃的心情越来越焦躁。当他去细看盛青溪的眼神时，发现这小姑娘居然在这个时候走神儿了。

林燃磨了磨后槽牙，提醒道："我再给你一分钟。"

话音落下的下一秒，走神儿的盛青溪抬眸看他，认真地问："我们怎么谈恋爱？”

怎么谈恋爱？谈恋爱不就是……

林燃也沉默了，但他只是怔了一会儿，随后几乎是恶狠狠地说道：“怎么谈恋爱？你和我谈了就知道了。你就说要不要谈吧。”

这和林燃想象中的一点儿都不一样。在他的想象中，在他问出那句话的时候，这傻兔子就会乖乖地过来抱他，然后软软地应一声好，或者干脆凑过来亲他一下，这样最好不过。

但现实击碎了他的想象。

盛青溪想起，她之前和老屈谈过一次话。他隐晦地提过，如今林燃的成绩很稳定，希望他们两个之间的关系也能稳定。毕竟不管是恋爱还是失恋都挺影响人的。

于是，盛青溪秉持着对林燃负责的想法，鼓起勇气，小声说：“等高考结束我再回复你。”

林燃咬牙，这小东西简直要气死他了，偏偏他还不能对她怎么样。难不成他还真能绑着她让她答应吗？

第十七章　高　考

近来，何默和谢真发现，自从盛青溪的生日过后，林燃就变得有些不一样了。细说呢又说不上来，总结下来就是林燃越来越明目张胆了。但林燃本来就是这个性格。两人琢磨了几天，就把这个问题抛到了脑后。毕竟他们离高考只有一周了。

这一天是5月31日。初城一中向来有高考前“放假”的惯例，所以从明天到高考前的这段时间，由他们自由选择，可以在家复习，也可以在学校复习。

因为高考，林烟烟她们已经提前放假了，所以何默和谢真都默认他们这一周会回车行或者城南花园复习。车行来往的人多，他们大概率会去城南花园。

谢真趁着午休时间，摸到林燃的身边问了一句：“燃哥，我们这几天去哪儿？”

林燃正侧着身子，看他的小溪流写试卷，闻言，漫不经心地应了一句：“去车行。明天我有事出去一趟。烟烟那个小丫头你看好她，明天不许她出门，下楼都不行。”

谢真听蒙了：“啊？下楼也不行？”

林燃懒洋洋地应：“嗯。”

谢真一头雾水地回到座位上，和何默小声说道：“默子，燃哥说去车行。他还让我们明天看好烟烟，不许她出门，也不许她下楼。”

何默压低声音：“又来了。”

谢真和何默齐齐叹了一口气。

另一边的林燃可不知道这两个人在想些什么。他伸手抓住盛青溪的一缕黑发绕在指尖玩，目光落在她的侧脸上。

林燃轻咳一声：“盛青溪，明天要不要和我一起出门？”

明天？盛青溪手里的动作一顿。明天是6月1日，上次她和林燃说起这件事的时候，他一晚上都没理她，这次居然主动提起。

盛青溪偏头，林燃脸上的神情不像是开玩笑，一副你要是想去我就带你去的样子。

她立马点头，生怕林燃后悔。

林燃知道盛青溪在想些什么，哼笑着捏了捏她软乎乎的腮帮子，这个笨丫头。

6月1日，儿童节当天。

这一天，盛青溪凌晨五点就起床了，也没敢和林燃说。起来后她没心思跑步，去外面吃了早饭就准备去车行找林燃。

盛青溪到车行时不过六点，天才蒙蒙亮，车行还关着门。

她轻轻呼出一口气，走到路边的长椅上坐下。

这段时间，林燃似乎把这件事忘了。自那天以后，他再也没有说起过这件事，直至昨天才主动提起，且态度和那时候截然不同。

林燃他……做了什么吗？

三楼，林燃洗完澡从浴室出来，腿部微微弯曲，顺便将门带上了。

他昨晚没怎么睡，纷乱的思绪纠缠了他一整夜。其实那一天的事情，他并不是完全都记得，有许多细节都已模糊。

例如，以前的这一天，他为什么会回城南花园？

这些细节他都记不清了，那天陈阿姨来过吗？在林燃的记忆中，那一天他没见到陈阿姨，所以陈阿姨极有可能是他出去之后来的。

那一天他本该留在家里的，是林烟烟撒娇说想要儿童节礼物，他才出去买了小熊。

唯一的意外是那天他不是从大门离开的，也没骑车出去。因为他准备出门的时候，听到了从后院传来的“喵喵”声，有小猫挂在了他家后院的藤蔓上。那只小猫正好挂在栏杆中间，林燃救了猫后，干脆从栏杆出去了。事件后续的细节他并不知道，也没问盛青溪。那天她哭得很伤心，他舍不得再问她其他的，只希望她能早点儿从这件事里走出来。

林燃烦躁地揉了揉还湿着的头发，走到窗边，随手扯开了窗帘。

天光熹微，太阳才爬上来了那么一点儿。

林燃刚想转身的时候忽然顿住了，他的余光似乎瞟到了一个不应该在这个时候出现在这里的人——她小小的一只，一个人孤零零地坐在椅子上。

林燃的额角微跳，这小东西一天不训就要上房揭瓦。

这个点儿正是上班族和学生刚起床的时候，路边许多店铺都没开门，街道上空荡荡的，只有清洁工人在街上打扫卫生，从路的一头扫到另一头。

盛青溪托着腮，半倚在长椅的靠背上，看着街道发呆，双眸有些空洞。

正出神儿的盛青溪没听到后面的升降门缓缓往上升的声音。里面的人打开锁，开门径直向她走来。直到脚步声越来越近，她才慢吞吞地往后方看了一眼。

看见来人，盛青溪一呆，说话时还有点儿心虚，小声问："林燃，你怎么下来了？"

林燃瞥她一眼，语气不轻不重："再有下一次，你看我怎么对付你。"

盛青溪默默地闭上了嘴。

两人上楼后，林燃知道她已经吃过早餐，脸色才有所缓和。他去厨房热了一杯牛奶出来，等着盛青溪捧着杯子小口喝了，又去厨房给自己煮了一碗面。

等吃完了饭，林燃提起了有关以前徐宜蓉的事。

说起徐宜蓉，盛青溪的神色有一瞬间的变化。

她垂下眼，沉默了许久，才说起以前的事："最开始徐宜蓉否认了。等把证据都摆上来，她没了办法，又向你的父亲林佑诚求情。

"那年她的孩子没能留住。她那个年纪本就是高龄产妇。那时候，林佑诚让她打掉那个孩子，她受了刺激，以为你出了意外，林佑诚会让她留下那个孩子。你去世后，林佑诚就没再回家。他搬了出去，除了林烟烟，谁也不知道他在哪儿。他一点儿也不想管那个未出生的孩子。

"徐宜蓉做了亏心事，忧思过度，那个孩子就没能保住。她认罪的时候说，选这一天是因为正好你和林烟烟都回去了。之前她一直没能找到机会，因为你和烟烟不是在车行就是你们的身边有别人。"

前世6月1日晚上七点，陈阿姨拎着袋子和往常一样打开门。

林烟烟正盘腿坐在沙发上看电视，嘴里叼了一根棒棒糖，见她来了便含糊地喊了一句："陈阿姨。"

对上林烟烟清澈的双眼，陈阿姨的神色有一瞬间的不自然，她掩饰般地笑了一下："烟烟，放学了。你哥哥呢，不在家吗？"

说起林燃，林烟烟还有些不好意思，想到她这么大个人了，居然还缠着哥哥要儿童节礼物，总觉得说出去太羞耻了。

林烟烟抿抿唇，没说实话："哥哥在楼上。"

陈阿姨点点头，没多问，直接拎着袋子进了厨房。

袋子里都是些新鲜的瓜果蔬菜，陈阿姨挨个儿将它们拿出来，填满了空了大半的冰箱。合上冰箱门，她的视线落在瘪了大半的袋子上，里面还有一个香薰蜡烛。这是徐宜蓉给她的，说让她点上，他们闻久了就会睡着，到时候她开了火就可以离开了，后续的事情徐宜蓉会处理。

陈阿姨盯着蜡烛，眼底带着挣扎，但想到病房里奄奄一息的儿子，她咬了咬牙，还是决定按照原计划去做。

陈阿姨神色平静地将水果切完，放在茶几上，动作自然地在一旁放了香薰蜡烛，又悄无声息地将它点燃。

林烟烟没有注意到陈阿姨的这个小动作，因为平时她偶尔也会放些鲜花或者香薰蜡烛。

放完蜡烛，陈阿姨进了厨房，照常给这两个孩子做饭。

十分钟后，陈阿姨试探着回头看了一眼，沙发上的林烟烟已经睡着了。她看了一眼二楼，楼梯口空荡荡的，最后没去叫林燃。

陈阿姨按照徐宜蓉的吩咐做完了所有的事情。关门离开时，她看着沙发上睡着的林烟烟，心里仍有一丝犹豫，烟烟不会出什么事吧？

有林燃在，应该出不了什么大事。这么想着，陈阿姨关上了门。

徐宜蓉找的那些人一直在等。他们不敢在这个时候接近别墅，毕竟拿了钱也得要有命享。他们在等火势变大，场面变得骚乱起来，那时候再出去就不会有那么显眼了。

当火势逐渐变大时，他们正准备行动，却被一条意外的消息打断了。在小区门口看着的人说，那个男孩儿从门口进来了，他根本不在别墅里！

他们不敢再行动，只好打电话问徐宜蓉。

徐宜蓉惊怒于陈阿姨没认真确认林燃在不在，但一时半会儿也没办法继续，只好吩咐他们离开。

徐宜蓉本来以为这个计划失败了，但是世事难料，林燃为了拿照片又返回了别墅，最后死在了大火里。

对盛青溪来说，回忆这些事情是特别难的事，但偏偏这些事情她记得清清楚楚的，一点儿都不敢忘。

这些话都是徐宜蓉跪在林燃的墓前说的。

后来，盛青溪才知道，那一天林燃是从后院翻墙出去的，还救了那只被缠住的小猫。

城南花园里到处都是监控，徐宜蓉找的人都不敢靠得太近，没人看见林燃出去了。他们只看见林燃从正门回来，怀里抱着那只小熊。

那段监控视频，盛青溪拷贝回去看了许多遍。

林燃的每一个动作她都记得，那天他穿的衣服、裤子还有鞋子的样子，以及他弯腰放开小猫的时候，还摸了摸它的耳朵的样子，她都记得。

她的林燃，从来都是这样好。

这是林燃第一次知道这件事发生的整个经过，他觉得可笑，也觉得荒唐。但他不想让盛青溪一直被困在那一天。

林燃轻轻地拍了拍盛青溪的背，低声哄道："你知道今天我会没事的，那些事不会再发生了。这些你都知道的，对吗？"

盛青溪闷闷地应了一声。

林燃的嗓音温柔："我带你上去，你再睡一会儿。"

林燃知道，盛青溪在这个时间点儿过来，肯定是很早就起来或者干脆就没睡。他和林煌安排的计划晚上才会开始，因此他干脆哄她上去睡觉。

盛青溪被林燃塞进被子里，却一点儿睡意都没有，一双水眸睁得大大的，眼睛一眨不眨地看着床边的人。

林燃没往床上坐，免得坐出什么意外来。

他随手拿了一把椅子，往床边一放，也不看盛青溪，自顾自地拿起手机玩。即便他垂着头，也能感受到床上人的视线。

这个地点以及时间，对林燃来说有点儿危险。他并不想和盛青溪在他的房间、他的床上进行互动。

盛青溪静静地盯着林燃，看了一会儿，忽然说："林燃，你的头发还湿着。"

林燃懒洋洋地应道："嗯，一会儿就干了。"

盛青溪见他没有和她说话的意思，不由得鼓了鼓腮帮子。不知道这样看了林燃多久，直到困意袭来，她疲倦地眨了眨眼睛，眼前的画面逐渐变得模糊，林燃的身影一动不动。她缓慢地闭上了双眼。

林燃听到盛青溪的呼吸变得很轻时才抬头看她，见她缩在被子里，雪白的小脸只露出半截儿，浓密的睫毛如她一般乖巧地垂着。

这样的盛青溪，就像一个脆弱而精致的瓷娃娃。

林燃知道，这些都只是表象，他的女孩儿其实拥有着许多人无法企及的坚韧与勇敢。

十点，楼道里发出些许声响——何默和谢真起床了，两个人从一大清早就开始吵架。

林燃在隔音不错的房间内，都能听到从外面传来的沉闷又嘈杂的声响。他黑着脸起身，往外走去，轻声关上门，抱着胸等在门前。

何默和谢真两人从走廊的另一侧走过来，压根儿没注意到站在走廊上的林燃。

“你昨天是不是又用我的号登录游戏了？”

“没睡醒就回去睡，说点儿人能听懂的话。”

“何默我告诉你！等我考完，我要好好教教你什么是高手。”

“傻小子。”

这两个人的吵架内容听得林燃额角直跳。都快高考了，这两人还在因为游戏上的事争吵，心里一点儿数都没有。

林燃冷漠地出声打断他们：“吵完了？”

何默和谢真皆是一顿，立刻看向立在门前、面色阴沉的林燃，随即齐齐地往后退了一步，因为林燃看起来一副要揍人的样子。

谢真咽了咽口水，试探着问：“燃哥，怎……怎么了？”

林燃扫了两人一眼，微微侧头，往后指了指房门：“盛青溪在里面睡觉，你们两个人安静一点儿。下楼后记得看好林烟烟那个丫头。”

何默：“……”

谢真一脸惊恐，他确定昨天盛青溪没跟着他们回来。

林燃一看这两人的表情就知道他们脑子里都在想些什么，便不耐烦地解释了一句：“她一大早过来的，没睡好，让她再睡会儿。”

林燃不满地想，等毕业之后他就不用解释那么多了，烦人。

谢真和何默你看看我、我看看你，乖觉地闭上嘴下楼了。

他们下楼的时候，林烟烟正坐在小桌子前吃蛋糕，看见他们，便指了指厨房，说："阿真哥哥，哥哥给你们留了面条和饺子。"

谢真推推何默："默子，你去厨房。"

何默一脸疑惑："你怎么不去？"

谢真嘀咕："我和烟烟说不能出去的事，要不你去说？"

何默马上变脸："我马上去厨房，水果都给你切好拿出来。"

谢真扬起肉乎乎的下巴，哼了一声，转而跑到林烟烟的桌子旁边一坐。谢真默默地在心里组织了一下语言，小心翼翼地喊："烟烟。"

林烟烟侧头瞅他："嗯？"

谢真轻咳一声，似是有些不好意思："你今天有事要出门吗？"

林烟烟摇摇头。

谢真见状，心里一喜，既然不出门，那接下来的事情就好办了。他试探着说："今天我们在车行玩怎么样？哥哥找人陪你玩剧本杀。"

林烟烟看着谢真，乖巧地眨了眨眼睛："不行哦，阿真哥哥。哥哥说今天让我盯着你和默哥哥，让你们在车行复习，还说不许你们两个人下楼，也不许你们两个玩游戏。"

谢真一脸疑惑，还以为自己听错了。没错，他又被林燃摆了一道儿，这是人能干出来的事情吗？

何默端着早餐回来的时候，看到了一个郁闷的小胖子。他推推谢真："说完了？"

谢真恨恨地说道："燃哥说我和你不能下楼一步，不能玩游戏，并且让烟烟监督我们复习。你说说，燃哥还是人吗？"

何默沉默片刻："的确是燃哥的风格。"

两个人幽幽地叹了一口气，林烟烟一脸无辜。

三楼，林燃的房间里，接近十二点了，盛青溪还缩在被子里呼呼睡着，小脸红扑扑的，看起来睡得很香。几个小时了，她连姿势都没换一下。

林燃无奈地坐在椅子上看着她，心想：这小姑娘也不知道昨晚到底睡了没有，天还没亮就跑过来了。

虽说，以前的盛青溪度过了他不曾参与的那十年，但林燃总觉得她还是个没长大的孩子。她纯净的心从不曾因旁的事发生改变。

林燃从来没有见过像她这样的女孩儿，从来都没有。

他也从未想过他会喜欢上什么样的人。直到她出现在他的面前，他便不需要再想，她就是他喜欢的人。

“嗡——”林燃的手机微微振动，他打开手机扫了一眼，是何默他们在群里催他下楼吃饭。

林燃刚想回复“你们先吃”，忽然听到床上传来一阵窸窸窣窣的动静，立即丢下手机往床上看去，是床上的小猪醒了。

她正睁着蒙眬的双眼找他，视线对上他的时，软软地喊了一声：“林燃。”

林燃被她喊得心跳停了一拍。他与她隔着不远不近的距离，顿了片刻，认输般地朝床边走去。

他微微俯身，摸了摸盛青溪柔软的头发，低声说道：“我在这里。饿不饿？阿真他们在等我们吃饭。”

盛青溪点点头。她是有点儿饿了。

两人下楼的时候，谢真刚好正拎着奶茶往楼上走。他们的午饭还是点的外卖，虽然隔壁的俱乐部有食堂和餐厅，但谢真他们早吃腻了那里的饭菜。

他们几个人在车行不是点外卖，就是吃林燃做的饭。

今天吃饭的几个人里，除了林燃没人会做饭。

盛青溪吃了一点儿就放下筷子不吃了，捧着谢真买的奶茶小口地喝着。

旁边的林燃瞥了她一眼，又不好好吃饭，平时在学校还能吃小半碗饭，今天干脆连米饭都没盛。

林燃抬手轻轻敲了敲她面前的桌子：“吃两口饭再喝。”

盛青溪摇摇头，凑到他的身边，小声说：“林燃，我紧张的时候不能吃太多东西。”

林燃挑眉：“紧张什么？”

盛青溪瞪着他不说话。

林燃没了办法，只好侧头在她的耳边说了一句话。

盛青溪迟疑了一会儿，问：“真的？”

林燃勾勾唇：“当然是真的。”

盛青溪听林燃这么说，便放下奶茶，给自己盛了半碗饭，开始认真吃饭。林燃把筷子往碟子边上一搭，开始给盛青溪剥虾。

谢真几人看着他们，也不敢说话。

吃完午饭，在客厅玩了一会儿之后，谢真他们被林烟烟赶去复习了。林烟烟拿着一本课外书坐在两个人对面，把林燃的命令执行到底。

林燃带着盛青溪出门了。他知道车行附近有徐宜蓉的人，所以没骑车，神色自然地打了一辆车。

下午四点，林燃独自一人回了车行。

两个小时后，林燃带着林烟烟从车行出来。林烟烟戴好头盔，乖乖地爬上了摩托车的后座。林燃跨坐上车，戴上头盔，红色的摩托车如疾风一般远去。

不一会儿，停在车行对面的黑色轿车缓缓地跟了上去。

这个点儿正是下班的点儿，车流拥挤，街道堵塞。摩托车轻松地在车流里穿行，徐宜蓉的人好几次都险些跟丢他们。好在城南花园小区门口一早就有人守着，一看到那辆红色的摩托车就打电话通知了徐宜蓉。

晚上七点，陈阿姨拎着袋子刷卡进了城南花园小区。

陈阿姨刚刷完卡，口袋里的手机就响了。她匆忙把卡塞回包里，拿出手机看了一眼，是林燃的电话。

“小火？我这就到门口了。”陈阿姨一边往里走，一边接起电话。

电话那头的林燃语气懒散，与往常没什么区别：“陈阿姨，烟烟在房里睡觉，你做完饭不用喊她，让那个小丫头多睡一会儿。”

陈阿姨连忙应了一声：“行，那我做完饭就走。”

城南花园别墅小区对面，林燃神色淡淡地挂了电话，目送着陈阿姨走进了别墅区。

烹饪食物的香气从厨房传出，陈阿姨神色平静地做着晚餐，但拿着锅铲的微微颤抖的手泄露了她不甚平静的内心。

将做好的晚餐放入保温盒后，陈阿姨拿着香薰蜡烛走出了厨房。

客厅里开着灯，空荡荡的，林燃和林烟烟都在楼上。

想起徐宜蓉的话，陈阿姨看着空荡荡的楼梯口，迟疑了片刻。

林烟烟的房间就在二楼，陈阿姨没穿拖鞋，悄无声息地上了楼。二楼的几间房的房门都开着，只有林烟烟的房门是关着的。

陈阿姨小心翼翼地屏住呼吸，走到林烟烟的房门边，轻轻地转动把手，门没锁。

门被打开了一道细细的缝儿，房间内光线昏暗。陈阿姨眯起眼睛仔细看去，见床上隆起一个小小的鼓包，林烟烟侧身背对着她睡着了，黑色的长发散落在枕间。

陈阿姨确认林烟烟在家之后，悄悄地关上了门。

林烟烟在房里睡觉，那林燃又在哪里呢？这么想着，陈阿姨又摸到楼梯口，往三楼走去。不过还没走到三楼，她就停下了脚步。

三楼的健身房在楼梯口不远处，是全透明的设计。站在楼梯上，陈阿姨看到林燃正在跑步机上跑步。虽然只有一个背影，但她不会认错。

陈阿姨转身下楼，按照徐宜蓉的话，点好香薰蜡烛之后，走到厨房将液化灶打开。做完这些，陈阿姨不敢多留，提着包离开了城南花园。

等走远了，陈阿姨拿出徐宜蓉给的手机，给她打电话。

徐宜蓉接得很快，细听的话能听出她很着急："怎么样了？"

陈阿姨压低声音说："夫人，我确认过了。小火和烟烟都在家里，你说的那些我都照做了。小火和烟烟不会出什么事吧？"

电话那头的徐宜蓉顿了一下，轻声说："没事的陈阿姨，我找人看着，不会出大事的。"

陈阿姨挂了电话，转过头，最后看了城南花园一眼，随即便加快脚步离开了。

街道对面，林煌坐在驾驶座上，看着那个中年女人急匆匆地离开，冷笑一声："走得倒是挺快。我给他们打电话，让他们准备出来。"

林燃没应声，只是侧头看着那幢别墅，盛青溪坐在他的身边。

林烟烟已经被人送回了车行，林燃不想让她知道这些难堪又荒唐的事。

林煌打完电话，随手拿了一根烟咬在嘴里。他的心里焦躁，但车上有两个孩子在，他只能咬着烟过个干瘾。他含糊地说："我问过了，徐宜蓉最少得在里面蹲上十年。等爷爷和你爸知道了这事，也不知道会闹成什么样子，她这辈子算是完了。"

林燃笑了一下，伸手拍了拍林煌的肩："哥，谢谢你。"

林煌从后视镜里瞪他："说什么谢，我是你哥。"

时间一分一秒地过去了。当林燃他们看到门卫室的人急急忙忙地往外跑的时候，就知道有其他业主打电话了。别墅区内起了骚动，不少人都从家里逃了出来。

有人拿着水桶，有人在打电话，所有人都是一脸惊惧。

慌乱之中，没人注意到，有两个人从着火的别墅后院翻了出去，也没有人注意到，有人借着帮忙的名义，将林燃别墅的大门和侧门都锁死了。

盛青溪抿抿唇，低声说道：“林燃，你的车……”

林燃失笑，伸手弹了一下这笨东西的脑门儿：“我都不惦记那些宝贝车，你担心什么？你送我的那些宝贝，我早就藏起来了。”

车库里那些高定、限量车，林燃一辆都没动。林烟烟心爱的那些娃娃，他都狠下心没拿。

除去那张照片，那里的一切都和以前一模一样。

火势蔓延得很快。盛青溪能看到里面冒出的滚滚浓烟，漆黑的天空被渲染得可怖，跳跃的火光越来越大，人群越发骚乱起来。

没过多久，消防车到了。盛青溪沉默地看着眼前混乱的场景。

之后发生的一切，她都经历过了。她知道 290 路公交车会在几点到达，知道围着别墅的人在谈论些什么，知道这场火什么时候会结束，也知道那幢别墅最后会变成什么模样。

以前发生的一切，在她的眼前一一闪过。

此时的林燃也有些恍惚。那时在车行，盛青溪曾声嘶力竭地喊他的名字，那个喊声似乎又在他的耳边响起，一声又一声，喊得人想流泪。

他终于知道，原来，那一晚她曾这样喊过他的名字。

她亲眼看着他死去了。

林燃侧头看向盛青溪，她的眸中映着对面跳动的火光，像是有火焰在她的眼中燃烧。他抬手，从她的肩后穿过，捂住了她的眼睛。

“别看。”林燃的声音低低的。

眼前疯狂的画面忽然消失了，林燃温热的大掌罩住了她的眼睛。

盛青溪埋首在他的肩侧，周身都是林燃的味道，带着侵略的味道丝丝缕缕地钻入她的鼻息间。她轻轻地吸了一口气，庆幸她的林燃还活着。

城南花园别墅着火的事，不出一个小时就传遍了整个初城。

从别墅着火的消息传开后，林燃的电话就没安静过，不过他没接电话，也没回信息，只在朋友圈发了“没事”两个字。很显然，徐宜蓉并不是他的好友。

林佑诚收到这个消息时，还在某个商业晚会上。

助理死死地低着头，声音止不住地颤抖：“先生，下面传来消息，少爷和小姐住着的那幢别墅着火了。我已经派了人过去，消防车也已经到了。”

林佑诚听到前半句话的时候就怔住了，甚至都握不住手里的酒杯。

“砰”的一声，酒杯猛然落在地上。

“你说什么？小火和烟烟人呢？”林佑诚勉强维持镇定。他不能失控。

助理咬牙：“少爷和小姐晚上回了城南花园。他们已经在联系了，也有人赶去了光年车行进行确认。”

林佑诚在听到林燃和林烟烟回了城南花园后脸色大变，疯了一样往外跑去，还撞上了端着酒杯的侍者，酒杯“噼里啪啦”地碎了一地。

半山别墅里，徐宜蓉闭着眼跪在佛堂前，嘴里念着心经。

这个小佛堂是何晚秋去世之后林佑诚建的。每到何晚秋忌日的那个月，他每晚都会待在这里，一待就是一整夜。

寂静的佛堂中突然响起了手机铃声。

徐宜蓉转动念珠的手一顿，眼皮颤了颤，过了一会儿才接起电话。

“宋助理。”

“太太，少爷那边出事了。先生不太好。”

“出事了？先生现在人在哪里？我马上过来。”

电话挂断后，佛堂内又恢复了之前的安静。

徐宜蓉俯身放下念珠，跪在原地半晌，终是没敢抬头和佛对视。

半小时后，徐宜蓉赶到城南花园。

火势已得到控制，没有继续往外蔓延，眼前的这幢别墅已看不出原来的模样。

林佑诚正在门口发脾气，身上原本熨帖整齐的西装早已凌乱不堪。他神情激动地和门口拦着他的消防人员争论着什么。

徐宜蓉忙跑到他的身边挽住他，面上的担忧不似作伪：“佑诚，小火和烟烟呢？”

林佑诚此时哪顾得上徐宜蓉，涨红了脸吼道：“我的儿子女儿都在里面！”

消防人员尽量放缓语气：“这位先生，我们的队员已经进去搜救了，救护车马上就到。暂时没有发现人员伤亡，一有消息我会马上通知您的。”

林佑诚完全听不进去对方在说些什么，看起来像个蛮横无理的野蛮人：“让我进去！”

“先生！”

“佑诚！”

宋助理和徐宜蓉都死死地拦着林佑诚，林佑诚红着眼睛朝着别墅的方向喊，喊完林燃的名字又喊林烟烟的名字，他的宝贝都在里面。

这是林佑诚第一次后悔任由两个孩子住在外面。就在场面即将失控的时候，旁边忽然响起一道声音：“爸。”

少年的声音有些低沉，没了以往的清朗。

可就是这么简简单单的一声“爸”，让疯狂的林佑诚整个人都顿了一下，像是被按了暂停键。

林佑诚缓缓地转头看向声音传来的那一侧。

林燃就立在不远处，神色复杂地看着他。他穿着最简单的白色T恤和运动裤，整个人干干净净、安然无恙地站在那里。

林佑诚甩开助理和徐宜蓉，踉跄着朝林燃跑去。他猛地握住林燃的肩膀，一言不发，不住地看着他的孩子。见孩子从头到尾，一点儿伤痕都没有，他倏地伸手把林燃抱进了怀里。

“没事……没事就好。”林佑诚的声音微微哽咽。

林燃显然不是很习惯林佑诚的拥抱，但这个时候他也没推开林佑诚，就这么任由他抱着。

“小火，烟烟呢？你妹妹呢？！”林佑诚放开林燃，嗓音沙哑地问道。

林燃低声应道：“烟烟没事，她不在这里。”

林佑诚狠狠地抹了一把脸，不住地喃喃地道：“那就好，那就好。”

慌乱的场面随着大火的熄灭逐渐平静下来。

唯有脸色苍白的徐宜蓉，难以置信地看着面前的林燃，紧握成拳的手微微颤抖着，不住地想着，怎么会呢？怎么会这样呢？

陈阿姨明明告诉她林燃和林烟烟都在别墅里，别墅大门也锁死了。林燃怎么会出现在这里？他……他不是应该在别墅里吗？

徐宜蓉慌乱地看着林燃，正巧对面的少年也抬眼向她看来。他的目光比任何时候都凉薄，一脸平静地看着她。

徐宜蓉下意识地避开了林燃的眼神。不知怎的，她的内心隐隐生出一个不可思议的念头，这个孩子仿佛知道她做了什么。

“小火，家里怎么会起火？”林佑诚问。

徐宜蓉的心也跟着提了起来，连忙抬头紧盯着林燃。

那个站在林佑诚身侧的少年恍惚地看着她，又似乎不是在看她，而是在看她身后变成一片废墟的别墅。

徐宜蓉不自觉地吞咽了一下口水。

林燃忽然笑了，眉眼间的冷漠却没有减去分毫。

他懒散地喊道：“阿姨——”

身姿颀长的少年似笑非笑地看着她。

徐宜蓉身形微晃，几乎不能支撑住自身的重量。一旁的宋助理见状，连忙扶住她：“太太，您的脸色怎么这么差？”

徐宜蓉勉强笑了笑：“没事，近来有些不舒服。”

“不舒服？哪里不舒服？”林佑诚闻言，皱起眉，“等小火高考结束，我陪你去医院看看。”

失而复得的感觉让林佑诚顿时觉得身边的人都变得珍贵起来，他巴不得现在就把两个孩子接到自己的身边好好看着。

徐宜蓉抬手捋了捋头发，尽量让自己的神情显得自然：“小火，怎么了？”

林燃不紧不慢地收回视线，把一直捏在手里的文件递给林佑诚：“爸，这份文件原封不动地还给你。我有命签，可能没命享。”

徐宜蓉的脸色大变，面上瞬间没了血色。

林佑诚却没听懂林燃在说些什么，拿着文件急急说道：“小火，这些本来就是属于你的东西。不是爸爸做错了事想补偿，这些和你爷爷给你的，还有你母亲留给你的那些都没关系。爸爸……爸爸不是因为那些才对你好的。不管怎么样，你永远都是爸爸的孩子。”

林燃垂眸，低声说：“爸，这一次是放火，我不知道接下来还会有什么等着我和烟烟。爸，我想活着。”

林佑诚怔住了，他的小火一直是高傲坚强的。自何晚秋去世后，林佑诚便再也没见过林燃这样的神色，脆弱又悲哀，仿佛已经死过了一次。

“我想活着”这四个字像利刃一般狠狠地凌迟着他的心，林佑诚心中大恸。

话说到这里，再傻的人也知道今晚这一场火到底是由什么引起的，更何况是林佑诚。这不是意外，是有人蓄意纵火，想害死他的孩子们！

林佑诚怔怔地看着林燃离去的背影。

“小宋！”林佑诚沉声喊道。

徐宜蓉没听清林燃和林佑诚说了些什么，也没看到林佑诚的脸色，但此时听林佑诚说话的语气，显然是处于震怒之中。

徐宜蓉下意识地抚上了自己的小腹，不住地安慰自己，她还有孩子。没错，她还有孩子，这也是林佑诚的孩子。

宋助理连忙往林佑诚的身边跑："先生！"

林佑诚侧头和小宋说了几句话，似乎是刻意压低了声音。

徐宜蓉不着痕迹地靠近几步，想努力听清林佑诚和小宋在说些什么，但林佑诚说话的声音太轻，她只听到只言片语。

这些零碎的词语中并没有涉及她。

徐宜蓉咬唇，心绪大乱。她不知道是哪个环节出了错，幸好林佑诚还不知道她怀孕的事。如果……如果到时候真的查到她的头上来，她还有这个筹码。

林燃刚走出小区门口，就见原本坐在车上的盛青溪不知道什么时候跑到门口来了，小小的一只蹲在大门边，可怜巴巴的，看起来像是被人遗弃的小猫。

林燃顿在原地看了她几秒，走过去准备"捡猫"。

盛青溪抱着膝盖蹲在门边，正在出神儿。林燃下车后，她左思右想，在车上怎么都坐不住，和林煌打了一声招呼就下车跑过来了。

此时是六月，已是夏天。盛青溪却无端地觉得有些冷，等了一会儿，干脆蹲了下来。

坛边翠绿的青草弯着腰，一只甲虫从土壤里钻出来，迅速地爬上叶片，在高高的叶片上张望了一会儿，又转头钻入土壤中，钻来钻去，自得其乐。

盛青溪眼神涣散地看着那只甲虫。就在她胡思乱想的时候，头顶忽然传来一股温和的力道，那掌心的温度似乎是她所熟悉的。

盛青溪仰头看去，林燃站在她的身侧，目光落在她的身上。

见她看来，林燃没把她拉起来，也不问她为什么蹲在地上，而是蹲下来，顺着她方才的视线看去。那只甲虫又从土壤里钻出来，这一次它没有再往叶片上爬，而是爬到了一朵盛开的花上。

林燃侧头，低声喊她的名字："盛青溪。"

盛青溪怔怔地和林燃对视，他的眼眸很亮，看着她时里面带着暖意。好一会儿她才开口，声音又轻又细："林燃，这一天过去了。"

林燃的喉结滚了滚，嗓音微哑："嗯，过去了。"

两人蹲在地上无声地对视着。

盛青溪看着林燃，忽然笑了起来："林燃，我们一起参加高考。"

林燃也笑："好。"

城南花园大门口，林佑诚立在原地，沉默地看着林燃和那个女孩儿。面对他时总是冷着脸的小火，此刻笑得那样开心，眼睛里充满了希望与期待。

可就是这样的孩子，刚刚在他的耳边说自己想活着。

林佑诚咬紧牙关，他绝不会让任何人伤害他的两个孩子。

林燃的别墅着火的事情几乎整个学校都知道了。老屈大晚上急吼吼地打电话来问林燃，知道没事才定下心来，顺便在群里说了一声。

这件事把谢真一家都吓得不轻。

何默和谢真就差没抱着林燃的大腿哭了。

林燃面无表情地坐在沙发上，原本空荡荡的客厅挤满了人，他爷爷那边的人以及他的朋友们都赶过来了，这可比过年时热闹多了。

众人你一言我一语，叽叽喳喳地吵得林燃头痛，但是他也只能受着，还好先把盛青溪送回了家。

事发第二天，有警察上门来询问事情的经过。林燃提前叮嘱过林烟烟，这小丫头一点儿也不怵，乖乖地按照他说的话和警察说了。

其间，林佑诚安排的律师一直陪在他们的身边。因为林烟烟未成年，再加上林燃要高考，林佑诚尽可能地少让他们接触这件事。

警察也考虑到这一点，尽量一次性问完了要问的问题就离开了。

这两天，林燃几乎没停下来休息过，去了爷爷家，一群老头、老太太、叔叔、阿姨都围着他叫心肝宝贝，明明他都这么大个人了。

边上的一堆兄弟姐妹都围着他看笑话，他差点儿忍不住逃了。

林烟烟倒是乖巧，任由几个长辈又是抱，又是摸脑袋的。

到了第四天，林燃以为终于能清净一会儿了，结果他那满世界旅游的外公外婆赶回来了。这老头、老太太一大把年纪了，走起路来一点儿都不比他慢，见到他也不像他爷爷那边的亲戚一般肉麻。

老太太上下打量了他一眼："高了，壮了。"说完就不理他了。

毕竟和林烟烟这个乖乖比起来，林燃就是块硬邦邦的石头。

两个老人只字未提着火的事，和他们吃了顿饭就被何伊翎接走了，看样子是准备去找林佑诚算账了。这场火有蹊跷，他们多少都听说了。

就这样，直至高考前，林燃都没能见上盛青溪一面。

6月7日当天，盛兰亲自送了盛青溪去一中，林燃在校门口等她们。

林燃见了盛兰，熟稔地喊道："盛妈妈。"

也不知道是从什么时候开始，林燃跟着盛青溪换了称呼。由于他转换得很自然，盛青溪和盛兰都没能在第一时间发现不对劲，等发现时早已习惯了。

盛兰从包里掏出提前准备好的鹅蛋，又大又圆，还是双蛋黄的，往林燃的怀里一塞："好好考试，考完了来院里吃饭。我给你们做好吃的，让阿真他们也来。"

她说完，也不等这两个孩子回应，自顾自地就走了，没走几步又转身朝他们招招手："进去吧。"

林燃和盛青溪没分在一个考场。他把她送到考场门口，扫了一眼考生名单，想知道这里都有谁。在看到顾明霁也在名单上时，林燃很不满。

他盯着那三个字轻哼："哪儿都有他。"

盛青溪不想在这个时候和林燃扯这些，低声叮嘱："林燃，这次考试尽量把答案都记下来。记不下来也没关系，我会把试卷都记下来。等所有考试结束后，你再给我写一遍。"

林燃心想，这傻姑娘为了确保能和他上同一所大学，真是什么事儿都能干得出来。

林燃无奈地应道："知道了，你好好考试，别老惦记着我。要是真不能上同一所大学也没关系，我找个离你近的，每周都过去找你。"

林燃虽然嘴上这么说，但心里其实快急死了。要是他不能和他的小溪流上同一所大学，他就再回来重考一次。上了大学后有多少人会追她，他光是想想都要气死了。

盛青溪睁着水亮的眼睛，看了林燃一会儿，忽然伸出手，摊开手掌，白皙的掌心躺着一颗被红色包装纸裹着的草莓软糖。

"我们一起上大学。"说完，盛青溪顿了顿，又补充道，"同一所大学。"

林燃低垂着眸，看着她掌心的那一颗软糖，修长的手指微动，把那颗糖纳入自己的掌心。

林燃也不留恋，转身就走，还懒洋洋地背对着她挥了挥手："知道了。"

盛青溪看着林燃的背影，少年穿着蓝白色的短袖和黑色长裤，脚上是他喜欢的球鞋，黑色的短发随着他的步伐微微晃动，碎发下颀长的脖子连着瘦削却有力的身躯，年轻又富有生命力。

她抿唇，轻轻地笑了一下。

两天后，2020年高考结束了。

当天晚上，按照初城一中的惯例，是放烟花的时间。谢真他们站在车行顶楼的阳台上，手里拿着啤酒瓶，脸上带着笑意，远远地看着夜幕中的盛景。

林燃背靠着栏杆，姿势慵懒，听谢真和何默两人你一言我一语地闲聊。

他的视线落在坐在花房里的两个女孩儿的身上。

明亮的花房里，她们正凑在一起看电影。上楼的时候他听了一下，是她们喜欢的那个参加跨年演唱会的小偶像演的。

林燃没过去凑热闹，免得吃起醋来又把人惹生气了，但今晚他可不会放过盛青溪。

她和他之间，还有一件事没有解决。因为这件事，林燃变得极有耐心。

他等到两个女孩儿看完电影，这时候阳台上只剩下林燃、林烟烟以及盛青溪三人，何默和谢真早就下楼去召唤师峡谷里驰骋了。

林烟烟看完电影，小脑袋一扭，往她哥哥的方向一看。两人对视一眼，她顿时就抱着笔记本“噔噔噔”地下楼了。

就这么一会儿时间，阳台上只剩下林燃和盛青溪两人了。

盛青溪当然不知道此时林燃在想什么。她跑到门口，朝林燃招招手，提高声音喊：“林燃，你过来，有事和你说！”

林燃闻言，轻轻挑了挑眉，心想：这小东西今天这么自觉？

林燃的确是抱着极大的期待过去的，心里还想着盛青溪是会主动抱他一下，还是亲他一下，越想越兴奋，几步就走到了花房里。

林燃满腔的期待和脸上的笑意在看到盛青溪拿出试卷的时候，都被按了暂停键。偏偏这个气人的小东西还一脸无辜，漂亮的大眼睛看着他眨呀眨，说出口的话让他气血上涌：“林燃你快来，我先把英语试卷写出来了。其他的明天再写，今天时间太晚了。”

林燃：“……”

真是……算了，不说脏话，这毕竟是他喜欢的人。

林燃像是无可奈何似的，举起双手，做出投降的姿势：“行，长官说什么我就听什么。”

盛青溪往边上挪了挪，好让林燃坐过来。

因为她和林烟烟都喜欢坐在柔软的毯子上玩，林燃干脆在这里铺了一张毯子，还放了一张小矮桌，平时她们俩就在这儿玩。

毯子的不远处还放着一个猫爬架。在城南花园别墅着火前，林燃就把2018拎到车行里养了。

听说这猫最近火得不得了，来俱乐部玩的人大多数都会跑过来和它合影。这小家伙白天在车行里作威作福就算了，晚上还溜去边上的俱乐部，戴个小铃铛到处走，跟巡视领地似的。

它都快成光年车行的吉祥物了。

今天，2018倒是乖乖地缩在盛青溪的怀里，时不时地瞅林燃一眼，又甩甩尾巴撇开脑袋，一副你长得不好看本大爷不想多看的模样。

林燃拿起笔，刚想敲敲这小东西的脑门儿，还没碰到，就被盛青溪拦住了。她跟护崽子似的护着怀里的2018，还瞪他：“你写试卷的时候能不能认真点儿？”

林燃盯着她，看了半晌，最后什么都没说，轻哼一声，继续写试卷。

他都考完了，哪还能记住答案，干脆把试卷重做了一遍。其间盛青溪也没闲着，开始写数学试卷和理科综合试卷。

林燃做完了试卷才发现，这份手写的试卷跟他在考场上做的那份一字不差，连标点符号她都对得整整齐齐的。

他不禁看了一眼埋头写字的盛青溪，不由得想，这小东西的脑子是怎么长的？

做了大半个晚上，林燃只剩下听力题没做。他把答案都填上去了，写完就把试卷往盛青溪的面前一放：“现在高兴了？”

盛青溪接过试卷看了一眼，见林燃都写满了，才抿唇笑了一下。

林燃摸摸她的脑袋：“你先看着，我去给你做夜宵吃。”

说完，林燃起身就要走，盛青溪却伸手扯住了他的衣袖：“听力题还没写。”

林燃一顿：“我不记得了。”

盛青溪眉眼弯弯地看着他笑：“我记得听力题。我来念，你来写。”

林燃：“……”

最后，林燃还是老老实实地听盛青溪用细软、清甜的声音把英语听力题重新念了一遍。一时间他觉得自己能再做一百套试卷，心想不就是试卷吗？他做。

林燃一做完听力题，盛青溪就冲他挥了挥小手：“你走吧。”

她自顾自地说完，也不管他，开始看试卷，往日平静的小脸此刻绷了起来。林燃能感觉到她的紧张和不安。

他叹气，这个傻姑娘。

林燃没再说话。他要下楼给他的傻姑娘做夜宵去。

站在二楼的走廊里，林燃听到了谢真和何默的吵架声。

林燃面无表情地从这两个小学生的跟前经过，走进厨房之后，假装不经意地提起：“我要给盛青溪做夜宵，你们两个……”

一句话还没说完，两个小学生顿时休战。

“燃哥，我要吃意面！”

“燃哥！你的阿真想吃火锅！”

“大晚上的吃什么火锅？”

“我就吃！”

“行，那我也吃火锅，免得麻烦燃哥。”

“我不想和你一起吃火锅！”

于是，最后的场面演变成他们一群人坐在客厅里吃火锅，饮料、水果等摆了一桌，原本逐渐安静下来的夜晚又热闹起来。

林烟烟小口地吃着西瓜，探头看向还靠在桌上写字的盛青溪，把西瓜咽下去后，小声问身旁的林燃：“哥哥，盛姐姐不来吃吗？”

林燃瞥了一眼盛青溪：“我拗不过那个倔丫头。你吃你的，我给她在锅里放点儿丸子和牛肉。”

大半年过去了，盛青溪已经改掉了不吃肉的习惯。

林燃原先以为她是心理原因，后来知道了她的职业，才了解她口中说的“习惯不吃”是什么意思，好在这一世她不用过那样的日子了。

想到这里，林燃手里的动作一顿，不由得想，盛青溪这一世想做什么？

七夕那天他曾问过她，那时她说她不知道。

林燃在清汤锅里给盛青溪煮了一碗面，将先前放下去的丸子和牛肉捞了上来，又调好了蘸料，一起端过去，放在她的桌子旁。

这么大的动静也没能让她分神看他一眼。

林燃无奈地敲了敲桌子："盛青溪，试卷不着急写。"

盛青溪头也不抬地应道："马上就写完了，我怕我记错数字。"

这一次高考对盛青溪来说，也是一次全新的考试。时隔太久，她早已忘了当年自己的高考内容，她和他们一样紧张。

考完后，她默默地给自己估了一下分，应该和以前差不了多少。

以前，她是初城的高考状元。当时她报的志愿还惊动了不少人，几乎所有老师都跑来劝她。但盛青溪谁的话都没有听，一意孤行地做了自己想做的事。

听盛青溪这么说，林燃没出声，但也没离开。他耐着性子，等盛青溪写完了最后一道题。

盛青溪才放下笔，林燃就把她手里的试卷抽走了，把端来的面条往她的面前一放："先吃饭，试卷我明天会写。今晚你住在这里还是回去？"

盛青溪夹了一颗手打牛肉丸，塞进嘴巴里，歪着脑袋想了想，应道："明天再回去。"

林燃这次不会自作多情地以为，她是想和他多待一会儿了。这小丫头肯定是满脑子想着等他写完试卷，她看了再回去。

哼，坏丫头。

等他们吃完火锅，时间早已到了深夜。

这一天不仅是高考的结束，更是他们高中生活的落幕。

谢真和何默两个人喝了酒，一时间悲从中来，没了继续打游戏的兴致，拿着手机摁着语音键在班级群里鬼哭狼嚎。

盛青溪和林烟烟都被林燃赶回房间洗澡睡觉了。

林燃上楼前扫了一眼正在发酒疯的两个人，扯了扯嘴角上楼了。

"咚——"轻轻的敲门声响起。

林燃正好洗完澡从浴室里出来，侧耳听了一会儿，倏地笑了。

他转身面向浴室，看到镜子里穿着T恤的自己，忽然伸手，把刚穿上的白T恤脱下和毛巾一起丢进了衣篓，再把浴室门关上。

盛青溪站在门口，不安地等林燃来开门。

"咔嚓"一声响，门从里面被打开了。

盛青溪抬眼看去："林……"

面前的少年赤着上身，紧实有力的肌肉一览无余，宽阔的胸膛下，是线条流畅漂亮的腹肌，搭在门框上的小臂还沾着水珠，黑色的碎发微湿。

他似笑非笑地看着她。

盛青溪怔了好一会儿才想起自己来找林燃的原因。她攥紧垂在身侧的手，垂眼不敢看他，小声说："你先别动。"

别动？林燃轻笑一声："行，不动。"

话音落下的下一秒，林燃的眸光顿住。

盛青溪小心翼翼地攀上他的手臂，许是温度过于炙热，她的动作微微停顿了一下，但也只停了那么一瞬。

她踮起脚，轻轻地在他的唇侧落下一个吻。

她轻软的声音在他的耳旁响起，带着一丝颤抖："林燃，你要不要和我谈个恋爱？"

这是盛青溪生日那一天，他在摩天轮上对她说的话。

林燃的眸光微黯，他哑声问道："我可以动了吗？"

盛青溪的睫毛颤动，她低低地应道："嗯。"

林燃忽然伸手，扣住盛青溪的腰。她被迫紧靠在他的胸前，他脚下一转，腰身微微用力，直接把人抱进了房里。

门被重重地关上。

盛青溪不知道事情是怎么突然一下子变成这样的。

先前林燃还把她抵在门上，似乎是嫌这么说话累，横在她腰间的手一用力，把她整个人都抱了起来。

少年有力的手牢牢地握着她的腰，指间炙热的温度隔着薄薄的布料渗透到盛青溪腰间的那一小块儿肌肤上。

盛青溪抿抿唇，浑身都有些烫。为了不从他的身上滑下去，她只得伸手攀住少年宽阔的肩膀。他精瘦的上半身蕴含着强大的力量，将她牢牢地抱在怀里。

等两人的姿势固定好后，她才后知后觉地发现这个姿势似乎有些……别扭。

"林燃。"盛青溪不安地喊了一声。

此时她距离林燃仅有咫尺之遥，他温热的呼吸洒在她的脸侧。她感觉到他微烫的眼神不断地在她的脸上移动，从眼角眉梢再到唇，迟迟流连不去。

林燃的眸色黯沉，视线定定地落在盛青溪的脸上，声音低低的："再说一遍。"

盛青溪有点儿不敢和林燃对视，他目前的状态让她觉得很危险，但今天对她和林燃来说都是特别重要的日子。她克制着自己，尽量让自己的视线对上林燃的。

少年的眼眸里像含着火。

盛青溪抿了抿唇，声音比刚才小了一点儿："林燃，那天你在游乐园说的话，我答应和你谈恋爱。你……你以后就是我的男朋友了。"

高考结束，他们毕业了。

盛青溪的心里莫名地生出一丝欢喜，以后林燃就是她的男朋友了，她的。

林燃微微低头，两人的距离更近了。

只要他想，他立即就能碰到她的唇，但他还没动，盛青溪的手已经移到他的肩头，一副想推开他的样子，看眼神儿还有点儿怕他。

林燃低声地笑："这么害怕？"

盛青溪红着脸没说话。

其实，林燃本就没打算对她做什么。他现在的状态不对劲，他自己清楚。尤其是在这个时间、地点。

但林燃也没打算这么轻易放过盛青溪，抱着人往床边一坐，直接问："上大学以后和我搬出去住？"

盛青溪闻言，双眼微微睁大，连说话都变得磕磕巴巴："搬……搬出去住，就我们两个人吗？"

林燃挑眉："你还想和谁一起？"

盛青溪："……"

她试图挣扎，稍微抵抗了一下："一间房吗？"

一间房？林燃倒是想，真要是一间房，他们两个人谁都别想睡觉了。

林燃轻哼："还想和我一间房，你想得倒是美。"

盛青溪涨红了脸解释："我不是那个意思。"

见盛青溪原本白皙的脸都红成这样了，林燃也不逗她了，快速地把事情解释了一下："阿真他们说，想离我们近一点儿，打算直接在宁大附近找房子。我堂哥正好在那边有两套房，在同一层。你要是不愿意，住校也行，我也陪你一起住校。"

盛青溪在以前的办案过程中，了解过林燃的少年时代，知道林燃不喜欢过于吵闹的环境，从来没有住过学校的宿舍。

从林燃的房间来看，就知道他喜欢整齐干净的环境，住不惯男生宿舍，毕竟这个年纪的男孩子什么事儿都能闹出来。

宿舍虽然热闹，但不适合林燃。

盛青溪伸手搂住林燃的脖子，往他的肩头一靠，用很轻很轻的声音说："林燃，我和你一起住外面。我不会做饭，但我可以打扫卫生。"

林燃一把捏住这个笨丫头的腮帮子，威胁似的说："谁敢让你做家务，我把他的腿打断了。你什么都不用操心，只要住在那里就行了。"

只要在他的身边就行。林燃身体前倾，与盛青溪的额头相抵，补充道："和我一起。"

盛青溪的睫毛颤了颤，小声应道："嗯，和你一起。"

这一夜到凌晨还未睡的，不只林燃和盛青溪他们，还有林佑诚和徐宜蓉。

原本干净得一尘不染的地面上满是玻璃碎片，花瓶里的水洒了一地，鲜花凌乱地散落在不远处，看起来蔫巴巴的，客厅里一片狼藉。

如果是以往，家里的用人肯定会在第一时间出来打扫，可今天谁都不敢靠近客厅。他们从没见林先生发过这么大的火。

徐宜蓉的脸色苍白，她坐在冰冷的地面上，眼眶通红，耳边是林佑诚濒临失控的质问声："我那两个孩子都搬出去住了，你还有什么不满意？！"

林佑诚狠狠地把调查报告砸在徐宜蓉的身上，气血翻涌，手指猛然颤抖起来："我做错了你来报复我啊，我的孩子做错了什么？"

小宋赶紧上前扶住林佑诚。

"你到底想要干什么？！"

林佑诚从看到结果到现在，心里除了震怒以外，更多的还是震惊。这个女人这么些年来都是温温柔柔的模样，他们在一起不是一朝一夕，而是已有十年了。他不明白，自己的枕边人怎么能说变就变呢？

徐宜蓉认命似的闭上眼，泪水从脸上滑落，相比于林佑诚的歇斯底里，她的语气很平静："你以为我想吗？如果不是你瞒着我，把大半的财产都给了小火和烟烟，我又怎么会被你逼到这个地步？"

林佑诚不敢相信自己听到了什么："你就是为了这点儿钱？婚前你是怎么和我说的？这些年我们林家亏待你了吗？"

徐宜蓉忽然笑起来，左手抚上小腹，讽刺道："这点儿钱？！你的孩子以后都能衣食无忧了，那我的孩子呢？我们的孩子呢？！"

林佑诚的脸色微僵，他缓缓看向徐宜蓉的肚子："什么孩子？"

徐宜蓉这才不紧不慢地从地上站起来，随手抹了一把脸上的泪水，微昂着头，在沙发上坐下，面无表情地说："我怀孕了，已经有四个月了。"

话说到这里，林佑诚终于明白徐宜蓉为什么会做出这些事。他最恨的就是家族夺权这些肮脏事，徐宜蓉居然还把无辜的孩子们牵扯进来。

林佑诚移开视线，闭上眼。如今发生的一切，都是因为他，如果不是去年他鬼迷心窍地去资助程佳月，徐宜蓉也不会违背他们婚前的约定，用怀孕这个办法来稳固她的地位。他没能担负起一个丈夫的责任，更没有做好一个父亲。

林燃说得对，他太自私了。

林佑诚疲惫地摆了摆手："这个孩子要不要生下来随你。律师会和你联系，处理离婚的事宜。这场婚姻我有不对的地方，但这十年来，小火和烟烟他们客气地叫你一声阿姨。三年前的事，是那两个孩子做出了让步。他们没做错什么，也不欠你什么。"

说完，林佑诚便起身上了楼，背影显得单薄而孤寂。

小宋微微弯腰，用公事公办的口吻说："太太，警察在门外等您。"

徐宜蓉咬住下唇，指甲几乎陷入掌心。她平静地理了理微乱的头发，不等小宋再次开口，自觉地缓步朝门外走去。这些年来她苦学的礼仪已经刻在了骨子里，只要她和林佑诚一天没有离婚，她仍旧是林太太。

半个月后，盛青溪以全省第一的成绩，获得了城西片区所有老太太、老爷爷的关爱。那天，数不清的蔬菜瓜果都往盛开福利院送，还有不少人抱着孩子来，让盛青溪摸摸脑袋摸摸手。这些天，几乎每时每刻都有人上门来找盛青溪，甚至在盛青溪早上跑步的时候，中途都有人往她的怀里塞东西，笑眯眯地恭喜她。

直到去学校填报志愿时，盛青溪才得以喘息。

林燃当天早上来接盛青溪，看到她就笑了，这小姑娘大夏天的穿着连帽卫衣，还戴着口罩，恨不得把自己遮得严严实实的。

林燃好笑地把她脑袋上的帽子摘下来，轻轻刮了刮她的鼻尖，调侃她："你可别把我女朋友热傻了。你不心疼我还心疼呢。"

他越和她待在一块儿就越觉得她可爱，世界上怎么会有这么可爱的小东西？

林燃怀疑是上天硬生生地扯开他破碎的人生，往里面塞了一个世界上最美好、柔软的礼物。他一见到她，就没法动弹。

盛青溪这时候哪顾得上和林燃说笑，动作迅速地爬上车，拍了拍坐垫就开始催促："林燃林燃，快点儿！快点儿走！"

林燃努力憋着笑，把头盔给她戴上："给你买了那么多裙子不穿，非得折磨自己。"

没错，林燃仍记得春天那会儿，盛青溪想穿裙子他不让穿的事情。于是，高考结束后没几天，他就找人运了一车的新款裙子送去盛开，引得好多人都过来凑热闹。事后盛青溪还打电话来小声向他抱怨，说把房间塞满了都装不下他买的那些裙子。

林燃听了只是笑。

今天，他们要一起去一中填志愿。林燃的高考分数和盛青溪预估的就差了三分，他的分数超了宁城大学录取分数线十三分。

他可以和他的小溪流上同一所大学了。这是一年前林燃想都不敢想的事情，可它就这样发生了。

林燃没直接开车去一中，而是转去商场，给盛青溪重新买了一条裙子。他真怕到了中午，他的女朋友会被她自己弄得中暑。

这次再回一中，林燃的心里格外舒适。

因为，他可以光明正大地牵着盛青溪的手进一中了。

别说别人了，连老屈都能看出来，这小子今天就差没把"春风得意"这四个字写在脸上了。不过看在高考状元的面子上，老屈也给林燃分了一袋儿糖。

盛青溪填志愿的时候，林燃就在一旁看着，但没看多久就被挤开了。

办公室里一群老师围着盛青溪，你一言我一语的，恨不得盛青溪能有无数分身去把所有的专业都读一遍。

但最后他们还是尊重了小姑娘自己的选择。

林燃先前就在猜盛青溪会填哪个专业，猜遍了都没能猜出来她会选"人类学"。

林燃立在不远处看着女朋友安静的侧脸，笑了一下，觉得这样很好。

两人填完志愿，和办公室里的老师挨个道了别，像来时那样，十指相扣地并肩往校门口走去，仿佛这一路上只有他们两个人。

带着热意的夏风席卷而过。林燃侧头问盛青溪："毕业旅行想去哪里？"

盛青溪牵着林燃的手晃了晃："都可以，和你一起就可以。"

林燃将她的手攥得更紧："等烟烟那个小丫头放假了，我们就去旅行。不然那小丫头肯定得记恨我，阿真他们也跟着去。"

少年顿了顿，放低了声音，说："一直一直在一起。"

盛青溪轻轻地笑了一下，应道："嗯，一直在一起。"

九月，正是咬着夏日尾巴的时候。

宁城与初城的天气不同，炎热已渐渐退去，入了初秋。不过，那点儿属于夏日的燥热在大学城里可没减少分毫，这可是开学季。

黑色的汽车径直驶入宁城大学，越过来接新生的学长学姐们，半分犹豫都没有，直直地往停车场开去。

炫酷的车型吸引了绝大多数人的目光。

不少人都在猜这么嚣张的新生会是谁，感觉接下来的几年，学校都太平不了了。

谢真坐在后座嘀咕："不就来报个到，燃哥至于吗？"

何默翻白眼："你想想以前他都骑的什么车，这已经很温柔了。"

坐在驾驶座上的少年穿着简单的黑色短T恤，戴着墨镜，下半张侧脸被上天赋予了精致到无可挑剔的线条与弧度，有力的双手正握着方向盘。

只可惜能欣赏到这幅画面的人，此时此刻已歪着脑袋靠在座椅上睡着了。直到车缓缓地在停车场停下，她也没醒。

谢真和何默已经去隔壁学校报到过了。

前几天，他们收拾了一下往后四年在宁城住的房子。两个人也不想自己回去，干脆就跟着林燃和盛青溪来宁城大学参观一下。

经过假期的磨合，两人非常自觉地打开车门先下了车，免得看林燃和盛青溪的亲密互动。毕竟林燃这个人没脸没皮，根本不会考虑他们两个人的感受。毕业旅行的时候他们已经受够了。

林燃随手摘下墨镜丢到一边，侧身看去。

盛青溪戴着一顶小草帽，睡得正沉。她的皮肤白，眼下的那点儿青色格外明显，再往下是她的唇，涂了蜜桃色的口红。

林燃知道她的唇有多么柔软。

昨晚，他把人摁在沙发上折腾了大半宿才放她走，差点儿就没忍住。这和林燃想象的同居生活大相径庭。他想来想去，还是怪这个小东西像2018似的，时不时地就伸出爪子来挠他一下。

他对盛青溪的抵抗力本就为零，根本受不了她的任何撩拨。

林燃看了一眼时间，还有半小时。

谢真和何默正站在停车场边看漂亮女孩儿呢，听见身后的脚步声，以为可以走了，哪知道一看只有林燃一个人。

谢真的小眼睛立马往林燃的身后瞄去："燃哥，仙女人呢？"

何默看着谢真警觉的小模样，在一旁说起风凉话："每次遇上仙女的事，你就紧张兮兮的，我甚至怀疑你暗恋仙女。"

听到这里，林燃轻飘飘地看了谢真一眼，一双黑眸里分明没什么情绪，但无端就是让人觉得遍体生寒。

谢真后颈的汗毛一下子就立起来了，暗想：何默这个狗贼害他！

他轻咳一声，义正词严地说道："仙女高三的时候那么辛苦地帮我们补课，我们关心关心仙女不是应该的吗？况且，我们在这儿人生地不熟的，多问一句怎么了？！"

何默一想就知道盛青溪肯定还睡着，伸手扯了扯小胖子："走，哥带你买冰棍儿吃去。等我们回来时，仙女肯定醒了。我们顺便去逛逛这所大学，给燃哥开开道儿。"

说着，两人搭着肩走远了。

林燃也不在意自己的形象，挑了一处阴凉地儿，就这么往路边的小台阶上一坐，视线正对着车的位置，一抬眼就能注意到车里的动静。

不是林燃不想在车里陪盛青溪，而是在那样密闭的空间里，他怕自己又发疯。

林燃拿出手机，翻看着暑假时给盛青溪拍的照片。他的小溪流，他怎么看都看不倦。

开学季，正是人来人往的时候。

林燃坐着坐着就觉得不对劲起来，路过他身边的人都越走越慢，甚至人越来越多，停留在他身上的视线也迟迟没有移开。

林燃这样的相貌，就算丢到帅哥堆里都是显眼的，把他往经纪公司门口一丢，能直接打包出道了，更何况是在宁城大学里。他不知道，此时几乎每个班级群里都在传他的照片，甚至已经有人摸去新生群要他的联系方式了。一时间整个宁城大学的通信量激增。

林燃面无表情地拿起墨镜戴上，随手把手机往兜里一塞，起身径直大步地走向停车场。这些人倒是提醒了他一件事——他得有危机感。

五分钟后，盛青溪睡眼惺忪地被林燃从车里捞出来。

因着刚睡醒，她还有点儿蒙，就任由林燃搂着她的肩，带着她往前走。她乖乖地伸手扯住林燃的衣袖，半靠在他的胳膊上。

林燃坏心眼儿地把她戴着的小草帽往上扯了一点儿，好让她漂亮的小脸全都露出来。

若是换作以往，林燃恨不得把盛青溪藏起来。但现在，他非但不把人藏起来，反而想让所有人知道盛青溪是他林燃的女朋友。

盛青溪这么一张仙女似的脸放在林燃的旁边，效果比刚才还要震撼。

宁城大学的男生女生们，在短短五分钟内，经历了从恋爱到失恋，再从失恋到恋爱这么一个简单又复杂的过程。让他们更气的是，这么有冲击力的两张神颜，居然内部消化了。

当然，这些盛青溪都不知道。她揉着眼睛，小声问："到学校了吗？"

林燃不动声色地再把那顶小草帽给她戴好，低声应道："嗯，到了。等报到结束后我就带你去吃午饭。你想去哪里吃？"

盛青溪打了一个小小的哈欠，歪着脑袋想了想："去食堂吧，去看看那里都有什么好吃的。"

林燃低低地"嗯"了一声。

盛青溪清醒过来才发现谢真和何默不在，正想问林燃，就看到他们提着小袋子，朝这边走来，袋子里装的似乎是冰棍儿。

盛青溪扯着林燃的手顿时收紧了。她想吃冰棍儿。

林燃见盛青溪小心翼翼地看过来的模样，不禁觉得好笑，伸手弹了弹她的脑门儿："就这么害怕我？让你吃，生理期过了就可以吃。"

盛青溪闷闷不乐地皱起小脸，林燃好烦。

这边林燃弹脑门儿弹得顺手，另一边的围观群众却沸腾了——

"啊啊啊啊啊啊，他居然弹仙女的脑门儿！他不知道仙女下凡很辛苦吗？！狗男人！"

"这个狗男人怎么下得去手！"

"呜呜呜，也不知道仙女疼不疼。"

"喂，你们两个人会不会太夸张了？这一看就没用力。"

"男的闭嘴！"

"男的闭嘴！"

"……"

谢真他们走到停车场附近，就看见盛青溪出来了。谢真赶紧把提着的袋子往林燃怀里一塞："燃哥，你们自己挑，什么都有，吃不完的都由我小胖胖来解决。"

本来谢真是想直接递给盛青溪的，但经过刚才的事，他觉得还是保住小命要紧。

林燃提起袋子，看着盛青溪低头在袋子里扒拉，找了半天才找出一根草莓味儿的雪糕，这还不够，又拎了一根柠檬味儿的冰棍儿。

林燃忍着没说话，身边的人见他没反应，开开心心地拆了包装开始吃。林燃见她眯着眼开心的样子，放弃了把她手里的另一根冰棍儿抢过来的想法。

因为是林燃陪着盛青溪报到的，接下来的过程都很顺利，上前问盛青溪要微信的一个都没有，女生不敢靠近，男生更不敢。

林燃一副冷冰冰的模样，特别吓人，一看就是打过群架的大佬。

原本盛青溪是想去食堂吃饭的，但今天因为很多家长在，去食堂的路上乌泱泱的都是人。她想了想，扯着林燃的衣摆，小声撒娇："林燃，我想回家吃饭。"

林燃听了，不问为什么，牵着人就往回走。

"想吃什么？"

"想吃凉拌面。"

"夏天都快过去了还贪凉。"

"想吃。"

"行，回去就做。"

谢真和何默两人安静地跟在后面，觉得以后还是少和这两个人在一起比较好，这样的情况几乎每天都要上演一次。

是游戏不好玩吗？是微博不好看吗？他们为什么要受这种苦？！

林燃之前觉得林烟烟那个小丫头已经够难管了，直到和盛青溪一起住了近一周，才发现这个倔东西可比林烟烟难伺候多了。

盛青溪这人最大的问题，就是喜欢一声不吭地瞎跑。

不管前一晚是几点睡的，她一早就会爬起来，怕吵到他，也不在家里的跑步机上跑步，自己换了衣服就下楼晨跑去了，而且也没个固定路线，哪儿有事她就偏往哪儿跑。

好几次，他起来都没找到人，这小东西一句话都不给他留。

还有一回，他找了一早上都没找到人，差点儿急疯了，后来接到警察打来的电话，才知道这小东西追小偷追了好几条街，都追到隔壁区的警察局去了。

他把人接回来又舍不得教训，只好天天早起陪着她跑步。

林燃知道，这和盛青溪以前一个人生活的经历有很大的关系。他不想去改变她，这些都是她生活过的印记。他只想让她知道，日后他都会在她的身边。

秋去冬来，日升月落。两年时间眨眼而过，转瞬又到了冬天。

宁城与初城不同，冬日里，十天有七天都在下雪。此时已临近寒假，何默和谢真上完最后一节课，冒着风雪赶回了家。

他们在楼下远远地就看到林燃他们房间里的灯亮着。

何默和谢真已经和林燃他们当邻居将近两年了，一直秉持着一个原则：没事别去敲门。他们已经数次尝到了这么做的苦头。

两人你一言我一语的，说话间就走进了电梯。

“默子，你说时间过得真快，转眼就要大三了。”

“我看不像，你的体重可一点儿没变过。”

“我不想和你说话了。我要回去找我的小亲亲了。”

没错，历时两年，谢真终于遇见了他的真命女神。

那女孩儿林燃他们都见过，小小的一只，在谢真边儿上站着就一丁点儿大。但她的脾气不小，尤其是碰到有人说谢真胖，她一个人能骂三个。这女孩儿和何默不怎么对盘，毕竟何默天天欺负小胖子。而何默又不好意思和女孩儿吵架，只能默默地在打游戏的时候报复谢真。两个人每次玩游戏都能吵翻天，隔天就跟没事儿人似的继续吵，但这一点儿不影响他们之间的关系。

此时，林燃的房间里，盛青溪大脑一片空白地躺在沙发上，怔怔地看着天花板，气息不稳。她剧烈的心跳声随着林燃的起身离开已经逐渐平稳，身上的毛衣已经乱作一团。本来压在她身上的人还大口地喘着气，一个不注意，就松开她走了。

不一会儿，浴室里响起哗哗的水声。这样的情况已经不是第一次发生了。

盛青溪总觉得林燃纯粹是在给自己找罪受。刚刚她坐在毯子上吃草莓吃得好好的，他忽然就摁着她亲上来了，一点儿预兆都没有。

关于这方面的事，盛青溪明里暗里都问过宋诗蔓，宋诗蔓给她的回答是让她不用管林燃。盛青溪也不知道这么下去对林燃是好还是坏，总感觉这些日子以来，林燃进去洗冷水澡的次数越来越多了。

等呼吸平复后，盛青溪起身，慢吞吞地将上滑的衣服都拉下来。方才升起的温度已渐渐下降，毕竟那个小火炉不在了。

“喵喵喵！”隔间里传出小猫的挠门声，叫声极其凄厉。

盛青溪这才想起来，2018早就被林燃丢进去和2009做伴了。2009是林燃大一那会儿从外面抱回来的小金毛，又乖又可爱，养了两年，已经长大了。

不过，盛青溪一直没想明白，这两个小家伙为什么一只叫2018，一只叫2009，哪有人给宠物取这么怪的名字的？她问林燃，他也不说，只说让她自己想。

盛青溪想了两年都没想出来为什么。既然林燃不想说，她也不再问。

一打开门，2009就先扑上来了，金色的小天使摇着长长的尾巴，咧嘴冲着她笑。2018出来的第一件事，就是去找那个把它关起来的罪魁祸首。

盛青溪蹲下身，摸了摸2009软乎乎的脑袋。

2009和2018不同，从被林燃抱回来开始，这小狗就很安静，到现在也没变过。这个小家伙又乖又能吃，每天早上都跟着他们出去跑步，只不过它经常会被2018欺负。

好在它并不是2018唯一的欺负对象，2018最大的敌人是林燃。他们俩可能从第一眼见面时就注定了日后会一直针锋相对。

盛青溪看着正张牙舞爪地挠着浴室门的小黑猫，一时无法将它跟那时在她的怀里瑟瑟发抖的小可怜联系起来。

“咔嚓”一声，浴室门开了。

因为某些原因，林燃情绪不佳，如今看到这个凶巴巴的小家伙，轻啧一声，弯腰把猫提溜起来，任由它蹬着脚在空中“喵喵”乱叫。

他轻飘飘地扫了一眼这嚣张至极的猫，不紧不慢地往盛青溪的身边走：“上次买的小鱼干和罐头是不是到了？”

盛青溪眨眨眼，配合地说道：“嗯，我还没拆。”

林燃捏着2018的后颈，语气淡淡地下了决定：“我看还是退掉，那个牌子这东西可能吃不惯。你说呢小东西，是不是该退掉？”

“喵喵喵……”刚刚还凶神恶煞的小猫咪瞬间软下身子，开始可怜兮兮地冲林燃叫唤，说低头就低头，一点儿骨气都没有，一切都是为了小鱼干。

林燃轻哼：“下次还挠门吗？”

2018睁着水亮的大眼睛瞅他：“喵——”

林燃刚放下2018，这小东西就逃似的跑到盛青溪的身边，大半个身子都躲在2009下面，一副林燃是恶霸、它被欺负了的模样。

盛青溪无奈地摸了摸2018的小下巴，哄完了小的才去理大的：“林燃，明天就要回家了，你的东西都收拾好了吗？”

林燃坐在沙发上盯着她，看了好一会儿才说道：“我带上你就行，其他家里都有。”

自从城南花园的别墅被烧毁之后，林爷爷重新给林燃买了房子，不知道是有意还是无意，新房子买在了城西。林燃那些宝贝车，林爷爷一辆不落地给他补齐了。

盛青溪点点头：“那我们去吃晚饭。阿真他们回来没有？”

林燃看了一眼时间：“我去看看。”

今晚他们约好了一起去外面吃饭，除了他们四个人以外，还有他们几个人的同学，凑起来居然有十几个那么多。

这两年，时间在走，他们在变，唯一没有改变的，是他们每年都能聚在一起。

盛青溪希望年年岁岁都能这样就好。

大年三十，每年到了这一天，都是盛开福利院最热闹的时候。林燃不知道从哪里运了一车新玩具过来，这些孩子都玩疯了。

盛兰和阿姨们则忙着招待那些前来送礼拜访的人。

盛青溪和林燃被赶到了厨房，两人一起包饺子。这两年，林燃不知道给他们三个人做了多少顿饭菜，厨艺水平可谓是像坐了火箭似的上升，更别说包饺子了。就谢真这两年一个人吃的饺子，不说上千也得有几百，都是林燃包的。

和林燃比起来，盛青溪的动作就显得笨拙了。她的每个饺子都包得歪歪扭扭的，排成一排，一看还以为是不同的人包的。她一边包还一边去看林燃的动作，但林燃包一个饺子也就几秒的事，不等她看清，林燃就包好了一个饺子。

她蒙了一会儿，只好等林燃包下一个。

说实话，她这两年也跟在林燃的身边看过他包饺子，总感觉他每一次的动作都不一样，不然她怎么会学了两年都学不会呢？

林燃看着她目不转睛地往他这里看，也不教她。

说来林燃也有点儿想不通，平时就没有这小姑娘做不好的事，但一旦和厨房沾上边儿，她就跟换了一个人似的，这两年下来，就只学会了煮面条。

此时，盛青溪纤长的手指上沾着白白的面粉，见林燃不理自己，她伸手往他的脸上招呼了一下。面粉随着她的动作在林燃的脸上留下一道长长的痕迹，他不闪也不躲，由着她闹。

林燃分出心神看了她一眼。

每年过年时她穿的都是盛兰买的衣服，他观察了好几年，每年都是红色的，红色的羽绒服、大衣、毛衣、裙子等。

今年，盛兰给盛青溪买的是英伦风的红色呢子大衣，领口有一圈白绒绒的狐狸毛，衬得她的整张小脸雪白，远看就像一个漂亮的瓷娃娃。

现在这个瓷娃娃就睁着漂亮的眼睛盯着他，眼里带着些许欢欣和期待的神情。

林燃正打算说什么，盛兰进来了。她原是想看看这两个孩子饺子包得怎么样了，一进门就看到盛青溪伸着手指，在林燃的脸上画画，林燃也不动，就这么纵容着她。

盛兰无奈地摇了摇头，随即板起脸："愿愿！你又欺负小火，平时欺负他也就算了，大过年的还欺负他，手缩回来。"

盛青溪不情不愿地收回手，嘀咕："我没欺负他。"

明明是林燃欺负她，不教她包饺子就算了，看到她包的饺子还要笑。

林燃笑了笑："盛妈妈，她没欺负我，我和她闹着玩呢。饺子都包好了，一半蒸一半煮，一会儿就拿出去，让那些小家伙先吃。"

盛兰知道，有林燃在，厨房里不会出什么事，看了一眼就走了，走之前又再三叮嘱盛青溪不许再欺负林燃。

盛青溪蔫巴巴地应了一声。

林燃见盛兰一走，把脸往她的身边凑："还想画吗？给你画。"

盛青溪抿抿唇，笑了一下，往林燃的脸上画了一个爱心。

林燃见她笑了，才端起饺子往灶台边走："去洗手，用温水洗。洗完回房间去拆你的新年礼物，就放在你的桌上。"

"什么礼物？"盛青溪想了半天，都不记得林燃什么时候出去给她买的礼物。

林燃手里的动作不停，他把她包的那些饺子用另外一个盘子装好，准备自己吃。他只说：“你自己去看。”

盛青溪洗完手，来不及擦干就跑出去了。林燃能听到她鞋子上的小铃铛“叮叮当当”地响着，心想这小姑娘还越跑越快了。

他无声地弯了弯唇。

盛青溪一路小跑来到房间门口，打开门，一眼就看到了放在桌子上的小方盒子。红白相间的小礼盒上绑着大大的蝴蝶结，看起来只有巴掌大小。

这些年林燃送给她的礼物数不胜数，每一样她都很喜欢。

盛青溪低头，认真地拆着上面漂亮精致的蝴蝶结，等她小心翼翼地解开蝴蝶结，打开盒子后，发现里面躺着两枚硬币，除此之外什么都没有。

她将这两枚硬币放在掌心看了许久，发现自己一直要找的答案就在这里，这两枚硬币就是 2009 和 2018。

“那天下了雨，我来盛开接你，你给了我两块钱，我们一起坐车去学校。盛青溪，这两块钱，是那时候你亲手交到我手里的，一直到现在。现在我把它们送给你。”低沉的声音自门口响起，两年过去了，林燃的嗓音比以往少了一丝清朗，多了些成熟的韵味。

盛青溪抬眼向林燃看去，见他正倚在门边，眸光淡淡地看着她。见她看过来，他低声说：“愿愿，新年快乐。”

盛青溪垂眸，睫毛轻轻地颤了颤。她慢慢收拢掌心，将这两枚硬币紧紧地攥在手里，小跑着往门口立着的人怀里一扑。

下一秒，她被林燃抱起，属于林燃的味道瞬间将她包裹住。

如今他身上的少年气没了，是个成熟男人了。

盛青溪搂着林燃的脖子，许久许久，小声说：“林燃，毕业后我们就结婚好吗？”

她的林燃哑声应道：“好。”

盛青溪在心里说道：林燃，我曾独自穿越时间的荒野，把一切抛在身后，孤身从荆棘中走过，无人与我同行。万物皆空，唯有天边火光闪烁，那是我的林燃。

番外一　九州七星号

“我好饿，再不给我一些吃的，我就要死了！”谢真有气无力地靠在车窗边，捂着自己的胖肚子一脸委屈。他昨天就不应该偷懒让何默收拾行李箱，这个畜生居然一点儿零食都没给他装！

何默翻了一个白眼：“谁让你在吃饭的时间睡觉？怎么叫都叫不醒。”

坐在最边上的林烟烟安慰谢真：“阿真哥哥，很快就到了。我看了攻略，他们说列车上的餐厅里有米其林主厨，晚上就能吃到好吃的了。”

何默也凑热闹：“就是啊，这车可是火车中的法拉利，移动的五星级酒店。”

“啊——我快死了。”谢真发出一声惨叫，闭上他的小眼睛不说话了。

后座的林燃丝毫没被谢真的嚷嚷声所影响，他的全部心神都在盛青溪的身上，她正拿着手机“啪嗒啪嗒”地敲着，不知道在和谁聊天。

夏日里，她就只穿了一件吊带短裙，细细的带子钩着纤瘦的肩头，露出锁骨来，大片雪白的肌肤极其晃眼。

林燃不敢乱碰她，只抓了她的一只手放在自己的掌心，从指尖到指节，再从指节到掌心的纹路，每一寸他都仔细抚过。

此趟他们的目的地是顶级九州卧铺列车——九州七星号。

九州七星号中的“七星”代表了九州的七个县，七星号有七节车厢，每节车厢都有各自对应的县的文化元素。这趟列车仅有十四个房间，难订程度可见一斑。列车的设计兼具东西方特色，典雅怀旧又浪漫，和式风味十足。

自从知道林燃在这趟列车上订了房间，谢真几乎每天都掰着手指数林烟烟什么时候放假，昨天，更是激动得一晚上没睡觉，在微博上把一切有关的视频都刷了一遍，恨不得一睁眼就能吃到列车上的美食，所以今天睡了一路。

林燃他们正在前往九州七星号的途中。

这一路，从下飞机开始，盛青溪就没和他说过话，一直拿着手机，连路都不看。林燃牵着她都怕她摔倒，恨不得把人拎身上，此时见她看着手机笑，终于憋不住了。

他的神情倒是和往常一样淡淡的，说话的语气却酸溜溜的："你和谁聊天这么开心？聊一下午了，你都没看我一眼。"

盛青溪弯着眉眼和他解释："在和诗蔓聊天，她说她放假回来，想和我一起带着嘟嘟出去玩，聊了一会儿就又聊到她的那个学长了。"

其实盛青溪隐瞒了一部分信息，宋诗蔓的原话是"比林燃帅很多"的学长。

迄今为止，林燃在宋诗蔓的心里还是负分，且负值越来越大。盛青溪也不知道这两个人是什么时候结下的仇，两人都看对方不顺眼。

林燃闻言，脸一黑。他还记得，有一晚宋诗蔓住在盛开，和盛青溪睡在同一张床上，得意扬扬地来和他炫耀。至今他都没和盛青溪在一张床上睡过。

林燃有点儿不高兴。但他又不想在盛青溪的面前表露出这样幼稚又小气的想法，只好假装不在意，随口问："想去哪儿玩？"

盛青溪翻了一下聊天记录："她说想去欧洲，去她学长去过的地方。"

去欧洲？那没个十天半个月怎么回得来？

林燃捏着盛青溪的手指，问："她那个学长哪里人？"

盛青溪眨眨眼："好像是宁城人。"

宁城？林燃心想这还不容易，伸手问盛青溪要手机："我和她说。"

盛青溪闻言，迟疑地看了林燃一眼，确认似的问："你们俩不会吵架吧？诗蔓和我说她把你拉黑好几个月了。"

林燃："……"

这他可就不服了。

林燃轻飘飘地扫了一眼她的手机屏幕："我先拉黑她的。"

盛青溪想了想，还是把手机递给林燃了。虽然她也不明白这两个人争论谁先拉黑谁，到底有什么意义。她只希望，两个人如果又吵起来，别在她的账号上拉黑彼此。

把手机给了林燃后，盛青溪没再管，转而趴在车窗前看外面的风景。

夏日里，几乎每一天都阳光灿烂，只偶尔会有暴雨兜头而下，但不多时就会停，雨后的天依旧不减燥热。

晴空中划过长长的黑色电线，电车到站的声音不时响起。打开窗就能感受到咸湿的海风裹挟着热意。车厢内一片寂静，午后的阳光令人昏昏欲睡。

只有谢真，闻到海风的味道后，幽幽地说了一句："我饿，想吃鳗鱼饭，想吃鲷鱼茶泡饭。"

先前盛青溪没注意他们在聊些什么，这会儿听到谢真说饿，便在包里找了找，最后找出一根巧克力条，虽然填不饱肚子，但也让谢真高兴了半天。

就这么一会儿时间，林燃已经和宋诗蔓沟通完毕，把手机还给了盛青溪。

林燃懒洋洋地往盛青溪的肩膀上一靠："我躺一会儿。"

盛青溪往他的身边靠近了一点儿，好让他躺得舒服些，顺便打开手机，看了一眼这两个人都说了些什么，没想到这次两个人居然没吵起来。

在学长的现居住地和学长的曾居住地这两者之间，宋诗蔓毫不犹豫地选择了去学长的现居住地。林燃还保证一定把那个学长喊出来和她吃饭。

盛青溪伸手戳了戳林燃的耳朵，小声问："你认识诗蔓说的那个学长吗？"

林燃懒洋洋地应道："不认识。"

盛青溪："……"

她算是明白了，林燃就是不想让她和宋诗蔓出去玩，幼稚鬼。

一小时后，林燃一行人到达九州七星号的起始站——福冈博多站。

下车后，谢真明显情绪高涨，极其期待开启这个四天三夜的旅程，来不及等他们，就一个人先跑进九州七星号候车室了。他知道里面有小点心吃。

林烟烟背着小挎包，"嗒嗒嗒"地跟在谢真的身后跑，何默怕林烟烟跑丢了，也跟着跑起来。而林燃则牵着盛青溪的手慢悠悠地走在后面。对他来说，假期里只有他和盛青溪的日子最舒服不过了。

微热的风抚过肌肤，凉爽的果茶沁人心脾，一切冰镇的食物在夏日里都变得可爱起来。更重要的是，他的小溪流就在他触手可及的地方。这对林燃来说，是全新的生活。

盛青溪走进候车室，钢琴声混在人声里，似有若无。漂亮的迎宾小姐见到她，温柔地笑了一下。室内人来人往，十分热闹。

迎宾员送来了饮料和点心，谢真他们已经坐在桌子边吃起来了。

林燃和盛青溪坐着和大家聊了会儿天。没多久，有人来通知他们，列车已经到站了。

他们随着列车组员的指引往里走，走入车厢后，只见木质装潢的过道一望到头，狭窄通道的上方是穹顶设计，这种设计使车厢看起来没有那么拥挤和压抑。

他们五个人不用安排就知道怎么住，盛青溪和林烟烟一间房，谢真和何默一间房，林燃自己一间房。

列车上的卧室门是推拉设计，进门后整个房间的景象一览无余。房内几乎所有的物件都是固定在墙上的，防止列车行驶过程中物体掉落伤人。

房间里还有独立的浴室以及行李收纳处。墙边是他们晚上要睡的床铺，不过此时仍是沙发的模样。墙上挂着的画是专门请人打造的艺术品，满是九州特色。不大不小的桌子上放着点心和水，以及洗漱用品，旁边就是窗户，视野开阔，窗外的景色尽收眼底。

盛青溪还没来得及仔细看，门口响起了敲门声。她还没开门呢，林烟烟这小丫头就先说话了："盛姐姐，肯定是哥哥来找你。你去吧，我会自己乖乖待着的。"

盛青溪被小女孩儿这么一说，还有点儿脸红，默默地走到门边推开了门。

果然，林燃腿部微弯地倚在门边。

见她开门，林燃故作轻佻地笑了一下，俊朗的眉眼随着他的笑瞬时生动起来："长官，我想申请和你一起睡个午觉行吗？床我都铺好了。"

列车卧室内放着的是两张单人床，很显然，林燃说的就是一起单纯地睡个午觉的意思。

盛青溪都没有思索一下，走出卧室，反手把门一关，摆摆小手："走！"

林燃："……"

本来他理直气壮的，现在被盛青溪这个反应弄得有些忐忑，心想一会儿她乱来怎么办？他是这样呢，还是那样呢？

林燃现在处于最好一睁眼就能看到盛青溪的状态。这个状态在学校的时候还没有那么明显，因为林燃在那些日子里，明确地知道在第二天的某个时刻就能看到盛青溪。但自从他们开始放暑假，林燃就不似以前那样平静了。他不是很能分辨自己现在这个状态是否正常。他也是第一次谈恋爱，在这方面完全是个新手。

林燃虽然不懂，但会做，想见她的时候就去见她，很简单的处理方法。

林燃的卧室和盛青溪她们的卧室是一样的。卧室里的床已经铺好了，阳光被窗帘阻隔在外，唯有列车前进的声音缓缓响起。

昏暗的卧室里很有睡午觉的氛围。坐了一天的飞机，盛青溪也有点儿累，一进门，也不等林燃，自己乖乖脱了鞋爬上了床，动作快得林燃都没反应过来。

林燃关门的动作一顿，他总感觉接下来的事情发展会和他想的不太一样。果然，这小东西上床后就朝他摆了摆手，澄澈的眼眸似乎一眼就能望到底："林燃，快来。"

林燃倚在门边，轻轻地挑了挑眉，看着她笑道："去哪儿？这房间里可有两张床。"

盛青溪用视线丈量了一下这张小床的宽度，看起来和她家里的床差不多大。盛开都是宿舍制的房间，盛兰提过许多次要给她换床，但盛青溪睡惯了便没换。

她想了想，应道："随便你。"反正两张床都能睡得下，她在心里说道。

林燃："……"

盛青溪就这么躺在床上看着他。夏日里她穿得少，他一眼就能看清她精致纤瘦的锁骨和圆润的肩头。要说林燃的内心一丁点儿想法都没有，那是不可能的。

换成以前他还能忍住，但现在她都是他的女朋友了，他还忍什么呢？

林燃尽量不让自己内心的那点儿不可告人的心思显现出来。他一直都是个不知收敛的人，但一想到连宋诗蔓都和盛青溪睡过一张床，林燃又变得坦然起来。

林燃面不改色地脱下鞋，至于上衣是不敢再脱了，他的克制力还没好到能这样和盛青溪躺在同一张床上。

盛青溪眼看着林燃走到两张床的过道中间，黑色碎发下的眉眼在光线的明暗变化间显得冷漠又凌厉，喉结随着他的动作微微滚动。

盛青溪知道，薄薄的布料下面就是林燃紧实的胸肌，因为她曾数次拥抱过他。明明进房间时她什么都没想，这会儿却平白有些口干舌燥。周围的温度似乎在缓慢地上升，当然这只是她个人的感觉，盛青溪往墙边缩了缩。

因着林燃站在过道中间，盛青溪一时间分不清他到底是要躺在哪张床上，把眼睛瞪得圆溜溜的，一眨不眨地看着林燃。

林燃微微侧头，瞥了盛青溪一眼，刚才邀请他上床的时候她倒是干净利落，现在那双漂亮的眸里却写满了紧张，羽毛似的睫毛颤抖个不停。

林燃轻哼："现在知道怕了？晚了。"

盛青溪眨眨眼，心想：你又打不过我。但这话她非常乖觉地没说出来，林燃这人显然受不了别人激他。这几年和林燃相处下来，她多多少少能了解一点儿林燃的隐秘心思。

林燃随手拨弄了一下额前的碎发，下巴微昂，懒散地扬起唇角："你往里面一点儿，被子给我掀开。"

盛青溪无语，心想明明她都快贴到墙上去了。

和林燃黢黑的眸对视了两秒，盛青溪努力地往里面又缩了一点儿，伸出一截雪白的小臂，把盖在身上的被子掀开一角。

林燃的眸光倏地黯下来，他明知道盛青溪没有那个意思，但总觉得她这是在邀请他。

一张床上只放着一个枕头，所以当林燃躺上来的时候，枕头往下陷去。肢体与被子间的摩擦声变得格外明显，盛青溪悄悄地做了一个深呼吸。

其实，她和林燃有很多次这样亲密的时候，但这一次她就是莫名地紧张。

盛青溪隐隐能感知到，是因为他们之间的关系发生了转变。她以前一直没有谈过恋爱，唯一一次和恋爱有关的经验就是长达十年的暗恋。她显然应付不了现在的场面。

林燃此刻也不轻松。火车在平稳地前进，他像是听不到火车前行的声音似的，耳边只剩盛青溪微不可闻的呼吸声，似有若无。

她的呼吸声轻而细，她的味道甜而清爽。

这些细微的感觉像是被放大了无数倍，让他的心变得躁动不安。

两人明明是挤在一张小床上，中间却隔着一指宽的间隙，似乎谁也不想先碰到对方。

盛青溪闭着眼睛，努力不去想自己的身边还躺着一个人。毕竟林燃是邀请她来睡午觉的，她不能胡思乱想。就在她忍不住要说话的时候，她的手背上忽然覆上了另一只手，带着令她忍不住瑟缩的温度。

"林燃……"她轻而软糯的声音里带着颤音。

林燃蓦然收紧了握着她的手，骨节分明的手指蛮横地挤入她的指缝间，直到与她十指相扣，完全将她的手纳入自己的掌心。颈间的喉结剧烈地滚动了一下，他嗓音沙哑地问："盛青溪，我能不能亲你？"

盛青溪抿抿唇，这个问题叫她怎么回答？

盛青溪轻轻地吐了一口气，小声应道："林燃，下次可以不用问我。你想……想亲就可以亲的。你想干什么都可以。"

林燃脑子里紧绷的弦忽然断掉了。

他倏地翻身，覆上盛青溪，被子随着他的动作向下滑去。他的小臂撑在枕侧，臂上的肌肉鼓鼓的，青色的血管突起。

他用微烫的黑眸紧紧地盯着身下的人，她的水眸里映着他的身影，许是因为紧张，她紧紧地抓着底下的床单。

"别怕。"林燃的嗓音沙哑。

说完，他急不可耐地低下头去。

火车前行的轰隆声掩盖了这一个小房间里的喘息声。不知道过了多久，房间内安静下来，窗外风景变换，光影明明灭灭。

盛青溪的裙摆已经乱得不成样子。

林燃的指腹仍在她的唇边流连，将她唇角的痕迹都仔细拭去。

盛青溪红着脸，靠在林燃的颈侧不说话。她能听到自己和林燃的心跳声。她悄悄地伸手把裙摆往下扯了扯，但接下来的动作就不太雅观了。

盛青溪咬咬唇，闷声说道："你先转过身去。"

林燃垂眸，看了她半晌，扯过被子将她的全身都盖住，嗓音喑哑："我去洗个澡。你乖乖地待在这里，我很快就出来。"

盛青溪眼看着他进了浴室，悄悄松了一口气，默默地把上移的衣服拉了下来。刚才林燃的手已经放在了她的腰侧，但最终还是没继续往上。

他们贴得太近了，才让她的衣服乱成这样。

此时盛青溪没什么力气，身子软绵绵地躺在床上等林燃出来。但林燃说的"很快"似乎并不是很快，她等着等着就有些迷糊，眼皮不受控制地往下垂。

半小时后，林燃打开浴室门出来，在另一张干净、整洁、没有一丝褶皱的床上躺下。与这张床相比，盛青溪躺的那张床已经可以用"凄惨"两个字来形容了。

他侧身静静地看着已经睡着的盛青溪。她睡觉时还维持着等他的姿势，缩成小小的一团，只露了半张小脸在外面，白皙的脸上浮着些许红晕，浓密的睫毛乖乖地垂着。

林燃心中冒出了一个极其幼稚的念头：他的女朋友是世界第一可爱，不，是宇宙第一可爱。

盛青溪醒来的时候，正对上林燃的黑眸，他似乎没有午睡。

在与她隔了一个过道的另一张床上，林燃就躺在上面，不知道看了她多久。

盛青溪揉揉眼，后知后觉地问："林燃，你为什么睡在那里？"

因着刚睡醒，盛青溪的声音里满是甜腻的感觉，喊他的名字时又黏又软，像是在撒娇，只"林燃"两个字就勾得林燃心痒痒。

林燃克制着自己想过去的念头，嗓音沙哑地应道："我就是想睡在这里。"

盛青溪瞧了他一眼，清醒了不少，才应道："好吧。"

盛青溪起床后进了浴室，林燃喊了人来收拾床。

此时，浴室里的盛青溪看着镜子里的自己，有些发怔。她今天穿的是吊带裙，露出颈间白皙的皮肤，因此这片白皙上的痕迹也变得格外明显，大片的红痕自颈后蔓延到了她的胸前。

盛青溪的脑子"轰"的一下，脸立即红了。她刚刚就这样在林燃面前走来走去的，他居然什么都没告诉她，连提醒都没有。

盛青溪抿抿唇，不想理他了。

林燃懒散地倚在沙发上，嚼着口香糖，视线淡淡地扫过窗外大片的绿色。山丘连绵起伏，苍翠之间点点红色偶尔可见。

浴室门一开，盛青溪捂着前胸瞪了他一眼，也不说话就气鼓鼓地开门走了。

林燃一脸疑惑，心想：怎么了这是？怎么进个浴室还生气了？

短暂的愣怔后，林燃追了上去。火车过道就这么一点儿距离，他几步就追上了快步往前走的盛青溪，一伸手，就把人带进了怀里。

因着列车还在行进，盛青溪也没有做太大的挣扎，只是轻轻地扭了扭手腕，小声说道："你放开我。"

林燃垂眸看着她闷闷不乐的小脸，低声问："惹你不高兴了？放开你你想跑哪儿去？"

盛青溪即使被林燃拽在怀里，也不忘捂着自己的胸口。她不想说那个羞耻的原因，显然在走廊里和林燃纠缠的姿态也不好看，只好说："睡觉的时候出了点儿汗，我想回去洗澡换衣服。"

林燃闻言，不由得挑了挑眉："洗澡就洗澡，凶我干什么？"

盛青溪急着去换衣服，又知道林燃这个人磨起人来就和 2018 一样，想了想，干脆踮起脚，在林燃的唇角"吧唧"亲了一口。

趁着林燃怔住，盛青溪赶紧从他的怀里钻出来，拔腿就溜了。

林燃也没想到这小东西会忽然给他来这么一下。等他回过神儿来，她早就跑得没影儿了。他立在原地，望着空空的走廊，忽然笑了一下。

七星号的第一节车厢名为 Blue Moon（蓝月亮），是社交休闲车厢。车厢的尽头是一整面落地玻璃，车外的轨道和风景一览无余。车厢顶上亮着八盏小灯，两个角落摆着落地灯，气氛静谧又安逸。

何默和谢真早就坐在休闲车厢里喝起了下午茶。两人拿着手机小声地说着话，似乎还在打游戏。林烟烟不在这里，想来是在房间。

林燃走进车厢，单手插兜，虽然神情看着冷淡，但熟悉他的人都能看出他的眼角眉梢都写着春风得意。

何默和谢真两人见到林燃，不由得撇了撇嘴。他们放完行李出来的时候，正好看到林燃和盛青溪一起走进了林燃的房间，要说林燃的脑子里真没想点儿什么，鬼都不信。

这会儿，他们一看林燃的神情就明白了。

何默悄悄地翻了一个白眼：畜生！

谢真小声叨叨："畜生！"

林燃才不管这两个人呢，自顾自地拿出手机，开始看这一路上给盛青溪拍的照片，顺便给那两个小丫头点了下午茶。

盛青溪趴在车窗边的时候，林燃拿出手机光明正大地拍了她的背影。鹅黄色的裙子将她纤细雪白的手臂衬得白晃晃的，很惹眼。黑发被微风吹起，她的半张侧脸露了出来，光洁的额头下睫毛轻颤，琼鼻之下花瓣似的唇隐隐弯起。

她很高兴，这是林燃从这张照片里所看到的。

林燃打开微信，炫耀宝贝似的发了一条朋友圈，并配上了这张照片。

Firegun："我的夏天。"

发完后，林燃从朋友圈里退了出来，刚想关上微信，忽然看到信息提示上的小红点。有人几乎是立即评论了他发的这条朋友圈。

诗蔓总是不开心："后置就算了，连个滤镜都不加？你是人吗？"

林煌："得意什么呢？"

林燃：这一个两个的是怎么回事？

没错，宋诗蔓为了她的学长，又硬着头皮把林燃加了回来。不过看到这条评论的林燃轻哼了一声，动作熟练地又把宋诗蔓拉进了黑名单。

林燃：哼，和我斗。

房间里，林烟烟疑惑地看着盛青溪飞快地跑进来，急匆匆地从行李箱内拿出衣服，只喊了她一声就进了浴室。这一系列动作快得她都没能反应过来，她不明白盛姐姐怎么这么着急。

林烟烟没睡午觉，在群里和同学聊天，聊了一下午。盛青溪回来之前，她还在吃桌上放着的法式小饼干，一个人好不惬意。

车窗外风景变换，清凉的风顺着既定的管道灌入车内。

林烟烟退出对话框。上车之前她发出去的朋友圈已有了好多回复，她一条一条地往下看，等看到某个名字的时候，忽然顿住了。

宋行愚看到了她的朋友圈，并在下面留了言。

她对谢真和何默等人的备注是谢真哥哥和何默哥哥，但唯有对宋行愚的备注不是。她对他的备注是他的全名，从一开始就是。

林烟烟也说不清自己对宋行愚是什么感觉。从在车行撞到他身上的那一刻开始，对她来说，他和别人就是不一样的。即便林烟烟懵懵懂懂，也明白他们之间隔了太远的距离。

宋行愚从来都是把她当成小朋友来看的，而在这一层关系上，甚至她还多了一个林燃的妹妹这个身份。没有林燃，他们甚至没有交集，林烟烟幽幽地叹了一口气。

林烟烟回复了所有人的评论，唯独跳过了宋行愚的那一条"玩得开心"。闹情绪的她显然忘了宋行愚和谢真他们都是她的微信好友，她的回复他自然也能看见，所以这个不回复简直太明显了。

林烟烟放下手机，没胃口吃饼干了，出来玩耍的轻松心情也低落了一些。她托着腮呆呆地看着窗外，大脑一片空白。

盛青溪洗完澡出来的动静都没能惊动林烟烟。

盛青溪换了短袖和长裤，彩虹色的针织短袖的领口有两颗扣子，将她的颈部遮得严严实实，但仍有一小点儿痕迹露了出来。

天气热，她不想再化妆，就将头发散了下来。检查过自己的装扮后，确保不会让人发现不对劲，她才从浴室里出来。

一开门，盛青溪就看到林烟烟发呆的模样，眉眼之间还带着些许愁绪，很显然是有少女心事了。

她迟疑片刻，走到林烟烟的身边坐下，试探着问："烟烟，你怎么了？"

林烟烟过了好一会儿才回过神儿来，一脸茫然地抬头看向盛青溪，很明显还沉浸在自己的思绪之中。

她抿抿唇，小声问："盛姐姐，你刚刚说什么？"

盛青溪又耐心地问了一遍，有些担心林烟烟现在的状况。

这个小家伙向来都很乖巧。盛青溪和林燃一样，经常担心万一出了什么事，林烟烟憋着不说。就像上回追求她的那个男生一样，她觉得搞不定了才来找自己帮忙。

林烟烟看到盛青溪眸中的担心，不由得撇了撇嘴，委屈巴巴地说道："盛姐姐，我失恋了。"

盛青溪一怔，烟烟有倾慕的人了？本来盛青溪应该对此是一无所知的，但她经历过前世。在林烟烟说出这句话的时候，她下意识地就想到了宋行愚。

这一世，他们之间会怎么样呢？不等她细问，林烟烟忽然拉着她起身，嘟囔道："不管了！想什么男人！盛姐姐，我们出去吃好吃的！让那些男人都去死！"

林烟烟鼓起脸，心想她才不倾慕宋行愚呢！

盛青溪："……"

这小家伙咋咋呼呼的。

下午茶时间，等盛青溪和林烟烟到达一号车厢的时候，车厢内已零零散散地坐了不少人。林燃几人坐在车厢的尽头，俊朗的少年在人群中格外打眼，漂亮的少女也不例外。

盛青溪一出现，林燃就注意到了。这小东西在人群中就像闪着光似的，不管她在哪儿，他都能一眼瞧见她。

他扬眉看去，见这小东西躲在林烟烟的身后对上他的视线，还磨磨蹭蹭地迟迟不肯过来。

他不着痕迹地笑了一下，随即又恢复那副冷淡的模样，语气轻飘飘的：

“林烟烟，快点儿过来，后面还有人，别挡着人家的路。”

林烟烟疑惑地往后看了一眼，空荡荡的哪有人？她心里虽然觉得奇怪，但还是拉着盛青溪快步往林燃他们那边走去。

林烟烟非常自觉地把离林燃最近的位置留给了盛青溪，她的注意力已经被桌上的点心吸引，心里的那点儿烦恼也被她藏了起来。

盛青溪刚坐下，她的左手就被林燃抓到了。她一侧头，对上了林燃灼灼的目光。

林燃将点心和饮料推到她的面前，低声问：“吃一点儿？”

盛青溪微微摇了摇头，应道：“一会儿就吃晚饭了，不想吃。”

见盛青溪不想吃，林燃也不勉强她，转而和她说起了最近林氏集团弄的一个公益项目的事。这事说起来，和盛青溪还有点儿关系，林燃之所以建议开展这个项目就是因为盛青溪。

在那年八月的烟火大会那一天，她多看了那个小男孩儿一眼，才有了后面一系列的事情。

林燃捏着她的手指笑道：“那个小鬼前几天还给我写信了，说怕打电话会打扰我，就干脆写了一封感谢信。要不是那边有人和我提起，这信指不定什么时候能收到呢。”

信这玩意儿，林燃也不知道多少年没见过了。

盛青溪被林燃的话吸引了注意力。她仍记得那天那个小男孩儿的眼神。

其实，盛青溪不是没有想过自己的爸爸妈妈，也会想。她会想，如果那时候初城的那个小县城没有发大水，如果她的爸爸妈妈都还在，那她的人生和现在会不会完全不同？

如果是那样，她和林燃是否还能再遇见？世事难料，人生一世谁也说不准。

盛青溪在盛开福利院的这些年，见了太多无辜又可怜的孩子，后来在工作中，又见了不知多少个支离破碎的家庭，但未知的一切依旧让她心存希望。

在盛开，她其实没为那些孩子做什么。以前她也没能帮助更多的人。一个人的力量很小，甚至可以忽略不计，但她还是想试一试，这也是她选择人类学这个专业的原因。

盛青溪微微向林燃的方向靠近了一点儿，声音像风一样轻：“他奶奶怎么样了？”

林燃一见盛青溪往他的身边靠近就来劲了，连人带椅子地把她往自己的身边一带。既然她不想吃点心，他们也没必要围着圆桌坐，林燃干脆带着她往外看风景。这样他们还能顺便说点儿悄悄话。

盛青溪小声喊："林燃。"

她看他一眼，眼里分明写着在外面注意着点儿。

林燃看她一副不好意思的模样就想笑，眉眼间随之溢出了笑意，一点儿都不在乎别人会不会听到他说的话："怕什么？过来，不亲你。"

林燃有时候觉得，这小东西的胆子大得很，抱他、亲他的时候一点儿都不含糊，有时候又觉得她胆小，先前在外面牵个手她都要害羞，这会儿在一起了也得克制着。

盛青溪心想，她就不该理他。

林烟烟默默地收起自己的小耳朵，就当什么都没听到，她哥哥的脸皮可真厚。谢真和何默则在心里疯狂地辱骂林燃：这个不知羞耻的狗男人！

林燃当然不会在车厢里亲盛青溪。他绝对不可能让人看到盛青溪闭着眼睛害羞的模样，那些令人发狂的喘息声都只属于他一个人。

眼前的轨道不断地向后蜿蜒退去，山间的苍翠下是充满生活气息的居民区，轨道两旁长长的电线划过长空，边上是宽阔的田野，偶尔能看见从中窜过的小动物。

盛青溪坐在窗前，看着窗外烈日下的一切，耳边是林燃清朗的嗓音，低低地说着有关那个小男孩儿的事："他奶奶已经能下床了，我找人将他家的老房子翻新了一下，楼道里装了声控灯。以后他的学费由林氏企业负责。"

林燃了解盛青溪，也知道她在想些什么。她喜欢这个世界，他会努力让这个世界变得更好。

盛青溪不由得收紧了林燃握着她的手，他的大掌结实有力，不断给予着她往前走的力量。不论是在过去，还是在他们的未来。

她知道，林燃总会在的，会一直在的。

九州七星号的餐厅位于二号车厢，名为 Jupiter（木星）。

精美的菜肴由九州的四季时令食材制作而成，米其林星级主厨烹饪。晚餐过后，这节车厢会变成酒吧，晚上乘客们可以在这里畅饮。

晚餐时间，乘客们需要换上正装。

林燃他们都带了礼服，到点儿就各自回房换衣服去了。

谢真有点儿闷闷不乐，心想他为什么要和像林燃这么好看的人做朋友？他恨！

他们的正装都是林燃提前准备好的。当谢真看到自己的西装时，心情忽然就变好了。林燃给他准备了酒红色的缎面西装，还配了胸针，是他最喜欢的赛车手出的品牌，连领子上的小蝴蝶结也变得可爱了起来。

谢真不恨了，眉开眼笑地换上了他的新衣服。

林燃给自己选的就是一身黑色西装，除了领带之外一点儿装饰都没有。他不爱穿正装，越简单越好。

林燃是最早换好出来的。他出来就去盛青溪和林烟烟的房间外面等她们了。出于那么一点儿私心，林燃给盛青溪准备的礼服也是黑色的，和其他人的礼服的颜色都不一样。

走过感应门，林燃半倚靠在她们的房门口。顶上的灯光倾泻下来，将整条走廊照得都很明亮。

后几节车厢的人想去餐厅，需要经过这条走廊才能到达二号车厢。当林燃听到感应门的声音响起时，便收起了弯曲的腿，好让人家走过去。

不过他左等右等，都没等到那脚步声靠近。

林燃慵懒地掀开眼皮，往右侧看了一眼。

“啊啊啊啊啊，他看过来了！”

“真的好帅啊！”

小女生们压抑的尖叫声响起。

感应门旁站着两个女生，她们看起来年纪不大，似乎是高中毕业了出来玩的。两人看着他窃窃私语，见他看过来，还在原地蹦了两下。

林燃不紧不慢地收回视线，就当没看见。

此时两个女生正在小声交谈。

“好想去要他的微信啊。”

“他好像有女朋友，下午在休闲车厢，他们就坐在靠近玻璃窗的位置。”

“真的假的？那是他妹妹吧？”

“不会吧？我看他牵那个女生的手了。”

“啊，不管了，我去问问。”

房间内，林烟烟瞧瞧自己身上小精灵似的金色小礼服，又去看盛青溪的身上那件乌黑的、毫无亮点的礼服。要不是尺码是对的，她还怀疑她们俩拿错了。

盛青溪穿黑色也好看，但林烟烟觉得她更适合明亮的颜色。而且这衣服穿起来那么麻烦，林烟烟不知道林燃到底是怎么想的。

两人换好衣服就准备出门。林烟烟走在前面，先一步推开了房门。一出门她就看到了她哥哥，但她哥哥面前还站着一个女孩儿。随后响起的，是那个女孩儿略带羞怯的声音："请问……方便加一下微信吗？"

林烟烟一顿，立即转身，让出通道，对着不明所以的盛青溪说："盛姐姐，你先出去。"

盛青溪隐隐听到门口有说话的声音，但不知道是谁，见林烟烟让她先出去，也没问为什么，迈着步子出了门。

林燃不出声，一直在等着盛青溪出来。此时听到门口有动静，也不管盛青溪清不清楚情况，抓住她的手腕往自己的身前一拉，低笑着问："有人问你的男朋友要微信呢，你说你男朋友该不该给？"

盛青溪："……"

难怪林烟烟让她先出来。

林燃此时的反应，显然是还记着去年在拳击馆发生的那件事。那天她的无动于衷可把他气坏了，盛青溪没想到这人居然这么记仇。

盛青溪和面前发呆的女孩儿对视一眼，故意冷下眉眼，将声线拉低，听起来冷漠又吓人："我会生气，建议你别要。"

女孩儿沉默片刻，一句话都没说，然后跑了。

盛青溪以前审讯过不少犯人，吓唬起人来还是有模有样的。

林燃挑眉笑道："长官，你绷着小脸的模样我也喜欢。把人家当犯人了？你怎么吓唬人的时候都能这么可爱呢？"

林烟烟真希望自己聋了。

盛青溪看了林燃一眼，小声嘟囔："小气鬼。"

林燃笑着拉住盛青溪的手往前走，边走边说："我就是小气鬼，怎么着吧？你不喜欢小气鬼吗？下午你还抱着小气鬼呢。"

林烟烟非常乖觉地站在原地没跟上去，再听下去她就要忍不住跳车了。林烟烟做梦也没想过，有一天林燃能说出这样的话，她心中林燃高大的形象已经完全倒塌了。

何默和谢真两人过来的时候，一眼就看到了站在门口、面无表情的林烟烟。

谢真挠挠头，喊：“烟烟，你站在这儿干什么？走，去吃饭。”

何默瞥了一眼林烟烟，没出声。

林烟烟闷着脸应道：“嗯。”说完也不理他们，自顾自地就走了。

谢真摸不着头脑，看着林烟烟的背影，嘀咕道：“烟烟这又是怎么了，不会和燃哥吵架了吧？反正她是不可能和仙女闹不开心的。”

何默搭着小胖子的肩往前走，懒懒地应道：“估计是受刺激了。”

“啊？”谢真心想，这都说什么呢？他怎么一个字都听不懂？

餐车内亮着暖黄的灯光，悠扬的小提琴曲和着列车前进的节奏。

谢真和何默以及林烟烟坐在一边，离林燃和盛青溪远远的，一点儿都不想过去凑热闹。这才出来一天，他们就受够了林燃的腻歪劲儿。

木质的餐桌上摆放着漂亮的寿司，选用的都是当天运送过来的新鲜食材。谢真嚷嚷着要吃的鳗鱼饭也被摆在了餐桌上。

林燃的手边摆着红酒，盛青溪的面前摆着一杯晶莹剔透的桃汁。

盛青溪看看林燃面前的酒，又看看自己的果汁，不由得小声说：“林燃，我也想喝酒。”

林燃撑着脸看她，眼角眉梢都带着笑意，语气懒散：“想喝酒？你不知道自己喝醉酒就乱亲人吗？下午还没亲够？”

盛青溪起先没说话，只是安静地看着他，她水汪汪的眼睛里看不出有什么情绪起伏。

但她越是没情绪，林燃的心里就越犯怵。他想了想下午自己做得确实有点儿过分——干燥的手指触到她身上那么轻薄的布料，只要他微微用力就能将其撕开。

想起昏暗的房间里的画面，林燃的喉咙发干。

盛青溪和林燃对视了几秒，忽然认真地说道：“我没有乱亲人。我只亲你。”

林燃：“……”

他现在就想把人拎回房间，再也不放她出来。不论是火车窗外美丽的风景，还是车厢内热闹的场面，都不能影响他和盛青溪。

林燃克制地移开视线，喉结微动，不断告诉自己：再等等，还有以后，他不能这样心急。

桌上的寿司十分漂亮，晶莹饱满的米饭被捏成软乎乎的小模样，趴着的鱼片姿态懒洋洋的，颜色诱人，令人食欲大增。

盛青溪说完就不再把注意力放到林燃的身上了。她决定要好好吃饭。

和盛青溪吃饭时的认真模样相比，林燃显然对食物没有太大的兴趣。这其实也不怪林燃，不管在哪里，他的注意力都一直在盛青溪的身上。

那场大火过后，林燃一直没有给自己好好思考的时间。

这一次旅行，他是想借着这个机会，思考一下他和盛青溪的以后——他们在一起之后的生活，他们的未来。要是现在这个年龄结婚合法，林燃巴不得立即就和盛青溪结婚。就算常人都说，婚姻是爱情的坟墓，林燃想，那也是有盛青溪的坟墓，她在哪里，他就在哪里。

这一顿晚餐的菜品和味道都不错。盛青溪把一小碗鳗鱼饭都吃完了，颜色粉嫩的桃汁也被她喝了小半。吃完她摸着小肚子，倚在椅背上休息。

直到这时，她才有了些许度假的感觉——轻松、自在，身边还有林燃。

林燃原本也没打算多喝酒，但见盛青溪今天乖乖地吃了很多，他也多喝了两杯。但这点儿量不足以让他喝醉，甚至连微醺都算不上。

但在盛青溪看来，林燃喝醉了。因为林燃吃完了饭，不说话也不动，就这么微歪着头看着她，神情专注，眸光里似乎都含着淡淡的酒意，修长的手指懒散地搭在桌侧，离酒杯很近。

盛青溪犹豫了一会儿，轻声问："林燃，你是不是喝醉了？"

林燃下意识地想说没有，只是一想到刚才盛青溪说的"我只亲你"，又把话咽了下去，低低地应了一声："嗯。"

今天晚上，林燃本来是安排大家在二号车厢玩，谢真和何默都对这个夜晚小酒吧有点儿兴趣，而林烟烟则是想回去看电影。

盛青溪本是要陪林烟烟一起回去的，但现在林燃喝醉了，她决定先把他送回房间。

盛青溪的身体前倾，她握住林燃的手，抿唇一笑，哄小孩儿似的说："扶你回房间躺一会儿，好不好？"

列车还在行驶过程中，她怕林燃明天会不舒服。

林燃没说话，只是轻抚着她的手指。

盛青溪想了想，和林烟烟他们说了一声，打算扶林燃回房间。因为想着林燃，她没注意到这三人欲言又止的表情。

盛青溪扶着林燃正要起身的时候，有工作人员想上来帮忙。火车上的工作人员大都会说中文，和他们之间并没有语言障碍。

然而盛青溪拒绝了，知道林燃这人根本不让别人碰他。

谢真三人看着盛青溪和林燃远去的背影，心想林燃这么大个身躯，大半都压在盛青溪的身上，他还真好意思。三人你一言我一语地开始吐槽。

何默叹气："也就仙女会相信燃哥喝了这么一点儿就醉了。"

谢真痛斥林燃："燃哥太不要脸了！什么招儿都能想得出来。"

林烟烟瘪瘪嘴："也就盛姐姐会哄着哥哥。"

说完，她还有点儿忧愁，晚上盛青溪还不知道回不回得来呢，万一不回来了怎么办？她要去林燃的房间找人吗？那万一……她会不会打扰到他们？

三人齐齐地叹了一口气。

盛青溪听不到他们的吐槽。她控制着力道，小心翼翼地扶着林燃。

车厢微微摇晃，林燃搭着盛青溪的肩膀，任由她揽着往前走，心想：这小东西细胳膊细腿的，力气倒是挺大，平时也没见她吃多少东西。

盛青溪把林燃扶到他的房间门口，站着歇了一会儿，艰难地侧头问林燃："林燃，你的钥匙放在哪里了？"

林燃微闭着眼没应声，像是没听到盛青溪说的话。

盛青溪只好自己找。他们房门的钥匙上都挂着一个木制的挂坠。她扫了一眼林燃的上身，到处都平平整整的，显然钥匙不在上衣的口袋里。往下，黑色的西装裤包裹着林燃修长的双腿，底下漆黑锃亮的皮鞋映着走廊上挂灯的光亮。

盛青溪硬着头皮，伸手往林燃的腰间摸去。

她没直接伸进他裤子的口袋里，而是小心地在外面摸了摸口袋。靠近她身侧的这个口袋是平整的，她一摸上去就感受到了林燃结实紧绷的肌肉。午后混乱暧昧的画面在脑海中闪过，她的脸颊开始发烫。

盛青溪抿了抿唇，把那些心思都抛到脑后，手越过林燃的腰，去摸另一侧的口袋。就那么一层薄薄的布料，根本隔不住他微烫的体温。她弯起手指，试探性地往口袋里摸了一圈，不一会儿就摸到了木质的挂坠。

盛青溪不着痕迹地松了一口气。她让林燃的大半个身体靠在自己的身上，腾出那只摸钥匙的手，用钥匙打开了房门。房间内没开灯，走廊的光随着门的打开跑进屋内一点儿。

盛青溪借着隐约的光亮，看到沙发已经被铺成了床。

她扶着林燃进了房，关上门，准备开灯。就在她将手伸向开关的瞬间，手腕忽然被人抓住。林燃在黑暗中准确地抓住了她的手，阻止了她开灯的动作。

盛青溪微怔："林燃？"

原本闭着眼睛没反应的人忽然开始动起来，大掌揽上她的腰，不费什么力气地把她往墙上一推，高大的身躯紧跟着覆上。

盛青溪穿的黑色礼服是林燃亲自选的，他清楚地知道这件衣服是怎么设计的。

她胸前的黑色蝴蝶结只要他随便一扯就能解开，蝴蝶结解开后，绕在她腰间的丝带也会松动，连带着后背上特制的拉链也会松动，只有解开了蝴蝶结才能往下拉拉链。

林燃盯着她雪白纤细的颈部。为了遮掩他留下的痕迹，她在颈侧绑了一条黑色半透明的丝巾，在昏暗的环境下，这根丝巾不停地刺激着林燃的神经。

淡淡的香气在闷热的空气中弥漫。这味道是甜的，林燃心想。

红酒的后劲儿渐渐上来。他的每一根神经似乎都泡在滚烫的血液里。她像把火似的，点燃了他血液里每一粒躁动的因子。

她担心的声音在他的耳边响起："林燃，你还好吗？"那声音轻轻软软的，就和以前一样，仿佛她没被他压在墙上似的。

林燃的眸光微顿，他倏地笑了，声音又哑又沉："长官，陪我躺一会儿行不行？我想抱抱你，就一会儿，不亲你。你别走。"

盛青溪踮起脚，探手摸了一下林燃的额头，好一会儿才应道："嗯，我牵你过去。不开灯吗？"

林燃低声说道："不开。"

火车仍在前行。盛青溪躺在床上，面对着墙，林燃从身后把她整个人圈在怀里，下巴就抵在她的颈侧，微烫的呼吸洒在她的耳后。两人就这么静静地躺着，谁也没有说话。

"盛青溪。"林燃缓慢开口，声音有些沙哑。

盛青溪微微侧头，想看看林燃，林燃却一动不动。她只好应道："我在。林燃，你怎么了？"

林燃闭上眼，更用力地抱紧她，低声问："以前你是怎么过的？从小到大的生活都是怎样的？我都想听。你愿意和我说吗？”

盛青溪在心里轻叹了一口气。对她来说，小时候的记忆已经有些模糊了，毕竟过去了那么久。她只好说一些自己还记得的：“小的时候，我最喜欢冬天。”

冬天对盛青溪来说，意味着过年，过年的时候，盛兰会给她买新衣服和新玩具。更重要的是，过年那会儿她可以吃到很多糖。

“那时候我不懂为什么身边的伙伴来了又走了，也不懂为什么自己再也见不到他们了。直到我大一点儿了，才知道我们都是孤儿。”

盛青溪与其他的孩子不同，她还是婴儿的时候就被盛兰抱了回来。她始终认为盛开就是她的家，那些伙伴都是她的兄弟姐妹。

“盛妈妈和我说，想领养我的人很多。但她总是不放心，考量这儿考量那儿，最后还是把我留在了她的身边。以前上学没人和我玩的时候，她偶尔会问我，怪不怪她把我留在身边，不然我或许会拥有更好的生活。我不知道什么是更好的生活，我想留在盛开，盛开就是我的家。上学以后，我总是独来独往的，喜欢一个人待着。我有很多想做的事，也想过以后要怎么生活，所以我不在乎别人说什么，那些都不重要。”

那时的盛青溪以为，她的生活一直会这样持续下去。直到那一个平安夜，她遇见林燃。

不知道想到了什么，盛青溪抿唇笑了一下，小声说：“林燃，那个时候，我经常去一中偷偷看你，去了很多次。”

林燃一怔，他从来没听盛青溪说过这件事。

不等他问，盛青溪又说：“有一次，我看见你和一个女孩儿一块儿在校门口站着，你冲她笑了。”

林燃一脸疑惑，心想：我冲谁笑了？不可能的事！

黑暗中，林燃皱着眉，努力地回忆着，到底在哪一天对一个女孩儿笑了。他林燃像是会对女孩儿笑的人吗？不可能好吗？

不过盛青溪好像也不在意这件事儿，自顾自地往下说：“很多时候，我看见你时你都冷着脸，看起来冷冰冰的，不好接近，身边只有何默和谢真，还有你的车。”

突然，她话锋一转：“但那天，你笑了。”

林燃：“……”

他恨不得现在穿越回去，看看自己到底冲谁笑了。

不过话虽这样说，林燃还真思考起来，他会在什么样的情况下对一个女孩儿笑。

他首先排除掉林烟烟。林烟烟不可能是那个女孩儿，不然盛青溪也不会特意提起此事。至于其他情况，林燃想来想去，始终觉得自己不会对女孩子笑。

想了半天，林燃都没能回忆出来那个人是谁，只好硬着头皮问："盛青溪，我冲谁笑了？"

盛青溪偷偷笑了一下："那个女孩儿好像是在车行工作的。那天她递给你一个头盔，是你一直在等的头盔，一送到车行就有人给你送来了。"

这也是后来盛青溪去调查的时候偶然得知的。

盛青溪这么一说，林燃还真想起来了。那天放学，他和谢真他们刚走出校门，车行的人就迎上来了，拿着他排队排了三个月才买到的头盔。

不过林燃可不记得对方是男是女。当时他说了声谢谢，似乎是朝那人笑了一下。

林燃惩罚似的咬了一口盛青溪软乎乎的脸："这点儿小事都记得。每天你这小脑袋瓜里都在想些什么？是不是光想我了，嗯？"

盛青溪皱起眉，小声嘀咕："不许欺负我，再欺负我，我就不说了！"

林燃心想：这小家伙还越来越横了。

林燃只好乖乖地闭上嘴，免得惹这个小祖宗不高兴。他又凑过去，亲了亲刚刚咬过的那块儿地方："我亲亲就不疼了。"

"林燃！"盛青溪恼怒似的喊了一声。

林燃想笑又不敢笑出声，老实地抱着她不动了。

被林燃这么一打岔，盛青溪也有点儿蒙，但再讲下去，会不可避免地提到她最难接受的部分。即使对林燃来说，这件事已经过去了，但她依旧过不去。

想到这里，盛青溪的声音变得轻了一点儿："林燃，我偷偷去看你的时候，总会撞上一些人。他们和你一样，都不认识我。"

林燃知道，这里的"偷偷看你"和之前提到的不一样，因为她的情绪显而易见地低落下去。

林燃在黑暗中笑了一下："为什么要偷偷去？"

盛青溪怔怔地看着面前的墙，小声应道："我不知道。我在很长一段时间里都很害怕，一直都没敢去看你。直到快要开学，我要离开初城了，才敢去看你一眼。”

“那天，我遇见了何默和谢真。他们俩坐在地上看着天，和你说着话。后来，每年你生日的时候，我都能在那里遇到他们。”

何默与谢真和她一样，不在清明时去看林燃，只在他生日的时候去，就好像林燃还活着一样。

盛青溪非常简略地说了一下自己大学时候的日子，只说室友和同学们都很友善，大家都怀抱着梦想和热情在生活。

她低声继续说着之后的事：“毕业之后我去了警局，是我师父把我领进门的。林燃，工作的时候很辛苦，遇到的很多事情都是我在学校里没接触过的。有一段时间，我看到肉就会生理性反胃，不吃肉这个习惯就是那个时候留下的。那段时间，我的睡眠也不太好，但只要留在初城，我就有很多时间去看你。有时候我睡不着觉，就跑去找你，和你说会儿话就困了。林燃，那些年，我经常把自己搞得很狼狈，但是想到你，我就觉得自己可以继续坚持下去。”

听到这里，林燃微微吸了一口气，像是在压抑什么情绪。

好半天，他才声音低低地问：“半夜去找我，你会不会害怕？”

说起这个话题，盛青溪的情绪倒是好了一点儿。她转过身来，小手自觉地搂上林燃的腰，脑袋往他的颈窝里一埋，换了个方向被他抱着。

林燃顺着她的动作调整了两人的姿势，刚抱住她，她就像说小秘密似的，用气声说：“有一次，我凌晨偷偷地跑过去，和守墓的大爷撞上了。”

林燃：“大爷肯定吓坏了。”

盛青溪抿唇笑笑：“那大爷是非常好玩的一个人，还问我是住在哪块儿地界上的，是不是好些年没人来看我，我才跑上来玩的。”

林燃：“……”

盛青溪闭上眼睛，似乎有些困了：“那十年，那个大爷一直在那里。我和何默他们还经常去看他。林燃，我们都很想你。你是被爱着的，被我们爱着。”

林燃低头亲了亲她的头发，嗓音喑哑：“我知道。”

她很小声地喊他的名字：“林燃。”

林燃应道：“我在。”

盛青溪渐渐安静下来，呼吸逐渐变得平缓，乖乖地在他的怀里睡着了。

林燃等她睡沉之后，起身关了窗，摸黑去浴室洗了澡。身上还有些酒味儿，他不想这样抱着盛青溪睡觉。

洗完澡后，他在黑暗中摸索着把盛青溪身上的礼服脱了，她全程也没反抗，就这么由着他脱了。只有他们两个人的时候，总是她最放松的时刻，不用随时都警惕着。

林燃也不敢看。哪怕没开灯，他也闭上了眼，摸黑把他的短袖给盛青溪换上了。做完了这一切，他松了一口气，重新上床把人搂进了怀里。

林燃心满意足地闭上了眼睛。

晚上十点，林烟烟回到房间，看着空无一人的床，一时间陷入了沉思。

如果她哥哥本来就是打的这个主意，为什么还要假模假样地把盛姐姐和她安排到一起？想来想去想不明白，林烟烟干脆不想了，反正林燃的事儿她也管不着！就是想到盛姐姐，她有一种白菜被猪拱了的感觉。

林烟烟拿出睡衣转身进了浴室。

此时，火车内大部分车厢还亮着灯，这点儿光亮随着鸣笛声，缓缓驶入了茫茫的夜色里。

凌晨五点，晨光透过房间内小小的车窗跑进来那么一点儿。

盛青溪是被热醒的，一睁眼就对上了林燃凸起的喉结，小小的一颗，线条锋利，在昏暗的光线中，他脸部的轮廓也清晰可辨。

林燃似乎还没醒，紧紧地把她抱在怀里。

她微微仰头看了一眼，这一动，她的侧脸不可避免地触上了林燃硬邦邦的下巴，新长出来的细密的胡楂磨得她脸疼。

盛青溪的动静很小，但是这么一个小动作就惊动了林燃。他没睁眼，抬手摸了摸她的脑袋，声音里带着刚睡醒的沙哑：“睡醒了？饿不饿？”

盛青溪揪着自己身上的短袖，有些不好意思问昨晚她到底是怎么睡着的，只小声说：“林燃，我想洗澡，还想跑步。”

林燃被盛青溪的这句话逗得一下子清醒了。他哑声笑了一下：“洗澡可以，跑步不行。你想跳下去和火车赛跑吗？”

盛青溪闷着脸：“我就是想想。”

林燃低头亲了亲她的额头，低声说：“你怎么就这么可爱呢？”

盛青溪推开他：“我要去洗澡。”

说到洗澡，就不得不考虑一个问题，盛青溪的换洗衣服都在自己的房间里。这么早显然林烟烟还睡着，她没有钥匙根本进不去。

这个问题显然林燃也想到了。他想着晚点儿等林烟烟醒了，再送她回去洗，但他怀里的人倔得很："我现在就要洗，等烟烟醒了我再回去换衣服。"

林燃心想：你这不是要我死？

林燃跟盛青溪僵持了一会儿，还是舍不得惹她不高兴，不就洗个澡吗？他捏了捏眉心，哑声说道："我去拿没穿过的短袖给你，换下来的衣服我给你洗。"

盛青溪觉得，这倒也不必。

她绷着小脸想了一会儿，别扭地说道："我自己洗。"

林燃也没坚持，等日后他们住一块儿了，再和她掰扯这些也不迟。他起身下床，去行李箱里拿了一件白色的短袖递给盛青溪。

这小东西接过衣服和鞋，也不穿，跟一阵风似的溜进了浴室里。

林燃也没干等着，想了想觉得还是不行，一想到她一会儿里面什么都没穿就出来，他就要疯了。

不就是吵醒林烟烟那个小丫头吗？她哥哥我呕心沥血地照顾她这么些年，关键时刻，这丫头应该为她哥哥出一份力。这么想着，林燃就出门去敲林烟烟的门了。

当林烟烟睡眼惺忪地出来开门的时候，林燃一点儿心理负担都没有，像个大爷似的，下巴微抬："我拿点儿东西就走。"

林烟烟瞧他一眼，让开了身子让林燃进去。

林燃去找盛青溪的行李箱的时候，随口问了一句："你晚上一个人睡觉怕不怕？"

林烟烟无语，一大清早把她叫醒就是为了来炫耀？

林烟烟幽幽地说："哥哥，那你睡觉的时候，心里有没有一点儿负罪感呢？"

林燃心想：这孩子咋回事？

本来林烟烟没说这句话还好，说这句话的时候，他刚好找到了盛青溪放内衣的袋子。他捏着这么一个小小的袋子，还真生出点儿负罪感来。

林燃翻了翻，跳过她的吊带儿和短裙，拿了一条最简单的黑色牛仔裤出来。

坐在床沿边，将一切看得一清二楚的林烟烟简直不知该说什么。她觉得她哥哥简直是世界上最霸道的人，这大热天的，居然让盛姐姐穿长裤。

林燃盯着盛青溪的行李箱思索片刻，没拿上衣，就让那小东西穿他的衣服，免得那么多人盯着她。

林燃拿完衣服之后，合上行李箱，放回原位，起身居高临下地瞥了一眼林烟烟，轻飘飘地说道："走了，自个儿待在这里玩吧。"

林烟烟没应声，总算知道为什么外校的人这么讨厌她哥哥了，有时候她哥哥真的非常欠揍。

林燃回房的时候还有点儿紧张，脑海中闪过几百幅画面。万一他回去时，盛青溪已经出来了怎么办？出来之后，她在他的面前乱晃怎么办？他到底还要不要当个人呢？

当然，这些画面等林燃回到房间之后就戛然而止了，因为盛青溪还没出来呢。

林燃走到浴室门口，轻轻地敲了敲门："盛青溪，衣服在外面。"

浴室的水声停了一瞬，小姑娘脆生生地朝他喊："门没锁！你拿进来吧！"

林燃一脸讶异，这小东西转性了？

林烟烟提醒他，让他不要做一些罪恶的事情，盛青溪却颠颠地追着他跑，生怕他不搞点儿事情出来。昨天下午是，今天早上更是。

林燃咬牙，心想放了东西就出来。

开门的瞬间，林燃就闭上了眼睛。沐浴露的香气混着盛青溪清甜的味道，像海浪一般朝他席卷而来。

林燃："……"

他恨！

"林燃，我洗完啦！"

盛青溪看着林燃闭着眼睛皱着眉的模样，抿唇笑了一下。她正放着水，在洗林燃的短袖，头发还湿漉漉地披在肩上。

林燃听盛青溪这么说，才敢睁眼看她。她就像一只刚上市的小脆桃，白皙的小脸，红扑扑的脸颊，整个人清纯得如天山雪莲。他的短袖刚好到她的膝盖上面，水滴从她的腿根滑落，顺着纤细的小腿流到地面上。

林燃的瞳孔微缩，这一幅画面对他的冲击力无疑是巨大的。

他头昏脑涨地从浴室里退了出去，甚至连一句话都没敢和盛青溪说。

他狼狈地靠在墙上大口地喘息着，喉结滚了滚，又嗓音沙哑地朝着门口说："穿好衣服再出来，裤子上衣都穿好。"

"知道了！"她欢欣的声音响起。

林燃叹了一口气，也不知道是她在折磨他，还是他在折磨自己。

林燃和盛青溪去二号车厢吃早饭的时候，何默和谢真居然已经在那儿了。两个人凑在一起谈论着昨天晚上在这里喝到的酒。

见他们俩过来，谢真招了招手："燃哥，仙女！快过来！"

等走近了，看到盛青溪的穿着，谢真还奇怪地问了一句："仙女，这么热的天，你怎么穿这么多？短袖怎么还大了那么多？"

何默翻白眼："你赶紧闭嘴吧你！"

谢真委屈巴巴："我又怎么了我？"

盛青溪老实地回答他："衣服都是林燃给我选的，现在不热，热了我就回去换掉。"

林燃在心里轻哼了一声。

谢真心想：狗男人！

两人坐下后，谢真滔滔不绝地说起了昨晚的酒："仙女，你是不知道，这里的酒名字都可好听了，比如'星星的收获季''金星''蓝月亮''向星星许愿'等，还都挺好喝的。"

盛青溪眨眨眼："都是什么味道的？"

每次出去吃饭，林燃都不让她喝酒，像个小督查，拿着放大镜盯着她。

谢真回忆了一下："有鲜苹果和草莓果酱味的，还有梨子酒和红茶气泡酒。"

盛青溪听了都想喝。

林燃懒懒地掀开眼皮，看了何默一眼。何默非常自觉地转移了话题，免得一会儿林燃又偷偷欺负小胖子。

今天他们要下车去吃午餐，晚上不住在车上，而是入住沿途的温泉旅馆。谢真还觉得有点儿可惜，如果是冬天就好了，还能吃个火锅，泡个温泉，太美好了。

吃完早饭后，林燃牵着他的小祖宗去了一号车厢看风景，谢真和何默溜回去睡了一个回笼觉。一个悠闲的早上就这么过去了。

晚上到了温泉旅馆，谢真倒是没那么兴奋了，小胖子整个人都被热得蔫巴巴的，想到晚上还要睡榻榻米就更窒息了。他的肉告诉他，它们接受不了。

直到吃完晚饭，众人的情绪才缓过来一点儿，坐在餐桌上聊起天儿来。

林燃歪着身子，把玩着盛青溪的黑发，见她吃完，凑过去低声问了一句："想去泡温泉吗？不想去公共区，可以去单人的池子。"

盛青溪摇摇头，小声应道："不想去。"

"不想去就不去。"林燃点头，"那一会儿带你看星星去。"

盛青溪抿唇对他笑了一下，清澈漂亮的眸子里映着细碎的灯光，亮晶晶的眼神中对他的爱意清晰可见。

林燃受不了这样的眼神，抬手一把遮住小姑娘的眸子，哑声说道："别这么看我。"

纤长的睫毛在他的掌心扑闪两下，她伸手来推他，推不动才嘀咕道："不看就不看，你快放下来，好多人都看着呢。"

林燃闻言，缓缓放下手。接下来，盛青溪果真就不再看他，和林烟烟聊得起劲。

他打算和何默他们说会儿话，以此来分散一下注意力，免得又被她撩拨得上火。自从在一起后，她对他真是一点儿防备之心都没有。

短暂的休息之后，何默他们准备去泡温泉，林燃带着盛青溪去了观赏台。因为大多数人都去泡温泉了，观赏台上只有他们两个人。

盛青溪躺在躺椅上看着星空。星星自由散漫地挂在深蓝色的夜空中，夏日的燥热随着晚风和云层渐渐散去。

林燃没躺下，坐在一边看她晃着雪白的脚丫子。中午那会儿她嫌热，溜去房间换了一条漂亮的小裙子。这裙子布料轻薄，不到膝盖。此时躺下了，裙子往上挪了一点儿，她倒是没心没肺地躺得很舒服。

林燃盯着两条纤细白皙的腿，看了一会儿，干脆移开了视线。

一时间他们都没有说话，就这么让静谧的时光慢慢流淌。

不知过了多久，盛青溪侧头看林燃，问："上次我们两个人一起看星星是什么时候？"

林燃想都没想，应道："七夕的时候。"

那个七夕很特别，那是林燃第一次开始试着去考虑未来，也是他第一次向盛青溪许诺以后会一直在一起。他说："希望以后的每一个七夕，我都能和你一起过。”

盛青溪朝他伸出手，莹润的手指缓缓地向他靠近。

林燃伸手将她的手牢牢牵住。

小姑娘正看着他笑，声音轻柔：“林燃，一开始你是不是觉得我有点儿烦人？那时候你还不认识我，我就偷偷抱你，还老追着你跑。”

林燃垂着眸子看她，低声应道：“不烦。”

有时候他回忆起来，还挺诧异自己那会儿居然那么有耐心。其实他警告过这小姑娘许多次，想把她吓跑，但她从来都不怕他，就像2018那样，起初看起来乖得不得了，其实是只张牙舞爪的小兔子，急了还会咬人。

盛青溪笑了笑，认真地说：“林燃，能遇见你真好。”

是林燃把她带进了一个全新的世界，不论是以前把她从黑暗里救出来，还是现在教她学会了爱，他们之间从来都不是她单方面的追逐，林燃也在努力地向她奔跑。

林燃这一次没应声。他起身走到盛青溪的躺椅边，抬抬下巴，示意她往边上挪一点儿。

盛青溪一时间没动，而是平静地看着他问：“想抱着我？”

林燃：“……”

他轻啧一声，挑眉一笑：“男朋友想抱你不行啊？”

盛青溪默默地朝边上挪了一点儿。这躺椅本就没多大，林燃这么大个人硬是要挤上来，于是两个人只能紧紧地贴在一块儿。

盛青溪自觉地往林燃颈侧一靠，仰头看着林燃的下巴，又忍不住伸手戳了戳，问：“林燃，晚上我们还一起睡觉吗？”

林燃由着她伸手在他的身上作乱。

“你想睡就睡，我都可以。”林燃硬着头皮接了她的话，听着轻描淡写的，其实巴不得她抱着小被子过来和他一起睡觉。只要抱着她，他就很满足了。

盛青溪“哦”了一声，表示自己知道了，也没说到底来不来找他。

林燃瞪着盛青溪看了半天，发现这小东西已经开始认真地看星星了。他总觉得她是故意的，他的小溪流本来不是这样的。

九点的时候，盛青溪说要回去洗澡。林燃一听她要回去洗澡，就知道她肯定是不过来和他睡了。他也没把失落表现在脸上，还是和以前一样送盛青溪回了房，看着她进去关了门才离开。

林烟烟泡完温泉回来的时候，盛青溪正好洗完澡出来。她一见林烟烟就轻声说：“烟烟，睡觉的时候记得关好门。”

林烟烟心想：林燃是狗。

五分钟后，林燃的房门被敲响。林燃从浴室出来，还没来得及穿上衣，围了一条浴巾就去开门了。

门打开的瞬间，两个人都愣了一下。

盛青溪的视线在林燃的腰腹处停留片刻，又仰头和林燃漆黑的眼对视：“我来找你睡觉，你是不是不太方便？”

眼前的小姑娘穿着洁白的睡裙，怀里还抱了一个枕头，用漂亮的眼睛巴巴地看着他。林燃哪里还会有不方便？他一伸手就把人扯了进来。

他一句话都不想说，将她怀里的枕头随手扔到了一边，把人按在墙上就开始亲。

盛青溪闭着眼，踮脚搂住林燃的脖子，好让他不那么辛苦地低下头。

直到空气变得火热，盛青溪忍不住发出呜呜声，林燃才慢慢松开了她，指腹抚过她的唇瓣，哑着嗓子说：“我去洗澡。”

盛青溪虽然被林燃亲得晕乎乎的，但进门时的记忆还在：“你不是刚洗完吗？”

林燃面色不改：“没有，你看错了。”

盛青溪只好乖乖地捡起枕头，钻到铺好的被子里，等着林燃出来。等她刷完微博已是半小时后了，此时林燃居然还没出来。

盛青溪打了一个哈欠，蹭了蹭柔软的枕头闭上了眼。

等林燃洗了冷水澡出来，盛青溪已经睡着了。他看着榻榻米上那小小的一团，松了一口气，还好睡着了，不然他还得再洗一次。

等身上的凉气散得差不多了，林燃关了灯，去抱他的小溪流。

她睡得不沉，他才伸手揽上她的肩，这小姑娘就自觉地滚到了他的怀里，温热的小脸贴在他的肩头，毛茸茸的发散落在一旁。

林燃的唇角微弯，他低头在她的额头上落下一个轻吻，在心里默默地说：晚安，我的小溪流。

番外二　求　婚

大四的寒假快要到来，这意味着林燃他们即将进入毕业季。

近来，林燃的心情不是很好，因为林烟烟那个小丫头高中毕业了，还考到了宁城来。从这学期开始，他总是见不到他的小溪流。但女孩儿们一块儿出去玩，他也不能总跟着，不然显得他多不放心盛青溪似的。

林燃可能不放心吗？他当然不放心了！他恨不得天天把盛青溪绑在身边看着。

又是一天下课时，林燃掐着点儿去接盛青溪。路上人来人往。几年下来，他们学校的人早就习惯了林燃一副谁都不想搭理的模样，知道这男人只有看见盛学姐时才像个人。

一路走来，林燃还见到不少熟人，打招呼声此起彼伏——

“学长。”

“学长好！”

“学长又去接学姐呢？”

听见前两声，林燃只冷漠地点点头，听到后面的人提起盛青溪，他的情绪就有了显而易见的变化，还朝人点点头：“嗯。”

好些学妹看林燃这样，都忍不住想笑，心想：林学长也太闷骚了。

冬日里，道路两边的树已没了春夏繁盛的模样。冷风吹过，枝丫像是七旬老人一般颤颤巍巍的。枯叶被无情的冷风打落，打着卷儿在风中散去。

林燃穿着一身黑色风衣，面容被衬得更为冷峻，薄唇抿着，让人觉得难以接近。

这些年下来，他身上的锋芒和少年的桀骜都收敛了不少。虽然脾气还是那样差，但现在他学会收敛了。这里的很多人都难以想象林燃以前的模样。

有一年，有人翻到了初城一中贴吧的帖子，看到林燃的过往和成绩，甚至有好事者问到了盛青溪的面前。

本来林燃从不理会这些传言，毕竟他一点儿都不在意这些，但偏偏有人拿这件事去打扰他最在意的人。那次林燃发了好大的脾气，最后盛青溪赶来，才把他拉了回去。不光周围的人，连林烟烟许久没见林燃，都觉得她哥哥变了不少，只有盛青溪觉得林燃从来没有变过。

林燃迈着两条大长腿，没一会儿，穿过人群走到了教室门口。

此时是下课时间，他往里扫了一眼，结果却没找到盛青溪。他才皱起眉，就听见有人喊他："哟，小林又来接小盛了？"

赵教授瞅了林燃一眼，脸上乐呵呵的。

林燃礼貌地点点头："教授。"

顿了顿，他又问："您什么时候下的课？"

赵教授笑了笑，心想他还不如直接问盛青溪去哪儿了呢。他看着手上的腕表回道："今天我提前十分钟下的课，小盛一下课就走了。"

说完，赵教授就见林燃蹙起了眉，便又笑着说："她和一个小姑娘一起走的。听说那小姑娘是你妹妹？"

林燃一愣，道了声谢就走出去逮人了。

在赵教授的面前，林燃还维持着平静的假象，一转身他就气得牙痒痒。那个坏丫头又把他的老婆骗走了。没错，林燃已经在心里偷偷喊盛青溪老婆了。

林燃走出教学楼，扫了一眼时间，这个点儿，不但是下课的点儿，也是饭点儿。

平常，即便盛青溪被林烟烟拐走了，也会记得给他发个短信。今天她的课排得很满，手机可能没电了。那个坏丫头也不知道和她亲哥说一声。

林燃想了想，忽而抬步朝篮球场走去。

他不止一次看到林烟烟跑去篮球场。说来也奇怪，林烟烟这小丫头也不知道在和谁闹脾气，天天往篮球场跑，就为了拍那些球员的照片来发朋友圈，还不是发给所有人看，就光给他们看。

林燃想了好久，也不知道这小丫头在想些什么，问盛青溪呢，她也不说，只笑眯眯地说这是女孩子的秘密，让他不要多问。

宁城大学篮球场众多，室内室外的都有。

今天的温度高，林燃直接去了他们学校的体育馆。体育馆每到晚上和周末都热闹非常，不少外校的学生都会过来。

体育馆内，盛青溪穿着毛茸茸的外套，和林烟烟一起坐在看台上。她无奈地看着边上气鼓鼓的林烟烟，问：“今天又和他吵架了？”

林烟烟委屈巴巴地鼓起腮帮子，嘀咕道：“不管我发什么，就算是关于别的男生的，他也一点儿都不生气。我怀疑他根本不喜欢我。”

盛青溪也不知道林烟烟和宋行愚在这一世是怎么好上的。

去年暑假，林烟烟悄悄告诉她，说她和宋行愚在一起了，不过具体的细节一点儿都没和她透露。说来，以前的她也不是特别了解他们两个人之间是怎么相处的。

林烟烟这样问，她一时间也答不上来。

盛青溪只好按常理思考了一下，回答道：“他年纪比你大一些，可能在这方面……就像当时我和林燃，林燃也因为这个和我生过气。”

林烟烟一呆，立即睁大眼，好奇地看着盛青溪，八卦地问：“怎么回事？说来听听！”

说得起劲儿的两个女孩儿没注意到，有一个男人在她们的身后悄无声息地坐下了。很显然，盛青溪说的话林燃也听到了，他还挑了挑眉，好奇她会怎么说。

盛青溪回忆了一下那天在拳击馆发生的事，简单地跟林烟烟说了一下。

林烟烟从来不知道这件事，听得目瞪口呆：“盛姐姐，你的心可真大。”

“光着上身”和“贴着手臂”这两组关键词都足以让林烟烟爆炸了。她要是盛青溪，林燃早就被她甩七八次了。

林燃在心里轻哼，可不吗？这小东西的心比谁都大。

林烟烟拉着盛青溪的手臂晃了晃，还挺急切，追问：“然后呢？哥哥生气了吗？”

林燃生气了吗？她想他大概是不开心的。只是那时候他没说出来，毕竟他们那会儿还不是男女朋友的关系。

盛青溪点点头：“他不开心了好久，但没说出来。”

林烟烟“噫”了一声，小声说道：“其实我从来没见过哥哥那个样子。哥哥的脾气可差了，他总是发脾气。”

盛青溪抿唇笑了一下：“他脾气不差，很温柔。”

林烟烟在心里吐槽，热恋中的人果然都很盲目。

林燃听了，勾唇一笑。

盛青溪继续往下说：“后来就是我们一起去海岛的那晚，他在海岸边问我，我能不能等等他。”

她至今都记得那一晚林燃眸里闪烁的星光，那时候，她的少年比星星还要亮眼。

林烟烟简直不敢相信这种话会从她哥哥的嘴里说出来。随后，她闷声说：“我可不想先妥协。”

林烟烟闷闷地想了一会儿，又问盛青溪：“盛姐姐，你当时在想什么呢？正常人看到那样的画面，多多少少都会有些情绪吧？你一点儿都没有吗？”

盛青溪怔了一下，也没瞒着林烟烟，诚实地说：“那时候，我没想过会和林燃在一起，他和谁在一起都好。我只想……只想让他过得快乐一点儿。”

如果那时候，林燃真的和别人在一起了，盛青溪一定会乖乖地退回到自己原来的位置，就像以前那般，只远远地看着他就好。

林烟烟若有所思，难道宋行愚也抱着这样的想法吗？他是觉得他们年纪相差太大，还是觉得她只是一时上头？

林烟烟想着想着，还有点儿生气：“我不想理他了。”

林燃听到这里，终于忍不住了，这小丫头居然背着他偷偷地谈起了恋爱，还故意瞒着他。要不是他今天恰好听见，她指不定要联合盛青溪瞒他多久呢。

他轻啧一声，双手同时伸出，在盛青溪和林烟烟的脑袋上分别敲了一下，懒洋洋地出声说道：“林烟烟，你把我女朋友骗走就算了，居然还背着我谈恋爱了？”

林烟烟和盛青溪对视一眼，两个人同时顿住，用眼神无声地交流起来。

林烟烟：盛姐姐，哥哥什么时候来的？

盛青溪：我不知道。

林烟烟：那我们怎么办？

盛青溪：……

两个人大眼儿瞪小眼儿，就是没人转过去看林燃。如果此刻她们的面前有一片沙滩，两人早就把脑袋埋进去藏起来了。

盛青溪率先回头。一转头，她就被林燃的目光抓住了。

她眨眨眼，非常果断地认错："我手机没电了。"

林燃瞥了她一眼，没应声，转而看向林烟烟："林烟烟，你男朋友人呢？去把他叫来给我看看。这事你想瞒我到什么时候？怕我揍你还是揍他？年纪大一些是多大？盛青溪，你也见过了？"

盛青溪抿唇不说话。

林烟烟怯怯地看向林燃，心里却想，指不定谁揍谁呢。

当然了，林烟烟当着林燃的面可不敢这么蛮横。她咽了咽口水："哥哥……我们还没在一起，我就是试探一下他。他不是我们学校的。"

林烟烟素来乖巧，这样对林燃撒谎的场面也是少见，说完没一会儿，她自己的耳朵就先红了。

林燃没继续往下问，知道这小丫头脸皮儿薄。不过他想知道的事，她不说，他也能从其他地方知道。

林燃起身，淡淡地扫了她一眼，问："一起去吃饭？"

林烟烟哪还敢和林燃一块儿吃饭。她都要吓死了，赶紧把脑袋摇得像个拨浪鼓："我要回宿舍，你和盛姐姐去吧。"

说完，林烟烟起身溜了，留下一脸无辜的盛青溪。

盛青溪眨巴眨巴眼睛，朝林燃伸手："林燃。"

林燃看了她一会儿，抬手攥住她的手，牵着她往过道那儿走。等横在两人之间的座椅消失了，他一把捏住她的脸，凶巴巴地说："又乱跑是不是？手机没电不知道问林烟烟那小丫头借用一下手机？"

盛青溪抿抿唇，小声说："我要了，烟烟说你会找过来的。"

林燃无语，心想她可真是他的亲妹妹。

林燃把盛青溪往自己的怀里一带，接过她另一只手里拿着的围巾，低着头把她裹严实了，搂着人往外走："回去做饭给你吃，想吃什么？"

这些年，盛青溪被林燃养得很好，又白又健康，还长高了不少，体重也上去了一些。林燃看着她健康红润的模样不光高兴，还挺自豪。

盛青溪自觉地往他的怀里一缩，仰头应道："想吃面条。"

冬日里，盛青溪特别喜欢吃一些热乎乎的饭菜。这几年下来，她已经改掉了不吃肉的那个习惯，只是有些挑食，不过这些对于林燃来说都是小事。

林燃低声应道："给你加个蛋。"

盛青溪笑了一下："好。"

说着，两人走到了体育馆的门口。

宁城和初城不同，这里的雪下得格外早，且说下就下。

盛青溪和林燃才走出体育馆，就看见细小的雪花从暗沉沉的天空中落下来。校园里的路灯都已亮起。灯光下，雪花像是泛着一层淡淡的金光。

校园里的人渐渐少了，还在路上的人也都加快了脚步。

林燃抬手，用骨节分明的手指利落地解开大衣扣子，把边上那毛茸茸的一团都塞到了自己的怀里，幸好这里离停车场不远。

盛青溪的视线被挡住，忍不住伸手揪住他的衣襟，挣扎了一下："我看不到路了。"

林燃拍拍她的脑袋，一点儿都没有把她放出来的意思："我还能摔着你吗？你给我老实待着，就几分钟的路，马上到了。"

盛青溪挣扎无果，只好乖乖不动了。

等走到车边，林燃跟抱小孩儿似的把她抱起来，往副驾驶座上一塞，又俯身进来，给她系好安全带。

男人的面容在昏暗的光线里不甚清晰。他站在纷纷扬扬的雪里，温热的气息扑洒在盛青溪的脸颊上。盛青溪望着林燃认真的侧脸，不由得笑了一下，侧头就在他的脸上亲了一下。

林燃顿住，抬眼看着被他揽在怀里的盛青溪。

她长大了，他比任何人都清楚盛青溪这几年是怎样长大的。和高中时沉静的她不同，她近两年越来越爱笑了。她笑起来的时候，眼角眉梢处的绮丽似水波漾开。只要是个人，就知道盛青溪有多美。

林燃垂眸，喉结滚了滚，将骚动的念头都压下，低声说道："回去再亲你。"他不想惹一身火再开车。

盛青溪闻言身体一僵，不敢再碰林燃了。这几年他们两个人一直是分房睡的，林燃一次都没有打破自己设置的底线，始终站在线外。

但这么些年了，总有擦枪走火的时候，特别是在夏日里。

盛青溪贪凉，在林燃的面前也不觉得不好意思，洗完澡就穿着单薄的睡裙在林燃的面前晃悠，但很显然，林燃是个正常男人，所以经常会晃出事来。

这一路上两人都没说话，盛青溪却无端地觉得车里的空气渐渐热起来了。她别开脸看向窗外，心跳不受控制地开始加快，和林燃的每一次亲密接触都叫她紧张。

或许正是因为这样，林燃才迟迟没有打破底线。

林燃一手牵着盛青溪，另一只手去开门。

盛青溪往对门看了一眼，何默和谢真应该不在家，不然早就打电话过来找林燃了。毕竟快期末考试了，这两个人总是在考前恶补，最近恨不得住在图书馆里。

门开之后，林燃侧过身，让盛青溪先进门，这是他的习惯。

盛青溪动作自然地进门，开灯，脱鞋，然后往客厅走。只不过这一次她才走了一步就被人握住了手臂。他微微用力，她被扯了回去，正好撞上他结实的胸膛。

盛青溪微怔："林燃？"

"嗯。"林燃声音低低地应了一声，语气不紧不慢的，动作却很快。他扯下她颈间的围巾，将滚烫的唇贴上她的耳侧，轻咬了一口。

盛青溪仰起脖子，微微攥紧放在他腰间的手指。

恍惚间，她被抱起来，坐在门侧的柜子上，男人一只手抚上她的头发，手指直直地没入她的黑发间，另一只手急切地捏住她的下巴吻上来。

盛青溪下意识地闭上了眼，手微微抵在林燃宽阔的肩膀上。

偶尔睁开眼，她能看到林燃紧绷的肌肉和泛白的指节。

再等等，很快了。林燃这样告诉自己，离他生日已经很近了，甚至不到一个月了。

林燃松开了盛青溪，不敢再看她，抬手将她抱了下来。好半晌，他再开口时，声音已沙哑得不成样子："我去厨房，你别进来。"

盛青溪张了张嘴，只觉得舌尖发麻："那我去看看那两个小家伙。"

话虽这样说，其实那两个小家伙早就听到动静了。黑漆漆的猫儿和金灿灿的大狗就躲在沙发后，竖着耳朵，时不时地还往他们这边瞧上一眼，非常识相地没过来打扰林燃做"坏事"。

这是这么多年来，林燃和那两个小东西协调后的结果，他很满意。

林燃进了厨房，立即打开了水龙头。大冬天的，他就这么用冷水往脸上扑。好一会儿，水声停下。他直起身子，往客厅看了一眼，见盛青溪正坐在沙发上，垂着头摸着 2018 的脑袋。

他无声地勾了勾唇，如今这样就很好。

一放寒假，林燃一行人就回了初城。

说来也巧，初城不常下雪，却在他们回去那天下起了雪。

林燃开车将盛青溪送到盛开。虽然他也想天天看到盛青溪，但总不能连这一点儿时间都不留给别人。盛兰年纪渐渐大了，盛青溪希望能多陪她的时候就多陪陪她。

此时离过年还有两周。这些年，林燃都是和盛青溪一起在盛开过年的。

不过今年有些特别，林燃得带着盛青溪回祖宅一趟。

临走前，盛兰留林燃吃饭，林燃笑着拒绝了，说还有事。他又拍了拍盛青溪的脑袋，叮嘱道："腊月二十九我来接你，穿得暖和一点儿。"

盛青溪凝眸看着他，没问什么事，点点头："回去小心点儿。"

林燃又对着她笑了一下，转身走了。

盛青溪看着林燃走入大雪里，见他到门口时，又转身朝这边看来。两人对视片刻，盛青溪先转身进了门。

这么些年下来，他们之间已经很有默契了。

林烟烟跟着谢真他们回了车行。

林燃还有事要处理，开着车直直地朝着目的地驶去。暗黑的跑车疾驰在雪天的街道上，像一柄利刃破开了这一片冰天雪地。

一小时后，跑车在初城的一家私人高定珠宝店门口停下。

车门打开，修长的腿跨下车，衣摆在风雪中勾勒出健美的身形，面容冷峻的男人反手关上车门，径直往店里走去。

"林先生。"店内的保安打开了门，微微俯身。

作为专业的保安，他记得他们店里每一位客人的样貌和名字。这一位就更不用说了，林氏集团就这么一位太子爷，在圈儿内谁都得仰视他。

林燃来前打过电话了，店员将他要的东西早就备好了。

其实只要他想，随时都可以叫人送上门去，可这位大少爷偏偏要亲自来取。经理还在出差，早上收到消息后就立刻赶回来了，还好赶上了。

林燃伸手接过方正的丝绒盒子，目光停留在上面。

"林先生，这是完全按照您提供的图纸送去法国定制的。"经理脸上的笑容恰到好处，"这颗钻石真是太美了。"

这样漂亮完美的切割技术，难得一见，更难寻到的是这颗钻石。经理近几年都没有看过这样完美无瑕的钻石了。

林燃点头："辛苦了。"

经理笑意更浓，弯腰说道："应该的。"

林燃将盒子放进大衣的口袋，如来时那般掠过大堂和走廊，迈着大步离开。这一进一出，他也就花了十来分钟的时间，利索得很。

接下来一周，林燃都很忙。自成年后，他的社交圈儿就越来越广了。所有人都知道，林燃在大学毕业后就会继承林氏集团。林佑诚比林燃更急，想尽快把集团交给儿子。这些交际和应酬都是免不了的，只是这些场合，林燃向来都不带盛青溪去。小姑娘喜欢安静的地方，更何况他也不想让她看到名利场内的真实模样，没劲。

一天晚上，林燃结束酒局出了饭店，雪簌簌地落下。边上的人想给林燃撑伞，但被林燃制止了。边上的人只好收了伞，陪着林燃一块儿站在雪里。

林燃捏了捏眉心，酒意翻涌。他微微仰头，看着这无边的雪夜。这样的日子，他虽然没有经历过，但他在十八岁之前就已经想象到了。他原以为，自己会憎恶这样日复一日的生活，但他没有。他一想到这样能好好地护着盛青溪，就一点儿怨言都没有了。

幸好他能成为林燃。林燃嘲讽地扯了扯唇角，想。

林燃没在风雪里站太久。上车后他瞥了一眼腕表——晚上十点，这个点儿盛青溪还没睡。他想了想，让人把车开到了盛开。

这一路，越接近城西，灯光就越暗淡。街道两边没什么人，只有雪花不停地落着。

林燃皱眉看着窗外，不知是不是酒意上涌，竟觉得自己看到了盛青溪，那道孤零零的、纤弱的身影在不甚明亮的路灯灯光下若隐若现。

这幅画面，奇异地和以前他第一次见到盛青溪的画面重合，有关那一夜的记忆，从来没有这样清晰过。

林燃眉眼一冷："停车！"

车急急地停在路边。林燃下了车，直直地穿过无人的街道，越靠近那儿，那道身影就越清晰。他咬牙心想：居然真的是那个小东西，这大雪夜的她瞎跑什么！

"盛青溪。"男人的声音微冷。

嗯？盛青溪愣了一下，她怎么忽然听到林燃的声音了？

盛青溪后知后觉地转身，然后对上一脸冷漠的林燃。他的脸色不好看，双眼紧盯着她，黑眸里怒气翻涌，明显是生气了。但对盛青溪来说，这不重要，重要的是……她手里的东西。

盛青溪的心里发虚，忍着把袋子藏起来的想法，小声喊：“林燃。”

林燃盯着她，看了半晌，忽然脱下身上的大衣，往她的身上一罩，语气有些低沉：“大半夜的，你出来瞎跑什么？知不知道现在几点了？”

盛青溪捏着手里的袋子，解释道：“盛妈妈划伤手了，家里的创可贴用完了，我出来买。”

林燃往她的手里扫了一眼，见她的确拿了一个袋子，不知道里面还装了什么。他倒是没想打开看，只是把人往怀里一搂：“送你回去。”

司机已非常贴心地把车停到了一旁。

盛青溪不敢吱声，心虚地攥了攥掌心，因为这袋子里还装了别的东西。

说来都怪宋诗蔓，她撺掇着盛青溪去买点儿东西备着，万一林燃什么时候上了头，也好拿出来应应急。盛青溪思来想去，也觉得宋诗蔓说得对，毕竟他们都快毕业了，再说这也不是什么羞耻的事。

她也是出来买创可贴的时候临时起意，只是没想到，恰好被林燃撞上了。他们都一周没见了，只每晚睡前说说话，她也不知道林燃今晚会过来。

盛青溪被林燃塞进后座，司机早已放下隔板。

“林燃。”盛青溪伸出手扯了扯林燃的袖子。

大衣披在盛青溪的身上，林燃穿着一身黑色西装，衬得他的脸色更冷。盛青溪许久没见他这么生气了，不过还好，林燃不会气太久。

林燃忍住去抱她的冲动，皱着眉说道：“盛青溪。”

盛青溪眨巴着眼睛看他：“嗯。”

“你知不知道……”林燃没往下说。他不想再提那件事，也不想让盛青溪再想起来了，“算了，你过来让我抱一下。”

林燃放弃教训她了，转而张开手臂，向盛青溪敞开宽阔的怀抱。

盛青溪把袋子往边上一丢，伸手扑进林燃的怀里，侧脸贴在他的颈侧蹭了蹭。雪松味儿和酒味儿混在一起，他的味道和以前不一样了。

“林燃，你又喝酒了？”盛青溪仰着脸注视着他。

林燃的眼底不似往日那般清明，黑眸看起来更烫一些。他垂眼，微凉的唇落在盛青溪的眼角处，低声应道：“喝得不多。”

这是谎话，林燃的酒量很好，基本上不会喝醉。像今天这样酒意上头的情况很少见，今天实在是推不了。

盛青溪看了他一会儿，没说话，只紧紧地抱着他。

这里已离盛开不远。很快，司机停下了车。

林燃抱着盛青溪醒了一会儿酒，牵着她的手准备送她进去，另一只手习惯性地去帮她拿袋子，但这次他的手落空了。

盛青溪快速地把袋子收进了自己的怀里，没解释什么。

林燃的视线微顿，他牵着她下了车。

雪越下越大，林燃想着送她进门就离开。他抬手摸了摸盛青溪的侧脸，声音沙哑："明天我不忙了，带你出门去玩。不是说想看新上映的电影吗？明天我陪你去。回去早点儿睡。"

林燃低头亲了亲她的头发："我走了。"

"林燃。"盛青溪垂着头，纤长的手指紧攥着他的衣摆。她似是有些紧张，停了好一会儿，才继续说道："别走了。"

林燃转身的步伐顿住，视线下移，她白皙修长的手指捏着他黑色的衣角。雪色下，那白皙的手指竟有一种惊人的美。

她此时很紧张，她的手指在颤抖。

林燃是成年人了，当然听得懂盛青溪的暗示。

他的视线一寸寸地将盛青溪锁住，凸起的喉结滚了滚，他哑声说道："我等你睡了再走，进去吧。"

盛青溪的脸颊已经开始发烫，只要林燃肯留下来，事情总能办成的。

进门之后，林燃去盛青溪的房间洗澡，盛青溪拿着袋子找盛兰去了。这么些年下来，盛青溪仍旧住在她的小宿舍里，这里也有不少林燃的衣服，毕竟他常来这儿。

洗手间内，林燃随手扯开领带，这狭小的空间里满是盛青溪的痕迹，还有她的味道。他从来不知道洗澡都能这样磨人，尤其他还喝了酒。洗到后来，林燃干脆换了冷水，不然这个澡越洗越热。

林燃没法在这里多待，没多久就推门出去了。房间内亮着昏黄的壁灯，他拿了条盛青溪的毛巾，随手擦了擦头发。

在满是她的味道的房间里，林燃的神经渐渐松弛下来。

他捏着眉心在床侧坐下，静静地看着床脚的那些娃娃。都多少年了，这傻姑娘还宝贝似的留着这些娃娃，每次回来都要把它们拿出去晒晒。

这个房间很小，所有的家具都很陈旧。

可林燃在这里总觉得很安心。他可以将所有的负担都放下。

“林燃？”盛青溪轻柔的声音响起，一个小脑袋从门口探进来。

林燃抬眸看去，是盛青溪回来了。她的状态和平时不太一样，他能很明确地感知到，他的心底甚至有一种很微妙的感觉。

林燃直起身子，朝她招手：“过来。”

盛青溪在门口站了一会儿才转身进来，顺便锁了门。

“咔嚓”一声响，室内本就安静，落锁的声音听着不能更明显了。

林燃的眉心微跳，那微妙的感觉渐渐放大。他定定地看着盛青溪，看着她缓步朝他走来，看着她抬手关上了灯，室内一片黑暗。

林燃的夜视能力极其优秀。他眼看着盛青溪在黑暗里脱下了外套，窸窸窣窣的响声之后，她身上只剩下一件内衣。林燃再也看不下去了，抬手拦住了盛青溪。他微凉的指腹触上盛青溪温暖的肌肤，顿时两人都颤了颤。

“愿愿，你做什么？”男人的声音很沙哑。

盛青溪不是不紧张，她拿枪的时候都没有这样紧张过。她缓缓地舒了一口气，低声说：“林燃，就一周了，离你的生日。”

林燃僵住，原来她什么都知道。

林燃的喉结滚动，两人相触的那一小块儿肌肤越来越烫。他竭力克制着把她扯入怀里的念头：“愿愿，今天不行，没有……”

“有。”盛青溪打断了他。

林燃的神色一僵，几乎是在她话音落下的瞬间，他想起了她不让他碰的那个袋子。她去便利店不光买了创可贴。

接下来，林燃什么话都说不出来了。

因为盛青溪忽然上前，将他空落落的怀抱填满了。两人挤在狭小的床上，轻微地动一下都能碰到对方。

林燃的血液像被点燃，身体里的火一下子就烧了起来。

而他怀里的人正在做的动作更是火上浇油，她的身体柔若无骨，嘴唇像小猫爪子似的在他的耳旁蹭着。

黑暗里，她低低地喊着他的名字：“林燃。”

下一秒，盛青溪被强悍的力量抱着翻了个身，两人的位置上下颠倒，她被林燃压在了床上。黑漆漆的一片，她只能凭着感觉去寻他的唇。她显得有些急，抬头就撞上了他的下巴，差点儿没磕到自己的牙。

林燃偏了一下头，抬手按住她，不让她再亲。

“愿愿，解开我的扣子。”林燃嗓音沙哑地发号施令，在黑暗中准确地找到了盛青溪的唇，不怎么温柔地咬上她的唇角。

冬日，房间里本就开着暖气。这会儿两人贴在一起，热气一点儿一点儿地氤氲开来。没一会儿，盛青溪的额头沁出了汗，林燃又狠又凶地咬她，还要她去解扣子。

盛青溪没忍住，在林燃凸起的喉结上摸了摸。

林燃闷哼一声，长腿一伸，将堆在床脚的娃娃全给踢了下去，心想大不了明天在盛青溪醒来前再把这些小东西给扯回来。

没有了床脚的娃娃碍事，逼仄的床也因此显得宽阔一些，方便林燃进行下一步动作。

两人唇齿间的空气越来越稀薄。他汗湿的大掌扣住她的手腕，随后微微松开她，两下就把衬衫扯下，往地上一丢。他又动了动，似乎是越过床头拿了什么东西。

"林燃？"

"别怕。"

林燃俯下身，细细密密的吻落在她的额头上，经过眉眼又顺着眉骨往下。等到了唇边，他却停住了，嗓音沙哑地喊："愿愿。"

"嗯？"她的声音发抖。

酒意和欲念一起涌上来，林燃不太能克制得住自己了，脑子里只有一点儿仅存的理智。他尽量把话都说清楚："还有一周，戒指就在我大衣的口袋里，过了生日我们就去领证。你嫁给我。你没有拒绝的机会，除了愿意以外，我不想听到任何答案。"

他紧扣着她的手腕，唇紧贴着她的唇，一字一顿像威胁似的说："嫁给我好吗？"

林燃呼出的热气里还混着酒气，盛青溪觉得自己也醉了。她似受不了一般别开脸，似乎这样就能躲过男人充满侵略性的发问。但她又能躲去哪儿呢？

盛青溪咬唇，低低地应道："嫁给你。"

这句话说完后，房间里忽然安静了下来，似乎只能听到两人的心跳声。

林燃好半天都没反应，只是视线一直定在她的脸上。

在漫长的寂静之后，盛青溪忽而听到一声脆响。她整个人都僵住了，那是皮带扣被解开的声音。

番外三　无　期

儿乎所有人都发现了，林燃过完生日后，脸色变得格外差，不管到哪儿都冷着一张脸，只有盛青溪在时，他才有个人样儿，平日里就跟冰块儿似的。

谢真琢磨："这人啊还是会变的。以前燃哥虽然也脾气不好，但至少会发脾气。现在算怎么回事？冷着张脸冻人，让别人猜。"

何默倒是察觉出了点儿什么，推了推小胖子："还没到初七，估计只惦记着生日，把这事给忘了。"

谢真一脸迷惑："过个生日还不高兴了？这和初七又有什么关系？每年过年不都这样？"

这笨蛋居然也有女朋友，真服了。何默叹了一口气，闭上嘴，不说了。

两人说着说着，又说起别的。

谢真嗑着瓜子，小眼睛滴溜溜地转着："说起来，燃哥和仙女今年都没怎么过来。我听烟烟说，腊月二十九那天，燃哥把人带到祖宅去了，这就算定下来了吧？你说，会不会发生电视剧里常演的那种，老爷子甩给仙女一张支票，说你立马离开我孙子什么的。然后燃哥和仙女被迫分离，多年后再相逢。啧啧，想想还怪有意思的。"

何默一脸黑线，心想谢真自从谈恋爱后，这脑洞可真是越来越大了，这一天天的不知道他的脑袋瓜里都在想些什么。

何默翻了翻群里的消息，应道：“别想了，这种事不会发生的。当年高中一毕业，燃哥就和家里说了，老爷子早就同意了。”

谢真想了想，也是，林燃可不会打没准备的仗，那不是他的风格。

初六那一晚，林燃把身边的几个朋友都喊到车行吃饭，说是要聚聚，要亲自下厨招待他们。这可太难得了，大家心想，不管有什么事儿都得推了去吃饭。

林烟烟一直都住在车行，不想回去吃林燃和盛青溪的狗粮。

别人不知道，以为林燃住在祖宅或盛开，林烟烟可知道得不能再清楚了。这两个星期，他和盛青溪一直住在城西的别墅里头，两人连门都很少出。

林烟烟百思不得其解，也不知道两人有什么可亲热的，不都在一起四年了吗?

比起这件事，她更烦的还是今晚要看到宋行愚了。

他们两个人吵架了，这是他们在一起之后第一次吵架。

她一直都知道，宋行愚并不像表面上那般温和，但他和她在一起的时候，基本上是没脾气的。

这次吵架的原因和上一次一样。

宋行愚去比赛的时候，身边有女人跟着他，虽然不是他叫来的，也没发生什么事，但林烟烟就是不高兴，一气之下她就说了分手。

那是她第一次看到宋行愚撕下温和的面具。

他慢条斯理地摘下眼镜，捏着她的下巴，轻柔地吻她，说出口的话却叫人发抖。他一字一顿地在她的耳边低语，温柔地叫着她的名字，叫她好好想清楚，一周后他会再来问她一次。

而今天，就是他们一周之约的最后一天。

这一周林烟烟都没有去找宋行愚。他每天都会给她发信息，仿佛一周前的事没发生过一样。林烟烟一条信息都没回，宋行愚也没来找她。

林烟烟今天被迫出来接待林燃的好友们。谢真和何默本就住在这里，所以她要接待的人就只有宋行愚一个。除了他，林燃没喊别人，和高中那会儿没什么两样。

不过林燃还不知道，他的宝贝妹妹和他的朋友在一起了，而且这两个人还都瞒着他。

近六点，天早已黑透了。

何默和谢真在客厅里玩游戏，林燃一个人在厨房里忙活。

盛青溪和宋行愚都还没来，林烟烟趴在二楼的栏杆上呆呆地望着门口。这里正对着楼下的大门，外面一有动静她就能注意到。

六点多，熟悉的引擎声响起，像野兽在咆哮。

林烟烟愣了一会儿，忽然意识到他是开摩托车来的。

这两年宋行愚很少开摩托车了，只有心情极差的时候才会开。

他这几天很不高兴吗?

林烟烟忽然有些忐忑，不自觉地咬住了下唇。

不等她收拾好心情，一周未见的男人抬步走了进来。他似有所觉，抬眼直直地朝她望来。

宋行愚和她在一起之后就不再染发了，一头黑发将他身上仅有的那点儿痞气压了下去。他穿着深棕色的呢子大衣，碎发拨至脑后，镜片后的那双眼眸看起来温和平静。

任谁都会觉得这是一个温润如玉又斯文内敛的男人，可这只是他的面具。

林燃知道，盛青溪知道，林烟烟也知道。

“烟烟。”他温柔地喊她，一如往常。

宋行愚眼睛一眨不眨地望着二楼的女孩儿，面容平和。

谁也不知道他内心的怒火快要将他掀翻了。整整七天，她一句话都没回，一个电话都没打。

难道她铁了心要分手?

林烟烟张了张嘴，想说些什么，又不知道从何说起，就这样垂着脑袋和一楼的男人对视。

许久，他们就这样无声地看着彼此。

“烟烟，宋哥来了?”谢真的声音恰好响起，打破了他们之间僵持的气氛。

林烟烟侧头，应道:“嗯，他来了。”

他们谁也没发现，林烟烟已经很久不喊宋行愚为“宋哥哥”了。有些东西是在不知不觉间改变的，悄无声息。

宋行愚收回视线，不紧不慢地朝二楼走去。

不知怎的，林烟烟感到莫名的紧张，甚至有些害怕。他的脚步声越近，她就越想躲。她忍了忍，没忍住，往谢真和何默的身边走去。

宋行愚一踏上二楼，就看到林烟烟避开他，往那两个家伙的身边走去。他的眼眸黯沉，插在兜里的手紧握成拳。

谢真和何默见宋行愚来了，还怪热情的："宋哥，快坐。"

宋行愚笑了笑，应道："好。"

他虽然在和他们说话，视线却一直落在林烟烟的身上，不温不火却如影随形。

林烟烟觉得自己像是被某种野兽盯住了，后颈都凉飕飕的。她瘪瘪嘴，回头瞪了宋行愚一眼：不许看我！

宋行愚勾勾唇，听话地移开了视线。

他心里的火憋了有一段日子了，从林烟烟去宁城上学开始，再到后来，她试探性地发一些朋友圈，再到一周前她说分手，他终于忍不下去了。

林烟烟和他相差八岁。虽然他们已经在一起了，但他总觉得林烟烟还是个孩子，想让她尽量过得自由、快乐，所以即便心里不舒服，他也忍着。

宋行愚骨子里是个控制欲极强的男人。他不敢让林烟烟发现这点，怕她一旦发现了，就不愿意再接近他了。他低低地叹了一口气，没想到他宋行愚竟也有这么一天，被一个小丫头吃得死死的。

林烟烟从宋行愚来之后就有些坐立难安。她拿出手机，开始催盛青溪赶快来，盛青溪很少这么晚过来。几分钟之前，她跑去厨房问了林燃，才知道今天盛青溪和宋诗蔓一起去逛街了。

盛青溪的消息回得很快，说已经在楼下了。

林烟烟的眼睛一亮，她心想终于不用一个人承受这些了！

宋行愚坐在林烟烟的对面，没明目张胆地看她，余光却总注意着她的小动作。此时见她的眸光亮起来，他微微垂眼。

她似乎很高兴，但不是因为他，他正想着，林烟烟忽然起身，往楼下跑去。

宋行愚的动作微顿，随即他往栏杆处走去，往下扫了一眼。

没一会儿，林烟烟就跟只兔子似的蹦到了门口，还探出脑袋往门外看。他来的时候她都没有这样开心，只是在二楼遥遥地看着他。

宋行愚只看了一会儿就走开了。他知道林烟烟是去接谁了，除了盛青溪就没有别人了。

"宋哥，你看什么呢？"谢真随口问了一句，眼睛还紧盯着屏幕。

宋行愚的面上没露出丝毫不满，他笑道："没事。"

楼下，林烟烟见到盛青溪时还愣了一下，困惑地问道："盛姐姐，你这段时间没睡好吗？”

盛青溪本就白，此时眼底的青黑色不能再明显了。

盛青溪今天还特地化了妆过来，没想到还是被林烟烟看出来了。她幽幽地叹了一口气：“烟烟，你哥哥他最近没事做吗？”

她这几天都不想再见到他了，他实在是烦人。

盛青溪极其精准的生物钟保持了那么多年，林燃凭一己之力在短短几天内就将它打破了。不仅打破了，甚至让她日夜颠倒，好几天她都分不清白天和黑夜，直到前两天她溜回了盛开，才好转了一点儿。这两天她没起来跑步，盛兰还奇怪呢，担心她是不是生病了。

林烟烟挽着盛青溪的手，想了想：“没呢。哥哥他这几天心情可差了，过生日那天不是还好好的？怎么第二天脸就黑了？这人真是奇怪。不过嘛，他现在已经在接手公司的事了，变得捉摸不透也正常。他们生意人不都这样？我反正搞不明白，也不用我管。”

盛青溪闭紧嘴巴，一点儿都不想把真相说出来。让他们这样误会也好，她可不想因为这个被人打趣。

盛青溪抿抿唇，说道：“明天就好了。”

明天是初七，民政局就开始上班了。林燃过完生日之后的第二天，一早上就把她从床上扒拉起来了，也不说去干什么。盛青溪只好晕乎乎地跟着他出门，直到车在民政局的门口停下，她才恍然大悟。

结果就是两人一起对着民政局紧闭的门，接着大眼儿瞪小眼儿。林燃当即就气到了。

林燃早就问盛兰要来了户口本。腊月二十九，他将盛青溪带回祖宅，说了两人要结婚的事，也没打算征求他们的意见，就是通知一声。老爷子和林佑诚能说什么，只能由着他。

腊月三十那晚，林燃又去盛开和盛兰提了这件事，恨不得把自己连人带家底儿地全塞给盛青溪。盛兰没立即同意，问了盛青溪的意思后才松了口。过完年，两人的事就算定下来了，就是盛青溪觉得戒指太惹眼了，就没戴着。今天她倒是将它带在了身上，只不过还没拿出来，毕竟林燃要和他们说的就是这件事。

林烟烟一时间也搞不懂盛青溪的意思，嘀咕：“为什么明天就好了？明天是什么特别的日子吗？唉，算了，不管他，我们上楼。”

上了楼，林烟烟就一直躲在盛青溪的身后，又跟着盛青溪去厨房看了一圈儿，然后两个人齐齐被林燃赶了出来。

最后她们只好老实地坐在沙发上。

宋行愚看了林烟烟一会儿，起身进了厨房。既然她觉得不自在，那他就走开。反正今晚他能要到答案，不急于这一时。

半小时后，林燃和宋行愚端着菜从厨房出来。这两个男人丢在哪儿都显眼，肩宽腰窄大长腿。这会儿两人一块儿出来，看起来还怪赏心悦目的。

林烟烟都忍不住往她男朋友的身上多看了一眼，心想：就来吃个饭，穿得这么好看做什么？

菜上齐后，他们坐在一块儿叽叽喳喳地聊着，气氛很热闹。

这些年他们都大了，这样的聚会对他们来说也不算特别难得，因为他们常常这样聚在一起。但他们工作后就说不好了，人生总是充满了各种变化。

桌上放了不少酒，啤酒、果酒都有。坐在这里的人都成年了，连林烟烟想喝都没人阻止她。林燃是觉得有他在，林烟烟能出什么事，但他不知道宋行愚也是这样想的。

唯一的知情人盛青溪瞅了这两个男人一眼，没说话。他们凑在一块儿还挺能聊的，再加上本来就熟。宋行愚跟谁都能聊，他这样的本事也和他年少时的经历有关系，其实林烟烟很心疼他。

今天盛青溪进门时就发现林烟烟不对劲了。

这小丫头明显是在躲人的样子，就这几个人，她还能躲谁呢？

林烟烟就坐在边上，盛青溪凑过去，小声问了一句："烟烟，和他吵架了？"

林烟烟耷拉着脑袋，小声应道："嗯，那天我一进门就见到一个女的去拉他的手，没拉着，他躲开了。我就是不高兴，反正就是不高兴。"

盛青溪想了想，又问："他哄你没有？解释了吗？"

林烟烟点头："解释了，但我们说着说着，又说到我在宁城大学的事。我问他为什么不会吃醋、不会生气，他不说话了。我怒气上头，就说要分手。"

盛青溪心想：这小丫头，想得还挺多。但实在是她的感情经验也不丰富，她和林燃之间的相处方式和他们又全然不同。毕竟林燃和宋行愚是两个不同的人，一时间她也想不出什么好办法来，只觉得感情一事可比学习难多了。

盛青溪悄悄看了一眼边上的林燃，又往林烟烟的身边蹭了蹭："那他怎么说？"

盛青溪本就坐得离林燃近，林燃在和谢真他们说话，也没管她和林烟烟在嘀咕些什么。但她这么一挪，他就不高兴了，抓着她的手又把人拉了回来。

“躲什么？”林燃挑眉。

盛青溪挣扎了一下，看了他一眼：“我和烟烟说会儿话，你松开。”

林燃轻哼：“就不松，你说你的，我不听。”

盛青溪只好任由他握着她的手，和林烟烟说着宋行愚的事，也没管林燃在干什么。林燃趁着这个时候，把盛青溪兜里的戒指拿出来，给她戴上了，她毫无所觉。

盛青溪正在听林烟烟说话，询问道：“一周，是今天吗？”

林烟烟鼓了鼓腮帮子，丧气地说道：“就是今天。我还没想好和他说什么，上次他……他看起来和平常不太一样。”

想起那时宋行愚阴郁的眼神，林烟烟不由得咬了咬唇。

盛青溪微怔，虽然有些担心，但也不怕宋行愚会欺负林烟烟。她安慰道：“晚点儿你们好好谈谈，别生气，尽量好好说。把想问的都问出来，你说你想知道他的想法，他总会说的。”

林烟烟叹气，也只能这样了。

等后半段大家都吃得差不多了，林燃沉默了一会儿，忽然说道：“我要结婚了。”

所有人：“……”

刚才还热闹的客厅内顿时鸦雀无声。谢真和何默目瞪口呆地看着林燃，林烟烟也呆住了，只有宋行愚和盛青溪一脸平静。

盛青溪也只是表面上平静而已。毕竟林燃的结婚对象是她，她的手被他攥着放在桌上，所有人都看到她手上的戒指了。

林烟烟仔细地看了一会儿，反应过来：“哥哥，你这两天不高兴就是因为民政局没上班？可这不是早就知道的事吗……”

说到后来，林烟烟的声音越来越小，因为林燃轻飘飘地瞥了她一眼。随后她自觉地闭上了嘴巴。

谢真感叹了一声：“我说呢，你这两天摆脸色给谁看呢。这就要结婚了？你们也太快了吧？这钻石可真大，漂亮！”

何默早就知道了，倒了一杯酒说了恭喜。

宋行愚也笑着祝福他们，镜片后的眸里有些醉意。他没错过刚才林烟烟看戒指时羡慕的眼神。

林燃和盛青溪两个人之间的纠葛，在场的这些人可都是亲眼见证过的。这一路走来，他们也不容易。

幸好，他们能这样一直在一起，只希望他们以后也一直好下去。

林燃说完正事后，跟谢真他们一人喝了一杯酒，喝完就带着盛青溪走了，因为他还有事要办。

谢真和何默两人一边唠嗑一边喝酒，还能再吃上两个小时。此时饭桌上只剩下四个人，林烟烟不想待在这里，找了个借口就躲到天台的花房去了。

宋行愚耐着性子坐了一会儿，趁着何默和谢真不注意跟了上去。

天台上。

今年冬天，初城下了许久的雪，此时天台上仍覆着一层薄薄的雪。

夜色深沉，唯有花房里透出的光亮像是夜空中的点点星光。

宋行愚没立即进去，沉默地站在雪里，看着花房内的林烟烟，见她正呆呆地坐在秋千上。他们有一周没见了，她看起来瘦了点儿，不太高兴。

三年前，他从来没想过会和这个小女孩儿发展成现在这样的关系。

回想起来，分明是他先动的心。只是他们之间隔了太远的距离，他从没想过那时的念头会有成真的一日。

宋行愚很了解自己。他是一个冷漠至极的男人，和林燃完全不同。林燃有一颗赤子之心，即便是他也曾羡慕过那样的林燃，羡慕他能够做自己，更何况他还有盛青溪。这么些年了，他不是没谈过恋爱，但每段关系都很短暂，到后来他就觉得没劲了，装得累，应付她们也累，不如一个人自在。

他原以为自己不会爱上任何人，直到遇见林烟烟。

宋行愚注视着花房里的女孩儿，冷冰冰的风雪将他心里涌上来的暴戾压下去一点儿。他不能确定自己在林烟烟再一次说分手后，是否能控制好情绪，这种感觉对他来说太陌生了。

他向来喜欢掌控全局，不论是以前还是现在。

这些年，唯有林烟烟成了他的不可控的存在。

林烟烟正在发呆，满脑子都是宋行愚一周前的模样。

她正想着这个男人，他就出现了。

林烟烟突然怔住。他不知在雪里站了多久，那身呢子大衣上已沾满了雪，黑发上像是洒满了糖霜。他正定定地看着她。

她咬了咬唇，犹豫了一会儿，起身朝花房门口跑去。

“宋行愚。”林烟烟闷着脸喊他，“你干什么？装雪人呢？”

宋行愚立在原地看了她半晌，一点儿进来的意思都没有，似乎真像雪人似的，悄然隐在黑夜里。

林烟烟气不过，干脆跑出去，拉着他往花房里走。这一拉倒也没费什么力气，男人跟着她的步子往花房里走去，视线一直落在她的身上。

花房里开着暖气，和冰天雪地的屋外全然不同，就像他和林烟烟的世界，也完全不同。

他们一直都是不一样的人。

林烟烟找了一条干净的毛巾，踮起脚凑近宋行愚，将他身上沾的雪都拭去。等她想伸手再往上的时候，手腕被他抓住了。

他冰冷的手指触上她的肌肤，让她颤抖了一下。

她抬眼，对上男人深不见底的眼睛。

“烟烟，想好了吗？”他的语气一如既往地温和，可眸中的神色让林烟烟觉得无比危险。

林烟烟不满地皱眉，心想这个男人一晚上都没和她说话，一上来就问这么一句。他就这么着急想和她分手吗？太过分了。

林烟烟扭头把毛巾往桌上一丢，转过来盯着宋行愚。

“宋行愚。”她绷着脸喊。

宋行愚的视线在她绷着的小脸上扫了一圈儿，看到她眉目间的认真时，竟有些不敢听她接下来的话。

没想到有朝一日，他也会怕。许久，他轻声应道：“我在。”

林烟烟和他对视。她屏住了呼吸，问道：“你爱我吗？”

宋行愚怔住，什么？

花房内无比安静，静到林烟烟都能听清他的呼吸声。他久久没有回答她的问题，除了不爱还有什么答案呢？她忽然就不想再问别的了。

从一开始，就是她在强求。

林烟烟转身，不再看宋行愚，心里却越来越委屈。她讨厌他！

花房的寂静被打破，宋行愚也缓了过来。他听到抽泣声后，意识到林烟烟哭了。

“烟烟？”宋行愚走到林烟烟的身前，将娇小的她抱入了怀里。等她将他的怀抱填满之后，他忍不住发出一声喟叹：“烟烟，我不是这个意思。”

他伸手去摸她的脸，又捏住她的下巴，低头吻去她脸上的泪珠。轻柔细密的吻像雪花一样落在林烟烟的脸上。

他怀里的人犹自哭得认真，一点儿都不管他是不是在亲她。

宋行愚低叹：“烟烟，我不是不吃醋。我只是不想束缚你，你还小，我怕……怕你觉得我管得多，会嫌我烦。你知道的，我脾气并不好。上周我就吓到你了是不是？以后不会再让你看到她们了，都是我的错。”

他低低的声音混着微热的呼吸，扑洒在林烟烟的耳边。

她小声啜泣着问：“你是不是不爱我？当时和我在一起，也是我勉强你的，对不对？”

“不是，不对。”宋行愚收紧了抱着她的手。

林烟烟一呆：“那你爱我吗？”她问了第二次。

这一次宋行愚没办法再躲了。其实他只是不懂得怎么去说，不懂得怎么去表达，甚至担心内心的野兽会将林烟烟吓跑，但总要叫她知道的。

宋行愚垂眸，搂着她的腰忽而用力。

林烟烟被抵在透明的玻璃门上。男人的气息像山一样压下来，他的大掌穿过她的黑发，另一只手抓住她的双手将其压到玻璃门上。

这个姿势下，林烟烟完全由宋行愚掌控。

他随手摘下眼镜，将其丢到一边，再也不遮掩自己眸中的情绪——占有欲、戾气、侵略，以及如海潮一般的爱意和迷恋。

林烟烟瞪大了眼睛。这时他滚烫的唇舌狠狠地压了下来。她忍不住发出呜呜的声音，他还是第一次这样吻她。

宋行愚的吻向来是温柔的，他从未对她粗鲁过。

只这一次他彻底地放纵自己，只想叫她知道自己内心滔天的爱意，让她知道他到底爱不爱她。

许久，宋行愚放开林烟烟，她的身子软绵绵的，几乎站不住，只能靠在他的怀里，大口地喘着气。

男人的眼眸低垂，他声音沙哑地说道：“烟烟，我爱你吗？”

林烟烟想哭。她再也不问了，呜呜呜。她差点儿就死在他的怀里了。

初七一早，睡眼惺忪的盛青溪被精神奕奕的林燃从被子里扒拉出来。她软软地搭着他的脖子，任他抱着去浴室给她洗脸刷牙。这些年下来，她早已习惯被林燃这么伺候着了。

“林燃，就我们两个人去吗？”盛青溪闭着眼睛问了一句。

林燃托着她的脸仔细地擦拭着，理所当然地应道：“我们两个人结婚，你还想叫谁？当然就我们两个人。其他人都不重要。”

盛青溪心想也是，随后打了一个小小的哈欠：“我好困。”

林燃可一点儿都不困，弯腰笑着亲了亲她的脸，还挺自豪：“怎么会这么困？昨天我都没碰你。晚上做噩梦了？”

盛青溪晃了晃脑袋：“最近总是睡不饱。”

林燃沉吟片刻：“反正都是睡不饱，不如做一点儿快乐的事？”

盛青溪这下可清醒了，掀起眼皮瞥了林燃一眼，轻哼：“不要，我要回盛开。快开学了，我要回去陪盛妈妈。你自己玩去吧。”

林燃捏了捏她的脸：“忙完公司的事我就回来。”

两人在浴室里亲热了一会儿，下楼吃了早餐就出发了。

这天，初城的雪已经化了，气温也不像前几日那么冷了，只空气里还有些湿湿的寒意。

盛青溪打开车窗，趴在窗边往外瞧，冷风呼呼地往车里灌。

林燃看了她一眼：“冷不冷？”

盛青溪摇头：“不冷，我喜欢冬天。”

若是往常，林燃肯定不能这么纵容她，但今天是他们去领证的日子，他的心情太好了。反正就这么一会儿时间，他便由着她去，免得惹她不高兴。

盛青溪不如林燃那样兴奋，以前她没想过结婚，现在也没想过。

她和林燃能走到今天，其实是林燃迈的步子更多。虽然旁人不这样觉得，但她知道林燃这些年在她的身上花了多少心思。

自高中毕业之后，他们感情上的主导权，一直在盛青溪的手里。

林燃也从没想过抢夺她手里的权力。他甘愿俯首称臣。

结婚这件事对盛青溪来说可有可无。她觉得都可以，只要和林燃在一起，结婚也好，不结也罢。他们总会一直在一起的，这是林燃给予她的信心。

相对于盛青溪的平静，林燃可激动坏了。前几天，他恨不得飞去国外结婚，要不是老爷子拦着，他真就带人飞过去了。这几天对林燃来说，真的很难熬，哪怕盛青溪每天都陪着他，他还是觉得不开心，甚至还恨自己的生日为什么不能再早点儿。

盛青溪也难得看到这副模样的林燃——天天在家里焦躁不安的，像一只狂躁的大狗。她若能哄一哄他，他就安静一点儿，但她一不在，他就要发脾气，像个孩子似的。

不知想到了什么，她抿唇笑了一下，侧头看林燃："林燃。"

"嗯？"林燃漫不经心地应了一声，心里盘算着还要多久才能到民政局。

"我们生个孩子吧。"盛青溪的声音轻轻柔柔的，语气也很平静。

刺耳的刹车声骤然响起。盛青溪怔了一下，原本疾行的车忽然打了个弯儿，停在了街角。

林燃的脑子里像是有烟花炸开，耳朵嗡嗡地响。他缓了很久才转头，开口还有点儿磕磕巴巴的："愿愿，你刚刚……刚刚说什么？"

盛青溪眨眨眼，一点儿没犹豫地重复："我们生个孩子吧。"

这四年岁月带给林燃的成熟，在他听到盛青溪的这句话之后仿佛都消失了，他又变成了那时的林燃，直白又热烈。

他紧紧地盯着盛青溪，问："为什么？"

就如盛青溪了解他一般，他也了解盛青溪。他不认为盛青溪在这之前曾仔细考虑过这件事，她向来都是想到什么就做什么。这件事可不是小事，他从没想过，也不想去想。在他看来，盛青溪是他一个人的。

但他也知道，她其实并不属于他，她属于她自己。

盛青溪朝林燃伸手，林燃自然地握住她的手，两人紧紧地牵着彼此。

盛青溪注视着林燃，把自己内心最真实的想法告诉他："林燃，以后你就有家了，我也是。我想要两个孩子，想有一个属于我们的家。"

说来，他们两人都命运多舛，如浮萍一般。

在盛青溪说那句"以后你就有家了"的时候，林燃倏地收紧了手。

是啊，他和盛青溪，其实都是没有家的人。他的愿愿更苦一点儿，若不是盛兰，她可能都活不下来。

盛青溪是上天赐予他的礼物。

林燃沉默了半晌，笑了，随后又恢复那副轻佻的模样，挑着唇问："要两个？行，回去哥哥就给你。"

盛青溪不知该说什么了，心想：明明在说正经的呢，这个人，真是。

两人说完，林燃重新启动了车子，心里却想现在要孩子可不行，起码得等盛青溪毕业了。虽然这个事说不准，但还是得注意着点儿，更何况他买了不少东西，得挨个儿试试才行，不然可都浪费了。

到了民政局，林燃他们排在第一个，整个流程都很顺利。拍照的时候，林燃笑得像个傻瓜，盛青溪贴在他的身旁，也抿唇笑着。

“咔嚓”一声，照片定格。

林燃终于如愿以偿地领到了结婚证。他一手紧紧地牵着盛青溪，一手紧攥着那两本结婚证，忍了忍还是没忍住，拍了照发了朋友圈，配图是他们的结婚证和交握的双手。

Firegun：“无期。”

朋友圈发出去没多久就传遍了整个初城。林燃的电话和信息也炸开了。他也不管，把手机一关，带着他的老婆回家去了。

说是回家，最终两人还是先回了趟盛开。林燃早已准备好了礼物，分给那些小家伙。然后他嬉皮笑脸地凑到盛兰的边上，跟着盛青溪一块儿喊了一声“盛妈妈”。

盛兰也高兴，笑着应了。她知道这两个孩子还得去见林燃的家人，也没多留他们。

林燃美滋滋地带着他的老婆去祖宅。

虽说林家的长辈们早就答应了这门亲事，但也没想到林燃会急成这样。他急成这样也没事，但好歹和他们说一声，不和他们说也得和助理说一声，以便提前做好公关工作。这一下，他朋友圈的照片都传疯了，各个行业的电话都在往林家打。他们找不见人，就只能找老爷子和林佑诚，一时间这两个人也烦不胜烦。

老爷子恨不得把林燃揪过来揍一顿，暗骂：这没心没肺的臭小子!

当林燃真带着人回来的时候，老爷子又端起了架子，但看到漂亮水灵的孙媳妇后又没端住，最后笑眯眯地把人喊进了书房。他准备了不少东西要送给盛青溪。

这些年，这两个孩子之间的情意他都看在眼里，也为他们感动。

林燃见老爷子把人带进去，也没说什么，只摆摆手说过会儿就去找她，随后他和林佑诚说了会儿话。他们父子间的关系也就这样了，不会更近一步，但也不会更差了。

毕竟那么艰难的时刻都挺过来了，见了面叫声爸，偶尔打个电话，这些是林燃能给林佑诚的全部耐心了。不过最近因为公司的事，两人之间的话多了一些，但林燃的态度还是那样，不温不火。

林佑诚也想得开，不强求了。

两人留在祖宅吃了顿饭，吃完就走了。今天毕竟还是属于他们的日子，林燃能分出半天来，跑这儿跑那儿的已经很不错了。

这一天，林燃结婚了。他拥有了全世界。

林燃和盛青溪的婚礼是在六月举行的，就在他们大学毕业之后。

婚礼那天来了数不清的宾客，林燃基本上来者不拒，敬酒就喝，毕竟这样的日子一生也就一次。盛青溪在他的身边陪着，林燃一滴酒都没让她沾。

直到月上枝头，这一天的狂欢才结束。

谢真和女朋友一块儿回家了，何默喝了酒看着夜空笑，宋行愚牵着林烟烟的手漫步在夜色下。这一天，他们每个人都很高兴。

当然，最高兴的还是林燃。

林燃和盛青溪坐车回他们的婚房。他们的婚房也在城西，是林燃亲自设计布置的。上半年那么忙，他还抽出时间布置了他们的家，还亲自设计了盛青溪的婚纱。

夏夜里十分燥热，车平稳地前进着。

林燃喝了很多酒，整个人都埋在盛青溪的怀里。他没完全醉，只是想被她抱着，想静静地和她待在一起，什么都不做。

盛青溪低着头，摸了摸林燃滚烫的脸，低声问："难受吗？"

林燃不说话，闭着眼贴在她的颈侧。

盛青溪无奈，只好轻轻地拍着他的背哄道："很快就到家了。到家我煮点儿醒酒汤，等你洗完澡就能喝了。你乖一点儿，不要任性。"

"一起洗。"装死的男人低低地回了一句。

盛青溪弯了弯唇，然后无情地拒绝了他："不行，明天早上我们要一起去看妈妈，不能晚起。洗完澡就睡觉。"

这里的妈妈指的是林燃的母亲。

盛青溪去看过何晚秋很多次了，有时候和林燃一起，有时候自己去。在林燃仅有的回忆中，何晚秋是一个温柔的母亲。

盛青溪曾想过，她能不能当一个好妈妈，这对她来说是完全陌生的领域。但幸好，还有林燃在她的身边。她做得不好的地方，林燃会纠正她，他们在这方面配合得很默契。

晚上敬酒的时候，盛青溪换了轻薄的旗袍。

林燃睁开眼，微烫的黑眸紧盯着她。半晌，他声音沙哑地说道：“那我们抓紧时间。”

盛青溪怔了一瞬，什么抓紧时间？

她没有更多的时间思考了，因为林燃以实际行动告诉了她什么叫抓紧时间，他甚至等不到回家。这对盛青溪来说太过于羞耻了。

“林燃……”她别开脸躲避他的吻。

林燃哪儿会让盛青溪躲开。他捏着她的下巴为所欲为，浓烈的酒气传到盛青溪的唇齿间，酒气弥漫开来。

车不知道是什么时候停下的，司机早就走了。

“林燃，你轻点儿！”盛青溪忍不住出声嚷他。

他怎么忍得住，只闷声问道：“你叫我什么？”

“林……燃。”盛青溪断断续续地喊。

林燃寻到她的耳侧咬了一口，笑声是用气音发出来的，沙哑的嗓子里都是燎原的火和笑意。他说：“不对，再想。”

盛青溪咬唇。她从没喊过他“老公”。

林燃去亲她的眉眼，又亲了亲她微湿的额头，轻喘着笑道：“老婆，你叫我什么？”

最后，盛青溪在哭泣和妥协之间选择了后者。她无力地靠在林燃的肩侧，几乎是贴着他的耳朵说出来的，声音也小得可怜，还隐隐带着哭腔。她委屈巴巴地喊：“老公。”

林燃在黑暗里低低地笑了一声，笑了之后还是想笑，唇角上扬的弧度就没拉下来过。

车窗外，夜月高悬。

他们相拥在一起，度过一个又一个夜晚。

对林燃来说，他的人生年年岁岁都会这样好，因为盛青溪一直在他的身边。

他们会永远相爱，他们的心永远炙热。

他愿意永远做她的少年，做她的林燃，做她的火。只要她一笑，他就俯首称臣。她是他的王。

番外四 暗恋

宋行愚没想到会在这个时间接到林燃的电话。

这个时候，距离林燃去宁城已经过去了一个月。暑假那会儿，林燃兑现了他的诺言，加入了“上瘾”，他和车行之间的往来比以往更密切。

酒吧喧嚣，灯光迷离。宋行愚咬着烟，镜片后的眸子在这场喧闹中显得格外淡漠。他毫无情绪地看着面前的一切。直到接到林燃的电话，他才有了那么点儿情绪。

宋行愚扯起唇角：“这个点儿还醒着？”他毫不掩饰地发出嘲讽的笑意，都凌晨三点了还醒着，又不是周末，想想就知道是为什么。

林燃嗤笑一声，一点儿不客气地讥讽回去：“总比你性冷淡强吧？”

林燃算是服了，宋行愚谈的恋爱也不少了，结果也不知道从哪儿听说，这男人压根儿不让碰。他本来以为这是瞎扯，结果暑假那会儿一问，宋行愚冷淡地瞥了他一眼，没否认。

两人你来我往地吵了几句后，开始说正事。

宋行愚随手碾灭烟头，烟灰散开。他抬步朝安静的地方走去，边走边问：“什么事？我可不信你没事会现在给我打电话。”

林燃这小子，现在可是最嚣张得意的时候，毕竟心想事成，更不说盛青溪有多惯着他了。他们这些外人看了，都生出羡慕来。

林燃也不见外，直说了：“周六，烟烟学校要开家长会。我有事回不去，林家的人就算了，那边到现在还是一团乱麻。你要是没时间，我找别人。”

宋行愚沉默了片刻，想到有些日子没见林烟烟了。

自从他帮林烟烟解决那个男生的事情后，那个小姑娘就不怎么怕他了。可从暑假开始，她似乎在躲着他。

宋行愚是何其敏感的一个人，从暑假林烟烟发的那条朋友圈上，就能看出她躲着他的意图。他并不是不识趣的人，去车行都尽量避开她，免得小姑娘又瞎想。

宋行愚望着窗外暗沉的夜，问：“问过她的意见了吗？”

林燃当然没错过宋行愚这一瞬间的沉默和停顿，但他也没多想，毕竟两人差了八岁，林烟烟才刚上高中，在他的眼里还只是个孩子。

“问过了，那小丫头没拒绝。”

林燃当然会事先询问林烟烟的意见，一开始他可没想着找宋行愚。虽然他和宋行愚关系不错，但林烟烟这小丫头怕生。他提了好几个人，林烟烟都说不愿意，最后提到宋行愚，她虽然没答应，但也没拒绝。这才有了今晚打电话的事。

宋行愚垂眸，低声应道：“知道了，我会联系她的。”

挂了电话，宋行愚在窗前站了许久，修长的手指抚上烟盒，停顿许久，终是没再打开，掩在镜片后的眸光黯下来，似是染上了夜色。

第二天是周五，林烟烟还在上课。

宋行愚掐着她下课的点儿等在校门口。

此时是十月，男人穿着简单的白衬衫倚在车边，衬衫领口处的扣子随意地解开了两颗，衬衫下摆扎在裤子里，窄腰下有一双惊人的长腿。更别说他还戴着眼镜，面容英俊，神色温和。不论男女，凡是从他旁边经过的人都得看他两眼。

林烟烟背着书包，还没走到校门口，就看见几个女孩儿围在一起，朝着一个方向看去，凑在一块儿窃窃私语。她瞧了一眼就收回视线，垂着脑袋慢吞吞地往外走去。

林燃和她说宋行愚答应了。

林烟烟有一段时间没见宋行愚了。

自林燃走后，宋行愚很少再来车行，他们的比赛也多是在外面。偶尔他来车行，也是为了给朋友捧场，因此林烟烟很少有机会和他说话。

偶尔，她会悄悄地看他一眼，看着他在人群中笑起来时那副温柔的模样。只是他的笑意从来都不到眼底。他并不开心，林烟烟想。她很早就发现这一点了，从她撞到他怀里的那一瞬间，她就察觉到了。

当时他的眸里分明什么情绪都没有，说出的话却那样温柔。

这样的男人让林烟烟觉得好奇，她小心翼翼地躲在人群中观察着他。这份好奇心也不知道在什么时候就变了味儿。

林烟烟没有感情经验，至今都不知道自己是不是倾慕宋行愚。

她耷拉着脑袋，安安静静地往外走。

林烟烟走出校门的瞬间，宋行愚就看见她了。明明很多人都穿着校服，可他就是一眼看到了她。宋行愚下意识地忽略了那一瞬心里生出的奇异又隐秘的感觉。

他站直了身子，等林烟烟走近了，温柔地喊："烟烟。"

原本垂着脑袋的小姑娘似是愣了一下，后知后觉地抬头朝他看来。两人的目光相触的瞬间，宋行愚能肯定自己在林烟烟的眼神中看到了某种不一样的情绪，那抹情绪转瞬即逝。

宋行愚难得怔了一瞬，那是什么呢？

林烟烟回过神儿来，呆呆地想，原来她们刚刚在看的人是宋行愚。她抿抿唇，又避开他的视线，小声应道："宋哥哥，你怎么来了？"

宋行愚收敛了情绪，温声说道："和你哥哥说过了，今天司机不过来，我送你回去。顺便和你谈一谈家长会的事，这事……我实在是没经验。"

宋行愚高中都没读完，还在学校里干过不少荒唐事。林烟烟和他，实在是隔着天与地的距离。

林烟烟没拒绝，等她走到车边，宋行愚已经打开了副驾驶的车门。他的车很高，林烟烟如今个子还不高，宋行愚伸出手臂放在一侧，没直接扶着她上去。

林烟烟一垂眸，就瞥见了放在车门上的那一截小臂。

雪白的衬衫袖口上，袖扣闪着冰冷的光泽，她犹豫了一瞬，小心翼翼地伸出手扶了上去。她一碰到他的手臂，上面的肌肉立即紧绷起来。他微微用力就将她送了上去。

宋行愚见林烟烟坐好了，轻声说道："系好安全带。"

刚才那柔软的小手触上他的手臂时，他感觉像是触碰到了软软的棉花糖，又似乎有些痒，和其他人碰到他时的感觉完全不同。

他不动声色地将这种异样的感觉压下去。

这时候的宋行愚，心底没有生出暴戾的情绪，反而多了一丝柔软。

林烟烟闻言，乖乖地系好安全带。她以前坐宋行愚的车时，向来是坐在后面的。像这样和他一块儿待在密闭的空间里，还是头一次，但林烟烟并不紧张。也不知道是从哪儿来的直觉，她觉得宋行愚……是个好人。

宋行愚关上车门，走到另一边，上车启动车子。他大概地问了一下家长会举办的时间和地点，又问："明天上午我去车行接你？"

林烟烟摇摇头："谢爸爸和谢妈妈不在，我今天回哥哥那儿睡。"

宋行愚不着痕迹地皱了一下眉："晚饭呢？家里有阿姨吗？"

林烟烟想了想，应道："阿姨有事请假了，我吃外卖就行。就明天一天，明晚谢爸爸和谢妈妈就回来了，下午我就回车行。"

说了那么多，林烟烟一直没提起林家。对六月发生的那件事，宋行愚知道得并不多，但和谢真他们在一起多多少少知道点儿内情。林烟烟本该是被宠爱着长大的孩子，可现在，竟像是没有家一般。

不知道是哪根神经出了差错，宋行愚忽然问："要不要去我家，我做饭给你吃？"

话音落下，车里有一瞬间的安静。不光林烟烟呆住了，连宋行愚都觉得有些不可思议。

宋行愚这个人，不了解他、离他远的时候，人人都以为他的脾气好，好相处。可离得近了就知道，他实在是一个难以靠近的人。他看似温和，其实和每个人都划着一道界限，对外人疏离又冷淡。

就算是之前恋爱时，他都从没把女朋友带回家。林烟烟竟成了进他家的第一个女孩儿，当然，前提是她愿意去。

林烟烟愣了一会儿，硬着头皮应道："好。"

明明上车的时候不紧张，这会儿林烟烟却无端紧张了起来。她别开脸，咬了咬唇，告诉自己，把宋行愚当成像谢真他们那样的哥哥就好。

接下来一路两人都没说话，空气像是冻住了。

林烟烟抱着自己的小书包陷入了纠结，一时间没明白宋行愚怎么忽然要带她去他家吃饭。明明这个情况下，他们去外面吃饭才是更合适的。

她纠结了一会儿就放弃了，反正在她的心里，宋行愚是个好人。

虽然她也听说了很多关于他的流言，但她并不在意。人总是要自己去看、去听、去了解一个人的，从别人那里听来的他，并不是真正的他。

车驶入小区，林烟烟开窗往外瞧了一眼，发现这小区是近年的新楼盘，价格高昂。

她眨了眨眼，有些惊叹于宋行愚的资产之丰厚。虽然关于宋行愚的流言有很多，但总有些是真的，比如他的身世——宋行愚的父母去世得早，他从小就辗转在各个亲戚家之间。他很小的时候就开始自己挣钱了，才上初中就挣脱了这样被丢来丢去、寄人篱下的生活。他在社会的底层摸爬滚打，没人知道他那些年到底是怎么过来的。如今，人人都只看得到"上瘾"的辉煌。

宋行愚注意到林烟烟好奇的模样，解释道："这里地段还可以，到哪儿都方便。还挺清净，环境也还可以。"

林烟烟又眨眨眼，这叫还可以吗？这完全不比她哥哥的别墅环境差。

林烟烟侧头，小声问："宋哥哥，你一个人住吗？"

宋行愚一怔："嗯，我一个人住。"

说完不知怎的，他又像失了智一般，多说了一句："我单身。"

林烟烟："……"

她的脸噌地一下红了，其实她一点儿那个意思都没有，并不是想问宋行愚是不是单身，但他这么一回答就显得她问得别有用心似的。

林烟烟红着脸，磕磕巴巴地解释："宋哥哥，我……我不是那个意思。我以为你会和阿真哥哥他们那样，和别人一块儿住。"

宋行愚握着方向盘的手隐隐发白。他当然知道林烟烟不是这个意思，是他莫名其妙地想解释。每每遇上林烟烟，他就会变得不一样，连他自己都觉得很怪异。

明明他不是爱管闲事的性格，却偏偏在听到林烟烟被纠缠的事之后，主动提出要帮她解决。明明他什么都不在意，却会在意她的想法。

宋行愚不想让林烟烟更紧张，温柔地说道："我知道，我怕你多想，上去会紧张，不用担心这些。我一直都一个人住。"

说是怕你多想，其实不是，只是他想说，就这样说了。

林烟烟小小地松了一口气，那就好，千万不能让他误会了。想到这里，林烟烟有点儿失落，如果他能误会，或许也不是一件太糟的事。

车驶入车库后，宋行愚停好车，林烟烟自己解开安全带跳了下去。以前她都是等着林燃来抱她下车的，当然现在她不可能让宋行愚抱。

宋行愚只看了她一眼，没说话。

两个人一前一后地朝着电梯口走去，林烟烟落后宋行愚小半步。

电梯里，宋行愚低声问了一句："晚上想吃什么？只要不是特别难做的饭菜，我都会做。"

明明是一句平常的话，林烟烟却觉得有些心酸。因为林燃也是这样的。他们兄妹俩在家庭中几乎没有感受到任何爱，是林燃给了林烟烟家的感觉。换作以前的林燃，又怎么会做这些？

宋行愚也是这样，他们都是被迫长大的。

林烟烟压下眼眶的酸涩，细声细气地应道："都可以。"

宋行愚微顿，往林烟烟的脸上看了一眼："烟烟？"

她的眉眼间分明写着"难过"二字，可明明在他问那句话之前，她还好好的呀。

林烟烟摇摇头："就是有点儿想哥哥了。"

宋行愚沉默片刻，忽而伸手轻轻拍了拍她的脑袋，低声说："以后有急事可以直接找我。我答应过林燃，会照顾你的。"

这话纯属瞎扯，林燃好端端的，让宋行愚照顾林烟烟干什么？他身边有那么多人在，怎么排都排不到他宋行愚。但这个时候，林烟烟也不会找林燃确认这件事。

林烟烟揉了揉眼角，小声说："知道了，谢谢宋哥哥。"

宋行愚笑了一下："不用。"

如果这个时候林烟烟能抬头，就会看到宋行愚唇角的笑和以往的笑都不同。可就是这么一点儿不同，也转瞬即逝。

宋行愚住在九楼。他开了门先让林烟烟进去，自己跟在后头，关了门，弯腰给她拿了一双新拖鞋。

林烟烟换好拖鞋，半晌没动，和脚上穿着的新拖鞋面面相觑。

宋行愚的拖鞋好大好大，几乎能塞下她的两只脚了。现在，她看起来就像一个偷偷摸摸地穿大人鞋子的小孩儿，怪幼稚的。

宋行愚的视线在林烟烟的脚上停留了一瞬，很快移开。

"烟烟，你自己玩一会儿。在这儿不用顾忌什么，你可以随便看。我在厨房，有事就喊我。"

说着，宋行愚先去冰箱拿了点儿零食出来，又去房间把平板电脑拿出来放在茶几上，最后给林烟烟倒了水和果汁才往厨房走。

林烟烟好奇地打量着宋行愚家里的装修风格。这风格可以用两个字来形容：冷淡。

黑白灰三色，房子大却很空，设计很独特。

这里明明是他的家，但属于他个人的痕迹很少。林烟烟一边这么想着，一边在沙发上坐下了。虽然宋行愚那样说了，但她总不可能真的在他的家里乱跑，这样一点儿都不礼貌。

宋行愚家的厨房是开放式的。林烟烟坐在沙发上，完全能看到宋行愚在里面干什么。

她看着他慢条斯理地解开袖口，将袖子挽至手肘处，露出那一截有力的小臂。不知怎的，她忽然想起上车时，扶上这截手臂时，底下那瞬间绷紧的肌肉。

林烟烟慌乱地移开视线，拿起桌上的水喝了一口"压压惊"。

接下来，林烟烟也不敢再去看宋行愚，拿起平板电脑随便找了一部电影打发时间。其间，林燃打了一个电话过来，问她家长会的事。

林烟烟往厨房看了一眼，接起电话："哥哥。"

电话那头，林燃似乎是刚下课，背景音有点儿嘈杂。他应了一声，问："家长会的事，你和宋行愚说了吗？你现在在哪儿呢？"

林烟烟乖乖回答："说了，下午宋哥哥来接我了。谢爸爸他们不在家，宋哥哥接我回家吃饭了。"

林燃顿了一下："回家？城西还是他的家里？"

她小声说："城西。明天开完家长会，宋哥哥再送我回车行。"林烟烟从来不和林燃撒谎的，这还是破天荒的头一次，也不知是她心虚还是因为别的。

林燃听在城西，倒也没说什么。他还是信得过宋行愚的，只叮嘱道："有事就给我打电话，打不通就找盛姐姐。记住了？"

林烟烟抿抿唇："记住啦。"

和林燃打电话的林烟烟没注意到，在她说城西的时候，厨房的水声忽然变小了。细长的水流滑过男人的指缝、凸起的骨节，最后慢吞吞地坠入水槽里。

宋行愚缓缓抬眼，看向那个坐在沙发上的小姑娘，忽然想到一个问题，她为什么躲着自己？

半小时后，宋行愚放下袖子，喊了一声："烟烟。"

坐在沙发上的林烟烟抬头朝他看来，漂亮又懵懂的眼神亮晶晶的。她眨眨眼，很是乖巧地问："宋哥哥，可以吃饭啦？"

宋行愚笑了一下："嗯，想喝点儿什么？果汁还是牛奶？"

他做了西餐，正好是他们两个人的量。平时他很少在家里做饭，毕竟他也不怎么回家，更多的时候还是住在俱乐部里。

林烟烟却摇摇头："不喝了，刚刚喝了好多。"

餐厅里灯光明亮，没有令人尴尬的气氛。两人面对面坐着，一边吃饭，一边聊天，多是宋行愚在问关于家长会的事。

不知说到了什么，林烟烟忽然为难起来。

宋行愚一直注意着林烟烟的神情，此时见她纠结的模样，不由得问了一句："烟烟，怎么了？还有别的事情要告诉我吗？"

林烟烟戳着碗里的牛排，一时间不知道该不该告诉宋行愚这件事。但明天，老师一定会和她的家长沟通这件事的，也是因为这样，她才不想让林佑诚去。

她花了点儿时间做心理建设，良久才慢吞吞地说："我们班有一个男生给我写信，不小心把信夹在作业本里交上去了。老师找我说过这件事。明天她可能也会和你说这件事。"

宋行愚手里的动作顿住，眸光寸寸冷淡下来，他心想：这是什么蠢货？自己做蠢事也就算了，还要连累别人。

宋行愚看向林烟烟，语调平稳，嗓音平静："你看过信了吗？那之后他怎么说？"

啊？这是重点吗？重点难道不是老师会找他谈话吗？

林烟烟一时间没法理解宋行愚的思路，但他这么问了，她就老实地回答："我没看，他给我道歉来着，然后问我是怎么想的。"

说完，林烟烟也没想解释自己是怎么想的，反而举起一块牛排，往嘴里一塞，鼓着腮帮子看着宋行愚，一副我说完了的模样。

宋行愚："……"

他好些年都没经历过这么没头没尾的对话了。在圈子里，不管他到哪儿，别人都称他为"宋少"，或是叫他一声"哥"。说来也可笑，他们嘴里的"宋少"其实不过是个无父无母的孤儿。碍于他今日的成就和势力，是没人敢这么不认真地回答他的问题的，虽然林烟烟显然不是故意的。

宋行愚沉默了一会儿，才问："你是怎么想的？"

林烟烟愣住了，这个重要吗？她只以为宋行愚把她当成林燃的妹妹来看，压根儿就没多想，晃着脚丫，鼓着脸，含糊地道："我说我不倾慕他那样的，说清楚就好了。我和他的事早就解决了，就是老师那里，我不知道老师会怎么处理这件事。"

宋行愚还想再问，想问她倾慕什么样的男生。但他知道不能往下问了，再问就要越界了。他们之间如今这样的距离正好，她这个年纪就该没有任何负担地享受一切美好。

宋行愚微微颔首："知道了，老师那里你不用担心。"

说完他低下头，看似把注意力都放在了手中的刀叉上。

对宋行愚这样的人来说，很多事情都是一开始就注定的。他也不知道自己为什么偏偏对林烟烟生出了这样的感觉，明明之前从来都没有过。

他仍记得林烟烟当时是怎么撞进他怀里的，明明是应该推开她的。可在对上那双慌乱又无辜的眼睛时，他心里的怒火却消失了，所以那时候他没能推开她，而是扶住了她。

现在回想起来，有些事或许是冥冥之中注定的。

吃完饭，宋行愚应该送林烟烟回家的，但临时接了一个电话，要去处理一些事情。宋行愚不可能把林烟烟一个人丢在这儿，也不可能让她一个人回家，便说要在线上处理这件事。

宋行愚打电话的时候没避着林烟烟，林烟烟听到他说什么了，当即就说："没事，宋哥哥，你先忙。我自己先写会儿作业。"

宋行愚看了一眼时间，现在是晚上七点。他挂了电话，又跟她说了几句话就进了书房。

林烟烟一个人留在客厅里乖乖地写作业，遇到不会的地方，就拍张照片问盛青溪。但就这么一问一答的，不一会儿就让盛青溪觉察出不对劲了。

盛姐姐："烟烟，你在哪儿呢？"

烟烟不会冒火花："我在家。"

盛姐姐："……"

盛姐姐："这照片要是让你哥哥看到，他明天就能赶回去。"

林烟烟怔了一下，往上翻聊天记录，果然在照片上发现了不对劲。这茶几和摆设，一看就知道她不在城西，但还好，看到照片的人是盛青溪。

林烟烟拿着手机"啪嗒啪嗒"地打字。

烟烟不会冒火花："啊啊啊，盛姐姐，我对哥哥说谎了！"

烟烟不会冒火花："你别告诉他。"

盛姐姐："我不说，你在哪儿？"

盛青溪向来说话算话，林烟烟很相信她，便老老实实地把今晚发生的事儿都说了一遍，连带着把有关家长会的事，还有她和宋行愚之间的对话全都说了。

姐妹之间聊起天来就是这样，什么都说。

林烟烟说完好一会儿，盛青溪都没有反应。

烟烟不会冒火花："盛姐姐，你人呢？"

盛姐姐："我在，我还在看。"

盛姐姐："烟烟，你……"

那边的"正在输入"持续了很久，盛青溪却始终没发信息过来。林烟烟只好一边写题一边等，过了好一会儿，她的手机才又开始振动。

盛姐姐："知道了，我不会告诉你哥哥的。有什么事就和我说。别担心，宋行愚不是坏人。以后在班里再遇到这样的事就告诉我，我会帮你处理。"

烟烟不会冒火花："我知道啦，谢谢盛姐姐。"

林烟烟嘴上虽然这样说，但她才不可能让盛青溪回来给她处理呢。谁不知道，林燃就是长在盛青溪身后的尾巴，要是盛青溪回来了，林燃肯定也得跟着回来，那样就什么都瞒不住了。

不得不说，林烟烟还是极其擅长揣摩她哥哥的心理的。

宋行愚处理事情所用的时间比林烟烟想的要久。

她已经写完了所有作业，他还没出来，这个时候已经八点半了。林烟烟也不好意思去打扰他。想起他刚才说的话，她也不敢一个人跑了。

于是，林烟烟只好吃着零食，开始看电视。

手头的事处理起来比想象的要麻烦，宋行愚心里想着快点儿把它处理完，就把注意力都放在事情上，等他回过神儿来，才发觉已经十点了。

他让林烟烟一个人在客厅里待了三个小时。

宋行愚拧眉，摘下眼镜，大步往外走。刚走到客厅，他的脚步就停住了。原本坐在沙发上的小姑娘现在正躺在沙发上，缩成了小小的一团，身上盖着一块儿灰色的毯子。

这毯子于他来说不过是个装饰品，没想到还有它发挥作用的一天。

林烟烟睡着了。

宋行愚停在原地，久久没有动作。显然，他现在面临着两个选择：一是把林烟烟叫醒，然后送她回家，但城西只有她一个人住；二是不叫醒她，直接把她抱去客房睡觉，但明天小姑娘醒了可能会惊慌失措。

宋行愚很少让自己像这样陷入两难的境地。

长久的沉默之后，宋行愚蹑手蹑脚地走近沙发，立在原地，看了睡着的林烟烟许久。半晌，他弯腰小心翼翼地抱起了林烟烟。

林烟烟才十六岁，花儿一样的年纪，在他的怀里就这么小小的一只。很难想象，这样娇弱的人能在这样的年纪脱离家庭，跟着林燃出来。还好，林燃将她保护得很好。

宋行愚转身将林烟烟抱去了客房，被他闲置的客房第一次派上了用场。家政阿姨每周都会来这里打扫，房间里的东西都是现成的，也很干净。

宋行愚将林烟烟放在床上，盖好被子，关上门离开，没有多留一刻。

没有了林烟烟，他的客厅又变得空荡荡了，明明只是少了一个人而已。

宋行愚走到沙发边，想收拾一下，却发现没什么好收拾的。

她把作业都乖乖放好了，零食也被她整整齐齐地放在一起，地上没有一点儿碎屑。一切都干干净净的，就像没人在这里坐了三个小时一样。

宋行愚沉静地看着她躺过的那个角落，忽而笑了。

这一夜，宋行愚没有睡，立在阳台上抽了一晚上的烟。他的眸光越过玻璃，直直地望着客房，想到林烟烟就在里面，他的心就静了下来。

如今他和她这样的距离，其实很好。至少他还能看到她。

第二天一早，林烟烟瞪圆了眼睛，揪着被子，看着全然陌生的天花板，一时间还没反应过来自己在哪儿。好一会儿，她才呆呆地从床上爬起来。

她昨天似乎在沙发上睡着了，那她是怎么从沙发那儿跑到床上来的呢？想着想着，林烟烟不由得抓紧了被子，还有点儿脸红。想完了她又开始觉得庆幸，幸好昨天睡着了，没看到宋行愚是怎么把她弄进房间的，反正总不能用扛的吧。

她的手机就放在床头柜上。

林烟烟拿起手机看了一眼时间，早上七点，手机上还有一条来自盛青溪的信息。

盛姐姐：“烟烟，昨晚没事吧？”

烟烟不会冒火花：“盛姐姐，我没事。”

盛青溪的信息回复得很快。

盛姐姐：“好，记得吃早饭。”

烟烟不会冒火花：“记住啦。”

十分钟后，林烟烟悄悄地从房门口探出脑袋，往外望了一眼，走廊里静悄悄的，从这儿看不到客厅的景象。她偷偷地看了好一会儿，才朝客厅摸去，还没走到那儿，就听到“刺啦刺啦”的声音，一听就是从厨房那儿传来的。

林烟烟有点儿不好意思，犹豫了好一会儿才走过去。她刚走到客厅就和宋行愚的视线对上了，已经换了一身衣服的男人目光沉静地看着她。

林烟烟闻着空气中飘散的香气，轻咳一声：“宋哥哥，我……我昨天睡着了。”

宋行愚温柔地说道：“我知道。我找人给你买了几件衣服。你洗完澡就可以吃早饭了。吃完我们再出发去学校，来得及。”

林烟烟没想到宋行愚会这样细心。她慌乱地点点头，顺着宋行愚指的方向抱起衣服跑了。她总觉得在这儿多待一秒，空气就热上一分，或许是他在厨房里的缘故。

还好这个早上没再出什么意外。

吃完早饭，林烟烟和宋行愚一块儿去了学校。林烟烟给林燃打了一个电话汇报情况，顺便把月考成绩发给了林燃。说起这个，小姑娘很开心，笑眯眯地想要哥哥的夸奖。

宋行愚听着她的笑声，眉眼也不自觉地柔和下来。

这和他平时装出来的温柔不同，这一次，他的眉眼间的确泛着光。只可惜宋行愚自已看不到，林烟烟也没能看到。

两人到学校时，时间还早，门口停着的车不多。

下了车，宋行愚走在林烟烟的身旁。两人慢悠悠地往学校里走，顺带着说说话。

宋行愚扶了扶眼镜，侧头问：“烟烟，在学校里会有压力吗？”

其实，他们这会儿的学校生活和宋行愚他们那会儿的相比，已经有很大不同了。更别说林烟烟上的还是市里最好的高中，和他不一样。

林烟烟抿唇笑了一下，语气里带了点儿小自豪：“宋哥哥，我的成绩很好的，没什么压力。平时学习上遇见难题了，盛姐姐会帮我。同学们也都挺好的，我还有不少好朋友呢。”

看着林烟烟笑了，宋行愚也不自觉地笑了起来："上学开心吗？"

林烟烟用力地点了点头："嗯，开心的，我很喜欢学校。"

这个答案倒是有点儿出乎宋行愚的意料。林烟烟的性格和林燃的天差地别，她其实是有点儿偏内向的女孩儿，他第二次见她时就察觉出来了。他以为她会和盛青溪一样，偏爱安静的环境，却不想她喜欢热闹，这样也好。

宋行愚点头："开心就好。"

两人在学校里走了两圈儿，最后一起进了教学楼。林烟烟把宋行愚带到了他们的教室，又给他指明了自己的位子在哪儿才离开。

走之前，她挽着另一个女孩儿的手，朝他挥了挥手。

宋行愚眉眼弯弯地朝她说了两个字："去吧。"

林烟烟走后，宋行愚脸上的笑意立即消失了。他实在是很讨厌学校，讨厌教室。明明林烟烟的教室明亮又宽敞，温暖的阳光穿透玻璃照射进来，教室里一副岁月静好的模样。

可他一坐下，似乎就回到了他那阴暗不堪的过去。

宋行愚垂眼，将视线放在她的课桌上，这样会让他好受许多。

这一场家长会开得比林烟烟想象的还要久。她和几个同学还偷偷溜去教室后门看了好几次，她们的老师慷慨激昂地在讲台上说着，显然正在兴头上。

她们齐齐叹了一口气，默默地往楼下走。

小姑娘们下了楼，凑在一起，你一言我一语地聊起天来。

"烟烟，一直听说你有个哥哥。他就是你的哥哥吗？看起来好温柔啊。"

"不是，他不是我哥哥，我哥哥在宁城上大学。"

"咦，不是你哥哥？那他是谁？"

"是我哥哥的朋友。"

"他是干什么的？我总觉得他身上有一种很特别的气质。"

"他……他不干什么。我也不知道。"

"你们不熟啊？"

"嗯。"

聊着聊着，林烟烟有点儿郁闷。她不喜欢别人总问关于宋行愚的事情。她一点儿都不想让别人知道他的事，也不想让别人了解他。女孩儿之间的话题来得快去得也快，转眼她们就又换了一个话题，只是她们都没发现林烟烟越来越安静了。

如果说，林烟烟之前还不确定，这时候，她半点儿不确定都没有了，她的确倾慕宋行愚。

在她自己都不知道的时候，一切就这么发生了。

可能是在她撞到他怀里的那一刻，也可能是在海岛上他们一起看星星时，她的耳边是他温柔的话语，又或者是在他不动声色地帮她解决了纠缠她的男生之后。林烟烟说不清到底是什么时候倾慕于他的。

这个年纪，正是少女情窦初开的时候。纵使林烟烟的社会经验不多，也知道宋行愚和她在一起的可能性太小了。除去他们年纪相差很多之外，他们的生活和社交圈儿都不一样，两人的世界几乎没有一处重合的地方。

更重要的是，宋行愚根本不会倾慕她。在他的眼里，她只是林燃的妹妹而已。

林烟烟越想越丧气，等她回过神儿来时，宋行愚已经下楼了。身边的女孩儿们朝着各自的父母跑去，一时间教学楼里又变得热闹起来。

宋行愚看着林烟烟闷闷不乐的模样，以为她是在担心老师会问那件事。

他走过去，摸了摸小姑娘的脑袋，低声说道："没事的烟烟，我和老师说清楚了。她也答应我，会注意那个男生的，以后不会再有这样的事发生了。"

林烟烟不是一个很会隐藏自己情绪的人。如果她的心里不舒服了，就会在面上表现出来，有时候她甚至还有点儿任性，就比如现在。

林烟烟仰起小脸，和宋行愚对视，两人的视线碰撞。她似乎想透过镜片，看清宋行愚的眼睛。

林烟烟看了宋行愚片刻，忽然问："宋哥哥，你谈过恋爱吗？如果我想谈恋爱，应该找一个什么样的男孩儿呢？"

林烟烟个子矮，脑袋还不到他的胸口。

宋行愚垂眸望着面前的小姑娘，心底那点儿不受控制的情绪又翻涌上来。

他竭力克制住自己。半晌，他移开视线，声音不复平常的温和，语气也有些许压抑，说："烟烟，不许谈恋爱。"

自从上次宋行愚说完那句话后，林烟烟在很长一段时间内都没看到他。只是她时常会想起那句话，想他究竟是什么意思。

若是林烟烟对宋行愚半点儿想法都没有，那她只会把那句话当作长辈的劝诫，可偏偏不是。她总是忍不住多想，想着想着又开始心烦，最后干脆就不想了，反正他们平日里也没什么交集。

林燃也没再托宋行愚来处理林烟烟的事。林烟烟也没有如宋行愚想的那样，再找他帮忙。两人之间的关系忽然又回到了从前，不近不远。

他们再见面时，已经是圣诞节。

不知是不是为了迎接圣诞节，初城那一天竟下了雪。雪不大，如细密的雨丝一般往下飘，等入了夜，地上都没有积雪。

自林燃他们走后，林烟烟没有再回林家住过。她一直一个人住在车行里，这个地方比家里更能让她感到安心。

林烟烟应景儿地换了一件白色毛衣，上面的图案是一个红色的小礼盒，很有节日气息，衬得林烟烟玉雪可爱，站在灯下就和精灵似的。

这一晚，车行倒是不忙，隔壁俱乐部却很热闹。谢爸爸一家都去前面忙活了，林烟烟躲在她的小玻璃房里，吃着薯条、比萨，晚饭也很应景儿。

楼下人来人往，一点儿都影响不到林烟烟。

她今天的心情还不错，因为她收到了很多圣诞礼物。远在宁城的林燃他们也都给她寄了礼物过来，林烟烟最喜欢的还是盛青溪送的那件礼物。女孩儿总是更了解女孩儿一些。

“烟烟！”

“嗯？”林烟烟听到喊声，下楼趴在栏杆上瞧了一眼，是隔壁俱乐部的人过来喊她。等见了她，那人说：“烟烟，老板说麻烦你拿一下储藏室的钥匙，说你知道放在哪儿。那边忙，他们过不来。”

林烟烟点头示意自己知道了，想了想又说：“你先过去吧，一会儿我就送去。”

那人也没拒绝，心想那边都忙不过来了，便急忙回去了。这样的节日很难得，尤其是今天还下了雪，赛道不开，许多人凑在一块儿，俱乐部里竟比以往更热闹。

林烟烟上楼找到了钥匙，想着俱乐部大厅里开着暖气，就没穿大衣，只穿着那件毛衣就往俱乐部跑。

从车行到俱乐部，隔着一条长长的走廊，上面铺着地毯，往左是大厅，往右是洗手间。越靠近俱乐部，那震耳欲聋的音乐声就越清晰，她甚至能想象得到里面的画面和空气里酒精的味道。

林烟烟不自觉地放慢了脚步，等走到分岔口时，她不知怎的，突然想起了宋行愚。那时候她也是在转角处，一头撞进了他的怀里。

林烟烟不自觉地在这里停了下来，她的心里隐隐生出一股隐秘的感觉。林烟烟追随着这感觉，没往左转，而是抬眸直直地看向了右边。

她又一次看见了宋行愚。但这次，他和一个女人在一起，两人的姿势看起来很亲密。

宋行愚咬着烟，眸光冷淡地看着面前的女人。这女人的胆子很大，她特意来洗手间堵他，冬日里却只穿着一条单薄的裙子，脸上的妆容也很美。

女人观察宋行愚有一阵子了，发现这男人比他的外表看起来更有趣一些。她仗着他不会碰她，就将他堵在墙壁和自己的身体之间，笑着凑到他的唇边，悄声说："人人都说宋少不爱碰女人，我看着……倒不像。"

女人的视线下移，纤手往男人的腰上移去。

"滚。"宋行愚的声音和他的神情一样，冷得像冰。

女人的手顿住，她嗤笑一声，正想说什么，却瞥见了一个穿着白色毛衣的女孩儿急匆匆地跑开的身影，女孩儿像是被这个场面吓着了。

宋行愚侧头，看着那个背影，忽而直起了身子。

女人收回手，慵懒地顺了顺自己的头发，眼底兴味未散，眼神轻飘飘地移过去。待看到宋行愚的神色时，她忽而愣了一下：这个男人，他不会……？

宋行愚怎么会认不出林烟烟，哪怕只是一个模糊的背影。他皱着眉，甩开女人，大步朝着林烟烟跑远的方向追去。

林烟烟大步跑开，手里紧紧地攥着那把钥匙。尖锐冰冷的钥匙陷入手心，戳得她生疼。她却像感觉不到似的，一直往前跑，越过人头攒动的喧闹大厅，直到跑入后厅才停下来。

胸腔内的心脏狂跳，从心底涌出来的陌生情绪叫她不知所措。

"烟烟？"谢妈妈一眼就瞧见了林烟烟，"怎么跑得那么急？没事儿，没那么着急。晚饭吃完了吗？还想吃什么？"

林烟烟回过神儿来，勉强点点头："还在吃。钥匙。"

她伸手把攥了一路的钥匙递给谢妈妈："谢妈妈，我先回去了。"说完林烟烟就跑了。

留下谢妈妈一脸古怪地站在原地："这孩子，怎么了这是？难不成是想小火了？"

林烟烟一鼓作气地冲了出去，脑袋晕乎乎的。外头的音乐声嘈杂，让她更加心烦意乱。走廊上那两个人在一起的画面不断在她的眼前闪过，让她的眼眶酸涩。

常来俱乐部的人都认得林烟烟，毕竟他们都认识林燃，也知道他有一个宝贝妹妹。看到这小丫头在人群中狂奔，他们都看了一眼，心想：这小丫头遇到什么事儿了？怎么这么着急？

说起来，林燃去宁城念书了，他们这一群人还怪想他的。

大厅内灯光迷离，视线昏暗，林烟烟难免会撞上人。像是命中注定一般，她又撞入了同一个人的怀里，只是这一次，那个人没有放开她。

“对不……”林烟烟抬头想道歉，在看到那张熟悉的脸庞时停住了。

她不自觉地睁大了双眼，和宋行愚对视。他把她往怀里一带，护着她穿过了人群，一直走到安静的走廊上才松开她。

此时，两人的脚步都慢了下来。

林烟烟垂着脑袋，咬了咬唇，小声喊：“宋哥哥。”

走廊上虽然亮着灯，但毕竟是晚上，她低着头，宋行愚看不清她的神情。同样，林烟烟也看不到此时宋行愚脸上的神色——他眉眼间往日的温和都退去了，浮现一抹凌厉，连镜片都无法遮挡住他的情绪。高挺的鼻梁下，薄唇紧抿着，显然他的心绪也不平静。

宋行愚忍了忍，缓和了一下情绪，温声问：“吃过饭了吗？”过了一会儿，他又问，“今天过节，怎么没和朋友出去玩？”

林烟烟紧紧地攥着拳头，根本没法儿抬头看宋行愚，因为她眼眶里的酸涩几乎要抑制不住了。她只好闷声说道：“还没吃完，不想出去玩。”

以往这样热闹的日子，她都是和哥哥们在一起过的，已经习惯了。今年还是第一次一个人过，不过她并不觉得孤单，一个人坐着拆礼物的感觉很好。

宋行愚这样在社会上混过的人精，怎么会听不出来林烟烟的语气不对劲？

他的呼吸微滞，他真不知道该怎么办才好。

宋行愚沉默了许久，低声说：“先回去吃饭，我陪你一起去。”

这话倒是让林烟烟分散了点儿注意力，她悄悄地吸了吸鼻子，终于敢抬头看宋行愚：“宋哥哥也没吃饭吗？”

宋行愚的视线在她微红的眼角上停留片刻，应道：“嗯，没吃。”

林烟烟想了想，带着宋行愚回了车行。两人都没提起刚才在洗手间门口发生的事，仿佛那个人不是宋行愚，林烟烟也什么都没看到一样。

至于他们到底在想什么，只有他们自己知道。

和热闹的俱乐部比起来，车行简直称得上冷清。连平时干活的伙计都没在这里，大部分人都到后头帮忙去了，只留了一个人看店。此时那人正拿着手机笑得开心，压根儿就没注意到林烟烟是和宋行愚一块儿回来的。

一楼的圣诞树很漂亮。宋行愚的目光从圣诞树上一扫而过，落在林烟烟的身上。他心想：今天的林烟烟也很漂亮。

谁也不知道，他在混乱的人群中看到林烟烟的那一瞬间在想什么。她像是误入狼群的羊羔，雪白的面孔上满是让人随时都会失控的单纯。

她可能不知道，当时厅里有多少人在看她。

宋行愚那时就想把这个地方关了，把他们都赶出去，好让他们再也无法把视线落在林烟烟的身上。那念头只持续了一瞬，他就忍不住上前把人带走了，将那些令人生厌的视线都阻隔开。

上楼后，林烟烟直接走进了玻璃房。她站在门口，回头看了一眼宋行愚，指着桌上的食物问："宋哥哥，要一起吃吗？"

桌上放满了食物，有意面、比萨、点心等。很显然林烟烟一个人是吃不完这些食物的，但大人们都盼着她能多吃一点儿，就一股脑儿地将各种食物都堆在桌上。这会儿宋行愚来了，这些东西完全够他们两个人吃。

宋行愚来过车行很多次了，却还是头一次走进这个地方。

这个地方是专门腾出来给林烟烟写作业的，就在二楼客厅上方，有事她探出脑袋喊一声就能喊到人，没事她就一个人在里头安安静静地待着，很安逸。

林烟烟倒了一杯果汁给宋行愚。她现在没什么心情说话，也是年纪小，不会伪装，不开心就不开心，把情绪全都写在脸上了。

宋行愚没急着开口，陪着小姑娘吃了一会儿，等着林烟烟脸上的神情缓和了一些，才不紧不慢地说："烟烟，我给你带礼物了。"

林烟烟一怔，抬头看了宋行愚一眼，没想到他会给她准备礼物。

其实宋行愚今天会来光年，也是为了林烟烟。朋友喊他来聚一聚，他以这个为借口就过来了。他想着在今天把礼物给她，她应该不会多想，毕竟节日里大家都在互赠礼物。

他说完后停了一下，继续说："本来刚才想拿过来给你的，但路上……有人企图非礼我。"

宋行愚面不改色地扯着瞎话，眉眼间还透出些许凝重来，叫林烟烟看得目瞪口呆。她磕磕巴巴地问："有……有人非礼你？"

宋行愚都这样说了，林烟烟不得不仔细地回忆了一下刚才看到的画面——略显昏暗的灯光下，宋行愚穿着大衣靠在墙上，两手都放在兜里，只嘴里咬着烟；那女人伸手抵在墙上和他说话。他看起来……还真有那么一点儿被非礼的意思。

林烟烟的脑袋卡壳了，一时间她竟觉得宋行愚说得挺有道理。她张了张嘴，不知道该说些什么，只说了一句："那你没事吧？要不要帮你报警？"

宋行愚失笑：这小姑娘不仅心地善良，还很体贴。

他摘下眼镜放到一边，应道："没事，只是以后你也要小心。一个人尽量不要去那样混乱的地方。小火他们不在你的身边，你要注意安全。"

没有眼镜的阻挡，林烟烟看着他还有点儿不习惯。

宋行愚新染的金发将他冷白的皮肤衬得像雪一样，浅浅的眼眸在灯光下泛着琥珀色的光泽。他眉眼间虚假的温和少了一些，多了一些真实的神情。

这样的宋行愚，正看着她。

林烟烟抿了抿唇，心里悄悄生出一些欢喜来，刚才心里的那股郁结，这会儿也随着他的这两句话消散了。她眨了眨眼，笑起来："什么礼物？"

不开心写在脸上，欢欣也写在脸上，这会儿宋行愚明显能看出她很高兴。

宋行愚在心里叹了一口气，弯起唇角："先吃饭，吃完再告诉你。"

就这么几分钟的时间，林烟烟的心情就发生了翻天覆地的变化。她心想：原来倾慕一个人是这样的，难怪哥哥那时候的心情总是忽阴忽晴的。

小女孩儿的心思本就好猜，更何况林烟烟被林燃保护得那样好。

宋行愚再傻都看出来林烟烟的心思了。他却不如想象中那样高兴，小女孩儿的倾慕有时候只是一段时间而已。况且她还这样小，应该去看看更多的人，更大的世界，而不是只看着淤泥般的他。

两人安静地吃完了这顿饭。

吃完饭，宋行愚从大衣兜里拿出准备好的礼物，低声说："我还有事，要先走了。"

说完，他停顿了一下，补充道："圣诞快乐，烟烟。"

宋行愚放下盒子，起身看了林烟烟一眼，不等她说话就离开了。其实他并没有什么事要处理。既然已经见到了林烟烟，他也不必回俱乐部了。他大步地迈向大门，经过漂亮精致的圣诞树，径直迈进风雪里。

宋行愚对自己说：再等等。等她再大一些，如果那时候她还倾慕他……

这时雪大了一些。林烟烟拿着盒子追了出去，可等她走到外面的时候，早已看不见宋行愚的身影了。

她愣愣地站在雪里，打开了盒子，里面放了一条精致小巧的项链，上面缀着一轮圆月。

冬去春来，一年又一年，时间总是转瞬即逝。

林烟烟的个子在这两年长高了不少，像是细柳忽而站直了腰。她变得越来越漂亮、越来越耀眼，她的颈间始终戴着那条项链。

这两年，林烟烟和宋行愚之间相处起来更自然了一点儿。

两个人谁都没有迈出那一步。宋行愚如林燃所想的那样，尽力在能照顾到的地方照顾着林烟烟，偶尔还会去给林烟烟开家长会。

林烟烟小心地藏着自己的心思，想着能多看他一眼也好，却不知她那点儿心思哪里藏得住。每每宋行愚看到她的眼神时都忍不住躲开，没想到他也有怕的一天。

宋行愚甚至不太敢想，如果有一天，林烟烟的眼睛里对他的爱恋消失了怎么办。如果真有那一天，他没办法想象自己会做出什么事来。

又是一个夏日。这一年，林烟烟进入了高三下学期。她很快就要毕业了。

临近高考，学习的气氛总会变得紧张，但林烟烟像什么都没感觉到似的。离高考越近，她就越高兴，因为这意味着她离宋行愚也越来越近了。

这两年，宋行愚仍旧是单身，她再去他的家里吃饭时已经表现得很自然了，甚至不瞒着林燃了。林燃至今都不知道她的心思，这全靠盛青溪替她转移了火力。每次新学期开学时，林燃的心情就会变得很差，总有些不知趣的人往盛青溪的身边凑，非得受了打击，才明白盛青溪是有男朋友的人。那段时间，林烟烟总能在朋友圈刷到林燃的暴躁发言。

6 月 8 日，林烟烟高考结束，告别了为期三年的高中生活。

林燃和盛青溪乘坐的飞机晚上到，照旧是宋行愚来接林烟烟。

林烟烟急急忙忙地就往外跑。她急着出去见他，不想让他等太久。

宋行愚向来是不迟到的，如果迟到了，那一定是有事要处理，就比如今天。

林烟烟在校门口站了好久，都没等到宋行愚。她想了想，从书包里拿出手机看了一眼，没有他的电话和信息。她试探着给他发了一条短信，不敢打电话，怕他在车上接。然而宋行愚没回信息。

林烟烟在校门口随便找了一个地方坐下，也没干什么，就坐在那发呆。

忽而有脚步声响起，林烟烟眸光一亮，抬头看去，忽然愣住了。因为她并不认识面前的男生，但从他的神情来看，他似乎是认识她的。

林烟烟抿抿唇，一时间不知道对方想做什么，心里有些慌。

面前的男生穿着和她一样的校服，高高瘦瘦的，看起来还挺帅。但林烟烟对他还是没印象，就在她胡思乱想的时候，男生开口了："林烟烟，我是一班的姜宇。我……我倾慕你很久了。虽然很冒昧，但我之前听你的朋友说……你想谈恋爱。现在我们毕业了，如果你真的想谈恋爱，能不能先考虑我？"

林烟烟不知该说什么，心想她是想谈恋爱没错，但她只想和宋行愚谈恋爱。

不知道她想谈恋爱这种事是怎么传出去的，这太让她尴尬了。

林烟烟张了张嘴，刚想说话，忽然感觉到了什么，视线越过面前的男生，直直地看向他的身后，那里站着一个肩膀更为宽阔结实的男人。

宋行愚立在不远处看着她，眼神很淡，看不出什么情绪来。好半晌，他开口喊她："烟烟，过来。"

林烟烟急忙站起来，又看了那男生一眼："对不起，我没有这个想法。我哥哥来接我了。"

说完，林烟烟背着书包朝宋行愚跑去，听脚步声还有点儿急。

宋行愚垂眼，看着跑到自己面前的女孩儿，接过她的书包，没说什么，转身带着她往车边走去。路上碰上了车祸，他绕道过来花了不少时间，手机又正好没电了，所以晚到了这么久。他没想到会看到这么一幕。

宋行愚走到车边，打开副驾驶的车门，伸手将林烟烟抱了上去。

这两年，他一般会让她自己上车。只这一次，他看着林烟烟坐好也没有从车门前离开，就这么堵在车门口，眸光淡淡地看着她。

那个男生说的话，他都听到了。

所以，他害怕的那一天终是会到来的，林烟烟会想谈恋爱，会想和别人在一起。毕竟她这样美好，很难有人不喜欢林烟烟。

这样的宋行愚让林烟烟有些紧张，她很少见他这个样子。

宋行愚不知道从什么时候开始不染发了，黑发让他看起来不再那么温和，像是脱去了虚假的面具。不光林烟烟这么认为，别人也能感受得到这点儿：宋行愚这两年变得越发真实了，开始学着做自己了。

林烟烟和男人微冷的眸对视片刻，咽了咽口水，小声问："宋哥哥，你今天怎么来晚了？路上遇见什么事了吗？"

宋行愚凝视着她："没事，堵车了。"

林烟烟又眨眨眼，问："宋哥哥，你不上车吗？"

这一次宋行愚没应声。他看了她许久许久，久到林烟烟看他的神色变得茫然。心底翻涌的情绪像是恶兽要将他吞噬，躁意和戾气又涌了上来。

我可能忍不住了，宋行愚想。

宋行愚紧紧地盯着座椅上的女孩儿，眸光黯下来，声音也有些沙哑："烟烟。"

林烟烟"啊"了一声，不知怎的，她的心跳忽然快了起来。

"和我谈恋爱吧。"宋行愚说。

林烟烟怔住，好一会儿才反应过来，以为他是误会了那个男生的话，急忙解释："不是，宋哥哥我……"她的话语戛然而止。

宋行愚忽然俯身凑近她，两人之间的距离被拉近，彼此呼吸相融。她听着男人明显带着怒意的话，在她的耳边一字一顿地响着："不是想谈恋爱吗？来，和我谈。"

至今，林烟烟想起她和宋行愚是怎么在一起的还有点儿晕。就那么几分钟的时间，他们两年来的拉扯和平衡就被打破了。她好些天都没缓过来，甚至都没有恋爱的感觉。

这么过了半年多，又是一个年节，林燃他们放假回来了。

因为瞒着林燃和宋行愚交往，林烟烟这些天总害怕被林燃逮住，但她这个样子瞒得过林燃，可瞒不过盛青溪。毕竟盛青溪多多少少知道些他们之间的事。

大年三十这一天，林烟烟悄悄跑去盛开找盛青溪。

她到盛开的时候，盛青溪正在院子里，林燃有事回了祖宅。林烟烟也是特地挑了这个时间过来的，免得被林燃知道。

"盛姐姐！"林烟烟往盛青溪的身边一凑。

盛青溪瞧了她一眼，见这小丫头看起来和自己上次回来见她的时候不一样了。她的眉眼间分明写着“高兴”二字，想来是如愿以偿了。

盛青溪眨眨眼，悄声问：“烟烟，你和宋行愚在一起了？”

林烟烟抿唇一笑，不说话。

盛青溪摸了摸她的脑袋，又问：“什么时候的事？”

林烟烟被盛青溪说得脸红，也小声应道：“不久，就夏天的时候。”

说来也好笑，半年多了，宋行愚连她的手都不敢牵。

盛青溪也没想到，明明今生那么多事都和前世不一样了，宋行愚和林烟烟兜兜转转，居然还是在一起了。他们两个人像是平行线，原该隔岸相望，可命运还是让他们两个人相交，盛青溪感叹不已。

盛青溪笑了一下：“怎么在一起的？”

林烟烟本来就憋得慌，这事她对谁都不能说，只有盛青溪知道。现在盛青溪回来了，林烟烟快速地把这几年发生的事都说了。当然，她非常自觉地隐去了他们具体是怎么在一起的细节。因为……她还是觉得不好意思。

那天的宋行愚和她平日见到的宋行愚太不一样了。他身上的侵略性过于强烈，以至于那天，她只能呆坐在椅子上和他对视。

林烟烟以为自己能躲过去，以为宋行愚会心软放过她，可是没有。

他就那样立在门前不走，非要她给一个答案。

面前站着的是自己喜欢的人，林烟烟怎么都说不出“我不想和你谈恋爱”这种话来。她蒙了好一会儿，才问：“你想和我谈恋爱？”

宋行愚注视着她：“嗯。”

林烟烟缓了一会儿，又问：“为什么？”

从两人见面开始，这男人的神色就一直很冷漠，全然不见往日的温柔。可在她说了这句话之后，他忽然笑了，眉眼间的冷峻都消失了。

他轻叹：“我喜欢你。因为喜欢你，烟烟。”

想到这里，林烟烟又不自觉地红了脸。

盛青溪抿唇笑了一下，问：“你来找我是什么事？还特意趁你哥哥不在的时候来。”

林烟烟轻咳一声，试探着问：“盛姐姐，你和哥哥晚上还会去车行吗？我和阿真哥哥他们说回家过年了。哥哥那里……”

盛青溪看着这小丫头，就知道她想跑去陪宋行愚过年。

宋行愚的身世盛青溪很清楚，这样的日子，他可能会待在“上瘾”。可今年不一样，因为他和林烟烟在一起了。

盛青溪没多问，只摸了摸她的脑袋，说："好，但晚上得回车行住，可以吗？"

林烟烟连忙点头。她只是不想他一个人孤零零的，即便他的俱乐部里有许多人，可林烟烟每次去俱乐部找他的时候，总觉得人群中的宋行愚还是那样孤独。

既然有盛青溪给她兜底儿，林烟烟就一点儿也不担心了。

盛青溪给林烟烟打了车，看着她上车之后才离开。回去的路上，她想了想这事儿还是想笑。今天的林烟烟比什么时候都高兴，她喜欢这样的林烟烟。

林烟烟上车后，没直接去宋行愚的俱乐部找他，而是先回了车行。

这个点儿，谢爸爸和谢妈妈正在厨房里忙活，见她来了，还有点儿讶异："烟烟，阿真不是说你今天会回家过年吗？怎么这个时候过来了？"

林烟烟眉眼弯弯地说："谢妈妈，你能不能教我包饺子？"

至今林烟烟都不被允许进厨房，这规矩虽然是林燃定下的，但在谢真的家里人看来，林烟烟还是孩子，所以也从不让她进厨房。

谢妈妈也是女人，见林烟烟这个神色，心里倒是有了点儿想法，想着今儿是过年，也没说什么："来，搬把椅子来，正好我要包饺子。"

等林烟烟抱着保温盒离开车行时，已经六点了。

过年的时候，街上总是特别热闹，到处都是一片喜气洋洋的景象。林烟烟穿着林燃给她买的新衣服，抱着保温盒，里面是她自己包的饺子，虽然丑了点儿，但还算能看得过去，比盛青溪的水平还是高上那么一点儿的。

林烟烟没和宋行愚说晚上要去他家的事情。这时候他肯定不在家，他应该在俱乐部里。他们俱乐部的许多人和宋行愚一样，都是没有家的人。这些年他们聚在一起，也就有了家。每逢过年，宋行愚都会给他们发红包，然后把热闹留给他们，自己独自回家。

这是林烟烟观察了两年得出的结论。

林烟烟有宋行愚住的小区的门卡，也知道他家房门的密码，自己揣着保温盒就悄悄去了。她想着等宋行愚回来时给他一个惊喜。

只不过这会儿，他们两个人还没有这样的默契。

林烟烟心疼宋行愚一个人，想陪他过年。宋行愚想着，等和俱乐部的人吃完饭，去光年看一眼林烟烟，亲口和她说一声新年快乐。

于是，在三个小时内，他们谁也没见着谁。

晚上十点，宋行愚从"上瘾"离开，开车去光年。因为要去见林烟烟，他晚上一口酒都没喝。想到这儿，他扯了扯唇角，真是，和小姑娘谈个恋爱，自己忽然就“从良”了。以往能刺激他神经的东西，在他身上所能发挥的作用在渐渐变小。不论是烟还是酒，或者疾驰时狂飙的肾上腺素，都比不上见林烟烟一面，仿佛看她一眼，他心底的戾气都消失了。

宋行愚想着，有点儿嫌弃自己，心想这都什么想法，还把人姑娘看成菩萨了，哪有这么想的。

但不管怎么说，这一路上宋行愚的心情都很好。

他很久没有这样高兴过了，从林烟烟答应和他在一起的那天起，他的心情就一直很好。

只不过，他平时看起来总是温柔平和的模样，谁也看不出来他这些天在情绪上的变化，除了林燃。

那天林燃见了他，只瞥了他一眼就开始调侃他：“春天来了？”

碍于他的女朋友是林燃的妹妹，两人交往的事还得瞒着林燃，宋行愚难得没有戗回去，只温和地说道：“你是什么天，我就是什么天。”

他这话把林燃说得直打寒战，懒得细问他。

宋行愚收回思绪。

离光年越来越近了，这个点儿车行还开着门。他下了车，一进门，前台小哥就冲他挥手喊了一声：“哟，宋哥！过年好啊，宋哥。”

宋行愚笑起来：“过年好。”

这会儿正安静，还没到放鞭炮的时间，底下说什么二楼都听得清清楚楚。谢真穿着拖鞋“啪嗒啪嗒”地走过来往栏杆上一趴，看到宋行愚时，还觉得挺意外的。他的手里还拿着筷子，他说：“宋哥，你怎么过来了？燃哥他们都不在呢，家里就我一个人。我爸妈在前头的俱乐部里忙活呢。”

宋行愚一怔，没直接问林烟烟在哪儿，扯了些别的才问：“烟烟也和小火去盛开过年了？”

谢真摆摆手：“哪儿能啊。烟烟回自己家去了，说是晚上回来睡。这个点儿了也不知道她回不回来了，晚点儿我打个电话问问。”

宋行愚皱了一下眉，心想她最不喜欢回家过年了，往年过年也只是回家住两天，然后就溜回来。这一次她怎么会忽然过去，还没和他说？

“宋哥，上来吃点儿？”谢真招呼了一声。

宋行愚闻言，仰头朝着谢真笑了一下：“没事，过来给你们发红包的，难得见你们一面。”

“哎，宋哥你也太客气了！”谢真的嘴上虽然说着客气，身体却很诚实。

宋行愚将准备好的红包给了谢真之后，没多留，找了个借口就离开了。

回到车里，宋行愚给林烟烟打电话，她没接。

他坐在黑漆漆的车里许久，叹了一口气，心想这个时间，再怎么想见她也不能去她的家里找她。

这会儿，宋行愚的烟瘾犯了，他想了想还是忍住没抽，因为她不喜欢烟味儿。他启动车子回家，车驶入夜色里，宛如暗流一路向前。

“嘀——”他输入密码，门锁开了。

宋行愚才踏进门就皱起了眉，客厅里怎么亮着一盏灯？他走的时候明明……

他顿住，脑子里忽然浮现出一个难以置信的念头。

宋行愚匆匆换了鞋，随手把钥匙丢到一边，甚至都没心思放轻自己的脚步，直直地往沙发边走去，还没走到，他的脚步倏地停下。

他看见了他想了一天的人，她就躺在沙发上，还是躺在以前的那个角落，缩成一团睡着了，身上盖的还是那块毯子。

茶几上还放着一个保温盒。

宋行愚蹑手蹑脚地走到沙发边蹲下，看了她许久。等他再抬头时，发现家里有了很多变化。借着昏暗的灯光，他细细地看过去——玻璃窗上贴着红红的福字，盆栽上挂了小巧玲珑的红灯笼，茶几上放了一捧糖。

他看了片刻，打开保温盒，里面是已经凉掉的饺子。

饺子的模样不是特别好看，甚至有点儿丑，宋行愚许多年没吃过这样的饺子了。

明明是过年，宋行愚的心却像是被泡在酸水里，但没一会儿这酸水又渐渐甜起来。林烟烟让他的一颗心变得柔软无比，甚至让他越来越不像自己。

宋行愚拿过筷子，一口一口沉默地吃完了所有饺子。饺子是凉的，但他的心比什么时候都要滚烫。

此时已经是晚上十一点，远处传来烟花盛放的声音。原本缩在沙发上安睡的人动了动，发出一阵呢喃，似是要从睡梦中醒来。

宋行愚起身去开了暖气，又把林烟烟脱在一旁的外套拿在手里，准备往她的身上盖。这小姑娘平时都很乖巧，只是有点儿起床气。

他耐心地等了好一会儿，沙发上的人才有了动静。许是睡了一觉，睁眼看到的仍是黑漆漆的客厅，一个人都没有，小姑娘显得有些委屈，下意识地喊他的名字："宋行愚？"

"我在。"宋行愚俯身将她抱了起来。

骤然陷入男人的怀抱里，林烟烟有点儿蒙。除了上车、下车的时候，宋行愚还没抱过她呢。从严格意义上来说，这是他们的第一个拥抱。

林烟烟一下子就清醒了，仰头看向宋行愚，在昏暗的光线中对上他的眸。

两个人安静地看着彼此。好一会儿，林烟烟才问："怎么回来得这么晚？我等了你好久。"

宋行愚扯过一旁的外套给她披上，抬手抚顺她的长发，低声应道："吃了饭，我去车行找你，阿真说你回家去了。"

林烟烟抿抿唇，有点儿不太高兴，小声说道："还没见你呢，我怎么会回家？"

不过她也只不高兴了那么一会儿，随后双眼亮闪闪地看着宋行愚："宋行愚，今年我陪你过年。以后每年我都会陪你过年。"

少女一片赤诚，此时所想所说的，皆是真心。

宋行愚明白，但他这样的人不敢轻易许诺，只温柔地应道："好。"

宋行愚直接抱着林烟烟起身去开了灯，昏暗的客厅霎时变得明亮。小姑娘伸手搂着他的脖子，整个人都趴在他的身上。

林烟烟很喜欢这样的亲密接触，这让她觉得安心。她也不看宋行愚，就趴在他的颈侧，生怕他什么时候就放下她了。

宋行愚能从林烟烟的动作中猜到她的想法，只无奈地笑了一下。若是可以，他也想天天抱着她，每天牵她的手、吻她的唇。

只不过，他得小心地藏着这些想法。

宋行愚伸手探了探她的额头，低头问："晚上吃什么了？"

林烟烟眨眨眼："在车行吃了一点儿饺子，就过来找你了。"

说着，林烟烟忽然想到自己带过来的饺子，"呀"地叫了一声，挣扎着想从宋行愚的身上爬下去："宋行愚，我给你带了饺子！"

宋行愚没顺着她的力道松开她，反而收紧了抱着她的手，往厨房走去："我都吃了。就是……这饺子和一般的饺子有点儿不一样。"

林烟烟的心里一紧，眼睛瞪得圆圆的，她紧张兮兮地问："哪儿不一样？"

宋行愚沉吟片刻，眼看着林烟烟快要生气了才笑道：“特别好吃，是我这几年来吃过的最好吃的饺子。你呢，想吃什么？我给你做。”

听宋行愚这么说，林烟烟笑得连眼睛都弯起来。

林烟烟笑眯眯地说道：“吃什么都行。”只要和你在一起就好，她想。

宋行愚把林烟烟放到案台边的高椅上，这样她就能坐在那儿看他做菜。两人一抬头就能看见对方，这个距离两人都很满意。

宋行愚做饭这会儿，林烟烟也没闲着。她把未读信息都回了，然后美滋滋地点开收到的红包。在看到谢真的红包时，她才想起来晚上要回车行睡的事。

可是……林烟烟不想回去睡了。

她抬头悄悄地看了一眼宋行愚挺拔的背影。她想和他多待一会儿。

于是，林烟烟悄悄地给谢真回了信息，说今晚不回去了。谢真也没起疑，说了句新年快乐就去群里骚扰林燃他们了。

回完了信息，林烟烟把手机一丢，开始专心看宋行愚做饭。

不说别的，宋行愚的模样生得真是好，温温柔柔的，非常能蛊惑人心。

林烟烟最喜欢黑发的他，但她也说不上来是为什么。

家里没多少吃的东西，宋行愚找了半天食材，最后给林烟烟做了一碗面。林烟烟一点儿也不挑食，给什么就吃什么，鼓着腮帮子吸面条的模样可爱得不行，令人爱怜。

等林烟烟将一碗面条吃完，正好是十二点。

漆黑的夜空忽然绽放起盛大的烟花。林烟烟朝窗外看去，璀璨的烟火映在她的眸中。宋行愚没看烟花，只看着林烟烟。

等烟花凋零，窗外安静下来的时候，宋行愚拿出准备好的礼物，放到林烟烟的面前，轻声说道：“烟烟，新年快乐。”

林烟烟眨巴眨巴眼，拿了礼物没急着拆，唇角弯弯地应道：“新年快乐，宋行愚。还有，我刚刚和阿真哥哥说了，不回去啦。我陪你过年。”

宋行愚注视她片刻，终是没办法拒绝她。

外面忽然安静下来，林烟烟有点儿不习惯。她侧头望着窗外的天空，烟花盛放后的夜空只余寂寥。

她托着腮，觉得有点儿可惜，小声说：“宋行愚，今天没有月亮。”明明是这样美好的夜晚，要是有月亮就好了。说话的时候，她下意识地抚摸着自己颈间的项链。

宋行愚却静静地凝视她许久许久，低声说："烟烟，有月亮。"

林烟烟疑惑地看他："哪儿有月亮？"

宋行愚不说话，只是看着她笑，和春风一样温柔。

他想，月亮就在我的眼前，你就是我的月亮。

这一年的圣诞夜又下了雪。

今年，对于林燃来说是与众不同的一年。这一年，他和盛青溪结婚了。这是他们婚后即将度过的第一个新年。可偏偏这会儿他要去国外出差，因为这件事，林燃已经摆臭脸摆了好多天了。

前几天，大家约好了去车行过节。盛青溪准备早点儿过去，一大早就起床了。林燃想把人捞回来抱着多睡会儿，但又打不过她，只好作罢，认命地陪她起床。

洗脸的时候，盛青溪戳着男人的脸，闷声说道："别亲我，都是泡沫。"

林燃厚着脸皮又蹭过去，话里还有点儿怨气："老婆，过年的时候真不陪我去出差吗？有两周都见不到我，我怕你会太想我。"

盛青溪洗干净脸，用澄澈的眸子往他的脸上瞟了一眼："我等你回来。"

林燃："……"

出门的时候，林燃先盛青溪一步出门，让她老实地和2018还有2009两个小东西待在屋里。等开了暖气，车内温度上来了，他才许她出来上车。

盛青溪刚上车就被林燃拎过来的大衣盖住了。男人瞥了她一眼："给我穿厚点儿，别冻着我老婆。"

盛青溪无奈："林燃，你几岁了？"心想这男人怎么还和上高中那会儿一样，大冬天的总不爱穿厚衣服，只穿着单薄的校服在她的面前晃悠。这两年倒是好一些。

林燃轻哼："穿上。"

盛青溪没办法，只好乖乖穿上。

路上，两人偶尔说几句话，其余的时间盛青溪都在看微信。他们研究院最近在做一个新课题，她对这个课题很感兴趣。

林燃平时不干涉她的工作，只除了偶尔会在她加班忘了吃饭时，忍不住去院里把人扛回家，吃了饭再送回去。这会儿他见她在忙，也就不吵她，只是快到车行的时候问了一句："烟烟那小丫头醒了吗？"

盛青溪看了一眼对话框，应道："还没有，没回我。"

说完，她又确认了一下今天的日期。前几天林烟烟和她说宋行愚有事去外省了，赶不回来和他们过节。确认完，盛青溪才放下心来，毕竟这关系到宋行愚的安危。

林燃挑了挑眉：“一会儿我抱 2018 去逮她起床。”

这事林燃已经做得很熟练了。经常门一开，他把猫往里一丢，就数着时间在楼下等，不出十分钟，林烟烟保管下来，这一招屡试不爽。

2018 在车后座甩着尾巴，不屑分给林燃哪怕一个眼神，一边“喵喵”地叫着，一边欺负边上的 2009。如果欺负得太过分了，盛青溪会转头敲它的脑袋，小家伙才会安分下来。

到车行的时候才不过八点，车行的门还没开。

等开了门，林燃拎着买的菜上楼，盛青溪带着那两只小东西跟在后面，他们的脚步都放得很轻。

林燃放下东西，抱着猫上楼就逮小丫头去了。因为这小丫头最近不对劲，放假了也不知道回家看他，天天往车行跑，不知道在干什么。

上了三楼，林燃径直朝着林烟烟的房间走去，想打开门把猫丢进去就走，却没想到他没能打开门，门被反锁了。

林燃怔了一瞬，心想：这小丫头还有锁门的习惯？

他皱起眉，随即敲门：“林烟烟？”

起先里面没动静，而后忽然传来一声闷响。

林燃一顿，第一反应就是要撞门。猛烈的撞击声让里面的人有了回应，他听到林烟烟略带惊慌的声音：“哥哥，我没事！你别进来！”

林燃没走，就等在门口：“我等你出来。”

房间内安静了片刻，终于又有了声音。

林燃敏锐地听到了不属于林烟烟的脚步声，心里生出一股莫名的感觉。他有一种预感，这个节应该不能好好过了。

一分钟后，门从里面打开，宋行愚的脸出现在林燃的面前。

林燃顿住，直直地盯了他许久，而后说道：“和我上楼，去天台，把门关了。”

说完，他又冷淡地朝房间里说：“林烟烟，你敢下楼喊你嫂子，你就完了。”

躲在被子里的林烟烟心想：我会听你的话才怪。等林燃和宋行愚一走，她就换衣服下楼去找盛青溪了。

林烟烟还是习惯叫盛青溪“盛姐姐”，这称呼改了半年都没改过来。还在楼梯上时，她就开始喊了：“盛姐姐，盛姐姐，盛姐姐！”

盛青溪正蹲在沙发边，看 2018 舔牛奶喝，听到声音后不由得起身朝楼梯口走去，诧异地说道：“烟烟？”

林烟烟着急忙慌地往她的身上扑：“盛姐姐！哥哥他知道了！宋行愚昨晚赶回来陪我。他睡在这里。”

盛青溪一愣：“林燃看见了？”

林烟烟小声地说：“嗯。”

盛青溪无奈地揉了揉林烟烟的头发，问：“上去多久了？”

林烟烟急道：“有几分钟了！”

盛青溪也不急，看了一眼时间，温柔地说：“再给他五分钟。烟烟，这事总要让林燃知道的。你是他的妹妹。”

林燃有多在乎自己的妹妹，盛青溪心里是清楚的。

这股气总得让他发泄出来。

林烟烟心里都要急死了，不停地催盛青溪：“盛姐姐！”

盛青溪叹气：“知道了，我去看看。你回去洗脸刷牙，把衣服穿整齐了，再下来老实地和你哥哥认错。”

林烟烟乖乖地点头，连蹦带跳地回了房间。

天台上，风很大。

盛青溪镇定地倒了一杯热水上楼，还没靠近天台的门，就听见两个男人打作一团的声音，“丁零当啷”的一阵响。

她停了片刻，敲了敲天台的门，喊：“林燃。”就如平常每一次喊他时那样温柔。

声音落下后，天台上的动静小了一些。

盛青溪又说：“林燃，我开门了。”

说完，她就自顾自地开了门。等进了门，两个男人狼狈的模样都展露在她的面前，看模样宋行愚被打得惨一点儿，想来是他让着林燃。

盛青溪的视线落在林燃的身上。

他喘着气，黑眸里的情绪晦暗，视线触到她的时候却又变得柔和。她朝他招招手：“过来喝水。”

林燃：“……”

他还以为自己要挨骂了，走过去老实地喝了水，喝水的时候还盯着她，也不顾自己的脸上还带着伤。

宋行愚抹了抹唇角的血，又斜眼看着两人，倏地笑了。林燃真是被吃得死死的，一点儿都没救的那种。

因为这个意外，林燃没留在车行里过节，直接带着盛青溪走了。

林烟烟也说不上来是什么感觉，只好回去揪宋行愚的耳朵。这事都怪他！谁让他半夜摸到她的床上闹腾！

入夜以后，林燃醉醺醺地抱着盛青溪。他一个人喝了很多闷酒。盛青溪也不拦他，安置好那两个小家伙，又来照顾他。

盛青溪轻轻地捧着靠在她肩头的林燃的脑袋，凑过去亲了亲他的额头，低声哄他："林燃，烟烟总要长大的。她会过得很好的，以前的事不会再发生了。"

"林燃，你别怕。"

林燃闭着眼，心是滚烫的，血液也是。他紧紧地抱着怀里的人，许久，声音沙哑地说道："老婆，我只有你了。"

他才说完，脑袋就被拍了一下。

她轻声呵斥他："胡说。"

林燃趁机说："老婆，陪我过年好不好？我会想你。"

盛青溪还是心软了，低声应道："好，我陪你去。"

得逞的林燃睁开眼，和她如水的目光对视着。他就这样凝视着她，直到看累了才撒娇似的开口："老婆，我爱你。"

盛青溪伸手点了点他的额头："知道了。"

林燃又抱紧她，埋首在她的颈侧："你不知道。"

没有人知道他有多爱她，世人不知道，盛青溪不知道，只有他知道。他愿意将自己全部的灵魂都奉献给她。

"老婆，下辈子，我来爱你。"

"好。"

新增番外　平行空间

周六下午，一中准时放学。

林燃双手插兜，神情懒散，身后的何默和谢真叽叽喳喳的，说着说着又吵起架来。他往后瞥了他们一眼，两人的音量小了下去。

刚走出校门，他忽而听到有人喊：“林燃，你的新头盔到了！”

林燃的眸光变亮，他心想等了三个月的头盔终于到了。他扬起笑脸，伸手接过头盔，说道：“谢了，晚上回车行请你们吃饭。”

“新头盔？！”

“我看看！我看看！”

他后头的那两个人也不吵架了，嚷嚷着凑过来，围着林燃，看他拆箱。等那个造型炫酷至极的头盔出现时，谢真发出一声怪叫：“我也要排队去买！”

林燃勾唇一笑，余光扫过校门口：“摸不坏，不用那么小心……你们在这儿等我一会儿，我马上回来。”

他的视线定在某处——站牌后，那里躲着一个女孩儿。他之前就发现这女孩儿了，起先没多想，但她总偷偷摸摸地来看他，却什么也不干，既不靠近他，也不偷拍他，就只是看看他就走了。

这是第几次了？林燃一边想着，一边大步走向站牌。眼看那偷看的小猫咪要溜走了，他一把拎住她的后衣领，轻轻地把人拉回来，问：“二中的，跑这儿来干什么？”

女孩儿一头黑发，发质细软，乍一靠近，闻着还挺香。

被他捉住的人不说话，只埋着头，瞧着还挺心虚的。他挑眉：“偷看的时候胆子不是挺大的吗？别来了，回去好好读书，别成天想些没用的。”

小猫咪安静了一会儿，忽然细声细气地说：“我的成绩很好，这不影响我读书。我没成天想，偶尔想。”

林燃：“……”

林燃：“成绩好？有多好？”

她轻柔的声音响起：“我每次都是年级第一。”

林燃这下更头痛了，心想：年级第一，脑袋这么聪明的女孩儿，高考前还乱跑，真不知道她在想什么。

他直接问：“你认识我？”

低着头的女孩儿终于抬眼看他，乌黑的杏眼水灵灵的，雪白的小脸跟花瓣儿似的，漂亮得不像话。

她仔细瞧了他片刻，点头说道：“你救过我。”

林燃盯着她的眼睛，有一瞬间的恍惚。

半晌，他想起去年平安夜，曾在巷子里捡回去一只“小猫咪”。那时光线昏暗，她的小脸脏兮兮的，现在他看清楚了，原来她是这副模样。

“来道谢？”林燃松开她的衣领，心想这人瞧着就是个乖女孩儿，被他逮住都不挣扎，问什么答什么。要是知道他可不是她眼中的好人，她指不定会被吓跑。

盛青溪抬眼看向林燃。她第一次这样近距离地看他——少年性格肆意张扬，眉眼间写满轻狂，见她看过去，眼神不闪不避，由她打量。

盛青溪抿抿唇，摇头：“不是，就是来看看你。”

林燃：“现在看见了，可以走了？”

盛青溪低下头，不情不愿地说：“想多看一会儿。”

林燃：“……”

像她这么直接的女孩儿，他还是头一回见。

林燃双手环胸，看了她片刻，忽而冒出一个念头来：“既然是跑来偷看，不着急回家吧？跟我去个地方？”

林燃瞥了一眼盛青溪的细胳膊细腿儿，心想一会儿可别把她吓哭了。他打算速战速决，把人弄回二中去，免得她把年级第一的好成绩给糟蹋没了。

盛青溪几乎没有犹豫，点头："嗯！"

那头何默和谢真还在欣赏头盔，一转眼，见林燃居然拎了一个女孩儿回来。两人都蒙了，对视一眼，都在心里问道：这是什么情况？

谢真偷偷瞧了一眼盛青溪，忍不住感叹：这是真仙女啊，怎么就瞎了眼看上林燃了呢？这大魔王的脾气差，性格也很难搞。

林燃扫了一眼何默和谢真的车，又扫了一眼盛青溪，说："挑一辆，我带你去兜风，害怕就现在走。"

兜风？

盛青溪看向眼前几辆炫酷的机车，乖乖地应道："不害怕。我选……"

她的话开了个头，手指才伸出去，边上忽而横出一截手臂，拦在她的手指前。

林燃拧起眉，本来以为说到这儿她就该跑了，却没想到她不怕。他不由得想：现在的好学生都是怎么回事？这么胆大包天，什么都不怕。

他一把将她拎过来，往自己的车边一放："坐这辆。"

来偷看他的人，居然当着他的面，选了别人的车，一点儿自觉都没有。

林燃也不知道自己在想什么，下意识地就把人拦住了。

盛青溪收回手，就往车上爬去，瞧着动作还挺灵活。她坐好以后，又睁着水眸去看林燃，安安静静的，看起来比林烟烟还乖巧。

林燃愣住了，问两人："有多余的头盔没？"

何默和谢真齐齐看向新到的头盔，心说：这不就是多出来的那个？但他们不敢挑明，看了林燃一眼就移开了视线，动作同步地摇头。

林燃的一口气卡在喉咙里，视线在他的旧头盔和新头盔间来回扫了一遍，艰难地想做出抉择。他正为难着，忽然听那女孩儿说："林燃，我可以不戴头盔的。"

她的嗓音又轻又软。林燃有一瞬的失神，没想到他的名字被说出来居然这样好听。

片刻，他回过神儿，问："你叫什么名字？"

她回答："盛青溪。"

盛青溪，是条小溪流，林燃想，随后开始训人："盛青溪，你多大的人了？不知道注意安全？不戴头盔，小心被抓起来。"

盛青溪抿唇看着他，一副我听得很认真的模样。

林燃忽而泄了气，把新头盔往她的脑袋上一戴，见她戴头盔时笨拙的模样，又忍不住上手帮她，心想：这么笨，居然还敢上陌生人的车，上就上了，还满脸写着我很好欺负。

想到那一晚，林燃有些暴躁，心想：大半夜的，她还敢一个人往外跑。

林燃上车后，正想说“抓紧我”，还没开口，他背后的小手就自觉地抱上来了。这人真是过分喜欢他了，怎么抱得这么紧？

他的耳根发红，他轻咳一声：“害怕就喊出来，我送你回学校。”

“不害怕。”她轻声回答他，细听起来语气里还有点儿小雀跃。

林燃叹气，飙车也不怕，这下她不会更倾慕他了吧？他也不能真带着人去飙车，只好拐弯抹角地打听出她家的地址，把人送回家去了。

接下来的每一周，林燃都会看到盛青溪。她和以前一样，偷偷瞧他一眼就走，从来不过来和他打招呼，还以为自己躲得很好，没被他发现。他一直忍到六月，终于忍不住了，这都要高考了，她还天天过来。

这一天是六月一日，儿童节。

因为快高考了，他们这一周进入了自主选择复习模式的阶段。林燃当然不肯留在学校里，带着林烟烟准备回家，刚走出校门，就一眼瞥到了那颗小脑袋。

林燃停下脚步，对林烟烟说：“今天回车行过六一？”

林烟烟点点头：“好！”

说着，林燃又把盛青溪捉了出来，把这两个小丫头一起拎回了车行。林烟烟还趁机向林燃要礼物。

林燃问：“要什么？”

林烟烟：“小熊！”

林燃听了没立即回声，耐着性子等了一会儿，没听见盛青溪说话，只好别扭地喊她：“盛青溪，你要不要小熊？”

盛青溪想了想，摇头：“我有小熊了。”

林燃：“……”

他有时候真想把盛青溪的脑袋掰开，看看她到底是怎么想的。有时候，她倾慕他倾慕得不像话；有时候，她又迟钝得像笨蛋。

林燃丢下一句“等着”，转身离开了车行。

林烟烟看着他的背影偷笑，小声说：“盛姐姐，我哥哥倾慕你。”

盛青溪眨眨眼："真的？"

林烟烟："真的！"

盛青溪若有所思。

林燃回来后，给了她们一人一只小熊。等晚上过完节，他才把盛青溪送回家。到了盛开，他又拧着眉训人："都要高考了，你天天瞎跑什么？"

盛青溪："我会考第一的。"

林燃："我不是这个意思……算了，你别跑了，以后我接你去车行。你别总想着偷看我，我是让你去那儿复习的。"

盛青溪看着眼前别扭的少年，发现他的耳根又悄悄地红了。她抿唇笑了一下，忽然问："林燃，高考结束后，你缺不缺女朋友？"

林燃忽然愣住了。

盛青溪见他不说话，没再继续问，说了句"我回去了"，转身往里走，才走了几步，背后忽而响起一阵风声。他几步走过来，忽然拉住了她的手。

她仰头看他。林燃漆黑的眸紧紧地盯着她，问："我这个人很霸道，脾气很差，动不动就生气，成绩也就那样，可能不能和你读同一所大学，这些都没关系吗？"

盛青溪笑眼弯弯地轻声说："都没关系，我会宠着你的。"

林燃怔住，心里生出一股奇异的满足感。他的心仿佛鼓成了一只气球，马上就要飞起来似的。

半晌，他听见自己说："缺。"

以前的林燃，不相信爱，不期待爱。

如今的林燃，相信这世间有人爱他如生命。

他那颗冰冻的心因她的到来而燃起大火。她像是坠入原野的那么一丁点儿火星，只那么一点儿，只需一个眼神、一个微笑、一个拥抱就能将他降服。

悦讀紀
ENJOY READING ERA

晋江文学城

官方微博：@悦读纪

官方微信：yuedugirlbook

扫描关注悦读纪官方微博、微信，就有机会获得悦家最新畅销书。

上架建议：畅销 · 小说

ISBN 978-7-5736-1051-5

定价：69.80元（全2册）